中国社会科学院研究生重点教材

MAJOR TEXTBOOKS FOR POSTGRADUATE STUDENTS
CHINESE ACADEMY OF SOCIAL SCIENCES

从"诗文评"到"文艺学"

——中国三千年诗学文论发展历程的别样解读

From"Ancient Literature Criticism"
to"Modern Theory of Literature and Art"

杜书瀛 ◎ 著

中国社会科学出版社

图书在版编目（CIP）数据

从"诗文评"到"文艺学"：中国三千年诗学文论发展历程的别样
解读／杜书瀛著 . —北京：中国社会科学出版社，2013.7
（中国社会科学院研究生重点教材）
ISBN 978 – 7 – 5161 – 3003 – 2

Ⅰ.①从… Ⅱ.①杜… Ⅲ.①诗学 – 研究 – 中国 Ⅳ.①1207.2

中国版本图书馆 CIP 数据核字（2013）第 162783 号

出 版 人 赵剑英
责任编辑 任 明
特邀编辑 李 鸣
责任校对 王 斐
责任印制 王炳图

出 版 中国社会科学出版社
社 址 北京鼓楼西大街甲 158 号 （邮编100720）
网 址 http://www.csspw.cn
中文域名：中国社科网 010 – 64070619
发 行 部 010 – 84083685
门 市 部 010 – 84029450
经 销 新华书店及其他书店

印 刷 北京奥隆印刷厂
装 订 北京市兴怀印刷厂
版 次 2013 年 7 月第 1 版
印 次 2013 年 7 月第 1 次印刷

开 本 710×1000 1/16
印 张 23
插 页 2
字 数 405 千字
定 价 65.00 元

中国社会科学院
研究生重点教材工程领导小组

中国社会科学院
研究生重点教材编审委员会

（按姓氏笔画排序）

总　　序

中国社会科学院研究生院是经邓小平等国家领导人批准于 1978 年建立的我国第一所人文和社会科学研究生院，其主要任务是培养人文和社会科学的博士研究生和硕士研究生。1998 年江泽民同志题词强调要"把中国社会科学院研究生院办成一流的人文社会科学人才培养基地"。在党中央的关怀和各相关部门的支持下，在院党组的正确领导下，中国社会科学院研究生院持续健康发展。目前已拥有理论经济学、应用经济学、哲学、法学、社会学、中国语言文学、历史学等 9 个博士学位一级学科授权点、68 个博士学位授权点和 78 个硕士学位授权点以及自主设置硕士学位授权点 5 个、硕士专业学位 2 个，是目前我国人文和社会科学学科设置最完整的一所研究生院。建院以来，它已为国家培养出了一大批优秀人才，其中绝大多数已成为各条战线的骨干，有的已成长为国家高级干部，有的已成长为学术带头人。实践证明，办好研究生院，培养大批高素质人文和社会科学人才，不仅要有一流的导师和教师队伍、丰富的图书报刊资料、完善高效的后勤服务系统，而且要有高质量的教材。

20 多年来，围绕研究生教学是否要有教材的问题，曾经有过争论。随着研究生教育的迅速发展，研究生的课程体系迈上了规范化轨道，故而教材建设也随之提上议事日程。研究生院虽然一直重视教材建设，但由于主客观条件限制，研究生教材建设未能跟上研究生教育事业发展的需要。因此，组织和实施具有我院特色的"中国社会科学院研究生重点教材"工程，是摆在我们面前的一项重要任务。

"中国社会科学院研究生重点教材"工程的一项基本任务，就是经过几年的努力，先期研究、编写和出版 100 部左右研究生专业基础课和专业课教材，力争使全院教材达到"门类较为齐全、结构较为合理"、"国内同行认可、学生比较满意"、"国内最具权威性和系统性"的要求。这一套研究生重点教材的研究与编写将与国务院学位委员会的学科分类相衔接，以二级学科为主，适当扩展到三级学科。其中，二级学科的教材主要面向硕士研究生，三级学科的教材主要面向博士研究生。

中国社会科学院研究生重点教材的研究与编写要站在学科前沿，综合本学科共同的学术研究成果，注重知识的系统性和完整性，坚持学术性和应用性的统一，强调原创性和前沿性，既坚持理论体系的稳定性又反映学术研究的最新成果，既照顾研究生教材自身的规律与特点又不拘泥过于僵化的教材范式，坚决避免出现将教材的研究与编写同科研论著相混淆，甚至用学术专著或论文代替教材的现象。教材的研究与编写要全面坚持胡锦涛总书记在 2005 年 5 月 19 日我院向中央常委汇报工作时对我院和我国哲学社会科学研究工作提出的要求，即"必须把握好两条：一是要毫不动摇地坚持马克思主义基本原理，坚持正确的政治方向。马克思主义是我国哲学社会科学的根本指导思想。老祖宗不能丢。必须把马克思主义的基本原理同中国具体实际相结合，把马克思主义的立场观点方法贯穿到哲学社会科学工作中，用发展着的马克思主义指导哲学社会科学。二是要坚持解放思想、实事求是、与时俱进，积极推进理论创新"。

为加强对"中国社会科学院研究生重点教材"工程的领导，院里专门成立了教材编审领导小组，负责统揽教材总体规划、立项与资助审批、教材编写成果验收，等等。教材编审领导小组下设教材编审委员会。教材编审委员会负责立项审核和组织与监管工作，并按规定特邀请国内 2—3 位同行专家，负责对每个立项申请进行严格审议和鉴定以及对已经批准立项的同一项目的最后成稿进行质量审查，提出修改意见和是否同意送交出版社正式出版等鉴定意见。各所（系）要根据教材编审委员会的要求和有关规定，负责选好教材及其编写主持人，做好教材的研究与编写工作。

为加强对教材编写与出版工作的管理与监督，领导小组专门制定了《中国社会科学院研究生重点教材工程实施和管理办法（暂行）》和《中国社会科学院研究生重点教材工程编写规范和体例》。《办法》和《编写规范和体例》既是各所（系）领导和教材研究与编写主持人的一个遵循，也是教材研究与编写质量的一个保证。整套教材，从内容、体例到语言文字，从案例选择和运用到逻辑结构和论证，从篇章划分到每章小结，从阅读参考书目到思考题的罗列，等等，均要符合这些办法和规范的要求。

最后，需要指出的一点是，大批量组织研究和编写这样一套研究生教材，在我院是第一次，可资借鉴的经验不多。这就决定了目前奉献给大家的这套研究生教材还难免存在这样或那样的缺点、不足、疏漏甚至错误。在此，我们既诚恳地希望得到广大研究生导师、学生和社会各界的理解和支持，更热切地欢迎大家对我们的组织工作以及教材本身提出批评、意见和改进建议，以便今后进一步修改提高。

陈佳贵

2005 年 9 月 1 日于北京

题　记

　　生活在中华大地上的人们创造了五千年以上的灿烂文明，它的一个重要组成部分是丰富多彩的审美文化，包括中华诗文。从中华诗文产生之日起，几乎就有了人们对诗文的思考和评说，它绵延数千年，闪耀着中华民族审美心理结构的特殊光芒，并且逐渐形成一种独立学问或学科，这就是萌芽于先秦、成立于魏晋、命名于明清的古典形态的"诗文评"，而发展到二十世纪又成为现代形态的"文艺学"（文学理论、文学批评和文学史）。或者按照今天的惯常说法，给这种独立学问或学科一个古今适用的名字"中国诗学文论"——此处之"诗文"，取其广义，既包括古典形态的诗、词、文、曲，也包括现代形态的诗歌、散文、小说、戏剧文学、影视文学、网络文学，总之，即今人通常说的"文学艺术"；而所谓"诗学文论"，也即以广义的"诗文"为对象的鉴赏批评和理性思考。本书的宗旨，就是考察中国三千年诗学文论之演化轨迹，看它如何既携带中华民族优秀传统，又吸收外来优秀学术思想从"古典"走进"现代"，并以新面貌迈向二十一世纪。

　　然而，与通常"文学批评史"相比，此书可谓是别样解读，甚至可能是"另类"解读。

目　录

序——从中外古今的大视野看中国文论 ················· 高建平（1）

前言 ··· （1）

第一编　“诗文评”论

第一章　论“诗文评”及中西诗学文论的根本差别 ·············（19）

第一节　“诗文评”由来 ······························（19）

第二节　“诗文评”作为中国古代评文说诗的特殊学问 ·······（21）

第三节　中国“诗文评”不是西方“文学批评”：二者似是而非 ······（25）

第四节　略窥“诗文评”之民族徽章和印记 ···············（28）

第五节　透过“诗文评”的外在风貌往里瞧，还能窥见什么 ······（36）

思考题 ··（45）

第二编　“诗文评”史论

第二章　中华审美文化和审美心理结构之雏形 ·············（49）

第一节　早期中华审美文化掠影 ·····················（49）

第二节　抒情传统 ·······························（52）

第三节　质朴而隽永的审美风格 ·····················（56）

第四节　温柔中和的审美心态 ·······················（58）

第五节　美善合一的审美趋向 ·······················（59）

第六节　“赋比兴”的审美旨趣 ·······················（60）

思考题 ··（64）

第三章　周秦两汉：“诗文评”之孕育 ·····················（66）

第一节　散见于各类著作中的片言只语 ···············（67）

第二节　萌芽期的“三个代表” ·······················（69）

《尚书》之"诗言志":"开山纲领" ……………………………… (70)

孔子诗论:儒家诗学元点 ………………………………………… (72)

"季札观乐":开多派诗评之先河 ………………………………… (73)

第三节 "爱"与"恨"和"贬"的尖锐对立

——儒、墨、法、道对"诗"的不同态度 ……………… (76)

儒家爱"诗" ……………………………………………………… (76)

墨家法家"恨"诗 ………………………………………………… (88)

老庄"贬"诗 ……………………………………………………… (92)

第四节 娘胎里定尊位

——汉代独尊儒术与主流诗学文论思想的确立 ……… (95)

由"独尊"现象引发的思考 ……………………………………… (95)

"独尊"的形成和根据 …………………………………………… (98)

汉代儒家诗学文论渐成主流 …………………………………… (103)

思考题 …………………………………………………………… (112)

第四章 魏晋南北朝:"诗文评"学科之辉煌登场

——中国古代诗学文论学科的诞生 …………………… (114)

第一节 "诗文评"学科诞生的标志 …………………………… (115)

独立的论著和专门的论家 ……………………………………… (116)

独立的对象和特定的内容 ……………………………………… (120)

特定的范畴、术语和语码系统 ………………………………… (121)

足够量的实践和成果 …………………………………………… (122)

第二节 审美的自觉和"文的自觉" …………………………… (123)

维持"诗文评"生命存活的空气和水 ………………………… (124)

魏晋:审美自觉和"文的自觉"时代到来了 ………………… (126)

"文的自觉"——对诗文认识发生质的变化 ………………… (129)

第三节 "诗文评"学科诞生和繁荣的特殊历史机缘 ……… (131)

社会动荡而精神宽松 …………………………………………… (131)

玄学兴盛及精神解放 …………………………………………… (134)

佛学东来的催生作用 …………………………………………… (138)

第四节 伟大的形式运动 ……………………………………… (145)

形式问题是人类文明发展中的核心问题 ……………………… (146)

魏晋南北朝时期普遍的形式自觉 ……………………………… (151)

"四声"的发现 ………………………………………………… (154)

伟大的形式运动 ……………………………………………………（158）

思考题 ………………………………………………………………（167）

第五章　唐宋金元：并非"衰落"，而是"隆起" …………………（169）

第一节　从"唐宋变革"论说起 …………………………………（169）

"唐宋变革"论 …………………………………………………（170）

概说几个值得注意的现象 ……………………………………（174）

铃木虎雄的论断与史实不符 …………………………………（176）

第二节　对偶说之创立及律诗之形成：形式运动的延续 ………（178）

两股强大的传统 ………………………………………………（178）

"对偶说"的创立以及由此直接促成律诗的形成 ……………（180）

律诗与"唯美派"杜甫及其他 ………………………………（184）

第三节　"诗有三境"说："意境"理论的起始 …………………（186）

王昌龄的"诗有三境" …………………………………………（186）

意境说的发展 …………………………………………………（188）

"意境"之我见 …………………………………………………（190）

第四节　诗话时代来了 …………………………………………（191）

诗话时代略窥 …………………………………………………（192）

欧阳修和《六一诗话》 ………………………………………（194）

张戒和严羽 ……………………………………………………（195）

第五节　评点源始 ………………………………………………（202）

说"评点" ………………………………………………………（202）

吕祖谦《古文关键》 …………………………………………（206）

吕祖谦之后"评点"的发展 …………………………………（207）

思考题 ………………………………………………………………（211）

第六章　明清："集大成"·走向"终结"·酝酿"新生" ………（213）

第一节　明代的贡献 ……………………………………………（215）

"诗文评"在明代正式得名 …………………………………（215）

鸟瞰全貌 ………………………………………………………（220）

阳明心学和王门后学的巨大作用 ……………………………（223）

第二节　清代"诗文评"之"集大成"：略述几个代表 …………（230）

小序 ……………………………………………………………（230）

清代诗学一般情况掠影 ………………………………………（233）

叶燮 ……………………………………………………………（236）

　　　小说评点：金圣叹 ……………………………………（241）
　　　曲论：李渔 ………………………………………………（247）
　　第三节　"地火在运行" ……………………………………（251）
　　　"地"火从"天"来 …………………………………………（251）
　　　对于中华帝国，这是些"要命"的观念 …………………（255）
　　　在亡国灭种的生死关头 …………………………………（259）
　　　学术必然随之变革 ………………………………………（262）
　　思考题 …………………………………………………………（265）

第三编　从"诗文评"到"文艺学"之蜕变论

第七章　从"诗文评"向"文艺学"的转化 ……………………（269）
　第一节　起点：梁启超、王国维和他们的同道 ………（270）
　　　梁启超 ………………………………………………………（270）
　　　王国维 ………………………………………………………（274）
　　　梁、王的同道 ………………………………………………（276）
　　　开始发生质的变化 ………………………………………（278）
　第二节　五四时期：雏形 …………………………………（279）
　　　在激烈批判中塑形 ………………………………………（279）
　　　"文学概论" ………………………………………………（281）
　第三节　二十世纪三四十年代：成型 ……………………（284）
　　　大批论著标志着现代文艺学基本成型 ………………（284）
　　　苏俄和西方论著的译介 …………………………………（288）
　　　需要特别关注的几件事情 ………………………………（290）
　第四节　二十世纪五十年代：定格 ………………………（292）
　　　"文艺学"术语的出现 …………………………………（292）
　　　理论的"定格" ……………………………………………（294）
　第五节　新时期：突破 ……………………………………（296）
　　　突破，或者叫"反叛" ……………………………………（296）
　　　"文学理论"或"文学原理" ……………………………（300）
　第六节　转化中的种种问题思考 …………………………（302）
　　　"混血儿"再思考 …………………………………………（302）
　　　学术范型的变换 …………………………………………（304）

转化中的"批判继承"和"抽象继承" ……………………………（305）

站在社会历史文化的维度上看待"文艺学" ………………………（307）

启示录 ………………………………………………………………（309）

思考题 ………………………………………………………………（314）

附录一　从石器上看审美的胚芽 ………………………………（316）

附录二　面对传统：继承与超越 ………………………………（324）

附录三　伟大的学界"革命"家梁启超——漫议十九、二十世纪
　　　　　之交梁启超的巨大贡献（在中山大学的演讲） …………（334）

序

——从中外古今的大视野看中国文论

高建平

杜书瀛先生的《从"诗文评"到"文艺学"——中国三千年诗学文论发展历程的别样解读》一书即将问世。这是一部提纲挈领，以"中"与"外"和"古"与"今"的宏大视野为框架，纵论中国文论三千年历史发展的著作。这部书作为研究生的教材出版，是一件大好事，对于立志从事文学研究的学生来说，这会是一部去执去蔽，打通思路，开阔视野的好书。

从事文学研究的学生，总体上说，可分两种，一种研究文学史，一种研究文学理论。对于研究文学史的学生，这部书可以告诉他们：对文学的评述是怎么出现的？文学的历史是如何构成的？我曾经谈过双向的文学史概念。一方面，有创作才有关于文学的理论论述，另一方面，只有通过理论的论述，发展关于文学的观念，才有文学史的写作。这是古人不写文学史，今人在有了文学观念之后才写文学史的原因；这也是随着文学观念的变化，文学史被不断改写和重写的原因。在文学的历史发展中，一直存在着文学与关于文学的观念的相互作用，也存在着文学史与文学理论的双向互动。

对于研究文学理论的学生，这部书可以启发他们：当我们谈论文艺学或文学理论时，并非仅仅局限"文学概论"类教材式的论述。古今中外，存在着各种各样的文论形态。中国古代的"诗文评"，就是一种与我们今天的文论完全不同的"文艺学"之前的"文艺学"。在今后，文论也会呈现出不同的形态，以不同的面貌出现。不同形态的文论，与不同时代与文化之中的文学活动，有着伴生甚至共生的关系。

杜先生的这部书分了三编，第一编讲什么是"诗文评"，第二编纵览"诗文评"的历史，第三编论述从"诗文评"向"文艺学"的过渡。这样一个大的框架背后，有着一个中外古今的大视野。

　　首先是"中"与"外"。中国古代没有"文学批评",更没有"文学理论"。当人们写作"中国文学批评史",或者建立"中国古代文论"学科时,是将现代的名称加在古人身上。有时,加上这些名称也是必要的,但我们要意识到它们之间的区别。

　　这使我想起一个人们所熟知的美学上的"中外"、"古今"的例子。朱光潜在说到鲍姆加登时,认为这个人创造了"美学"这个词,从而创立了这门学科。当然,不是鲍姆加登一个人创立这个学科,美学的诞生在欧洲18世纪经历了一个漫长的过程。不过,朱光潜的一个提法很有意思。他说,在鲍姆加登之前,只有"美学思想",而"美学"是从鲍姆加登开始的。"美学思想"是"美学"前的"美学"。这是说了一个"古"与"今"的区分。现代美学体系,与古代不同。欧洲从鲍姆加登,特别是从康德以后,美学上出现了一个根本的转折。一些基本的美学观念,如审美无功利,美的普遍性与必然性,美的艺术、趣味、天才、想象、崇高以及其他美学范畴,等等,都建立起来,并组合成为一个体系。美学是如此,文学理论也是如此。对作为艺术的一个门类的文学所具有的艺术性的追求,文学中的浪漫主义与现实主义潮流,为艺术而艺术,以及文学与人生的关系等各种现代西方文学理论,都在19世纪开始建立起来。由此,我们可以说,西方的文论,也有所谓的"古"与"今"的问题。我们不能简单地将"西"等同于"今","中"等同于"古"。

　　然而,西方的"古"与"今"之别,并不能掩盖"中"与"西"之别。中国的古代,与欧洲的古代,仍然有很大的不同。这种不同,我曾经用一个例子来说明。古希腊哲学家毕达哥拉斯曾问,赴奥运盛会的有三种人:去比赛的,去看比赛的,去做生意的。在这三种人中,谁最高贵?他回答说,不是参加比赛的运动员,尽管他们得胜后可成为城邦的骄傲;不是去做生意的人,尽管这些人会很有钱。他认为,最高贵的是看比赛的人,是那些旁观者。

　　这一回答,代表着一种在欧洲源远流长的旁观者精神。有闲暇才旁观,能旁观才高贵。由于对世界万物旁观,他们冥思苦想,从而有了科学和哲学。欧洲的这些写作者由于自己在旁观,于是立出操作者与思考者之分,前者低下,后者高尚。在欧洲古代,最伟大的"文论家"(如果可以这么称呼他们的话)并不从事严格意义上的文学的写作。诗人写诗,不写诗的人才评诗。戏剧家写剧本,不写剧本的人评论戏剧。如果说,柏拉图既是文学家(他的对话有分角色的人物语言的特点)也是文学评论家(借人物之口说出自己所要说的意思）的话，那么，亚里士多德则明显站在一个旁观者的角度来评述戏剧。从事文学的与从事文学评论的人，常常不是同一种人。用柏拉图的话说，前者是模仿者，对于世界没有真的知识，还喜欢取悦于灵魂的低下部分，因此无论从知识论还是从伦理学上看，他们都有问题；后者是理论家、哲学家、美学家，他们从知识论、伦理学、政治学的角度看待文学，而不重视文学的实践性和操作性的层面。旁观，这构成了欧洲各门思想活动中的一个大传统。

在中国，情况就不是如此。中国古代并不存在这种哲学上和文学上的旁观者传统。写作文学作品的与写作关于文学的论述的人，常常是一种人。因此，将中国古代关于文学的论述，说成是"文学批评"，容易引起误读，而如果将之称为"文学理论"，就离事实更远。这是杜先生坚持用"诗文评"来为之命名的原因。读中国古代这些关于文学的论述，我们可以发现，比起欧洲的一些文论著作，它们与文学作品的具体文本，创作与欣赏经验，要贴近得多。所谓"文章千古事，得失寸心知"。这个寸心，是文学家之心，而不是那些站得高，看得远的理论家之心。诗人与文章写作者从自身的创作与欣赏经验出发，写出"诗文评"，与他们的同行切磋，将心比心，完成一种情感性、经验性的交流。

杜先生描述了"诗文评"的形成过程，指出，一部古代中国人关于文学论述的历史总结，叫做"中国文学批评史"并不妥当，它实际上是"诗文评"的形成和发展的历史。通过这样的描述，可以给中国文论一个新的理解，这更适合中国古代的关于文学的写作的实际。

"诗文评"的形成，与中国"文士"阶层的崛起，成为重要的社会力量，是联系在一起的，要从这方面找原因。在书中，杜先生特别强调，唐宋金元的文论不是衰弱，而是繁荣，其原因也在于此。在这个时期，中国的"文士"阶层在社会中起着重要的作用，有着重要的社会地位，"诗文评"当然就会非常发达。

"中"与"西"的这种不同，到了近代，是通过"中"与"西"的碰撞而呈现出复杂化的状态。中国有中国的"古"与"今"，西方有西方的"古"与"今"。但到了近代，却是包含着古代西方因素的西方现代理论，在冲击着中国的"古"，实现一种混合的"今"。这就是现代文艺学的建立。

中国的现代文艺学（文学艺术的理论）是舶来的。杜先生说，是"混血"。这种"混血"以西方为主体。写这本书，是要续民族文学文化之源，避免"中国文学批评"及所衍生的一些术语混淆古代中国人关于文学的论述的性质，从而造成曲解。这种做法，是很有价值的。

20世纪的中国文艺学，从欧美和苏联引进了许多的框架。中国学者从这些框架出发，吸收中国材料，加进中国元素，作了一个世纪的建构性努力。对于这些努力的意义，应该得到充分的肯定。没有这些引进和建构，就没有现代中国的文艺学。我们所应做的，不是批评我们的前辈们做错了什么，而是想一想我们可以做一些什么。

20世纪的中国文艺学，是从引进国外的一些概念和理论框架开始的。冲击与反应，西方出思想，非西方出材料，这是现代化进程中一个遍及全世界的巨大而影响深远的过程。我们也许可以猜想，如果没有西方的影响，中国也可以缓慢地发展起现代化来，但那只是猜想而已。现实的情况，就是随着中国的现代进程，大批的西方思想引入了。这构成了中国人各门学科的思想框架。正像大学制度是从国外引入的一样，各门学科，各种课程也是从国外引入，在中国的大学里开设起来的。

从西方和苏联的文艺学引入中国，到中国人发展自己的文艺学，这应该是一个连续的过程。杜先生指出，要防止两种倾向：既不要"全盘西化"，也不要"狭隘民族化"。要做到这两个"防止"，就要做到两个"学习"。在现有的文学理论的基础上学习古典、学习国外的最近理论。这本书所做的事，是正本清源，接续"诗文评"的传统，从中汲取营养。同时，还要接触当代国外理论，不断激活我们的思想，更新我们的理论意识。当然，除了这两个学习以外，文学理论还需要的一个更为重要的维度，就是文学文化实践。理论要接地，接触鲜活的文学，接触发展着的生活本身，接触新的文化现象。

我想将三个也许已经陈旧的词连接在一道，说明文艺学发展之道。这就是"拿来主义"、"实践标准"和"自主创新"。我们要继续"拿来"，拿西方的东西，拿最新的理论，也接过古老的传统。我们要让理论接受实践检验，让理论"接地"，与文学文化的发展结合在一起。毛泽东在谈源与流的关系时，就说过，实践才是源，而古代的与外国的传统只是流而已。回到生活之源，理论才有活力。最后，要"自主创新"。要有自己的东西，不能遇到问题到古人或洋人那里去找答案。相反，我们的理论也能成为具有普遍意义的理论，成为向世界传播，能解决当代文学文化普遍问题的理论。这才是中国文艺学发展之路。

谢谢杜先生，他写了一本好书。在研究生们进入到文学的学习和研究时，这本书能帮助他们对"中外"、"古今"这样一些大问题有一个理论上的把握，也能使我们在思考文艺学的过去、现在和未来时获得一个很好的理论上的参照。

2013 年 2 月 2 日

前　言

（一）我为什么要写《从"诗文评"到"文艺学"》

十几年前，我和文学研究所的老同事及青年学者合作，编写了一套《中国二十世纪文艺学学术史》，由上海文艺出版社印行。在该书的《全书序论》中我曾写道："中国二十世纪文艺学学术史，是由古典文论的传统的'诗文评'学术范型向现代文艺学学术范型转换的历史，是现代文艺学学术范型由'诗文评'旧范型脱胎出来，萌生、成形、变化、发展的历史；也可以说是中国传统文论在外力冲击下内在机制发生质变、从而由'古典'向'现代'转换的历史，是学术范型逐渐现代化的历史（现在正处在这个现代化的历史过程之中）。这是中国文论历史性的转变和发展。"

那套书虽然共有四部，计约一百三十万言，仅《全书序论》也写了五万余字；但从脱稿那天起，我就强烈地感到意犹未尽。因为该书着重论述的仅是"二十世纪"百余年来的文艺学学术史，考察的是十九世纪末二十世纪初古典形态的"诗文评"走向终结并在外力冲击下向现代形态的"文艺学"的转化，是现代形态的"文艺学"如何脱胎成形、发展变化的进程。虽然考察百年文论的历史经验对于今天的文艺学建设是十分重要的，但却远远不够。以我的粗浅研究，现代文论的传统基因要古老得多，它的根子扎得应该更加深远和宽阔，虽然人们容易看到的是它百余年来接受外来激发和吸收外来因素发生的巨大变化，但从深层次看，更应该着重考察的是它如何携带着从娘胎里带来的中华民族几千年的文化传统、诗学文论传统（这种传统也许人们习而不察，它潜移默化地渗透进现代文论思想），从古代走进现代，走向新世纪。当时我们也曾打算往古代追索，但由于论题的限定，没有实行；只是意识到从"诗文评"到"文艺学"的蜕变并非一时之功（它绝不是在一百年前的十九世纪二十世纪之交某一刻骤然发生的），而是有着相当长的"前导"和"预热"过程，因而在构想和策划全书结构时我就把该书第一部主题设定为"蓄势"，即论述"蜕变"之前如何“积蓄势能”的情形——这样，“中国二十世纪文艺学学术史”并未从十九世纪二十世纪之交古代诗学文论向现代文艺学明显“蜕变”的那一刻讲起，而是往前追述了一百来年，追述到清代中后期，探索了它的“学术前史”。但，这远远不足以表现它根系的绵远悠长。因此，我当时就设想，在将来某个时候一定要把“文艺学学术史”的研究往前延伸，探索整个中国诗学文论从古到今的演化历程，找到“诗文评”的深厚根基，以及从“诗文评”向“文艺学”顺理成章的蜕变机缘。过了几年，当我手头的其他学术工作（价值美学研究、李渔研究等）告一段落，终于立了一个专门的学术研究课题，名为《从“诗文评”到“文艺学”》。

这项工作进行了好几年。从对象和内容说，我的研究看似面向过去、面向古代、面向已逝的几千年，好像不食现实烟火；其实我的眼睛始终盯着当下、盯着未来、看着二十一世纪。我的真正着眼点是如何汲取数千年传统而进行今天的文艺学建设，看看中国古代文化传统、诗学文论传统在建设今天的文艺学时发挥怎样的作用和怎样发挥作用，也看看外来元素如何同中国元素相融汇、相结合；我特别关注未来的文艺学走向，看看以数千年资源滋养起来的中华民族的文艺学，将会以何等面目迈进二十一世纪世界学术之林——我所企望的是，在二十一世纪的全球化世界格局中，中华民族文艺学既与世界学术息息相通、又能够走出中华民族自己的路来，而不是像二十世纪七八十年代刚刚改革开放那几年那样，总是跟着别人的屁股，踩着别人的足迹，说着别人的话语。

（二）为中国古代诗学文论正名

当我实实在在踏入中国古代诗学文论这片深厚、富饶而广袤的大地，所接触到的许许多多相关古典文献资料和二十世纪二十年代以来某些学者写的题为《中国文学批评史》或《中国文学批评》等研究著作，不断使我产生这样一个疑问：以“文学批评”称谓中国古代诗学文论是否得当？这是在我探索中国诗学文论古今演化道路上出现的第一个重大问题。

无疑，想弄清中国古代诗学文论的传统面貌和特点，就得仔细深入地研究它，不惜痛下解剖刀，将它从皮肤到骨骼、从四肢到内脏都检索梳理明白。我得老实承认，由于个人才力所限，我虽下了些工夫，至今却仍然不能说对中国古代诗学文论已经摸透，但我还是要锲而不舍地探索下去。

经过反复考虑，我觉得我的研究课题应该首先从“正名”开始——对某些学者给予中国古代诗学文论的这种“文学批评”的称谓进行辨析，予以"正名"。《论语·子路》记孔子言曰："名不正，则言不顺；言不顺，则事不成；事不成，则礼乐不兴；礼乐不兴，则刑罚不中；刑罚不中，则民无所措手足。"在一定情况下，"正名"的确重要，"名"之不正，则其"所指"即混淆不清，而且牵扯到随后的一系列理论和实践问题，"无所措手足"。祖孔老夫子"名正言顺"之意，我要还中国古代诗学文论一个它本来就有、并且与其"出身"、"成分"、"品性"相符的名字。某些中国学者称谓中国古代诗学文论为"文学批评"，称中国古代诗学文论史为"中国文学批评史"，这"文学批评"的用语直接关系到对中国古代诗学文论的基本面貌和主要特征的把握。越是深入研究，越是觉得应该对"文学批评"是否真的能够准确把握中国古代诗学文论之精髓，打上一个大大的问号。我认为正是因为"文学批评"与中国古代文论名不副实，所以一段时间以来常常造成一些读者甚至业内人士的某种认识偏差。

"文学批评"这一名称，如朱自清先生早已指出的那样，是"文化舶来品"。我必须说明：引进西方学术观念和学术名称，一般而言，当然是应该的、必要的，也是有益的。对于中华民族同世界其他民族和国家进行文化交流、思想交流、学术交流，我举双手赞成。我们必须向全世界开放文化、开放思想、开放学术，同时也学习和吸收其他民族和国家的优秀文化、优秀思想、优秀学术。在我看来，文化、思想和学术虽有民族秉性、民族特点，但其传播和交流却是"超民族"、"超国家"的，是可以跨越国界的，不受民族疆域局限的；历史一再证明，世界各个民族和国家的学术文化，总是从交流、交融中得益并发展繁荣。在全球化时代尤其如此。但是，这只是学术文化交流的一般情况和正常情况，其前提是在交流中，各民族学术文化都能保持和发扬自己的优秀传统，而绝不是有意或无意地互相损害以至丧失这种传统；在这个基础上，各民族互相学习、互相启发、互相吸收、互相促进、取长补短，才能激发学术创造的生机，实现共同发展繁荣。如果引进的外来学术观念和学术用语不能有益于发扬和展示本民族学术文化的优秀传统和基本品格，甚或模糊、掩盖以至抹杀了这种传统和品格，那就需要慎重考虑这种引进是否得当。中国古代诗学文论本有自己的名字，叫做"诗文评"。而"诗文评"，根据我的研究，它充分表现着古代中华民族学术文化本身的固有品格和优秀传统，它与叫做"文学批评"和"文学理论"的西方文论有着巨大的甚至本质的区别。用"文学批评"的称谓取代中国古代诗学文论"诗文评"的称谓，处处以西方的眼光和西方的标准来衡量中国古代的诗学文论思想，在很大程度上掩盖了中国古代诗学文论自身的品格和传统，甚至"宰割"它，使它变形、变味儿。所以，在论述中国古代诗学文论的时候，我主张最好还是恢复中华民族自己的本来名字"诗文评"，使人们时刻意识到"诗文评"所蕴含着的中华民族自己的特色和优秀传统，并且充分保护和发扬这种民族特色和优秀传统。

在本书的第一编（第一章），我详细考察了"诗文评"的由来和特性。我坚定地认为，不弄清"诗文评"的由来、内涵和特性等，就说不清中国古代诗学文论的内在筋骨和外在风貌。因此我花了相当大的力气去探索"诗文评"作为中国古代诗学文论特定形态的种种问题：摸清它何时孕育萌发，何时正式成立，何时得以命名；我还将中国古代诗学文论与西方诗学文论比较，努力考察它的民族特色，力图从外到内，翻箱倒柜地去探索它具有怎样的与西方不同的特征和品格，从民族文化根性上去解剖它为什么会具有这样的特征和品格。在我看来，以往学者没有给予应有关注的"诗文评"这个称谓，却是中国古代诗学文论的关键性概念；我也以它为本书的支柱性范畴之一。

（三）先秦至两汉：中国古代诗学文论的孕育

接下来，在第二编（第二章至第六章）我考察了"诗文评"（中国古代诗学文论）的历史发展。仅以现有的资料来看，从萌芽至成熟，它走了差不多三千年的路程。

它的萌芽在先秦，孕育在两汉。

最早，中华民族先民们的物质实践活动、精神实践活动与审美活动是混沌一体的，后来经过了好长一段时间，这种审美活动才慢慢趋向独立。具体说，在距今两千至三千年左右的历史阶段，先民们的审美活动仍然处在尚未完全独立而走向独立的过程之中——如《诗经》、《楚辞》、《左传》、《国语》、《尚书》、诸子散文等等，可视为走向独立过程中的代表性作品，但它们仍然不能说完全是独立的审美活动的产物，因为那时人们常常看中诗的政教、外交和实用功能。最典型的莫如孔子所谓诗可以兴、观、群、怨，"迩之事父，远之事君"（《论语·阳货》），"诵诗三百，授之以政，不达；使于四方，不能专对；虽多，亦奚以为"（《论语·子路》）等，以"用"为目的；这种观点走到极端，即否定文艺，如墨子就是从有用无用、有益无益的角度来看待诗乐舞，得出与先秦儒家相反的结论："仁之事者，必务求兴天下之利，除天下之害，将以为法乎天下。利人乎，即为；不利人乎，即止。且夫仁者之为天下度也，非为其目之所美，耳之所乐，口之所甘，身体之所安，以此亏夺民衣食之财，仁者弗为也。"（《非乐》）墨子认为"乐"有百害而无一利，所以坚决主张"非乐"。法家韩非在《五蠹》中也是从"利"与"用"出发反对文艺，认为"儒以文乱法"，"文学者非所用，用之则乱法"。老庄则从道法自然、清静无为的哲学态度出发，对"诗"予以贬斥。

总之，不管是儒家、墨家、法家，他们都主要是从有用无用、有益无益的角度而不是从审美的角度看待诗乐舞，所以审美在那时尚不具有完全独立的性质。① 至于《左传》等历史散文、诸子哲学散文、《尚书》等实用散文，就更明显地表现着非审美性质（毋宁说将它们视为"美文"是今人的观点）。

然而，就是在走向独立的审美实践中，也开始逐渐萌芽着中华民族独具特色的审美心理结构。例如，仅从先秦诗文来看，逐渐形成重于抒情的审美习惯，简约而质朴的审美风格，温柔中和的审美心态，结合政教作用而注重修身养性、培育德行的美善合一之审美趋向，以及"赋比兴"（诗经三种表现手法）的审美旨趣，可以说，这一切因素相融汇，构成了当时处于雏形状态的中华民族审美心理结构。

在这样的审美心理结构的形成过程之中，人们也开始对自己的各种审美实践活动及其作品（如诗文）进行思索、表达感悟、加以评说，但那时它们大都夹杂在其他论著中而没有独立成篇——人们可以从《论语》、《尚书》、《春秋左传》、《老子》、《庄子》、《孟子》、《荀子》等等著作中找到谈论诗文和审美现象的文字。这就是中国古代诗学文论的萌芽。

直到汉代，虽然审美活动及诗文作品已开始具有比较明显的独立性质（汉赋、乐府诗等等），人们对诗文的思索、感悟和评说也有重大发展，甚至渐成规模，但这些思索、感悟和评说，除了极少数单篇作品如《诗大序》、《礼记·乐记》② 之外，仍然大都附庸于其他著作之中而并无独立

---

① 儒家的后辈如宋代理学虽然也继承先师的思想，但是他们以"道"、"理"为最高原则而蔑视"文"，程颐《伊川语录》在一段对话中竟然说出这样的话："问：'作文害道否？'曰：'害也。凡为文，不专意则不工，若专意，则志局于此，又安能与天地同其大也？《书》云：玩物丧志，为文亦玩物也。'"这是另一层面的问题，容后论述。

② 《诗大序》为汉代人所作，虽作为毛诗的序文，但后来人们总把它视为论诗的独立篇章；《礼记》被认为是汉代戴德、戴圣叔侄所编，据孔颖达《礼记正义》，其《乐记》成书于汉武帝时代，所谓"河间献王好博古，与诸生等共采《周官》及诸子云乐事者，以作《乐记》事也"。学界对此有不同看法，仍在讨论之中。

地位。

但是，从那时人们夹杂在其他论著中涉及诗文的片断感悟、议论、评说来看，已经蕴含了后来"诗文评"（中国古代诗学文论）作为一门学问或一个独立学科的许多基本因素，甚至具有了它的初级形态。

（四）魏晋南北朝：作为一个学科的"诗文评"之诞生

我认为"诗文评"（中国古代诗学文论）作为一门学问或学科正式成立是在魏晋南北朝，虽然此时还没有"诗文评"的名称。

《四库全书总目提要·诗文评类小叙》中说："文章莫盛于两汉，浑浑灏灏，文成法立，无格律之可拘。建安黄初，体裁渐备，故论文之说出焉，《典论》其首也。其勒为一书，传于今者，则断自刘勰、钟嵘。勰究文体之源流，而评其工拙；嵘第作者之甲乙，而溯师承，为例各殊。"所谓"建安黄初，体裁渐备，故论文之说出焉"，就是对中国古代诗学文论作为一门学问或学科诞生（正式成立）的判定；而这个判定，我认为是符合事实的。其标志是：

专门的文论家和独立的文论著作扎堆出现；

这些论著有自己特定的对象；

这门学问或学科的特定术语（概念、范畴）和系列语码已经形成并广泛使用；

尤为显著的是，审美的自觉和"文的自觉"（鲁迅语）达到空前的高度。

还要特别指出的是，自东汉佛教传入中国之后，中国古代诗学文论吸收佛学思想的新鲜血液，获得长足的突破性的发展，魏晋南北朝时期也很快达到了中国古代文论的第一个繁荣期。

关于审美的自觉和"文的自觉"，我想多说几句。

其一，在审美实践和文学艺术创作方面，对社会美和人物的品鉴、对自然美的鉴赏和山水诗的出现是审美的自觉和"文的自觉"的显著标志之一。

在人类历史上，审美行为和审美意识，其最先似乎开始于不知不觉之中，夹杂于生产劳动、祭祀仪式、原始宗教等等活动之间；后来，随着人类物质实践活动和精神实践活动的发展，审美活动渐趋独立，对社会事物和自然事物（包括自然山水和人体自身等）自觉地、有意识地、独立地进行审美，渐次发生、发展，以至完全成熟，自成一家。它的完成，在中国大概是魏晋南北朝时候的事情。

这首先表现在魏晋南北朝时期对人自身和社会事物的审美品评。它的源头，应该始于东汉末年汝南地区许劭、许靖兄弟主持的"月旦评"，就是每月初一品评人物道德品行。进入魏晋南北朝，"月旦评"更加显露出并增强了明显的审美意味，《世说新语》中大量记述人物品评的言论，大都属于审美评判。

随后，自然美的鉴赏也大量出现，《世说新语》中就记述了许许多多有关自然美的品鉴和欣赏以至陶醉的故事。与之相应，山水诗也开始出现。晋末宋初的谢灵运是中国第一位山水诗人，他的许多山水名句如"晓霜枫叶丹，夕曛岚气阴"、"白石抱幽右，绿筱媚清涟"、"池塘生春草，园柳变鸣禽"、"林壑敛暝色，云霞收夕霏"等至今脍炙人口。

对社会美和自然美的鉴赏以及山水诗的出现，审美意识在社会各个方面广泛渗透，整个审美文化的相对高度发达，标志着在魏晋南北朝时期，中国审美文化史发生了质的变化：审美活动作为一种独立的精神实践活动走向成熟的时代开始了。这是一个重大飞跃，它为"诗文评"学科的诞生奠定了基础。

其二，对审美活动和诗文（今天我们所谓"文学艺术"）审美特质的思考和认识，也发生了重要的变化。首先是昭明太子萧统《文选序》强调"综辑辞采"、"错比文华"、"事出于沉思，义归于翰藻"；之后梁元帝萧绎《金楼子·立言篇》，则更明确地阐述了"文"的特性是"绮縠纷披，宫徵靡曼，唇吻遒会，情灵摇荡"等等，都表明对文艺审美特性的思维达到空前的高度。

"四声"的发现和对诗文形式的论述，在中国古代审美史和文论史上更是一个伟大创造。

中国古代诗学文论的许多重要命题、重要范畴也在这个时期被逐个提出，并得到比较充分的、符合那个时代特点的阐述，如"文以气为主"、"赋比兴"、"神思"、"风骨"、"情采"、"滋味"……

上述这一切，不论在当时还是后世都具有重要意义，影响深远。同时，它们也表明："诗文评"（中国古代诗学文论）作为一种学问或学科在魏晋南北朝的诞生，是一件势在必然的事情。

（五）唐宋金元：繁荣而非"衰落"

魏晋南北朝之后，"诗文评"（中国古代诗学文论）在继承前人思想的基础上，携已有的成果继续前行。隋代王通《文中子中说》之论诗论文，自有其独到之处，对唐代之"诗文评"深有启示；唐代诗论家借用佛教中"境"的观念提出论诗的一些新思想，例如皎然《诗式》之论"取境"，特别是王昌龄《诗格》，提出"物境"、"情境"、"意境"之"三境"说，吹起一股新鲜的诗论之风：

> 诗有三境：一曰物境。欲为山水诗，则张泉石云峰之境，极丽绝秀者，神之于心。处身于境，视境于心，莹然掌中，然后用思，了然境象，故得形似。二曰情境。娱乐愁怨，皆张于意而处于身，然后驰思，深得其情。三曰意境，亦张之于意，而思之于心，则得其真矣。

王振复发表于2006年第2期《复旦学报》（社会科学版）的《唐王昌龄"意境"说的佛学解》一文认为，王昌龄所言"物境"、"情境"与"意境"的"诗有三境"说，指的是中国诗歌的三种审美心理、品格与境界，而作为第三种品格与境界的"意境"，主要是对于禅诗而言的。他特别论述了佛学"境"、"意"、"三识性"与王昌龄"三境"说之渊源关系。

此外杜甫《戏为六绝句》（"不薄今人爱古人，清词丽句必为邻"等），韩愈《荆潭唱和诗序》（"欢愉之辞难工而穷苦之言易好"）、《送孟东野序》（"不平则鸣"），白居易《与元九书》（"诗者，根情苗言华声实义"、"文章合为时而著，歌诗合为事而作"），等等，虽同唐代审美、文艺之大繁荣比较，似不相称，但它们也都是与其时代相宜的文论思想。

隋唐之后，到宋代，"诗文评"（中国古代文论）进入第二个繁荣期——这与日本学者铃木虎雄所谓中国古代文论"衰落于唐宋金元"[①]的论断相左。

诚然，文论的繁荣并不一定与经济的繁荣、政治的强盛同步，有时（甚至常常）看上去也不与文学艺术的繁荣相匹配。这就是历史上常常发生的理论与实践的"不同步"，或者说理性思考对于实践活动的"滞后"

---

① 见〔日〕铃木虎雄1925年出版的《中国诗论史·著者序》。此书最初由孙俍工译为中文，题为《中国古代文艺论史》，分上、下两册，分别于1928、1929年由上海北新书局出版；六十年后，该书又由许总重新翻译，题为《中国诗论史》，由广西人民出版社1989年出版。我用的是许总的译文。铃木虎雄在《著者序》中说："在中国文学的悠久历史中，真正的评论产生于魏晋以降，兴盛于齐梁时代，而衰落于唐宋金元，复兴于明清时期。"（该书第1页）

现象。因为一般而言（不论从逻辑上说还是从历史上说）理论总是出现在实践之后；没有实践，哪来的理论？所谓理论的超前，只是在已有实践中产生的理论基础上对未来所作的推测，而这样的推测总是带有乌托邦性质，甚至本身就是乌托邦。《礼记·礼运》中所描述的"大道之行也，天下为公……"那种大同世界，就是那个时代的典型的乌托邦。文学艺术实践与人们对它的理性思考、感悟和评说之间，也是如此。例如，唐代经济、政治高度发展，文学艺术（诗、文、书、画、乐、舞等等）也高度繁荣，但相对而言文论却似乎赶不上当时的文学艺术本身的发展，显得"不匹配"，表现得"不尽如人意"——这在后代的某些研究者如铃木虎雄眼中就被夸大或扭曲为"衰落"。

必须强调：这种"不同步"和"滞后"现象，与铃木虎雄说的"衰落"，是两回事。唐代文论只是在相对意义上不如后人想象的那么发达或繁荣，但我认为这只是表明它的发展程度与文学艺术本身的繁荣相比较，显得"滞后"而已；充其量，这只是向前发展中的"不同步"和"滞后"，而不是向后倒退中的"衰落"。而且，从另一个角度说，何尝不可以把"不同步"和"滞后"之唐代文论看作是在为后世的文论发展繁荣积蓄势能呢？

果然，到宋代，"诗文评"（中国古代诗学文论）不但不"衰落"反而得到大发展大繁荣，无论就其"深度"来说（如以《沧浪诗话》为代表对诗文本性特别是审美特性的认识达到新的深度）或者就其"广度"来说（诗话、词论、文话以及画论等等广泛出现），都是如此。欧阳修《六一诗话》有开创意义，它的许多观点常常为后人称道，如诗"愈穷则愈工"、"穷者而后工"，所引梅圣俞语"诗家虽率意而造语亦难，若意新语工，得前人所未道者，斯为善也；必能状难写之景如在目前，含不尽之意见于言外，然后为至矣"，见解十分高明。特别是严羽以禅喻诗，把握到诗的某种妙处，其论"诗有别材，非关书也；诗有别趣，非关理也。然非多读书、多穷理，则不能极其至。所谓不涉理路，不落言筌者，上也。诗者，吟咏性情也。盛唐诸人惟在兴趣，羚羊挂角，无迹可求，故其妙处，玲珑剔透，不可凑泊，如空中之音，相中之色，水中之月，镜中之象，言有尽而意无穷"，是那个时代之论诗高峰。苏轼"自然天成"的文论、李清照"别是一家"的词论等等，也都别有新意。

另外，自南宋吕祖谦《古文关键》开启的古文（以及此后诗、小说、戏曲)评点,又增添了"诗文评"的新品种、新形式。①

宋代是"诗文评"(中国古代诗学文论)名副其实的又一个繁荣期,是中国古代文化和文论的一个珠穆朗玛峰。②

即使在金代和元代少数民族统治时期,中国古代诗学文论也有自己的贡献。

所以铃木虎雄说"衰落于唐宋金元",并不符合事实;尤其所谓"衰落"一词,用得甚为不当。

(六)明清:"诗文评"从"集大成"到"终结"

到明清,"诗文评"走到它的"集大成"时代,也是它的第三个繁荣期。

明代是中国古代诗学文论家和各种诗学文论思想空前活跃的时期,各种诗学文论著作也层出不穷。特别是"前后七子"的辩驳论争,左派王学影响下的新鲜文论思想的活跃,李贽、三袁、汤显祖等的大胆"叛逆"而充满独创思想的言论……使明代诗学文论以至整个学界热闹非凡;戏曲理论(曲话)、小说评点、叙事文论的发展等,则是明代文论的新亮点。

郭绍虞先生把清代称为中国古代诗学文论的"集大成"时代,是有道理的,他说:"以前论诗论文的种种主张,无论是极端的尚质或极端的尚文,极端的主应用或极端的主纯美,种种相反的或调和的主张,在古人曾经说过的,清人没有不加以演绎而重行申述之。五花八门,无不具备,从传统的文学批评来讲,也可说是极文坛之奇观。从这一点讲,清代的文学批评可以说是极发达的时代。"③ 这个时期,诗话、词话、曲话、小说和戏

---

① 今读《社会科学报》2012 年 2 月 2 日第 5 版刊登复旦大学第三届中国文论国际学术研讨会通讯,海峡两岸学者畅谈"评点",对自宋至清的评点学特别是金圣叹评价很高。

② 刚刚从"中国文学网"上读到王水照先生答《文汇报》记者李纯一问(题为《研究"唐宋转型"与当今社会有密切联系》,原载《文汇报》2013 年 2 月 25 日),其中说到一段话很有参考价值,特摘引于下:

以陈寅恪为代表的一代学者,对宋代文化及其在文化史上的地位,评价非常高。他自己有一句经常被引用的名言:"华夏民族之文化,历数千载之演进,造极于赵宋之世。"后来宋史专家邓广铭则说宋代文明"空前绝后",当然"绝后"这个话说得比较满。还有学者特别指出,当今社会和古代社会的联系中,与宋代文化的联系最为密切。严复就曾说:"若研究人心政俗之变,则赵宋一代历史,最宜究心。中国所以成于今日现象者,为善为恶,姑不具论,而为宋人之所造就,什八九可断言也。"宋代社会从政治形态上还是以王权为主,但之前多是贵族政治,宋时则由于科举的繁荣和发展变成了一个文人社会,士大夫掌握了政权。这种情况跟当今的社会有更多的联系。

我非常同意王水照以及他所引述的诸位学者看法。——2013 年 2 月 28 日补注。

③ 郭绍虞:《中国文学批评史》,中华书局 1961 年版,第 5—6 页。

曲评点及其他艺术的论说……各种著作大面积出现，单以"量"言，几乎是以前各代同类著作的总和；而就"质"说，则出现了新的素质和品性，这尤其表现在清代后期一些睁开眼看世界的学者吸收外来学术思想，使自己的文论思想发生新变，最明显的例子是王国维吸收康德、叔本华思想对《红楼梦》的评论，梁启超等人吸收西方观点所阐述的"小说界革命"、"诗界革命"和"文界革命"等等思想。它们成为现代文论的胚胎或萌芽。

从总体看，"诗文评"发展到清代，它"集大成"了，可以说熟透了，但也真的走向"衰落"或者说"终结"了。

在第二编，我比较详细地探索和论述了中国古代诗学文论在各发展阶段（萌芽及第一、第二、第三繁荣期）的种种表现形态及其所以如此的种种根据。

在此我要说明，我的着力点并非写一部完整而系统的"诗文评"史，而是探讨"诗文评"历史发展中的种种问题，所以严格说我在本书中写的不是"史"，而是"史论"。

（七）"终结"何以必然与"蜕变"何以发生

在本书的第二编第六章的最后《地火在运行》中，我着重考察了"诗文评"为什么必然在清代走向终结，为什么"诗文评"一定会向现代形态的"文艺学"转化——即所谓从"诗文评"向"文艺学"转化的历史根据。

所谓"终结"之必然，绝非某个个人或集团的力量所能左右，而是整个时代使然，是历史发展的结果。中国古代社会走到清代，数千年的帝王家天下的专制制度（包括周代的王国封建制和秦代开始的帝国郡县制[①]）已经无可挽回地走到末日。1840年鸦片战争，震惊了许许多多中国人；而1894—1895年的中日甲午海战，中国惨败，屈辱至极——中国人从来没有受到过这么大、这么强、这么深的刺激。于是，更多的中国人被惊醒。中国人，各个阶层，在十九世纪前后这一二百年的长时段里，已经逐

[①]　这是近年来许多学者的共同观点。最近看到《读书》2011年第8期江湄《傅斯年的"中国大历史"》一文对"中国大历史"作了如下表述：封建（周）——专制帝国（秦）——现代（辛亥革命）。认为由"封建之天下"入于"郡县之天下"完成于春秋战国之交，这也是由"家国"到"官国"的变化。我大体同意这种表述，但说由封建到帝国是"由'家国'到'官国'"，则恐不准确，"帝国"也是"家国"，是皇帝一家之国，"官"不过是皇帝的"家臣"。

渐积蓄起越来越强烈的"求变"势态和呼声，加紧做着变革的舆论准备。那些时时刻刻关心着民族命运的志士仁人认识到，"自古及今，法无不改，势无不积，事例无不变迁，风气无不移易"，"天下无数百年不敝之法，无穷极不变之法"，提出要"师夷"而"制夷"，进而逐渐认识到西方"富强之本，不尽在船坚炮利"，还在思想观念及议会制度，倘观念和制度优越，则使"昏暴之君无所施其虐，跋扈之臣无所擅其权，大小官司无所卸其责"；他们逐渐从器物层面、学术层面、思想层面、制度层面开始实践着变革，于是有"公车上书"，有"戊戌变法"，有孙中山倡导的资产阶级革命运动。正是在所有这些人的努力下，最终火山喷发，推翻了大清帝国。帝国大厦从根蒂哗啦啦倾倒，随之，它的上层建筑包括其意识形态也必然走上终结的命运；诗学文论之中的一部分，自然也不例外。这是根本性的整个时代、整个社会的大变革。中国古代的诗学文论，也必然成为这大变革的一部分。总之，正是在中华民族不得不变的政治、经济、思想、文化氛围之下，才积蓄了从"诗文评"向"文艺学"转化的巨大势能，才不能不随之有诗学文论"革命"，有新美学、新文论的萌生。

（八）中国现代形态文艺学："混血儿"

我在第三编（第七章）考察了中国现代形态的"文艺学"之百年历程和运行轨迹，以及它的未来走向。我要说明，正如不宜用"文学批评"称谓中国古代诗学文论一样，也不宜用"文艺学"称谓中国古代诗学文论，中国"文艺学"这个名称只适宜于中国现代诗学文论。

现代中国诗学文论（我统称之为"文艺学"）从萌芽起至今大约一百一十年左右；而"文艺学"以及"文学概论"、"文学理论"等名称是从西方和苏联引进的，它们在中国出现不过八九十年。就是说，中国的"文艺学"所指称的是百年多来中国诗学文论的现代形态，是十九世纪二十世纪之交在西方学术思想冲击下中国古代诗学文论发生质变之后的新形态。①

在一定意义上可以说，文艺学是中外杂交之后产下的"混血儿"，是古今相融之后生出的新生命；它身上流着中外古今多种血液，而且是多种血液相融之后产生的一种新血液。它既有中国的传统元素，但又不是纯粹

---

① 张法《中国现代文论：在与世界互动中的复杂演进》（《文艺争鸣》2012年9月号）说：中国现代文论开始时（二十世纪上半叶）以"文学概论"名之，二十世纪五十年代受苏联影响称"文艺学"，改革开放之后接受英语世界观念，渐用"文学理论"这一名称。这是符合历史事实的。但为了简便，我仍称之为"文艺学"。

中国古代的，甚至不是纯粹中国的；它不是也绝不应该是中国古代诗学文论的翻版，而是它的现代化。它既有外来优秀学术文化元素，但又不是纯粹外国的；它不是也绝不应该是外国诗学文论的照搬、挪用，而是它的中国化——当然我们也必须承认，现代形态的文艺学，是以西方血统为主体的"混血儿"，或者从总体说基本是依西方范式在中国土地上生长起来的。这个混血儿整体呈西方模样的新生儿的出现，虽然有它的合理性，但也有缺陷。

我还想强调几句："混血儿"是文化发展的常态，是各种文化相交、相克、相融、相生之后出现的优秀果实，例如"意境"是"诗文评"的典型概念和核心概念之一，也可以说是"诗文评"的招牌概念之一，一说"意境"，人们自然就看到中国古代诗学文论与西方诗学文论相区别的显著标志；但它是"混血"的，它身上至少有中华民族和佛学思想两种基因。用生物学现象作比喻，单一物种内部的繁殖或近亲繁殖，只能造成物种的退化；而远缘杂交才能产生优秀品种。有条件地将这个原理运用于文化、文论，我想是适宜的。

所以，中国现代形态的文艺学作为"混血儿"是一种美称，我高度肯定它，赞扬它。

现代形态的文艺学是历史发展的结果。你、我、他，作为历史发展过程中有意识、有意志、有创造性的一员，当然参与了历史的创造，但历史的结果是历史运动的合力造成的，在这个意义上说，历史绝不是你、我、他任何个人任意的人为制作。中国现代形态的文艺学亦如是，是历史使它成为现在的这种状态。我们应该接受历史发展的结果，并且沿着历史发展的方向去作创造性的建设工作。

（九）诗学文论的特殊性和复杂性

必须看到，诗学文论（以及其他文化）有其特殊性和复杂性。它里边有各种不同的成分，因此必须对它作具体分析。就本课题而言，大体可把诗学文论内含的因素分为两部分：一部分属于意识形态，或与意识形态紧密相关；一部分属于非意识形态，与意识形态没有关系或关系不大。"诗文评"是适应旧的体制而生长发展起来的，而所谓适应旧体制，主要指的是它所包含的为旧体制服务的意识形态部分或者与意识形态关系密切的部分，如《毛诗序》中所谓"《关雎》，后妃之德也，风之始也，所以风天下而正夫妇也。故用之乡人焉，用之邦国焉……先王以是经夫妇，成孝敬，厚人伦，美教化，移风俗”等等，即是如此。在那个时代，意识形态内容当然是“诗文评”中非常重要的部分，它以此而为旧的帝王专制体制所宠幸，并得以在这个体制下存活、发展。而当帝王专制体制灭亡时，诗学文论中的这一部分也必然跟着消亡。但是，“诗文评”还有很大一部分因素是非意识形态的，与意识形态无关或关系淡薄的，如论述诗的声律、形神、风骨、意境，论述文体（体裁与文风等等），论述诗文的结构与法度、写作方法和手法……这些非意识形态的部分，并不随旧体制旧大厦的倾倒而消亡，它们是可以继承发展的，有些也是可以随新的审美实践、新的审美现实的需要而加以改革利用的。即使与旧体制的意识形态相关的某些部分，也可以参照当年冯友兰先生所谓“抽象继承法”，加以“抽象继承”，如“文以明道”、“文以贯道”、“文以载道”、“劝善惩恶”……在今天也可以“抽象继承”、改造利用，为现代文艺学中阐述文艺的审美教育作用服务。

关于“蜕变”问题，或曰中国古代诗学文论的现代“转化”问题（包括所谓“失语症”问题），十几年来学界曾发生过比较激烈的争论。我认为，古代诗学文论向现代形态的文艺学“转化”的命题，是成立的，是合理的。中国现代形态的文艺学的确是由中国古代的“诗文评”蜕变、转化（包括“抽象继承”）而来，但它是注入外国基因、在强大的外力刺激和推动下进行的，外来优秀学术思想成为它的有机组成部分；而且从总体说它是依外国模式生长起来的。不过，对于这种“蜕变”，有的人可能习而不察，或视而不见。中国古代诗学文论即“诗文评”是现代文艺学的“母本”，提供给它中华民族的基因——这基因，或隐或现，有形无形，有时你似乎觉察不到，而它却无处不在。外来的优秀学术文化，则提供给文艺学以“现代”基因。中外古今的互相碰撞、互相融合而发生“化学”变化，就是中国现代文艺学的诞生。

（十）防止两种倾向

在今天的中国文艺学建设问题上，要防止两种倾向：只强调外来元素而忽视中国元素，或者只强调中国元素而忽视外来元素。

如果说前者是“全盘西化”，那么后者就是“狭隘民族化”。

所谓“全盘西化”，就是完全不要中华民族自己的传统。这是不可能办到的事情。无论从主观上，还是从客观上，都办不到。因为传统是与生俱来的，就像你的孕育和出生必然带着你的家族基因一样。任何个人想割舍传统都是痴心妄想，就像他不能提着自己的头发离开地球一样。

传统既是一个民族、一个社会的人们互相连接的链条，共同团结的黏合剂；也是一个民族、一个社会文化（包括诗学文论）向前发展的基础。一个民族如果离开传统，它就是一盘散沙，它就失去了立足的根基、也失去了发展的基础。

关于传统，郑杭生在中国社会学会 2008 年学术年会上所作的主题报告《论社会建设与"软实力"的培育——一种社会学的分析》中曾经引述英国学者吉登斯的有关思想：

> 对于构建社会共同性来说，文化价值观的传统成分有着特殊的意义。比如吉登斯说："传统是认同的一种载体。无论这种认同是个人的还是集体的，认同就意味着意义。"如果说一个社会中的"所有的群体都是制造意义的工厂"，那么传统则是意义的集结点和重要源泉，也是民族智慧的库存、集体记忆的档案。借助这部巨大的"索引"，传统在我们与过去和未来之间形成连接，也成为了一种预见未来的工具，因而为社会成员提供了呵护和安全。显然，这正是社会认同、共识与整合的基础。

郑杭生所引述的安东尼·吉登斯的话，见于这位英国学者的两篇论著，一是刊登在《南京大学学报》1999 年第 3 期上的《现代性与后传统》，一是三联书店 1998 年版《民族—国家与暴力》一书的第 12、13 页。

可见，不论中国学者还是外国学者，都对传统高度重视。我们没有理由忽视自己民族的传统。

所谓"狭隘民族化"，就是夜郎自大式的浅陋和排外，就是抱着"中华之外皆夷狄"、"月亮只有中国圆"的观念，鼠目寸光，拒绝学习和吸收一切外来优秀学术思想。我们曾经在这方面吃过大亏。这是自取灭亡的思想路线，愚蠢至极。

在当下，我认为应该更加注意防止前一种倾向，努力发扬中华民族的优秀传统。这也是本书着力之处。所以，我特别关注中国现代形态的文艺学如何携带中华民族数千年的丰富资源又吸收其他民族优秀学术思想走进现代、走向未来。我确信，继承中华民族优秀传统又正确吸收外来优秀学术思想而建设和发展起来的中国现代形态的文艺学，必将以中华民族的独特面貌屹立于世界学术之林，迈进二十一世纪。

第一编 "诗文评"论

　　本编的主旨在"正名"。孔子说，名不正则言不顺。近百年来，中国学者研究中国古代诗学文论，建立中国古代诗学文论史的学科，依照的是西方观念，舶来的是西方术语，即"文学批评"；因而中国古代诗学文论史，也都名为"中国文学批评史"。其实，中国古代诗学文论有自己的名字："诗文评"。它充分表现了中国的民族特色。因此，考察了"诗文评"的来龙去脉和它的内涵、特征，觉得我们应该为近百年来的"中国文学批评史"正名，以我们中华民族固有的"诗文评"取代"文学批评"，而它的历史，也应该堂堂正正地以"诗文评史"名之。

　　名正，则言顺矣；并且有利于在借鉴和吸收其他民族优秀思想的同时，保持和发扬本民族优秀传统。

第一章　论"诗文评"及中西诗学文论的根本差别

内容提要

　　"诗文评"是中国古代评诗论文的一门特殊学问和独立学科，其命名虽起于明代，其实萌芽于先秦，诞生于魏晋。中国的"诗文评"以其鲜明的民族特色而迥异于西方的"文学批评"，二者似是而非。"诗文评"重在"品评"、"品说"、"赏鉴"、"赏析"、"玩味"、"玩索"，其"感性"特色更浓厚些；"文学批评"重在"评论"、"评价"、"评说"、"评析"、"裁判"，其"理性"特色更浓一些。而在这表面差异背后，更有中西不同民族在哲学思想、思维方式等文化本性上的区别为其根由。我们不应再套用西方的学术名称和学科称谓硬是把"文学批评"加在我们古代诗学文论的头上，郑重其事地还给它本来就有的一个称呼："诗文评"；"中国文学批评史"，也应该叫做"'诗文评'史"。

关 键 词

　　诗文评　文学批评　民族特色　不可通约

第一节　"诗文评"由来

　　"诗文评"本是中国古代书籍分类时所使用的一个名称。

　　古籍分类，在中国最常见的是"经"、"史"、"子"、"集"四部，下面再分不同类别。譬如"经"部有"易"类、"书"类、"礼"类、"春秋"类，等等；"史"部、"子"部、"集"部下面也各分若干类。有一类书，像《文心雕龙》、《诗品》等谈论诗文的著作，放在哪里、取个什么名称呢？在中国古代图书目录和图书分类的历史上，很长一段时间里这些作品没有独立地位；它们的"分立"史和"独立"史是一个漫长的过程。《四库全书总目提要》说它们"《隋志》附总集之内，《唐书》以下则并于集部之末，别立此门"①。查《隋书》卷三十五《志》第三十《经籍四》之"总集"中，列有"《文心雕龙》十卷，梁兼东宫通事舍人刘勰撰"和"《诗评》三卷，钟嵘撰，或曰《诗品》"，与它们同列为"总集"之内的有挚虞《文章流别集》、昭明太子《文选》以及大量的"诗集"、"赋集"、"文苑"等文学作品集。《隋书》是唐初魏征等人所撰。显然，到唐代初年，《文心雕龙》和《诗品》等作品淹没于当时被称为"总集"的许多作品的"芸芸众生"之中，人们根本没有想到要挑出这些评文评诗的文字而单列一类。《旧唐书》卷四十七《经籍志》"集部"末尾部分，列有《文心雕龙》，也将其混于"集部"之中而并没有给予独立地位。《旧唐书》是五代后晋时官修的，因此至少到五代后晋时还不能说这些评诗评文的作品已经"别立此门"（《四库全书总目提要》此语名不副实）。北宋王尧臣（1003—1058）等编的《崇文总目》② 进了一步，在"集部"中别立"文史"一类，将《文心雕龙》、《诗品》等放入其中；至南宋，郑樵（1104—1162）《通志·艺文略》在"文类"下分立"文史"与"诗评"两小类，分别列入《文心雕龙》和《诗品》③。到宋代的《崇文总目》和《通志·艺文略》，算是单独为评诗评文的作品留出一片小小的天地。大家可以看到，上述"志"书，都没有把评文的《文心雕龙》和评诗的《诗品》等论著合起来列为一类给一个名副其实的专有名字。直到明代，著名学者焦竑（1540—1620）④ 在万历年间撰写的一部书《国史经籍志》⑤ 中，才给《文心雕龙》、《诗品》这类

---

① 《四库全书总目提要》卷一百九十五"集部四十八"诗文评类一。

② 《崇文总目》是北宋的官修目录书，翰林学士王尧臣等编，分"经"、"史"、"子"、"集"四部，著录经籍共三千四百四十五部，三万零六百六十九卷。在"集部"下列出"总集"、"别集"、"文史"三类，《文心雕龙》《诗品》等"共二十五部，计七十卷"作品归入"文史"类。

③ 郑樵《通志·艺文略》尽搜古今书籍，不取"四部"分法，而是分为经、礼乐、小学、史、诸子、天文、五行、艺术、医方、类书、文等十二大类。"文史"和"诗评"即是文类之下的小类。

④ 焦竑（1540—1620），江苏江宁（今南京）人，祖籍山东日照，明代著名学者，字弱侯，号漪园、澹园，明万历十七年（1589）状元，官翰林院修撰，著有《国史经籍志》、《澹园集》（正、续编）、《焦氏笔乘》、《焦氏类村》、《国朝献征录》、《老子翼》、《庄子翼》等。

⑤ 《四库全书总目提要》卷八十七史部四十三"目录类存目"："《国史经籍志》六卷（两江总督采进本）明焦竑撰。竑有《易筌》，已著录。是书首列《制书类》，凡御制及中宫著作，记注、时政、敕修诸书皆附焉。馀分《经》、《史》、《子》、《集》四部，末附《纠缪》一卷，则驳正《汉书》、《隋书》、《唐书》、《宋史》诸《艺文志》，及《四库书目》、《崇文总目》、郑樵《艺文略》、马端临《经籍考》、晁公武《读书志》诸家分门之误。盖万历间陈于陛议修国史，引竑专领其事。书未成而罢，仅成此志，故仍以'国史'为名。顾其书丛抄旧目，无所考核。不论

书取了一个独立的名字"诗文评",但仍作为附录放在"集"部里。焦竑是万历十七年(1589)的状元,才气横溢而又知识渊博,加之治学勤奋,学术成就(尤其是史学)卓著,被称为东南儒者之宗。他的《国史经籍志》共六卷,书首第一卷为"制书类",即御制及中宫著作,记注、时政、敕修诸书;第二、三、四、五卷分别为"经"、"史"、"子"、"集"四部;书末第六卷为"纠缪"一篇。"诗文评"即"附"于"集"部。虽是"集"部的"附"录(在书籍目录学和分类学上尚未成为独立的一类),然而"诗文评"之称呼却由此而正式提了出来。这大概是中国古代第一次出现"诗文评"三个字连在一起而组合成的名称。至清乾隆年间修《四库全书》,则去掉"附"字,把"诗文评"放在"集"部之下单独列为一类,成为"集"部的正式成员。《四库全书总目提要》虽对焦竑《国史经籍志》颇有微词,说它"丛抄旧目,无所考核,不论存亡,率尔乱载,古来目录唯是书最不足信";但焦竑所使用的"诗文评"名称和图书类别不但延用下来,而且地位有所提升。从中国古代目录学和分类学的历史看,直到明代焦竑、特别是清代《四库全书》,"诗文评"类著作才算真正从"附庸"走向"独立"。

"诗文评"在《四库全书》中共有三卷,即"卷一百九十五·集部四十八·诗文评类一","卷一百九十六·集部四十九·诗文评类二","卷一百九十七·集部五十·诗文评类存目"。

由于《四库全书》这部影响深远的官修巨著的推衍,"诗文评"的称谓被广泛使用而通行开来。

第二节 "诗文评"作为中国古代评文说诗的特殊学问

上面讲的是"诗文评"作为古籍目录学和分类学上一个名称的产生和确立过程。但是,作为古代诗学文论和现代文艺学的研究者,我们更加看重的不是"诗文评"在古籍目录学和分类学上的意义,而是它对中国古代诗学文论和现代文艺学的价值。我写此章,就是以古代诗学文论和现代文艺学为视角,特别辨明"诗文评"不仅是古籍目录学和分类学上一类书籍

存亡,率尔滥载。古来目录,惟是书最不足凭。世以竑负博物之名,莫之敢诘,往往贻误后生。其谰词炫世,又甚于杨慎之《丹铅录》矣。"《国史经籍志》在明代有两种著名的版本:明代万历三十年(1602)陈汝元函三馆刻本(江苏宝应县图书馆藏,有《四库存目丛书》影印本)和徐象橒刻本(复旦大学藏,有《续修四库全书》影印本);至清代则有近二十种刻本。

的名称，更是我国古代一门独立的评文说诗的特殊学问，或者用今天的学术语言来说，它是一个专门评说文学艺术的学科。

从上述目录学和分类学的历史发展过程，我们也可以略见"诗文评"之成为一门特殊学问的端倪。评论诗文的文字和专题著作从"附庸"走向"独立"的过程——即它逐渐从其他部类的掩盖下"分离"出来获得"独立"地位、并且最后确立"诗文评"名称的过程，实际上就是它作为一门特殊学问逐渐萌芽、成形以至获得完全确认、走向繁荣的过程。

魏晋之前，基本没有专门的诗文评论著作，那些评文说诗的文字散见于其他著作和言论之中，譬如，大家耳熟能详的今文《尚书·尧典》（古文《尚书·舜典》）中的"诗言志"，《左传·襄公二十九年》吴公子季札观乐，《论语》中谈诗之"兴观群怨"、"思无邪"，《孟子》中的"知人论世"、"以意逆志"，以及淮南王刘安、司马迁、扬雄、王充、王逸等在他们著作中对于诗文和作者的议论，等等。那时既然没有专门的诗文评论著作，也就根本说不上评论诗文的专门学问和独立学科。

到魏晋南北朝，专门评论诗文的文章和著作才开始出现。郭绍虞《中国文学批评史》中把这个时间节点定在南朝，说："南朝才有文学批评的专著，如钟嵘《诗品》，刘勰《文心雕龙》等书。"① 还说："南朝的批评家才真是纯粹的批评家。在以前，有的主张以作家兼批评家，如曹丕、曹植；有的主张以学者兼批评家，如王充、葛洪；有的竟以选家兼批评家，如挚虞、李充。"② 虽然他说"南朝才有文学批评的专著"，似不够准确，因为这之前魏晋时期曹丕《典论·论文》和陆机《文赋》也可以算是诗学文论专著；但说"南朝的批评家才真是纯粹的批评家"却基本符合事实。因此，把时限放宽一点，断定魏晋南北朝出现独立的文论专著和纯粹的批评家，更为合适。在之后的隋唐宋元明清一千多年时间里，已经成为独立学问的"诗文评"（中国诗学文论）逐步发展、繁荣，蔚为大观。诚如《四库全书总目提要》（它的撰写人主要是清代中期大学者纪晓岚）

---

① 郭绍虞：《中国文学批评史》，中华书局1961年版，第47页。该书第49页还提到南朝其他文论著作："在南朝，也有一些有关文学批评的著作，如宋傅亮的《续文章志》，宋明帝的《晋江左文章志》（均见《隋书经籍志》），邱渊之的《文章录》及《别集录》（见《玉海》五十四），王微的《鸿宝》（见钟嵘《诗品·序》），齐丘灵鞠的《江左文章录序》（见《玉海》五十四），张骘的《文士传》，梁沈约的《宋世文章志》（均见《隋书经籍志》），任昉的《文章始》（今本称《文章缘起》），陈姚察的《续文章始》（见《隋书经籍志》）。"

② 郭绍虞：《中国文学批评史》，中华书局1961年版，第48页。

"诗文评"类小叙所说:"文章莫盛于两汉,浑浑灏灏,文成法立,无格律之可拘。建安黄初,体裁渐备,故论文之说出焉,《典论》其首也。其勒为一书,传于今者,则断自刘勰、钟嵘。勰究文体之源流,而评其工拙;嵘第作者之甲乙,而溯师承,为例各殊。至皎然《诗式》,备陈法律;孟棨《本事诗》,旁采故实;刘颁《中山诗话》、欧阳修《六一诗话》又体兼说部。后所论著,不出此五例中矣。宋明两代,均好为议论,所撰尤繁。虽宋人务求深解,多穿凿之词,明人喜作高谈,多虚矫之论。然汰除糟粕,采撷菁英,每足以考证旧闻,触发新意。《隋志》附总集之内,《唐书》以下则并于集部之末,别立此门。岂非以讨论瑕瑜,别裁真伪,博参广考,亦有裨于文章欤?"① 这段文字中有一句话要特别引起大家的注意,即:"建安黄初,体裁渐备,故论文之说出焉。"所谓"论文之说",就是评论诗文的特殊学问(或按今天的观念亦可称之为独立学科);因此"论文之说出焉"即是《四库全书总目提要》断定在这一时期("建安黄初")这门学问或学科正式诞生了。这篇小叙大体描述了评文说诗一些标志性论著和它们所代表的这门学问或学科(所谓"论文之说")的主要内容及其诞生、成长、走向繁荣的过程,言简意赅,语不虚发,脉络分明。它也可以被视为这门学问或学科最早的一部简史。我们不能不佩服《提要》作者的学识和目光。但是《四库全书总目提要》诗文评小叙这段话也有不足之处,即关于这门学问或学科如何从其他学问或学科中"分离"和"独立"出来的脚步,它并没有给予特别清晰的说明,只是笼统说"《隋志》附总集之内,《唐书》以下则并于集部之末。别立此门……"这一点使我们略有不能满足之感。

今天,我们可以比较仔细地考察这门特殊学问从起步、发展到成熟和繁荣的历程。

如上所述,评论诗文的学问或学科在魏晋南北朝时已经诞生,即《四库全书总目提要》所谓"论文之说出焉"。在我们今天看来,它说的确实是一个事实:已经存在的那么多评文说诗的专门著作如《文心雕龙》、《诗品》等,完全可以证明古代文论这门特殊学问已经建立,而且已经发展到一个相当高度,取得重要成就。但是,直到唐和五代,它的特殊学问的地位却没有得到历史的相应承认——所谓"《隋志》附总集之内,《唐书》以下则并于集部之末",从学科的建立和发展角度加以解读,是说至

---

① 《四库全书总目提要》卷一百九十五"集部四十八"诗文评类一。

少在唐朝甚至五代，评论诗文的这门特殊学问的独立性，尚未得到历史的普遍认可；在当时人们的眼中，它只是一种"附庸"而已。之所以如此，原因包括社会历史的和这门特殊学问自身的（容以后在专门讨论"诗文评"史时再详考察），当然会有许多，现在只略提其中之一点：也许是由于当时人们对这门特殊学问的意识和认识上的局限所致。而这种不受关注不被重视不被倡导的"附庸"地位，也就在一定程度上限制了这门特殊学问的发展，这或许是唐代诗学文论没有得到充分发展（至少与唐代的政治、经济、文化、文学艺术昌盛繁荣局面不相匹配不甚协调）的原因之一。

唐朝和五代之后，评论诗文的著作在目录学和分类学上的地位发生了重要变化，即它们作为一个独立类别逐渐得到认可——宋代的《崇文总目》列出"文史"类、《通志艺文略》列出"文史"和"诗评"两小类，真正把它们"别立此门"，而从"学科"意义上看，即它作为评论诗文的一种特殊学问的独立地位得到学界确认，同时也就意味着它在社会上被重视甚至被提倡，因而也就获得了进一步发展的更好环境和条件。历史事实也证明，古代诗学文论在宋代获得了重大发展——两宋是我国古代诗学文论空前繁荣的时期，是魏晋之后的又一个高峰①；虽然当时它还没有确立一个恰切的特殊学问的称谓，但是离这一刻已经不远了，这门特殊学问的名称到了呼之欲出的时候。

果然，至明代焦竑《国史经籍志》，终于在目录学和分类学上给它一个"诗文评"的类别称呼；而从今天所谓"学科"发展史的意义上说，也就意味着获得了一个名副其实的特殊学问的名称，得到进一步发展的内在动力；从历史事实上看，明代"诗文评"在各个方面都获得巨大发展，且有新的创造和突破。

而到清代乾隆年间修《四库全书》，"诗文评"在目录学和分类学上正式成为一个独立类别，而从学科和整个学术发展史的角度来说，也即表明它作为一门特殊学问的名称得到文化界、学术界乃至全社会的普遍认可。至此，"诗文评"这门特殊学问，名至实归，名正言顺，"合理合法"地存在于世，并在历史的、文化的、学科自身的各种力量的推波助澜之下，大行其道，走向繁荣，走向它的"集大成"（郭绍虞语）时代。

---

① 前已说过，我不同意日本学者铃木虎雄的观点，他在1925年出版的《中国诗论史》中说："真正的评论产生于魏晋以降，兴盛于齐梁时代，而衰落于唐宋金元，复兴于明清时期。"（见［日］铃木虎雄《中国诗论史·著者序》，许总译，广西人民出版社1989年版）

第三节 中国"诗文评"不是西方"文学批评"：
二者似是而非

"诗文评"类论著，它所论述的对象是"诗文"（广义地说即今天我们所说的文学艺术，当然古人与今人眼里的"诗文"范围会有所不同），涉及"诗文"的写作和欣赏的方方面面，如诗人（作家）个人本事和社会环境，诗人（作家）的创作心态和作品的功能和社会作用，作者的才分和技巧，以及与"诗文"相关的种种问题；"诗文"作品本身的种种问题，包括它的品性的鉴定、价值的高低等等；"诗文评"使用一种特定的语码、概念、范畴。总之，在对象、内容、品性以及范畴、概念、语码系统等方面，与中国经史子集等其他学问或学科有着基本区别。

但是直到近代之前，中国学人的学科意识并不强——这门学科虽然早已存在，但人们不一定清醒意识到它作为一门学科的存在。

近百年来，中国和外国（主要是日本）一些学者开始以西方学术眼光研究中国古代"论文之说"、"诗文评"，并以西方的学术模式着手建立一个新学科。而在这方面日本学者起步比中国人更早。十九世纪末至二十世纪上半叶，在日本汉学界曾活跃着一位著名学者名叫铃木虎雄（1878—1963），他以对中国诗论的研究论文而获文学博士学位。据有关材料介绍，此人毕业于东京帝国大学文科大学汉学科，1916 年曾来中国留学两年。1919 年任京都帝国大学文科大学"支那语学·支那文学"讲座教授。他专心研究中国文学和诗论，写了三篇长文《周汉诸家的诗说》、《魏晋南北朝的文学论》、《格调、神韵、性灵三诗说》，分别发表在 1911、1919、1920 年的《艺文》杂志，并于 1925 年结集为《支那诗论史》，由日本京都弘文堂刊行。① 可以看到，铃木著作对中国古代"论文之说"和"诗文评"的命名，是"文学论"，或"诗说"，或"诗论"，还没有使用后来创立"中国文学批评史"学科时由西方传入中国的"文学批评"一词。但是，从 1927 年中国学者出版自己写的第一部中国古代文论史著作起，就

---

① 此书由孙俍工译为中文，题为《中国古代文艺论史》，分上下两册，分别于 1928、1929 年由上海北新书局出版；六十年后，该书又由许总重新翻译，广西人民出版社 1989 年出版。有关铃木虎雄的情况，我引述和参考了日本三省堂《大辞林》"铃木虎雄"条、许总译铃木虎雄著《中国诗论史·译者序》和百度网发布的刘正（中国人民大学图书馆古籍整理研究所）《东洋史学京都学派诞生的前前后后》的相关资料，特此说明并致谢。

按西方学术观念给中国古代"论文之说"、"诗文评"起了一个洋名:"文学批评",这就是陈钟凡(1888—1982)的《中国文学批评史》——作者在该书第一章"文学之义界"和第二章"文学批评"中,就明确"以远西学说,持较诸夏"而"定文学之义界"和"批评"之义界。此后一二十年间,郭绍虞(1893—1984)、罗根泽(1900—1960)、朱东润(1896—1988)、方孝岳(1897—1973)等先后出版同类著作,都取《中国文学批评史》或《中国文学批评》的名字①。就这样,用西方学术的这个"文学批评"观念,写中国"论文之说"、"诗文评"的史论著作,建立起一个独立的"中国文学批评史"学科。"文学批评"这个名字一直沿用至今,到现在"中国文学批评史"类著作已有数十部至上百部。

朱自清(1898—1948)曾说:"'文学批评'一语不用说是舶来的。现在学术界的趋势,往往以西方观念(如'文学批评')为范围去选择中国的问题;姑无论将来是好是坏,这已经是不可避免的事实。"②西方的学术观念和学术术语不是不可以引入,更不是不可以借鉴;诚如朱自清所说,"这已经是不可避免的事实"。而且西方学术观念和学术术语的引入和借鉴,对中国学术发展确实起过非常积极的作用,功不可没。但是朱自清当时就对这种文化品"舶来"现象保持相当清醒的头脑,话语间伸缩空间很大,判断中带有明显的保留余地:所谓"姑无论将来是好是坏"是也。"好"、"坏",都有可能。"好"的方面,吹进新空气,带来新观念、新视角和新因素,可能打破旧禁锢和旧藩篱,开出新天地。"坏"的方面,可能囫囵吞枣,消化不良,甚至泻肚。在我看来,近百年来引入"文学批评"观念研究中国古代"论文之说"、"诗文评"的历史事实,的确有"好"有"坏",功过参半。"好"的方面,中国文学批评史的确为中国古代诗学文论研究展现出一个新视角和新观念,打开了一个新局面,一些学者用新的学术思想在一定程度上解释清楚了许多旧词语(如"意境"、"兴观群怨"等),梳理了古代诗学文论的发展脉络,成绩有目共睹。"坏"的方面,某些学者生硬地套用西方观念和术语"宰割"中国传统(如用西方的"真实"去套中国古人所说

① 以出版时间顺序,草创时期的中国文学批评史著作依次是:1927年上海中华书局出版的陈钟凡《中国文学批评史》,1934年上海商务印书馆出版的郭绍虞《中国文学批评史》上卷,1934年北京人文书店出版的罗根泽《中国文学批评史》,1934年上海世界书局出版方孝岳《中国文学批评》,1944年上海开明书店出版的朱东润《中国文学批评史大纲》。

② 朱自清:《评郭绍虞〈中国文学批评史〉上卷》,《清华大学学报》(自然科学版)[Journal of Tsinghua University(Science and Technology)]1934年第4期。

的"诚"、用"反映"说和"再现"说去套中国的"物感"说，等等），闲置了、放逐了、甚至丧失了许多优秀宝藏（如中国阴阳五行说中许多有价值的东西）。更有甚者，现代以来某些过于激进的人士曾一度把古代文化（包括诗学文论）中许多学术思想当作封建"余孽"进行讨伐，有某种轻慢祖宗、割断传统的倾向。近年学界热议的所谓诗学文论"失语症"，可能与此不无关系（至少是原因之一）。

中西诗学文论相比较，应该看到两个方面：一方面，中西二者有相同、相通的地方，即中国的"论文之说"、"诗文评"似西方"文学批评"、"文学理论"；但是，二者又有相异、相隔之处，即它并不就是西方的"文学批评"、"文学理论"。我认为，中国古代的"论文之说"、"诗文评"与西方的"文学批评"、"文学理论"，二者其实"似是而非"。猛一看，它们所面对的对象和处理的问题大体都是：（一）诗、文、曲（在西方则是戏剧）、小说等现在人们通常称为"文学"的作品，（二）作品的作者和创作，（三）作品的阅读、接受和发生的作用，（四）围绕作品、作者、读者、阅读和接受等所出现的种种情况和现象（例如它们与政治、经济、文化等社会各个方面的关系）……中西很"似"，好像就"是"；但若仔细瞧，则"非"也——从外在面貌到内在神韵，完全不是那么回事儿。中国"诗文评"同西方类似学问或学科存在巨大差异是一个不争的事实。以往我们在引入西方"文学批评"观念和术语上之所以出现某些负面结果，我认为问题症结即在于：一些学者多看甚至只看中西诗学文论之"同"或"通"（可通约）的方面，即"似"的方面；而少看甚至不看其"异"或"隔"（不可通约）的方面，即"非"的方面。而后者则是关键和要害所在。不同民族的人文学科正是依仗着相互之间的"异"、"隔"和"非"，即自身固有的独特之点，而获得了在世界上生活的资格和存在的价值；也正是因为这"异"、"隔"和"非"，才使这多彩的世界文化（包括丰富多样派别林立的学术活动）在"和而不同"中相克、相融，互渗、互动，竞生、竞长，不断发展繁荣。"和实生物，同则不继"（《国语·郑语》），两千多年以前的中国古人就深知这个道理。

人文学科的这种"异"、"隔"、"非"，即"不可通约"的特点，可能是从"宇宙洪荒"起到地球毁亡都不能泯灭的。

中国"论文之说"、"诗文评"迥异于西方"文学批评"、"文艺理论"的民族特点和风姿面貌，在全球化时代需要我们特别加以关注。然而，要全面系统地论说中国"诗文评"的特点，特别是在中西比较中全面考察和论述"诗文评"之"异"、"隔"、"非"等难以"通约"的民族特色，是一个大题目，需要更长的时间、精力和篇幅（或许要一部书或几部书）①，这不是本书的任务，亦非目前笔者学识、才力所能及。本书仅从笔者阅读"诗文评"著作时的印象出发，略及数端。

第四节　略窥"诗文评"之民族徽章和印记

笔者接触"诗文评"著作，其大体内容确如《四库全书总目提要》诗文评小叙所说"……鳃究文体之源流，而评其工拙；嵘第作者之甲乙，而溯师承，为例各殊。至皎然《诗式》，备陈法律；孟棨《本事诗》，旁采故实；刘颁《中山诗话》、欧阳修《六一诗话》又体兼说部"；明清以来的小说、戏曲评点，又进而阐发小说戏曲之创作立意、构思和技巧，读者的鉴赏心得，特别是论及叙事文学中人物塑造等种种相关问题。② 这些"诗文评"著作涉及面广泛而驳杂，文体文风多姿多彩，以非常独特的面孔出现于世界文化之林，与西方类似论著相对照，可见其处处打着中华民族的徽章和印记。

先从字面说起。中国的"诗文评"与西方的"文学批评"，都有个"评"字，一般而论，这"评"字里面都多多少少包含着"评"、"判"、"说"、"议"、"论"、"品"、"赏"等因素，这些意思中西相通；但细考究，此"评"非彼"评"。中国"诗文评"，最突出的意思是"品评"、"品说"、"赏鉴"、"赏析"、"玩味"、"玩索"，其"感性"（感受、感

---

①　在这方面，老一辈学者钱钟书、季羡林以及海外学者刘若愚、叶威廉作出了重要贡献；新时期以来，曹顺庆《中西比较诗学》（北京出版社1988年版），黄药眠、童庆炳主编的《中西比较诗学体系》（人民文学出版社1991年版），乐黛云、王宁主编《超学科比较文学研究》（中国社会科学出版社1989年版），狄兆俊《中英比较诗学》（上海外语教育出版社1992年版），马奇主编《中西美学思想比较研究》（中国人民大学出版社1994年版），朱徽《中英比较诗艺》（四川大学出版社1996年版），饶芃子等《中西比较文艺学》（中国社会科学出版社1999年版），史忠义《中西比较诗学新探》（河南大学出版社2008年版），等等，作出了有益的探索。

②　"诗文评"名称的产生虽是在明清，但作为对文学（诗、文以及广义的各种文章）和作家的品鉴、品评、赏析、赏玩，则可以追溯到两千至三千年以前；而且，"诗文评"就字面看虽主要是关涉"诗"、"文"的，但"诗文评"名称确立之前从先秦至宋元一切关涉"广义文学"和文士的评鉴、品评，"诗文评"名称确立之后发展起来的小说和戏曲的赏析、评点——所有这些都应囊括在"诗文评"范围之内。就是说，"诗文评"麾下的"虾兵蟹将"应该是一个比较庞大的队伍，除"诗评"、"文评"之外，还应包括"词评"、"曲评"、"小说评"以及广义文章学——它是所有这一切品评文字的特殊学问的总称和通称。

悟)特色更浓厚些。譬如钟嵘《诗品》,从晋陆机《拟古诗》十二首到南北朝梁晋陵令孙察二三百年间约一百二十余人的五言诗,分为上中下三等加以品评,其谓曹植诗曰:"骨气奇高,词采华茂,情兼雅怨,体被文质,粲溢今古,卓尔不群。嗟乎!陈思之于文章也,譬人伦之有周孔,鳞羽之有龙凤,音乐之有琴笙,女工之有黼黻……"明显重在品鉴、品赏乃至品玩;张戒《岁寒堂诗话》谓"渊明'狗吠深巷中,鸡鸣桑树颠'、'采菊东篱下,悠然见南山',此景物虽在目前,而非至闲至静之中则不能到,此味不可及也",更可谓"玩味"。西方"文学批评"则重在"评论"、"评价"、"评说"、"评析"、"裁判"①,其"理性"特色更浓一些。譬如莱辛的《汉堡剧评》乃为汉堡民族剧院1767年五十二场演出撰写的一百零四篇评论,阐发剧情,分析人物,申说自己的理论主张,批评法国新古典主义的清规戒律,等等;虽然表面上保持了记事文体,但内里充满着理论剖析和逻辑阐述,他自己在第五十篇中就说,这些剧评往往沦落为"关于早已众所周知的剧本的冗长的、严肃的、干巴巴的批评;关于在一出悲剧当中应该有什么和不应该有什么的沉闷的探讨;其中甚至包括了关于亚里士多德的说明"②。西方其他某些文学批评和文学理论论著,如尼采《悲剧的诞生》等,更多纯理论的论说;即使一些作家写的论著,像列夫·托尔斯泰的《艺术论》,虽然文笔生动,但其主旨仍在论证"艺术是情感的传染"等理论命题。而刘勰《文心雕龙》、钟嵘《诗品》等理论著作的论述方式则是审美描述与类比推理相结合,如《文心雕龙·明诗》篇将史、论、评相结合,既包括对诗体的产生、变化的整体把握,说理的周详,也包括对诗歌特征的形象直观的直觉感悟,是具象与抽象、体验与概括、(审美)感受与(理性)认识的统一。

让我们顺势再进一步考察中国"诗文评"和西方"文学批评"的文体文风(特别是它们的体裁)上的差异。一般而言,虽然如前所述中国"诗

---

① 罗根泽《中国文学批评史》第一章《绪言》认为:我们译为"文学批评"的英文"Literary Criticism"中的"Criticism",本意是"裁判",所以"Literary Criticism"应译为"文学裁判"。罗先生的中国古代文论研究,造诣很深,我获益良多;该书《绪言》对"批"、"论"及"评论"等的训诂,亦颇精到,富有启示。但是他主张中文的"批评"一词应以"评论"代替,却并没有突出中国"诗文评"的特点。我认为,不论把"诗文评"称为中国的"文学批评"或"文学评论"(或"文学理论"、"文学裁判"),都没有把中西文论的不同特色区分开来;"诗文评"就是"诗文评",它不是西方的"文学批评"或别的什么名称。(参见罗根泽《中国文学批评史》(一),古典文学出版社1957年版,第5—10页)

② 莱辛:《汉堡剧评》,张黎译,上海译文出版社1981年版,第261页。

文评"的"评"偏重于"品评"、"品鉴"、"品赏"、"品玩",而西方"文学批评"偏重于"评论"、"评价"、"评判"、"评析",但它们都是评论文学的,按今天人们心目中的常理,在体裁上它们似乎都应该是论说文字。然而,稍加对照便知,其实中西大异其趣。西方"文学批评"、"文学理论",的确合乎上述常理,大都是思理清晰、逻辑严密、辨析分明的理论著作,其典型作品像亚里士多德《诗学》、朗加纳斯《论崇高》、狄德罗《论戏剧艺术》、莱辛《拉奥孔》和《汉堡剧评》、歌德《诗与真》、席勒《素朴的诗和感伤的诗》、雪莱《诗辩》、泰纳《艺术哲学》、海涅《论浪漫派》以及俄国别林斯基、车尔尼雪夫斯基、杜勃罗留波夫等人的著作,莫不如是;有些作品虽然形式是诗(如贺拉斯《诗艺》、布瓦洛《诗的艺术》等)、序言(如约翰生《〈莎士比亚戏剧集〉序言》、巴尔扎克《〈人间喜剧〉序言》等),或书信(如席勒《审美书简》、普希金《给〈莫斯科通报〉出版人的信》等),但内容是论文,逻辑性、论辩性很强。而中国"诗文评"却不然。譬如陆机的《文赋》,是一篇以"文"为题材的"赋",它重在描写而不是论说;你当然也可以把它类比成西方的文学理论批评文字,但实际上它就是一篇文学作品,你完全可以作为中国古代的一篇文学作品("赋")来赏读,如赏读宋玉《风赋》、《高唐赋》、《神女赋》、《登徒子好色赋》然。再如杜甫谈论诗歌的《戏为六绝句》和元好问的《论诗三十首》,里面包含着"评诗"、"说诗"的意思,但它们本身就是诗,你可以作为诗歌来欣赏。特别典型的是晚唐司空图(837—908)《二十四诗品》[①],需要单独细说。

　　《二十四诗品》自"雄浑"至"流动"二十四款(亦可谓二十四首诗),每款十二句,全篇合计不过 288 句;每句四个字,全篇合计不过 1152 个字。但是,古今中外学人对它们的解释文字何止百倍、千倍于本文?为什么?因为它们是"诗",古人云"诗无达诂",诗是多义的,每个不同的人,对这多义的诗,自然会有各种各样的解说;而《二十四诗品》又非一般的诗,而是"朦胧诗"(这些"品诗"的诗又何尝不能看作中国古代的"朦胧诗"呢),"朦胧诗"须"朦胧"解也,常常是只可意会,不可言传。五十多年前我在大学听陆侃如教授(1903—1978)讲古代文论,到司空图《二十四诗品》,费力最多,如读天书;后看到我的另一位老师孙昌熙教授(1914—1998)和刘淦先生《司空图〈诗品〉解说二

---

① 《二十四诗品》究竟是否司空图所作,近年有学者提出疑义,今暂从旧说。

种》（此书将清人孙联奎《诗品臆说》和清人杨廷芝《诗品浅解》合并整理并加以校点，山东人民出版社 1962 年版），也不能全解诗意。我想，有一千个《二十四诗品》的读者就会有一千个司空图。近日重读朱东润先生《中国文学批评史大纲》，至《第二十三　司空图》，看到朱先生以清晰思想解司空图"朦胧"之文，虽很难说是定解（大概不会有定解），但能给人启示（后来解《二十四诗品》者，无论说它是"司空图的诗歌哲学"也好，说它"是一部体大虑周的艺术哲学著作"也好，大多循朱先生的路数）。我不妨把朱先生原文引述如下：

　　《诗品》一书，可谓诗的哲学论，于诗人之人生观，以及诗之作法，诗之品题，一一言及，骤观似无端绪可寻，今将二十四诗品，排比于次：
　　一、论诗人之生活：疏野 旷达 冲淡
　　二、论诗人之思想：高古 超诣
　　三、论诗人与自然之机关：自然 精神
　　四、论作品（1）阴柔之类：典雅 沉着 清奇 飘逸（2）绮丽：纤秾（3）阳刚之美：雄浑 悲慨 豪放 劲健
　　五、论作法：缜密 委曲 实境 洗练 流动 含蓄 形容
　　盛唐诗人身处太平之时，胸中之趣，自有得于意言之表者。元白之时，天下已乱，发而为新乐府，讥刺讽谏，犹冀得邀当局之垂听，谋现状之改进。及于表圣，时则大乱已成，哀歌楚调，同为无补，于是抹杀现实而另造一诗人之幻境，以之自遣，《二十四诗品》之作，盖以此也。旷达云："生者百岁，相去几何？欢乐苦短，忧愁实多，何如樽酒，日往烟萝？"即指示此出路。在此虚幻之境地，遂有虚幻之人生，如云："窈窕深谷，时现美人。"（纤秾）"畸人乘真，手把芙蓉。"（高古）"幽人空山，过雨采苹。"（自然）"高人惠中，令色纲缊，御风蓬叶，泛彼无垠。"（飘逸）此虚幻之人生，又皆有虚幻之人生观，如："素处以默，妙机其微。"（冲淡）"黄唐在独，落落玄宗。"（高古）"体素储洁，乘月返真。"（洗练）"少有道气，终与俗违。"（超诣）

朱先生六十七年以前的这些见解，今天仍有参考价值。
其余许许多多这类作品，虽然包含"评诗"、"评文"、"评曲"、"评

小说"的内容，但大都本身就是文学艺术作品，有的是诗，有的是小品文，有的是笔记小说，有的是叙事文，有的是论说文，有的是抒情文……共同点是里面都充满着审美情趣；即使思维缜密如刘勰《文心雕龙》和能言善辩如叶燮《原诗》，也文采斐然，浸透着诗情画意。之所以如此，也许可以追索到中华民族的文化根性上去：生活在中国这块大地上的人们自古就是一个长于审美的民族，是一个充满诗情的民族。两千多年前的中国思想家孔子（公元前 551—前 479，名丘，字仲尼）站在河边充满激情地感叹道："时光逝去如这滔滔流水，日夜不息呀！"① 他思考问题也像作诗；而与孔子差不多同时，也是两千多年以前，古希腊哲人赫拉克利特（Heraclitus，约公元前 530—前 470）站在河边却完全是另一种表现，他说："你不能两次踏进同一条河流，因为新的水不断流过你的身边。"② 赫拉克利特虽然也用了比喻，但是，你看他多么冷静、多么理性，好像手拿一把解剖刀，把真理扒皮抽筋，赤裸裸亮给你。如果说西方的许多诗人很像是思想家，那么中国的大多数思想家则像诗人或本身就是诗人。在中国古代，凡有头有脸的人物，几乎个个都会作诗、都善作诗。连一些厮杀于战场的将军也总喜欢赋诗言志，不但在胜利时作诗（如曹操征乌桓凯旋作《观沧海》"东临碣石，以观沧海。水何澹澹，山岛竦峙。树木丛生，百草丰茂。秋风萧瑟，洪波涌起。日月之行，若出其中。星汉灿烂，若出其里"），而且在兵败临死前也作诗（如楚霸王项羽在"四面楚歌"时悲歌慷慨，自为诗曰"力拔山兮气盖世，时不利兮骓不逝。骓不逝兮可奈何，虞兮虞兮奈若何"）。中国那些为国家、为理想捐躯的英雄们，就义前也常常赋诗一首，像宋末丞相文天祥刑前作《正气歌》："是气所磅礴，凛烈万古存。当其贯日月，生死安足论……"像现代革命者夏明翰刑前写："砍头不要紧，只要主义真。杀了夏明翰，还有后来人。"中国人几乎在自己的一切行为和一切精神产品上都抹上一层诗的光彩。评诗论文的"诗文评"自然更应如此。

　　与上述"诗文评"著作自由多样、充满审美诗情的文体文风特点相联系，我阅读这类著作时还有几点突出的直感印象：第一，虽然"诗文评"作品中也不乏长期积累、深思熟虑而形成的评价、判断，但最常见者却是电光石火、灵光一现的瞬时体验感悟，以一语或数语点到即止，活像羽毛

---

① 《论语·子罕篇》："子在川上曰：'逝者如斯夫，不舍昼夜！'"
② 语见罗素《西方哲学史》上卷，何兆武、李约瑟译，商务印书馆 1982 年版，第 74 页。

球场上之"点杀"。如释皎然（唐代诗僧，生卒年不详）《诗式》提出："诗有四不"（"气高而不怒，怒则失于风流；力劲而不露，露则伤于斤斧；情多而不暗，暗则蹶于拙钝；才赡而不疏，疏则损于筋脉"）、"诗有四深"（"气象氤氲，由深于体势；意度盘礴，由深于作用；用律不滞，由深于声对；用事不直，由深于义类"）、"诗有二要"（"要力全而不苦涩，要气足而不怒张"）、"诗有六至"（"至险而不僻，至奇而不差，至丽而自然，至苦而无迹，至近而意远，至放而不迂"）以及"辨体有一十九字"等，只把要害处点出而略作解释或不解释，读者细细体味自会领略旨趣。张戒（生卒年不详，宣和六年即1124年进士）《岁寒堂诗话》比较名家诗风特点时说："阮嗣宗诗，专以意胜；陶渊明诗，专以味胜；曹子建诗，专以韵胜；杜子美诗，专以气胜。"这"意"、"味"、"韵"、"气"，有一字千金之妙。近代王国维（1877—1927）《人间词话》谈到"红杏枝头春意闹"时说："著一闹字境界全出矣！"一语击中要害。朱光潜先生曾在《诗论抗战版序》中说："中国向来只有诗话而无诗学……诗话大半是偶感随笔，信手拈来，片言中肯，简练亲切，是其所长；但是它的短处在零乱琐碎，不成系统，有时偏重主观，有时过信传统，缺乏科学的精神和方法。"[①] 朱先生的确说出了中国"诗文评"的某些特点，但他完全以西方立场所作的批评，我却不能完全同意。第二，"诗文评"一般不作范畴、概念的严格界说和理论判断的逻辑推演，而喜欢用生动活泼的形象语言进行审美描述。如南宋严羽（生卒年不详）《沧浪诗话》所谓"诗者，吟咏情性也。盛唐诗人惟在兴趣，羚羊挂角，无迹可求。故其妙处，莹澈玲珑，不可凑泊，如空中之音，相中之色，水中之月，镜中之像，言有尽而意无穷"；金圣叹《读第六才子书西厢记法之十七》所谓"文章最妙是先觑定阿堵一处，已却于阿堵一处之四面，将笔来左盘右旋，右盘左旋，再不放脱，却不擒住。分明如狮子滚球相似，本只是一个球，却教狮子放出通身解数。一时满棚人看狮子，眼都看花了，狮子却是并没交涉。人眼自射狮子，狮子眼自射球。盖滚者是狮子，而狮子之所以如此滚，如彼滚，实都为球也。《左传》、《史记》，便纯是此一方法。《西厢记》也都是此一方法"，等等。第三，如前所述，"诗文评"有与西方完全不同的一套今天称之为"概念"、"范畴"的术语及语码系统，而它们的突出特点是常常以两相对待的形式出现，这在西方文论中却少见。如

---

① 《朱光潜美学文集》第二卷，上海文艺出版社1982年版，第3页。

《文心雕龙·辨骚》中的"奇"与"正"（"真"），"华"与"实"（所谓
"酌奇而不失其真，玩华而不坠其实"）；《文心雕龙·情采》中"质"与
"文"（所谓"夫水性虚而沦漪结，木体实而花萼振：文附质也。虎豹无
文则鞟同犬羊，犀兕有皮而色资丹漆：质待文也"）。后来著作中这种对举
的术语就更多，如"形"与"神"、"情"与"景"、"文"与"道"、
"虚"与"实"、"繁"与"简"、"工"与"拙"，等等，不胜枚举。第
四，在写作时，往往纵马由缰，自由发挥，随心所至，信笔而成，不拘一
格，伸缩自如。如金圣叹（1608—1661）评点《西厢记》之《拷红》一
折，一时心血来潮，竟写下三十三个"不亦快哉"，显然是不按常规出
牌——与所评对象没有什么关系；但这段充满激情的文字却脍炙人口，获
得人们广泛称赞和喜爱①。第五，虽然也有鸿篇巨制如《文心雕龙》和叶
燮《原诗》，但大都是短小精悍的文字连缀而成的精彩篇章，如各种诗话、
词话、文话、曲话、评点之类。这一特点，比比皆是，不胜枚举，读者随
便翻出一些"诗文评"作品即一目了然，恕我不再详细例说。

之所以会出现上述情况，一是与中国"诗文评"的作者绝大多数都是
创作者，有着丰富的创作经验和审美经验有关，他们是从创作实践出发，
而且目的也为了创作来发表意见的；这与富有"旁观者精神"的西方文论
家大都是哲学家或从哲学思辨的角度谈论文艺问题截然不同。二是与中国
文化根性有关。最近张法提出一个很富启示的看法，深得我心，也与我上
面的一些论述相通。现特别引述出来，供读者进一步思考。他认为：中国
美学（"诗文评"同样）是理论形态与文化形态紧密相连的美学，即从文
化的关联中呈现理论形态。西方美学（文艺理论亦然）有三个鲜明的特
点，第一是对心理结构作知情意的划分，然后把情与知、意区分开来，而
美学正是在这一区分性基础上而产生的关于情感和感性的学问。第二，虽
然一切对象（自然和社会）都有美的问题，但这美是与具体的概念内容和
功利内容结合在一起的，因此是不纯粹的，不能成为美学研究的对象。只
有当人对之采取距离，只对混合型的美采用形式静观的时候，才是美学。

---

① 林语堂在《我来台后二十四快事》中说："金圣叹批《西厢》拷红一折，有三十三个
'不亦快哉'。这是他与朋友斫山赌说人生快意之事，二十年后想起这事，写成这段妙文。此三十
三'不亦快哉'我曾译成英文，列入《生活的艺术》书中，引起多少西方人士的来信，特别嘉
许。也有一位老太婆写出她三十三个人生快事，寄给我看。金圣叹的才气文章，在今日看来，是
抒情派，浪漫派。目所见，耳所闻，心所思，才气横溢，尽可入文。我想他所做的《西厢记》序
文'恸哭古人'及'留赠后人'，诙谐中有至理，又含有人生之隐痛，可与庄生《齐物论》媲
美。"

因此，面对自然和社会中的美，是以距离/直觉/情感/形式的方式才获得美。而这同时又说明了在自然和社会中是不易有美的。因此，西方美学的主流是不认为自然和社会有美。第三，认为艺术只是从区分性的原则，对自然和社会采用距离/直觉/情感/形式后的成果，是与概念内容和功利内容拉开了距离，专门为美而创造出来的，因此美学是艺术哲学。从前一方面来讲，正如哲学和科学是对真的追求，伦理是对善的追求，艺术则以追求美为目的。从后一方面讲，艺术与现实不同，对现实拉开距离，摆脱了现实的功利，与科学不同，不用概念方式，拒斥抽象内容，而以美的形式显示出来。因此形成了西方美学呈现为偏重纯理论概念的美学形态。在中国文化中，在第一点上，不是把主体心理几何式地区分为知、情、意，而是看作一个相互联系的功能整体，性、心、情、意、志是一个整体，程颢《语录十八》说："心即性也，在天为命，在人为性，论其所主为心。"其《语录二五》说："性之本为之命，性之自然为之天，性之有形者为之心，性之有动者为之情。"《诗大序》说："在心为志，发言为诗，情动于中而形于言。"不会把性、心、知、志、意区分开之后来讲情。在第二和第三点上，中国不会把艺术看成是与现实不同，而是将艺术与现实打成一片，一方面社会与自然中本身就有美，天地有大美，日月星，天之文，山河动植，地之文，谈社会，有典章制度之美，论人物，孔子讲"周公之才之美"（《论语·泰伯》），说文字，刘勰认为，六经是一切文学的核心，文学之美由之而出。整个艺术就是要反映天地之心、万物之情、时世风貌，以及人在天地之间、现实之中的真实感受，中国的诗、文、书、画、建筑、音乐，都强调直接反映现实和人在现实中的真实性情。中国美学在主体上的性、心、情、意、志不分和在客体上直面天地和现实，决定了中国美学的理论形态在讲究其与现实审美文化形态有区别的同时，更讲究与审美文化紧密联系，与之相应，其理论言说既有理论专论（荀子《乐论》、刘勰《文心雕龙》、孙过庭《书谱》、张彦远《历代名画记》、刘熙载《艺概》），也有与生活紧密相连的诗话、词话、画语、书语，还有以诗论诗、以诗论画、以诗论书，更有理论与文艺作品绝不能分开的理论形态：如两汉《诗经》学（《毛诗》），古文评点（如吕祖谦《古文关键》）、古诗评点（如刘辰翁的唐诗评点）、文人画中的诗文题跋，明清小说和戏曲的评点（如金圣叹《西厢记》评点、张竹坡《金瓶梅》评点）……这一类的理论形态，一定是与文艺文本结合在一起，才形成这一理论的原貌。去掉了文艺文本，只把总评、评注、行批、夹批、眉批，一条条地拈出，完全无法显示评点的整体和原意。这一类理论形态的存在，突出了中国理论的一大特色，从本质上讲，要从高度统一来看待理论。古代名言："世事洞明皆学问，人情练达即文章"，讲的正是现实、理论、美学的同一性。由于中国文化如是的理论观，如是的理论形态，因此，具有中国特色的中国美学史，应是把美学理论、美学思想、审美文化结合在一起的美学史。因此，一部具有中国特色的中国美学史，只有突出美学理论、美学思想的同时，一定程度地把理论与现实、与艺术、与审美文化联系在一起，在这种多样的联系中进行理论的提炼和讲述，才能反映出中国美学史的原貌和特点。

"诗文评"，特别是将来我们讲到的诗话、词话、评点等等，其与西方文论的根本差别之一，正在这里。这是从文化根性而来的差异。

第五节　透过"诗文评"的外在风貌往里瞧，还能窥见什么

上述"诗文评"的许多特点几乎是秃子头上的虱子明摆着，不言自明；而且对这些特点，大多数学者也取得了共识。但是，假如我们不满足获知"诗文评"这些易于看到的外在风貌，而是拨开表层往内部挖掘，还能不能发现些什么、看见些什么更为隐秘的东西呢？

这是一个更加困难的工作，然而许多学者不畏艰难在从事它。譬如，1991 年人民文学出版社推出的黄药眠、童庆炳主编的《中西比较诗学体系》，就做了积极探索。其中第一编《中西诗学的背景比较》中李壮鹰执笔的第一章《中西诗学的民族传统精神背景比较》、张法执笔的第二章《中西诗学的文化背景比较》、孙津执笔的第三章《中西诗学的哲学背景比较》，第二编《中西诗学的范畴比较》中王一川执笔的第四章《中国的"诗言志"论和西方的"诗言回忆"论》和第五章《中国的"兴"论和西方的"酒神"论》；柴玮、吴龙辉执笔的第六章《中国的"感物"论与西方的"表现"论》、童庆炳执笔的第七章《中国"虚静"说和西方的"距离"说》……以及其他章节，以对学术情笃意浓的执着态度，勤用力，细思索，大胆设想，小心求证，开掘较为深广。虽然许多章节常常显得各自为政，不少地方的论述尚存诸多疑义，对古籍的个别诠释也有不确切的地方，一些观点亦有可以商榷之处；但他们的许多意见在二十年后的今天仍能给人启示。

今天我也参与进去，不知深浅地试着对"诗文评"这无底深潭去探探深浅。

透过表面往深层看，中西诗学文论在各自民族的文化发源和精神根底上即有不同走向。

（一）"内向"与"外向"（或曰"内视"与"外视"）

中国"诗文评"关于诗的最基本也是最早的论述是"诗言志"①，朱自清说它是"开山的纲领"②；而古希腊诗学则是"模仿自然"，车尔尼雪夫斯基说，提倡此说的亚里士多德诗学思想"雄霸了两千年"③。许多学者都看到这种差异，并且强调"言志"指向内，是"内向"的或"内视"的，因为"志"是情志④、"怀抱"⑤、内心世界，"诗言志"是说诗是抒发人的内在情志的；而古希腊的"模仿自然"，则明显指向外，是"外向"的或"外视"的。总之，"诗言志"与"模仿自然"，是两股道上相背而驰的车，前者向内，后者向外。

现在要着重说明的是：中西诗学文论的这种差异，其实有更深的思想（哲学）根源。从中西各自精神源头看，如果不作绝对的理解，中华民族最早的许多典籍所表现出来的思想趋向，总是"内向"或"内视"的。譬如人们常说的所谓"经"、"史"、"子"、"集"各部文献，即注重于人自身的精神世界，而不是外在自然。先说"四书五经"⑥。《旧唐书·经籍志》概括"五经"主旨和特点云："一曰《易》，以纪阴阳变化；二曰《书》，以纪帝王遗范；三曰《诗》，以纪兴衰诵叹；四曰《礼》，以纪文物体制；五曰《春秋》，以纪行事褒贬。"大都是说人事和人内在的精神世界；即使说到外在自然，也常常是用自然喻人事，如《易》开篇《乾卦》："乾：元亨，利贞"，《象》曰："天行健，君子以自强不息。""行健"二字，即已把天拟人化了，视"天"为"人"；后面一句，更是直接把天与君子之"自强不息"联系在一起。因此《象传》对《乾卦》的诠释，说的主要是人内在的精神世界。再看"史"，不论《史记》、《汉书》

---

① 《尚书·尧典》"诗言志"，《左传·襄公二十七年》"诗以言志"，《庄子·天下》"诗以道志"，《荀子·儒效》"诗言是其志也"，《礼记·乐记》"诗言其志也"等等。

② 朱自清：《〈诗言志辩序〉》，见《朱自清古典文学论文集》，上海古籍出版社 1981 年版。

③ 车尔尼雪夫斯基说："亚里士多德是第一个以独立体系阐明美学观念的人，他的概念亦雄霸了二千余年。"见车尔尼雪夫斯基《美学论文选》，人民文学出版社 1957 年版，第 129 页。

④ 孔颖达《左传正义》："在己为情，情动为志，情志一也。"

⑤ 朱自清说："到了'诗言志'和'诗以言志'这两句话，'志'已经指'怀抱'了。"见《朱自清古典文学论文集》，上海古籍出版社 1981 年版，第 194 页。

⑥ 四书指《论语》、《孟子》、《大学》和《中庸》；五经指《诗经》、《尚书》、《礼记》、《周易》、《春秋》。

还是全部二十四史，哪部离开人事了？中国古代的史都是"人"自身的史，而没有"自然"的史。"子"书，《老子》、《孟子》、《荀子》、《韩非子》……它们关注的都是人。董仲舒的"天人感应"，宋明的理学心学，也都是眼睛向内，关注人。"集"部书籍亦如是。中国古代研究和论述外在自然世界的科学技术著作不多；而且数量很少的此类著作，其立意也是从人出发，关注点不在自然事物本身而在应用、在为人的利益服务。以中西古代的数学为例。许多自然科技史研究者指出，古希腊数学重理论、重分析、重论证，中国数学重应用、重经验、重实践。古希腊数学有联系比较紧密的数学体系，从公理、公设、定义出发推导出整个定理的公理系统，而中国数学偏重计算，具有浓厚的功用色彩，注重数学在生活实践中的具体效用，中国数学经典《九章算术》多涉及生产、生活的实际问题，着眼点多在于算法、答案，对理由及逻辑证明过程，则欠缺。①

古希腊哲人当然也关注人，但与中国古代思想家相比较而言，更多的则往往是眼睛向外。毕达哥拉斯考察太阳、月亮、星辰的轨道和地球的距离之比，并演绎为数和音乐之和声。柏拉图的"理念"，实际上是整个外在世界的精神模式和范畴。而亚里士多德则认为外在世界是由"质料"和"形式"组成的"实在界"，他所谓"四因"（质料因、形式因、动力因、目的因），且不论科学与否，明显是对外在客观世界的分析。

关于中西诗学差异，前述黄药眠、童庆炳主编《中西比较诗学体系》中李壮鹰执笔那一章从社会经济找根源，说古希腊是"商业性"的而中国是"农业性"的。这当然也有道理，富有启示；但总觉二者中间环节不够清晰，而给人带来某些疑虑。这是一个需要继续探讨的问题。

（二）以求"善"为主旨的"伦理"哲学与以求"真"为主旨的"存在"哲学

上述所谓中国古人更"内视"，包括两个方面：对人内心的考察，内省；关注人之间的内部关系。由于更多地关注人之间的关系（主要是家族、氏族内部和宗法社会多等级的关系），关注人伦，关注人之多层次的情感联系和互相感应，并且往往从身边之人伦关系出发看世界、看自然，以人伦比拟自然；因此，中国最早形成和发展起来的是以求"善"为主旨

---

① 参见百度网 2007 年 9 月 8 日 07：21：32 发布《从数学精神与逻辑特征看中西思维方式的差异》。

的"伦理"哲学或"人生哲学"①。中国的"诗文评"正是建立在"伦理"哲学基础之上的，因此伦理和人伦教育色彩极为浓厚，尚"用"的主张很突出。《尚书》中"夔！命汝典乐，教胄子，直而温，宽而栗，刚而无虐，简而无傲。诗言志，歌永言，声依永，律和声。八音克谐，无相夺伦，神人以和"，就是帝命夔典乐以教育子弟的话，强调诗乐的人伦教化作用。孔子说诗，所谓"诗三百，一言以蔽之曰思无邪"，"放郑声，远佞人，郑声淫，佞人殆"，"诗可以兴、可以观、可以群、可以怨"……也重在诗的政教作用。最典型的论述莫过于《毛诗序》中一些话："《关雎》，后妃之德也，风之始也，所以风天下而正夫妇也。故用之乡人焉，用之邦国焉。风，风也，教也；风以动之，教以化之。""故正得失，动天地，感鬼神，莫近于诗。先王以是经夫妇、成孝敬、厚人伦、美教化、移风俗。"有些具体观点（如"《关雎》，后妃之德也"等）显然失准，不必为训；但它强调诗的伦理意义和政教作用，无疑代表了中国"诗文评"的总倾向。直到明清小说戏曲评点，都在不断申说"劝善惩恶"。此外，中国的文论家，从刘勰《文心雕龙》到韩愈、柳宗元，以至宋代理学家，等等，都强调"文以明道"、"文以载道"……"明道"、"载道"是文之大用②，其中也包含文的政教作用和道德意义，也是"伦理"哲学、人生哲学影响文论的一种表现。

　　西方（古希腊）更"外视"，更加注重人之外的世界和各种事物，物我二分，追求对外在世界的认知，而且抽象出哲学的一个最基本的实体性的范畴，叫做"存在"（"有"）；中国古代则没有类似的实体性范畴，而只有"有"与"无"这样的关系性范畴（中国古代的"有"、"无"不是实体而是关系）。"西方哲学中影响最大的第一问题是'存在'。尽管在大多数现代哲学中'存在'不再是值得苦苦思考的问题，但它始终是西方哲学思考任何问题的分析框架。"③

---

　　① 钱穆在《中国文化史导论》中说："在中国根本无哲学，在西方人眼光下，中国仅有一种'伦理学'而已。中国亦无严格的宗教，中国宗教亦已伦理化了。故中国即以伦理学，或称'人生哲学'，便可包括了西方的宗教与哲学。而西方哲学中之宇宙论、形上学、知识论等，中国亦只在伦理学中。"（见《中国文化史导论》修订本，商务印书馆1994年版，第226页。）

　　② 当然要看到刘勰之"道"主要说的是自然之"道"，与韩愈的"道"以及宋代理学家的"道"是不同的。韩愈的"道"主要是他在《原道》中提出儒学之"道"，即所谓"尧以是传之舜，舜以是传之禹，禹以是传之汤，汤以是传之文武周公，文武周公传之孔子，孔子传之孟轲"，一直传到韩愈自己的那个"道"。宋代理学家的"道"是最高的统摄一切的哲学范畴。

　　③ 见赵汀阳《第一哲学的理由和困难》一文最后一节，该文载赵汀阳主编《年度学术2005：第一哲学》，中国人民大学出版社2005年版。

他们把学问的重点放在对"存在"的考察和追问上：它是真实的吗？怎样认识其真实性？它存在的状况如何？等等。因此，西方最早形成和发展起来的是以求"真"为主旨的"存在"哲学。西方哲学也不是不关注人，所谓"认识你自己"[①] 是也；但在它那里，人也是作为"对象"、作为"客体"来对待、来考察的；它以自然比拟人事，把人也看成自然物，这个传统一直延续下来，到近代，更有哲学家把人看作一架机器。西方文论正是建立在以求"真"为主旨的"存在"哲学基础上的，它的突出特点是尚"知"——认识世界、认识真理。从两千多年前的亚里士多德"模仿自然"，到文艺复兴达·芬奇"像镜子一样真实地反映面前的一切"[②]，直到十九世纪法国巴尔扎克"严格摹写现实"[③]，俄国理论家别林斯基、车尔尼雪夫斯基、杜勃罗留波夫等"再现"、"复制"、"再造"、"反映"现实[④]，恩格斯"真实地再现典型环境中的典型人物"[⑤]……一脉相承。

　　（三）"象思维"与概念思维

　　许多学者都在为"诗文评"表面看起来"随意"、"片断"、"感悟"、"不系统"等特点（本书上一节也描述了笔者的一些直感印象）把脉，并努力从中西哲学不同思维方式对比中找内在根源，或曰西方重分析而中国重综合，或曰西方重部分而中国重整体，或曰西方重"工具理性"而中国重"实用理性"，或曰西方"清晰"而中国"模糊"……不一而足。看起来，似乎都有某些道理；但是，细检索，又都不能完全服人。后来看到了我的一位哲学家朋友王树人研究员提交给第十五届国际中国哲学大会的一篇论文《中国哲学与文化之根——"象"与"象思维"》（2007 年春初稿，2008 年 7 月修改），大受触动。王树人的核心观点是：中国古代是"象思维"，而西方则是概念思维。这为解释中西文论差异提供了较好的思维方式上的依据；相比较而言，王树人的说法更为合理、更为贴切。下面是王树人的一段话：

---

　　① "认识你自己"，据说是刻在德尔斐的阿波罗神庙的一句箴言。尼采在《道德的系谱》前言中说："我们无可避免跟自己保持陌生，我们不明白自己，我们搞不清楚自己，我们的永恒判词是：'离每个人最远的，就是他自己。'——对于我们自己，我们不是'知者'……"

　　② 达·芬奇：《笔记》，见伍蠡甫主编《西方文论选》上卷，上海译文出版社 1979 年版，第 183 页。

　　③ 巴尔扎克：《〈人间喜剧〉前言》，见伍蠡甫主编《西方文论选》下卷，上海译文出版社 1979 年版，第 168 页。

　　④ 别林斯基说："它（现实主义作品）底显著特色，在于对现实的忠实性；它不改变生活，而是把生活复制、再造，像凸出的镜子一样，在一种观点之下把生活底复杂多彩的现象反映出来……"（见满涛译《别林斯基选集》第一卷，时代出版社 1953 年版，第 191 页。）车尔尼雪夫斯基说："艺术的第一目的是再现现实。"（车尔尼雪夫斯基：《生活与美学》，周扬译，人民文学出版社 1957 年版，第 86 页。）

　　⑤ 恩格斯：《致玛·哈克奈斯》，见《马克思恩格斯选集》第 4 卷，人民出版社 1972 年版，第 462 页。

就思维内涵而言，两种思维所把握者本质不同。"象思维"所把握者为非实体，属于动态整体，而概念思维所把握者为实体，属于静态局部。如果说思维都需要语言，那么"象思维"所用语言，与概念思维所用完全符号化之概念语言不同，可以称为"象语言"（此为李曙华教授提出）。而所谓"象语言"，在形下层面，也并不局限于视觉形象，还包括嗅、听、味、触等感知之象。所有这些象，作为可思之语言，都属于"象语言"。同时，这种"象语言"除了感知形下层面，还有超感官的形上层面，而且更重要。如老子所说"大象无形"之象。另如由味觉之味引申出种种味象：意味、风味、品味、趣味等象，都具有动态整体之形上意蕴。因思之把握内涵不同以及所用语言不同，所以"象思维"与概念思维在思维方式上也有一些显着不同特点。其一，"象思维"富于诗意联想，具有超越现实和动态之特点。而概念思维则是对象化规定，具有执著现实和静态之特点。其二，"象思维"诗意之联想，具有混沌性，表现为无规则、无序、随机、"自组织"。概念思维之对象化规定，则具有逻辑性，表现为有规则、有序、从前见或既定前提出发，能合乎逻辑地推出规定系统。其三，"象思维"在"象之流动与转化"中进行，表现为比类，包括诗意比兴、象征、隐喻等。概念思维则在概念规定中进行，表现为定义、判断、推理、分析、综合以及逻辑斯蒂演算与整合成公理系统等。其四，"象思维"在诗意联想中，趋向"天人合一"或主客一体之体悟。概念思维在逻辑规定中，坚守主客二元，走向主体性与客观性之确定。

不用我再多饶舌。读者将王树人所说"象思维"、"象语言"这些特点，与前述"诗文评"外在风貌诸种表现，如：中国"诗文评"偏重于"品评"、"品鉴"、"品赏"、"品玩"而不像西方"文学批评"偏重于"评论"、"评价"、"评判"、"评析"；中国多"灵光一现的瞬时体验感悟"而不像西方多"范畴、概念的严格界说"；中国"喜欢用生动活泼的形象语言进行审美描述"而不像西方多作理论思想的逻辑推演和抽象述说；中国多"纵马由缰，自由发挥，随心所至，信笔而成，不拘一格，伸缩自如"的精短文字而不像西方那样多系统、有序的长篇大论……稍加对照，自能找出其思维方式上的缘由。

另外，近读葛兆光《中国思想史》，谈到汉字与中国古人思维特点的关系，也颇受启发。首先是汉字的象形与中国古人的"感知事物具体性的传统的形成"有密切关系："古代中国人也不习惯于抽象而习惯于具象，中国绵延几千年的、以象形为基础的汉字更强化和巩固这种思维的特征。"① 其次，汉语的句式显示了古代中国人的惯常思路。"……在后来的汉语尤其是书面文字中，语法关系也常常不那么严格和细密，表达者常常省略或颠倒，而阅读者也总能'以意逆志'，这是否反映了古代中国思维世界的感觉主义倾向？因为汉字象形性的长期延续，它的独立呈意性使它在任意场合，均无需严密的句法即可表现意义，故而句法的规定性、约束性相对比较松散，这就使得古代中国思维世界似乎不那么注意'逻辑'、'次序'和'规则'。"② 从葛兆光的这些关于汉字特点的论述也可以找到中国"诗文评"的"随意"、"片断"、"感悟"、"不系统"等特点来源的蛛丝马迹。

（四）"两端"论与"一端"论（或"两点"论与"一点"论）

中国古人看问题总是从关系出发，是"两端"论或"两点"论。所谓"两端"或"两点"，至少有这样两层含义：一是考察事物或事情总是看到它的两面（多面）而不是一面，即它的正反、阴阳、顺逆、好坏……如《老子·五十八章》所谓"祸兮福之所倚，福兮祸之所伏"；二是考察事物或事情总是从与之相联系、相对待的另一（多）事物或事情的关系中来界定其质地和性状，如，当说甲的时候，从不单纯地、孤零零地说甲本身，而是从甲与乙（丙丁……）的关系中考察甲、描述甲、界定甲，说乙时亦如是。西方则是"一点"论，以一个个的孤立个体为单位来论说事物。如，说A就从A出发，界定A本身的性状，结论：A就是A而不是B。说B，也一样：B就是B而不是A。哲学家赵汀阳指出："这种思维格式的根本弊端在于它的分析单位（unit）都是一个个的封闭个体（莱布尼兹会说是一些'单子'），比如一个个事物，一个个的个人，一个个的国家，诸如此类。所谓个体，就是不能再分割下去的东西。西方哲学把思想问题最后落实在不可分的个体上，于是在存在论上发现了个体事物，在知识论中则发现了基本命题，在伦理学中又发现了个人价值，在政治学中则发现了个人权利，如此等等。"与之相对，"中国哲学的分析单位不是一个个封闭自足的事物，而是任意各种事物之间的任意各种关系。关系为实，

① 葛兆光：《中国思想史》第一卷，复旦大学出版社2001年版，第41页。
② 同上书，第47页。

事物为虚，当给定了某种关系，然后才能够确定有关的事物具有什么意义。在客观的存在状态上，关系和事物是同时存在着的，但在问题结构中，关系优先于事物"。① 赵汀阳的观点是很有见地的。

西方哲学的"一点"（"一端"）论、单性范畴、线性思维……从而影响了西方文论大量出现的是单性概念范畴，如柏拉图的"理念"（"理式"），"摹本"；亚里士多德的"情节"、"性格"、"形象"、"思想"……直到十九世纪的"再现"、"表现"、"现实主义"、"浪漫主义"等等。与之相对照，中国古人的"两端"（"两点"）论，从"关系"出发，圆形思维，超以象外、得其环中……就造成中国"诗文评"概念范畴常常是两相对待、成对出现（前面已经列举，此不赘述）。2010 年第 6 期《文学评论》发表夏静长篇论文《对待立义与中国文论话语形态的建构》，就对中国古代文论中两相对待的范畴，作了详细考察，着重论述了"对待立义源自对天地万象经验之哲理思考，其一而二的对待性和二而一的立义性绅绎出一个超验的二元共构的宇宙生命结构模式"，值得重视。

（五）尚"和"与尚"斗"

中国尚"和"，与天和，与人和。《尚书·尧典》有云："克明俊德，以亲九族。九族既睦，平章百姓，百姓昭明，协和万邦，黎民于变时雍。"《左传·昭公二十年》晏子对齐侯谈"和与同"："和如羹焉，水火醯醢盐梅以烹鱼肉，燀之以薪。宰夫和之，齐之以味，济其不及，以泄其过。君子食之，以平其心。君臣亦然。君所谓可而有否焉，臣献其否以成其可。君所谓否而有可焉，臣献其可以去其否。是以政平而不干，民无争心。故《诗》曰：'亦有和羹，既戒既平。鬷嘏无言，时靡有争。'先王之济五味，和五声也，以平其心，成其政也。声亦如味，一气，二体，三类，四物，五声，六律，七音，八风，九歌，以相成也。清浊，小大，短长，疾徐，哀乐，刚柔，迟速，高下，出入，周疏，以相济也。君子听之，以平其心。心平，德和。故《诗》曰：'德音不瑕。'今据不然。君所谓可，据亦曰可；君所谓否，据亦曰否。若以水济水，谁能食之？若琴瑟之专一，谁能听之？同之不可也如是。"张载《正蒙·干称》曰："道则兼体而无累也。以其兼体故曰一阴一阳，又曰阴阳不测，又曰一阖一辟，又曰通乎昼夜。语其推行故曰道，语其不测故曰神，语其生生故曰易，其实一

① 见赵汀阳《第一哲学的理由和困难》一文最后一节，载赵汀阳主编《年度学术 2005：第一哲学》，中国人民大学出版社 2005 年版。

事，指事异名耳。"这些足以说明中国古人关于"和"的思想光彩。而这，深深影响"诗文评"的主调：倡导诗之"温柔敦厚"、"哀而不伤"、"乐而不淫"、"以理节情"。以此，中国人没有西方人可怖之"崇高"概念；有的，只是浸透着"和"的"阳刚之美"——壮美。

西方尚"斗"。赫拉克利特说："和谐来自斗争"，"战争是万物之父，也是万物之主"。① 这就影响了西方文论和美学两千年来一直崇尚崇高，崇尚悲剧。这就是西方文论悲剧理论之所以发达的根本原因。

本章小结

"诗文评"是中国古代评诗论文的一门特殊学问，它以其鲜明的民族特色而迥异于西方的"文学批评"，二者似是而非。"诗文评"重在"品评"、"品说"、"赏鉴"、"赏析"、"玩味"、"玩索"，其"感性"特色更浓厚些；"文学批评"重在"评论"、"评价"、"评说"、"评析"、"裁判"，其"理性"特色更浓一些。

中国的"诗文评"在世界文化史上自成一格，不能混同于西方的"文学批评"或"文学理论"。

从表面看，一般地说"诗文评"作品最常见的是偶感随笔、信手拈来、片言中肯、简练亲切，是电光石火、灵光一现的瞬时体验感悟，而且喜欢用生动活泼的形象语言进行审美描述；而不像西方文论那样作范畴、概念的严格界说和理论判断，作理性剖析和逻辑推演，作长篇大论的系统论说。相对而言，中国自古抒情文学发达，相应的，抒情文学理论也发展起来；而西方自古叙事文学发展较早，相应的，叙事文学理论也较发达。最明显的区别，中国"诗文评"和西方文论各有自己一套富有特色的语码。

透过表面往深层看，中西诗学文论之所以如此不同，在各自民族的文化发源和精神根柢上即有不同走向，在哲学思想、思维方式等方面都有重大差别：自古起，中国文化往往是"内向"或曰"内视"的（面向内心），而西方则常常是"外向"或曰"外视"的（面向自然）；中国盛行的是以求"善"为主旨的"伦理"哲学，而西方则盛行的是以求"真"为主旨的"存在"哲学；中国的思维特点是"象思维"，而西方思维特点则是概念思维；中国奉行"两端"论或"两点"论，西方则奉行"一端"

---

① 《古希腊罗马哲学》，商务印书馆1961年版，第23页。

论或"一点"论。从深层经过许多环节到表层，在中西文论上就呈现出许许多多不同特色。

中西文论思想是可以对话、可以交流的，是可以互相启发、互相发明的，甚至是可以互相借鉴、互渗互融的，但是不可以互相取代，文化上的民族个性，有时候是很难互相通约的。

必须保持和发扬各自民族的独有特色。

在诗学文论上，我们要善于学习和吸收外来的好东西；但我们也不能数典忘祖，不能忘本，不能做"洋奴"，不能把老祖宗的好传统丢弃。

假如我们不再套用西方的学术名称和学科称谓而硬是把"文学批评"、"文学理论"加在我们古代这类文字的头上，我认为还不如干脆用中国古人自己发明的名称。

现在，我们应该郑重其事地还给它本来就有的一个称呼："诗文评"。它就是中国古代一门特有的学问或学科。

"中国文学批评史"，也应该叫做"'诗文评'史"。

思　考　题

一、名词解释

1. 诗言志
2. 文学批评
3. 文艺学
4. 鉴赏

二、简答题

1. 中西文论使用的主要术语有何不同？
2. 中西文论的哲学基础区别何在？
3. 象思维和概念思维有何差别？
4. 《四库全书总目提要》"诗文评"类所述文论历史要点是什么？

三、论述题

1. 你认为诗文评的主要特点是什么？
2. 你认为中西文论的主要差别在哪里？

阅读参考文献

《四库全书总目提要》卷一百九十五，集部四十八，诗文评类一。

郭绍虞：《中国文学批评史》，中华书局 1961 年版。

［日］铃木虎雄：《中国诗论史》，许总译，广西人民出版社 1989 年版。

陈钟凡：《中国文学批评史》之第一章、第二章、第三章，上海中华书局 1827 年版。

曹顺庆：《中西比较诗学》，北京出版社 1988 年版。

黄药眠、童庆炳主编：《中西比较诗学体系》，人民文学出版社 1991 年版。

乐黛云、王宁主编：《超学科比较文学研究》，中国社会科学出版社 1989 年版。

莱辛：《汉堡剧评》，张黎译，上海译文出版社 1981 年版。

朱自清：《诗言志辩》，见《朱自清古典文学论文集》，上海古籍出版社 1981 年版。

钱穆：《中国文化史导论》，商务印书馆 1994 年版。

葛兆光：《中国思想史》，复旦大学出版社 2001 年版。

赵汀阳：《第一哲学的理由和困难》，载赵汀阳主编《年度学术 2005：第一哲学》，中国人民大学出版社 2005 年版。

第二编　"诗文评"史论

　　"诗文评"就是对诗文的思索和评说，在中国，它很早就出现了——在先秦古籍中并不少见；不过，直到汉代还不能说它已经成为一门独立的学问，而只能说是萌芽、孕育时期。作为一门独立的学问，它的建立是魏晋南北朝时候的事情；而正式有这个名称就更晚，是在明代。

　　"诗文评"作为一门独立学问在魏晋南北朝时期诞生之后，很快进入它的第一个繁荣期，其标志性著作是刘勰《文心雕龙》和钟嵘《诗品》。经过隋唐的积蓄力量，至宋，进入"诗文评"第二个繁荣期；是时，各种评诗论文的思想日臻成熟，《诗话》、《词话》、《文话》（《四六话》）……大量涌现，层出不穷，可谓群峰竞起，形成"诗文评"之喜马拉雅。明清是中国古代诗学文论的第三个繁荣期，特别是清代，"诗文评"进入它的"集大成"时代；之后，它走向衰落并在十九世纪与二十世纪之交，开始向现代形态的文艺学（文学理论）蜕变。在这一编，我比较详细地探索和论述了"诗文评"在各发展阶段（萌芽及第一、第二、第三繁荣期）的种种表现形态及其之所以如此的种种根据。我要探讨"诗文评"历史发展中的种种问题。对于其他论著中已经讲得烂熟的某些"历史事实"，我不再像其他教科书那样按历史时间顺序毫不遗漏地叙说，而是以我的视角挑出"问题"加以论述；所以严格说我在本书中写的不是"史"，而是"史论"。所谓"史论"者，是要挑出各阶段"史"的特征和最值得关注的节点，包括怎样"看"史、怎样"写"史、怎样"读"史，依我的观点加以论说和解读。至于写一部完整的"诗文评"史，则不是本书的任务；若老天惠顾，假我以年月，将来某日也可能把写"史"的任务提上日程。

第二章　中华审美文化和审美心理结构之雏形

内容提要

　　中华民族先民们的审美活动并不单独存在，没有独立性质；它是与物质实践活动、精神实践活动混沌一体的。先民们的审美活动从附庸到独立，经过了一个漫长的过程。然而，就是在先民们尚未完全独立而走向独立的审美实践中，也开始逐渐萌芽着中华民族独具特色的审美心理结构。假如我们从先秦诗文来探索和考察中华民族原始审美心理结构的蛛丝马迹，我建议大家注意先民们审美实践的以下几个方面：（一）逐渐形成偏重于抒情的审美习惯。（二）简约、质朴而隽永、绵长的审美风格。（三）温柔中和的审美心态。（四）注重政教作用、追求美善合一的审美趋向。（五）"赋比兴"的审美旨趣。所有这一切方面（或因素）相融汇相化合，或许可以呈现出当时处于雏形状态的中华民族审美心理结构的面貌。

关键词

　　审美活动　审美心理结构　抒情　简约　温柔中和　美善合一　赋比兴

第一节　早期中华审美文化掠影

　　古老的中国大地，以黄河流域和长江流域为中心，从传说的三皇五帝（我相信将来会有考古发现）和有考古确证的夏商周算起，已经有五千年以上且从未间断过的文明史。它与古埃及文明、两河流域文明、古希腊文明、古印度文明一起，在地球上最早点亮火把照耀人类星空。它们是地球全体居民的骄傲。

中华①文明，其中一个重要部分是灿烂的审美文化②——它的发生和孕育③几乎与中华文明史同步，并且成为中华文明的最早标志之一。你到国家博物馆（或者全国各地大大小小博物馆）走走，随处可见打磨得光滑圆润的细石器、至今仍然堪称精美的各种玉器、绘有红褐图案花纹的彩陶和壁薄如纸的黑陶、造型浑厚的青铜器……从中你不难看到中华先民审美活动的光彩身影；你从古籍中记载的古朴的歌谣"断竹，续竹；飞土，逐宍"④中，从出土于河南舞阳贾湖的七八千年前的骨笛⑤上，也可以想见古人如何用诗歌和音乐、用简约的语言和狩猎时的形体动作，抒发他们辛劳中的感受；你从五千年前彩陶盆壁的原始舞蹈人形⑥上，从《吕氏春秋》所记载的"昔葛天氏之乐，三人操牛尾，投足以歌八阕"⑦中，可以看到先民们或许在劳动间歇、或许在某种原始祭祀仪式中，"手之舞之、足之蹈之"表达虔诚敬畏之情或愉悦之感。你从宁夏贺兰山及新疆阿尔泰

---

①　用"中华"表述中国这块多民族的古老大地是恰当的。我们的古籍早就有"中国"（"中"为天下之中央，"国"是"城"或"邦"）、"华夏"、"中夏"、"诸夏"等名称。虽然"中华民族"一词到二十世纪初才流行起来（梁启超《政治学大家伯伦知理之学说》："自今而往，中国而亡则已，中国而不亡，则此后所以对于世界者，势不得不取帝国政略，合汉合满合蒙合回合苗合藏组成一大民族"，见《新民丛报》第三十二期，1903年），但"中华"作为中国多民族的大联合，已有长久历史，魏晋南北朝时期所谓"五胡乱华"，其实是各民族融合；连唐朝李姓皇帝也具有少数民族血统；至于元与清，更是少数民族主政中华。"中华"是一个民族大家庭，"中华文化"是这个大家庭的所有成员共同创造的。

②　王岳川在2011年第6期《文艺争鸣》发表的《经典回归与精神现代化》一文中说："中国文化中儒家文化、道家文化、佛家文化分别形成中国思想文化的三个维度。儒家强调的是'和谐之境'，讲求消除心与物的对立，达到心物合一，知行合一，使宇宙与生命、人与自然、人与人、人与社会之间具有和谐之美。道家强调'逍遥之境'，追求生命空灵之境，以养生为美，以惜生为善，以等死生为精神升华，既重视物质又超越物质，既把握现实又超越现实之上。佛家强调'慈悲之境'，生命本体与宇宙本体圆融一体，在日常处世中体现宽博慈悲。这三大维度共同展现了中国文化的均衡、稳定、平和、典雅之美。中国文化的美丽精神构成一个鲜活生命体，一个不断提升文化氛围，包含宇宙论、生死论、功利观、意义论的东方价值整体。"这个概括是有道理的，富有启发性的。

③　关于审美的发生，我另文《从石器上看审美的萌芽》专门论述，已附于书后，可参阅。

④　《弹歌》：断竹，续竹；飞土，逐宍。"宍"，古"肉"字。这是一首保留在《吴越春秋》卷九《勾践阴谋外传》（东汉赵晔著）的古人狩猎之歌，我相信它是中国最古老的歌谣之一。

⑤　被誉为"中华音乐文明之源"的这支骨笛，出土于舞阳贾湖裴李岗文化遗址，距今已有七八千年。它用鹤类动物的腿骨钻7个音孔制作而成。经专家测试，用它能吹奏出七声齐备的下徵调音阶。现存河南省博物馆。

⑥　从1973年出土于青海省大通县上孙家寨的舞蹈纹彩陶盆，可见原始舞蹈一斑。此系距今五千七百多年的马家窑文化。现收藏于中国国家博物馆。

⑦　见《吕氏春秋》卷五《仲夏纪·音初》。

山等地表现人物和动物形象、狩猎场景、社会习俗的岩画上，可以看到先民们对幸福愉快生活的向往与审美追求。

最初，中华民族先民们的审美活动并不单独存在，没有独立性质；它是与物质实践活动、精神实践活动混沌一体的。例如，前面提到的那首《弹歌》，可能是一面狩猎一面歌唱，属于狩猎活动的一部分。宁夏贺兰山岩画记录了远古人类在距今三千年至一万年放牧、狩猎、祭祀、争战、娱舞、交媾等生活场景以及羊、牛、马、驼、虎、豹等多种动物图案和抽象符号，表现出原始氏族部落自然崇拜、生殖崇拜、图腾崇拜、祖先崇拜的文化内涵而非纯粹审美；新疆阿尔泰山、天山、昆仑山以及三山环抱的准噶尔盆地、塔里木盆地的岩画①，有的是男女生殖器及男女交媾舞蹈画面，庄严、神圣、神秘、崇高；有的是许多动物形象、狩猎和放牧场面②……它们表现氏族社会的生殖崇拜以及生产劳动情形，虽含有审美因素，但也非单独审美活动。《吕氏春秋·淫词》有一段话："今举大木者，前呼舆谬，后亦应之。"（《淮南子·道应训》类似的话是："今夫举大木者，前呼邪许，后亦应之，此举重劝力之歌也。"）可视为当时的劳动号子，也是诗歌雏形，是生产活动的一部分。到周代，许多歌舞也常常是祭祀活动、节庆仪式或生产劳动的伴随物，如《论语》说的"八佾"，就是周代举行重大活动时的舞蹈。佾（音 yì），行列也，即古人舞蹈奏乐的行列，一行八人为一佾，八佾即八行，六十四人。依《周礼》，八佾为天子所用；诸侯六佾，大夫四佾，士二佾。这种"八佾"、"六佾"、"四佾"、"二佾"的乐舞，是周礼仪式的组成部分，并非独立的审美娱乐活动。周人其他重大活动中的歌舞亦如是。如作于西周初年的《诗经·大雅·周颂》三十一篇，就是周朝的颂歌，其中有许多篇描写的是周人祭祀宗庙的歌舞场面，它们并非纯粹审美娱乐，而是为祭祀所用。南宋宫廷画家马和之的《周颂清庙之什图》（藏辽宁省博物馆），祖《周颂》之中的"清庙"等十首诗之意，给我们展示了周人祭祀宗庙的形象画面（画中的《周颂》诗句，由宋高宗赵构书写），其中不少周人祭祀仪式中的歌舞场景——南宋时的这幅画当然是审美的，但是画中表现周人祭祀歌舞，却并非以审美心态进行的纯粹审美活动，而是祭祀仪式活动的一部分。

---

①　考古研究表明，新疆岩画的时代上限可追溯到石器时代，晚至公元十二、十三世纪。画面有奔跑的骏马、鹿和羊群，线条简练、造型生动。

②　我参阅、吸收了百度网上有关宁夏贺兰山和新疆阿尔泰等地岩画资料，特此说明，并致谢忱。

　　先民们的审美活动从附庸到独立，经过了一个漫长的过程。如果说，在距今五六千年前的更原始更古老的新石器时代、彩陶和黑陶时代的"审美活动"尚无独立地位自不待言；那么，即使在距今三四千年前的商周时代，一般而论，中华民族先民们的"审美活动"仍然尚未完全独立；甚至到秦汉，虽趋近于独立、但也还是处在走向独立的过程之中。重复地说，当时的所谓"审美活动"不过是夹杂在物质实践活动、精神实践活动中的审美因素而已。《诗经》、《楚辞》、《左传》、《国语》、《尚书》、诸子散文等等，可视为走向独立过程中的代表性作品，它们之中大部分仍然不能说完全是独立的审美活动的产物，而当时的人们也没有把它们看作是单独的审美娱乐作品。从《论语》中我们可以看到许多记述孔子谈诗的话："小子何莫学夫诗？诗可以兴，可以观，可以群，可以怨。迩之事父，远之事君，多识于鸟兽草木之名"（《论语·阳货》），"诵诗三百，授之以政，不达；使于四方，不能专对；虽多，亦奚以为"（《论语·子路》），"鲤趋而过庭，曰：学诗乎？对曰：未也。曰：不学诗，无以言"（《论语·季氏》）……显然，对于诗歌，孔子这些言论的重点是在强调其道德培养、政教作用，外交活动和其他社会活动中的实用功能，而不是今天我们所说的审美价值。至于《左传》等历史散文、诸子哲学散文、《尚书》等实用散文，就更明显地表现着非审美性质；而且在当时，人们也不会把它们当作"美文"看待——将它们视为"美文"，是后来的事情，尤其是今人的观点。

　　然而，就是在先民们尚未完全独立而走向独立的审美实践中，也开始逐渐萌芽着中华民族独具特色的审美心理结构。

　　假如我们从先秦诗文来探索和考察中华民族原始审美心理结构的蛛丝马迹，我建议大家注意先民们审美实践的以下几个方面。

第二节　　抒情传统

　　（甲）逐渐形成偏重于抒情的审美习惯。

　　"断竹，续竹；飞土，逐宍"，看似在描绘打猎的动作和场面、在叙述打猎过程，实则在抒情。两字一句，像急促的鼓点，又像弩箭之连发，富有动感之张力，创造出一种活泼而紧张的气场；细细品读，你会觉得每句话、每个字都冒着感情的火花，激越飞扬。

　　诗三百多为抒情诗。有写爱情的，《关雎》便是《诗经·周南》中的一首脍炙人口的情歌。诗人闻一多《风诗类抄》（见《闻一多全集》第四卷，湖北人民出版社1993年版）说："关雎，女子采荇于河滨，君子见而悦之。"诗中这位小伙子对品貌双全的采荇姑娘一见钟情，但是姑娘似乎芳心未动，这使小伙子陷于"求之不得"的思恋之苦，辗转反侧、彻夜不眠，难以自拔。他想象着姑娘采摘荇菜的美妙身影，欲以"琴瑟友之"、"钟鼓乐之"，誓将爱情进行到底，并渴望着爱情的成功。该诗以雄雌水鸟和鸣起兴，以导入男女情思，即景生情，达到情景交融的艺术境界，营造出一个浑然天成的爱情场，对后世影响颇大；它描写求爱心理细致入微，真切动人，亦堪为后世楷模。

《秦风·蒹葭》是一首描写追求意中人而不得的情歌，写得十分优美，它以清秋水岸为背景，抒发了诗人的追求企慕而又怅然若失的缠绵情愫，一唱三叹，情韵绵长。

还有戍边士兵归乡途中所唱的怨歌，如《小雅·采薇》。诗末"昔我往矣，杨柳依依。今我来思，雨雪霏霏"四句，被后世誉为千古绝唱。它创造了以乐景写哀情的美学意境。清代诗论家王夫之（1619—1692）在《姜斋诗话》（卷上）中说："昔我往矣，杨柳依依。今我来思，雨雪霏霏。以乐景写哀，以哀景写乐，一倍增其哀乐。"另一位清代诗论家方玉润（1811—1883）在《诗经原始》①中赞道："此诗之佳，全在末章，真

① （清）方玉润《诗经原始》，有中华书局1986年版李先耕点校本。有关方玉润此书成书情况，百度网略有介绍，今转于下，供参考：

《诗经原始（套装上下册）》是方玉润晚年的著作。同治四年（1865）日记中曾有鸿蒙室拟著丛书的目录，其中有《诗经通致评解》之目，然而未见此书。向达先生说："《诗经通致评解》后来成书与否，不可考。"据同治八年（1869）七月初五日日记载："《诗》无定解，臆测者多，故较他经尤为难释。欲拟广集众说，折中一是，留为家塾课本。名之曰《原始》，盖欲探求古人作诗本旨而原其始意也。其例先诗首二字为题，总括全诗大旨为立一序，题下如古乐府体式而不用为《序》，使读者一鉴而得作诗之意。次录本诗，亦仿古乐府一解、二解之例，而不用兴也、比也恶套。庶全诗聊属一气而章法、段法又自分疏明白也。诗后乃总论作诗大旨，大约谕断于《小序》、《集传》之间，其余诸家亦顺及之。末乃集释名物，标明意韵。本诗之上有眉有评，旁有批，诗之佳处亦点亦圈。然后全诗可无遁义，足以沁人心脾矣。"这里除未提及姚际恒的《诗经通论》外，后来《诗经原始（套装上下册）》一书之安排论述大抵依此。《星烈日记汇要》卷三还有论《诗》者九条，除一条为同治十年外，其余都是本年所记，其内容均收于后来《原始》一书之中。《诗经原始自序》署于"同治辛未年小阴月朔日"即，1871年。可见方玉润从计划至写成《诗经原始（套装上下册）》，用了两年多的时间。《诗经原始（套装上下册）》之刻始于1871年仲冬，完成于1873年孟夏。这就是《鸿蒙室丛书》三十六种之《诗经原始（套装上下册）》陇不分署刊本，封面题签为方氏亲笔，并由其门人担任全书校对。1914年云南图书馆将《诗经原始（套装上下册）》收入《云南丛书》，列为"经部第七"。后上海泰东书局又据云南本石印，流传始广。

情实景，感伤时事，别有深情，不可言喻。"

从先秦起形成的这种偏重抒情的审美习惯具有一个显著特点：抒情与写物紧紧相连，抒情诗的"情"与"物"几不可分，诗三百中许多诗总是"情动"而"物迁"，例如《豳风·七月》这首《国风》最长的诗（共八章），总是与"七月流火"（火星西沉）的物象描写相联系而抒情，其第一章曰："七月流火，九月授衣。一之日觱发，二之日栗烈。无衣无褐，何以卒岁？"从"七月流火，九月授衣"到"无衣无褐，何以卒岁"，情与物，互动互渗互融。《周南·桃夭》"桃之夭夭，灼灼其华。之子于归，宜其室家。桃之夭夭，有蕡有实。之子于归，宜其家室。桃之夭夭，其叶蓁蓁。之子于归，宜其家人"亦如是，将美丽的桃花与少女未来生活的美好遐想互联互动。刘勰（约465—520）《文心雕龙》将其总结为"情以物兴"、"物以情观"①，"情以物迁，辞以情发"②。钟嵘（约468—约518）《诗品序》则谓"气之动物，物之感人，故摇荡性情，形诸舞咏"，并详述曰："若乃春风春鸟，秋月秋蝉，夏云暑雨，冬月祁寒，斯四候之感诸诗者也。嘉会寄诗以亲，离群托诗以怨。至于楚臣去境，汉妾辞宫。或骨横朔野，魂逐飞蓬。或负戈外戍，杀气雄边。塞客衣单，孀闺泪尽。或士有解佩出朝，一去忘反。女有扬蛾入宠，再盼倾国。凡斯种种，感荡心灵，非陈诗何以展其义？非长歌何以骋其情？故曰：诗可以群，可以怨。使穷贱易安，幽居靡闷，莫尚于诗矣。"

诗三百还常常寓抒情于叙事之中。叙事是为了抒情，故叙事并不在意其完整性和连贯性，而是以抒情为旨归。例如《邶风·静女》："静女其姝，俟我于城隅。爱而不见，搔首踟蹰。静女其娈，贻我彤管。彤管有炜，说怿女（汝）美。自牧归荑，洵美且异。匪女（汝）之为美，美人之贻。"三段的叙事并不连贯，第一段说"静女"约我至"城隅"，却藏而不见，害得我抓耳挠腮，突出相见情切和相思之苦；第二段忽跳到"静女""贻我彤管"，情真意切，突出静女之多情；第二段又跳到"静女"从野外采来白茅（"荑"）作为爱之信物赠我，使我倍加珍爱，突出小伙子对"静女"爱的深切。这三段并不连贯的描写和叙事，从不同角度抒发青年男女有趣而真挚的爱情。它所遵循的不是叙事逻辑而是抒情逻辑。这成为中国抒情审美的一种特殊传统而深入中华民族审美文化的血液之中，

---

① 《文心雕龙》之《诠赋》。
② 《文心雕龙》之《物色》。

汉乐府中的《十五从军征》如此，晋之陶渊明（约365—427）如此（如"采菊东篱下"等等），唐之杜甫（712—770）亦如此（《北征》、《兵车行》等等）……直至现在。葛晓音《从五古结构看"陶体"的特征和成因》（《中国诗学》第十五辑或2011年第5期《文学遗产》网络版）指出"陶渊明五古结构虽然变化多样，但始终能以抒情逻辑贯穿连续不断的句意"，"形成由抒情主脉贯穿全篇的灵活多样的结构方式"，很有见地。其实这是中国抒情诗的普遍性特征，如《楚辞》，特别是《离骚》，作为典型的长篇抒情作品，"香草美人"、"上天入地"，通篇遵循的就是抒情逻辑。

中国从先秦起逐渐形成的这种偏于抒情的文学传统①与西方自古希腊荷马史诗以来所形成的叙事传统明显不同。

近日读到王文生《"诗言志"文学纲领与亚里士多德〈诗学〉的比较》一文②，其中谈到中西不同文学传统，他说："经过对中西文学源流的探索，我们不难认识到人类历史上存在两种文学：以表现人的内在情感为主的抒情文学和以描写人的外在行为为主的叙事文学。"前者即中国文学的主流，后者则是西方文学的主流。中国的"诗言志""是抒情文学的纲领"；亚里士多德《诗学》"是叙事文学的纲领"。"'诗言志'纲领的体系，可以'源于情，形于境，成于味'来概括表述。它以人的内在情感作为文学的内容；通过创造情境结构来使情感得到表现；以情味作为文学的美感和价值。《诗学》以人的外在行为作为文学的内容；以摹写生活为其创作方法；以认识生活为其社会作用和价值。作家、理论家又从不同角度对这两个体系作出不同的定性。如在文学内容方面，抒情文学以人的内在感情为主，被称之为内向的文学（introversion literature）；叙事文学以描写人的外在行为为主，被称之为外向的文学（extroversion literature）。在创作方法方面，抒情文学的表现方法含有作者想象的作用，被称之为主观的文学（subjective literature）；叙事文学的摹写方法，强调客观的真实性，而要求作者的主观作用愈小愈好，被称之为客观的文学（objective litera-

①　当然，中国文学并不只有抒情传统，切不可对之作绝对化的理解。发表在《陕西师范大学学报》（社会科学版）2011年第3期的董乃斌《〈文心雕龙〉与中国文学的叙事传统》一文，就谈到刘勰对叙事问题的论述，认为中国文学抒情传统虽然深厚强大，《文心雕龙》的叙事观也相当朦胧粗浅，但联系整个中国文学史，特别是叙事文学和叙事理论的发展轨迹，则应该看到，以刘勰为代表的这种文学叙事观不能不说是根深而流远。

②　王文生：《"诗言志"文学纲领与亚里士多德〈诗学〉的比较》，《文艺理论研究》2011年第2期。

ture）。在文学价值观方面，抒情文学强调美感教育作用，被称之为力量的文学（the literature of power）；叙事文学以认识生活为主，被称之为知识的文学（the literature of knowledge）。"王文生的大部分观点我是赞同的，尤其是中国自古以来抒情文学传统十分强势，而西方自古以来叙事文学传统十分强势，这是许多学者的共识。在中国古代，即使少数叙事诗，如《诗三百》中《大雅》中的《生民》、《公刘》、《绵》、《大明》、《皇矣》，以及后来的《妇病行》、《孤儿行》、《东门行》、《十五从军征》、《相逢行》、《上山采蘼芜》、《陌上桑》、《孔雀东南飞》、《木兰诗》、《长恨歌》、《琵琶行》等等，抒情味儿亦甚浓。这种独具特色的抒情传统，影响中国文学艺术几千年。

　　只是，我认为王先生的许多话（"主观的"与"客观的"、"力量的"与"知识的"等等）不能说得太绝对，譬如：世界上除了"抒情文学"和"叙事文学"这两种之外，还有没有"说理"（或"哲理"）性质的文学？"知识的"不含"力量的"吗？等等。

第三节　质朴而隽永的审美风格

　　（乙）简约、质朴而隽永、绵长的审美风格。

　　那首《弹歌》，只有八个字，但你如果你反复诵读，会感觉到它的韵味永长。诗三百大都四言，许多诗篇寥寥数语，反复吟咏、一唱三叹、余音缭绕，言有尽而意无穷，如《周南·芣苢》：

> 采采芣苢，薄言采之。采采芣苢，薄言有之。
> 采采芣苢，薄言掇之。采采芣苢，薄言捋之。
> 采采芣苢，薄言袺之。采采芣苢，薄言襭之。

　　如潺潺溪水，晶莹清澈，细石游鱼，历历可见，勃勃生机流向永远。多么轻松欢快！多么明媚清纯！

　　许多散文作品，如《尚书》、《左传》、《国语》、《战国策》、诸子散文等等，更是文约辞微，借用司马迁在《史记·屈原贾生列传》中称赞屈原的话来评价它们，可谓"其称文小而其指极大，举类迩而见义远"。

　　这在中国古代也形成一种传统，且影响深远。宋代沈括（1031—1095）的《梦溪笔谈》（十四）记载了一则关于"逸马杀犬"的典故：

往岁士人多尚对偶为文。穆修、张景辈始为平文，当时谓之古文。穆、张尝同造朝，待旦于东华门外。方论文次，适见有奔马践死一犬，二人各记其事以较工拙。穆修曰："马逸，有黄犬遇蹄而毙。"张景曰："有犬死奔马之下。"时文体新变，二人之语皆拙涩，当时已谓之工，传之至今。

我们注意到，张景写的"有犬死奔马之下"比穆修的"马逸，有黄犬遇蹄而毙"少了两个字，似乎精练一些；但是沈约当时并没有从文字精练的角度对二人工拙分出优劣，只说"二人之语皆拙涩，当时已谓之工"。而后来许多人盛传的《唐宋八大家丛话》① 所记类似典故中欧阳修与他的同事关于"逸马杀犬"的故事，则完全从惜墨如金的角度来评价文字的使用：

欧阳公在翰林日，与同院出游。有奔马毙犬于道，公曰："试书其事。"同院曰："有犬卧通衢，逸马蹄而死之。"公曰："使子修史，万卷未已也。"曰："内翰以为何如？"曰："逸马杀犬于道。"

直到现代，著名学者陈望道先生（1891—1977），在《修辞学发凡》中仍然举出有关"黄犬奔马"的六种句式：

1. 适有奔马践死一犬。
2. 马逸，有黄犬遇蹄而毙。
3. 有犬死奔马之下。

———————————

① 恕我孤陋寡闻，对《唐宋八大家丛话》一书竟不知其编者和时代，我请教好友王学泰先生，也未果。他回信说：

书瀛先生：尽日瞎忙。上个月到上海、深圳讲课出去二十多天，返京即对付文债。最近出了两本书，待有空到所里奉上。"丛话"一书，我查了自己仅有的书目均未有登载。又托学生在国图、上图等大图书馆古籍书目查了查，均未有。我估计是清末民初坊间刻的滥书。自梁章钜刻了自己编的《制艺丛话》、《楹联丛话》、《四六丛话》、《试律丛话》等，后又有《灯谜丛话》、《游钓丛话》。所谓《唐宋八大家丛话》可能就是摘编前人有关八家的记述和论述。或因编者无名，或因编得太烂，不被重视。我有一部《唐宋八大家文品读词典》，后附关于八家的书籍数百种，也无此书。网上所引都是辗转相抄。

预祝

新年新春快乐　　　　　　　　　　　　　　　　　王学泰 2011. 12. 20

学泰和他的学生们为我付出的辛苦劳累，使我深受感动。谢谢！

4. 有奔马毙犬于道。

5. 有犬卧通衢，逸马蹄而死之。

6. 逸马杀犬于道。

他认为就精练而言，当属第6种。①

中国古代文学讲求的这种简约、质朴而隽永、绵长，与古希腊《荷马史诗》动则千行万言的繁复宏大，表现出截然不同的审美追求。

第四节　温柔中和的审美心态

（丙）温柔中和的审美心态。

所谓"温柔敦厚，诗教也"（《礼记·经解》）②、"发乎情，止乎礼"（《诗大序》），几成古人共识；"喜怒哀乐之未发谓之中，发而皆中节谓之和"，"致中和，天地位焉，万物育焉"（《中庸》）是那时人们审美心理的常态。诗三百中很少剑拔弩张、你死我活、誓不两立的场面，即使怨妇诗、弃妇诗，也写得委婉含蓄，如泣如诉。即使像写《离骚》的屈原——这位三闾大夫受了那么大委屈，也只是把他的幽怨寓于香草美人之不被待见的描写之中。这也是"中和"的一种审美表现，所谓"乐而不淫，哀而不伤，怨而不怒"也。屈原已经够"怨而不怒"了，然而即使如此，班固还认为不够，批评"今若屈原，露才扬己，竞乎危国群小之间，以离谗贼。然责数怀王，怨恶椒、兰，愁神苦思，强非其人，忿怼不容，沉江而死，亦贬洁狂狷景行之士。多称昆仑冥婚、宓妃虚无之语，皆非法度之政、经义所载。谓之兼诗风雅而与日月争光，过矣"③。太苛刻了！

"和"被中国古人认为是审美的最佳状态。《春秋左传·昭公二十年》关于"和"说了这样一些话："先王之济五味，和五声也，以平其心，成其政也。声亦如味，一气，二体，三类，四物，五声，六律，七音，八风，九歌，以相成也。清浊、大小、短长、疾徐、哀乐、刚柔、迟速、高下、出入、周疏，以相济也。君子听之，以平其心。心平德和。"《国语·

---

① 陈望道：《修辞学发凡》，上海教育出版社 2002 年版，第 60—61 页。

② （唐）孔颖达解释说："温谓颜色温润，柔谓情性和柔。《诗》依违讽谏，不指切事情，故云温柔敦厚是《诗》教也。"又说："诗主敦厚。若不节之，则失之愚。"（《礼记正义》卷五十）

③ （汉）班固：《离骚序》，见宋洪兴祖《楚辞补注》，中华书局 1983 年版，第 49—50 页。

周语下》也说："夫政象乐，乐从和，和从平。声以和乐，律以平声。金石以动之，丝竹以行之，诗以道之，歌以咏之，匏以宣之，瓦以赞之，革木以节之。物得其常曰乐极，极之所集曰声，声应相保曰和，细大不逾曰平。"并且引述《诗三百》《商颂·烈祖》"亦有和羹，既戒既平。鬷假无言，时靡有争"来证明"和"之符合古训。

《荀子·乐论》亦云："君子以钟鼓道志，以琴瑟乐心。动以干戚，饰以羽旄，从以磬管。故其清明象天，其广大象地，其俯仰周旋有似于四时。故乐行而志清，礼修而行成，耳聪目明，血气和平，移风易俗，天下皆宁，美善相乐。"

自先秦起，中华民族审美活动就形成了崇尚的就是温柔敦厚、心平德和的传统。

这与古希腊崇尚"斗争"（赫拉克利特"战争是万物之父，也是万物之主"[1]）形成鲜明对照。关于这个问题，我在第一章《论"诗文评"及中西诗学文论的根本差别》已经较多论及，可参见，此不赘。

第五节　美善合一的审美趋向

（丁）注重政教作用、追求美善合一的审美趋向。

在先秦，赋诗、引诗、作诗、吟诗，当然也包含愉悦情性的因素，然而更加重要的常常是发挥其政教、外交、道德教化等社会作用。每当朝会宴享、说理论事、外交知会以及其他需要的场合，人们总是赋诗言志；或者说，从先秦起，人们就形成注重政教、注重实用、美善结合的审美心理趋向，而极少离开社会政教和伦理道德来单纯谈论审美，总是美不离善，善不离美。《左传》中赋诗、引诗、作诗、吟诗的情况非常之多，仅举《左传·隐公元年》记述郑庄公与他的母亲姜氏恩怨故事中的赋诗和引诗为例。庄公怨恨母亲袒护弟弟共叔段作乱，而发誓"不及黄泉，无相见也"，然而究竟是母子连心，庄公很快就后悔发了那样的毒誓；后来颍考叔想了一个"阙地及泉，隧而相见"的办法为庄公解套。庄公进入隧道去见母亲时，赋诗曰："大隧之中，其乐也融融。"他的母亲走出隧道时也赋诗曰："大隧之外，其乐也泄泄。"于是，"母子如初"。记述这段故事之后，《左传》之"传"文作者左丘明说了这样一段话，并且引诗明志：

---

① 《古希腊罗马哲学》，商务印书馆1961年版，第23页。

"颍考叔，纯孝也，爱其母，施及庄公。诗曰'孝子不匮，永锡尔类'，其是之谓乎！"前面庄公和他母亲的赋诗，是自己即兴作诗言志；后面左丘明所引，则是《诗经·大雅·既醉》中的诗句，借以表达对孝子的赞扬。

"兴于诗，立于礼，成于乐"（《论语·泰伯》），"思无邪"（《论语·为政》），"诗可以兴，可以观，可以群，可以怨，迩之事父，远之事君"（《论语·阳货》）……孔子这些话集中表现了当时人们眼中诗的政教功能和美善合一的审美教育意义①。后人更在此基础上加以发展，如荀子又专作《乐论》以驳斥墨子《非乐》，有趣的是，儒墨两家结论相反而出发点却一样，都是"用"——墨子以乐有害而"非乐"，荀子则以乐有益而肯定音乐的巨大作用，认为音乐是"人情之必不免也，故人不能无乐"，它"可以善民心"，"移风俗"，使"行列得正"，"进退得齐"，能够导致"民和"，"民齐"，达到"兵劲城固，敌人不敢婴也"；荀子还说："乐者，圣人之所乐也，而可以善民心，其感人深，其移风易俗。故先王导之以礼乐而民和睦。夫民有好恶之情而无喜怒之应则乱。先王恶其乱也，故修其行，正其乐，而天下顺焉。"

古希腊文艺和审美重于求真，而中国古代自先秦起即重于求善。这形成鲜明对照。

第六节　"赋比兴"的审美旨趣

（戊）"赋比兴"的审美旨趣。

古人普遍认为，没有"赋比兴"的诗不是好诗甚至不能称其为诗。

诗三百到处充满"赋比兴"。

"赋"是铺叙、直陈，用朱熹（1130—1200）《诗集传》②的话，即"赋者，敷陈其事而直言之也"。但这不是和尚念经式的干瘪叙事，而是充满情感的描述，如《卫风·氓》，一个弃妇自述同氓婚恋被弃的过程，字里行间，满是悔恨、感伤和决绝之意，读着它，人们的不平之意也随着这位被损害的妇女不幸遭遇而起伏。

"比"是以此喻彼，以比喻来形容情事，用朱熹《诗集传》的话，即

---

① 关于这一点，在上一章中也已经较多谈到，可参见。

② 朱熹《诗集传》以《四部丛刊三编》影宋本二十卷的学术价值为最高，但其卷十二至卷十七缺损，应与北京图书馆旧藏宋刻明印本参阅。有中华书局 2011 年本。

"比者，以彼物比此物也"。如《卫风·硕人》用一系列比喻表现卫庄公的夫人庄姜之美："手如柔荑，肤如凝脂，领如蝤蛴，齿如瓠犀。螓首蛾眉，巧笑倩兮，美目盼兮。"清代孙联奎《诗品臆说》二十《形容》对此有一段很妙的批评："形容处断不可使类土木形骸。《卫风》之咏硕人也，曰'手如柔荑'云云，犹是以物化物，未见其神。至曰'巧笑倩兮，美目盼兮'，则传神写照，正在阿堵，直把个绝世美人，活活的请出来在书本上滉漾。千载而下，犹如亲其笑貌。此可谓离形得似者矣。似，神似，非形似也。庶几斯人，言形容非斯人莫与归也。"

"兴"是借物而起兴，用朱熹《诗集传》的话，即"兴者，先言他物以引起所咏之辞也"。寓意、烘托、象征、联想等等，都可沁人心脾，激发读者的审美想象。如《周南·关雎》"关关雎鸠，在河之洲，窈窕淑女，君子好逑"即用水鸟起兴。

较早时，《毛诗序》谈诗有六义，"一曰风，二曰赋，三曰比，四曰兴，五曰雅，六曰颂"；后来人们特别突出了"赋比兴"，并特别强调了"兴"。钟嵘《诗品·序》对"赋比兴"（尤其是"兴"）进行了创造性的解释："故诗有三义焉：一曰兴，二曰比，三曰赋。文已尽而意有余，兴也；因物喻志，比也；直书其事，寓言写物，赋也。宏斯三义，酌而用之，干之以风力，润之以丹彩，使味之者无极，闻之者动心，是诗之至也。"他特别看重"兴"，把它放在首位，认为"兴"是"文已尽而意有余"。这是千古慧眼。

"兴"，它最突出地表现了中华民族独特的审美追求。这与西方截然不同。

我粗粗列出这五个方面，力图陈述那时中华民族审美心理的构成因素和组合状况；其实肯定不止这五点，期待读者诸君批评、补充、修正，精细化，使之更加准确、更加完善。

我想，所有这一切方面（或因素）相融汇相化合，或许可以呈现出当时处于雏形状态的中华民族审美心理结构的面貌。

本章小结

中华民族在地球上是最早点亮文明的火把照耀人类星空的族群之一，它已经有五千年以上而且从未间断过的文明史。中华文明中一个重要部分是审美文化，它是我们的先民对幸福愉快生活的向往与美好追求。然而，中华民族先民们最初的审美活动并不单独存在，而是与物质实践活动、精神实践活动混沌一体的。

虽然先民们的审美活动从附庸到独立，走了漫长路程，然而在他们尚未完全独立而走向独立的审美实践中，也开始逐渐萌芽着中华民族独具特色的审美心理结构。我们今天可以从先秦时代的诗文中来探索和考察中华民族原始审美心理结构的蛛丝马迹，我们会看到中华民族审美心理结构雏形中许多鲜明的组成因素，譬如：（一）逐渐形成偏重于抒情的审美习惯。《诗经》中绝大多数诗都是抒情诗，即使少量叙事诗也充满浓厚的抒情味儿。这个传统一直延续几千年。（二）简约、质朴而隽永、绵长的审美风格。最早的诗，不论两言、三言、四言，但常常有一唱三叹的回旋，余味无穷。（三）温柔中和的审美心态。"温柔敦厚，诗教也"、"发乎情，止乎礼"、"喜怒哀乐之未发谓之中，发而皆中节谓之和"、"致中和，天地位焉，万物育焉"……这就是那时人们审美心理的常态。（四）注重政教作用、追求美善合一的审美趋向。古人赋诗言志，当然也包含愉悦情性的因素，然而更加注重的是其政教、外交、道德教化作用。中国古人追求美善结合，总是美不离善，善不离美。（五）"赋比兴"的审美旨趣。正如钟嵘《诗品·序》中所说："文已尽而意有余，兴也；因物喻志，比也；直书其事，寓言写物，赋也。宏斯三义，酌而用之，干之以风力，润之以丹彩，使味之者无极，闻之者动心，是诗之至也。"

所有这一切方面（或因素）相融汇，呈现出雏形状态的中华民族审美心理结构的面貌。

附：与此相关的通信讨论

黎湘萍研究员读了有关中华民族审美心理的构成因素和组合状况的这段文字，来信谈了很好的意见；我随即也回信呼应。这是一次认真的有益的学术讨论，故附载于下。

湘萍信：

杜老师：新年好！

因外出，刚看到您惠寄的《从"诗文评"到"文艺学"》，迟复了，失礼之至，请海涵。

总结传统"诗文评"的经验，探究中华民族的"审美心理结构"，是一个很大的理论课题。您率先拓路，所提的五个关键点，确是探讨我们民族的审美心理结构的核心问题，很受启发。其中"重抒情、温柔中和、美善合一"和"兴"，尤其能呈现中华民族的审美心理特色。唯简约的风格和"比"、"赋"的方法，似乎在其他民族的艺术中亦所见多是，如古希腊女诗人萨福的抒情诗，亦以简约而隽永见长；莎士比亚的戏剧，叙事抒情并重，比、赋之法亦用得很多。如何阐明华族的"简约隽永"之"异"，似乎还是一个问题。不久前读日本汉学家冈村繁的《周汉文学史考》，他引用目加田诚博士1933年关于《诗经》的论著的结论，认为《诗经》的精髓不在"国风"，而在"大雅"，指出"大雅"的风格"雄浑壮大"，可继传世的周代青铜器。冈村繁同意此说，特意引用"大雅"中的《文王》一诗为例来分析，认为此诗写得"豪迈雄劲"，"凝聚着思祖忧国的一片深切情怀"（参见中译本，第5—9页，《冈村繁全集》第一卷，上海古籍出版社2002年8月出版）。域外汉学家的这些观察，有时亦很中肯，或可供我们进行对话和参考。确实，《文王》既叙事，又抒情，亦颇合孔子"温柔敦厚"之说。

也有人指出，中国的文学、艺术，是老庄一脉充分发展的领域；儒家有志于政、学；于"游艺"反而留心不够，或视为末流。因此，比较好的文学艺术作品（诗文词和绘画、书法、音乐等，以及相关的理论），都是老庄气十足的（典型如苏轼的诗文词）；而道学味太重的诗文（典型如宋代周程朱的诗文），固然有益世道，艺术成就却不甚高。因此，要穷究中国人的审美心理结构，或许需从多方面入手。

学生学浅，读先生文章后得到启发，斗胆延伸妄论，幸勿见怪。

端此敬复，并颂

时祺！

湘萍 拜上（2011年12月12日13点54分）

我的回信：

湘萍，你好！

你的意见很好，我会细细考虑吸取。我在《文学遗产》第6期的文章，其实也不成熟。不断思考吧。

我原来的感觉是：先秦儒家从道德教化的角度看待诗文，肯定诗文，他们的出发点是"用"（政教作用），而不是我们今天所谓"审美"。老庄返璞归真，见素抱朴，反对人为（"伪"），崇尚自然，尤其老子认为"五色令人目盲，五音令人耳聋，五味令人口爽"，从这样的角度否定今天我们的所谓"审美"和"艺术"（但是庄子的人生态度，却类似今天的所谓"审美"态度，他的一系列思想言论，对审美和艺术问题多有启发）。墨子非乐，认为诗乐舞对社会有害无益。法家亦如是。相比较而言，似乎儒家（且只有儒家）对诗乐舞更看重些（以"用"为出发点）；老庄、墨、法等则与儒家对立。儒家从汉代后，一直处于正统地位，属于主流意识形态；而其他，则属于"在野"派。正因为儒家是正统，是主流，是统治政权的宠儿，以它为指导思想的文艺，多是统治"工具"，因其政教味儿太浓看起来离今天我们所谓"审美"远；而老庄（道家），因其"在野"（当然也不全然如此，唐朝皇帝就十分推重道家），以它为指导的文艺反而受统治者束缚少，更接近于文艺"审美"本性，而且老庄的许多言论亦确实符合今所谓审美本性。这些都须仔细研究，我没有固定的结论。

中华书局约我弄了一本"中华养生经典"之《闲情偶寄》（主要是其《颐养部》）评注本（2011 年 11 月出版），刚刚拿到样书，等大批书来了送你。

书瀛（2011 年 12 月 12 日 21 点 11 分）

思 考 题

一、名词解释

1. 先秦

2. 诗经

3. 赋

4. 比

5. 兴

二、简答题

1. 你怎样理解抒情传统？

2. 你认为"美善合一"是中国古代的审美追求吗？

3. 你如何看"温柔中和"？

4. 你认为"简约的风格"是中国古代审美的特点吗？

三、论述题

1. 你对中国古代的审美心理结构如何理解？

2. 你如何看待中国古代诗学中"赋比兴"的地位和意义？

阅读参考文献

《吕氏春秋》卷五《仲夏纪·音初》，中华书局 2007 年版。

班固：《离骚序》，见宋洪兴祖《楚辞补注》，中华书局 1983 年版。

刘勰：《文心雕龙》之《诠赋》（见范文澜著《文心雕龙著》，人民文学出版社 1978 年版）。

刘勰：《文心雕龙》之《物色》。

孔颖达：《礼记正义》卷五十，中华书局《十三经注疏》影印本 1980 年版。

朱熹：《诗集传》，中华书局 2011 年版。

方玉润：《诗经原始》，有中华书局 1986 年版李先耕点校本。

梁启超：《政治学大家伯伦知理之学说》，见《新民丛报》第三十二期，1903 年。

陈望道：《修辞学发凡》，上海教育出版社 2002 年版。

王文生：《"诗言志"文学纲领与亚里士多德〈诗学〉的比较》，《文艺理论研究》2011 年第 2 期。

王岳川：《经典回归与精神现代化》，《文艺争鸣》2011 年第 6 期。

董乃斌：《〈文心雕龙〉与中国文学的叙事传统》，《陕西师范大学学报》（社会科学版）2011 年第 3 期。

杜书瀛：《从石器上看审美的萌芽》，见本书附录。

第三章 周秦两汉:"诗文评"之孕育

内容提要

周秦两汉夹杂在其他论著中涉及诗文的片断感悟、议论、评说,已经具有了后来"诗文评"的初级形态,是中华审美文化的瑰宝,也是中华审美文化一直活着的基因,它们富有强大生命力,影响中国古代文论数千年。如:《尚书》在中国古代诗学文论史上最早提出"诗言志"的命题,是"开山纲领";《论语》中所记孔子的一系列言论,它是儒家诗学文论之元点、起点;《春秋左传·襄公二十九年》所记"季札观乐",它开启中国"印象批评"、"社会政治批评"、"读者反应批评"之风。

从周秦两汉各色人等有关"诗"("诗乐舞")的评说言论中,我们可以看到一个十分有趣的现象:儒、墨、法、道,唯独儒家对"诗"("诗乐舞")最感兴趣,器重它,爱它,甚至"爱"得要命,可谓"爱"派;其他各家是不重视"诗"的,其中墨家和法家对"诗"("诗乐舞")采取一种敌视和仇视的态度,甚至"恨"之入骨,可谓"恨"派;而道家则介于儒与墨法二者之间,对"诗"("诗乐舞")虽说不上"恨"之入骨,却也绝不待见它,常常以超然的态度给予蔑视,可谓"贬"派。

直到汉代,"诗文评"作为一门独立学问,尚处于娘胎之中。然而汉代诗学文论领域儒家的主流和领导地位却因汉武帝"罢黜百家、独尊儒术"的治国之策而"被"奠定,并从此在中国历史上行霸两千余年。"独尊"局面的形成是历史选择的结果。汉代的董仲舒、司马迁、刘向、扬雄、桓谭、班固和王充等人儒家诗学文论,在"诗文评"史上起了重要作用。

关 键 词

尚书 论语 季札观乐 儒家 墨家 法家 道家 独尊儒术

第一节 散见于各类著作中的片言只语

上述中华先民审美心理结构的形成过程，其实也就是中华民族早期集体审美无意识的积淀过程。正是以这种形成过程中的审美心理结构（集体审美无意识）为"前理解"、或者说为"期待视野"，古人开始有意无意地对自己的各种审美实践活动及其作品（如诗文）进行思索、表达感悟、加以评说，它们散见于《诗经》、《论语》、《左传》、《老子》、《论语》、《墨子》、《易传》、《孟子》、《庄子》、《荀子》、《礼记》、《商君书》、《韩非子》、《管子》……各类著作之中。

举几个例子：

《诗经》中，有的在诗句里表明作者写作意图，《魏风·葛屦》中"好人提提，宛然左辟，佩其象揥。维是褊心，是以为刺"，是说此诗为"刺"女主人的"褊心"而作；《召南·江有汜》"江有沱，之子归，不我过，不我过，其啸也歌"，是说写此诗乃是发泄对变心丈夫的怨恨；《小雅·节南山》："家父作诵，以究王讻"，表明作者"家父"写此诗意在批评君主的昏乱。这些也为孔子"兴观群怨"之"怨"提供根据或蓝本。

《尚书·金縢》提供了周公写作《诗经·鸱鸮》的本事："周公乃告二公曰：'我之弗辟，我无以告我先王。'周公居东二年，则罪人斯得。于后，公乃为诗以贻王，名之曰《鸱鸮》；王亦未敢诮公。"这是否开了后世诗话和笔记中"本事"记述风气之先河？

《论语》中孔子论诗的言论历来为人们所重视，不用多说。①

《老子》直接讨论文艺者并不多，但其论述"大音希声，大象无形"的境界，论述"涤除玄览"（《老子》第十一章）的思维方式，《庄子》所述"虚静"、"心斋"、"坐忘"、"物化"的心理状态，以及"宋元君将画图，众史皆至，受揖而立，舐笔和墨，在外者半。有一史后至者，儃儃然不趋，受揖不立，因之舍。公使人视之，则解衣盘礴，裸袖握管。君曰：'可矣，是真画者也'"的描绘（《田子方》），对后世创作影响巨大。

《春秋左传》中有关诗文评的文献在这个时期各种文献中最为丰富，量大面

---

① 《史记·孔子世家》对孔子"删诗"及论诗言论也多有记述，如说"古者诗三千余篇，及至孔子，去其重，取可施于礼义，上采契后稷，中述殷周之盛，至幽厉之缺，始于衽席，故曰'关雎之乱以为风始，鹿鸣为小雅始，文王为大雅始，清庙为颂始'。三百五篇孔子皆弦歌之，以求合韶武雅颂之音。礼乐自此可得而述，以备王道，成六艺"等，可参见。

广，有的记录了诗三百流传中"赋诗言志"、观诗知志的情况，有的记录了各色人等对诗三百和其他文艺形式的看法以及有关诗乐舞的观赏评说。

墨子（约公元前468—前376）对乐舞等等艺术持怀疑和否定的态度，也是从另一个角度对文艺的看法。

《易传》中也有许多文字涉及文艺内容与形式问题，《艮卦》爻辞六五中提出的"言有序"、《家人卦》象辞中提出的"言有物"，被清代桐城派文论家所借用。

《孟子》中有不少论说审美与文艺问题的文字，也有引《诗》用《诗》的记述，其论"充实之谓美"（《尽心下》"何谓善？何谓信？"条），"知言养气说"（《公孙丑上》"夫志，气之帅也"条），"知人论世"说（《万章下》"孟子问万章曰"条），"以意逆志"说（《告子下》）等等，历来被人们广泛引述和发挥。

《管子》中有一些反对"淫辞"、"淫声"的文字，可与文学语言相关，其《心术》及《内业》论述人的心、智与虚静，道与精、气、神，以及音、意、言与道、精、气、神之间的关系等，虽非专门论述文艺，但也可与文艺心理问题相联系。

《荀子·乐论》篇比较深入地论述了孔孟之后儒家的诗、乐思想，对《礼记·乐记》和《毛诗序》有直接影响。

《商君书》、《韩非子》也从反面谈论了对文艺问题的意见，等等。

总之，先秦各家各派，儒、墨、老庄、法家……几乎都对尚未完全处于独立状态的审美活动及其诗文作品发表了自己的看法；但那时它们大都是夹杂在其他论著中的片言只语，除了《荀子·乐论》或许可以算是论乐专章的独苗之外，并无其他独立的著作①——这就是中国古代诗学文论的萌芽时期的状况。而且在当时，它们也只能说是萌芽；若不指出它们的"萌芽"性质，而直接说它们就是作为一个学科的中国古代文论的思想（如某些文论史著作所言），过矣。

直到汉代，基本没有专门的独立的评诗论文之著作的情况依然如此。

---

① 有的学者认为《礼记·乐记》的写作（至少部分文字）在荀子《乐论》之前，如郭沫若《十批判书·儒家八派的批判》说"公孙龙子有《乐记》一篇传世"（按，一般认为公孙龙生活在孟子、荀子之前，活动年代约在公元前320年至前250年间。他的生平事迹已经无从详知，但知他是中国战国时期哲学家，名家离坚白派的代表人物）。但是，《乐记》"公孙龙子说"还需进一步考察和论证。尚有许多不同意见，有人认为《乐记》成于荀子学派；还有认为《乐记》成于汉武帝时期河间献王刘德、毛生之手，等等。对这个问题姑且存疑。

当然，汉代审美活动及诗文作品已开始具有比较明显的独立性质（如汉赋、乐府诗等等），人们对诗文的思索、感悟和评说也有重大发展，甚至渐成规模。例如《淮南子》中论说"美丑"、"人之情，感于物而动"、"耳目之乐"、"画者谨毛而失貌"、"善歌者中有本主"、"五色乱目，五声哗耳"、"乐听其音则知其俗"等文字；司马迁《史记·屈原贾生列传》中论述屈原和楚辞的一部分文字；刘向《说苑》之论述"玉有六美"、"智者乐水，仁者乐山"、"乐者德之风"等文字；扬雄《法言》"言不文不成经"、"言为心声书为心画"等文字；王充《论衡》之《书解篇》中"德弥盛者文弥缛，德弥彰者人弥明，大人德扩，其文炳，小人德炽，其文斑"，《自纪篇》中"疾虚妄"、"文有伪真无有故新"、"德盛者文缛"等文字；以及《汉书·艺文志》论述文艺的文字，王逸《楚辞章句序》等等，它们的思想观点都相当精彩。但是，尽管如此，我们也必须承认它们都不是独立的论著。即使《诗大序》，虽专论诗，它也只是《毛诗》（汉代鲁国毛亨和赵国毛苌所编辑和注释的《诗经》）的总序，后来人们常常把它视为单篇论著。就是说，这些思索、感悟和评说仍然绝大多数是附庸于其他著作之中而极少成为专门的独立的论著——大概仅有《礼记·乐记》（或者再勉强加上《诗大序》）是例外，极少对审美活动及诗文作品进行专门评说。这印证着人类社会发展中一个规律性现象：理论相对于实践，常常滞后。因此，总的看来魏晋之前还不能说"诗文评"（中国古代诗学文论）是一门独立学问或学科。也许可以这样表述：汉代是"诗文评"从萌芽到诞生之间的一个过渡期，或正式成立的前奏。顶多可以说，到汉代，"诗文评"作为一门学问或学科已接近于临产，却还未真正呱呱落地，仍然处于娘肚子里。

从周秦两汉人们夹杂在其他论著中涉及诗文的片断感悟、议论、评说来看，我们可以说那时已经具有了后来"诗文评"的初级形态；它虽在娘肚子里，但五官四肢已经成形。

如果换一种说法：它的许多基本因素为后来作为一门学科的"诗文评"铺下了奠基石。

第二节　萌芽期的"三个代表"

周秦两汉为后来的"诗文评"铺下的这些奠基石，是中华审美文化的瑰宝，也是中华审美文化一直活着的基因，它们富有强大生命力，影响中国古代诗学文论数千年。

我姑且从周秦有关诗文的言论中挑出最重要的三项，作为中国古代诗学文论萌芽期最早的"三个代表"加以重点论述，以期读者给予特别关注。

《尚书》之"诗言志"："开山纲领"

其一是《尚书》中的"诗言志"及相关论述，见于古文《尚书·舜典》（今文《尚书·尧典》）。这段相对完整的文字是：

> 帝曰：夔！命女典乐，教胄子。直而温，宽而栗，刚而无虐，简而无傲。诗言志，歌永言，声依永，律和声。八音克谐，无相夺伦，神人以和。夔曰：於！予击石拊石，百兽率舞。

这里的"帝"，指舜。他命令其臣属夔作"乐"（也包含诗、舞，因为当时诗乐舞三位一体，几乎无法分割），以教育子弟。夔的角色十分重要，戏比今天，借用现在的概念也许可以说他集宣传部长、文化部长、教育部长、诗乐舞艺术总监于一身，不但创作艺术作品，而且协同最高领导一起制定创作原则、艺术标准及"意识形态"宣传教育的方针政策。他们对诗乐舞的基本要求（或提出的基本标准）是"直而温，宽而栗，刚而无虐，简而无傲"，即正直温和、宽弘庄严、刚毅不苟、质朴谦和而不傲慢；对诗乐舞基本性质特点的界定和描述是"诗言志，歌永言，声依永，律和声，八音克谐，无相夺伦，神人以和"，即诗是用以抒发情志的，永歌之以延伸诗意，五声六律八音谐和，完美有序，神人通泰（天人合一）；最后，夔报告说，他制作的诗乐舞发生的效果，使"百兽率舞"——从字面的意思看是说诗乐舞甚至能够感动百兽而使相率而舞，但我更同意这样一种说法，即"百兽率舞"或指原始图腾舞蹈，先民们因诗乐舞，"群"而和之，情通志融，使整个社会祥瑞安康。

这段文字的价值是：它在中国古代诗学文论史上最早（或较早）提出"诗言志"的命题，并初步界定了诗乐舞的性质、特点，提出基本标准，鉴定其发生的效果。而其中"诗言志"这一命题，意义特别重大。唐代经学家孔颖达在《毛诗正义》中认为"诗言志"是经典之中关于诗的最早言论，所谓"经典言诗，无先此者"①。朱自清在《诗言志辨序》中认为

---

① 见中华书局 1980 年影印清阮元刻《十三经注疏》之《毛诗正义》卷首。

它是中国古代诗学文论"开山的纲领"①。朱自清的论断确实精辟，为学界普遍接受。历史地考察，"诗言志"的确是中国"诗文评"史上最基本最重要的命题，历代都奉之为圭臬，几千年不衰，反复申说、诠释，并且每个时代都随当时社会需要而加进新的内容，如《汉书·艺文志》云："《书》曰：'诗言志，歌永言。'故哀乐之心感而歌咏之声发。诵其言谓之诗，咏其声谓之歌。故古有采诗之官，王者所以观风俗，知得失，自考正也。"在"诗言志"原有意思的基础上，又加上"采诗观志"，并曾经把"采诗"作为一种制度，为统治者的政治服务。

古人论诗，有的突出"志"，有的突出"情"（魏晋时陆机《文赋》突出诗之"缘情"的特征），但我认为"志"与"情"很难分清，唐代孔颖达《春秋左传正义》强调"在己为情，情动为志，情志一也"②，倒是一种通达合理的说法。"诗言志"是一个内涵丰富、包容性强的命题，以之为中国古代文论的"开山纲领"和第一命题，可当之无愧；直到现代和当代，人们对它仍然不断引述、解析、发挥。

有人可能会对我之断言"诗言志"最早（或较早）出现于《尚书》，提出疑义。这自有其道理。《尚书》是我国第一部上古历史文献的汇编，它保存了商周特别是西周初期的一些重要史料，虽相传由孔子编撰而成，但许多学者认为它到战国时期才编定，甚至认为有些篇章系战国末年或更晚一些时候人的托古之作；而且长期以来存在"今文尚书"、"古文尚书"之争，而以"古文"为伪。因此，可能有些人会认为，比起《诗经》、《春秋左传》等古籍"诗以言志"、"诗以明志"类似记载，很难说《尚书》之"诗言志"最早或较早。

但我仍然坚持自己的判断。我认为，从《尚书》所述内容及其大多文字古拙晦涩、佶屈艰深等因素综合来看，《尚书》多数篇章，时代古远或较为古远，说它保存了商周或更早的文献资料，并非完全臆测（这个观点并非我的发明，也非我一个人的看法，而是许多学者的共识）。只是它的编辑过程可能较为长久，大概商周及以后历代，都曾加以编辑且逐渐有所补充、修订。传说孔子修"书"（"尚书"是汉代才有的名字，以前称为"书"）也并非空穴来风，他可能是其中编修者之一。至战国时代（或更晚一些时候），《尚书》才最后编定。但"编定"不是最初的"写作"，

---

①　见朱自清《诗言志辨》，开明书店民国三十六年（1947）版。

②　见中华书局1980年影印清阮元刻《十三经注疏》之孔颖达《春秋左传正义·昭公二十五年》。

"诗言志"等有关思想的提出和文字的写作，可能会早得多，或可上溯西周甚至商代。据此，我说"诗言志"为《尚书》首议，似乎未谓不可。

"诗言志"是《尚书》对中国古代诗学文论的巨大贡献，千秋之功，不可磨灭。①

孔子诗论：儒家诗学元点

其二是孔子（公元前551—前479，名丘，字仲尼）的诗论和文论。其主要言论，略辑于下：

> "小子何莫学夫诗？诗可以兴，可以观，可以群，可以怨。迩之事父，远之事君，多识于鸟兽草木之名。"（《论语·阳货》）"诗三百，一言以蔽之，曰：思无邪。"（《论语·为政》）"兴于诗，立于礼，成于乐。"（《论语·泰伯》）"诵诗三百，授之以政，不达；使于四方，不能专对；虽多，亦奚以为？"（《论语·子路》）"鲤趋而过庭，曰：学诗乎？对曰：未也。曰：不学诗，无以言。鲤退而学诗。"（《论语·季氏》）

> "仲尼曰：'志有之，言以足志，文以足言。不言，谁知其志？言之不文，行而不远。'"（《左传·襄公二十五年》）"有德者必有言，有言者不必有德。"（《论语·宪问》）"辞达而已矣。"（《论语·卫灵公》）"行有余力，则以学文。"（《论语·学而》）"子以四教，文行忠信。"（《论语·述而》）"君子博学于文，约之以礼，亦可以弗畔也夫。"（《论语·雍也》）

《史记·孔子世家》说："孔子以诗书礼乐教，弟子盖三千焉，身通六艺者七十有二人。"一代宗师，开创了一个学派，也开创了一个儒家诗学。孔子的评诗说文的上述言论，是儒家诗学文论之元点、起点，以后的孟子、荀子，以至汉代董仲舒、扬雄，隋代王通，唐代韩愈，宋代欧苏、朱

---

① 2012年10月12日补注：这一节的文字写于一年以前。近日读到李春青主编《先秦文艺思想史》（北京师范大学出版社2012年5月版），其上册《绪：对象与方法》关于"诗言志"有独到的心得，称"'诗言志'之说的产生是王官之学向诸子之学转变过程的产物"（该书第4页），并作了较好的论证。"王官之学"是西周官方意识形态，是西周贵族意识形态话语系统，那时无私人著述；"诸子之学"则是"知识阶层的乌托邦"，具有知识阶层的个人性。断言"诗言志"乃从前者向后者转变过程的产物，以前之"志"与诸子（尤其是儒家）之"志"有不同含义……这些都是很值得重视的观点，对准确理解"诗言志"富有启示。

熹，金代元好问，明代高棅、宋濂、"前后七子"，直到清代王夫之、魏禧、叶燮等等，历代儒家信徒都祖述孔子，不但在中国不间断地连续两千多年，逐渐建立起儒家诗学文论一套完整系统，而且波及中华文化圈的其他民族和国家（如日本、朝鲜、越南等）。虽然儒家诗学文论随时代发展以及诗论家文论家个人情况差异而理论观点有所不同，且不断发展变化；但万变不离其宗——始终以孔子为祖。尤其应该注意的是，儒家诗学文论自汉代起，历来受到统治者推崇，成为皇家"意识形态"的组成部分，居于统治地位长达两千余年。这种情况在全世界各个民族和国家中非常少见，甚至可以说独此一家。

我认为，孔子评诗说文的思想，有几点应特别引起关注：

（甲）孔子是"文艺工具论"观点的始祖（或始祖之一）。在孔子看来，诗文是一种特殊的"工具"，它的根本价值在于其工具之"用"。兴观群怨、事君事父、立言立德、文言行远等等，都是以"用"为出发点。这个思想一直影响至今。

（乙）在孔子那里，诗文虽然重要，但比之于德、政等等，始终是"二等公民"，且没有独立地位。"有德者必有言，有言者不必有德"，"辞达而已矣"，"行有余力，则以学文"……诗文总是处于次等地位。这个思想也影响了中国两千多年。到宋代理学家那里，更有"作文害道"之说，这就不只是"二等公民"的问题，而成为"害群之马"了。不过，"作文害道"之说只能算个例；总的说儒家对这个"二等公民"还是钟爱的。

（丙）在孔子那里，君子为人必须堂堂正正，忠贞无邪；而其为诗作文，也必须堂堂正正，所谓"诗三百，一言以蔽之，曰：思无邪"，"子以四教，文行忠信"。这也是中国与世界其他民族不同的特有传统。

"季札观乐"：开多派诗评之先河

其三是《春秋左传·襄公二十九年》所记"季札观乐"：

> 吴公子札来聘。……请观于周乐。使工为之歌《周南》、《召南》，曰："美哉！始基之矣，犹未也，然勤而不怨矣。"为之歌《邶》、《鄘》、《卫》，曰："美哉，渊乎！忧而不困者也。吾闻卫康叔、武公之德如是，是其《卫风》乎？"为之歌《王》曰："美哉！思而不惧，其周之东乎！"为之歌《郑》，曰："美哉！其细已甚，民弗堪也。是

其先亡乎?"为之歌《齐》,曰:"美哉,泱泱乎!大风也哉!表东海者,其大公乎?国未可量也。"为之歌《豳》,曰:"美哉,荡乎!乐而不淫,其周公之东乎?"为之歌《秦》,曰:"此之谓夏声。夫能夏则大,大之至也,其周之旧乎!"为之歌《魏》,曰:"美哉,沨沨乎!大而婉,险而易行;以德辅此,则明主也!"为之歌《唐》,曰:"思深哉!其有陶唐氏之遗民乎?不然,何忧之远也?非令德之后,谁能若是?"为之歌《陈》,曰:"国无主,其能久乎!"自《郐》以下,无讥焉!为之歌《小雅》,曰:"美哉!思而不贰,怨而不言,其周德之衰乎?犹有先王之遗民焉!"为之歌《大雅》,曰:"广哉!熙熙乎!曲而有直体,其文王之德乎?"为之歌《颂》,曰:"至矣哉!直而不倨,曲而不屈;迩而不逼,远而不携;迁而不淫,复而不厌;哀而不愁,乐而不荒;用而不匮,广而不宣;施而不费,取而不贪;处而不底,行而不流。五声和,八风平;节有度,守有序。盛德之所同也!"见舞《象箾(箾同箫)》、《南籥》者,曰:"美哉,犹有憾!"见舞《大武》者,曰:"美哉,周之盛也,其若此乎?"见舞《韶濩》者,曰:"圣人之弘也,而犹有惭德,圣人之难也!"见舞《大夏》者,曰:"美哉!勤而不德。非禹,其谁能修之!"见舞《韶箾》者,曰:"德至矣哉!大矣,如天之无不帱也,如地之无不载也!虽甚盛德,其蔑以加于此矣。观止矣!若有他乐,吾不敢请已!"

　　襄公二十九年是公元前544年,按《春秋左传》所记的这个年代,它比孔子论说诗乐的时间要早得多——季札(公元前576—前484)观乐那年,孔子才七八岁。但是,《春秋左传》分"经"文和"传"文。"经"中关于季札的这段记述只有一句话:"吴子使札来聘。"而上面所引的那一大段,是"传"的文字。其"经"为原来的史官所作,而"传"的作者,一般认为是左丘明,他是孔子同时人或比孔子稍晚些。因此,上述《春秋左传》所记季札观乐的盛况和他表述的思想观点,有两种可能:或许确实是当时季札观乐实况,由左丘明记述下来(可能左丘明有所发挥、渲染);或许表现的就是左丘明自己的思想——因为"经"文只写了"吴子使札来聘"而并无"季札观乐"的具体记述。倘是后者,则所谓"季札观乐"并不一定比孔子早,或许稍晚。然而即使如此,这段文字也非常难得,它是先秦时期谈论诗乐舞的一段绝妙文字,太可贵、太精彩了!所以,我忍不住引述多些。如果把它单独摘录出来,加上标题,就是一篇很优秀的批评文章。

与孔子论述诗乐的言论相比，"季札观乐"更细致、更具体、更富有激情。

我个人认为它有几个特别值得注意的地方。

（甲）它可被视为中国"感悟"诗评、"印象"诗评的鼻祖①。通篇都是季札的即时感悟和印象。这是专为季札举行的一场"诗乐舞"专场演出，场下的乐工每表演一首诗歌、一支舞蹈，季札就据印象进行评说，把自己的感悟和联想表述出来，这一切都是即时的、感性的，似乎不假思索的、脱口而出的。而且，演出现场好像有着某种互动。歌《邶》、《庸》、《卫》时，季札曰："美哉，渊乎！忧而不困者也。吾闻卫康叔、武公之德如是，是其《卫风》乎？"歌《王》时，季札曰："美哉！思而不惧，其周之东乎！"歌《郑》，曰："美哉！其细已甚，民弗堪也。是其先亡乎？"歌《齐》，曰："美哉，泱泱乎！大风也哉！表东海者，其大公乎？国未可量也。"歌《豳》，曰："美哉，荡乎！乐而不淫，其周公之东乎？"……季札不断地发问，可能陪同观乐的主人也不断与之交流；或者乐工听了季札的即时评说，也会有所反应，说不定会随时调整自己的演出状态和演出方法。

（乙）它可被视为中国"读者反应"诗评（借用现代西方诗学文论的概念）的鼻祖。季札作为观乐者，他所谈的观感大都是自己的主观感受，添油加醋，渲染夸张，只是一种"读者反应"，而不符合、或不一定符合、或只是部分符合乐工所表演的作品内容原意，例如："为之歌《唐》，曰：'思深哉！其有陶唐氏之遗民乎？不然，何忧之远也？非令德之后，谁能若是？'为之歌《陈》，曰：'国无主，其能久乎！'"《唐风》之诗乐，果真是陶唐遗民之思？《陈风》果真表现了"国无主"？这都是说不准的事儿。说不定只是季札的创造性发挥。

（丙）它可被视为中国"社会政治"诗评的鼻祖。季札总是以政治家的眼光，把诗乐舞作品与社会政治内容相联系，什么"以德辅此，则明主也"，什么"非令德之后，谁能若是"，什么"思而不贰，怨而不言，其周德之衰乎？犹有先王之遗民焉"，什么"曲而有直体，其文王之德乎"等等，什么都与社会政治扯在一起。这是哪儿跟哪儿啊？有许多可能就是

①　我这里所说"印象"诗评，只是借用西方观念和术语来说事儿，而绝非认为西方学说中国"古已有之"。下面"读者反应"诗评、"社会政治"诗评等，亦如是。

风马牛不相及。今天读来，不觉得牵强附会的人，大概很少。但是，几千年来，儒家诗学文论的许多人，像《毛诗序》的作者，像朱熹等等，就是这样看文学艺术的。

它形成一种批评作风，影响中国几千年。直到"文革"中，不是此风犹存吗？

第三节　"爱"与"恨"和"贬"的尖锐对立
——儒、墨、法、道对"诗"的不同态度

从先秦诗学文论萌芽时期各色人等有关"诗"（包括"乐舞"，因为先秦时"诗乐舞"总是三位一体的，因此在先秦时代"诗"可以作为整个"文艺"的代名词）的评说言论中，我们可以看到一个十分有趣的现象：春秋战国诸子百家中，唯独儒家对"诗"最感兴趣，最器重它，最爱它，以至"爱"得要命，可谓"爱"派；其他各家是不重视"诗"的，甚至对它采取一种蔑视和仇视的态度。2009 年第 4 期《文学评论》发表林岗一篇文章《论解诗——儒家诗学的兴起》，就谈到这个现象。我认为这基本符合当时的实际情况，但说得太简略，尚需深入。

儒家爱"诗"

儒家，从它的鼻祖孔子①起，就把"诗"（"诗乐舞"）看作是宣传和实现其至高理念"仁爱"以至建设其有等级的"仁爱"社会最为得心应手、最具影响力的工具，所谓"兴于诗，立于礼，成于乐"、"不学诗，无以言"、"不能诗，于礼缪"② 是也；"诗"也是春秋时代诸侯朝聘盟会、人际交往最富实用价值的手段，在孔子那里，"诵诗三百"是为了"授之以政"而能"达"、"使于四方"而能"专对"③，所谓"赋诗言志"是也。

当然，在儒家看来，与"仁"相比，"诗"只能居次要地位，为"二

---

① 孔子之前即有"儒"，据说殷代专门负责冠婚丧祭时司仪的祭官，就是早期的儒，或者称为术士。《论语·雍也》中孔子对子夏曰："汝为君子儒，毋为小人儒。"但是创建儒家学派者，当是孔子。关于"儒"及"儒"的起源多有争论，如胡适与章太炎；但对于孔子作为儒家学派的创始人，为学界所公认。

② 分别见于《论语·泰伯》、《论语·季氏》、《礼记·仲尼燕居》。

③ 《论语·子路》。

等公民"，因为如果把二者放在一起，它们就构成体用、主次关系，"仁"为体、为主，"诗"为用、为次，这种等级关系不能颠倒。但是，"次要"也好，"二等"也罢，只是相对而言，而这绝非说"诗"不重要；不然，不会深切地爱它。

（甲）先说孔子

"诗"（"诗乐舞"）在孔子眼中的地位总是"3A"级而不能下调，先秦诸子还没有一个人像孔子那样对之钟爱有加。孔子在齐闻韶，竟然"三月不知肉味"（《论语·述而》），即使逆境之中，如困于陈蔡时，依然"讲诵弦歌不衰"（《史记·孔子世家》）。对"乐"（"诗乐舞"）爱得如此之切，甚至爱得要命，古今中外，未之闻也。《史记·孔子世家》还记述了这样一个有趣的故事：

> 孔子学鼓琴于师襄子，十日不进。师襄子曰："可以益矣。"孔子曰："丘已习其曲矣，未得其数也。"有间，曰："已习其数，可以益矣。"孔子曰："丘未得其志也。"有间，曰："已习其志，可以益矣。"孔子曰："丘未得其为人也。"有间，有所穆然深思焉，有所怡然高望而远志焉。曰："丘得其为人，黯然而黑，几然而长，眼如望羊，如王四国，非文王其谁能为此也！"师襄子辟席再拜，曰："师盖云《文王操》也。"①

你看，孔子之爱"乐"不是理论上和口头上的，而是身体力行，亲自学习，且精益求精，非掌握精髓而不罢休。如此较真儿，如此痴迷，古今中外恐亦未之闻也。

有关孔子论诗的言论，我在前面《萌芽期的"三个代表"》一节已引述，读者一看，便知他如何重诗、爱诗，此不重复；这里只想再补充两条

---

① 同样的记述还见于《韩诗外传·卷五》，文字略有不同："孔子学鼓琴于师襄子而不进。师襄子曰：'夫子可以进矣。'孔子曰：'丘已得其曲矣，未得其数也。'有间，曰：'夫子可以进矣。'曰：'丘已得其数矣，未得其意也。'有间，复曰：'夫子可以进矣。'曰：'丘已得其意矣，未得其人也。'有间，复曰：'夫子可以进矣。'曰：'丘已得其人矣，未得其类也。'有间，曰：'邈然远望，洋洋乎，翼翼乎，必作此乐也。黯然而黑，几然而长，以王天下，以朝诸侯，其惟文王乎！'师襄子避席再拜曰：'善！师以为文王之操也。'故孔子持文王之声，知文王之为人。师襄子曰：'敢问何以知文王之操？'孔子曰：'然，夫仁者好伟，和者好粉，知者好弹，有殷勤者好丽，某是以知文王之操也。'"汉韩婴撰《韩诗外传》十卷，有四库全书本；今有许维遹《韩诗外传集释》，中华书局1980年版。

孔子在重诗、爱诗时，是怎样对诗意"体贴入微"的例子。他提倡读诗、学诗的时候，脑袋瓜儿要灵活，举一反三，触类旁通，尽量深入诗的神髓和精妙之处，挖掘出诗的各种含义，甚至不惜引申、演绎到远离诗的本义——宗旨只有一个：为我所用。

一是《论语·学而》中孔子与子贡的一段对话：

> 子贡曰："贫而无谄，富而无骄，何如？"子曰："可也；未若贫而乐，富而好礼者也。"子贡曰："诗云：如切如磋，如琢如磨，其斯之谓与？"子曰："赐也，始可与言诗已矣，告诸往而知来者。"

在孔子的启发下，子贡能够跟着老师的思路从"贫而无谄，富而无骄"而加以提升，悟出"贫而乐，富而好礼"的更高境界，并且举出《诗经·卫风·湛奥》"如切如磋，如琢如磨"，认为从这几句诗可以体悟到此番道理。孔子立即给予赞扬："赐也，始可与言诗已矣，告诸往而知来者。"

一是《论语·八佾》中孔子与子夏的一段对话：

> 子夏问曰："巧笑倩兮，美目盼兮，素以为绚兮。何为也？"子曰："绘事后素。"曰："礼后乎？"子曰："起予者商也，始可与言诗矣。"

"巧笑倩兮，美目盼兮"是《诗经·卫风·硕人》里的两句；"素以为绚兮"，据杨伯峻《论语译注》说"可能是逸句"，王先谦《三家诗义集疏》以为《鲁诗》有此一句。① 孔子从这三句诗体会出"绘事后素"（先有白色的底子，然后在上面画画），而子夏立即顺着老师竖起的杆儿往上爬："礼后乎？"（礼也在仁义之后吧？）孔子看到学生能够这么迅速地领会自己的意图而灵巧解诗，乐不可支："起予者商也，始可与言诗矣。"

其实在我们今天看来，不论《淇奥》之"如切如磋，如琢如磨"也好，还是《硕人》之"巧笑倩兮，美目盼兮，素以为绚兮"也好，与《论语》中孔子和他的弟子引申出来的意思，相距何止十万八千里；但孔子和学生们居然挖空心思将它们联系起来了，并且相当"圆满"地解决了

---

① 杨伯峻：《论语译注》，中华书局 1980 年版，第 5—26 页。

自己的"问题"。从这两个例子可以看到，孔子及其弟子几乎把"诗"的所有功能都"刨地三尺"挖掘出来，把"诗"的所有能量都榨干吸尽，把"诗"的可用之处都"滴水不漏"地"用"足、"用"透、"用"到极致。我们不能不惊叹：在先秦儒家那里，诗之"用"，竟如此之大、之广！

这些例子也同时说明，孔子爱诗，根本上是爱其"用"——不管是培育人品、立言立德、树立礼仪、启发才思之"用"，还是朝聘盟会、人际交往、兴观群怨、事君事父之"用"。

（乙）次说孟子

孔子之后，孟子（公元前 372—前 289，名轲）等儒家后人，也对"诗"相当宠爱。孟子顺着孔子的路数往下走，如司马迁《史记·孟轲列传》所谓孟子"退而与万章之徒，序《诗》《书》，述仲尼之意"；当然，同孔子一样，孟子爱诗也是爱诗之"用"，重诗也是重诗之"用"。不过，孟子进了一步，讲求"知人论世"："颂其诗，读其书，不知其人可乎？是以论其世也，是尚友也。"而且提出解诗须"以意逆志"："故说诗者不以文害辞，不以辞害志。以意逆志，是为得之。"① 孟子认为，只有"知人论世"、"以意逆志"，才能够更好地"用"诗。《孟子》一书，引用《诗经》，几乎随处可见。如《离娄上》仅开头的一章四十余字，就有两处以诗说事儿：一处是"诗云'不愆不忘，率由旧章'，遵先王之法而过者，未之有也"，用《诗经·大雅·假乐》这两句诗，告诫人们遵先王之法才不犯错误；一处是"诗曰'天之方蹶，无然泄泄'，泄泄犹沓沓也；事君无义，进退无礼，言则非先王之道者，犹沓沓也"，用《诗经·大雅·板》这两句诗，谈如何事君的道理。

《离娄上》中还有一段话直接谈到"乐"（yue）和"舞"的发生及其本质特性：

> 孟子曰："仁之实，事亲是也；义之实，从兄是也；智之实，知斯二者弗去是也；礼之实，节文斯二者是也；乐（yue）之实，乐（yue）斯二者，乐（le）则生矣；生则恶可已也，恶可已，则不知足之蹈之手之舞之。"

在这段话中，孟子首先说到"仁"的主旨为"事亲"；"义"的主旨

① 《孟子·万章上》。

为"从兄";"智"是知"仁"、"义"二者而加以坚持;"礼"是调节"仁"、"义"二者而加以修饰。最后他谈到"乐",说"乐"是从"仁"、"义"二者得到快乐;而且快乐一旦发生,就无可止;无可止,"则不知足之蹈之手之舞之"矣。此论说明孟子对"乐"、"舞"的重视、钟爱和相当透辟的理解。而且,尤其应注意到孟子将"乐"、"舞"(作为名词)与"乐"(作为动词或形容词,即快乐)联系起来:"乐之实,乐斯二者,乐则生矣;生则恶可已也,恶可已,则不知足之蹈之手之舞之。"这对于他的前辈思想是一个重要拓展。当然我们同时也应看到,孟子所说的这种"乐"(le)(快乐),与今人观念中的纯粹审美娱乐仍然不同,因为这"乐"(le)(快乐)的背后是"仁"、"义"在主宰、在统制;"乐"(yue)仍然是"仁"、"义"的附庸和工具。

无论如何,孟子的看法达到了当时所能达到的高度,它对后来的荀子《乐论》、《诗大序》、《礼记·乐记》等,都有直接影响。

(丙)再说荀子

到荀子(约公元前313—前238,名况,字卿)除了在《儒效》、《劝学》等篇中称赞诗书礼乐皆"天下之管道"、"道德之极"之外,更是以其驳斥墨子"非乐"的专文《乐论》,大段地、直接地论说"乐"(也包含作为当时"文艺"整体的"诗乐舞")的重要和必需,可见其爱之深。

> 夫乐(yue)者,乐(le)也,人情之所必不免也。故人不能无乐。乐则必发于声音,形于动静;而人之道,声音、动静、性术之变尽是矣。
> 君子以钟鼓道志,以琴瑟乐心,动以干戚,饰以羽旄,从以磬管。故其清明象天,其广大象地,其俯仰周旋有似于四时。
> 声乐之象:鼓大丽,钟统实,磬廉制,竽、笙、箫和,筦籥发猛,埙篪翁博,瑟易良,琴妇好,歌清尽,舞意天道兼。鼓,其乐之君邪!故鼓似天,钟似地,磬似水,竽笙箫和、筦籥似星辰日月,鞉、柷、拊、鞷、椌、楬似万物。曷以知舞之意?曰:目不自见,耳不自闻也,然而治俯仰、诎信、进退、迟速莫不廉制,尽筋骨之力以要钟鼓俯会之节,而靡有悖逆者,众积意乎。

上引荀子《乐论》第一段文字,首先探讨了"乐"的本质以及它何以必然产生。荀子所谓"夫乐者,乐也,人情之所不能免也",第一个

"乐"是名词，即音乐；第二个"乐"是动词、形容词，即："乐"就是
使人快乐、喜悦。如果再把《乐论》其他段落的有关文字，如"乐者，审
一以定和者也，比物以饰节者也，合奏以成文者也"、"乐者，天下之大齐
也，中和之纪也"、"乐者，圣王之所乐也，而可以善民心，其感人深，其
移风易俗"、"乐也者，和之不可变者也"等等综合起来，应该是中国审
美文化史和中国古代诗学文论史上第一次明确给"乐"下的一个本质性的
定义。接着，荀子从人性论出发，肯定"乐"发生的必然性：既然人必定
会有合理的的物质欲求和情感宣发，所以他就必定会有快乐、喜悦；而快
乐、喜悦又必然会表现出来（"发于声音，形于动静"），而其表现出来的
东西，就是"乐"（音乐）；人之为人的外在声音动静、内在情感性术，
它们的一切变化情状，都必然蕴含在"乐"之中。就是说，"乐"并非你
想有就有、想无就无，而是人类社会存在和发展的必然产物。第二段文字
用"君子以钟鼓道志，以琴瑟乐心"，进一步强调了音乐"道志"、"乐
心"的本质性能，并且用"清明象天，其广大象地，其俯仰周旋有似于四
时"形容其意义之深广博大，用"乐行而志清，礼修而行成，耳目聪明，
血气和平，移风易俗，天下皆宁"申述其"美善相乐"特质，从而深化了
"乐者，乐也"的定义。第三段文字具体描述了各种乐器的特点和性能。

　　《乐论》表明，荀子的确是个音乐行家，就他那个时代而言，他把
"乐"从宏观到微观都摸透了。而且荀子较他的先辈又前进了一大步，不
论总体性质的深入把握还是具体特点的细致分析，都达到先秦儒家关于
"诗乐舞"理论思想的一个制高点。

　　当然，荀子同他的先辈一样，看重的仍然是"乐"的工具性，着眼点
是在"用"。而且，他更清楚把握到"声乐之入人也深，其化人也速"①
的特点，由此也更明确、更坚定地强调"乐"的特殊效能，更注意发挥
"乐"的这种无可取代的巨大作用，所谓"使其声足以乐而不流，使其文
足以辨而不谒，使其曲直、繁省、廉肉、节奏足以感动人之善心"；所谓
"乐在宗庙之中，君臣上下同听之，则莫不和敬；闺门之内，父子兄弟同
听之，则莫不和亲；乡里族长之中，长少同听之，则莫不和顺"；所谓
"故听其雅颂之声，而志意得广焉；执其干戚，习其俯仰屈伸，而容貌得
庄焉；行其缀兆，要其节奏，而行列得正焉，进退得齐焉"等等，即
"乐"能够对于人的情感进行正确引导，能够陶冶情操，颐养善心，防止

---

① 此也承孟子而来。孟子《尽心上》曰："仁言，不如仁声之入人深也。"

邪淫，使整个君臣上下"和敬"，父子兄弟"和新"，乡里长少"和顺"，"善民心"而"移风易俗"。而且荀子认为"礼"、"乐"相互配合，"乐合同，礼别异；礼乐之统，管乎人心"，从而发挥综合社会文化效果，使得"乐行而志清，礼修而行成，耳目聪明，血气和平，移风易俗，天下皆宁，美善相乐"。

（丁）再说《礼记·乐记》

到汉代，有两篇论述"诗乐舞"的重要文章产生，一是《诗大序》（《毛诗序》），一是《礼记·乐记》。二者都论"诗乐舞"，而前者更多关注"诗"，后者更多关注"乐"；它们都承袭和发展《荀子·乐论》而来，语句也有交叉乃至重复，思想倾向一致，都可谓儒家论说"诗乐舞"之代表作。但我认为较之《荀子·乐论》，《诗大序》前进幅度小些，而《乐记》则有大步拓展（详后）。所以这里我只以《乐记》为例而详予论述。

《礼记·乐记》①，是儒家一部相当成熟的论述"诗乐舞"的著作。孔颖达《礼记正义》引《汉书·艺文志》云："黄帝以下至三代，各有当代之乐名。孔子曰：'移风易俗，莫善于乐也。'周衰礼坏，其乐尤微，以音律为节，又为郑、卫所乱，故无遗法矣。汉兴，制氏以雅乐声律，世为乐官，颇能记其铿锵鼓舞而已，不能言其义理。武帝时，河间献王好博古，与诸生等共采《周官》及诸子云乐事者，以作《乐记》事也。"② 对《乐记》作者及写作年代有许多不同意见，但有一点是多数学者的共识，即《乐记》乃"采《周官》及诸子云乐事者"而成，即它撰写时采集了先秦以来多人多种著作，非一时一人之作，其中个别观点并不完全统一。我认为它应该是在汉武帝时最后编成定稿，其中除直接吸收、采用了《荀子·乐论》之外，也吸收了其他著作的有关思想言论，如《春秋》、《左传》、《国语》、《易经》乃至非儒家或非完全儒家的《老子》、《庄子》和《吕氏春秋》等等。虽然《乐记》中少量文字有些错杂，个别地方也非纯粹儒家，但其主导思想无疑是儒家的，因为你通读《乐记》，明显看到它的绝大多数言论与孔子、孟子、荀子以及其他各种儒家著作的思想一脉相承；而且，它明显超越了前代同类论著。

就篇幅言，它是空前的。《荀子·乐论》作为第一部"乐论"著作仅两千字（这在当时已经很可观了）；而我们现在从《十三经注疏》本中所

---

① 综合起来看，我倾向于《礼记·乐记》定稿于汉武帝时期，这个问题需要继续探讨。

② 见中华书局影印清阮元校刻《十三经注疏》1980 年版，第 1527 页。

看到的郑玄注、孔颖达疏的《礼记·乐记》则是洋洋六千言，孔颖达说它
"盖十一篇合为一篇，谓有《乐本》、有《乐论》、有《乐施》、有《乐
言》、有《乐礼》、有《乐情》、有《乐化》、有《乐象》、有《宾牟贾》、
有《师乙》、有《魏文侯》"；另有十二篇佚失，孔颖达交代道："故刘向
所校二十三篇，著于《别录》。今《乐记》所断取十一篇，馀有十二篇，
其名犹在。"① 他把那已经佚失而仅存篇名的十二篇也记录在案。仅从标目
（包括已佚者），也可看到《乐记》所论之广、之全，前所未有。

　　就内容言，《乐记》更加全面而深入地论述了"乐"（"诗乐舞"）方
方面面的问题。

　　例如，它论说了"乐"（"诗乐舞"）的发生、本性和特质："凡音之
起，由人心生也。人心之动，物使之然也。感于物而动，故形于声。声相
应，故生变；变成方，谓之音。比音而乐之，及干戚、羽旄，谓之乐。乐
者，音之所由生也，其本在人心之感于物也。……凡音者，生人心者也。
情动于中，故形于声，声成文，谓之音。"（《乐本篇》）"乐者，天地之和
也。……论伦无患，乐之情也；欣喜欢爱，乐之官也。"（《乐论篇》）"乐
者，所以象德也。"（《乐施篇》）"乐者，心之动也。声者，乐之象也。"
（《乐象篇》）

　　论述了"乐"的起源："夫民有血气心知之性，而无哀乐喜怒之常，
应感起物而动，然后心术形焉。"（《乐言篇》）

　　论述了人的不同情感在"乐"中的表现及其二者的互动关系："是故
其哀心感者，其声噍以杀；其乐心感者，其声啴以缓；其喜心感者，其声
发以散；其怒心感者，其声粗以厉；其敬心感者，其声直以廉；其爱心感
者，其声和以柔。"（《乐本篇》）"是故志微、噍杀之音作，而民思忧；啴
谐、慢易、繁文、简节之音作，而民康乐；粗厉、猛起、奋末、广贲之音
作，而民刚毅；廉直、劲正、庄诚之音作，而民肃敬；宽裕、肉好、顺
成、和动之音作，而民慈爱；流辟、邪散、狄成、涤滥之音作，而民淫
乱。"（《乐言篇》）

　　论述了"乐"与政治、伦理道德等社会各个方面的关系："乐者，通
于伦理者也。是故知声而不知音者，禽兽是也；知音而不知乐者，众庶是
也。唯君子为能知乐。是故审声以知音，审音以知乐，审乐以知政，而治
道备矣。"（《乐本篇》）"故乐也者，动于内者也；礼也者，动于外者也。

---

① 见中华书局影印清阮元校刻《十三经注疏》1980 年版，第 1527 页。

乐极和，礼极顺。"（《乐化篇》）"是故治世之音安以乐，其政和；乱世之音怨以怒，其政乖；亡国之音哀以思，其民困。声音之道与政通矣。宫为君，商为臣，角为民，征为事，羽为物，五者不乱，则无怙懘之音矣。"（《乐本篇》）

论述了"乐"的政教作用和审美教育功能："乐也者，圣人之所乐也，而可以善民心，其感人深，其移风易俗，故先王着其教焉。"（《乐施篇》）"故乐行而伦清，耳目聪明，血气和平，移风易俗，天下皆宁。"（《乐象篇》）

总之，《乐记》可谓先秦以来有关思想的总结和深化，说它是前此儒家"乐论"（论述"诗乐舞"的著作）集大成之作，似可成立。

也许有人会说，《乐记》相当多的部分因袭前人之步武，尤其许多语句和思想与《荀子·乐论》及《诗大序》相同或相近，不足为训；这话并非完全没有道理。但是，我建议读者特别关注以下几个方面，你会看到《乐记》在中国古代审美文化史和诗学文论史上，比之以前，的确有重要创新之处，有创造性开掘和拓展。

其一是《乐记》最早或较早论述了"物感"说。阅读《乐记》全篇，你会发现它数处强调"凡音之起，由人心生也"，而"人心之动，物使之然也"；人心"感于物而动"最后形成"乐"。它给"乐"下了这样的定义："乐者，音之所由生也，其本在人心感于物也。"

"物感"说在中国审美文化史和"诗文评"史上具有重大意义，它一直是两千多年来主导思想之一，《乐记》之后，魏晋南北朝时的刘勰、钟嵘，一直到唐宋元明清文论家，都一再赓续和发扬这个思想。

"物感"说充分表现出中国审美文化和"诗文评"的民族特点。西方美学和文论最早提出了"模仿"说（柏拉图"摹仿"理念，亚里士多德"模仿"自然），它强调的是"模仿"（后来是"反映"）外物，要求的是"模仿"之"真"。中国则最早提出和发展了"物感"说，它强调的是人感于物而"情动于中"，这"动于中"的"情"又外现为"乐"；而这"乐"，却不是像柏拉图那样"模仿"外在的"理念"，也不是像亚里士多德那样"模仿"外在的"自然"，而是表现人的内在情感（即"动于中"或"动于内"的"情"）；它要求的是，那"动于中"的"情"必须"诚"而不可"伪"——所谓"唯乐不可为伪"。

如果说西方的"模仿"说是指向外，那么中国的"物感"说则指向内。二者截然不同。

"物感"说把"诗言志"深化了，也具体化了。"诗言志"的"志"，也就是"情动于中"的"情"（"情志一也"）。"诗"（"诗乐舞"）如何"言志"、"言情"呢？通过"物感"。即：一方面，人心"感于物而动"产生"情"、"志"，外现为"诗乐舞"；另一方面，人也正是用这"诗乐舞"来"言志"、"言情"。实际上，这两个方面在现实运作中是很难分清、也很难分开的，它们常常是"一而二"而又"二而一"的东西。所以，"诗乐舞"与"情"、"志"之间（"诗言志"命题中所说的"诗"与"志"之间），以"物感"为中介："诗乐舞"必须通过"物感"而发生，也必须通过"物感"而表现情感。

我说《乐记》"最早或较早论述了'物感'说"，是与之前的荀子《乐论》比较而言。荀子着重说了"夫乐者，乐也，人情之所必不免也"，说了"乐""足以感动人之善心"，说了"君子以钟鼓道志，以琴瑟乐心，动以干戚，饰以羽旄，从以磬管。故其清明象天，其广大象地，其俯仰周旋有似于四时"……但它没有论述"物感"问题，甚至没有提到"物感"问题。另外，《诗大序》也没有论述"物感"问题。其他古籍凡涉及文论者，也都未及。

提出和论述"物感"说，是《乐记》的一大贡献。

其二是细化了"乐"的发生层次。简单地说，《乐记》认为"乐"的发生顺序是"声"—"音"—"乐"。就是说，由"声"（"单出曰声"，即单纯的自然音响），发展到"音"（"众声和合成章谓之音"，即变为文彩斑斓的复合之音），再发展到"乐"（"比音而乐之，及干戚羽旄谓之乐"，即组成完整的可以演奏的乐曲旋律）[1]，从而达到"乐"的完成。这个过程是由单纯到复杂，由自然到人文，步步提升，层层深化，最后完成于艺术层面（借用今天的术语）的"乐"。

具体说，《乐记》的论述是这样的："凡音之起，由人心生也。人心之动，物使之然也。感于物而动，故形于声。声相应，故生变；变成方，谓之音。比音而乐之，及干戚、羽旄，谓之乐。"对于这段话，孔颖达"疏"曰："'感于物而动，故形于声'者，人心既感外物而动，口以宣心，其心形见于声。心若感死丧之物而兴动，于口则形见于悲戚之声，心若感福庆而兴动，于口则形见于欢乐之声也。'声相应，故生变'者，既

---

① （台湾）"八十学年度师范学院教育学术论文发表会"《〈礼记·乐记〉音乐观初探》（杨振良，花莲师范学院）一文，论述了《乐记》关于"乐"之发生层次问题，我受到启发，吸收了该文的某些观点，特此说明，并致谢忱。

有哀乐之声，自然一高一下，或清或浊，而相应不同，故云生变。变，谓不恒一声，变动清浊也。'变成方，谓之音'者，方，谓文章。声既变转，和合次序，成就文章，谓之音也。音则今之歌曲也。'比音而乐之，及干戚、羽旄，谓之乐'者，言以乐器次比音之歌曲，而乐器播之，并及干戚、羽旄，鼓而舞之，乃'谓之乐'也。是乐之所起，由人心而生也。注'宫商'至'曰声'。正义曰：言'声'者，是宫、商、角、徵、羽也。极浊者为宫，极清者为羽，五声以清浊相次。云'杂比曰音'者，谓宫、商、角、徵、羽清浊相杂和比谓之音。云'单出曰声'者，五声之内，唯单有一声，无馀声相杂，是'单出曰声'也。然则初发口单者谓之声，众声和合成章谓之音，金石干戚羽旄谓之乐，则声为初，音为中，乐为末也，所以唯举音者，举'中'见上、下矣。"孔颖达的这段"疏"十分精彩，它把《乐记》原话和郑玄的注文，详细疏解，把"乐"发生层次以及声、音、乐的内涵说得了了分明，清爽宜人。按《乐记》的顺序，"乐"的发生层次是：先是人心"感于物而动，故形于声"——孔颖达的解释是"人心既感外物而动，口以宣心，其心形见于声"，而这"声"，是"单出"之"声"（"宫、商、角、徵、羽"之"五声"）。然后"声相应，故生变，变成方，谓之音"——孔颖达的解释是"变，谓不恒一声，变动清浊也"，通过"变"，即把"单出"的"宫、商、角、徵、羽"之"五声"，"和合次序，成就文章，谓之音也"。"方"，即"文章"（色彩彰显也），即是由"单出之声"组合成"五声"谐和、文彩斑斓的"音"，也就是由"单声"而"和合次序"，"变转"为"众声"之"音"，即所谓"众声和合成章谓之音"。最后，"金石干戚羽旄谓之乐"——孔颖达的解释是"言以乐器次比音之歌曲，而乐器播之，并及干戚、羽旄，鼓而舞之，乃'谓之乐'也。是乐之所起，由人心而生也"。干，盾也；戚，斧也，武舞所执也。羽，翟羽也；旄，旄牛尾也，文舞所执也。它们都是舞者手持之物。到了舞者持干戚羽旄进行表演的"乐"，那就是具有完整的音乐旋律、包含丰富思想内容的"艺术品"（借用今天的术语）了。"乐"已经不是"自然"之物，而是"人文"之物了。声、音、乐三者，是不断提升的过程，是不断深化和复杂化的过程，它们具有不同层次和不同内涵，《乐记》对此表述得很清楚："是故知声而不知音者，禽兽是也；知音而不知乐者，众庶是也。唯君子为能知乐。是故审声以知音，审音以知乐，审乐以知政，而治道备矣。是故不知声者不可与言音，不知音者不可与言乐，知乐则几于礼矣。礼乐皆得，谓之有德。德者得也。"

像《乐记》如此细化"乐"之层次，如此清晰地描述"乐"发生之步步提升、层层深化的过程，前所未有。《荀子·乐论》和《诗大序》均未达到这个地步。这也是《乐记》的一大贡献。

其三是论述了"乐"之"宜"。所谓"宜"，是说"乐"的个性特点、对象的个性特点、歌者的个性特点，既相互影响，又相互适宜。《乐记·师乙篇》子贡（即子赣，名赐）与师乙的对话，专门谈了"宜"：

> "赐闻声歌各有宜也。如赐者，宜何歌也？"师乙曰："乙，贱工也，何足以问所宜？请诵其所闻，而吾子自执焉。爱者宜歌《商》，温良而能断者宜歌《齐》。夫歌者，直己而陈德也。动己而天地应焉，四时和焉，星辰理焉，万物育焉。故《商》者，五帝之遗声也。宽而静，柔而正者宜歌《颂》，广大而静，疏远而信者宜歌《大雅》，恭俭而好礼者，宜歌《小雅》，正直而静，廉而谦者宜歌《风》。肆直而慈爱，商之遗声也，商人识之，故谓之《商》。《齐》者，三代之遗声也，齐人识之，故谓之《齐》。明乎商之音者，临事而屡断；明乎齐之音者，见利而让。临事而屡断，勇也；见利而让，义也。有勇有义，非歌孰能保此？故歌者，上如抗，下如队，曲如折，止如槁木，倨中矩，句中钩，累累乎端如贯珠。故歌之为言也，长言之也。说之，故言之；言之不足，故长言之；长言之不足，故嗟叹之；嗟叹之不足，故不知手之舞之，足之蹈之也。"

这里应该看到的是，《乐记》似乎已经注意了歌者的个性特点与"诗乐舞"作品特性之间的关系。一方面，在《乐记》看来"夫歌者，直己而陈德也，动己而天地应焉，四时和焉，星辰理焉，万物育焉"，这几句话中，后面的"动己而天地应焉，四时和焉，星辰理焉，万物育焉"，话似乎说得有点儿大——每一个"歌者"的个人歌唱，难道真能做出"动己而天地应"、"四时和"、"星辰理"、"万物育"等撼天动地、催生万物的"业绩"来吗？太夸张了；但是，开头一句说"夫歌者，直己而陈德也"，即歌者的歌唱可以表达自己的思想情感和道德情操，是合适的。另一方面，"诗乐舞"作品，也各有自己的个性特质，有的着重表现"肆直而慈爱"，有的着重表现"勇"，有的着重表现"义"，等等。那么，在歌者和作品二者之间，就须相"宜"。所谓"宜"者，即要找到它们之间的契合点，做到"声歌各有宜"。

　　从歌者说，是他个人的特定性情和心理状态应与作品的情调相"宜"，即要找到与之相"宜"的"诗乐舞"作品。譬如，"宽而静，柔而正者，宜歌《颂》；广大而静，疏达而信者，宜歌《大雅》；恭俭而好礼者，宜歌《小雅》；正直而静，廉而谦者，宜歌《风》"；"爱者宜歌《商》，温良而能断者宜歌《齐》"。

　　从作品说，每一类或每一首"诗乐舞"作品也都有自己的特定情调和性质，在《师乙篇》看来："商之音"、"临事而屡断"、突出的是"勇"，"齐之音"、"见利而让"、突出的是"义"，《颂》渲导"宽而静、柔而正"之性情，《大雅》渲导"广大而静、疏远而信"之性情，《小雅》渲导"恭俭而好礼"之性情，《风》渲导"正直而静、廉而谦"之性情；那么，这些不同特质的作品也要找到与之相应的歌者来歌唱它。另外，《魏文侯篇》中还举出"郑音好滥淫志，宋音燕女溺志，卫音趋数烦志，齐音敖辟乔志"等特点，认为"此四者，皆淫于色而害于德"，当然不符合"祭祀"场合的歌者所用。

　　《乐记》论述"乐"之"宜"，也是它的一大贡献，此前的论著没有论及或论述得没有如此具体详细。

　　另外，《乐记》承袭了《荀子·乐论》和《诗大序》关于时代社会与"诗乐舞"关系的思想（如"治世之音"与"政和"，"乱世之音"与"政乖"之间的关系，等等），强调特定的时代社会性质会产生特定性质和情调的"诗乐舞"，而"诗乐舞"的特定性质和情调也要"宜"于特定的时代；虽非创新，亦有所深化。

墨家法家"恨"诗

　　与儒家形成鲜明对比的是，还有一派对"诗"（"诗乐舞"）持敌视和仇视态度（简直是势不两立），那就是墨家和法家，你甚至会看到他们对"诗"（"诗乐舞"）"恨"之入骨，可谓"恨"派。墨法与儒家放在一起，真是"爱""恨"两重天。然而有意思的是，它们两派立论之出发点却相似或相近，都是从"用"和"益"出发：儒家"爱""诗"，是认为它有用且有益；墨家、法家"恨""诗"，是认为它无用且无益。

　　（甲）先看墨家

　　《墨子》卷八《非乐》首先亮出其人生信条和处世原则，说：

　　　　子墨子言曰：仁之事者，必务求兴天下之利，除天下之害，将以为法乎天下。利人乎，即为；不利人乎，即止。且夫仁者之为天下度也，非为其目之所美，耳之所乐，口之所甘，身体之所安，以此亏夺民衣食之财，仁者弗为也。

就是说，一切思想行为都要看其对天下社稷、国计民生是否有利有益；倘有利有益，就是正当的、应该加以提倡和鼓励的；否则，即须坚决反对。

于是，以这个标准，墨子即毫不含糊地指出：

民有三患：饥者不得食，寒者不得衣，劳者不得息，三者民之巨患也。然即当为之撞巨钟、击鸣鼓、弹琴瑟、吹竽笙而扬干戚，民衣食之财，将安可得乎？即我以为未必然也。意舍此。今有大国即攻小国，有大家即伐小家，强劫弱，众暴寡，诈欺愚，贵傲贱，寇乱盗贼并兴，不可禁止也。然即当为之撞巨钟、击鸣鼓、弹琴瑟、吹竽笙而扬干戚，天下之乱也，将安可得而治与？即我未必然也。是故子墨子曰：姑尝厚措敛乎万民，以为大钟、鸣鼓、琴瑟、竽笙之声，以求兴天下之利，除天下之害，而无补也。是故子墨子曰：为乐非也。

一句话，"为乐"之举，不当吃、不当喝，寒者不得衣，劳者不得息，不能除民之患，不能增民之利，内不能防盗，外不能御敌，反而劳民伤财……总之有百害而无一利，要这些劳什子干什么？所以，坚决"非乐"。《墨子·非乐》篇，反反复复、不厌其烦地申说自己的这个观点，历数"拊乐"之罪状：一会儿说"使丈夫为之，废丈夫耕稼树艺之时，使妇人为之，废妇人纺绩织纴之事。今王公大人唯毋为乐，亏夺民衣食之财，以拊乐如此多也"；一会儿说"与君子听之，废君子听治；与贱人听之，废贱人之从事。今王公大人惟毋为乐，亏夺民之衣食之财，以拊乐如此多也"；并且引汤之官刑的话说"呜乎！舞佯佯，黄言孔章，上帝弗常，九有以亡，上帝不顺，降之百殃，其家必怀丧"……真有点儿"年年讲、月月讲、天天讲"的味道。

你看，这位以天下为己任，以社稷之福为福、以民众之苦为苦，主张普遍平等，毫不利己、专门利人的古代君子，慷慨激昂，仗义执言，多么可敬！

其实，"子墨子之所以非乐者，非以大钟、鸣鼓、琴瑟、竽笙之声，以为不乐也；非以刻镂华文章之色，以为不美也；非以犓豢煎炙之味，以为不甘也；非以高台厚榭邃野之居，以为不安也"（他并非不知道好听的东西"不乐"、好看的东西"不美"、好吃的东西"不甘"、好住的台榭"不安"）；无奈，"虽身知其安也，口知其甘也，目知其美也，耳知其乐也，然上考之不中圣王之事，下度之不中万民之利"；于是，墨子作出一个不容置疑的结论："为乐非也！"话说得斩钉截铁，没有丝毫的犹豫。

在评价墨子此论正确与否时，应该考察他对"乐"（以至"诗乐舞"整个文艺）的判定是否全面、客观、公允。在我们今天看来，墨子过于重"物质"而轻"精神"，过于看重"物质生产"的价值，而过于看轻甚至无视"精神生产"的价值①，以至于在对"乐"（"诗乐舞"）的把握上"跑偏"了，"偏"得无边无沿了，把"乐"（"诗乐舞"）完全视为无益有害的东西。虽然墨子为社稷、为民众着想的出发点令人敬佩，但对其"非乐"思想，今天的人们很难接受。

然而，墨子却过于自信，且很执拗。他坚持认为自己的主张具有天经地义的正当性、合理性，并且还站在自己的立场上对儒家进行义正词严地批判，《墨子》卷十二《公孟》中说，"儒之道足以丧天下者，四政焉"，其中之一就是"弦歌鼓舞，习为声乐，此足以丧天下"。墨子在与公孟子的一段关于反对儒家厚葬的对话里，直接谈到"诗"、"歌"、"舞"的害处，他质问公孟子："或以不丧之间，诵诗三百，弦诗三百，歌诗三百，舞诗三百；若用子之言，则君子何日以听治？庶人何日以从事？"就是说，在墨子看来，"诵诗"、"弦诗"、"歌诗"、"舞诗"这些不务正业的勾当，无论对"君子"对"庶人"，都会耽误正经事儿，不可取。

就此，儒墨两家展开激烈论战，前面我所谈到的荀子《乐论》就是专为反驳墨子"非乐"而作（其具体内容，此不赘）。《荀子·解蔽》也明确指出："墨子蔽于用而不知文。"可谓一针见血。儒家的话，同样说得斩钉截铁，义正词严。今天的我们，好像更容易理解和接受儒家的观点。

墨子的"非乐"，使我想起了古希腊的柏拉图——这位西方大哲学家

---

① 在《墨子》佚文中有一段他与禽滑厘的对话，墨子也曾说过这样的话："食必常饱，然后求美；衣必常暖，然后求丽；居必常安，然后求乐。为可长，行可久，先质而后文。此圣人之务。"似乎留有余地；但就其主导思想和大量言论来看，他还是不分青红皂白地"非乐"。

害怕诗歌有害于道德伦理而想把诗人赶出他的理想国①。但柏拉图与墨子又有巨大不同。柏拉图看重精神，也深知艺术作用力之厉害；于是他坚决反对在他看来"对于听众的心灵是一种毒素"的"摹模性的诗"，以免其伤害自己纯正而美好的"理想国"。

如果说柏拉图是个执拗的"精神"理想主义者，那么墨子则是个执拗的"物质"实用主义者。

（乙）再看法家

法家代表人物主要是商鞅和韩非。

商鞅（约公元前395—前338，又称卫鞅、公孙鞅）的治国大计以"农战"为本，所谓"国之所以兴者，农战也"；而其他都是次要的，甚至有害的。"诗、书、礼、乐"即是危害国计民生的罪恶因素。

例如，《商君书·农战第三》中说：

> 善为国者，官法明，故不任知虑；上作壹，故民不偷淫，则国力搏。国力搏者强，国好言谈者削。故曰：农战之民千人，而有诗书辩慧者一人焉，千人者皆怠于农战矣。农战之民百人，而有技艺者一人焉，百人者皆怠于农战矣。
>
> 今上论材能知慧而任之，则知慧之人希主好恶使官制物，以适主心。是以官无常，国乱而不壹，辩说之人而无法也。如此，则民务焉得无多，而地焉得无荒？诗、书、礼、乐、善、修、仁、廉、辩、慧，国有十者，上无使守战。国以十者治，敌至必削，不至必贫。国去此十者，敌不敢至；虽至，必却；兴兵而伐，必取；按兵不伐，必富。

《商君书·去强第四》中又说："国有礼有乐，有诗有书，有善有修，

---

① 《理想国》卷十有一段苏格拉底与格罗康的对话：

苏：我有许多理由相信，我们所建立的城邦是最理想的，尤其是从关于诗的规定（按指禁诗的决定）来看，我敢说。

格：你指的是哪一项规定呢？

苏：我指的是禁止一切摹仿性的诗进来。我们既然分清心灵的各种因素（按指理智、意志和情欲）了，更足见诗的禁令必须严格执行。

格：这话怎么说？

苏：说句知心话，你可千万不要告诉悲剧诗人和其他摹仿者们，在我看，凡是这类诗对于听众的心灵是一种毒素，除非他们有消毒剂，这就是说，除非他们知道这类诗的本质真相。

（采用蒋孔阳译文，见伍蠡甫主编《西方文论选》上卷，上海文艺出版社1979年版，第30—31页）

有孝有弟，有廉有辩。国有十者，上无使战，必削至亡；国无十者，上有使战，必兴至王。"

话说得很明确、很坚决，"礼、乐、诗、书"等等之害，毋庸置疑，商鞅的意思读者一看就很明了，不用我来多费口舌。只是需要指出一点，商鞅之与墨子不同，在于他把"礼"也同"诗、乐、舞"绑在一起打，甚至把"诗、书、礼、乐、善、修、仁、廉、辩、慧"十者一股脑儿都指为罪恶元素，较之墨子，对儒家否定得更加全面和彻底，更显"铁血"味道。

韩非（约公元前280—前233）亦然。但他明确说的是"文"、"文学"（含文章、博学意）、"文丽"、"乐"之罪恶。

《韩非子·五蠹》中说："儒以文乱法，侠以武犯禁，而人主兼礼之，此所以乱也。夫离法者罪，而诸先生以文学取；犯禁者诛，群侠以私剑养……文学者非所用，用之则乱法。"

《韩非子·亡征》中说："喜淫而不周于法，好辩说而不求其用，滥于文丽而不顾其功者，可亡也。"

《韩非子·十过》通过师涓、师旷与喜好音乐的卫灵公、晋平公之间的一段对话，层层深入，把各种各样的音乐都说成是败德和亡国之音，卫灵公、晋平公不信，以身试之，结果，"一奏之，有玄云从西北方起；再奏之，大风至，大雨随之，裂帷幕，破俎豆，隳廊瓦。坐者散走，平公恐惧伏于廊室之间。晋国大旱，赤地三年。平公之身遂癃病"。最后得出一个"罪乐"的结论："不务听治，而好五音不已，则穷身之事也。"

总之，墨家、法家，作为儒家的对立面，敌视、仇视"诗乐舞"，态度十分鲜明。

老庄"贬"诗

道家，在春秋战国以至秦汉时期，也是一股非常重要的思想派别；虽然开初不如儒墨显赫，但愈到后来愈显示出它的影响力量；以至春秋之后墨家衰落下去，而道家地位逐渐上升。中国两千多年的历史中，特别是魏晋以降，儒、道、释①几成三足鼎立之势——当然绝大多数时间，还是儒家占有更为重要的甚至主导的地位。

道家的代表人物老子（又称老聃、李耳，大约春秋早期人，待考）和

————————

① 佛教于东汉传入中国。

庄子（约公元前369—前286，名周），就对"诗"（"诗乐舞"，当时的艺术和审美）的态度而言，处于儒家与墨家法家之间：儒家是"爱"，墨法是"恨"，老庄则是"贬"，可谓"贬"派。老庄于"诗"（"诗乐舞"），虽说不上"恨"之入骨，却也绝不待见它，常常给予超然的蔑视。因为，老庄处世，超然物外，对一些人为之事（当然包括"诗乐舞"），都瞧不上眼，一切似乎都无所谓，所以，用"贬"字形容，差强人意。

老庄的基本思想趋向，是崇尚自然、清静无为、返璞归真，甚至希望历史"开倒车"，退回到蛮荒状态，人也回到婴儿时无知无识的样子——可以说具有某种"反文明"的心态。老子主张："圣人处无为之事，行不言之教，万物作焉而不辞，生而不有，为而不恃，功成而弗居"（《老子·二章》）；"大道废、有仁义，智慧出、有大伪"（《老子·十八章》）；"绝圣弃智，民利百倍；绝仁弃义，民复孝慈；绝巧弃利，盗贼无有。此三言也，以为文未足，故令之有所属：见素抱朴，少私寡欲"（《老子·十九章》）。庄子放言："天地有大美而不言，四时有明法而不议，万物有成理而不说。圣人者，原天地之美而达万物之理，是故至人无为，大圣不作，观于天地之谓也"（《庄子·知北游》）；"夫虚静恬淡寂寞无为者，万物之本也"，"朴素而天下莫能与之争美"（《庄子·天道》）。

在这样的指导思想之下，他们对"诗乐舞"和审美，提出了既不同于儒家也不同于墨家法家的看法。

老子说："五色令人目盲，五音令人耳聋，五味令人口爽，驰骋畋猎令人心发狂，难得之货令人行妨。是以圣人为腹不为目，故去彼取此。"（《老子·十二章》）① 五色（赤、青、黄、白、黑）把人搅得眼花缭乱，双目都快瞎了；五音（宫、商、角、徵、羽）把人搅得听觉不灵，耳朵都快聋了；五味（酸、甜、苦、辣、咸）把人搅得几乎失去味觉；跑马猎兽让人心荡不止；稀有财物伤害人的操行。因此，老子的结论是：还是像原始人那样考虑如何填饱肚子吧，不要纵情于声色、贪图享乐。这样，自然也就用不着"诗乐舞"了。

庄子将诗书礼乐喻为"骈拇枝指"，认为它们是多余的东西。其《骈拇》云："骈于明者，乱五色，淫文章，青黄黼黻之煌煌非乎？而离朱是已！多于聪者，乱五声，淫六律，金石丝竹黄钟大吕之声非乎？而师旷是

①　庄子《天地》也说过类似的话："且夫失性有五：一曰五色乱目，使目不明；二曰五声乱耳，使耳不聪；三曰五臭熏鼻，困惾中颡；四曰五味浊口，使口厉爽；五曰趣舍滑心，使性飞扬。此五者，皆生之害也。"

已！枝于仁者，擢德塞性以收名声，使天下簧鼓以奉不及之法非乎？而曾史是已！骈于辩者，累瓦结绳窜句，游心于坚白同异之间，而敝跬誉无用之言非乎？而杨、墨是已！故此皆多骈旁枝之道，非天下之至正也。"在《胠箧》中，庄子还提出："擢乱六律，铄绝竽瑟，塞师旷之耳，而天下始人含其聪矣。灭文章，散五采，胶离朱之目，而天下始含其明矣。"读《庄子》全书，很多地方都可以找到类似言论：《马蹄》中大肆赞扬原始状态之美，认为那是"至德之世"，禽兽无拘无束，人也自由自在，无知无欲，"素朴而民性得矣"，"性情不离，安用礼乐；五色不乱，孰为文彩；五声不乱，孰应六律"？《缮性》中描述了人类自"混芒"到文明逐渐"下衰"、"堕落"的过程，抱怨从燧人、伏羲，至神农、黄帝，再到唐虞……一世不如一世，一代不如一代，以至"文灭质，博溺心，然后民始惑乱，无以反其性情而复其初"。

老庄之"贬""诗"、否定"诗"——包括"诗乐舞"及文艺全体，其实是"釜底抽薪"法。因为，很明显，"诗乐舞"、审美活动，是人类的文化现象，是一种文明的表现，是人为而成。老庄既然认为人为的东西是糟粕，文明、文化是"罪恶"之源，当然也就把"诗乐舞"从根儿上除掉了。再说，"诗乐舞"，在儒家看来是"情志"的表现，也是"智慧"的表现；而老庄根本否定人的情志、欲望和智慧，认为无知无欲、无情无志最好，当然也就把"诗乐舞"从根儿上否定了。无情无志、无智慧，哪儿来的"诗乐舞"？也根本不需要啊。

话虽如此，但也不能不看到一个有趣的事实：老庄的思想对后世文艺（"诗乐舞"等等）的巨大影响。

譬如，老子说"大音希声，大象无形"（《老子·四十一章》），"大巧若拙，大辩若讷"（《老子·四十五章》），"信言不美，美言不信"（《老子·八十一章》）等等，常常被后来的文人学者引为信条，司空图《与李生论诗书》之"韵外之致"、"味外之旨"、"醇美"在"咸酸之外"，《二十四诗品》之"离形得似"等等，皆可看到老子的思想影子。庄子《天道》中所谓"天乐"、"人乐"、"至乐"之说，《齐物》中所谓"天籁"、"地籁"、"人籁"之说，《田子方》中"宋元君将画图"的故事，以及"庖丁解牛"（《养生主》），"梓庆削木为镶"、"工倕旋而盖规矩"和"佝偻者承蜩"（《达生》）等寓言，常常成为后世艺术家的圭臬。老庄的人生态度、处世方式，也潜移默化地融入后世文人血液之中，苏轼就是最明显的例子。它们也都成为"诗文评"的有机因素。

但这改变不了老庄"贬""诗"（"诗乐舞"）的事实。因为他们并非在赞扬"诗乐舞"。

其实，老庄当年述说他们有关"诗乐舞"和审美问题的思想时，主观意图绝非谈艺术或审美问题；毋宁说，二者并不沾边儿。例如《田子方》中"宋元君将画图，众史皆至，受揖而立，舐笔和墨，在外者半。有一史后至者，儃儃然不趋，受揖不立，因之舍。公使人视之，则解衣般礴赢。君曰，可矣，是真画者矣"，只是赞赏一种自然而然的人生态度和处世方式，本与艺术无涉。"画图"只是打个比方，或拿"画图"说事儿。与艺术联系起来，是后世的"自作多情"。

但这后世之"情"，附会得确实有道理。艺术应当达到"自然天成"的效果，而不要做作，不要人工刀斧之迹。创作心态，也的确要像那位"解衣般礴赢"的画师那样才能创造出好作品。但，这一切，并非当年老庄本意。

对老庄其他言论在后世艺术创作和"诗文评"中之影响，亦应作如是观。①

第四节　娘胎里定尊位
——汉代独尊儒术与主流诗学文论思想的确立

由"独尊"现象引发的思考

到汉代，审美活动及诗文作品已开始具有明显的独立性质（如汉赋、乐府诗等等），人们有关审美活动的认识及对诗文的思索、感悟和评说也有重大发展，渐成规模，甚至有了专论"诗乐舞"的独立成章的著作，如我们前面已经谈到的《礼记·乐记》（或者可以勉强算上《诗大序》）；之外，散见于其他论著中关于审美活动和评诗论文的许多言论也相当精彩。例如，《淮南子》之《说山训》"画西施之面美而不可悦，规孟贲之目大二不可畏，君形者亡焉"，"求美则不得美、不求美则美矣，求丑则不得丑、求不丑则有丑矣"，《修务训》之论"毛嫱西施，天下之美人"，《原

---

① 杨星映教授读了这段文字之后，提出了自己的看法，她说："先秦诸家对礼乐仁义的论争即百家争鸣的实质是对西周社会制度与孔子释礼为仁的道德规范的不同认识与态度，'乐'——诗乐舞既是礼仪制度的体现，又是对其的维护——心理化、情感化，因此对'乐'的态度不是单纯对文艺、审美活动的问题，更主要是对社会制度与道德规范的不同认识与态度。从两方面说可能更圆通。"她的意见很有道理。——2013 年 1 月 21 日补记。

道训》之"无形而有形生"、"无声而五音鸣"、"无味而五味形"，《说林训》中"佳人不同体，美人不同面，而皆悦于目"，"黼黻在颊则好，在颡则丑，绣以为裳则宜，以为冠则讥"，《本经训》"凡人之心，心和欲得则乐，乐斯动，动斯蹈，蹈斯荡，荡斯歌，歌斯舞，歌舞节则禽兽跳矣"等文字；《西京杂记》引司马相如论赋"合纂组以成文，列锦绣而为质，一经一纬，一宫一商，此赋之迹也，赋家之心，苞括宇宙，总览人物，斯乃得之于内，不可得而传"等文字；司马迁《史记·屈原贾生列传》中论述屈原和《楚辞》的一部分文字；刘向《说苑》之《杂言》中"玉有六美，君子贵之：望之温润，近之栗理，声近徐而闻远，折而不挠，阙而不荏，廉而不刿，有瑕必示之于外，是以贵之"，《修文》中"衣服容貌者所以悦目也，声音应对者所以悦耳也，嗜欲好恶者所以悦心也"等文字；扬雄《法言》之《吾子》中"诗人之赋丽以则，辞人之赋丽以淫"，《问神》中"言，心声也，书，心画也，声画形，君子小人见矣"等文字；王充《论衡》之《书解篇》中"德弥盛者文弥缛，德弥彰者人弥明，大人德扩，其文炳，小人德炽，其文斑"，《自纪篇》中"美色不同面，皆佳于目，悲音不共声，皆快于耳"以及其他有关诗文的文字；以及《汉书·艺文志》论述文艺的文字，王逸《楚辞章句序》等等，它们对后世都发生过重要影响。

总的说，作为一种特殊学问或一门学科的"诗文评"（中国古代诗学文论），到汉代，其精血初凝，胞胎已就，五官百骸之势渐渐成形，并在母腹中激烈躁动。但它仍然未出娘胎——此刻我们讨论的是它在娘胎里的故事。

读者大概已经注意到，我上面约略引述的汉代人们有关审美和诗文的思想言论，并非一家一派之言，而是众说纷纭；特别是汉代前期，儒、道（黄老之学）、阴阳等等各种思想派别总是各抒己见，互相争论，甚至有所交锋。淮南王刘安所主持编写的《淮南子》，就是杂众家之说而成的一部作品。

但是这种众声喧哗的情况逐渐发生了变化。众说之中，其他各家渐渐消退，而儒家则日见凸显，并于汉武帝时终于走上"独尊"之位。

社会总体的思想变化情况是如此；诗学文论变化情况也如此。

这就是说，当中国诗学文论作为一种特殊学问或一门学科仍然处于娘胎之中的时候，儒家诗学文论（"诗文评"）的尊贵地位就已经"被"确立下来了。并且这种尊贵地位一直持续着，到中国古代诗学文论作为一门学科正式成立，儒家诗学文论的地位亦更为加强和牢固，一直影响中国"诗文评"史两千多年。还须看到，它不是一般的影响，而是主导和主流，占据统治地位，成为"皇家"意识形态的一个重要组成部分。

这与其他民族和地区的情况，例如古埃及、两河流域、古希腊、印度等等，很不相同。大概世界上其他民族之中没有一个如中国诗学文论这样，某种思想学说（像儒家）在娘胎里即确立尊位而后又能持续影响和主导一个民族的审美文化思想几千年，甚至某种意义上成为民族审美文化和诗学文论思想之魂。

唯独中华民族是如此。

儒家诗学文论之"尊位"被确立以后，不但从汉到清长达两千多年帝国专制的时间里备受统治者宠爱，一般文人学者也奉之为圭臬；而且，即使到二十世纪初帝国大厦倾倒（1911）之后，它仍然阴魂不散。五四时期的革命者如陈独秀、胡适之辈曾经视儒家为"封建文艺"和诗学文论思想罪恶之源，发起"打倒孔家店"的运动，声势不可谓不大，力度不可谓不强，却也无可奈何，驱之不去，或不见根本上之成效，或表面上看起来它严重受伤而过后竟能痊愈、顽强活下来。直到今天，当中国经过了所谓"新民主主义革命"、"社会主义革命"和无数次"无产阶级"的"文化革命"和"思想革命"，对儒家进行大扫荡（儒家总是被革命者们看作"封建"思想文化的代表和标志，成为首当其冲的革命对象），而"革命"风暴过后，你会发现儒家诗学文论不但仍然活着，且依然发生影响，人们自觉不自觉地受到它有形无形的左右，以至常常不得不惊叹：很难完全跑出它的圈子。

这是为什么？难道真如过去某些革命权威所言，以儒家为代表的"封建"思想文化和诗学文论，似"百足之虫死而不僵"吗？今天看来，这种把儒家传统文化和诗学文论思想（其他传统文化也一样），不加区分一股脑儿当作"害虫"加以打杀和驱除的想法和做法，既不公道，亦不可行。

是否需要换一种思路来考虑问题。如果一种思想，一种传统，你想打死它而它（至少其中一部分）却怎么也不死，那么你可否想一想：是它该死而不死，还是它本不该死而你硬要它死？是它部分该死、部分该活，还是你不分青红皂白把部分当全体？应该如何科学地对待传统？思想的赓续和文化的继承有没有特殊性？……这其中肯定有深刻的道理和必然性的根据在。对此，研究中国文化、中国美学、中国"诗文评"者，不可不知，且不能不打破砂锅问到底，弄个明白。

因为儒家诗学文论的问题对于中国"诗文评"史和中国现代文艺学建设，实在太重要了。因此，对"诗文评"学科（或学问）孕育时期所发生的确立尊位的状况以及种种故事，我也想专节加以论述。至于对它的功过是非，如何进行历史的评价、合理的处理，待我在后面章节中适时予以讨论。

"独尊"的形成和根据

刚才我所谓在"诗文评"萌芽时期，"儒家诗学文论的尊贵地位已'被'确立"，用这个"被"字是想说，出现这种情形并非完全主观活动和主动争取的结果；从根本上看，乃时代使然，即整个社会历史的选择，是各思想派别之历史地位顺理成章的发展变化。

春秋战国时代，就其总体社会政治形态而言，表面上虽是"周天子"作为"天下"之主，而从内里看，这"天子"只是名义上的，其实"名存实亡"；各诸侯国，有谁把"周天子"放在眼里？他们各自为政（这也是当时社会制度本身造成的），群雄争霸，经常是"城头变幻大王旗"，无人能够定于一尊。在思想和意识形态上，也是各种学说蜂起，形成百家争鸣的热闹局面；虽然儒、墨作为显学，在当时影响力大些，但无论儒还是墨，都没有成为主宰；后来墨家逐渐衰微，道家地位上升，但儒、道及其他派别，也没有一个居于统治地位。秦灭六国，统一的帝国专制国体形成，但当时的秦帝国依其祖宗传统，只信法家为治国的唯一法宝，以"焚书坑儒"的铁腕对付儒家和其他知识分子；但各种思想派别依然存在并发出自己的声音。汉承秦制，继续打造帝国专制体系。虽然汉皇鉴于秦朝灭亡教训在初期一度分封许多同姓王（最早分封的异姓王很快即被剥夺了权利），但总体说仍然以郡县制为主；而在思想文化方面，汉初统治者一度宠信"黄老"，但其他思想派别，特别是儒家，也有生存空间，并努力申说自己的学说和主张。直到汉武帝之前，思想领域基本上仍是"群龙治水"。

但是应该看到，从春秋战国之群雄争霸，到秦汉帝国之大一统，这社会结构、总体面貌和政治体制上的重大变化，相应地也必然要求思想文化和整个精神领域随之变革——统一的帝国之国体，必然要求有一种思想和意识形态作为它得心应手的工具为之服务。不过，这需要一个历史"思索"的时间，需要历史的反复"考虑"和酝酿，需要经过一个历史选择的过程。于是，历史选择的结果，到汉武帝时，这个责任落在了儒家的头上。

为什么历史会选择儒家？为什么在各家各派竞争之中，儒家会最终独占鳌头？值得深思。

司马迁的父亲司马谈曾经对阴阳、儒、墨、法、道等各家的优势和不足，逐个作过解读和分析，或许对我们有所启示："尝窃观阴阳之术，大祥而众忌讳，使人拘而多所畏；然其序四时之大顺，不可失也。儒者博而寡要，劳而少功，是以其事难尽从；然其序君臣父子之礼，列夫妇长幼之别，不可易也。墨者俭而难遵，是以其事不可遍循；然其强本节用，不可废也。法家严而少恩；然其正君臣上下之分，不可改矣。名家使人俭而善失真；然其正名实，不可不察也。道家使人精神专一，动合无形，赡足万物；其为术也，因阴阳之大顺，采儒墨之善，撮名法之要，与时迁移，应物变化，立俗施事，无所不宜，指约而易操，事少而功多。"① 在当时的历史条件下能有这等见解，难能可贵！

如前所述，从春秋战国时代以来，儒家思想在各派之中，虽在汉武之前不是主宰；但相比较而言，它却一直处于相当显赫的位置。战国末期，儒家势头不减，道家上升，而墨家已经式微。秦之后，墨家就几乎不见了踪影。我认为墨家式微和最后消失的原因，在于它的基本思想如普遍平等和无差别的爱，在当时只是个理想而不能实行，即与当时社会发展不相适应；其"苦行"之道，也很难大面积推广。

道家（黄老之学）在特定时期有部分"市场"，其虚无清净、无为而治的思想，在刚刚灭秦、败楚结束战乱的汉初，适应当时"休养生息"社会情势的需要，受到渴望和平的民众的欢迎；但从长远看，其"返璞归真"，以至要社会退回到原始蛮荒状态（至少表面看起来是反文化、反文明）的主导倾向，与社会发展的总体趋势不相合辙，也难以被统治者长期接受。

法家的主张，在治理社会方面，合乎统治者口味，故秦帝国以之为社会统治的支柱；但对于广大的民众而言，只能说它是苛政的渊薮和残酷的象征——"苛政猛于虎"；"苛政"是不会得到百姓普遍欢迎、也不能长期忍受的。

相对而言，只有儒家与当时社会长远发展需要基本相合，与总体社会发展趋势大体合拍。儒家主要主张"礼治"、"德治"，但也不完全排

① 司马迁：《史记》卷一百三十《太史公自序》。

斥"法治",并且后来吸收法家思想因素于自身(尤其到了汉代),"王霸"兼而有之①,适合统治者口味,受到统治者欢迎和采纳,民众在一定程度上也能接受。所以,儒家渐成主流、成主导,占据统治地位,势在必然。

儒家走上"尊位"的路途,总体看是大势所趋,但也有一个过程。

春秋以来,儒家行世道路并非一帆风顺,孔子周游列国遭困厄,遇白眼,没少碰壁,但其思想学说在各国上下都可找到知音;至战国时期,得孟、荀弘扬,儒学也表现出顽强生命力和巨大发展潜力。秦虽"坑儒",但冒死抢救儒家书籍和经典著作者,也许并非"济南伏生"一人一家。②汉初统治者曾崇尚"黄老"③,而且汉高祖刘邦(公元前256—前195)"不喜儒,诸客冠儒冠来者,沛公辄解其冠,溺其中;与人言,常大骂"④。但儒家传人坚持自己的学说并以坚韧的毅力加以宣传,竭力说服皇帝。陆贾(约公元前240—前170)的故事很能说明问题。《史记》记载:"陆生时时前说称《诗》、《书》。高帝骂之曰:'乃公居马上而得之,安事《诗》、《书》!'陆生曰:'居马上得之,宁可以马上治之乎?且汤、武逆取而以顺守之,文武并用,长久之术也。昔者吴王夫差、智伯极武而亡;秦任刑法不变,卒灭赵氏。乡(向)使秦已并天下,行仁义,法先圣,陛下安得而有之?'高帝不怿而有惭色,乃谓陆生曰:'试为我著秦所以失天下,吾所以得之者何,及古成败之国。'陆生乃粗述存亡之征,凡著十二篇。每奏一篇,高帝未尝不称善,左右呼万岁,号其书曰《新语》。"⑤ 以此,儒家学说也一直在传播,并呈发展之势;尤其儒家善于变通,吸收各

---

① 《汉书·元帝纪》曾记述:"(孝元皇帝)尝侍燕,从容曰:'陛下持刑太深,宜用儒生。'宣帝作色曰:'汉家自有制度,本以霸王道杂之,奈何纯任德教,用周政乎?'"这里说的汉宣帝,名刘询,汉武帝刘彻的曾孙,西汉第十位皇帝,公元前74年—前49年在位。他当政时其实儒家早已吸收法家思想,"霸王道杂之"了。

② 《汉书·艺文志》:"秦燔书禁学,济南伏生独壁藏之。汉兴亡失,求得二十九篇,以教齐鲁之间。讫孝宣世,有欧阳、大小夏侯氏,立于学官。《古文尚书》者,出孔子壁中。武帝末,鲁共王坏孔子宅,欲以广其宫,而得《古文尚书》及《礼记》、《论语》、《孝经》凡数十篇,皆古字也。共王往入其宅,闻鼓琴瑟钟磬之音,于是俱,乃止不坏。孔安国者,孔子后也,悉得其书,以考二十九篇,得多十六篇。安国献之。遭巫蛊事,未列于学官。"

③ 汉初丞相曹参推崇黄老,据《史记·曹相国世家》,曹参任齐国丞相时,以善治黄老之术的盖公为师治齐国而获成功,后曹参为惠帝丞相,将黄老之术推行于全国;他的后任陈平也喜"治黄帝老子之书"(《史记·陈丞相世家》);之后,"窦太后好黄帝、老子言。(景)帝及太子、诸窦不得不读《黄帝》、《老子》,尊其术"。(《史记·外戚世家》)

④ 《史记》卷九十七《郦生陆贾列传》。

⑤ 同上。

家所长融于自身以合统治者需要，渐受欢迎。① 叔孙通、陆贾、贾谊、申培、辕固、韩英、伏生、田何、高堂伯、公羊寿、胡毋生等都成为当时名儒，发挥了重要作用。

虽然如此，汉代立国的头几十年，儒家也只是众家中的一家而已，并非特别尊贵。窦太后在世时崇尚黄老，还差一点把非难黄老的儒生辕固杀掉。至窦太后建元六年即公元前135年去世，汉武帝刘彻（公元前156—前87），真正掌权，强化中央集权，急需树立一种为其所用的统治思想，"独尊儒术"才应运而行。对此，司马迁（公元前145？—前87？）的记述是："及窦太后崩，武侯田蚡为丞相，绌黄老刑名百家之言，延文学儒者数百人，而公孙弘以《春秋》，白衣为天子三公，封平津侯。天下学士靡然向风矣！"②

"独尊儒术"的标志性事件是汉武帝采用董仲舒之策。

关于董仲舒（公元前179—前104）其人，《汉书·董仲舒传》曰："董仲舒，广川人也。少治《春秋》，孝景时为博士。下帷讲诵，弟子传以久次相授业，或莫见其面。盖三年不窥园，其精如此。进退容止，非礼不行，学士皆师尊之。武帝即位，举贤良文学之士前后百数，而仲舒以贤良对策焉。"③ 其实，他官做得不大，且坎坷曲折，但其治国实践却十分出色，而他的思想更是光耀汉室并影响几千年中国历史。④《董仲舒传》中所说的"贤良对策"发生在元光元年即公元前134年，汉武帝下诏征求治

---

① 陆贾《新语·道基》所谓"夫道莫大于无为，行莫大于谨敬"，"君子握道而治，依德而行"、"虚无寂寞，通动无量"——此其吸收道家思想。陆贾《新语·慎微》所谓"道因权而立，德因势而行；不在其位者，无以齐其政"——此其吸收法家思想。陆贾《新语·道基》所谓"张日月，列星辰，序四时，布气治性，次置五行"，"改之以灾变，告之以祯祥，动之以生杀，悟之以文章"——此其吸收阴阳五行思想。

② 《史记》卷一百二十一《儒林列传》。

③ 《汉书》卷五十六《董仲舒传》。

④ 《汉书·董仲舒传》曰："仲舒治国，以《春秋》灾异之变推阴阳所以错行，故求雨，闭诸阳，纵诸阴，其止雨反是；行之一国，未尝不得所欲。中废为中大夫。先是辽东高庙、长陵高园殿灾，仲舒居家推说其意，草稿未上，主父偃候仲舒，私见，嫉之，窃其书而奏焉。上召视诸儒，仲舒弟子吕步舒不知其师书，以为大愚。于是下仲舒吏，当死，诏赦之，仲舒遂不敢复言灾异。仲舒为人廉直。是时方外攘四夷，公孙弘治《春秋》不如仲舒，而弘希世用事，位至公卿。仲舒以弘为从谀，弘嫉之。胶西王亦上兄也，尤纵恣，数害吏二千石。弘乃言于上曰：'独董仲舒可使相胶西王。'胶西王闻仲舒大儒，善待之。仲舒恐久获罪，病免。凡相两国，辄事骄王，正身以率下，数上疏谏争，教令国中，所居而治。及去位归居，终不问家产业，以修学着书为事。仲舒在家，朝廷如有大议，使使者及廷尉张汤就其家而问之，其对皆有明法。自武帝初立，魏其、武安侯为相而隆儒矣。及仲舒对册，推明孔氏，抑黜百家。"

国方略，董仲舒应诏，侃侃而对，《董仲舒传》详细记述了这场君臣对话。在《举贤良对策》中，董仲舒处处引述孔子和《春秋》等儒家经典，而又与时俱进，吸收其他各家思想，发展了儒家学说，可谓汉代之"新儒学"。他系统地提出了"天人感应"（"天者群物之祖也，故遍覆包函而无所殊，建日月风雨以和之，经阴阳寒暑以成之，故圣人法天而立道，亦溥爱而亡私，布德施仁以厚之，设谊立礼以导之"）、"大一统"（"《春秋》大一统者，天地之常经，古今之通谊也"）和"推明孔氏，抑黜百家"①等等主张，认为"道之大原出于天"，自然界和人间之事，都要受制于天命，反映天命的皇权专制政治制度、三纲五常的秩序及思想文化体系，都应该一而统之。根据董仲舒的思想，皇帝是受命于天的统治者，具有天然合法性和合理性。因此，董仲舒的"新儒学"及其整个思想体系，大大维护了汉武帝的集权统治，深受皇帝钟爱，即使在"去位归居"之后，"仲舒在家，朝廷如有大议，使使者及廷尉张汤就其家而问之，其对皆有明法"。

汉武帝时的"独尊儒术"仅仅是个开头，还有一段路要走。《汉书·儒林传·赞》称："自武帝立五经博士，开弟子员，设科射策，劝以官禄。迄于元始，百有余年，传业者寝盛，支叶藩滋，一经说至百余万言，大师众至千余人，盖利禄之路然也。"②后又经汉昭帝始元六年即公元前81年"诏有司问郡国所举贤良文学民所疾苦、议罢盐铁榷酤"之"盐铁会议"，汉宣帝甘露三年即公元前51年在未央宫石渠阁"诏诸儒讲五经异同"之"石渠阁议"③，儒学在争论中进一步加强；其"独尊儒术"和国家意识形态的确立得以完成，那要到一百多年之后的"白虎通"会议。这发生在汉章帝刘炟建初四年即公元79年，章帝祖光武帝中元元年之遗训，召大夫、博士、议郎、郎官及诸生、诸儒集会洛阳白虎观，"讲义五经同异，使五官中郎将魏应承制问，侍中淳于恭奏，帝亲称制临决，如孝宣甘露石渠故事，作《白虎议奏》"。④后又经班固之手，写成《白虎通》，确立由皇帝

---

① 在《举贤良对策》中，董仲舒说："《春秋》大一统者，天地之常经，古今之通谊也。今师异道，人异论，百家殊方，指意不同，是以上亡以持一统；法制数变，下不知所守。臣愚以为诸不在六艺之科孔子之术者，皆绝其道，勿使并进。邪辟之说灭息，然后统纪可一而法度可明，民知所从矣。"（见《董仲舒传》）这就是"独尊儒术"理论表述。

② 《汉书》卷八十八《儒林传》。

③ 见《汉书》卷七《昭帝纪》和《汉书》卷八《宣帝纪》。

④ 《后汉书》卷三《章帝纪》。

亲自认可的帝国官方意识形态。①《白虎通》引述各种经传，杂糅《易》、《诗》、《书》、《春秋》及《礼》、《乐》、《论语》、《孝经》于一炉，承继董仲舒思路，又采集当时流行的纬书中一些观点，构成一个完整体系，论证天地阴阳五行及如何为人事所取法，讨论了自君主至百姓的名分、地位、称号、祭祀，尤其是确认儒家的正统地位，肯定了君为臣纲、父为子纲、夫为妻纲的"三纲六纪"，以"君为臣纲"为三纲之首，并找到其宇宙根据，所谓"三纲法天地人，六纪法六合"，使纲常伦理具有天经地义、不可动摇的基础。

至此，主宰古代中国帝国专制时代两千多年的主流思想和国家意识形态，正式完成和确立。②

汉代儒家诗学文论渐成主流

就诗学文论而言，汉代前期儒家并未定于一尊。

研究《诗经》的齐、鲁、韩、毛四家（齐派代表齐人辕固，鲁派代表鲁人申培，韩派代表燕人韩婴，以及毛诗学派代表鲁人毛亨和赵人毛苌），他们的活动时间大约在董仲舒等人之前或者相互少许交叉，他们的基本倾向属于儒家，在当时也有相当大的影响，但总体看来，儒家并未成为主流。③ 前引《淮南子》中有关审美和文艺方面的言论，有许多并非儒家之说；就连司马迁对屈原的评说，后来的班固也认为"儒"得不够而给以批评（已见前述）。但随着汉武掌权，儒家思想大涨而"独尊"之势渐成，儒家诗学文论的地位也随之提高并逐渐发展为主流。对此，朱东润《中国文学批评史大纲》的一番话很值得借鉴，他说："欲求汉人之文学批评，当知武帝以前，学术未统于一家，故论文者，张皇幽眇，各出所见，及武帝罢黜百家而后，立论之士必折中于儒术，文学与道始合而为一，故武帝时代，实古今断限，不可不知也。"④ 当然，"断限"之言也不可太

---

① 这使我想起了 1979 年 1 月 18 日至 4 月 3 日中共中央在北京召开的"理论务虚会"，我有幸作为工作人员参与。白虎观会议可谓东汉时候的"理论务虚会"。这两个会，都是在需要"统一思想"、"确立方针"的历史关键时刻召开的，而且都由最高领导者召集，都是为了解决争论不休的问题，同样开了好几个月，最后同样由最高领导人定调子或作结论性的讲话。真巧，它们相距整整一千九百年。

② 葛兆光《中国思想史》第一卷第三编第三节"国家意识形态的确立：从《春秋繁露》到《白虎通》"对这段思想史过程进行了较好论述（复旦大学出版社 2001 年版，见该书第 255—276 页），我参考了该书观点，特此说明，并致谢。

③ 汉代前期研究《诗经》的齐、鲁、韩、毛四家，除毛诗之外，其余影响不算很大；而毛诗也是经汉末郑玄注释并作《诗谱》，才使其流传深广。至今只有毛诗和韩诗还能见到。

④ 朱东润：《中国文学批评史大纲》，上海世纪出版集团 2005 年版，第 13 页。

绝对，文化思想领域里的事情常常呈温火慢工之态，且有某些模糊时段和地带；大体如此而已。

为汉武帝确定"罢黜百家，独尊儒术"治国方针立下大功的董仲舒，在《举贤良对策》中说的有关诗学文论的一段话很值得关注："道者，所繇适于治之路也，仁义礼乐皆其具也。故圣王已没，而子孙长久安宁数百岁，此皆礼乐教化之功也。王者未作乐之时，乃用先王之乐宜于世者，而以深入教化于民。教化之情不得，雅颂之乐不成，故王者功成作乐，乐其德也。乐者，所以变民风，化民俗也；其变民也易，其化人也著。故声发于和而本于情，接于肌肤，臧于骨髓。故王道虽微缺，而管弦之声未衰也。夫虞氏之不为政久矣，然而乐颂遗风犹有存者，是以孔子在齐而闻《韶》也。"他对儒家诗、书、礼、乐思想大力赞扬，实则奉之为主流、为正宗。

武帝时代的司马迁（公元前145？—前87？），也对孔子十分推重，仅举《史记·孔子世家》为例。该文最后，"太史公曰：诗有之：'高山仰止，景行行止。'虽不能至，然心乡往之。余读孔氏书，想见其为人。适鲁，观仲尼庙堂车服礼器，诸生以时习礼其家，余祗回留之不能去云。天下君王至于贤人觽矣，当时则荣，没则已焉。孔子布衣，传十余世，学者宗之。自天子王侯，中国言六艺者折中于夫子，可谓至圣矣！"① 对于孔子，司马迁借"诗"而言"高山仰止，景行行止"，到鲁国观其"庙堂"以至流连而不忍去，此崇敬之情异乎寻常；而最后一句"自天子王侯，中国言六艺者折中于夫子，可谓至圣矣"，已视孔子为"至圣"，这是截至司马迁时，有史以来对孔子的最高评价，开后世"至圣先师"称谓之先河。司马迁自己有关诗学文论的思想，亦基本合于儒家之道。如在《史记·屈原贾生列传》中说"屈平正道直行，竭忠尽智以事其君，谗人间之，可谓穷矣。信而见疑，忠而被谤，能无怨乎？屈平之作离骚，盖自怨生也。国风好色而不淫，小雅怨诽而不乱。若离骚者，可谓兼之矣。上称帝喾，下道齐桓，中述汤武，以刺世事。明道德之广崇，治乱之条贯，靡不毕见。其文约，其辞微，其志絜，其行廉，其称文小而其指极大，举类迩而见义远。其志絜，故其称物芳。其行廉，故死而不容自疏。濯淖污泥之中，蝉蜕于浊秽，以浮游尘埃之外，不获世之滋垢，皭然泥而不滓者也。推此志也，虽与日月争光可也"（其中有些话乃以赞同的口气转述淮南王刘安）；在《史记·太史公自序》中说"《易》著天地、阴阳、四时、

五行，故长于变；《礼》经纪人伦，故长于行；《书》记先王之事，故长于政；《诗》记山川、溪谷、禽兽、草木、牝牡、雌雄，故长于风；《乐》乐所以立，故长于和；《春秋》辨是非，故长于治人。是故《礼》以节人，《乐》以发和，《书》以道事，《诗》以达意，《易》以道化，《春秋》以道义"，"《诗》三百篇，大抵贤圣发愤之所为作也"等等，大体都在祖述儒家诗学文论之意。

在汉武帝"罢黜百家，独尊儒术"国策确立而儒家诗学文论渐登主坛的道路上，刘向（约公元前77—前6）是一个重要人物。他在《说苑》① 中论述审美问题及"诗乐舞"的言论，祖述儒家思想观点，对儒家诗学文论的弘扬作出很大贡献；但此前美学界和文论界对此关注和重视不够，论述较少，所以我这里多引述些他的有关文字，以引起注意。仅以《说苑·修文篇》为例。阅读该篇，随处可见刘向以尊孔祖儒心态而讨论诗乐舞的言论：

夫功成制礼，治定作乐，礼乐者，行化之大者也。孔子曰："移风易俗，莫善于乐；安上治民，莫善于礼。是故圣王修礼文，设庠序，陈钟鼓，天子辟雍，诸侯泮宫，所以行德化。诗云：'镐京辟雍，自西自东，自南自北，无思不服。'此之谓也"。

韶乐方作，孔子至彼，闻韶三月不知肉味。故乐非独以自乐也，又以乐人；非独以自正也，又以正人矣哉！于此乐者，不图为乐至于此。

德者性之端也，乐者德之华也，金石丝竹，乐之器也。诗言其志，歌咏其声，舞动其容，三者本于心，然后乐器从之；是故情深而文明，气盛而化神，和顺积中而英华发外，惟乐不可以为伪。乐者，心之动也，声者，乐之象也，文采节奏，声之饰也。君子之动本，乐其象也，后治其饰，是故先鼓以警戒，三步以见方，再始以着往，复乱以饬归；奋疾而不拔，极幽而不隐，独乐其志，不厌其道，备举其道，不私其欲。是故情见而义立，乐终而德尊，君子以好善，小人以饬过，故曰生民之道，乐为大焉。

乐者德之风，诗曰："威仪抑抑，德音秩秩。"谓礼乐也。故君子以礼正外，以乐正内；内须臾离乐，则邪气生矣，外须臾离礼，则慢行起矣；故古者天子诸侯听钟声，未尝离于庭，卿大夫听琴瑟，未尝离于前；所以养正心而灭淫气也。乐之动于内，使人易道而好良；乐之动于外，使人温恭而文雅；

① 刘向《说苑》，二十卷，篇目为：君道、臣术、建本、立节、贵德、复恩、政理、尊贤、正谏、敬慎、善说、奉使、权谋、至公、指武、谈丛、杂言、辨物、修文、反质。今有向宗鲁校点《说苑校证》，中华书局1987年版。

雅颂之声动人，而正气应之；和成容好之声动人，而和气应之；粗厉猛贲之
声动人，而怒气应之；郑卫之声动人，而淫气应之。

上述《修文》所论，皆儒家诗学文论之阐发，而其"礼乐者，行化之大者"，
"乐非独以自乐也，又以乐人"，"乐之动于内，使人易道而好良；乐之动于外，使
人温恭而文雅"等等，又创发了许多新意。我希望今后有学者专门对刘向诗学文
论思想进行研究。

刘向以后论说审美和诗学文论问题的大儒，当推扬雄（公元前53—公
元18，字子云），他的有关思想言论，世人关注较多，而且唐代韩愈还把
他作为数千年儒学文统长链中的重要一环。前面章节我也对扬雄略作论
述，在此只作些补充。扬雄遵从孔子思想而作的最重要的著作是《法
言》①，《汉书·扬雄传》记载，扬雄"以为经莫大于《易》，故作《太
玄》；传莫大于《论语》，作《法言》"，②《法言》效仿《论语》，可见其
崇敬之情。扬雄诗学文论有自己的创见，方孝岳在其《中国文学批评》中
摘引"或问：'公孙龙诡辞数万以为法，法欤？'曰：'断木为棊，梡革为
鞠，亦皆有法焉。不合乎先王之法者，君子不法也'"（《法言·吾子》）、
"昔人有观象于天，视度于地，察法于人者。天丽且弥，地普而深，昔人
之辞，乃玉乃金"（《法言·解难》）等言论后曾指出："清朝桐城古文家，
讲求文章义法，曾经振起一时的风气；其实讲求文章义法的祖师，还应该
推这位扬子云。"③ 扬雄是一个循规蹈矩的儒家传人。有言为证：《法言·
吾子》中"或曰：'女有色，书亦有色乎？'曰：'有。女恶华丹之乱窈窕
也，书恶淫辞之淈法度也'"，"或问：'君子尚辞乎？'曰'君子事之为
尚。事胜辞则伉，辞胜事则赋，事辞称则经，足言足容，德之藻也'"；
《法言·寡见》中"或曰：'君子听声乎？'曰：'君子惟正之听；荒乎淫，
拂乎正，沈而乐者，君子弗听也'"，"或曰：'良玉不雕，美言不文，何
谓也？'曰：'玉不雕，玙璠不作器；言不文，典谟不作经'"；《法言·先
知》中"圣人，文质者也。车服以彰之，藻色以明之，声音以扬之，诗书

① 《法言》有诸子集成本、四部丛刊本。《法言》的注释本，晋代有李轨的《扬子法言
注》，宋代有司马光的《法言集注》，清代有汪荣宝的《法言义疏》等，内容较为详备。中华书
局1926年曾印行《扬子法言》；又，中华书局《诸子集成》采北宋治平年间国子监本印《扬子
法言》，全书共13卷，标题依次为：学行，吾子、修身、问道、问神、问明、寡见、五百、先
知、重黎、渊骞、君子、孝至。

② 《汉书》卷八十七下《扬雄传》。

③ 方孝岳：《中国文学批评 中国散文概论》，三联书店2007年版，第72页。

以光之。笾豆不陈，玉帛不分，琴瑟不铿，钟鼓不抎，则吾无以见圣人矣"……这些言论充满儒家诗学文论思想的正宗腔调。怪不得八百年之后的韩愈特意把扬雄镶嵌在儒家文统链条之中。

紧跟扬雄的是桓谭（公元前23—公元50，字君山）和班固（公元32—92，字孟坚）。桓谭对扬雄推崇备至，其《新论》中曰："王公子问：'扬子云何人耶?'答曰：'扬子云才智开通，能入圣道，卓绝于众，汉兴以来，未有此人也。'国师子骏曰：'何以言之?'答曰：'才通著书以百数，惟太史公广大，其余皆丛残小论，不能比之子云所造《法言》《太玄经》也。《玄经》数百年，其书必传。世咸尊古卑今，贵所闻，贱所见也，故轻易之。《老子》其心玄远而与道合，若遇上好事，必以《太玄》次《五经》也。'"① 《汉书·扬雄传》也记载："大司空王邑、纳言严尤闻雄死，谓桓谭曰：'子常称扬雄书，岂能传于后世乎?'谭曰：'必传。顾君与谭不及见也。凡人贱近而贵远，亲见扬子云禄位容貌不能动人，故轻其书。昔老聃着虚无之言两篇，薄仁义，非礼学，然后世好之者尚以为过于《五经》，自汉文、景之君及司马迁皆有是言。今诊子之书文义至深，而论不诡于圣人，若使遭遇时君，更阅贤知，为所称善，则必度越诸子矣。'"若戏谓桓谭为扬雄的"铁杆儿粉丝"亦不为过。桓谭《新论》亦有某些富有创见的言论，其卷三《求辅篇》"贾谊不左迁失志，则文采不发；淮南不贵盛富饶，则不广聘俊士，使著文作书；太史公不典掌书记则不能熟悉古今；扬雄不贫，则不能作玄言"，论述了文学与境遇的关系；卷十六《琴道篇》② 所述琴

① 见《新论》卷十五《闵友篇》。《新辑本桓谭新论》（朱谦之校辑）中华书局2009年版共十六卷，分别是：卷一 本造篇，卷二 王霸篇，卷三 求辅篇，卷四 言体篇，卷五 见征篇，卷六 谴非篇，卷七 启寤篇，卷八 祛蔽篇，卷九 正经篇，卷十 识通篇，卷十一 离事篇，卷十二 道赋篇，卷十三 辨惑篇，卷十四 述策篇，卷十五 闵友篇，卷十六 琴道篇。

② 《新论·琴道篇》载："雍门周以琴见孟尝君。孟尝君曰：先生鼓琴，亦能令文悲乎?对曰：臣之所能令悲者，先贵而后贱，昔富而今贫，摈压穷巷，不交四邻，不若身材高妙，怀质抱真，逢谗罹谤，怨结而不得信，不若交欢而结爱，无怨而生离，远赴绝国，无相见期，不若幼无父母，壮无妻儿，出以野泽为邻，入用堀穴为家，困于朝夕，无所假贷。若此人者，但闻飞鸟之号，秋风鸣条，则伤心矣。臣一为之援琴而太息，未有不凄恻而涕泣者也。今若足下，居则广厦高堂，连闼洞房，下罗帷，来清风，倡优在前，谄谀侍侧，扬《激楚》，无郑妾，流声以娱耳，练色以淫目。水戏则舫龙舟，建羽旗，鼓吹乎不测之渊。野游则登平原，驰广囿，强弩下高鸟，勇士格猛兽，置酒娱乐，沈醉忘归。方此之时，视天地曾不若一指，虽有善鼓琴，未能动足下也。孟尝君曰：固然。雍门周曰：然臣窃为足下有所常悲。夫角帝而困秦者，君也；连五国而伐楚者，又君也。天下未尝无事，不从即衡。从成则楚王，衡成则秦帝。夫以秦、楚之强而报弱薛，譬犹磨萧斧而伐朝菌也。有识之士，莫不为足下寒心酸鼻。天道不常盛，寒暑更进退，千秋万岁之后，宗庙必不血食。高台既以倾，曲池有已平，坟墓生荆棘，狐兔穴其中，游儿牧竖，踯躅其足而歌其上，行人见之凄怆，曰：'孟尝君之尊贵，亦犹若是乎!'于是，孟尝君喟然太息，涕泪承睫而未下。雍门周引琴而鼓之，徐动宫征，叩角羽，初终而成曲歔。孟尝君遂歔欷而就之，曰：先生鼓琴，令文立若亡国之人也。"

师雍门周与孟尝君的对话，涉及“乐”之欣赏及作用等问题，富有某种启示。在汉代儒家诗学文论发展中，桓谭和班固均为过渡性人物，二人可谓承上启下的中介。班固在《汉书》中给扬雄作了一篇长达五千多言的传记，全面评述扬雄业绩，其吹捧程度，不亚于桓谭。班固诗学文论思想，常常为人称道的是保存在王逸《楚辞章句》[①] 中《离骚序》和《汉书·艺文志·诗赋略》中论歌赋“言感物造端，材知深美”、诗“皆感于哀乐，缘事而发”等文字，皆祖述儒家思想。

紧跟扬雄、桓谭而与班固差不多活动在同一时段的则是王充（27—约97，字仲任）。他的主要著作《论衡》向为后世器重，在哲学思想和诗学文论领域作出重大贡献；他的思想富有个性，勇于创新，而从总体看，也在沿汉儒路线前行。[②] 其《论衡》之《案书》篇云：“董仲舒著书，不称子者，意殆自谓过诸子也。汉作书者多，司马子长、扬子云，河、汉也，其余泾、渭也。然而子长少臆中之说，子云无世俗之论。仲舒说道术奇矣，北方三家尚矣。”又说：“仲舒之言道德政治，可嘉美也。质定世事，论说世疑，桓君山莫上也。故仲舒之文可及，而君山之论难追也。骥与众马绝迹，或蹈骥哉？有马于此，足行千里，终不名骥者，与骥毛色异也。有人于此，文偶仲舒，论次君山，终不同于二子者，姓名殊也。故马效千里，不必骥；人期贤知，不必孔、墨。何以验之？君山之论难追也。两刃相割，利钝乃知；二论相订，是非乃见。是故韩非之《四难》，桓宽之《盐铁》，君山《新论》类也。”其《超奇》篇云：“彼子长、子云论说之徒，君山为甲。自君山以来，皆为鸿眇之才，故有嘉令之文。笔能着文，则心能谋论，文由胸中而出，心以文为表。观见其文，奇伟俶傥，可谓得论也。由此言之，繁文之人，人之杰也。”其《佚文》篇亦云：“使长卿、君山、子云作吏，书所不能盈牍，文所不能成句，则武帝何贪，成帝何欲！故曰：玩扬子云之篇，乐于居千石之官；挟桓君山之书，富于积猗顿之财。”可见其对董仲舒、扬雄、桓谭等儒家重量级人物评价之高，王充可称扬雄、尤其是桓谭的“铁杆儿粉丝”；而且，他还是班固之父班彪的学生——班彪亦属儒家之流。因此，我认为王充承续了扬雄、桓谭、班彪等一路传下来的儒学，为儒家诗学文论之弘扬，尽了气力，且卓有成绩。如他在《书解》篇中说“物以文为表，人以文为基”，“人无文则为朴

① 关于《楚辞章句》，新近有《楚辞章句疏证》（全五册），黄灵庚疏证，中华书局2007年版。
② 《论衡》的现代版本较好者，有中华书局1990年版黄晖《论衡校释》（附刘盼遂集解）。

人"，"人无文德不为圣贤"，"棘子成欲弥文，子贡讥之，谓文不足奇者，子成之徒也"……令人想到孔子"言之无文，行而不远"；《超奇》篇还赞扬孔子"得史记以作春秋，及其立义创意，褒贬赏诛，不复因史记者，眇思自出于胸中也"。但学界亦有尖锐的对立意见，如侯外庐等著《中国思想通史》第八章《王充的无神论和唯物主义思想》认为，王充的思想是"中世纪思想史上第一个伟大的'异端'体系，是两汉以来反对'正宗'思想与反对中世纪的神权统治思想的伟大的代表"。① 该书断定，王充思想"属于道家"而又超越道家"形而上的唯心主义"，是"形而下的唯物主义"②；认为王充对各家各派都进行了批判，而批判最力者，则无疑是儒家传统之"正宗"，该书详述王充批孔、批孟、批荀、批汉代儒家的言论③，并举出王充自己的话"违儒家之说，合黄老之义"，断定王充不是儒家④。这些论点很值得商榷。王充的某些思想的确很有挑战性，提出许多特立独行的观点，并对各家表现出比较强的冲击性；但全面考察，虽然王充也说过"违儒家之说，合黄老之义"的话，但其《论衡》主导倾向和大量言论则是尊孔挺儒的，很难把他划入儒派的反对派。如《佚文》篇曰："《五经》之儒，抱经隐匿，伏生之徒，窜藏土中。珍贤圣之文，厥辜深重，嗣之及孙。李斯创议，身伏五刑。"对秦皇焚书坑儒，表示愤慨。又说："汉兴，易亡秦之轨，削李斯之迹。高祖始令陆贾造书，未兴《五经》。惠、景以至元、成，经书并修。汉朝郁郁，厥语所闻，孰与亡秦？……文王之文，传在孔子。孔子为汉制文，传在汉也。受天之文，文人宜遵《五经》、六艺为文，诸子传书为文，造论著说为文，上书奏记为文，文德之操为文。立五文在世，皆当贤也。造论著说之文，尤宜劳焉。"即使王充有许多似乎"出格"的见解，但亦折中儒家，总体属儒家一系。如《案书》篇倡导"才有浅深，无有古今，文有真伪，无有故新"，似乎与儒家"信而好古"不合；但这与儒家主张"修辞以立其诚"极为一致。而王充大量的具有创新性的言论，则可视为对儒家思想的发展。如其"疾虚妄"："诗三百，一言以蔽之，曰：'思无邪。'论衡篇以十数，亦一言也，曰：'疾虚妄。'"（《论衡·佚文》）"世俗所患，患言事增其实。著文垂辞，辞出溢其真，称美过其善，进恶没其罪。"（《论衡·艺增》）"充

---

① 侯外庐等：《中国思想通史》第二卷，人民出版社1957年版，第248页。
② 同上书，第269页。
③ 同上书，第270页。
④ 同上书，第268页。

既疾俗情，作讥俗之书；又闵人君之政，徒欲治人，不得其宜，不晓其务，愁精苦思，不睹所趋，故作政务之书；又伤伪书俗文多不实诚，故为论衡之书。"（《论衡·自纪》）这些言论与儒家"修辞立诚"一脉相承。其他，如朱东润所指出的王充主张为文"不必艰深、不必从俗、不必纯美、不必合古、不嫌文重"① 数条，也是发扬儒家思想。再，从上面我们所引王充推崇扬雄、桓谭等汉代大儒的坚定言论来看，如果王充不是"精神分裂症患者"，他怎么可能又同时是反儒的呢？

此节我论述了"诗文评"作为一种特殊学问或一门学科尚在娘胎中时，儒家诗学文论的"尊位"即被确立，而且此后两千多年在中国"诗文评"史上一直居统治地位。但这并不表明我对儒家及其诗学文论思想崇拜得五体投地。我不过是叙述和讨论了一种曾经客观存在的历史现象而已。我不否定儒家及其诗学文论的历史价值和对中国思想文化的巨大影响与贡献；但是，这不是说儒家应该永远是中国文化的"皇帝"或"太上皇"。到一定历史阶段（现在已经开始走向这个阶段了），儒家传统的优秀部分可能被继承或抽象继承，一些糟粕可能被丢弃；或者，儒家作为整体将不合时代需要而被历史淘汰，而其"零件"却可加以改造利用。

为了避免误解，本该在这部书的后面或结尾时说的话，我早早说了——也许太心急了一点儿。

本章小结

我国"诗文评"学科正式成立之前，它的萌芽和孕育最早可追溯到先秦。那个时候人们开始有意无意地对自己的各种审美实践活动及其作品有所感悟、进行思索、加以评说，它们散见于《诗经》、《论语》、《左传》、《老子》、《论语》、《墨子》、《易传》、《孟子》、《庄子》、《荀子》、《礼记》、《商君书》、《韩非子》、《管子》……各类著作之中。如《诗经》中《魏风·葛屦》中"维是褊心，是以为刺"，《召南·江有汜》"不我过，其啸也歌"，《小雅·节南山》"家父作诵，以究王讻"等；《论语》中孔子论诗的一系列言论；《老子》"大音希声，大象无形"的境界，"涤除玄览"的思维方式，《庄子》所述"虚静"、"心斋"、"坐忘"、"物化"的心理状态，以及"宋元君将画图"的描绘；《春秋左传》中有关诗文评的言论十分丰富，特别是记录了"诗三百"流传中"赋诗言志"、观诗知志

① 朱东润：《中国文学批评史大纲》，第21—22页。

的情况，有的记录了各色人等对"诗三百"和其他文艺形式的看法以及有关诗乐舞的观赏评说；《孟子》中"充实之谓美"、"知言养气"、"知人论世"、"以意逆志"等，历来被人们广泛引述和发挥；《荀子·乐论》篇比较深入地论述了孔孟之后儒家的诗、乐思想，对《礼记·乐记》和《毛诗序》有直接影响；……总之，先秦各家各派，儒、墨、老庄、法家……几乎都对尚未完全处于独立状态的审美活动及其诗文作品发表了自己的看法；它们的许多重要观点，如：《尚书》在中国古代文论史上最早提出"诗言志"的命题，是"开山纲领"；《论语》中所记孔子的一系列言论，它是儒家诗学文论之元点、起点；《春秋左传·襄公二十九年》所记"季札观乐"，它开启中国"印象批评"、"社会政治批评"、"读者反应批评"之风。它们是中华审美文化的瑰宝，也是中华审美文化一直活着的基因，它们富有强大生命力，影响中国古代文论数千年。但是，那时它们大都是夹杂在其他论著中的片言只语，除了《荀子·乐论》或许可以算是论乐专章的独苗之外，并无其他独立的著作。

　　直到汉代，基本没有专门的独立的评诗论文之著作的情况依然如此。虽然汉代审美活动及诗文作品已开始具有比较明显的独立性质，人们对诗文的思索、感悟和评说也有重大发展，甚至渐成规模，例如《淮南子》、司马迁《史记·屈原贾生列传》、刘向《说苑》、王充《论衡》、《汉书·艺文志》、王逸《楚辞章句序》等等，它们的思想观点都相当精彩；但是，它们大都不是独立的"诗文评"论著；即使《诗大序》，虽专论诗，它也只是毛诗的总序，就是说，这些思索、感悟和评说仍然绝大多数是附庸于其他著作之中而极少成为专门的独立的论著——大概仅有《礼记·乐记》（或者再勉强加上《诗大序》）是例外。

　　从先秦两汉人们夹杂在其他论著中涉及诗文的片断感悟、议论、评说来看，我们却可以说那时已经具有了后来"诗文评"的初级形态；它虽在娘肚子里，但五官四肢已经成形。换言之，它的许多基本因素为后来作为一种特殊学问或一门学科的"诗文评"铺下了奠基石。

　　先秦两汉各色人等有关"诗"（"诗乐舞"）的评说言论中，我们可以看到一个十分有趣的现象：儒、墨、法、道，唯独儒家对"诗"（"诗乐舞"）最感兴趣，器重它，爱它，甚至"爱"得要命；其他各家是不重视"诗"的，其中墨家和法家对"诗"（"诗乐舞"）采取一种敌视和仇视的态度，而道家则常常以超然的态度给予蔑视。

　　汉代，"诗文评"作为一种特殊学问或一门学科虽尚处于娘胎之中，然而儒家的主流和领导地位却因汉武帝"罢黜百家、独尊儒术"的治国之策而"被"奠定，并从此在中国历史上行霸两千余年。

思 考 题

一、名词解释

　　1. 儒家

　　2. 墨家

　　3. 法家

　　4. 道家

　　5. 诗经

二、简答题

　　1. 你怎样看"诗言志"这一命题的价值？

　　2. 你对"兴观群怨"怎样解读？

　　3. 你认为"季札观乐"在中国古代诗学文论史上有何意义？

　　4. 你如何看"独尊儒术"？

三、论述题

　　1. 对于判定先秦两汉仍处于"诗文评"学科的萌芽状态，你同意吗？
　　　为什么？

　　2. 你如何看待儒家在中国古代诗学中的地位和意义？

阅读参考文献

　　《论语》，见杨伯峻《论语译注》，中华书局 1980 年版。

　　《春秋左传·襄公二十九年》，见中华书局 1980 年影印清阮元刻《十三经注疏》。

　　《尚书·尧典》，见中华书局 1980 年影印清阮元刻《十三经注疏》。

　　《孟子·万章上》、《尽心上》，见杨伯峻《孟子译注》，中华书局 1960 年版。

　　《庄子·天地》，中华书局 2009 年版。

　　《荀子·乐论》，中华书局 2009 年版。

　　《史记》卷四十七《孔子世家》，中华书局 2010 年版。

　　《史记》卷一百三十《太史公自序》。

　　《史记》卷一百二十一《儒林列传》。

《礼记·乐记》，见中华书局 1980 年影印清阮元刻《十三经注疏》。

《诗大序》，孔颖达《毛诗正义》卷首，见中华书局 1980 年影印清阮元刻《十三经注疏》。

《汉书》卷三十《艺文志》，中华书局 1962 年版。

《汉书》卷五十六《董仲舒传》。

《楚辞章句》，《楚辞章句疏证》，中华书局 2007 年版。

刘向：《说苑》，中华书局 1987 年版。

扬雄：《扬子法言》，中华书局 1954 年版。

王充：《论衡》，中华书局 1990 年版。

侯外庐等：《中国思想通史》第二卷，人民出版社 1957 年版。

第四章　魏晋南北朝:"诗文评"学科之辉煌登场

——中国古代诗学文论学科的诞生

内容提要

"诗文评"作为学科诞生于魏晋南北朝。它之诞生有其明显标志,即它有自己特殊的、独立的著作和专业的从事者,有自己独立的对象和论述的特定内容,有自己特定的术语(范畴、概念)和相对固定的语码系统,有足够量的从事者、足够量的学术实践活动以及足够量的成果;"诗文评"诞生还有它的社会文化基础、根据和条件,而且历史为"诗文评"学科诞生做好了充分准备,其综合而集中的表现即是审美的自觉和"文的自觉"。这个时期最能突出"诗文评"诞生和繁荣的,是"四声"的发现及其在诗文创作中的应用所掀起的形式运动,其意义不亚于唐代古文运动,甚至有过之。它是被以往历史所忽略了的一场运动,是至今尚未被认识、更没有被充分评价的一场运动,是受到不公平待遇的一场运动;然而这却是一场伟大的运动,是中国审美文化史和"诗文评"史上的一次"哥白尼"式的革命,它影响了中国审美文化、诗文创作和"诗文评"近两千年来的历史发展。现在是认真研究这场形式运动的时候了。

关 键 词

社会动荡　玄学兴起　佛学东来　审美自觉　"文的自觉"　四声发现　形式运动

上一章我已经讲得很明确:先秦至两汉,虽然已经有了对诗文的思考和评说,但作为一门特殊学问或一门学科,仍然处于萌芽和孕育阶段;它的正式诞生是在魏晋南北朝时期(虽然此时还没有"诗文评"的名称);同时,这个时期也很快成为它的第一个繁荣期。这就是中国历史从王国封建制时代运行到帝国郡县制时代之后,在精神文化领域所发生的值得人们关注的一个重要事件。然而，前面我只是数次提到"诗文评"学科诞生和繁荣这一事实，却未详说其具体表征和标志及其何以发生的根据和条件——这是本章的任务。

在这一章，我将首先论述"诗文评"作为一门特殊学问或一门学科诞生的标志，并依照学术惯例，用客观存在的历史事实——验证"诗文评"学科诞生的判定是否正确。

其次，我要考察"诗文评"学科何以在此时诞生和繁荣。一个社会是一个有机整体，是一个活的生命组织；其中的任何一种现象都不是也不可能孤立发生和存在。论述"诗文评"，也必然涉及它与社会其他方面无法割舍的千丝万缕的关系。因此，我还将考察"诗文评"学科诞生和繁荣的根据、条件和机缘；尤其要揭示：当时普遍出现的审美自觉和"文"的自觉，其实是"诗文评"学科诞生和繁荣的文化基地和赖以生存的精神环境。

再次，我还要关注魏晋南北朝时期审美文化和"诗文评"所作出的伟大贡献。即考察在这个时期发生的在中国历史、中国审美文化和"诗文评"史上具有伟大意义的一个运动，即诗学领域里的"形式"运动。形式感和形式意识是人类精神能力和发展水平的指示器，在一定意义上成为人类文明的标尺。发生在魏晋南北朝时期诗文实践和"诗文评"中的"形式"运动，其价值超出了诗文本身、超出了"诗文评"本身、甚至超出了审美文化本身，它显示出的是人们的形式感和形式意识的跃进，是把握世界、把握人自身的尺度和准度上的提升，是整个中国古代人类文明的一大进步。

第一节　"诗文评"学科诞生的标志

前面我曾引述《四库全书总目提要·诗文评类小叙》中的话"文章莫盛于两汉，浑浑灏灏，文成法立，无格律之可拘。建安黄初，体裁渐备，故论文之说出焉，《典论》其首也。其勒为一书，传于今者，则断自刘勰、钟嵘。勰究文体之源流，而评其工拙；嵘第作者之甲乙，而溯师承，为例各殊"，认为所谓"建安黄初，体裁渐备，故论文之说出焉"，就是对中国古代诗学文论作为一门学问或学科诞生（正式成立）的判定。我赞成这个判定。

读者也许会问：把《四库全书总目提要》诗文评小叙所说"建安黄初，体裁渐备，故论文之说出焉"一语，认作是它对中国古代一门特殊学问或学科正式诞生的最初表述，符合历史事实吗？你如此称许《四库全书总目提要》的判断，认定"论文之说"（后来定名为"诗文评"）作为中国古代一门特殊学问和独立学科，依据何在？

依学术惯例，一门学问或一门学科能否成立，第一要看它有没有自己特殊的、独立的著作和专业的从事者；第二要看它有没有自己独立的对象和论述的特定内容；第三看它有没有自己特定的术语（范畴、概念）和相对固定的语码系统；第四看它在自身领域里有没有足够量的从事者、足够量的学术实践活动以及足够量的成果产生。这四条，应该可以看作是某个学科能够成立的标志。

请读者朋友同我一起逐条分析、验证。

独立的论著和专门的论家

第一条。至魏晋南北朝，已经出现了各种独立的专门的评说诗文的"论文之说"（"诗文评"）的著作；同时，也有了许多专门的诗论家和文论家。这与从前那样并非专门诗论家和文论家专门论说诗文，而是其他人士顺便于其他著作中附带讨论诗文（俗话所谓"搂草顺便打兔子"），有了质的区别。已知当时有关诗文（"诗乐舞"以及其他艺术）① 的专门论者和专门论著有：曹丕（187—226）《典论·论文》、阮籍（210—263）《乐论》、嵇康（224—263）《声无哀乐论》、挚虞（250—300）《文章流别论》（佚文片段）②、陆机（261—303）《文赋》、传为卫夫人（272—

---

① 因为中国古代诗乐舞总是不分家、或者连在一起，故可以扩大到全部"诗乐舞"以至今天所谓"艺术"的整个领域。

② 《文章流别论》原文已佚，若干片断散见于《北堂书钞》、《艺文类聚》、《太平御览》等类书中。明人张溥辑其诗、赋、文、论近六十篇为《挚太常集》。关于这个问题，我又请教了刘跃进研究员，答曰：关于挚虞的《文章流别论》，大致情形如下：《晋书·挚虞传》载："虞撰《文章志》四卷，……又撰古文章，类聚区分为三十卷，名曰《流别论》，各为之论，辞理惬当，为世所重。"《隋书·经籍志》著录挚虞《文章流别集》四十一卷，《文章流别志·论》二卷。此由来看，《文章流别集》应是文章选本，《隋书·经籍志》冠于总集之首。据《晋书》所说，"论"大概是原附于《集》的，又摘出别行。成为文体专论。这两书久佚，最早为《文章流别论》辑佚者当推张溥《汉魏六朝百三家集》，许印芳《诗法萃编》所录即据张辑。刘师培《搜集文章志材料方法》称："文学史者，所以考历代文学之变迁也。古代之书，莫备于晋之挚虞，虞之所作，一曰文章志，一曰文章流别。志者，以人为纲者也。流别者，以文体为纲者也。"又《中国中古文学史》讲解魏晋文学之变迁称此书："于诗、赋、箴、铭、哀、词、颂、七、杂文之属，溯其起源，考其正变，以明古今各体之异同，于诸家操作之得失，亦多评品，集古今论文之大成。"由此来看，本书最大的价值是总结了前人文体研究而把文章体裁区分得更加细密。谢谢跃进的帮助。

349）的《笔阵图》、传为王羲之（321—379 或作 303—361）的《题笔阵图后》①、沈约（441—513）《四声谱》（已佚）②、任昉（460—508）《文章缘起》（一名《文章始》，存佚文）③、裴子野（469—530）《雕虫论》、刘勰（约 465—约 532）《文心雕龙》、钟嵘（？—约 518）《诗品》④、萧子显（489—537）《南齐书·文学传论》……如果用"如雨后竹笋蓬勃生发"来形容这些著作和它们的作者，亦不为过。其中有幸完整地流传下来且最负盛名的，当首推《文心雕龙》和《诗品》。

千百年来专门研究和在各种场合评说《文心雕龙》的论者（包括海外人士）数不胜数；而以《文心雕龙》为研究对象的著作和文章，亦汗牛充栋。而且现在还形成了一种专门学问，叫做"龙学"。《诗品》研究虽比不上《文心雕龙》，但也可谓"显学"之一。全面评说《文心雕龙》和《诗品》，不是本书的任务，也为笔者能力所不及；我只想就与本书主旨相关的问题，略作两点申说。

其一，这两部著作，尤其是《文心雕龙》，是"诗文评"作为学科诞生的最具标志性的著作，在中国"诗文评"发展史上具有划时代的里程碑

① 《笔阵图》和《题后》最早见于孙过庭《书谱》（现藏台北故宫博物院），后来唐代张彦远将《笔阵图》收入《法书要录》（有辽宁教育出版社 1998 年版）中并标明是卫铄（卫夫人）所撰，《题卫夫人〈笔阵图〉后》为王羲之撰，其实无确证。但大多认为它们作于魏晋南北朝。

② 据《南史》之《列传》第四十七《沈约范云》："（沈约）又撰四声谱，以为'在昔词人累千载而不悟，而独得胸衿，穷其妙旨'。自谓入神之作。武帝雅不好焉，尝问周舍曰：'何谓四声？'舍曰：'天子圣哲是也。'然帝竟不甚遵用约也。"沈约的《四声谱》（《四声韵谱》），《隋书·经籍志》后就不再见有著录。清朱彝尊《曝书亭集》卷二十一："惟沈约所撰《四声谱》见于《隋志》，仅一卷，其非全韵，可知至唐四库书目不载，则已亡于唐初。"关于"四声"何谓，有人作了如下解释：梁吴兴人沈约作四声谱，即平、上、去、入是也。分平声为三十韵，上声之韵二十九，去声之韵共三十，入声之韵凡十七。即今日流传之诗韵。至于四声之读法，昔人有歌诀曰：平声平道莫低昂，上声高呼猛烈强，去声分明哀远道，入声短促急收藏。今举东、董、冻、笃，江、讲、降、觉，每句内备有四声，举一反三，可得其道矣。可参考。

③ 2007 年第 4 期《文学遗产》吴承学、李晓红《任昉〈文章缘起〉考论》云："《文章始》一卷，梁任昉作，自宋代起被称为《文章缘起》。唐宋以后直至明代，学者皆以此书作者为梁代任昉，至清代四库馆臣始疑为依托之书。《四库全书》集部'诗文评类'载《文章缘起》一卷，列于《文心雕龙》和《诗品》之后，孟棨《本事诗》之前。《四库全书总目》卷一百九十五该书提要有一段比较详细的论证：《文章缘起》一卷，旧本题梁任昉撰。考《隋书·经籍志》载任昉《文章始》一卷，称有录无书。是其书在隋已亡。《唐书·艺文志》载任昉《文章始》一卷，注曰张绩补。绩不知何许人。然在唐已补其亡，则唐无是书可知矣。宋人修《太平御览》，所引书一千六百九十种，挚虞《文章流别》、李充《翰林论》之类，无不备收，亦无此名。今检其所列，引据颇疏。"

④ 《雕虫论》，见（清）严可均辑《全上古三代秦汉三国六朝文》第四册《全梁文》卷五十三，中华书局 1965 年版。

意义。《文心雕龙》在篇幅规模、内容精细、思维深度和创造性上，皆前所未有。全书洋洋四万余言，超过之前任何一部论文的著作；它"体大而虑周"（章学诚《文史通义·诗话篇》语），十卷五十篇，从"文"的本源（《原道》）讲起，全面论述了今天我们所谓文论中所涉及的几乎全部问题。包括创作论：可以说《文心雕龙》全书处处讲述文章写作问题，涉及作者的才学、品德、想象、创作心理、写作的整体构思、结构安排，以及作"文"的具体手法如夸张、剪裁、用事、修辞、含蓄、隐秀、声律，等等。作品论：从《明诗》到《书记》，详述三十余种体裁及其特点，在其他篇章中也论述了作品体裁的源流、风格等问题。接受论（鉴赏、评论）：讲到"知音"难求及其原因，欣赏中读者与作品的互相选择以及二者的契合，防止偏见，达到共鸣，以及作品鉴赏和评论的方法问题。此外，还从宏观上谈到"文"与时代的关系、继承和革新等诸种问题以及总体的方法论问题。总之，《文心雕龙》在系统性、完整性等等方面，都是空前的。而且它有许多开拓性的亮点：在论述"文"之特性时强调"志思蓄愤，而吟咏情性"、"为情而造文"，不但突出诗文的"言志"、"缘情"思想，而且特别指出写作须"志思蓄愤"、"为情造文"；论述创作时强调主客互动，"情以物兴"、"物以情观"（《诠赋》）、"情以物迁，辞以情发"（《物色》）、"登山则情满于山，观海则意溢于海"（《神思》），深化了"物感"说；论述"神思"（想象）之"神与物游"时指出"神"的特点是"唯神也，故不疾而速，不行而至"，"思接千载"、"视通万里"，直抵精微处，富有洞见；论述创作风格的形成时强调"情性所铄"、"陶染所凝"，注意到作家才情和学养两方面的因缘；在论述"知音"（文学接受）时，清晰地描述出创作和鉴赏的不同路线（"夫缀文者情动而辞发，观文者披文以入情；沿波讨源，虽幽必显"），又指示了把握作品的具体方法（"是以将阅文情，先标六观：一观位体，二观置辞，三观通变，四观奇正，五观事义，六观宫商。斯术既形，则优劣见矣"），较前大大具体化、细致化了；论述"文"与"时"的关系时强调"文变染乎世情，兴废系乎时序"（《时序》），表现出历史的大眼光；等等。这些都是刘勰在"诗文评"史上的创造性贡献。钟嵘《诗品》作为中国"诗文评"史上第一部诗学专著，实为后世"诗话"之祖，其开创性，功不可没；而且其论"物感"（"气之动物，物之感人，故摇荡性情，形诸舞咏"以及其后一大段具体描述）和论"赋比兴"（"文已尽而意有余，兴也；因物喻志，比也；直书其事，寓言写物，赋也"），都是深化和发展了前人之说；

其"直寻"说（"观古今胜语，多非补假，皆由直寻"）、"滋味"说（所谓"五言居文词之要，是众作之有滋味者"、"味之者无极，闻之者动心"），更具有开拓性，是新思维。这两部著作，在"诗文评"诞生时，就奇迹般地给它筑造了一个高起点高水平的平台，作为后世楷模，影响极为深远。

其二，就整个世界历史范围来说，这两部著作可与古代世界其他民族的同类著作（如古希腊柏拉图《理想国》某些篇章和对话录、亚里士多德《诗学》，古罗马贺拉斯《诗艺》、朗加纳斯《论崇高》、普罗提诺《九章集》、圣·奥古斯丁《忏悔录》，古印度诗学著作婆摩诃的《诗庄严论》、檀丁的《诗镜》、伐摩那的《诗庄严经》、优婆咤的《摄庄严论》、楼陀罗咤的《诗庄严论》，以及古印度的戏剧学论著《舞论》、《十色》① 等等）相媲美而毫不逊色，可以名副其实地被列入全世界伟大论著之林。

除这些专门（亦可谓"专业性"）的著作经常为人们所提及之外，一些讨论诗文和审美问题的书信，如吴质（177—230）《答东阿王书》、曹丕《与吴质书》、曹植（192—232）《与杨德祖书》、萧统（501—531）《答湘东王求文集及诗苑英华书》、萧纲（503—551）《与湘东王书》等，以及为某些著作写的讨论诗文的序言，如傅玄（217—278）《连珠序》《七谟序》、左思（约250—约305）《三都赋序》、宗炳（375—443）《画山水序》、谢赫（生卒年不详）《古画品录序》、萧统《陶渊明集序》《文选序》、刘孝绰（481—539）《昭明太子集序》等，也纷纷出现；还有虽非专论诗文却在其中大量涉及审美和诗文问题的葛洪《抱朴子》、刘义庆《世说新语》、颜之推《颜氏家训》、刘昼《刘子》，以及其他著作记述当时的人如顾恺之、王僧虔、梁武帝萧衍、昭明太子萧统等等有关诗文书画的言论……也都包含着十分精彩的审美和诗学文论思想。这说明魏晋南北朝时期的诗学文论，具有广泛和深厚的基础，形成当时广阔的"青藏高原"；而《文心雕龙》和《诗品》等著作则是这个高原上的珠穆朗玛等山峰。

这么多专门的独立的诗学文论著作犹如数座"珠穆朗玛"式的山峰，这么普遍和高水平的讨论审美和诗文问题的书信、序言等社会文化现象犹如广阔的"青藏高原"，形成这么浓厚的审美和诗学文论的学术氛围（当

---

① 关于古印度的诗学和戏剧学著作，请参阅黄宝生《印度古典诗学》，北京大学出版社1993年版。

时谈论诗文问题几乎成为文人间的一种风气）……对于一门特殊学问或一门学科来说，足以证明它的实际存在和它的发展繁荣了。

独立的对象和特定的内容

第二条。从曹丕《典论·论文》开始以至刘勰《文心雕龙》、钟嵘《诗品》，许多专门的诗学文论著作竞相出笼，这是不争的事实；但有人可能会问：它们有没有自己特殊的独立的对象和特定的内容呢？如果没有，那么仍然不能成为独立学科。

我的回答是：事实证明，有。这正是它能够成为特殊学问或独立学科的最重要的依据。

"诗文评"学科之所以被认定诞生在魏晋南北朝时期，就因为当时"论文之说"的各种著作，既有明确的论述对象又有自己特定的论述内容：曹丕《典论·论文》、陆机《文赋》、挚虞《文章流别论》（佚文片段）、刘勰《文心雕龙》等，论述的主要对象就是"文"，论述的内容包括文的根源、文体、文的创作、文的鉴赏……种种问题，特别是《文心雕龙》，对上述各个方面都作了全面辩证的深入考察和详尽论说，达到当时学术上的最高水平，如前面我所指出的，把它拿到世界上去，都可认作是一部成熟的伟大著作，十分难得。《诗品》则专论诗（特别是五言诗）的种种问题，凡是接触《诗品》这部著作的人，一看便知，不言自明。在它们的影响下，此后千余年来的评文说诗的文章和著作，如唐代杜甫《戏为六绝句》和白居易《与元九书》，两宋以来以至明清时代的大量诗话、词话、文话（四六话）、曲话、小说和戏曲评点等，也都不离诗、词、文、曲等专门对象和特定内容。前引《四库全书总目提要》诗文评小叙那段话中举出的"诗文评"之"五例"，其中就说到"勰究文体之源流，而评其工拙，嵘第作者之甲乙，而溯师承，为例各殊"，已经概要说明了这些著作的论述对象和内容的特殊性和专门性，即对诗文及其作者进行所谓"究源流"、"评工拙"、"溯师承"。总之，"诗文评"著作之所以被归为一个独立的类别而划分出来，就是因为这类著作与其他部门（譬如与"经部"、"史部"、"子部"等）和其他类型（譬如"集部"中之"别集"、"总集"等）的著作相比，有着不同的、属于它自己的特定对象、内容，它们是评说诗文的，用今天的学术术语来说，即它们的论说对象和内容大体是我们今天所说的"文学艺术"，包括文学作品，它们的作者（文学家），它们的创作情况，以及与作品、作者、创作相关的林林总总各种问题。显然，从对象和内容看，它们与《易经》、《礼经》、《孝经》等类似于今天的"思想研究"、"伦理学"类著作不同，与《史记》、《汉书》等史类著作不同，与《孟子》、《庄子》、《韩非子》等类似于今天哲学类著作不同，与《诗三百》、《楚辞》等今天所说的文学作品也不同。也就是说，它们已经成为与"经"学、"史"学、"子"学……不同的特殊学问；用今天的学术语言来说，它们已经成为与现在所说的哲学、伦理学、历史学等不同的独立学科。

特定的范畴、术语和语码系统

第三条。至魏晋南北朝，"论文之说"（"诗文评"）的各种著作有没有自己把握对象的特定术语（范畴、概念）和相对固定的语码系统呢？有。以《文心雕龙》为例。该著从《原道》起到《序志》止共五十篇、四万来字，使用的是与自己所论对象和内容相应的特定术语和语码系统，而同其他学科用语明显不同。譬如《神思》篇谈文之写作中的想象问题，就用了"神思"这个术语，所谓"文之思也，其神远矣。故寂然凝虑，思接千载，悄焉动容，视通万里……"用"神思"这一术语可以恰切表述作家想象之性状。《体性》篇谈作者的才情用了"才"、"气"、"学"、"习"等几个术语，谈文章的体性风貌用了"典雅"、"远奥"、"精约"、"显附"、"繁缛"、"壮丽"、"新奇"、"轻靡"等术语，并对它们的含义作了规定；后来又把每个术语各简化为一个字分为四组，两相对照，说明它们之间的不同含义，所谓"雅与奇反，奥与显殊，繁与约舛，壮与轻乖"。《风骨》篇用了"风"与"骨"两个术语（这两个字也可以连起来成为一个术语"风骨"），说"辞之待骨，如体之树骸；情之含风，犹形之包气。结言端直，则文骨成焉；意气骏爽，则文风清焉"，界定其含义也独到而精妙。《乐府》篇用了"声"、"律"两个术语，所谓"乐府者，声依永，律和声也"。《比兴》篇用了"比"与"兴"两个术语，所谓"比者，附也；兴者，起也"。《通变》篇用了"常"与"变"；《定势》篇用了"势"；《夸饰》篇用了"夸饰"；《隐秀》篇用了"隐"与"秀"，《总术》篇用了"文"与"笔"等等。这些术语以及由它们所组成的语码系统，与"经部"、"史部"、"子部"以及"集部"其他类别著作的术语截然不同。钟嵘《诗品》所用术语（范畴、概念）也有自己的专属性，如它的《序》之第一段话"气之动物，物之感人，故摇荡性情，形诸舞咏"中所用的"气"、"物"、"性情"、"舞咏"等几个术语；后面"理过其辞"中的"理"和"辞","建安风力"中的"风力",五言"是众作之有滋味者也"中的"滋味","故诗有三义焉,一曰兴,二曰比,三曰赋"中的"兴"、"比"、"赋","吟咏情性亦何贵乎用事……多非补假,皆由直寻"中的"情性"、"用事"、"补假"、"直寻"……都是"诗品"这门学问或学科的特殊术语。而后来的"诗文评"著作,术语和语码系统更加丰富。有的是两相对应组成的一对一对的术语,如:"美"与"刺"、"情"与"理"、"文"与"质"、"形"与"神"、"情"与"景"、"言"与"象"、"文"与"道"、"正"与"奇"、"华"与"实"、"虚"与"实"、"繁"与"简"、"工"与"拙"、"精"与"粗",等等。有的是由一个字、两个字或数个字组成的单个术语,如:"比"、"兴"、"志"、"气"、"味"、"韵","情采"、"风骨"、"神思"、"意象"、"声律"、"双声"、"叠韵"、"章句"、"炼字"、"炼辞"、"形似"、"才学"、"天资"、"知音"、"通变"、"情致"、"典雅"、"清丽"、"核要"、"修辞"、"直寻"、"命篇",等等。以上这些术语(范畴、概念)和语码系统,只能用于"诗文评"而不能用于其他学科。

足够量的实践和成果

第四条。这门学问或学科有没有足够量的专业从事者和具体实践,特别是有没有足够量的成果呢?有。说到"诗文评"的专业从事者(专门诗论家和文论家),刘勰和钟嵘是绝对够格的,他们一生的活动,最可称道者就是论说诗文。

刘勰,从三十二岁开始写《文心雕龙》,大约用了五年,可谓对"文"进行了"专门"研究和写作。《梁书》本传说:

> 刘勰,字彦和,东莞莒人。祖灵真,宋司空秀之弟也。父尚,越骑校尉。勰早孤,笃志好学。家贫不婚娶,依沙门僧佑,与之居处,积十余年,遂博通经论,因区别部类,录而序之。今定林寺经藏,勰所定也。天监初,起家奉朝请、中军临川王宏引兼记室,迁车骑仓曹参军。出为太末令,政有清绩。除仁威南康王记室,兼东宫通事舍人。时七庙飨荐已用蔬果,而二郊农社犹有牺牲。勰乃表言二郊宜与七庙同改,诏付尚书议,依勰所陈。迁步兵校尉,兼舍人如故。昭明太子好文学,深爱接之。初,勰撰《文心雕龙》五十篇,论古今文体,引而次之。其序曰:"夫文心者,言为文之用心也。……"既成,

未为时流所称。勰自重其文，欲取定于沈约。约时贵盛，无由自达，乃负其书，候约出，干之于车前，状若货鬻者。约便命取读，大重之，谓为深得文理，常陈诸几案。然勰为文长于佛理，京师寺塔及名僧碑志，必请勰制文。有敕与慧震沙门于定林寺撰经证，功毕，遂启求出家，先燔鬒发以自誓，敕许之。乃于寺变服，改名慧地。未期而卒。文集行于世。①

显然，刘勰一生，当时被人们称道的事业和成就，就是写《文心雕龙》；他死后数代，直到今天，仍然如此。他是名副其实的有着丰富实践的文论家。

钟嵘亦如是。他祖籍颍川长社（今河南许昌长葛县）人。齐代官至司徒行参军。入梁，历任中军临川王行参军、西中郎将晋安王记室。钟嵘仿汉代"九品论人，七略裁士"的著作先例，写出我国第一部专门的诗学著作《诗品》（《隋书·经籍志》又称之为《诗评》）。钟嵘是我国古代第一位专门的诗论家。

曹丕虽然是君主，但当他写《典论·论文》的时候，并不是以君主的身份而是以文论家的身份在活动。类此，许多人有各种不同的身份，而其从事诗文评说的时候，就是诗论家、文论家、乐论家。写《文赋》的陆机，写《文章流别论》的挚虞（虽然其著作仅存片段佚文），写《文章缘起》的任昉（亦仅存佚文），还有专论音乐的阮籍（《乐论》）和嵇康（《声无哀乐论》），等等，他们都可以称得上是真真正正从事诗文（"诗乐舞"）评论的有着专业实践（有他们的作品为证）的专家。

第二节　审美的自觉和"文的自觉"

通过上一节的论述可以知道："诗文评"（中国古代诗学文论）学科在魏晋南北朝时期诞生和繁荣，是一个历史事实。接下来要问："诗文评"学科何以在这个时期诞生和繁荣？它具有怎样的历史根据和条件？

依据我的考察，历史发展到魏晋南北朝时期，已经从各个方面为"诗文评"的诞生做好了准备：建好了产房，支好了床铺，备齐了被褥等等一应俱全的物品。第一是周代和秦汉帝国以来发展起来的精神文化，特别是

①《梁书》卷五十"文学下"《列传》第四十四。

已经达到很高水平的哲学思维作为其思想基础——人们已经很熟悉春秋战国诸子百家的各种思想学说,西汉董仲舒等人学术思想的主旨,东汉王充《论衡》的许多创造性思维,马融、郑玄等人的经学著作和思想……它们是中国思想史上的瑰宝,至今散发着耀眼的光辉,完全可以同其他民族如古希腊群星灿烂的思想家群体及其哲学著作媲美。第二是周秦两汉审美文化的发展繁荣作为其审美实践基础——《诗三百》、《楚辞》、《左传》、《史记》等史传文学,秦始皇墓的兵马俑和汉代雕刻,汉赋及乐府诗等,它们以中华民族特有的审美特色震撼世界。第三是有萌芽和孕育了上千年、而在汉代渐成规模的诗学文论思想作为学科本身的内在基础——周秦两汉儒家及其他各家大量诗学文论思想言论出现在诸多著作之中,产生广泛而深刻的影响;汉代儒家诗学文论渐成主流,许多重量级学者如董仲舒、刘向、扬雄、桓谭、王充等论说诗文和审美问题,认识上有大幅度推进;还有个别的专门著作(《礼记·乐记》、《诗大序》等)面世,如紫燕唤春……这些都表明"诗文评"作为学科到魏晋已经呼之欲出了。

上述三点(应该不止这三点,期待广大读者予以修正补充)作为"诗文评"诞生的基础、根据和条件,大家很容易理解,学者们对这三点的内容以及相关问题,也已经作了不少阐发,故我不想细论。我想着重说的是,历史为"诗文评"学科诞生所作的准备,还有一个综合而集中的表现,即在魏晋南北朝时期表现出来的审美的自觉和"文的自觉"。过去人们尤其是文论界的朋友,似乎对此关注不够,论述也不是很多;所以我在这里立专节,申说我的看法。

维持"诗文评"生命存活的空气和水

审美的自觉和"文的自觉"之所以重要,乃因为它与"诗文评"是须臾不可分离的关系。这种关系可以从两个方面来看:其一,审美的自觉和"文的自觉"是"诗文评"赖以生存所必需的精神环境,是它的生命营养液,或者说是它的生命体存活所需要的空气和水;其二,两者又可以互相蕴含,审美的自觉和"文的自觉"既是"诗文评"的营养液和生存条件,"诗文评"又是审美的自觉和"文的自觉"的表现形态——正是通过"诗文评"、诗文创作以及其他审美活动,审美的自觉和"文的自觉"才得以呈示。

这是一个带有纯理论味道的问题,本不应在谈"史"的时候花太多篇幅去论说;但,这又是涉及"诗文评"学科诞生的判定标准问题,也是笔者立论的支点之一，不说清它，有关"史"本身的许多问题即无从谈起。故请读者谅解我饶舌几句。

"诗文评"之所以区别于"经"、"史"等其他学科，从根本上说，是它有自己的特定对象并且对这特定对象作出符合其自身性质和特点的特殊评说。这里有三个关键点：一是"诗文评"的"特定对象"，一是这"特定对象"的"自身性质和特点"，一是"诗文评"对这"特定对象作出符合其自身性质和特点的特殊评说"。我们依次解决这些问题。

第一步："诗文评"的"特定对象"是什么呢？很明确：诗文，即今天我们一般所谓"文学艺术"。这，我已经多次讲过。

第二步：诗文这一"特定对象"的性质、特点是什么？我认为它最基本最主要最显眼的因素（或因素之一）是审美性质。虽然"诗文"（"文学艺术"）的内涵和外延会随历史的发展而不断变化，如先秦时期的"文"、"文学"的观念，与魏晋就有所不同，与今天也有差别；但是，在相对长度的历史时段里，似乎可以找到人们对它们大体相同或相近的性质把握，即最大公约数。我认为从先秦到今天，人们逐渐把握到的或逐渐明确起来的诗文（文学艺术）相对稳定的特质之一，就是它的审美性质——至于几千年、几万年、几十万年之后诗文的内涵和外延会有怎样的变化，它的性质如何界定……我说不准，也就不去说它了。但是就现在我们所能看到的情况而言，诗文的审美性质是它的最基本最显眼的特性之一，正是因为审美性质，它才与伦理道德活动、政治活动、经济活动等区别开来。

第三步：所谓对诗文（文学艺术）的"特殊评说"，是说要用"诗文评"自己的观念、用自己的一套特殊语码、概念、范畴，进行符合诗文这一"审美性质"的评说。这种评说，与"史"、"经"等其他学科对它们特定对象的论述，肯定不一样。

这里的关键在于审美的自觉和"文的自觉"。

从一个角度说：假如没有审美的自觉和"文的自觉"，"诗文评"对诗文的"特殊评说"即不能进行，其"特殊"也表现不出来——因为没有审美自觉和"文的自觉"所带来的审美观念、审美视角。

从另一个角度说：只是因为有了审美的自觉和"文的自觉"，才有了"诗文评"的审美观念和审美视角；有了审美观念和审美视角，才有了"诗文评"自己的立论基础和出发点，才有了自己的一套特殊语码、概念、范畴；有了自己的审美观念、审美视角、立论基础、出发点和自己的一套特殊语码、概念、范畴，才有了"诗文评"与"经"、"史"等学科的基本区别。

因此我才说：审美的自觉和"文的自觉"是"诗文评"赖以生存所必需的精神环境，是它的生命营养液，是它的生命体存活所需要的空气和水。

先秦时期，对诗文本身的性质特点，人们把握得还不是那么清晰；当时谈诗说文的言论也不能突出诗文本身的审美性质和特点，常常与"经"、"史"混杂，所以我说先秦甚至两汉，"诗文评"还处于萌芽、孕育时期。及至魏晋南北朝，不同了，发生质的变化了。原因就是这个时期出现了审美的自觉和"文的自觉"，人们开始着重从诗文的审美性质和特点来审视它、评说它。

审美的发展，这是一个历史过程。审美的自觉和"文的自觉"，这是长期历史实践的结果。

魏晋：审美自觉和"文的自觉"时代到来了

总体上看，历史发展到魏晋南北朝时期，标志着审美自觉和"文的自觉"时代的到来。

下面就让我们看看审美活动的历史发展、变化。

（甲）对社会事物和人自身的审美

在人类审美文化的发展历史上，对社会事物和人本身的审美要先于对自然事物、自然风景的审美。《诗经》有许多描写人之美（善）的篇章，如《诗经·卫风·硕人》"硕人其颀，衣锦褧衣。齐侯之子，卫侯之妻。东宫之妹，邢侯之姨，谭公维私。手如柔荑，肤如凝脂，领如蝤蛴，齿如瓠犀。螓首蛾眉，巧笑倩兮，美目盼兮"，赞美的是卫庄公夫人庄姜，而且主要不是赞扬其自然美，而是社会风范。为何作此诗？序称："闵庄姜也。庄公惑于嬖妾，使骄上僭，庄姜贤而不答，终以无子，国人闵而忧之。"① 其他如《关雎》"窈窕淑女，君子好逑"，《伯兮》"伯兮朅兮，邦之桀兮；伯也执殳，为王前驱"，以及《雅》、《颂》中对周族的祖先和文王、武王的赞颂，也都是赞扬人的善和社会品格——虽然其中含有相当多的审美成分，但并非纯粹审美。秦汉时代，也大致如此。但随着人类社会实践的发展，情况逐渐发生了变化，特别是到魏晋南北朝时期，开始明显

---

① 此源于《左传·隐公三年》之说："卫庄公娶于齐东宫得臣之妹，曰庄姜。美而无子，卫人所为赋《硕人》也。"这只是一种说法，可供参考而已。

地对人自身和社会事物进行审美品评。它的源头，应该始于东汉末年汝南地区许劭、许靖兄弟主持的"月旦评"，就是每月初一品评人物道德品行。《后汉书·许邵传》云："许劭字子将，汝南平舆人也。少峻名节，好人伦，多所赏识。若樊子昭、和阳士者，并显名于世。故天下言拔士者，咸称许、郭。……初，劭与靖俱有高名，好共核论乡党人物，每月辄更其品题，故汝南俗有'月旦评'焉。"许邵兄弟以其才识，在家乡开办讲坛，"月旦人物"，评议时政，辨人好坏善恶，连袁绍、曹操都不得不另眼待之。进入魏晋南北朝，"月旦评"逐渐显露出审美意味且这种审美意味越来越强。《世说新语》中大量记述了对人物进行审美品评的言论，如《世说新语·赏誉第八下》："殷中军道右军清鉴贵要。"《世说新语·容止第十四》："裴令公有俊容仪，脱冠冕，粗服乱头皆好。时人以为玉人。见者曰：见裴叔则如玉山上行，光映照人。""骠骑王武子是卫玠之舅，俊爽有风姿，见玠辄叹曰：珠玉在侧，觉我形秽。""王右军见杜弘治，叹曰：面如凝脂，眼如点漆，此神仙中人。""时人目王右军飘如游云，矫若惊龙。""有人叹王恭形茂者，云：濯濯如春月柳。"等等。这些都属于审美评判。

（乙）对自然事物的审美

对自然事物（包括自然山水和人体自身等）的审美虽稍后于对人和社会事物的审美，但也紧随其后发生、发展；其完全成熟、自成一家，是魏晋南北朝时期的事情。

我们可举中国园林史的发展过程为例，略窥自然美鉴赏的变化踪迹。

中国园林起源很早，如《春秋左传》载"夏启有钧台之享"①，《山海经》载有"轩辕之台"和"共工之台"②。但是，应该看到那时的所谓"钧台"、"轩辕之台"、"共工之台"，只是包含了某种审美因素，而绝非纯粹为了审美。建造它们的意图，主要表现对天的敬畏和期盼，希望得到神灵的保佑；有的还表现人对大自然的祈愿，像西汉刘向《新序》中所说："纣为鹿台，七年而成，其大三里，高千尺，临望云雨。"③ 目的是"临望云雨"。历史发展到秦汉，出现了所谓"秦宫"、"汉苑"。难道它们就主要是为了审美吗？非也——它们的审美因素虽然增强了却非独领风骚，审美仍然只是其中一种因素而已。我同意一些古典园林学者意见：秦

---

① 见《春秋左传·昭公四年》。

② 见《山海经·大荒西经》和《海外北经》。

③ 见（汉）刘向《新序·刺奢第六》。

始皇建都长安引渭水为池筑为蓬瀛，汉代于建章宫未央殿内筑台造池，主要是皇帝仿造仙境以实现其成仙长生之理想，其中审美因素不居主位。直到魏晋南北朝时期，情况才发生了质的变化：园林建筑开始以审美为主旨，为观赏而再现自然山水而不再以狩猎为主要目的。① 这时，不论皇家园林还是私家园林，都把审美放在首位。皇家园林，如梁简文帝之华林园，《世说新语》记载"简文入华林园，顾左右曰：'会心不必在远，翳然林木，便自有濠濮间想也。觉鸟兽禽鱼，自来亲人'"②；私家园林，如陶渊明的"东园"，虽然他因家贫连酒也不可常得，但还是要欣赏园林的美景。

不只是欣赏和享受园林之美，魏晋时人也常常对大自然的美有滋有味地进行品鉴。陶渊明《桃花源记》中对桃花源之美景的描写"夹岸数百步，中无杂树，芳草鲜美，落英缤纷"至今令人神往；《晋书》记载了顾恺之对会稽山水的赞美："顾长康从会稽还。人问山水之美。顾云：'千岩竞秀，万壑争流，草木蒙笼其上，若云兴霞蔚。'"③《世说新语》记载了王献之对山阴道上美景的欣赏："王子敬（即王献之）云：'从山阴道上行，山川自相映发，使人应接不暇，若秋冬之际，尤难忘怀。'"④

与之相应，山水诗也开始出现。晋末宋初的谢灵运是中国第一位山水诗人，他的许多山水名句如"晓霜枫叶丹，夕曛岚气阴"、"白石抱幽右，绿筱媚清涟"、"池塘生春草，园柳变鸣禽"、"林壑敛暝色，云霞收夕霏"等至今脍炙人口。

综上所述，对社会美和自然美的鉴赏以及山水诗的出现，审美意识在社会各个方面广泛渗透，整个审美文化的相对高度发达，标志着在魏晋南北朝时期，中国审美文化史发生了质的变化：审美活动作为一种独立的精神实践活动走向成熟的时代开始了。

这是一个重大飞跃。

它为"诗文评"学科的诞生奠定了基础，铺好了"产床"；它也成为"诗文评"赖以生存的"空气"和"水"。

---

① 《中国古典园林分析》，中国建筑工业出版社1986年版，第3页。我参考了其中的一些内容，特此说明，并致谢忱。
② 见《世说新语·言语》。
③ 见《晋书》卷92《顾长康本传》。
④ 见《世说新语·言语》。

"文的自觉"——对诗文认识发生质的变化

上面说的是审美活动的历史发展和变化，即所谓审美的自觉。下面再缩小范围，专门谈谈对诗文本身特性的把握。先秦时期，人们多从"用"的角度谈论诗文（儒墨法皆如此）；两汉时期虽然注意了诗文的审美因素，但直到汉末，诗文作为"经国之大业"仍然是其主要观念。到魏晋南北朝时期、特别是齐梁之际，对诗文性质和特点的思考方面有了质的飞跃，即鲁迅所谓"文的自觉"。

钟嵘《诗品·序》说："孙绰、许询、桓、庾诸公，诗皆平典，似《道德论》，建安风力尽矣。"钟嵘这句话的可贵处在于，他把心目之中真正的具有"建安风力"的诗，同"似《道德论》"的那种"平典"的诗，区分开来。所谓"平典似道德论"，用今天的观念解读，即缺乏"艺术性"、"美感"。钟嵘还特别强调五言之"滋味"，强调"兴"之"文已尽而意有余"，强调"味之者无极"，强调"摇荡性情，形诸舞咏"……这是当时人们认识上的一个重大变化。

我们还可以从昭明太子萧统《文选序》的选择标准，见出这种认识变化的信息。

萧统在《文选序》中说："历观文囿，泛览辞林，未尝不心游目想，移晷忘倦。自姬、汉以来，眇焉悠邈，时更七代，数逾千祀。词人才子，则名溢于缥囊；飞文染翰，则卷盈乎缃帙。自非略其芜秽，集其清英，盖欲兼功，太半难矣。"那么，萧统所谓"难"，难在哪里呢？难就难在如何找出一个标准，能依此从浩如烟海的"文囿"、"辞林"中区分他心目中之所谓"文"。有一类作品，即"老、庄之作，管、孟之流"，他不取；原因是此类作品"盖以立意为宗，不以能文为本"，所以"今之所撰，又以略诸"。还有一类，即所谓"若贤人之美辞，忠臣之抗直，谋夫之话，辨士之端"以及"记事之史，系年之书"，也不取。为什么？因为它们"虽传之简牍，而事异篇章"——这里的"篇章"即指"文章"（与今之所谓"文学"相近），所谓"事异篇章"即与他心目之"文"或"文章"有别，所以，"今之所集，亦所不取"。萧统取什么呢？他明确回答："若其赞论之综辑辞采，序述之错比文华，事出于沉思，义归乎翰藻，故与夫篇什，杂而集之。"

所谓"综辑辞采"，"错比文华"，"事出于沉思，义归于翰藻"，用今天的观念来解读，即是"美文"，具有审美特质。

虽然萧统持论仍然张扬"丽而不浮，典而不野，文质彬彬，有君子之意"，并要求"有助于风化"，思想较为典正；但他将"文"与"非文"分清，突出了文的审美特点，这是对文艺和审美的认识发生变化的一个重要标志，也可谓一次飞跃，也就是"文的自觉"。

至梁简文帝萧纲，则进了一步，在《诫当阳公大心书》中教导他的儿子大心说，"立身先须慎重，文章且须放荡"，对昭明太子"有助于风化"的文艺观是一种超越；对于创作，他认为"至如春庭落景，转蕙承风；秋雨朝晴，檐梧初下；浮云生野，明月入楼；时令嘉宾，乍动严驾；车渠屡酌，鹦鹉骤倾；伊昔三边，久留四战，胡雾连天，征旗拂日，时闻坞笛，遥听塞笳，或乡思凄然，或雄心愤薄，是以沉吟短翰，补缀庸音，寓目写心，因事而作"（《答张缵谢示集书》），更注意文艺本身的特点（这段话与同时期钟嵘《诗品·序》中的论述相近）。而梁元帝萧绎《金楼子·立言篇》，则更明确地阐述了"文"的特性。他有一段很著名的话：

> 古人之学者有二，今人之学者有四。夫子门徒，转相师受，通圣人之经者谓之儒。屈原、宋玉、枚乘、长卿之徒，止于辞赋，则谓之文。今之儒，博穷子史，但能识其事，不能通其理者，谓之学。至如不便为诗如阎纂，善为章奏如柏松，若此之流，泛谓之笔。吟咏风谣，流连哀思者，谓之文。而学者率多不便属辞，守其章句，迟于通变，质于心用。学者不能定礼乐之是非，辨经教之宗旨，徒能扬榷前言，抵掌多识，然而抯源知流，亦足可贵。笔退则非谓成篇，进则不云取义，神其巧惠，笔端而已。至如文者，惟须绮縠纷披，宫徵靡曼，唇吻遒会，情灵摇荡。而古之文笔，今之文笔，其源又异。

朱东润《中国文学批评史大纲》引了这段话之后称赞"元帝立论，文笔对举，其论文义界，直抉文艺之奥府，声律之秘钥"[1]，确是慧眼识金。其"吟咏风谣，流连哀思"，"绮縠纷披，宫徵靡曼，唇吻遒会，情灵摇荡"，对文艺和审美特性的认识达到空前的高度。

---

① 朱东润：《中国文学批评史大纲》，上海世纪出版集团 2005 年版，第 68 页。

这个时期数百年间普遍的"文的自觉"，直接成为"诗文评"学科产生的前提。

第三节　"诗文评"学科诞生和繁荣的特殊历史机缘

"诗文评"学科之所以在魏晋南北朝时期诞生和繁荣，我认为还有很多特殊的历史机缘，这也需要引起关注。

社会动荡而精神宽松

精神现象的产生、生长和繁荣，是需要一定的环境的，这个环境当然需要一定的物质基础保障。假如完全吃不上、喝不上，成天饥寒交迫，那么人首要的事情就只能是奔吃奔喝，解决"肚子"问题，哪里谈得上（或者说哪里有精力）多想精神领域里的问题？只有物质生活相对富裕，有一定余暇从事物质生产生活以外的事情，精神活动才能进行。但是物质生产和生活发展了、发达了，精神生产和生活就一定同步发展和发达吗？物质条件好了，人的身体都长得牛一样的壮，就一定有精神创造力吗？不一定。实际上这两者常常并不同步，甚至在某些时候差异相当大。因为精神生产者有他的特性，即"独立之精神，自由之思想"；精神生产有它自己的规律，它的首要条件并不是物质上多么富足，多么优越，而是有一个相对宽松的空间，让思想能够"施展拳脚，自由生长"。正如陈寅恪为王国维所撰碑铭说的："思想而不自由，毋宁死耳。斯古今仁圣同殉之精义，夫岂庸鄙之敢望。先生以一死见其独立自由之意志，非所论于一人之恩怨，一姓之兴亡。呜呼！树兹石于讲舍，系哀思而不忘。表哲人之奇节，诉真宰之茫茫。来世不可知也，先生之著述，或有时而不彰。先生之学说，或有时而可商。惟此独立之精神，自由之思想，历千万祀，与天壤而同久，共三光而永光。"①

为什么春秋战国，百家争鸣，思想会那么活跃？原因之一在于周天子控制力弱（经济、政治、思想、文化皆如此），环境相对宽松，知识分子相对而言可以自由活动和思想。秦汉帝国专制统治，思想空间开始紧缩。秦始皇"焚书坑儒"，汉武帝"独尊儒术"，一"坑"一"尊"，基本取向却是一样的：不准乱说乱动。在这样的环境里，思想虽然也会活动，但创

① 见陈寅恪所撰《清华大学王观堂先生纪念碑铭》。

造性不易发挥。经过大汉帝国"罢黜百家，独尊儒术"数百年的思想禁锢，舆论一律，诗学文论虽有发展但不见有大的突破。因为优秀的理论家、理论思维和作品，在一个禁锢的、思维空间很紧迫很狭窄的时代，是很难出现的。一旦这个帝国衰亡，堤岸崩溃，人们的思维空间骤然拓宽，造成了精神文化发展繁荣的良好机会。①

汉帝国由盛而衰而亡的这个时段，大约始于公元88年汉章帝刘烜死，仅仅十岁的汉和帝刘肇继位，外戚专权；此后一百余年，六七个小皇帝不是夭折就是十余岁登基而成为傀儡，外戚、宦官交替执政，政局走马灯似的变换，中央政权极度衰落和混乱；至公元189年汉灵帝刘宏死，中经少帝刘辩在位年余被废而由时年九岁的汉献帝刘协继位，更是成为豪强争霸时的一个摆设。汉献帝作为汉朝最后一个皇帝，做傀儡三十来年，军阀混战，饿殍遍野，以至汉帝国名存实亡；到公元220年曹丕正式登上魏国帝位、221年刘备登上蜀汉帝位、222年孙权登上东吴帝位，即进入魏蜀吴三分天下的时代，四百年汉室连"名"也没有了。263年魏之司马氏集团灭蜀汉，265年司马炎废魏帝而建立晋朝，又过了十五年灭吴，曾有过几十年短暂的统一时光。西晋之后接着的二百多年，在北方，是所谓"五胡

---

① 我刚刚结识的一位朋友——中国社会科学院语言研究所麦耘研究员读了这段文字之后，给我写了一信，提供了很有价值的意见和资料，引述如下：

杜先生，

谢谢您的青睐！我的信是随手写的，您竟在您的大著中如此详细引用（指我把麦耘研究员写给我的一封谈"纽"的信引入本节后面"佛学东来的催生作用"的注释）。其实这是不必的。当然，如果您觉得确实需要，我也不反对。

您关于社会物质富裕与学术发展不对应的论述，我非常佩服。中国学术从传统向现代转型的时期是清末至三、四十年代，其时社会乱成一团，内忧外患，几至家国沦亡，学术却得以大发展，原因正在于"礼崩乐坏"，留出了巨大的精神空间，且有汹涌而至的外来思潮影响，跟东汉末年至南北朝相若。譬如今日，虽物质日富，且朝夕歌舞升平，而独立之精神、自由之思想不能畅行，所以学术只能说是在维持而已。又，南朝与南宋是中国历史上非常相似的时期，但学术、文学很不一样，除了社会状况不同（宋代社会更接近市民社会）之外，思想上南朝比较开放、南宋则儒学-理学太强势，应该是重要原因。

有一点可能供您参考：日本学者清水茂《纸の発明と后汉の学风》（《中国目录学》，东京：筑摩书房，1991）、平田昌司《切韵与唐代功令》（《东方语言与文化》，上海：东方出版中心，2002）认为纸的发明使书籍取代师徒口耳相授，成为学术传播的主要方式，是东汉及其后学术大发展的一个重要原因。

麦耘 上 2012-2-5

对麦耘研究员的帮助再次表示感谢。

乱华"①、十六国大乱；在南方则是东晋和宋齐梁陈五朝更替。

总之，魏晋南北朝数百年，其主调就是政权迅速更迭和战乱连绵不断，经济破坏、人口骤减、民不聊生。但是，从另一个角度来看，中央政权衰微、统治集团变换不止、豪强混战、各霸一方、中华大地四分五裂……这却造成了专制势力的控制能力减弱，精神空隙四处可见，相对自由的思维空间扩展，给思想文化的发展创造了机会。宗白华说："汉末魏晋六朝是中国政治上最混乱、社会上最苦痛的时代，然而却是精神上极自由、极解放，最富于智慧、最浓于热情的一个时代，因此也就是最富有艺术精神的一个时代。"② 信然！

譬如，经学研究就有了新变，先秦的原始儒学和两汉儒学衰微，而新注行世（王弼注《周易》、何晏注《论语》、杜预注《左传》）注入新思想：王弼注《周易》，抛开汉代经学的路数，乃以老子思想解《易》；何晏注《论语》，主"圣人无情"说，亦发扬老庄思想。这都是前所未有的。而杜预注《左传》，也作出了文献学方面的里程碑式的贡献。③

在哲学方面，王弼、何晏等人更是进一步发展出玄学新说，给思想世界增加了一束耀眼的光芒（容后详说）。《中国通史》说，在玄学家王戎、王衍与崇尚儒学礼法的裴頠之间发生一场玄儒之战，而玄学占优。④ 这个判断虽有一定道理，但似乎太绝对。实际上，玄儒并非绝对对立，而是有相合的一面，此其一。其二，在我看来裴頠其实也是玄学之一派，即所谓"崇有派"。

另外，佛教自东汉传入中国后，在魏晋南北朝获得大发展。于是在思想领域真正形成了儒释玄（道）三家并立而互相影响互相渗透的局面。（详后）

在历史给予的相对宽松的空间里，诗学文论、包括整个"诗乐舞"的评说及其他艺术理论，必然在数种思想派别有形无形的作用之下得以开拓。嵇康和阮籍的音乐理论明显是以玄学思想为基础而建立的；刘勰、钟嵘等人，虽以儒家思想为主导，但也有释道影子，特别是刘勰。

---

① 今天重新审视所谓"五胡乱华"，用语应该改一改：五个少数民族进入中原地区，有破坏，也有促成民族融合的积极意义。

② 宗白华：《论〈世说新语〉和晋人的美》，《美学散步》，上海人民出版社1981年版，第177页。

③ 参见范文澜著《中国通史》第二册，人民出版社1978年版，第384—392页有关史料，我参考了其中某些观点，特此说明，并致谢忱。

④ 《中国通史》第二册第390页。

此外顺便说说，魏晋南北朝时期的历史局面，过去也常常被称为"五胡乱华"，这种观念是值得商榷的，在我看来所谓"五胡乱华"有破坏性的一面，也有中华大地上的多种民族在争斗中实现大交流、大融合的一面；这种交流和融合，有利于思想文化在互动互补互渗中发展。① 例如，魏孝文帝与其祖母冯太后先后实行一系列以汉化为主旨的改革措施，其中影响最大的是：迁都，改革官制，禁止胡语、胡服，改鲜卑姓为汉姓，禁止同族通婚，礼乐刑法等六个方面。这改革不仅对鲜卑拓跋氏的文化发展是一大促进，而且也有益于汉族文化的丰富。有学者撰文指出：北魏孝文帝汉化改革，使北方草原游牧民族与中原汉族文化融合达到高潮，使以鲜卑族为代表的北方少数民族音乐文化得以极好的融合，而云冈石窟中的乐舞雕刻便清晰地记录了这一景象。这标志着中国音乐开始摆脱礼乐教化的束缚，朝着它本身的艺术天性回归。故此汉化改革，足以辉耀千古，也为隋唐音乐的全面繁荣奠定了基础。②

玄学兴盛及精神解放

魏晋南北朝时期玄学的兴起和盛行，形成了对汉代中期以来儒学绝对主宰的大一统局面的反叛，这种精神氛围，给文人们提供了张扬个性、发挥创造性的良好环境——它不仅涉及哲学和伦理思想、政治思想，而且也涉及诗学文论及其他文化方面。

"玄"这一概念，最初见于《老子》，其第一章曰："道可道，非常道。名可名，非常名。无名天地之始；有名万物之母。故常无，欲以观其妙；常有，欲以观其徼。此两者，同出而异名，同谓之玄。玄之又玄，众妙之门。"老子的"玄"是对"有"和"无"的描述。对于老子，"道"和"名"、"无"和"有"，都有不可解的"玄妙"味道，至少不可作通常的理解。他认为，从"无"可窥视天地混沌之状，领悟"道"之奥妙；从"有"则可窥视宇宙万物原始命名之产生，体会"道"之初端。因此，"无"与"有"，同源而异名，都可"谓之玄"，而"玄之又玄"（玄妙之

---

① 近日读报，见《社会科学报》2012年2月2日第4版一篇通讯《佛教对文化的影响是多方面的》，在山东大学举行的"佛教与中国文化"学术研讨会上，有专家指出："佛教在民族大迁徙中得到了传播，'十六国'时期政权的兴灭，引起各族民家主动或被动的大规模流动迁徙，这些政权大多优遇僧人、礼佛斋僧，支持佛教发展。民族迁徙与融合促进了佛教的传播与兴旺，为此后佛教的繁荣昌盛奠定了基础；而佛教又成为联结与融合各民族的精神纽带、各少数民族接受汉地先进文化的桥梁。"这为理解"十六国时期"时民族何以融合提供了佛教维度。

② 陈四海、侯峰：《论北魏汉化改革对音乐的影响》，《天津音乐学院学报》2010年第2期。

极，深邃幽远），则为"众妙之门"。这是道家的说法。

儒家也讲玄，譬如扬雄。他在《太玄经》① 中说："玄者，幽摛万类，不见形者也。"② "夫玄也者，天道也，地道也，人道也。兼三道而天名之。"③ 即是说，"玄"虽涵盖万类却是无形的，而天、地、人皆以"玄"主宰。

王弼《老子指略》说："玄，谓之深者也。"④

魏晋时人称《老子》、《庄子》、《周易》为"三玄"，而以老庄为"玄宗"。魏晋玄学的主要代表人物有何晏（？—249）、王弼（226—249）、阮籍（210—263）、嵇康（224—263）、向秀（约227—272）、郭象（约252—312）等。

"玄学"两个字，较早见于《晋书·陆云传》（陆云生活的时段比王弼晚了三四十年，那时王弼已经创立玄学，但玄学之名似乎尚未普遍使用），说陆云（262—303）"本无玄学，自此谈老殊进"⑤。但在陆云之前，王弼、何晏等人已经把后来普遍称谓"玄学"的这一思想学说的精义加以阐发。这是中国思想史上的一个重要转折点。如果说魏晋之前的儒家思想（先秦至两汉）多关注"现实具体社会问题与道德问题的秩序和规则"；那么，到魏晋玄学，则追问和关注这"秩序和规则得以成立的依据，是'寂然无体，不可为象'却又'无不通也，无不由也'的'道'，它仿佛是'无'"⑥。也就是说，由关注比较具体实在的形而下味道较浓的问题，转向探求幽远玄微的形而上味道较浓的问题，这也就是从以往的"儒"转向当下（魏晋）的"玄"——玄学时期到来了。

王弼著有《周易注》、《周易略例》、《老子注》、《老子指略》、《论语释疑》等⑦，以老子思想解《易》，阐发自己的思想观点，融合儒与道，建立了思辨的玄学，开"正始玄风"。他说："天下之物，皆以有为生，

---

① 扬雄：《太玄经》，模仿《周易》，分一玄、三方、九州岛、二十七部、八十一家、七百二十九赞。有首、冲、错、测、摛、莹、数、文、掜、图、告十一篇。有北宋司马光《太玄经集注》，清人陈本礼《太玄阐秘》等；今有中华书局1998年版《太玄集注》。

② 《太玄·摛》。

③ 《太玄·图》。

④ 近人王维诚将王弼《老子指略》佚文，辑为《老子指略》，刊于《北京大学国学季刊》，楼宇烈收入《王弼集校释》，中华书局1980年版。

⑤ 《晋书》卷五十四《陆云传》。

⑥ 葛兆光：《中国思想史》第一卷，复旦大学出版社2001年版，第322页。其中括号中所引乃王弼《论语释疑》中的话。葛兆光对先秦两汉至魏晋之思想史转向和魏晋玄学的具体情形，作了较好论述，可参见。我参考了其中观点，特此说明，并致谢忱。

⑦ 均见《王弼集校释》（楼宇烈校释），中华书局1980年版。

有之所始，以无为本，将欲全有，必反于无也。"① 又说："道者何？无之称也，无不通也，无不由也，况之曰道，寂然无体，不可为象。"② 对后世影响深远。何晏的地位，在当时似乎比王弼还要高，他著有《论语集解》、《道论》③ 等，倡儒道合同，以老解儒，其《道论》说："有之为有，恃无以生；事而为事，由无以成，夫道之而无语，名之而无名，视之而无形，听之而无声，则道之全焉。故能昭音响而出气物，包形神而章光影；玄以之黑，素以之白，矩以之方，规以之圆。圆方得形而此无形，白黑得名而此无名也。"④ 认为天地万物都是"有所有"，而"道"则是"无所有"，是"不可体"的，所以无语、无名、无形、无声是"道之全"。其《无名论》说："天地万物，皆以无为本，无也者，开物成务，无往不成者也，阴阳恃此化生，万物恃此成形，贤者恃此以成德，不肖恃此以免身。"⑤ 倡"以无为本"，天下万物，以"无"为起点、为依据。

玄学家们主张："顺自然而行，不造不施"，"以自然为性，故可因而不可为也，可通而不可执也。"⑥ 这样，"自然"与"名教"就必然发生冲突。玄学家们发扬道家思想，明显地表现出对儒家思想的反叛。儒家贵名教，道家法自然。儒家是"名教"高于"自然"，"名教"处于支配地位；而玄学家则是"自然"高于"名教"。特别是嵇康，他提出"越名教而任自然"（《晋书·嵇康传》⑦）、"非汤武而薄周孔"（嵇康《与山巨源绝交书》⑧），根本不把"名教"、"周孔"放在眼里。

我最看重的是玄学对审美活动、文艺创作及"诗文评"的影响。因为"名教"与"自然"的位置如何摆法，影响到审美活动、文艺创作和"诗文评"思想。魏晋玄学所表现出来的审美态度和创作思想，同儒家诗书礼乐要承载大义的思想比较，正相反对，玄学家们发扬的是：《庄子·田子方》"宋元君将画图，众史皆至，受揖而立，砥笔和墨，在外者半，有一

---

① 《王弼集校释》之《老子注》注。

② 《王弼集校释》之《周易·系辞》注。

③ 《论语集解》见阮元编《十三经注疏》，《道论》佚文见《列子》张湛注。

④ 引自《列子·天瑞第一》张湛注，见杨伯峻撰《列子集释》，中华书局1979年版，第10页。张湛，东晋人，字处度，仕至中书郎。有《养生要集》十卷、《延年秘录》十二卷。（均见《列子集释》第275页"附录一"）

⑤ 何晏：《无名论》，见《全三国文》卷三十九，严可均辑《全上古三代秦汉三国六朝文》，中华书局1965年版。

⑥ 见《王弼集校释》之《老子注》。

⑦ 《嵇康传》见《晋书》卷四十九《列传》第十九。

⑧ 《嵇康集》今有人民文学出版社1962年校注本。

史后至，僵僵然不趋，受揖不立，因之舍，公使人视之，则解衣盘礴羸"所描述的那种崇尚自然、自由自在的态度。这就是把"自然"放在"名教"之上的态度，是嵇康"越名教而任自然"的态度。从美学角度说，这是最适宜于创作的态度。后世的苏东坡等人多持这种态度，崇尚自然天成、不事人为，所谓"吾文如万斛泉源，不择地皆可出。在平地，滔滔汩汩，虽一日千里无难。及其与山石曲折，随物赋形，而不可知也。所可知者，常行于所当行，常止于不可不止，如是而已矣！其他，虽吾亦不能知也"（《文说》）。这是后世"诗文评"中另一种十分重要的文艺思想，与孜孜以求"有为"、"载道"等等并立。

此外，玄学关于"言"、"意"、"象"关系的阐发，对审美、创作和"诗文评"有重要影响。王弼《周易略例·明象》曰："夫象者，出意者也；言者，明象者也。尽意莫若象，尽象莫若言。言生于象，故可寻言以观象；象生于意，故可寻象以观意。意以象尽，象以言著。故言者所以明象，得象而忘言；象者所以存意，得意而忘象。……是故存言者，非得象者也；存象者，非得意者也。……然则忘象者，乃得意者也；忘言者，乃得象者也。得意在忘象，得象在忘言。"[1]之后的欧阳建（约267—300）《言尽意论》也说："有雷同君子问于违众先生曰：世之论者，以为言不尽意，由来尚矣，至乎通才达识，咸以为然。若夫蒋公之论眸子，钟傅之言才性，莫不引此为谈证。而先生以为不然，何哉？先生曰：夫天不言，而四时行焉；圣人不言，而鉴识存焉。形不待名，而方圆已著；色不俟称，而黑白以彰。然则，名之于物，无施者也；言之于理，无为者也。而古今务于正名，圣贤不能去言，其故何也？诚以理得于心，非言不畅；物定于彼，非言不辩。言不畅志，则无以相接；名不辩物，则鉴识不显。鉴识显而名品殊，言称接而情志畅。原其所以，本其所由，非物有自然之名，理有必定之称也。欲辩其实，则殊其名；欲宣其志，则立其称。名逐物而迁，言因理而变，此犹声发响应，形存影附，不得相与为二，苟其不二，则无不尽，吾故以为尽矣。"[2] 他们发挥《周易》[3]和老庄[4]有关思想，进一步说明了言、意、象三者关系，提出了"意以象尽，象以言著"、"得象而忘言"、"得意而忘象"。

---

[1] 《周易略例·明象》，见《王弼集校释》（楼宇烈），中华书局1980年版。

[2] 欧阳建：《言尽意论》见于《艺文类聚》卷十九"人部三·言语"。

[3] 《周易·系辞上》曰："'书不尽言，言不尽意。'然则圣人之意其不可见乎？子曰：'圣人立象以尽意，设卦以尽情伪，系辞焉以尽其言。'"

[4] 《老子·第一章》："道可道非常道，名可名非常名"；《庄子·天道》："世之所贵者，书也。书不过语，语有贵也。语之所贵者，意也。意有所随，意之所随者，不可以言传也。"

言、意、象三者，往往不能相称，这在日常生活的审美和文艺创作中常常遇到。陆机《文赋》所谓"夫放言遣词，良多变矣。妍蚩好恶，可得而言。每自属文，尤见其情。恒患意不称物，文不逮意。盖非知之难，能之难也"，就是说的这种情况。后来的文人学者也常为此苦恼。魏晋玄学家从哲学高度提出这个问题，具有重要的美学意义，成为"诗文评"中的一个重要理论结点；其与佛学禅宗结合，唐末司空图提出所谓"韵外之致"、"味外之旨"，《二十四诗品》中所谓"离形得似"、"超以象外，得其环中"，等等，成为中国"诗文评"和中国美学一种创造性思维。

关于玄学对审美的影响，有一位学者作了如是阐述："对于审美来说，自发的、本能的情感往往是本源。然而，作为中国思想史上奇特而又独具光彩的一环，本身性质为哲学的魏晋玄学却又构成了中国古典美学发展中重要的一步，它展示着一种极具特点的审美心态。这就是对生命意义的理解与领悟。"他还指出玄学、诗学和审美三个方面的意义和作用，一是它在一种纯粹的、非功利的精神活动和精神生产的基本层面上，为艺术和审美奠定了一种不同于儒家思想的观念基础。二是它所讨论的宇宙自然的本质、生命的本质、人存在的终极意义等，作为一种本体感悟而融入了玄言诗到山水诗乃至后世文学创作的深层内涵。三是玄学论辩过程中那种玄妙灵动的风格、潇洒从容的意态，精致清峻的气度对"神韵"的风格韵味也有明显的影响。①

这位论者的意见当然有一定道理，但我认为玄学对审美、文艺和"诗文评"的意义，根本在于它冲破"名教"束缚从而起到一种思想解放的作用。"越名教而任自然"，这是一个思想解放的口号。

佛学东来的催生作用

一般认为，佛教是西汉末年汉哀帝刘欣②时或东汉初年汉明帝刘庄③时传

---

① 王毅：《魏晋"神韵"：生命意识的审美散发》，2003 年 9 月 23 日在大连辽宁师范大学音乐厅的讲演。

② 汉哀帝刘欣（公元前27—前1），汉朝的第十三位皇帝，在位 7 年。《三国志·魏志·东夷传》注引曹魏鱼豢《魏略·西戎传》："汉哀帝元寿元年，博士弟子景庐受大月氏王使伊存口授《浮屠经》。"元寿元年是公元前 2 年。

③ 刘庄（28—75）是汉光武帝之子，东汉的第二位皇帝，在位十九年。据《四十二章经序》："明帝夜梦，一人体有金色项有日光，飞空而至殿前。明旦宣问群臣，有通人傅毅占梦。奏臣闻西域有

入中国的。但是，直到三世纪末，佛教并未引起特别关注，影响有限。然而，四世纪以后，佛教开始迅速而广泛地传播；至五世纪，则盛极一时。几百年后的杜牧《江南春》仍说"南朝四百八十寺，多少楼台烟雨中"，可见遗迹犹在。南朝许多统治者佞佛，修建寺庙成灾，《南史·郭祖深传》载："时帝大弘释典，将以易俗，故祖深尤言其事，条以为都下佛寺五百余所，穷极宏丽，僧尼十余万，资产丰沃，所在郡县，不可胜言……"① 这里所说"帝"即梁武帝萧衍（464—549）。据《续高僧传》记载，这位皇帝还曾令高僧宝唱撰集佛教仪式规则，"或建福禳灾，或礼忏除障，或飨接神鬼，或祭祀龙王，部类区分，将近百卷，八部神名，以为三卷，包括幽奥，详略古今，故诸所祈求，帝必亲览，指事祠祷，多感威灵"②。在北方，情况亦相仿。例如《续高僧传》记述西魏情况曰："时西魏文帝大统中，丞相宇文黑泰，兴隆释教崇重大乘。虽摄总万机而恒扬三宝，第内常供百法师，寻讨经论讲摩诃衍。又令沙门昙显等，依大乘经，撰《菩萨藏众经要》及《百二十法门》，始从佛性终尽融门。每日开讲，即恒宣述以代先旧，五时教迹迄今流行。香火梵音，礼拜唱导，咸承其则。"③ 由于当权的最高统治者的提倡、推崇，一时南朝北朝，佛教活动铺天盖地，信众狂热炙天。北魏杨衒之（生卒年不详）《洛阳伽蓝记》记述洛阳长秋寺四月四日"行像"盛况："辟邪师子，导引其前；吞刀吐火，腾骧一面。彩幢上索，诡谲不常；奇伎异服，冠于都市。像停之处，观者如堵；迭相践跃，常有死人。"④ 近些年屡屡听说伊斯兰信徒麦加朝圣发生践踏事故而常常死伤数百人，原来一千多年以前我们中国的佛教信徒也因"行像"而践踏死人。《洛阳伽蓝记》又记城东宗圣寺信徒观佛像情形："宗圣寺有像一躯，

曰：得道者，号曰佛，经举能飞具六神通，今应此梦。帝悟大悦，即遣羽林郎蔡愔、博士秦景王遵等十二人，望葱岭而往寻西土，求迎佛法，行至中路，月氏国众乃骇然。得瞻迦叶摩腾共竺法兰二梵僧圆顶方袍之异相，乘白马携释迦真像白氎之图，并此四十二章一卷回朝。时永平十年也。帝喜躬亲迎，奉宣委鸿胪以陈国礼，敕令彩画释迦顶相于清凉台，因建立白马寺，请此二尊者住院，于帝说法至冬。"相传汉明帝感梦遣使西行求法，使者在大月氏抄写了佛经四十二章。由此，佛教史上常常把《四十二章经》作为中国第一部汉译佛经。

① 《郭祖深传》，见于《南史》卷七十《列传》第六十。郭祖深为梁武帝臣下，萧衍称帝建梁后大造佛寺，朝政废弛，他为此上封事二十九条。

② 《续高僧传》卷一《释宝唱传》，见《大正藏》第50卷。《大正藏》全称《大正新修大藏经》，日本大正13年（1924）由高楠顺次郎和渡边海旭发起，组织大正一切经刊行会；小野玄妙等人负责编辑校勘，1934年印行。《续高僧传》，或称《唐高僧传》，三十卷，唐释道宣（596—667）撰。从梁代初叶开始，到唐贞观十九年（645）止，一百四十四年的期间，共写正传三百三十一人，附见一百六十人，即于贞观十九年完成。

③ 《续高僧传》卷一《菩提流支传》。

④ （北魏）杨衒之：《洛阳伽蓝记》卷一《城内·长秋寺》。

举高三丈八尺，端严殊特相好毕备士庶瞻仰目不暂瞬。此像一出，市井皆空。炎光腾辉赫赫，独绝世表。妙伎杂乐，亚于刘腾，城东士女多来此寺观看也。"① 再记"行像"至城南景明寺诸佛像汇集盛况："四月七日，京师诸像皆来此寺。尚书祠部曹录像凡有一千余躯，至八日，以次入宣阳门，向阊阖宫前受皇帝散花。于时金花映日，宝盖浮云，幡幢若林，香烟似雾，梵乐法音，聒动天地，百戏腾骧，所在骈比，名僧德众，负锡为群，信徒法侣，持花成薮，车骑填咽，繁衍相倾。"②

在四五世纪，佛教、佛学在最高统治者的提倡和许多上层人物及有名望的知识分子的信奉、崇拜之下，其地位似乎超越玄学，盖过中国本土的"儒道"。据《弘明集》卷十一《何令尚之答宋文皇帝赞扬佛教事》说："王导、周颙，宰辅之冠盖，王蒙、谢尚，人伦之羽仪，郗超、王坦、王恭、王谧，或号绝伦，或称独步，韶气贞情，又为物表，郭文、谢敷、戴逵等，皆织心天人之际，抗身烟霞之间。"③ 看，这些宰辅重臣热心佛事竟至如此！当时上流社会甚至有人公开承认佛教的道理比中国的道理精深。葛兆光《中国思想史》第一卷第四编第五节《佛教东传及其思想意义（续）》对此有较详细的论述："刘宋时代，范泰和谢灵运都说，儒家的六经，主要是济世救俗，有益于治，但是'必求灵性真奥，岂得不以佛经为指南耶'。宗炳更是说佛经'包五典之德，深加远大之实，含老庄之虚，而重增皆空之尽'。"④ 他们对佛教和佛经真是有点儿崇拜得五体投地了。而且，为使佛教、佛学更好地在中国传播、扎根，玄释融合、儒释会通，佛教佛学走上了慢慢中国化的路程，以至后来产生中国化佛教佛学——禅宗。⑤

本书所关注的是：佛教和佛学思想，与中国的诗学文论有着怎样的关系。关于这个课题，历史上、特别是新时期以来，已经有不少研究论文和专著问世，且有一些博士论文发表，取得可喜成果。在本书中，我只是就相关问题，略述己见。

我的主要观点是：佛教和佛学的传入，对中国"诗文评"许多理论思想的产生和发展，起了一种强有力的催生作用；借用化学用语：佛教、佛

---

① 《洛阳伽蓝记》卷二《城东·宗圣寺》。

② 《洛阳伽蓝记》卷三《城南·景明寺》。

③ 《弘明集》，佛教文集，共十四卷，南朝梁僧佑撰于天监年间，序云："道以人弘，教以文明，弘道明教，故谓之《弘明集》。"收入东汉末年至南朝梁时的佛教文论。今有中华书局 2011 年版。

④ 葛兆光：《中国思想史》第一卷，第 406 页。

⑤ 中国禅宗的初祖是印度人达摩，他于梁普通元年（520）到中国，先在南朝梁，后到北朝魏，隐居于少林寺，面壁九年；其弟子神光，由儒转禅而成为二祖，以此亦可说明儒禅可以相通。

学是中国"诗文评"学科诞生和发展繁荣的有效催化剂。关于这种催生作用或催化剂效应，我仅列举（不是全面论说）几个方面而略窥全豹。

第一，佛教东来和佛学思想的传播，成了中国学者发现"四声"和建立"诗学声律学"的催化剂。必须看到："四声"是中国"诗文评"史上一项具有划时代意义的发现，由此建立的"诗学声律学"和在它指导下的创作实践及美学理论的阐发，掀起了一场伟大的意义深远的"形式运动"，强烈地每时每刻地影响着中国审美活动、诗文创作、美学思想上千年，至今仍然持续不断地发挥作用。对这场"形式运动"，我在下面将专节论述；现在要讨论的是佛教、佛学与"四声"发现的关系。

虽然这是发生在一千五六百年前的历史事实，但是对佛教佛学如何促使发现"四声"的问题加以关注，却是近百年来的事情。其发轫者是陈寅恪，他在1934年发表的《四声三问》一文，首先揭示并肯定一千六百年前佛教活动催生了"四声"发现，论述了这个过程，其文云："初问曰：中国何以成立一四声之说？即何以适定为四声，而不定为五声，或七声，抑或其他数之声乎？答曰：所以适定为四声，而不为其他数之声者，以除去本易分别，自为一类之入声，复分别其余之声为平上去三声。综合统计之，适为四声也。但其所以分别其余之声为三者，实依据及摹模中国当日转读佛经之三声。而中国当日转读佛经之三声又出于印度古时声明论之三声也。据天竺围陀之声明论，其所谓声 Svara 者，适与中国四声之所谓声者相类似。即指声之高低言，英语所谓 Picth accent 者是也。围陀声明论依其声之高低，分别为三：一曰 Udatta，二曰 Svarita，三曰 Azudatta。佛经输入中国，其教徒转读经典时，此三声之分别当亦随之输入。至当日佛教徒转读其经典所分别之三声，是否即与中国之平上去三声切合，今日固难详知，然二者俱依声之高下分为三阶则相同无疑矣。中国语之入声皆附 k、p、t 等辅音之缀尾，可视为一特殊种类，而最易与其他三声分别。平上去则其声响高低距离之间虽然有分别，但应分别为若干数之声，殊不易定。故中国文士依据及摹拟当日转读佛经之声，分别定为平上去之三声。合入声共计之，适成四声。于是创为四声之说，并撰作声谱，借转读佛经之声调，应用于中国之美化文。"接着，陈寅恪又断定四声发现是在"南齐武帝永明七年"，并引证古籍大量资料说明自己的观点。[①] 此后许多学者撰文，有赞成陈论，亦有不同意见。如逯钦立《四声考》一文，进一步论述四声与佛教之关系，考论"四声说"创自刘宋的周颙，断言"四声论之所以起，端赖四声'纽'之发明"，并详论"纽"与印度"悉昙"之

关系，说周颙以体语"壬衽任人"为"纽"与印度体文以"波颇婆摩"为"纽"，方法相同。结论是：周颙四声"依仿梵音"。① 到 20 世纪 80 年代，饶宗颐发表《文心雕龙声律篇与鸠摩罗什通韵——论四声说与悉昙之关系兼

---

① 　逯钦立：《四声考》，见逯钦立《汉魏六朝文学论集》，陕西人民出版社 1984 年版。就四声和"纽"的问题，我请教了中国社会科学院语言研究所麦耘研究员，他回信如下：

杜先生，新年好！

我试着简单回答您的问题。

在音韵学中，"纽"指声母，例如把声母叫做"声纽"，说"来纽"就指相应于今天普通话的 l 声母，说"帮纽"就指相应于今天普通话的 b 声母。这个术语历史不长，是章炳麟提出来的，以后就用开了。在他之前，一般用"字母"或简称"母"来指声母（"字母"这个术语的使用受梵文术语影响）。此前也有音韵学者用到"纽"这个概念，但意思和用法都不很固定。纽者，相缠束也。古人衣衫没有今天的纽扣，是用带子系的。语音的不同成分拼合在一起，形成音节，正如纽之束。这也是章炳麟把声母称"纽"的用意：音节是声母与韵母拼合而成的。早前音韵学者用"纽"，大多可以理解为拼合的意思。

逯先生的文章我未曾拜读过，只能根据您邮件中说到的内容来评论。

四声之发现与永明体的兴起关系密切，是周颙、沈约等人的功劳，史有明文。他们既是文学家，又是音韵学家。汉语音韵学的发展与佛教带来的梵语语文学（"声明"）关系极大，这是公认的，至少唐代后期出现的汉语音节表"等韵图"一定曾受到悉昙的启发。悉昙（siddham）是声明的重要部分，就是梵文的音节表。南朝时佛教大行，推测周、沈等人也有可能懂得声明，但目前找不到直接证据。

您邮件中转述逯先生的说法：周颙以体语"壬衽任人"为"纽"与印度体文以"波颇婆摩"为"纽"，方法相同。

今按："壬衽任人"是平上去入四声，声母是一样的（所谓"日母"或"日纽"），韵母也是一样的（平上去的古代收 m 尾，"人"字古代收 p 尾，但旧时音韵学把同部位的鼻音收尾和塞音收尾视为相同），就是声调不同；而"波颇婆摩"则是四个不同的"体文"（梵文的辅音字母，相当于汉语的声母）与同一个元音拼合得出的音节，用现代通行的拉丁字母转写，是 pā、phā、bā、mā，跟声调无关。所以，说两者方法相同，有点牵强。

当然，如果说两者在"纽"的初义——"拼合"这一点上有些相似，也说得通。"波颇婆摩"是不同辅音与同一个元音拼合成的不同音节；"壬衽任入"则是不同的声调与同声母、韵母的"准音节"（理论上说汉语的音节要有声调，所以把不计声调的音节称为"准音节"）拼合成的不同音节。不过，这里的两个"纽"，含义是不很相同的。

然而，逯先生观点中最大的问题是：梵语是一种印欧语，是没有声调的语言，很难想象，学习梵文和梵语语文学能启发中国人发现汉语中的声调。周氏等人对于汉语的声调，一定另有发现程序。

我本人比较认同朱光潜先生《中国诗何以走上"律"的路？》的意见，是在文人诗脱离音乐后，当时一批唯美主义文学家在追求音乐以外的听感美的过程中，逐渐发现汉语音节有几类音高差异（即有不同声调），最后归纳为四声。

我于文学史是外行，说的或许是外行话，请包涵。

端此。祝

元宵快乐！

麦耘

2012 年 2 月 4 日

非常感谢麦耘研究员的热情帮助

谈王斌、刘善经、沈约有关诸问题》，阐发四声与印度悉昙的关系，说"余谓沈谱之反音，乃从悉昙悟得……而以纽切字，实倡自周颙。颙好为体语，体语者，即梵语子音之体文……体文取义殆本诸南印度字母。周颙既善体语（文），是深明梵音纽字，故能以切字为纽，以论四声，为沈约之先导。约进而造四声谱，取以制韵，定其从违，示人以利病，遂构成独得之秘"，"永明新变之体，以四声入韵，傍纽旁纽之音理，启发于悉昙，反音和韵之方法，取资于《通韵》，此梵音有助于诗律者也。声文之理、乐与诗正相涉而不可分"①。

　　国内外学者虽具体意见不完全一致，但有一点是共识，即认为四声的发现及其在诗文创作中的运用，与佛教、佛学东来有关，特别是与佛教传播带来的梵语语文学（"声明"）关系密切，至少受到它的启发。这几成定论。

　　第二，佛教东来和佛学思想在中国的传播，催生了中国"诗文评"许多概念的形成——以"意境"为例。

　　在我看来，中国"诗文评"中的"意境"或"境界"，就是中国古代本土思维与佛学思维相杂交而生出的"混血儿"。

　　"意境"或"境界"中有机因素之一是意、意象，是言、意、象之融合。中国本土思维早已论及它们的含义与关系。前已谈到，先秦《周易·系辞上》"子曰：'书不尽言，言不尽意。然则圣人之意其不可见乎？'子曰：'圣人立象以尽意，设卦以尽情伪，系辞焉以尽其言'"，《庄子·外物》"筌者所以在鱼，得鱼而忘筌。蹄者所以在兔，得兔而忘蹄。言者所以在意，得意而忘言"，以及魏晋时的王弼《周易略例·明象》对"得意忘言"，申论曰"象生于意，故可寻象以观意。意以象尽，象以言著。故言者所以明象，得象而忘言；象者所以存意，得意而忘象"等等；另，《三国志·荀彧传》注引何劭《荀粲传》中有这样一段记载："粲字奉倩。粲诸兄并以儒术论议，而粲独好言道。常以为子贡称夫子之言性与天道不可得闻，然则六籍虽存，固圣人之糠秕。粲兄俣难曰：'《易》亦云圣人立象以尽意，系辞焉以尽言，则微言胡为不可得而闻见哉？'粲答曰：'盖理之微者，非物象之所举也。今称立象以尽意，此非通于意外者也；系辞焉以尽言，此非言乎系表者也。斯则象外之意、系表之言，固蕴而不出矣。'及当时能言者不能屈也。"荀粲论述言、象、意提出"象外之意"，有新意。后来"诗文评"中之"意境"或"境界"概念形成时，即巧妙化解了"言"、"象"、"意"三者之矛盾关系并充分融合了

---

① 饶宗颐文见《梵学集》，上海古籍出版社1993年版，第95页、第112页。

"言"、"象"、"意"之丰富含义,既以"言"述"象",又以"象"表"意",将"言"、"象"、"意"融而为一,特别是把"象外之意"等思想,葆于"意境"之内。

但"意境"或"境界"概念之形成,还有外来机缘,即佛教东来,把佛学中"境"之观念带入东土而与中国固有美学思想相碰撞从而将新的素质融入之中,促成"意境"或"境界"概念之正式产生。

当然,中国古代本有"境"这个词,不过它的意思是指地域之界(如《国语·鲁语》"外臣之言不越境")或精神情状(如《庄子·逍遥游》"定乎内外之分,辨乎荣辱之境"),与佛学之"境"不同。程相占《佛学境界论与中国古代文艺境界论》一文曰:"佛学所说境界一般有二义,一为'六根'所分别之'六境'(亦即'六尘'),它接近于外物,可称为'外境'。唐圆晖《俱舍论颂疏论本》解释得很简明:'功能所托,各为境界。'佛学极重心识,以至于认为'唯识无境(外境)'、'心外无物',境界只不过是心识所造,所以境界的第二种含义指根—识—境三缘和合之'幻相'境界,以区别于第一种意义上的'外境'。除了这两种意义之外,佛学对心识极度推崇,而心识在禅定修持时又有一个不断提升层次的过程。因此,境界在佛典中又自然地引出第三种含义,用于指称心识修养的层次,也就是今天所说的精神境界、心灵境界。丁福保《佛学大辞典》释之云:'自家势力所及之境土,又我得之果报界域,谓之境界。'并引用《无量寿经上》云:'比丘白佛,斯义弘深,非我境界。'这就专指造诣层次而言。综合起来,境界在佛学中就有三种虽然有联系但不相同的含义。"① 我认为还应注意佛学中之"境"、"境界"所固有的"精神"性和"空性",这与中国本土思维中之"虚静"虽不同而有相似之处。这为中国意境说注入新的因素。

关于"意境",后面还会谈到。

除了"意境"之外,其他一些概念如"空"、"色"、"神"、"韵"、"律"、"味"等,也出现了佛学(以及后来的禅宗)与中国美学及"诗文

---

① 程相占:《佛学境界论与中国古代文艺境界论》,《东方丛刊》2002 年第 3 辑。关于佛学与意境的关系,许多学者进行过论述,如王达津:《古典诗中有关诗的形象思维表现的一些概念》,论曰:"佛经讲心之所游履攀缘者,谓之境,所观之理也谓之境,能观之心谓之智。境与智在文学方面就变为意与境。""佛经所说的智境,实起了促成文学中的意境说的作用"(《古代文学理论研究》丛刊第一辑,上海古籍出版社 1979 年版)。张文勋:《从佛学的"六根""六境"说看艺术境界的审美心理因素》一文,从佛学关于六根——眼、耳、鼻、舌、身、意和六境——声、色、香、味、触、法的思想出发,提出境界的客观方面表现为五境或六境,主观方面则表现为六根,六根和六境相互作用产生六识,又从"六根互用"对境界的审美特点和审美心理功能进行探讨。(《社会科学战线》1986 年第 2 期)

评"互渗互融的现象。①

第三，佛教东来和佛学思想的传播，促进了魏晋南北朝时期以及后来中国美学和"诗文评"思辨思维的发展。

一般认为，中国传统思想特点是"象思维"比较突出（我在本书第一章第五节已经论及），而佛学之中，特别是其谈论"色"、"空"等等观念时，则是思辨思维比较强。"象思维"与思辨思维没有优劣之分，只是各有特点而已；它们可以互渗互补，相辅相成。事实上，佛学东来，对中国传统的思维方式的发展具有积极意义。魏晋南北朝时期的许多论著，明显增强了思辨性。譬如"诗文评"学科成立的标志性著作《文心雕龙》，与以前的同类著作相比较，构思的体系性、结构的完整性、论说的逻辑性，等等，都是空前的，表现出很强的思辨思维，一直为后人称道，所谓"体大而虑周"是也。究其原因，是否与佛学传入有关呢？我给予肯定的回答。从刘勰的经历看，其受佛学影响无疑。《梁书·刘勰传》云："勰早孤（幼而无父曰孤），笃志好学。家贫不婚娶，依沙门僧佑，与之居处，积十余年，遂博通经论，因区别部类，录而序之。今定林寺经藏（定林寺遗址在今南京市钟山南麓），勰所定也。"又说："勰为文长于佛理，京师寺塔及名僧碑志，必请勰制文。有敕与慧震沙门于定林寺撰经证，功毕，遂启求出家，先燔鬓发以自誓，敕许之。乃于寺变服，改名慧地。未期而卒。文集行于世。"《南史·刘勰传》简略些，但也谈到刘勰与佛学关系："勰为文长于佛理，都下寺塔及名僧碑志，必请勰制文。敕与慧震沙门于定林寺撰经证。"② 传中所说"依沙门僧佑，与之居处，积十余年，遂博通经论"和"勰为文长于佛理"，与《文心雕龙》之能够具有"体大虑周"的思辨性不无关系。

第四节　伟大的形式运动

在中国审美文化和"诗文评"史上，魏晋南北朝无疑是最辉煌的时期之一。那么，读者诸君是否考虑过：它的历史亮点在哪里？它是怎样照耀中华民族的历史星空的？或许你立刻就举出它留给后世的许许多多优秀的

---

① 刘艳芬的博士论文《佛教与六朝诗学》（中国社会科学出版社 2009 年版）之第四、五两章，论及这个问题，可参见。她提出的问题很好，但具体论述，我略有不同意见。

② 《刘勰传》分别见于《梁书》卷五十"文学下"《列传》第四十四和《南史》卷七十二《列传》第六十二。

具有里程碑意义的"诗文评"著作和优秀的诗论家、文论家。这当然不错。这些是容易被大家看得见、摸得着的，伸手即可把握的。但我认为举出这些还远远不够，其实还有不容易被人看到的方面，甚至是至今被人们忽略的方面，这就是当时的一场"形式"运动。

在这个时期，有史以来空前地大幅度地提升了"形式"意识。几百年间，人们持续对形式问题高度关注——这尤其表现在感性实践层面上的四声的发现及其在诗文创作中的运用，理性认识层面上的人们对四声、诗文的形式以及相关问题的理论阐发。这充分表现了形式的自觉（前面所说审美的自觉和"文的自觉"，最集中最突出的表现之一就是形式的自觉）和在形式自觉氛围中掀起的形式运动。

这是更加内里的，更加实质的，在一定意义上说，或许是更加重要的。

形式问题是人类文明发展中的核心问题

何为形式？形式通常被人们理解为事物的外在形态，是内容的外在表现。一般而言，这话当然也不能算错。但这是仅从表面看问题，而且是孤立地静止地看问题，失之于肤浅和片面。假如我们把形式和形式感的问题放在人类实践和历史发展的大局中去看，就不这么简单了。从人类诞生起，以至他每一步发展，都和形式及形式感问题联系在一起。原始人制造的今天看来非常粗糙的石器工具，譬如一件石斧，那也是他们发现形式、创造形式的工作，而且是经历了一个发现形式、创造形式的艰难过程。其间，他们通过无数次感性实践，逐渐摸索到对象（石头）的某种形状最好用，而且感觉到这种形状的石头用起来最有效，于是就选择类似的石头并加工成这种形状，这就是石斧；而石斧的形状，就是原始人通过实践找到的形式；他对这类石头之有效性形状的感觉，就是形式感。人类每发展一步、前进一步，哪怕是一小步，都是无数次实践、摸索的过程；而实践、摸索的关键就在于寻找、发现实践活动中主体与对象交互作用相切合的临界点和精准度；而其结果（那临界点和精准度的具体体现），用今天的话说，就集中表现在工具的形式上——它是否恰合"临界点"从而具有"精准度"。恰合"临界点"了、具有"精准度"了，就是有效的工具、好的形式。

人们常说，人是会制造工具、使用工具、保存工具的动物；我再加上一句，他同时还是能够传承这种"工具文化"的动物——这是更重要的。所谓"制造"、"使用"、"保存"和"传承"，重要的在于"形式"经验和"形式感"经验。他们根据经验，摸索到什么样形式的工具用起来最

"好"、最"有效"（而所谓"有效"，用今天的话说，即符合"规律"从而起到实际作用），他要把"制造"、"使用"、"保存"那种"有效"工具的"形式"经验和"形式感"经验，一代一代"传承"下去，并且不断发展、不断提高。

这就是文明史。

因此我说，形式和形式感问题是人类文明发展中的核心问题。

若要细论，还是要把话说得远一点（但这很重要所以很必要）：这涉及"什么是文明"（具体的、微观的、感性的）和"文明是什么"（抽象的、宏观的、理性的）的人类根本问题。

（甲）什么是文明。

例：用犁耕地、用耧播种，比刀耕火种，要文明；用筷子、刀叉吃熟食，比用指甲剔食生肉，要文明；用合乎语法的语言文字滔滔不绝地阐述自己的思想，比刚刚产生语言时用磕磕绊绊的话语勉强交流彼此的意思（或者还有加上一些手势辅助），要文明；等等。

总起来一句话：（相对而言）上述例子中的前者是文明，后者不文明或文明程度不高。这就是对第一种提问"什么是文明"（具体的、微观的、感性的）的回答。为什么前者是文明而后者不是文明或文明程度不高？主要在于两者在上述所谓"形式"和"形式感"上的差异——后者相对低级而前者相对高级。

假如从比较具体的、微观的、感性的"什么是文明"的层面，上升到比较抽象的、宏观的、理性的层面，就要回答第二种提问"文明是什么"的问题。

（乙）文明是什么。

若用一句话：文明就是对形式（方式）的精确认识和成功把握。

稍微复杂一点儿说：文明就是人（人类）通过长期的反复的历史实践（包括物质实践和精神实践），寻找主体与对象交互作用时相切合的恰到好处的临界点和恰如其分的精准度，以实现和达到对世界（包括外在世界和内在世界）的胜利把握；所谓恰到好处和恰如其分，体现在结果上，就是寻找到并创造出恰合"临界点"从而具有"精准度"的工具形式——简化为一句话，即对形式（方式）的精准认识和成功把握。对形式（方式）认识和把握得越精准，文明程度就越高。

所以，形式（方式）既不是纯主观任意的也不是纯客观自在的，既离不开人（主体）也离不开对象（客体）。好的形式（方式）是人类实践在对象上的实现和确证——一方面是主体通过实践在对象上打上自己的胜利印记；另一方面也是对象对主体实践的肯定和奖赏。

这就是形式（方式）在文明中的地位和意义，也是形式（方式）对于人（人类）的伟大价值。没有形式（方式），就没有文明，也就没有人类。人类的文明史就是通过实践不断认识和把握形式（方式）的历史。这是一个动态的运行过程，也是一个相对的不断发展变化的过程。因此，形式（方式）从来就不是凝固不变的。

世界各个民族的思想家们都很重视形式问题。以古希腊柏拉图和亚里士多德为例。

柏拉图的所谓"理念"，有人译为"理式"，其实就是把握世界的思想形式。柏拉图把世界事物分为"多个的东西"（即无数具体感性的经验事物）和"单个的理念"（所谓"美本身"、"善本身"等等），认为理念是"真正的实在"——但是在我们今天看来，柏拉图犯了一个错误，就是他主观地强行地赋予理念以先验性，说它是"万物原始、永恒和超越的原型，先于、脱离和独立于事物而存在"，认为具体经验中的事物只是理念的模本；对于他来说，倘若没有永恒"理念"这种本源的思想形式，具体经验事物就不能发生和存在①。

亚里士多德虽然不同意柏拉图理念或形式是脱离物质而自我存在的本质，但又认为没有起指导作用的目的和形式，就不可能有物质。他说："'自然'乃是在一物的定义中被规定了的该物的形状或形式。"又说："实际上，与其说质料是'自然'，不如说形式才是'自然'；因为一件东西当已经达到完成境地的时候，比起在潜在状态中存在的时候来，可以更正当地被称为那种东西。"还说："形式或原型，亦即表述出本质的定义，以及它的'种'，也称为'原因'。"②亚里士多德看重形式，没有错；但他不知道形式是怎么来的，因而把形式视为物质的本原（认为没有形式就没有物质），这在今天看来就有问题了。形式虽然重要，但形式却不是本原。实践（物质实践和精神实践）才是形式的本原，有了实践才有对形式的把握。

黑格尔的"理念"同样也是一种把握世界的思想形式（但他的错误也同柏拉图一样，视理念为本原）。

---

① 北京大学哲学系外国哲学史教研室编译：《古希腊罗马哲学》，商务印书馆 1982 年版，第 178—179 页；参见［美］梯利著，伍德增补，葛力译《西方哲学史》（增补修订版），商务印书馆 2005 年版，第 47 页。柏拉图把他的所谓"理念"视为先验的，当然不对，"理念"不过是人们千万次实践经验形成的结果。

② 《古希腊罗马哲学》，第 248 页；参见《西方哲学史》，第 62 页。

再扩大一点儿，哲学家，不论是谁，他们所说的概念、范畴，都是他们各自体系中用以把握世界的思想形式。他们都重视形式。

关于形式问题，我很赞成李泽厚的基本观点：

> 人在使用和制造工具的过程中，通过"度"的把握和理解，发现了快慢、多少、软硬、轻重、锐钝等材料本身的、材料与材料之间的、材料与主体之间的、材料与目的之间的关系、结构、特征，发现了其中的守恒性、前后性、重复性、连续性、简单性、对比性、干预性、对称、均衡、比例、节奏等秩序。这种形式和人们对它的感受（形式感），一方面与维系人的生存—生活—生命相关，这就是我说的"人类自身实存"；另一方面，又与自然界直至整个宇宙所具有的物质性能相关，人类通过这种形式力量－形式感受而与宇宙共生共存，这就是我说的"协同共在"，天人合一。杜威在《艺术即经验》里，谈了许多有关节奏与自然万物、与人的生活的联系，包括潮涨潮落，月缺月圆，四季循环，生老病死，睡与醒，饿与饱，工作与休息，等等。而我认为，这里最关键的，还是通过生产劳动的实践操作，发现整个宇宙－自然的物质存在的形式关系。需要注意的是：这种种关系不是观念、思辨，也不是语言文本。不同时代和社会的语言、思想、文本都是相对的，而这种种人在物质操作的长久历史中所积累的形式感受和形式力量，却是更本源更根本的，由于与整个宇宙自然的存在直接相关，就具有巨大的普遍性和绝对性。它们贯彻到各种工艺技术和生活秩序中。对这种形式感的体验、领悟和自由运用，就是由"度"到"美"的过程，这依赖于与人类个体感性能力直接相关的"以美启真"和"自由直觉"。这是个体生命活生生的动作和感受。正是一个个充满偶然性和自发性的活生生的生命，沟通着人与宇宙。这种沟通，也正是人类个体创造性的源泉。[①]

这是李泽厚在最近的一次谈话中表述的观点。类似的话，他在《历史本体论》（三联书店 2002 年版）一书里也详细讲过。他更看重"度"，认为"度"是"人类学历史本体论的第一范畴"[②]。其实，他的"度"，就是"合规律"的"点"，也就是我前面所说人在实践中所找到的主体与对象

---

① 李泽厚、刘绪源 2011 年对谈《"情本体"能取代宗教吗?》，见上海社会科学院主办《社会科学报》2012 年 1 月 12 日头版。

② 李泽厚：《历史本体论》，三联书店 2002 年版，第 3 页。

交互作用相切合时的恰到好处的临界点、恰如其分的精准度；而寻找这个恰到好处的临界点、恰如其分的精准度所表现出来的结果，就是前面我所说的形式（方式）。所以，依李泽厚的思路：形式（方式）就是"度"的具体体现，形式感就是对上述"精准度"、"临界点"进行把握时所体现出来的对形式的敏感。这与我前面的论述是一致的。

人的实践有物质实践和精神实践（前者当然是更根本的），有看得见的实践和看不见的实践。形式，作为实践中摸索到的"度"（恰到好处的临界点、恰如其分的精准度）的具体体现，也有物质形式和精神形式，外在形式和内在形式，看得见的形式和看不见的形式。思想形式属于精神形式、内在形式、看不见的形式；许多具体经验事物的形式则是物质形式、外在形式和看得见的形式。

联系到与本书论题密切相关的美学，形式问题和形式感问题显得十分重要。不管是哪种形式，物质的、精神的，外在的、内在的，看得见的、看不见的，它们作为"度"的体现，当其处于可被人感受和把握的状态时，借用黑格尔的话说即能够"感性显现"时，那就是美的（至少成为美的必要条件）；人感受它们所产生的愉悦，就是美感。形式虽然不完全等于美，但是离开了形式就没有美。

相应的，形式对于艺术也极为重要。不管是哪种艺术，都须臾不能离开形式。形式虽然并不完全等同于艺术，但是没有形式，肯定就不会有艺术。许许多多美学家说，艺术就是赋予对象以形式。例如，古罗马时期的希腊哲学家普罗提诺在《九章集》中就反反复复说，事物的美就是因为"赋予它们以形式而是美的"；"例如两块石头，并列在空间，一块未经艺术接触，尚未赋予形式；一块已为艺术所征服，成了神或人的形象"，那么前者没有美而后者就是美。[①] 英国艺术理论家克莱夫·贝尔出版于1913年的《艺术》一书，干脆把艺术定义为"有意味的形式"。[②]

再联系到我们正在谈论的"诗文评"，形式问题也特别重要：魏晋南北朝时期，正是因为有了那场形式运动，所以我判定它对中国审美文化史、对"诗文评"史、乃至对整个中华文明，作出了巨大贡献；所以我才把"伟大"一词，毫不吝啬地加在它上面，称之为"伟大的形式运动"。

---

　① 见伍蠡甫主编《西方文论选》（上卷），上海译文出版社1979年版，第139—140页。
　② ［英］克莱夫·贝尔：《艺术》，周金环、马钟元译，滕守尧校，中国文艺联合出版公司1984年版，第4页。

魏晋南北朝时期普遍的形式自觉

魏晋南北朝时期人们的形式感和形式意识，达到了中国历史上的空前高度，这也显示出当时普遍的形式自觉。

这个时期有的人，如玄学家，接续先秦（周易、老庄）关于"言"、"意"问题的思想而进一步讨论"言"、"象"、"意"的关系，对形式（即他们的"言"、"象"）有了更为深入的认识。如王弼（226—249）在《周易略例·明象》中说："夫象者，出意者也。言者，明象者也。尽意莫若象，尽象莫若言。言生于象，故可寻言以观象；象生于意，故可寻象以观意。意以象尽，象以言著。"但王弼同时又认为"言者，象之蹄也，象者，意之筌也"，"忘象者，乃得意者也；忘言者，乃得象者也"[1]。这种主张"得意在忘象，得象在忘言"的思想，在摆放"言"、"象"与"意"的关系时有着玄学家自己的特殊追求，在今天看来，在美学上存在偏颇之处，即虽有利于高扬超逸的神韵之美却对感性形式之美不够重视，且有将二者割裂之倾向。[2]

另一部分人，从曹丕、陆机到刘勰等，则以"文"为切入点，以自己的方式把握宇宙的形式本体。

譬如曹丕（187—226）《典论·论文》谈"文人相轻"问题时说："武仲以能属文为兰台令史，下笔不能自休。夫人善于自见，而文非一体，鲜能备善，是以各以所长，相轻所短。"其中"人善于自见，而文非一体，鲜能备善"，从侧面反映了当时人们的形式意识，即认为形式（"文"）可以有多种形态（"文非一体"），各人只善于一两种而已——这里涉及的是形式的多样性问题。曹丕又说："盖文章经国之大业，不朽之盛事。年寿有时而尽，荣乐止乎其身，此二者必至之常期，未若文章之无穷。是以古之作者，寄身于翰墨，见意于篇籍，不假良史之辞，不托飞驰之势，而声名自传于后。"[3] 这里从宏观上谈"文章"作为"经国大业"的一种形式

---

① 王弼著，楼宇烈校释：《王弼集校释》，中华书局 1980 年版，第 609 页。

② 杨星映教授阅读此段文字，提出如下意见："正如您所说，王弼论'言'、'象'、'意'的关系是承接《易》与老庄，是从哲学上论的。所谓言不尽意是指言不能说明'道'，于是以象明'道'，而象以言著。——这涉及我们今天所说的语言的局限。'言'、'象'、'意'关系的讨论不是美学问题，但对诗学——意境及意境理论、美学——高扬超逸的神韵之美，有影响。但最好不说'对感性形式之美不够重视'，因为中国古代诗学、美学都高度重视形式之美，对意境营造，首先是'象'，然后才是'象外之象'，且二象统一。"

③ 萧统编，李善注：《文选》卷五十二，中华书局 1977 年影印版。

表现，具有"不朽"性和"无穷"性。

陆机（261—303）《文赋》通篇的中心议题，是讨论"文"和"意"（形式），与"物"（对象世界）之间的关系。所谓"每自属文，尤见其情，恒患意不称物，文不逮意，盖非知之难，能之难也"①，说的是"文"、"意"、"物"三者能否契合一致的问题，其中"物"（即对象世界）为一方，而"文"、"意"（即形式）为另一方；人要把握对象世界，须使"文"、"意"与"物"（对象世界）相契合。"文"是人创造出来把握对象世界的一种可感受得到的形式（或可称之为"外形式"），而"意"则是中介环节，它是看不到的意象（或可称之为"内形式"）。人要想通过自己的实践（物质实践和精神实践）达到对"物"（对象世界）的把握，就要经历下面过程：先是在意识里形成陆机所谓的"意"，即把握"物"（对象世界）的意象，也就是看不见的"内形式"；然后以此为中介，将它外化为"文"（"外形式"），并且寻找到"文"、"意"与"物"的契合点，从而达到三者的统一。三者统一，对象世界（"物"）与形式（"文"、"意"）一致，也就是人通过实践（物质实践和精神实践）找到了主体与客体的契合点；而这，的确是一个十分困难的摸索过程。陆机"恒患意不称物，文不逮意"，认为三者难以契合无间。但是人要把握对象世界就必须做到三者一致，即形式与对象世界的契合无间。人的实践活动的关键，就是摸索和寻找恰切的形式（内形式和外形式），通过主体与对象世界的交互作用，以实现二者的契合；若能找到这种准确的契合点，就是寻找到了、创造出了恰到好处的形式。

此外，挚虞（250—300）《文章流别论》也说："文章者，所以宣上下之象，明人伦之叙，穷理尽性，以究万物之宜者也。"② 也是说的寻找那个"穷理尽性"而与"万物"相宜（相契合）的形式。

一两百年之后，到刘勰和萧统的一些论述，表明对形式问题的认识又达到更高的层次。

刘勰（约465—520，字彦和）《文心雕龙·原道》曰：

　　　　文之为德也大矣，与天地并生者何哉？夫玄黄色杂，方圆体分，日月叠璧，以垂丽天之象；山川焕绮，以铺理地之形：此盖道之文也。仰观吐

---

① 萧统编，李善注：《文选》卷五十二，中华书局1977年影印版。
② （唐）欧阳询等编：《艺文类聚》卷五十八、卷一百，上海古籍出版社1982年版。

曜，俯察含章，高卑定位，故两仪既生矣。惟人参之，性灵所锺，是谓三才。为五行之秀，实天地之心，心生而言立，言立而文明，自然之道也。傍及万品，动植皆文：龙凤以藻绘呈瑞，虎豹以炳蔚凝姿；云霞雕色，有逾画工之妙；草木贲华，无待锦匠之奇。夫岂外饰，盖自然耳。至于林籁结响，调如竽瑟；泉石激韵，和若球锽：故形立则章成矣，声发则文生矣。夫以无识之物，郁然有采，有心之器，其无文欤？

刘勰强调的是"文"的本性内涵以及它的巨大意义。他从天文、地文，一直讲到人文，认为天地人"三才""为五行之秀，实天地之心，心生而言立，言立而文明，自然之道也"；并且提出，既然自然界的"无识之物，郁然有采"，那么，"有心之器，其无文欤"（有意识有思想的人，岂能无"文"）。这就是"文"的产生和存在的天然合理性和必然性。

刘勰所说的"文"，就是形式。刘勰说，人通过"仰观"、"俯察"（其实这其中包含着我们今天所说的物质实践和精神实践）而把握到"天之象"、"地之形"、"物之采"、"人之文"。这所谓"天之象"、"地之形"、"物之采"、"人之文"，用我们今天的话说，就是世界万物的形式表现。刘勰所谓"形立则章成，声发则文生"，就是说的形式的创造。所以，形式不是客观自在的，而是人在实践中的成果。按照我们现在的观念：正是因为通过历史实践，人才认识和把握到"天"呈现出那样的"象"，"地"呈现出那样的"形"，"物"呈现出那样的"采"，人（"有心之器"）呈现出那样的"文"；这"象"、"形"、"采"、"文"就是人把握世界的形式，也就是人在实践中同世界交互作用时所获得的结果，是主体与客体交互作用相契合的临界点、精准度的表现。

这就是刘勰的形式意识、形式感。[1]

再看萧统（501—531，字德施）《文选·序》中的一段话：

---

① 杨星映教授对此段文字又提出自己的见解，她说：

《文心雕龙·原道》讲的是"人文"的本源，它同天文、地文一样，是"德"——文之为德也大矣。按老庄道家思想，"德"者"道"之舍，"道"是指世界的本体、开端和总规律。"德"者"道"之舍，用今天的话说："德"是"道"的具体表现。"人文"同天文、地文一样，都是"道"的具体表现，"道"是"人文"的本源。《文心雕龙·原道》体现了玄学以道释儒、合名教于自然之"道"。因为刘勰的"人文"——文化具有儒家思想的内涵。我觉得谈刘勰的形式意识、形式感最好从《文心雕龙》的下篇"剖情析采"即创作论中注重内容与形式的统一，探讨声律、对偶——丽辞、炼字等等形式问题来谈。

她的意见很有价值。

式观元始，眇觌玄风，冬穴夏巢之时，茹毛饮血之世，世质民淳，斯文未作。逮乎伏羲氏之王天下也，始画八卦，造书契，以代结绳之政，由是文籍生焉。《易》曰：观乎天文，以察时变，观乎人文，以化成天下。文之时义远矣哉！若夫椎轮为大辂之始，大辂宁有椎轮之质？增冰为积水所成，积水曾微增冰之凛。何哉？盖踵其事而增华，变其本而加厉。物既有之，文亦宜然；随时变改，难可详悉。①

通过这段话，萧统是在向人们说明这样一个观点："文"的发生和存在，是人类社会进化的一件大事，是社会文明的必然呈现。当人处于"冬穴夏巢之时，茹毛饮血之世"，不存在"文"，一文不名，也即没有文明（一"文"不"明"）；一旦进入文明时代，则"画八卦，造书契"，"文"就产生了。所以，萧统说这是一件具有伟大意义的事情，所谓"文之时义远矣哉"。这是萧统对"文"（形式）的一种自觉意识。

萧统"画八卦，造书契"的所谓"八卦"、"书契"，也就是人通过历史实践把握世界所凝结的一种形式；"画"和"造"，作为动词，就是把握世界的形式凝聚行为。而萧统所谓"踵其事而增华，变其本而加厉"（即在事物原有基础上增加文饰、改变状态），用今天的话说即人通过历史实践把握世界的形式活动是一个不断积累、积淀的创造过程；而这种"踵事增华、变本加厉"的不断积累和积淀，表明形式绝不是凝固不变的死物，而是处于一种"随时变改"的运动变化状态之中。

总之，不论刘勰的"形立章成，声发文生"也好，萧统的"画八卦，造书契"、"踵事增华、变本加厉"也好，在我们今天看来都是通过人的历史实践而创造"文"（即形式）的活动，也就是通过人的无数次摸索（所谓"摸着石头过河"），把握住实践活动中主体与对象相切合的临界点和精准度，而其结果，就凝聚、积淀为形式。

我以刘勰和萧统这两段话为例，想说明魏晋南北朝时期人们对形式问题的认识和意识，已具有某种哲理高度，这反映出那个时期人们所达到的形式意识和形式感的总体水平。

"四声"的发现

魏晋南北朝时期所表现出来的普遍的形式自觉、对于形式和形式感的

---

① 萧统编，李善注：《文选》卷首，中华书局1977年影印版。

高度认识和把握，其突出表现之一就是语言上"四声"的发现和它在诗文中的运用。

众所周知，诗文，乃至"文学"（借用今天的观念）的各种样式，都离不开语言；不管是口头文学还是书面文学，皆然；从这个角度，说"文学是语言的艺术"，颇为贴切。

一说到语言，自然会涉及汉语的发声问题。在我们中国人的日常生活中，普通的语言交流，一个字、一个词、一句话应该如何发声才能清楚传递信息，这之间有某种约定俗成的发声规则在。假如升华到汉语诗文（今天所谓"文学"）中语言的使用，那就有更进一步的讲求：某字、某词、某句，说出来、读出来，不但要清楚、准确，而且要悦耳、娱神；如此，则它们的清浊、抑扬、轻重、顿挫、疾徐……之间的关系，就更需要被熟练把握，如何掌握它们之间恰到好处、恰如其分的分寸（这其中肯定有某种发声规律在起作用），需要文人们精心体会与实践。

日常生活和诗文创作中的所谓发声问题，就是汉语的声调（在韵文中还有押韵等）等音韵学问题。这就涉及通常人们所说的"四声"——汉语语音的发声规律。

认识、把握汉语"四声"的发声规律，当然不是一时之功，而是长期历史实践的结果。

汉语的"四声"声调，本是说话之中自然而然形成的。怎么说话、怎么发声，才更舒服、更好听、更符合规律，这要在实践中摸索。所有说这种语言的人，在"实践"（就是说话）中不自觉地磨炼，无意识地选择，不经意地实验……经过了不知多少年多少代，逐渐摸索出在说话的时候，一段话、一句话、一个字，如此这般发声听起来更能确切表达意思，如此这般声调读出来更顺口、更顺耳、更好听，结果，在古代汉语中就逐渐形成了平、上、去、入的声调发声规律——或许当初以及在长期摸索过程中，不止平、上、去、入这四声，而是五声、十声、N声……后来也会有变化（今天就成为阴平、阳平、上声和去声）。所以，平、上、去、入，是千百年说话实践中对汉语发声声调规律的把握。

这是谁的创造？我的回答是：千千万万实践者（说话者）的创造。

这创自哪个时代（时期）？我的回答是：自汉语语言产生以来的千秋万代。

但是，千秋万代的千千万万实践者（说话者）在实践中无意间摸索出了平上去入的声调，并且天天那样说话、那样发声，而对如此这般地说话、发声的规律性，却并不一定都有理性的认识和清醒的自觉；即使现在，你天天说话却也常常处于无意识之中，即你并不是随时随地按汉语音韵学教本所指示的每个字的声调去有意识地发声——除非你是对此进行专门研究的音韵学家。试想当年，孔子、孟子、庄子、董仲舒、扬雄……说话、写文章，可能只是无意识中自然而然地依某种声调（或许就是平上去入四声，或许是五声、三声……）发声；汉赋、汉乐府、古诗十九首、三曹等等诗文写作，遣词用字可能无意间符合了某种声调（或许就是平上去入四声，或许是五声、三声……）的规律；但是他们自己并不一定意识得到，即并不自觉——就如同莫里哀喜剧中某个人物天天说话而不知道自己天天在说着"散文"一样。

但，不是永远无意识、永远不自觉。

那么，何时有了这种意识？何人有了这种自觉？根据现在我们所掌握的资料和证据，大体可以认定是在魏晋南北朝时期。在那时，人们自觉地意识到平上去入的发声规律，并命名为"四声"（必须说明：这是当时人们的一种"发现"，而不是当时人们的"发明"、"创造"）。

那么，是谁发现并命名为"四声"？说法不一。有的说是沈约（441—513，字休文），有的说是周颙（约473年前后在世，字彦伦），有的说是王融（467—493，字符长）、谢朓（464—499，字玄晖，与谢灵运同族，世称"小谢"）等人的共同行为，也有的说是王斌（刘宋之末人，生卒年不详）。主要依据以下史籍的记载：

永明末，盛为文章，吴兴沈约，陈郡谢朓，琅琊王融，以气类相推毂。汝南周颙善识声韵，约等文皆用宫商，将平上去入为四声。以此制韵，有平头、上尾、蜂腰、鹤膝。五字之中音韵悉异，两句之内，角徵不同，不可增减。世呼为永明体。
　　　　　　——《齐书》卷五十二（《南史》卷四十八）《陆厥传》

齐永明中，文士王融、谢朓、沈约文章始用四声，以为新变，至是转拘声韵，弥尚丽靡，复逾于往时。
　　　　　　——《梁书》卷四十九《列传》第四十三《庾肩吾传》

（周）颙始著四声切韵行于时。
　　　　　　——《南齐书》卷四十一《列传》第二十二《周颙传》

　　　　约撰《四声谱》，以为在昔词人，累千载而不寤，而独得胸衿，

　　　穷其妙旨，自谓入神之作。

　　　　　　　　　　——《梁书》卷十三《列传》第七《沈约传》①

　　而 2005 年第 5 期《文学遗产》发表高华平《"四声之目"的发明时间及创始人再议》一文，则认为上述说法都不确切，他说："中国音韵'四声之目'的创始人应是宋齐时的琅邪王斌，其发明时间当在刘宋之末。"所据材料则是隋人刘善经《四声指归》："夫四声者，无响不到，无言不摄，总括三才，苞笼万象……且《诗》、《书》、《礼》、《乐》，圣人遗旨，探赜索隐，未之前闻。宋末以来，始有四声之目。"②

　　高华平所据乃隋唐史籍中引用的资料，可供参考而已。但他有一条意见却值得思考："绅绎前人所说四声发明的论据，我们认为，论者似乎有意无意地混淆了两个概念：文字音韵上发明四声和文学创作中应用四声的不同。换言之，四声的发明，乃属于文字音韵上的新成果，而文章'始用四声'，属文学创作领域创作方法之运用。具体来说，古代文献中真正言及发明四声的地方，实只有沈约《四声谱论》'起自周颙'与宋人阮逸注《中说·天地》所谓'四声起自沈约'之说；其余诸人所言，仔细推敲，实乃论四声应用于文学创作之始。"上述引文中高华平"发明四声"的"发明"一词，不当；我意应是"发现"。但作者所说音韵学上的发现四声与诗文创作中之应用四声，的确是两个问题。

　　这里我还要补充说明：按照范文澜的意见，在我们上面所说沈约、周颙等人发现并正式命名"四声"之前，人们已经对日常用语和诗文中的声调有了相当的觉悟。如陆机《文赋》中说："其为物也多姿，其为体也屡迁。其会意也尚巧，其遣言也贵妍。暨音声之迭代，若五色之相宜。虽逝止之无常，固崎锜而难便。"所谓"暨音声之迭代，若五色之相宜"，实际上涉及声调问题：遣词用字须考虑字音高低配合，从而达到如"五色"相配的效果。范晔《狱中与诸甥侄书》说："性别宫商，识清浊，斯自然

————————————

　　①　又见《南史》卷五十七《列传》第四十七《沈约》。

　　②　刘善经：《四声指归》一卷，已佚，《隋书·经籍志》载有此书的书名而无内容；我们从唐代日僧遍照金刚：《文镜秘府论·天卷·四声论》的引述中看到其中的某些话。《隋书·文学传》中记述了刘善经的某些资料："河间刘善经，博物洽闻，尤善词笔，历仕著作佐郎，太子舍人，著《酬德传》三十卷、《诸刘谱》三十卷、《四声指归》一卷行于世。"

也。观古今文人，多不全了此处，纵有会此者，不必从根本中来。言之皆有实证，非为空谈。年少中，谢庄最有其分，手笔差易，文不拘韵故也。吾思乃无定方，特能济难适轻重，所禀之分，犹当未尽。"其"性别宫商，识清浊"，也就是对声调的觉悟；"手笔差易，文不拘韵"，也是说的音韵、声调运用恰当与否。对汉语声调的这种意识，也开始运用到语言实践中去了。范文澜《中国通史》中举了这样一个例子：吴亡后，陆机、陆云兄弟来洛阳，有一天，陆云与荀隐在张华家会见，张华说，你们都是大名士，不要说平常话。陆云拱手报姓名：云间陆士龙。荀隐答：日下荀鸣鹤。两句不仅对偶工整，平仄也完全合律。[①] 这就是当时人们在理性认识和实际语言操作中相当程度的形式自觉。

如果说陆机、陆云那个时候对汉语声律已有所认识，那也是比较朦胧的；而真正发现"四声"，还是到后来沈约、周颙、王融等人的永明年间——到沈约等人所生活的时期，才对汉语语音声调规律有充分自觉的意识和把握。

关于"四声"究竟是谁最先发现，这留给有关专家去考证吧（我想大概不出东汉至魏晋南北朝时期），此处不必多议。我最关注的是："四声"的发现，表明当时人们在日常生活以至语言学和音韵学领域里，已经具有高度的形式自觉；他们已经自觉地意识到某字、某词、某句，只有以如此这般的声调读出来，才恰到好处地表达要说的思想内容和情感意志，也就是说他们找到了恰切的语言表现形式及其规律——而"四声"的发现所显示的充分的形式自觉及其对于诗文创作和"诗文评"理论具有的巨大价值，对于我们的论题来说，才是其意义所在。

正是在充分把握"四声"的基础上，将语音声调规律应用于诗文创作，从而掀起了诗文创作和审美实践中的一场形式运动。

伟大的形式运动

按照范文澜《中国通史》的说法，似乎先秦诗文中已对所谓声调有所认识和应用（有意识耶？无意识耶？）："《诗三百篇》中有南（《周南》、《召南》）与雅（《小雅》、《大雅》）两种声调，雅（正）声即华夏声，南声即采自江汉流域的楚声。"[②] 接着，范文澜指出东汉之后在印度声明论启

---

① 范文澜：《中国通史》第二册第三章第十一节，人民出版社 1979 年第 5 版，第 331 页。
② 同上书，第 329 页。

发下中国发明反切法并逐渐通行，声与韵的研究逐渐成为专学，最早的韵书是魏之李登《声类》、晋之吕静《韵集》，"分字声为宫商角徵羽五类，还只能'始判清浊，才分宫商'"①，同时在诗文创作中有所应用——范文澜举出曹植"孤魂翔故城，灵枢寄京师"，"游鱼潜绿水，翔鸟薄飞天，始出严霜结，今来白露晞"等诗句之后说："平仄调谐，俨然律句，不能概指为偶合。"② 既非"偶合"，那就意味着在"四声"发现和命名前，文人们就已经有了对声调规律的自觉意识并运用于诗文创作。范文澜不但是著名的历史学家，也是著名的中国古代诗学文论、特别是《文心雕龙》研究专家，他的意见当然是有价值的，应予尊重的。

但是，我认为，真正有意识地将"四声"运用于诗文创作，并且就诗文形式问题大做文章，从而形成相当规模的形式运动，则是在南齐永明。如《梁书·庾肩吾传》所谓"齐永明中，文士王融、谢朓、沈约文章始用四声，以为新变，至是转拘声韵，弥尚丽靡，复逾于往时"；《南史·陆厥传》所谓"永明末，盛为文章，吴兴沈约，陈郡谢朓，琅琊王融，以气类相推。汝南周颙善识声韵，约等文皆用宫商，将平上去入为四声。以此制韵，有平头、上尾、蜂腰、鹤膝。五字之中音韵悉异，两句之内，角徵不同，不可增减。世呼为永明体"等等，这些都是史籍上明确记载的证据。

我之称其为形式运动，是因为在我看来，将"四声"运用于诗文创作，已经形成了具有明确的理论指导、许多人参与且持续时间相当长、具有相当大的声势且获得相当显著的成绩、具有相当规模且引起当时文坛诗坛重视的实践活动——可谓有纲领，有理论，有队伍，有实践。再进一步看，它不但在当时即形成一定气候和风尚，而且后来对建立中国律诗起了直接的决定性作用；若从更长时段来看，在之后中华民族一两千年来诗文创作和整个文学史上，在"诗文评"史和审美文化史上，都发生重大和深远影响，直至今天。

所谓"有纲领"，我是指沈约的《宋书·谢灵运传论》。我把它看作是这场形式运动的宣言书和纲领性文件。它通篇是对有史以来全部诗文创作的回顾和检索，而着眼点则是所谓音律问题。开头即提出历史上诗文创作中音律上的不足，所谓"虽清辞丽曲，时发乎篇，而芜音累气，固亦多矣"。后面有一段文字，是其核心主张：

① 范文澜：《中国通史》第二册，第330页。
② 同上。

　　若夫敷衽开襟论心，商榷前藻，工拙之数，如有可言。夫五色相宜，八音协畅，由乎玄黄律吕，各适物宜。欲使宫羽相变，低昂互节（《文选》作"舛节"），若前有浮声，则后须切响。一简之内，音韵尽殊；两句之中，轻重悉异。妙达此旨，始可言文。至于先士茂制佳作，讽高历赏，子建函京之作，仲宣霸岸之篇，子荆零雨之章，正长朔风之句，并直举胸情，非傍诗史，正以音律调韵，取高前式。

　　尤其这段话中的"欲使宫羽相变，低昂互节，若前有浮声，则后须切响。一简之内，音韵尽殊；两句之中，轻重悉异。妙达此旨，始可言文"，是对诗文创作须遵守声律的根本要求。所谓"宫羽相变，低昂互节，若前有浮声，则后须切响"，就是要求诗文创作应讲究"四声"声调而互相协调、前后配合。"宫羽"原指宫商角徵羽五声，此处是说"四声"，"宫"指的是平声，"羽"指的是上去入，也即仄声；"切响"与"浮"相对，"切响"即《文心雕龙·声律》所谓"凡声有飞沈"中的"沉"声，是指上去入——仄声，"浮"声即是飞声，指平声。所谓"一简之内，音韵尽殊；两句之中，轻重悉异"，"一简"指一句，沈约要求一句之中音韵不能一样；"轻重"指声调高低，沈约要求两句之内，声调轻重须有区别。总之，创作五言诗，字与字、句与句，声调的高低轻重，须依"四声"而变化协调。

　　这个"纲领"的最后说："自《骚》人以来，而此秘未睹。至于高言妙句，音韵天成，皆暗与理合，匪由思至。张、蔡、曹、王，曾无先觉，潘、陆、谢、颜，去之弥远。世之知音者，有以得之，知此言之非谬。如曰不然，请待来哲。"他非常自信地指出：自有诗文创作以来，声律的秘密没人看到，而今我来揭示这一真理，相信世人一定会理解和赞同，并且信誓旦旦地表示"如曰不然，请待来哲"。

　　沈约以此"纲领"为号召，举起一面大旗，提倡和规范当时的五言诗创作。

　　沈约的号召虽不能说"一呼百应"，而"一呼数十应"可矣；观察当时声势，从者应该不少——当时就有谢朓、王融等"竟陵八友"（包括沈约自己在内），此后百余年又有吴均、何逊、阴铿、徐陵、庾信等九十余人。

　　所谓"有理论"，即指沈约及其前前后后的论者（包括沈约在内）有关诗文四声问题的论说①，它们都集中于诗文形式问题而意见却不尽相同。今天看到的资料，以沈约阐发最力，除了《谢灵运传论》之外，还有所谓"四声八病"说："诗病有八：平头、上尾、蜂腰、鹤膝、大韵、小韵、旁纽、正纽。惟上尾、鹤膝最忌，余病亦通。"但这是南宋王应麟《困学纪闻》卷十引北宋李淑《诗苑类格》②载沈约的话，是否真的出自沈约，是有争论的；然无论如何，这是循沈约理路发展而来。《南史·陆厥传》中所谓"汝南周颙善识声韵，约等文皆用宫商，将平上去入为四声。以此制韵，有平头、上尾、蜂腰、鹤膝。五字之中音韵悉异，两句之内，角徵不同，不可增减。世呼为永明体"，较之《谢灵运传论》中"宫羽相变，低昂舛节，若前有浮声，则后须切响。一简之内，音韵尽殊；两句之中，轻重悉异"更细，也许是沈约、周颙、王融等人相互切磋的共同理论思想。这里还要特别提醒人们不要忘了刘勰（约465—520）和钟嵘（约468—约518），他们略晚于沈约，而不能不受沈约等人的影响：或者对沈约的思想表示赞同而加以细化，或者不同意沈约的主张而作出异声回响。特别要注意刘勰，他对沈约相当崇拜；而沈约对刘勰的理论也颇为赏识——据《梁书·刘勰传》说，刘勰写作《文心雕龙》，"既成，未为时流所称。勰自重其文，欲取定于沈约。约时贵盛，无由自达，乃负其书，候约出，干之于车前，状若货鬻者。约便命取读，大重之，谓为深得文理，常陈诸几案"③。沈约赞赏刘勰的什么呢？没有细说，但我想肯定包括刘勰的声律说。刘勰《文心雕龙·声律》云："夫音律所始，本于人声者也。声含宫商，肇自血气。先王因之以制乐歌，故知器写人声，声非效器者也。故言语者，文章神明枢机，吐纳律吕唇吻而已。"又云："声画妍蚩，寄在吟咏。吟咏滋味，流于字句，气力穷于和韵。异音相从谓之和，同声相应谓之韵。韵气一定，故余声易遣；和体抑扬，故余声难契。属笔易巧，选和至难；缀文难精，而作韵甚易。虽织意曲变，非可缕言。然振作其大纲，不出兹论。"这两段话，特别是"言语者，文章神明枢机，吐纳律吕唇吻而已"，"异音相从谓之和，同声相应谓之韵"，实际上是循沈

---

① 沈约之前，范晔也曾谈及声律问题，其《狱中与诸甥侄书》云："性别宫商，识清浊，斯自然也。观古今文，人多不全了此处；纵有会此者，不必从根本中来。……年少中谢庄最有其分，手笔差易，文不拘韵故也。"（《宋书》卷六十九《范晔传》）

② （南宋）王应麟：《困学纪闻》，有上海古籍出版社2008年版［栾保群、田松青、吕宗力校，（清）翁元圻等注］；王应麟字伯厚，号深宁居士，进士出身，是南宋著名的学者。（北宋）李淑撰：《诗苑类格》三卷，原书久佚，《诗人玉屑》录存三条。

③ 《刘勰传》见《梁书》卷五十《列传》第四十四。

约等人的"四声"主张而加以发挥，并且把沈约他们的声律思想更加理论化了、也细致化了。钟嵘与刘勰的看法略有不同，其《诗品·序》对"四声"说似乎颇有微词，谓"昔曹刘殆文章之圣，陆谢为体贰之才，锐精研思，千百年中，而不闻宫商之辨，四声之论"；但他并非反对音律，只是主张自然音律（这与范晔相近），所谓"但令清浊通流，口吻调利，斯为足矣"。有不同意见是正常现象，舆论完全一律倒是咄咄怪事。钟嵘的不同意见，从反面反映了"四声"论及其在诗文创作中的的影响。

所谓"有队伍"，一是说理论队伍，一是说依此理论而进行诗文创作的队伍。关于后者，下面谈永明体创作实践时再论；这里着重说理论队伍，即指永明前后一批以沈约、周颙、王融、谢朓等为代表的既鼓吹理论又身体力行者，如《沈约传》所言"时竟陵王招士，约与兰陵萧琛、琅邪王融、陈郡谢朓、南乡范云、乐安任昉等皆游焉。当世号为得人"——他们有一帮哥们弟兄，前呼后应，拉帮结伙，掀波推澜，切磋琢磨。此外，略晚于他们的刘勰，也应算在他们的理论队伍里面。他们的理论主张大致相近，如谢朓倡导"好诗圆美流转如弹丸"[①]，就与沈约完全一致。所谓"圆美流转"，即是主张写诗须严格按四声音律遣词造句，使声调谐和，语音圆美，流畅自然。但他们之间也并不完全统一，个别的甚至还互相辩驳诘难。譬如，《陆厥传》中就记载了一封陆厥（472—499，字韩卿）给沈约的信，对沈约自谓"独得胸衿"（独自发现"四声"）不满，说："沈尚书亦云'自灵均以来，此秘未睹'或'暗与理合，匪由思至。张蔡曹王，曾无先觉，潘陆颜谢，去之弥远'，大旨钧使'宫羽相变，低昂舛节。若前有浮声，则后须切响。一简之内，音韵尽殊；两句之中，轻重悉异'，辞既美矣，理又善焉；但观历代众贤，似不都暗此处，而云'此秘未睹'，近于诬乎？"[②]不客气地批评沈约居功自傲，说他抹杀前贤的功绩，"近于诬"。而沈约也回信答辩，说"自古辞人，岂不知宫羽之殊、商徵之别？虽知五音之异，而其中参差变动，所昧实多，故鄙意所谓'此秘未睹'者也"[③]。从陆厥、沈约的书信来往专门讨论"四声"和诗文声律，亦可见这个问题为当时热门于一斑。沈约还与甄琛（字思伯，魏定州刺史）就声律问题进行了论战。甄琛认为沈约"四声谱不依古典，妄自穿凿"；而沈

---

① 谢朓追求"好诗圆美流转如弹丸"，语见《王筠传》、《梁书》卷三十三《列传》第二十七。

② 陆厥：《与沈约书》，见《齐书》卷五十二《陆厥传》。

③ 沈约：《答陆厥书》，见《全梁文》卷二十八。

约亦答辩，说"四声之用，何伤五声也？"① 此外，略早于沈约等人的范晔（398—445）也有自己的主张，即《狱中与诸甥侄书》中所谓"性别宫商，识清浊，斯自然也"，同沈约稍有不同；前述钟嵘《诗品·序》也对沈约等人的主张提出批评。这些诘难、辩论和各种不同意见，正好说明一个运动之中的热闹情形——它是一场活生生的、熙熙攘攘的、你来我往的、有时因意见不同而争得脸红脖子粗的运动，而不是某种静悄悄、干巴巴的、单纯的理论述说。

所谓"有实践"，即永明体的创作。永明为南朝齐武帝年号（483—493）。史称，齐武帝萧赜在位的十一年，政治相对稳定，经济相对繁荣，也相对重视诗文活动。《南齐书·良政传序》说："永明之世，十许年中，百姓无鸡鸣犬吠之警，都邑之盛，士女富逸，歌声舞节，袨服华妆，桃花绿水之间，秋月春风之下，盖以百数。"其时，文学集团的活动也很活跃，据说永明年间就有几个大型的文学集团存在，其中竟陵文宣王萧子良的所谓"竟陵集团"规模大、时间长、人数多、影响大，"永明体"诗人，如"竟陵八友"谢朓、沈约、王融、萧衍、萧琛、范云、任昉、陆倕大都来自这个集团。②

永明体是一种新体诗，乃近体诗前奏。其创作中坚则是谢朓、沈约和王融。

永明诗人严格依四声之说进行诗歌写作，开一代诗风，由晋宋以来之艰涩转向清畅。尤以谢朓成就最大，其中又以他的山水诗最出色，风格清峻自然、秀丽新雅，一扫玄言余习。谢朓写诗，追求"圆美流转"，以使诗句铿锵悦耳。如《晚登三山还望京邑》之"余霞散成绮，澄江静如练"，《之宣城郡出新林浦向板桥》之"天际识归舟，云中辩江树"，《游东田》之"鱼戏新荷动，鸟散余花落"等等，皆是脍炙人口的千古名句。不止五言诗，谢朓的文与赋如《思归赋》、《游后园赋》、《高松赋》、《杜若赋》等，亦谐音协律。在当时谢朓即备受称赞，沈约在《伤谢朓》中云："吏部信才杰，文锋振奇响。调与金石谐，思逐风云上。"所谓"文锋振奇响，调与金石谐"者，即音律华美和谐。钟嵘在《诗品》中也说，

---

① 见《文镜秘府论·天卷·四声论》。

② 萧子良（460—494）字云英，南兰陵（治今常州西北）人，竟陵文宣王。为齐武帝萧赜之次子，母亲为武帝皇后裴惠昭。萧子良好结儒士，常与文友交流学问。永明五年（487年），位为司徒，居建康鸡笼山西邸，召天下有才之士，其中以范云、萧琛、任昉、王融、萧衍、谢朓、沈约、陆倕等最知名，时称"八友"。

谢诗"至为后进士子所嗟慕"。梁代著名文人刘孝绰亦是谢朓"粉丝"，"常以谢诗置几案间，动静辄讽味"①。唐代大诗人李白、杜甫也对谢朓推崇备至。李白说："蓬莱文章建安骨，中间小谢又清发；俱怀逸兴壮思飞，可上九天揽明月"（《宣州谢朓楼饯别校书叔云》）、"解道澄江静如练，令人长忆谢玄晖"（《金陵城西楼月下吟》）、"我吟谢朓诗上语，朔风飒飒吹飞雨"（《酬殷明佐见赠五云裘歌》）；杜甫也说："谢朓每诗篇堪诵"（《寄岑嘉州》）。

此后百余年间，吴均、何逊、阴铿、徐陵、庾信等九十余人对新体诗进行有益的实践，为唐代律诗和绝句的建立奠定了基础②。以往对永明体过分苛刻的责难（如批评它形式主义）是不公平的，应该对永明体诗的历史功绩予以充分肯定。

上述各个方面结合在一起，虽说不上轰轰烈烈，却也算得上有声有色，称之为"运动"，当之无愧。

这场形式运动在当时对创作与理论都发生重大影响，永明体的形成即是最直接的成果；此外，"文"与"笔"的热烈讨论，也与此密切相关。

说到对后世影响，除了前面提及为律诗的形成奠定基础之外，在后世整个文学（诗文及其他各种文体，包括韵文、对子、曲子词、杂剧、散曲、传奇等乃至今天的新格律诗）的写作都发生不可估量的作用。如杜甫的诗讲究声律，成为其诗美的重要因素；元稹谈到诗歌时，也强调"因声以度调，审调以节唱，句度长短之数，声韵平上之差，莫不由之准度"③。中国诗词之美、戏曲之美、辞赋之美乃至散文之美，都与声律有关。中国人阅读文学作品，讲究"诵读"，一"诵读"，韵味就出来了；而所谓"诵读"，就是充分展现它的声律之美。说到这里，我们不能忘记沈约等人的"四声"声律说所立下的汗马功劳。

---

① 语见《颜氏家训·文章》。

② 至唐，人们在"四声"规律的基础上，在创作实践中进一步摸索到"对偶"（"声对"和"义对"）规律，从而正式形成了律诗和绝句。关于律诗的形成，元稹《唐故工部员外郎杜君墓系铭并序》曰："唐兴，学大振，历世之文，能者互出，而又沈宋之流，研练精切，稳顺声势，谓之为律诗。由是而后，文体之变极焉。"（见《元稹集》卷五十六，中华书局1982年版）宋末元初之方回《瀛奎律髓》是律诗选本，他之所以专选律诗，是因为他视律诗为诗体之精者，其自序曰："律者何？五七言之近体也。髓者何？非得皮得骨之谓也。斯登也，斯聚也，而后八代五季之文弊革也。文之精者为诗，诗之精者为律，所选诗格也，所注诗话也。学者求之髓，由是可得也。"当然，说只有律诗最好最精，有点儿走极端；但是声律确为诗美的最重要的因素之一。（《瀛奎律髓汇评》，上海古籍出版社1986年版）

③ 元稹：《乐府古题序》，《元稹集》卷二十三。

为了声律之美，出现了许多可能在西方人看来不可思议的苦吟故事：贾岛《题诗后》"二句三年得，一吟双泪流"；刘威《欧阳示新诗因贻四韵》"都由苦思无休日，已证前贤不到心"；李频《北梦琐言引》"只将无字句，用破一生心"；杜荀鹤《苦吟》"生应无辍日，死是不吟时"，《秋日闲居寄先达》"乍可百年无称意，难教一日不吟诗"；僧归仁《自遣》"日日为诗苦，谁论春与秋；一联如得意，万事总忘忧"；卢廷让《苦吟》"吟安一个字，捻断数茎须，险觅天应闷，狂搜海亦枯"；等等。他们不只是为"炼意"而"苦"，也是（甚至主要是）为"炼句"、"炼字"（也即斟酌"声律"、"韵脚"和下面谈的"对偶"等等）而"苦"。当然，任何事情都有个"度"，"苦"得过了"度"，也会出现另外的弊病。

在"诗文评"理论方面，其影响也非同小可。隋唐即不断有人沿着沈约路线发挥，尤其是唐人沿此路线向前推进，进一步提出"对偶"说——包括"声对"（平仄互对）和"义对"（字义相对），把魏晋南北朝时期的"形式运动"推进一个层次，建立了律诗与绝句（详见下一章）；这是一个重大成就。此外，唐人把声病说细化：来唐求法的日僧遍照金刚《文镜秘府论·天卷·四声论》竟列文病二十八种之多，其《文镜秘府论·序》云："沈侯刘善之后，王皎崔元之前，盛谈四声，争吐病犯，黄卷溢箧，缃帙满车。"《文镜秘府论·论病》又说："颙约已降，竞融以往，声谱之论郁起，病犯之名争兴，家制格式，人谈疾累。"于此可见一斑。更长远地说，形式运动影响所及，此后千多年声韵音律研究作为一种重要学问（音韵学）蓬勃发展，各代的诸种韵书（诗韵、词韵、曲韵等等）和讨论声律论的著作，不计其数。

"四声"的发现、它在诗文创作中的应用以及相关理论探讨，在中国古代审美文化史和诗学文论史上都是伟大创造。它所掀起的形式运动，其意义不亚于唐代古文运动，甚至有过之。它是被以往历史所忽略了的一场运动，是至今尚未被认识、更没有被充分评价的一场运动，是受到不公平待遇的一场运动——翻翻以往所有的中国美学史著作、中国文学史著作、文学批评史著作、诗学文论著作及其他相关文学、历史论著，几乎都未给这场形式运动以论述和评价，甚至只字不提①；它成了被历史所遗忘的角落。虽然所谓"八病"（沈

---

① 几乎所有论著提到它时，都未将之作为"形式运动"给予积极评价。有的虽也肯定"音韵之说"应用于诗文创作给诗带来"新的面貌"，但是又给它戴上专事"技术"的帽子进行批判，说"全然如同绘画一样成了一种技术"（［日］铃木虎雄：《中国诗论史》，许总译，广西人民出版社1989年版，第111页）。类似论著亦大都如此。

约只说过"八体"①，而"八体"是否即是"八病"以及"八病"究竟谁言，待考）以至后来的"二十八病"等等，有过"度"之嫌，可能有某种负面效应；然而就"形式运动"的主流及主导倾向而言，特别是就其历史功绩和深远影响而言，这却是一场伟大的运动，它影响了中国审美文化、诗文创作和"诗文评"近两千年来的历史发展。

现在是认真关注和研究这场运动的时候了。

本章小结

"诗文评"学科诞生于魏晋南北朝。它之所以在这个时期诞生和繁荣，有很多特殊的历史机缘：一是汉帝国衰亡，堤岸崩溃，人们的思维空间骤然拓宽，造成了精神文化发展繁荣的良好机会，社会动荡而精神宽松，只有精神宽松，才好有创造性思维的发展；二是魏晋南北朝时期玄学的兴起和盛行，形成了对汉代中期以来儒学绝对主宰的大一统局面的反叛，这种精神氛围，给文人们提供了张扬个性、发挥创造性的良好环境；三是佛教和佛学的传入，对中国"诗文评"许多理论思想的产生和发展，起了一种强有力的催生作用，借用化学用语，佛教、佛学是中国"诗文评"学科诞生和发展繁荣的有效催化剂。

何以证明"诗文评"学科在魏晋南北朝时期诞生？依学术惯例，一个学科能否成立，一要看它有没有自己特殊的、独立的著作和专业的从事者；二要看它也没有自己独立的对象和论述的特定内容；三看它有没有自己特定的术语（范畴、概念）和相对固定的语码系统；四看它在自身领域里有没有足够量的从事者、足够量的学术实践活动以及足够量的成果产生。我们可以依这四条找到它诞生的明显标志。即它有自己特殊的、独立的著作和专业的从事者——刘勰、钟嵘、挚虞等等就是代表人物。它有自己独立的对象和论述的特定内容——它论述的是文和诗。它有自己特定的术语（范畴、概念）和相对固定的语码系统——凡读过《文心雕龙》和《诗品》一看便知。它有足够量的从事者、足够量的学术实践活动以及足够量的成果——除了上面多次引证的刘勰、钟嵘之外，曹丕《典论·论文》、陆机《文赋》、挚虞《文章流别论》、任昉《文章缘起》，还有专论音乐的阮籍（《乐论》）和嵇康（《声无哀乐论》），等等，他们都可以称

---

① 沈约：《与甄公书》曰："作五言诗者，善用四声，则讽咏而流靡；能达八体，则陆离而华洁。"（见《文镜秘府论·天卷·四声论》）

得上是真真正正从事诗文（“诗乐舞”）评论的有着专业实践（有他们的作品为证）的专家。

　　“诗文评”诞生还有它的社会文化基础、根据和条件，而且历史为“诗文评”学科诞生作好了充分准备，其综合而集中的表现即是审美的自觉和“文的自觉”。这个时期最能突出“诗文评”诞生和繁荣的，是“四声”的发现及其在诗文创作中的应用所掀起的形式运动，其意义不亚于唐代古文运动，甚至有过之。它是被以往历史所忽略了的一场运动，是至今尚未被认识、更没有被充分评价的一场运动，是受到不公平待遇的一场运动；然而这却是一场伟大的运动，是中国审美文化史和“诗文评”史上的一次“哥白尼”式的革命，它影响了中国审美文化、诗文创作和“诗文评”近两千年来的历史发展。

思　考　题

一、名词解释

　　1. 四声发现

　　2. 永明体

　　3. 形式运动

　　4. 玄学

　　5. 佛教东来

二、简答题

　　1. 魏晋玄学的兴起是否对思想解放起到作用？

　　2. 佛教传入中国具有怎样的意义？

　　3. 四声的发现对于中国诗歌创作和诗学理论具有什么样的意义？

　　4. 你如何评价钟嵘《诗品》？

三、论述题

　　1. 简论刘勰《文心雕龙》。

　　2. 你认为魏晋南北朝时期的形式运动存在吗？理由是什么？

阅读参考文献

　　曹丕：《典论论文》，《四部丛刊》影印本六臣注《文选》卷五十二。

　　《王弼集校释》（楼宇烈校释），中华书局1980年版。

　　陆机：《文赋》，《四部丛刊》影印本六臣注《文选》卷十七。

刘勰：《文心雕龙》，范文澜：《文心雕龙注》。

钟嵘：《诗品·序》，何文焕：《历代诗话》本。

萧统：《文选序》，《四部丛刊》影印本六臣注《文选》卷首。

《雕虫论》，见严可均辑《全上古三代秦汉三国六朝文》第四册《全梁文》卷五十三，中华书局1965年版。

沈约：《宋书谢灵运传论》，百衲本二十四史《宋书》卷六十七。

陈寅恪：《四声三问》，1934年4月《清华学报》第9卷第2期。

宗白华：《论〈世说新语〉和晋人的美》，《美学散步》，上海人民出版社1981年版，逯钦立《四声考》，见逯钦立《汉魏六朝文学论集》，陕西人民出版社1984年版。

饶宗颐：《梵学集》，上海古籍出版社1993年版。

李泽厚：《历史本体论》，三联书店2002年版。

黄宝生：《印度古典诗学》，北京大学出版社1993年版。

第五章 唐宋金元：并非"衰落"，而是"隆起"

内容提要

日本学者铃木虎雄曾断言中国文论"衰落于唐宋金元"，这是不符合历史事实的。中国诗学文论发展至唐宋金元，并不是"衰落"，而是"隆起"。唐代诗学文论有自己的重大贡献，如在"唯美"一系，进一步深化魏晋南北朝时期的"形式运动"，提出"对偶说"，促成了律诗、绝句的建立；提出"诗境"论，成为中国"诗文评"的一个核心理论思想之一——"意境"的起始；晚唐司空图提出"韵外之致"、"味外之旨"的观点，影响深远。在"尚用"一系，则有元白诗论、韩柳文论等等很有特点的思想。至宋，"诗文评"出现了名副其实的大繁荣和再提升：诗话、词话、文话（"四六话"）如雨后春笋，开创了一个前所未有的新局面，此后更是一发而不可收，此类作品如春河开闸，如繁花绽放，成为中国古代"诗文评"一道独特而靓丽的风景；开创了"评点"的新形式，到明清更发展成蔚为壮观的"诗文评"重镇；古文理论（欧苏甚至包括理学家的极端论调）也有新的拓展；尤其是对诗文自身性质特点的把握达到前所未有的高度和深度，《沧浪诗话》尤为出色。

关键词

中国文论　唐宋金元　"衰落"　"隆起"　繁荣

第一节　从"唐宋变革"论说起

经过了魏晋南北朝数百年的分裂和战乱，至六世纪末的隋代（581—618），中华大地终于实现了统一；之后的唐宋金元（618—1368），除短时间的战乱和分裂之外，维持了七八百年基本统一安定局面，经济文化得以高度发展，尤其是唐宋，乃当时世界之冠。

"唐宋变革"论

唐宋是中国历史上的重要时代，一些学者将之视为"古代"与"近代"的分水岭，这就是史学界近百年来热议的所谓"唐宋变革"论。这个说法最初来自日本学界。二十世纪初期，日本学者内藤虎次郎（号湖南，1866—1934）提出"古代"中国在唐代发生重要变化以至衰微，经五代而至宋，成为中国"近世"① 开端。他从经济、政治、文化等各个方面进行论证，最后还说到学术和文艺："学术文艺的性质亦有明显变化，经学由重师法、疏不破注变为疑古，以己意解经；文学由注重形式的四六体演变为自由表现的散文体，诗、词、曲等亦都由注重形式转为自己发挥，总而言之，贵族式的文学一变而为庶民式的文学，音乐、艺术等亦莫不如此。"② 后来，内藤湖南的学生宫崎市定进一步发展这一思想，在《东洋的近世》中提出一系列具体论断："从经济上纵观中国的历史，由古代至中世是内陆地区中心的时代，而由宋以后至近世变为运河地带中心的时代，再降至晚清开始，则是海岸中心的时代。这个海岸中心现象由于是欧洲影响下发生的新事态，所以或当视为最近世史发展的开始。"③ 内藤湖南思想的另一位继承者谷川道雄则把所谓"唐宋变革"论表述为："即从唐朝衰亡期经五代至宋朝建立之间，中国社会发生了具有决定意义的性质变化的观点。"④ 对于唐宋之间的时代变革，中国学者也持有自己的观点。陈寅恪《论韩愈》就说："唐代之史可分为前后两期，前期结束南北朝相承之旧局面，后期开启赵宋以降之新局面。关于政治社会经济者如此，关于文化学术者亦莫不如此。退之者，唐代文化学术史上承先启后转旧为新关捩点之人物也。"⑤ 即认为中唐是古今转变的"关捩点"。而钱穆则认为这转折点在宋代："论中国古今社会之变，最要在宋代。宋以前，大体可称为古代中国，宋以后，乃为后代中国。秦前，乃封建贵族社会。东汉以下，士族门第兴起。魏晋南北朝定于隋唐，皆属门第社会，可称为是古代

---

① 此所谓"近世"，类比于西方"近代"，即所谓资本主义时代。在内藤湖南一派看来，中国自宋代开始即有资本主义萌芽。

② ［日］内藤湖南：《概括的唐宋时代观》，中文译文见《日本学者研究中国史论著选译》（刘俊文主编）中华书局1992年版。

③ ［日］宫崎市定：《东洋的近世》，见《日本学者研究中国史论著选译》第一卷，中华书局1993年版。

④ ［日］谷川道雄：《内藤湖南的世界·序说》，三秦出版社2005年版，第26页。

⑤ 陈寅恪：《论韩愈》，见《金明馆丛稿初编》，上海古籍出版社1982年版。

变相的贵族社会。宋以下，始是纯粹的平民社会。除蒙古满洲异族人主，为特权阶级外，其升入政治上层者，皆由白衣秀才平地拔起，更无古代封建贵族及门第传统的遗存。故就宋代而言之，政治经济、社会人生，较之前代莫不有变。”①

对于以内藤湖南为代表的“唐宋变革”论，日本学者、欧美学者、中国学者，有许多赞同的声音；但是更多的人提出了不同意见，质疑声不断。

许多学者虽不认同宋代“近世”说，但认为宋代是封建社会很发达的阶段。漆侠说，宋代经济处于中国封建经济发展的两个马鞍形中的最高峰。② 邓广铭称宋代为“我国封建社会发展的最高阶段，两宋时期内物质文明和精神文明所达到的高度，在中国封建社会历史时期之内，可以说是空前绝后的”。③ 对“唐宋变革”论及相关问题，首都师范大学历史学院李华瑞《“唐宋变革”论的由来和发展》述之甚详，可以参见，兹不赘言。④

我个人认为内藤湖南虽然提出了一些可供参考的重要思想，但其“唐宋变革”、宋代“近世”说，却需要进一步思考和加以具体分析。唐后期以至宋代社会，与秦汉魏晋……以至唐代中期以前相比，确有一些值得注意的变化。首先，从城市格局的不同，可以看出唐代与宋代的变化。唐代的长安城，面积达 83 平方公里，按中轴对称布局，由外郭城、宫城和皇城组成。城内街道纵横交错，划分出 110 座里坊。此外还有东市、西市等大型工商业区和芙蓉园等人工园林。城市总体规划整齐，布局严整。其特点表现在，每座坊的四周都筑有围墙，大坊一般开四门，内设十字街，小坊则开东西二门，设一横街，街宽都在 15 米左右。十字街将一坊分为四区，在每一区内都还有一小十字巷，把整座坊分成 16 个小块，分布着民

---

① 钱穆：《理学与艺术》，《宋史研究集》第七辑，台湾书局 1974 年版。他所谓“后代中国”，即指“近代”，其《中国文化史导论》将中国历史划分为三个时期，即“先秦以上可说是第一期，秦汉、隋唐是第二期，以下宋、元、明、清四代，是第三期”，称第三期“可说是中国的近代史”（钱穆：《中国文化史导论》（修订本），商务印书馆 1994 年版，第 175 页）。

② 漆侠：《宋代社会生产力的发展及其在中国古代经济发展过程中所处的地位》，《中国经济史研究》1986 年第 1 期。

③ 邓广铭：《谈谈有关宋史研究的几个问题》，《社会科学战线》1986 年第 2 期。

④ 有关“唐宋变革”及相关问题，我参考了李华瑞《“唐宋变革”论的由来和发展》（天津古籍出版社 2010 年版），及附于书中的韩毅《唐宋学术思想与文化史变迁研究综述》一文，特此说明，并致谢忱。

宅、官邸、寺院和道观等。各坊均采取封闭式管理，坊门有卫兵把守，晚间会实行宵禁。外郭城内有东市、西市两座市场，也有围墙，开八扇门，内有井字形街道和沿墙街道，将市内分为9区，也是封闭式的。正如葛兆光在《中国思想史》中所说，唐代和唐代以前的城市空间（像长安城），"多是封闭的、整齐的、等级清晰的方形，皇宫、坊市由中心向四方扩展的整齐形式与居住、交往等等清晰功能，体现了贵族社会等级森严、关系紧张、商业相对不发达的状况，也象征着那个社会的观念"。这种城市格局很快就在宋代瓦解。北宋开封仍沿用坊制，但随着社会经济的发展，市坊制度终于崩溃。封闭性的坊已被冲破，居民区与市场混一的城市制度逐渐形成。北宋初年仍设东、西两市，市坊崩溃后，市场完全沿街道布设，有如《清明上河图》所示。主要繁华街道有州桥南街、东西街，相国寺内万姓交易，大内东南潘楼东十字街，东华门外"市井最盛"，主要供应皇宫必需品。"大抵诸酒肆瓦市，不以风雨寒暑，白昼通夜，骈阗如此"，使街道更加热闹非凡。城东、城西、城北都有许多著名的酒楼、商店、药店、旅店，形成许多专业市场，城东南七里的虹桥附近就是一个典型例证。由商业街代替商业区的市，虽不是始于北宋开封，但在中国都城史上开封确已转变为开放式的城市，证明作为都城的城市已进入一个新的发展阶段，形成新的城市风貌。总之，宋代城市普遍可以临街开店，市场不再设在有限的几个坊内，城市的商业职能渐渐凸显，城市形态受到交通、地形、买卖、庙宇的影响越来越大，过去体现阶层与等级的空间很快被淡化。其次，再从知识人群的变化，看看宋代与以前朝代的不同。到宋代，整个社会士绅阶层较之以前大大扩展，尤其是他们不同于以前的贵族出身的知识人群，而是多从平民百姓通过科举跻身其间。据有关资料显示，参加科举的人数，从十一世纪（宋初）约八万人到十三世纪（宋末）约四十万人。他们并非全部进入政治权力之中，有相当多的人"处在国家与民众之间"，即除了进入仕途，还有很多人在仕途之外从事"巫医、僧道、农圃、商贾、技术"等等行业，还可以开馆为教授，可以代笺简笔札，可以当乡塾教师……"由于数量相当可观的，不同职业的士人阶层逐渐渗透到民间，实际上就会将'文明'的观念与规则，从城市推向乡村，从上层移至下层，从中心扩至边缘。比如一部分居住在都市的士绅，会将新的伦理原则和观念，运用到他们的生活中，改变着都市的格局和风气，而城市作为社会交往的中心，不同的人群在这里杂处，人与人的关系相当复杂，而都市中复杂的人际关系，由于渐渐确立了一系列的交往规则，这套规则就会影响周边的人群，这里所说的规则，当然有新的规则，不过，士人认同的更主要的，是历史与传统的规则，这些历史与传统的作为都市的文明，一面被典籍确认，一面被越来越多的人认同，而都市作为强势文明的中心，承担着向四周辐射文明的责任。而另一部分居住在乡村的一些士绅，由于身处宗族组织中，他们的知识、思想与信仰成为影响民众的力量，特别是由他们来制定的宗谱、家礼、乡约、族规，更将上层士人以及儒家经典的思想和规则，以及历史和传统，变成了民众活动的习惯以及宗族共同生活和交往的规则，这实际上也在逐渐扩张着文明的空间。"①

但是我们还应该看到，虽有许多重要变化，而就社会总体而言，却无根本性质的飞跃，从实质看，它们只是在同一体制下的不同发展阶段而已。直至明代和清代中期，才在中国社会内在机制的自然趋向和外来因素的两种力量的作用下，出现了商品经济的某种微弱萌芽；但从主体上看，却仍然保持帝国专制体制的农业社会自给自足的自然经济状态。

无论怎么说，唐宋（以至金元）学术文化获得巨大发展，其历史地位亦不可不重视。王国维说："宋代学术，方面最多，进步亦最著……故天水一朝人智之活动，与文化之多方面，前之汉唐，后之元明，势所不逮也。近世学术，多发端于宋人。"② 邓广铭说："宋代文化的发展，在中国封建社会历史时期之内，截至明清之际的西学东渐的时期为止，可以说已经达到了登峰造极的高度。"③ 还有许多学者提出，"汉学属于微观类型，而宋学属于宏观类型"④，宋代"完成了由'汉学'向'宋学'的转变，即由章句之学转变为义理之学"⑤，"李唐王朝孕育的驳杂纳异的唐型文化，经过中唐以来的量变，到了赵宋之世，已经质变为一种精纯的民族本位文化——宋型文化"⑥，"唐代是佛教和道教的全盛时期，而自唐末五代以后，佛、道二教均趋于世俗化和平民化"⑦，汉唐以来的"三教鼎立"、"三教融合"向宋以后思想上的"三教合一"转化，"唐宋之际形成的三

① 关于唐宋城市状况，我参考了百度网有关长安城和开封城的介绍以及葛兆光《中国思想史》（第二卷，复旦大学出版社2001年版，第271—272页）的一些论述。宋代孟元老的《东京梦华录》对开封城市情况描写，更是可贵资料。

② 王国维：《宋代之金石学》，见《王国维遗书》第五册《静安文集续编》。

③ 邓广铭：《宋代文化的高度发展与宋王朝的文化政策》，《历史研究》1990年第1期。

④ 漆侠：《宋学的发展和演变》，《文史哲》1995年第1期。

⑤ 王曾瑜：《宋代文明的历史地位》，《河北学刊》2006年第5期。

⑥ 李建军：《宋代〈春秋〉学与宋型文化》，四川大学历史学博士学位论文，2007年。

⑦ 刘浦江：《宋代宗教的世俗化与平民化》，《中国史研究》2003年第2期。

教合一的思潮逐渐成为中国学术思想发展的主流，以儒家学说为基础的三教合一构成了近千年中国思想发展的总画面"①。研究唐宋审美文化和诗学文论，不能不考虑上述社会文化特点和它们产生的影响。

概说几个值得注意的现象

当我们考察隋唐宋金元的审美文化和诗学文论时，会发现下面这样几个值得注意的现象——它们是否与上述的社会发展变化对文化产生的影响有关呢？表面上似乎不一定看出联系，但深入底层，也许不无瓜葛。值得思考。

（甲）与魏晋南北朝时期诗学文论某些论著（如《文心雕龙》，如果扩大一点儿，还可以包括阮籍的《乐论》、嵇康的《声无哀乐论》、宗炳的《论画山水》等等）的突出思辨理性相比，隋代和唐代的整体倾向和一些论家、论著的基本观念，明显增强了实践理性精神。隋代的书侍御史李谔在《上隋高帝革文华书》中说："开皇四年普诏天下：公私文翰，并以实录。"② 唐代魏徵《隋书文学传序》说："然则文之为用，其大矣哉。上所以敷德教于下，下所以达情志于上；大则经纬天地，作训垂范；次则风谣歌颂，匡主和民。"③ 柳冕《与徐给事论文书》说："文章本于教化，形于治乱，系于国风。"在《答衢州郑使君论文书》中又说："盖言教化发乎情性，系乎国风者谓之道。故君子之文必有其道。"④ 韩愈一派的文论思想，也带有明显的实践理性色彩，他们主张"文"是"道"的表现，"为文"就是要明道。韩愈《答李秀才书》曰："愈之所志于古者，不惟其辞之好，好在道焉尔。"⑤ 在《送陈秀才彤序》中又说："读书以为学，缵言以为文，非以夸多而斗靡也。盖学所以为道，文所以为理也。"⑥

（乙）在分别继承中国古代"诗文评"中两种固有的传统（儒家诗学文论的实用传统和老庄崇尚自然及魏晋形式运动传统）的基础上，唐代出现了两种更为鲜明的倾向："尚用"和"唯美"。这是两种对立、甚至有时看起来是势不两立的诗学文论倾向。提倡"尚用"的，多为政治家或主流意识形态的鼓噪者，认为社会政治败落与文风"浮华"相关，所以提倡

---

① 洪修平：《儒佛道三教关系与中国佛教关系的发展》，《南京大学学报》2002 年第 3 期。
② 见《隋书》卷六十六《李谔传》。
③ 见《隋书》卷七十六。
④ 见《四部丛刊》影明嘉靖刊本《唐文粹》卷八十四。
⑤ 中国书店 1991 年版《韩昌黎全集》卷十六。
⑥ 中国书店 1991 年版《韩昌黎全集》卷二十。

务实，也即"尚用"，如唐代初期官家修史，其《文学传》或《文苑传》中所表现的一些观点，即是代表，如姚思廉《梁书·文学传序》中所谓"经礼乐而纬国家，通古今而述美恶，非莫可也"；中唐以后，先是元结，继之白居易、元稹，都是"尚用"派（或称"干预生活"派、"为人生而艺术"派）的主要人物，白居易《与元九书》中所谓"文章合为时而著，歌诗合为事而作"是这一派的典型语言。而"唯美"派（此处"唯美"，与鲁迅《魏晋风度及文章与药及酒之关系》所谓"为艺术而艺术"[①] 相近，乃取其肯定意义而非贬斥）则多文士，坚持文艺的审美品格，强调文艺的自身诉求。但"用"和"美"都是人类所需要的、不可或缺的，所以这两种倾向尽管相互矛盾对立，却谁也不能消灭谁、谁也不能取代谁；而且两派人物，思想也互相渗透。如前面说的姚思廉《梁书·文学传》，述其父姚察论文大旨即谓文者"妙发性灵，独拔怀抱"；还有，姚思廉在《陈书·文学传序》中更言："自楚汉以降，辞人世出，洛汭江左，其流称觞，莫不思侔造化，明并日月，大则宪章典谟，裨赞王道，小则文理清正，申纾性灵……"他们父子在强调"经礼乐而纬国家，通古今而述美恶"的同时，都不忘"性灵"。若说到杜甫，更是"济世"与"唯美"两栖——其诗的内容绝对"济世"，而其艺术追求，则"唯美"无疑。客观辩证法的铁则就是：相反者而相成，对立者而互补。这七八百年的诗学文论就是在这种相反相成、对立互补中发展的。

（丙）与魏晋玄学风气所造成的超逸的、缥缈的美学精神相比，隋唐宋金元的审美文化和诗学文论更多继承了齐梁重感性审美的传统，故更贴近"人间烟火"，无论"尚用"派或是"唯美"派，总体上看都离实实在在的现实生活更近。如唐代"尚用"派代表人物白居易之主张积极干预社会现实自不待言；即使诗学上的"唯美"派杜甫（详后），也是从实践到理论都积极参与社会现实之中。

（丁）与儒学复兴相应以及由"汉学"向"宋学"的转变，宋元的诗学文论在某些方面增强了"义理"性。这特别突出地表现于理学家周敦颐、二程、朱熹的文论思想之中。朱熹谈欣赏诗歌，要求"反复咏诵"、

---

① 鲁迅在《魏晋风度及文章与药及酒之关系》中说："后来有一般人很不以他的见解为然。他说诗赋不必寓教训，反对当时那些寓训勉于诗赋的见解，用近代的文学眼光来看，曹丕的一个时代可说是'文学的自觉时代'，或如近代所说是为艺术而艺术（Art for Art's Sake）的一派。所以曹丕做的诗赋很好，更因他以'气'为主，故于华丽以外，加上壮大。归纳起来，汉末、魏初的文章，可说是：'清峻，通脱，华丽，壮大。'"

"熟读"而见"义理",说"大凡读书,多在讽诵中见义理。狂《诗》有全在讽诵之功,所谓'清庙之瑟,一唱而三叹',一人唱制之,三人和之,方有意思。又如今诗曲,若只读过,也无意思;须是歌起来,方见好处"①。又说:"读书如炼丹,初时烈火锻煞,然后渐渐漫火养。又如煮物,初时烈火煮了,却须慢火养。读书初勤敏著力,仔细穷究,后来却须缓缓温寻,反复玩味,道理自出。"② 还说:"须是沉潜讽诵,玩味义理,咀嚼滋味,方有所益。"③ 就是说,通过"熟读"、"讽诵",方能体会其中"意思",见出其中"义理",提升到善的境界,美的境界。

(戊)自宋代开始在帝国专制体制下商品经济和市民阶层较前有一定程度的发展,在北宋开封,打破过去封闭的里坊而走向开放,主要街道也允许商人交易,商业繁盛,有的地方还有夜市;有的地方像大相国寺,集商业、娱乐于一所,还有了专门的娱乐之地"瓦市",社会文化的平民化、世俗化因素渐多,审美文化方面较前有了变化,世俗性、平民性更强的戏曲和词发展起来,诗学文论也出现了一些相应的新品种,如词学和新起的戏曲理论,增强了世俗性和平民性。

那么,对唐宋金元这七八百年的诗学文论发展的具体情况究竟如何评价呢?学界有着非常不同的看法。

铃木虎雄的论断与史实不符

日本学者铃木虎雄(Suzuki Torao 1878 – Suzuki Torao 1963,字子文,号豹轩)《中国诗论史·序》曾言:"在中国文学的悠久历史中,真正的评论产生于魏晋以降,兴盛于齐梁时代,而衰落于唐宋金元,复兴于明清时期。由此观之,唐代诗赋创作的繁荣,与其归之于政治制度的优越,不如说更多的是由于诗人们对在六朝以来已经得到充分探究的文学批评标准的遵循和实践,因此,唐代诗论的衰落并不影响诗坛的繁荣;而宋代诗歌创作的衰落,与其说是由于诗话兴起所致,不如说正是由于其缺乏明确的评论标准所造成;至于明清时期的各派诗论,其主张都有各自的根源,构成堂堂理论阵营而对峙相持,各派的创作也随着各派理论主张的差异而显示出不同的风貌,从而促使诗学大观局面的形成。"④

① 《朱子类语》卷一〇四。
② 《朱子类语》卷一一四。
③ 《朱子类语》卷八〇。
④ [日]铃木虎雄:《中国诗论史》,许总译,广西人民出版社1989年版,第1页。

　　铃木虎雄作为研究中国文学和中国诗论的日本资深学者，有许多精深的见解；但是，他关于中国诗学"衰落于唐宋金元"的判断，却很难令人赞同。我在本书《序论》中曾说，诗学文论的繁荣并不一定与经济的繁荣、政治的强盛同步，有时看上去甚至也不与文学艺术的繁荣相匹配。例如，唐代经济、政治高度发展，文学艺术（诗、文、书、画、乐、舞等等）也高度繁荣，但相对而言，其理论思维却略显平庸①，而诗学文论也似乎"赶不上"当时的文学艺术本身的发展，显得"不匹配"，表现得"不尽如人意"。但这所谓"不同步"、"不匹配"和"滞后"，与铃木虎雄说的"衰落"，是两回事。唐代诗学文论只是在其是否与当时文学艺术的繁荣相匹配的相对意义上不如后人想象的那么发达或繁荣，显得"滞后"而已；充其量，这只是向前发展中的"不同步"、"不匹配"和"滞后"，而不是向后倒退中的"衰落"。事实上，唐代诗学文论也有自己的重大贡献，如在"唯美"一系，进一步深化魏晋南北朝时期的"形式运动"，提出"对偶说"，促成了律诗、绝句的建立；提出"诗境"论，成为中国"诗文评"的一个核心理论思想之一"意境"的起始；晚唐司空图提出"韵外之致"、"味外之旨"的观点，影响深远；此外在乐论、书论、画论等等方面也有长足发展。在"尚用"一系，则有元白诗论、韩柳文论等等很有特点的思想。而且，从另一个角度说，何尝不可以把与文艺创作和审美实践之繁荣"不同步"的唐代诗学文论这种"滞后"，看作是正在为日后的文论发展繁荣积蓄势能的一种蛰伏状态呢？

　　至宋，"诗文评"果然出现了名副其实的大繁荣和再提升：诗话、词话、文话（"四六话"）如雨后春笋，开创了一个前所未有的新局面，此后更是一发而不可收，此类作品如春河开闸，如繁花绽放，成为中国古代"诗文评"一道独特而靓丽的风景；开创了"评点"的新形式，到明清更发展成蔚为壮观的"诗文评"重镇；古文理论（欧苏甚至包括理学家的极端论调）也有新的拓展；尤其是对诗文自身性质特点的把握达到前所未有的高度和深度，《沧浪诗话》尤为出色。

---

　　①　人类对世界的思考和把握可以有不同形式，或是理论思维，或是艺术思维，或是其他思维形式。德国人善于突出地通过理论思维（哲学）把握世界而配以艺术思维等其他思维形式；中国人则善于突出地通过艺术思维（诗文）把握世界而配以哲学思维等其他思维形式。唐代即比较典型地表现出中国人的这一特点。唐代的思维智慧似乎并不突出表现在理论思维（哲学思维），所以看起来其理论思维（哲学思维）显得平庸些；但是唐代的总体思维智慧不但不平庸，而且很发达、很优秀，它的发达和优秀主要不是通过理论而是通过艺术达到时代的高峰。唐代对世界的思考和把握集中表现在诗、文、画、乐、书等等艺术思维形式上。

　　由于从唐至宋社会经济政治文化的发展变化较大，影响所及，从学术特点上来看唐宋也有明显不同：（甲）在唐，总体上相对尚实，理论表述比较细碎，相对微观；而宋，则总体上相对尚虚，相对义理化，相对宏观。（乙）在唐，旧有的学术传统形态尚较牢固，学术创新不多；至宋，则产生了词学和评点学等新品种，且世俗化、平民化趋向显著——这与宋代市民社会的发展密切相关。（丙）佛学的中国化（禅宗）在唐代已经开始，而到宋代，禅宗的发展和普及标志着佛学中国化的完全实现，尤其是宋代士大夫的参禅学佛，蔚然成风。其影响，则表现在宋代诗学与禅宗结合紧密，以禅喻诗、以禅说诗风靡一时；而唐代诗学已受佛学影响，但到宋则更加明显。（丁）宋代儒学复兴使得理学强势出场，表现在诗学文论中，宋代较之唐代明显增强了意识形态的钳制功能。（戊）在某些具体学问的研究上，唐宋也表现出差别，如有的学者指出，"《诗经》研究在北宋时期得到新的发展，欧阳修、刘敞等人不再遵循汉唐《诗》说的旧有模式，他们初步对《诗序》、《毛传》、《郑笺》提出怀疑和批驳，并开始注重以己意说《诗》，《诗经》研究同政治、文学、个人感悟紧密联系在一起，体现了一种兼容并包的趋势，而且《诗》解体式繁多，奠定了宋代《诗》说的基本模式"。

　　而金元之际，审美文化和"诗文评"也在各民族思想文化的碰撞、交流中作出了成绩。虽然由于战乱，经济文化发展受到一定影响，但是，金元时代，整体说"诗文评"还是继续发展，也有一些著名文论家和著作，如方回（字万里，号虚谷，有《瀛奎律髓》）、王若虚（字从之，有《滹南遗老集》）、元好问（字裕之，号遗山，有《论诗三十首》及《中州集》）、杨维祯（字廉夫，号铁崖，有《铁崖古乐府》），等等，也颇有自己的建树。

　　总体看，唐宋金元时期的"诗文评"，与其谓之"衰落"不如说它"隆起"，甚至可以说，它是继魏晋南北朝"诗文评"学科诞生和大繁荣之后，并且在其基础上，新"隆起"的一个高原；而在这个高原上，若将唐、宋、金元排在一起进行"共时性"地直观，或许觉得两旁的部分即唐与金元，稍平一些；而中间的宋代，则高耸而耀眼——它是这个高原上的珠穆朗玛峰。

第二节　对偶说之创立及律诗之形成：形式运动的延续

两股强大的传统

　　如前所述，在中国"诗文评"史上，"尚用"之论是一股十分强大的传统，从周秦两汉儒家诗学文论，到隋代的李谔、王通之痛骂文士及其浮华文风①，再到初唐陈子昂痛惜"文章道弊五百年矣"而高呼"以义补国"②，再到中唐白居易"为时而著"、"为事而作"的诗说③，韩愈、柳宗元文以"传道④"或文以"明道"之文论⑤，以至宋代理学家"文以载道"⑥，乃至"玩物丧志"、"作文害道"之惊世箴言⑦……几乎铺天盖地——它们的具体主张和内容各不相同（如韩愈的文以"明道"与宋代理学家"文以载道"就有明显差别），但都可归于"尚用"一大类。

与此同时，"唯美"一系之传播和影响也不可小视，从先秦老庄到魏晋嵇康、阮籍，以至齐梁开启的"形式运动"，持续发酵，能量巨大——虽然它时常受到正统的主流思想打压，但是如同巨石之下的"野草"，顽强地扩展着自己的生命。唐代唯美派的代表人物，则有杜甫、殷璠、高仲武、司空图等人。杜甫另论，此不述。

殷璠的思想主要表现在他所编选的《河岳英灵集》中。他在自叙⑧中说："璠今所集，颇异诸家，既闲新声，复晓古体，文质半去，风骚两挟，言气骨则建安为传，论宫商则太康不逮。"又说："夫文有神来、情来、气

---

① （隋）李谔《上隋高帝革文华书》认为，社会之所以动荡和战乱，祸根之一在于文之绮靡，"忽君子之大道，好雕虫之小艺"，"遗理存异，寻虚逐微，竞一韵之奇，争一字之巧"，以至"文笔日繁，其政日乱"。（见《北史》卷七十七《列传》第六十五《李谔传》）王通《中说》更是把以往文人骂倒一大片："子（王通）谓文士之行可见：谢灵运小人哉！其文傲，君子则谨；沈休文小人哉！其文冶，君子则典。鲍照、江淹，古之狷者也，其文急以怨；吴筠、孔珪，古之狂者也，其文怪以怒；谢庄、王融，古之纤人也，其文碎；徐陵、庾信，古之夸人也，其文诞。或问孝绰兄弟。子曰：鄙人也，其文淫。或问湘东王兄弟。子曰：贪人也，其文繁。谢朓，浅人也，其文捷；江捴，诡人也，其文虚。皆古之不利人也。"（见《文中子中说·事君篇》，上海古籍出版社2008年版）

② 陈子昂：《与东方左虬修竹篇序》（中华书局1960年版《陈子昂集》卷一）、《喜马参军相遇醉歌序》（《陈子昂集》卷二）。

③ 白居易：《与元九书》，见《白居易集笺校》卷四十五，上海古籍出版社1988年版。

④ 韩愈：《师说》，见《韩愈文集汇校笺注》卷二，中华书局2010年版。

⑤ 柳宗元：《答韦中立论师道书》，见《柳宗元集》，商务印书馆2007年版。

⑥ 周敦颐《通书·文辞第二十八》曰："文所以载道也，轮辕饰而人毋庸，徒饰也，况虚车乎？文辞，艺也；道德，实也。笃其实，而艺者书之，美则爱，爱则传焉。贤者得以学而至之，是为教。故曰言之无文行之不远……不知务道德而第以文辞为能者，艺焉而已。噫，弊也久矣。"见《周子全书》卷二，商务印书馆1937年版。

⑦ 程颐《伊川先生语四》："问：作文害道否？曰：害也。凡为文，不专意则不工，若专意，则志局于此，又安能与天地同其大也？《书》云：'玩物丧志'，为文亦玩物也。"见《二程遗书》卷十八，上海古籍出版社1992年版。

⑧ 《全唐文》卷四百三十六。

来，有雅体野体、鄙体、俗体，编纪者能审览诸体，委详所来，方可定其优劣，论其取舍。至如曹刘诗多直语，少切对，或五字并侧，或十字俱平，而逸驾终存。然挈瓶庸受之流，责古人不辨宫商徵羽，词句质素，耻相师范，于是攻异端，妄穿凿，理则不足，言常有余，都无兴象，但贵轻艳，虽满箧笥，将何用之。自萧氏以还，尤增矫饰。武德初微波尚在，贞观末标格渐高，景云中颇通远调，开元十五年后，声律风骨始备矣。"他所赞赏的是"辨宫商徵羽"，讲究"声律风骨"；批评那种"妄穿凿，理则不足，言常有余，都无兴象，但贵轻艳"的弊病。他喜欢王维那种"词秀调雅，意新理惬，在泉为珠，着壁成绘，一字一句，皆出常境"（《评王维》），他喜欢孟浩然那种"文采丰茸，经纬绵密，半遵雅调，全削凡体"（《评孟浩然》），总之，殷璠关注的多是形式的美。

高仲武与殷璠具有大体相似的倾向。他在所编选的《中兴间气集》的《自序》①中说："今之所收，殆革前弊，但使体状风雅，理致清新，观者易心，听者竦耳，则朝野通取，格律兼收，非所敢隶也。"他评钱起，赞其"体格新奇，理致清赡"，评李嘉祐，谓其"往往涉于齐梁，绮靡婉丽，盖吴均、何逊之敌也"。也都着眼于形式的美。

至于晚唐的司空图，更是唯美到家了。他的《与李生论诗书》有充分表现："文之难，而诗尤难。古今之喻多矣，而愚以为辨于味而后可以言诗也。江岭之南，凡足资于适口者，若醯，非不酸也，止于酸而已；若鹾，非不咸也，止于咸而已。华之人以充饥而遽辍者，知其咸酸之外，醇美有所乏耳。彼江岭之人，习之而不辨也，宜哉。诗贯六义，则讽喻、抑扬、淳蓄、温雅，皆在其间矣。然直致所得，以格自奇。前辈诸集，亦不专工于此，矧其下者耶！王右丞、韦苏州澄澹精致，格在其中，岂妨于遒举哉！贾浪仙诚有警句，视其全篇，意思殊馁，大抵附于蹇涩，方可致才，亦为体之不备也，矧其下者哉！噫！近而不浮，远而不尽，然后可以言韵外之致耳。……盖绝句之作，本于诣极，此外千变万状，不知所以神而自神也，岂容易哉？今足下之诗，时辈固有难色，倘复以全美为工，即知味外之旨矣。"②

"对偶说"的创立以及由此直接促成律诗的形成

唐人在继承魏晋南北朝"形式运动"传统的基础上，提出对偶理论，

---

① 《全唐文》卷四百五十八。
② "四部丛刊"本《司空表圣文集》卷二。

律诗、绝句得以完全形成——这是一大贡献，也是此时文论并非"衰落"而是继续发展的一个明证。

以往有关论著（各种美学史、批评史等等）已经对"尚用"之论讲述很多，读者相对比较熟悉，本书不想再多说什么。此节要重点论述的是以往论著较少关注（或即使关注也多所非议）的"唯美"一派的思想理论，特别是有关"形式"和"形式运动"①——具体到唐代，即"对偶说"的创立以及由此直接促成律诗、绝句的形成。这是魏晋南北朝"形式运动"的延续和发展。

罗根泽《中国文学批评史》（二）指出："初盛唐是讲对偶的时代，中唐是讲诗的社会使命的时代，晚唐五代以至宋初是讲诗格的时代。"② 王昌龄（约690—约756，字少伯）《诗格》说："凡文章不得不对。上句若安重字、双声、叠韵，下句亦然。若上句偏安，下句不安，即名为离支；若上句用事，下句不用事，名为缺偶。故梁朝湘东王《诗评》云：'作诗不对，本是吼文，不名为诗。'夫作诗用字之法，各有数般：一敌体用字，二同体用字，三释训用字，四直用字。但解作诗，一切文章，皆如此法。"③ 稍后于王昌龄的入唐日僧遍照金刚（日本平安朝前期的僧人佐伯空海，804年来唐求法）《文镜秘府论》之《论对》则详细论说了唐人之对偶说，罗根泽以这一节文字为中心，用了三万多字的篇幅详细考证和论述了唐人所论对偶和诗格的具体内容，表现出深厚的学术功力。罗根泽说："对偶说的历史，盖源于唐初，而成于元兢、崔融。元崔以前，普通的对偶，已泰半次第完成，至他俩又创立许多较新奇的对偶，由此对偶说遂至登峰造极的地位。以故同时而稍后的沈佺期（约656—约714或715）、宋之问（656—712），便能以完成'研练精切，稳顺声势'（白居易《与元九书》）的律诗。"④

---

① 这里附带声明几句：我说以往较少关注"唯美"一派，是就一般论著多突出论述儒家"致用"之诗学文论而言。但是许多诗学文论著作（包括美学史、批评史）并非不谈古人有关文学艺术形式问题的思想观点，但其论述有两个问题：或是基本予以否定和批判，如郭绍虞1961年中华书局版《中国文学批评史》；或是虽然也详述"音律"、"对偶"等，但是，他们一般都未提到"形式运动"的高度来展开自己的思想，而只是提供丰富而翔实的资料（此亦为重要贡献），故未给予符合其历史价值的充分肯定。但有一例外，即罗根泽《中国文学批评史》（一）"魏晋南北朝文学批评史"部分，用两章篇幅谈"音律说"；《中国文学批评史》（二）"隋唐文学批评史"部分又用两章篇幅谈"诗的对偶及作法"，且有许多精到观点。

② 罗根泽：《中国文学批评史》（二），古典文学出版社1957年版，第5页。

③ 《全唐五代诗格汇考》王昌龄《诗格》卷上，江苏古籍出版社2002年版。

④ 罗根泽：《中国文学批评史》（二），第19页。

《文镜秘府论·东卷·论对》小序云：

> 　　或曰：文词妍丽，良由对属之能；笔札雄通，实安施之巧。若言不对，语必徒申；韵而不切，烦词枉费。元氏云："《易》曰：'水流湿，火就燥。''云从龙，风从虎。'《书》曰：'满招损，谦受益。'此皆圣作切对之例也。况乎庸才凡调，而对而不求切哉！"
>
> 　　余览沈、陆、王、元等诗格式等，出没不同。今弃其同者，撰其异者，都有二十九种对，具出如后。其赋体对者，合彼重字，双声、叠韵三类，与此一名；或叠韵、双声，各开一对，略之赋体；或以重字属联绵对。今者开合俱举，存彼三名，后览达人，莫嫌烦冗。①

　　遍照金刚的观点很明确、很肯定：诗歌之"文词妍丽"和"笔札雄通"，重要原因之一乃由巧施"对属"而成；倘若"言不对"、"韵不切"，任说什么都是"枉费"。遍照金刚在这里提到"言对"、"韵切"，我认为包括诗歌对偶的两个方面：一是词义之对（或许即他所谓"言对"）；二是声韵之对（或许即他所谓"韵对"）。前者（词义之对）是唐人的新发明；后者（声韵之对）是唐人在魏晋南北朝"四声"说基础上的发挥。有了"词义之对"、"声律之对"合起来组成完整的"对偶说"，用之于诗歌创作实践，才形成了律诗、绝句这一风行千多年的诗歌形式，甚至直到今日一些人（当然人数不算很多）仍然乐此不疲——有发行量不算很少的《中华诗词》为证。

　　遍照金刚《论对》中列了"二十九种对"：一曰"的名对"（亦名正名对，亦名正对），二曰"隔句对"，三曰"双拟对"，四曰"联绵对"，五曰"互成对"，六曰"异类对"，七曰"赋体对"，八曰"双声对"，九曰"叠韵对"，十曰"回文对"，十一曰"意对"，十二曰"平对"，十三曰"奇对"，十四曰"同对"，十五曰"字对"，十六曰"声对"，十七曰"侧对"，十八曰"邻近对"，十九曰"交络对"，廿曰"当句对"，廿一曰"含境对"，廿二曰"背体对"，廿三曰"偏对"，廿四曰"双虚实对"，廿五曰"假对"，廿六曰"切侧对"，廿七曰"双声侧对"，廿八曰"叠韵侧对"，廿九曰"总不对对"。这二十九种对中，据他自己注云，有十一种是"古人同出"，有六种出之"元兢《脑髓》"，有八种出之"皎公

---

① ［日］遍照金刚：《文镜秘府论》，人民文学出版社 1980 年版，第 95 页。

《诗议》"，有三种出之"崔氏《唐朝新定诗格》"，最后第二十九种"总不对"，无出。

这二十九种对的每一种下面，几乎都举例说明，有的还详细阐发其含义。从他的解释和例诗看，二十九种之中有些是重复的，有些是相近的，有些可以互相涵盖……概括起来，最主要的大体有如下数种：

的名对（即正名对，"天地、日月、好恶、去来……如此之类，名正对"）；

隔句对（"隔句对者，第一句与第三句对，第二句与第四句对：如此之类，名为隔句对"。例："昨夜越溪难，含悲赴上兰；今朝逾岭易，抱笑入长安"，"相思复相忆，夜夜泪沾衣；空悲亦空叹，朝朝君未归"）；

双拟对（双拟对者，一句之中所论，假令第一字是"秋"，第三字亦是"秋"，二"秋"拟第二字；下句亦然：如此之类，名为双拟对。诗曰："夏暑夏不衰，秋阴秋未归；炎至炎难却，凉消凉易追"）；

联绵对（"联绵对者，不相绝也。一句之中，第二字、第三字是重字，即名为联绵对。但上句如此，下句亦然。诗曰：'看山山已峻，望水水仍清；听蝉蝉响急，思乡乡别情'"）；

同类对或同对（"若大谷、广陵，薄云、轻雾；此"大"与"广"、"薄"与"轻"，其类是同，故谓之同对。同类对者，云、雾，星、月，花、叶，风、烟，霜、雪，酒、觞，东、西，南、北，青、黄，赤、白，丹、素，朱、紫，宵、夜，朝、旦，山、岳，江、河，台、殿，宫、堂，车、马，途、路）；

异类对（如"风织池间树，虫穿草上文"，"风"、"虫"异类也）；

双声对（"诗曰：'秋露香佳菊，春风馥丽兰'。佳菊双声，系之上语之尾，丽兰叠韵，陈诸下句之末如此之类，俱曰双声"）；

叠韵对（"旷望"、"徘徊"、"绸缪"、"眷恋"，例同于此，何藉"徘徊"、"窈窕"、"眷恋"、"彷徨"、"放畅"、"心襟"、"逍遥"、"意气"、"优游"、"陵胜"、"放旷"、"虚无"、"馥酊"、"思维"、"须臾"等等，都是"叠韵"）；

回文对（"情新因意得，意得遂情新；新情终会故，会故亦经新"之类）；

平对（"若青山绿水，此平常之对"）；

奇对（"奇对者，马颊河，熊耳山，既非平常，是为奇对"）；

等等。

从遍照金刚引述皎然的八种对（"邻近对"、"交络对"、"当句对"、"含境对"、"背体对"、"偏对"、"双虚实对"、"假对"）来看，一方面中唐以后讲究对偶"益臻严密"，另一方面亦转返宽泛，由是以后的对偶说，"遂益返于宽泛"①。遍照金刚所说"意对"、"同对"、"字对"、"声对"、"侧对"、"切侧对"、"双声侧对"、"叠韵侧对"等，也是宽泛的表现。当谈到第二十九种"总不对"时，遍照金刚举出例诗"平生少年日，分手易前期；及尔同衰暮，非复别离时。勿言一罇酒，明日难共持；梦中不识路，何以慰相思"，然后说："此总不对之诗，如此作者，最为佳妙。"其实，"总不对"者，如罗根泽所说"虽名为对，而实在不对；充其量也是不对之对"；我认为它类似麻将中所谓"十三不靠"。而遍照金刚称其"最为佳妙"，直白地表现出他十分宽大开放的态度，主张不以过于苛刻的对偶死则束缚诗人的天分。到后来，对于律诗之格律，更是大体遵循"一三五不论，二四六分明"（对七言律诗的一、三、五字要宽松些，以至一般"不论"；而第二、四、六字，则要平仄分明）的原则②。这也正好表明唐人"对偶说"并非以死框框限制甚至扼杀诗人的才情，而是依照汉语声调和语义的规律，使诗歌诵读起来更动听、更美。

律诗与"唯美派"杜甫及其他

律诗、绝句的形成，是唐人以"对偶说"为导引而进行审美实践的光辉创造，是在魏晋南北朝之后继续进行的形式运动所结出的美丽花朵。律诗在唐代是一种新诗体，与乐府、古风等等古体诗相对而言，或称近体诗。它包括五律、七律、五排、七排、五绝、七绝，始自初唐，经杜审言、李峤、沈佺期、宋之问等人，到盛唐诸诗人，才逐渐定型，而杜甫，是各种律体诗之完善与成熟的代表性人物，说他取得了"集大成"式的成就，亦不为过。杜甫可以说为后世树立了律诗的写作范式。

律诗不但讲究押韵，讲究声调，而且讲究平仄。诗人把平上去入四声分为平和仄两类，平就是平声，仄就是上去入三声。律诗把平仄两类声调在诗句中交错，使得声调铿锵，丰富多样，悦耳动听。律诗还要讲究诗句遣词用字的对偶，也即对仗。五律、七律，都是八句，第一二两句为首联，三四两句为颔联，五六两句为颈联，七八两句为尾联。律诗对仗一般

---

① 罗根泽：《中国文学批评史》（二），第19页。

② 其来历无可考，王力《诗词格律》也说"相传有这样一个口诀：'一三五不论，二四六分明'"，究竟传自何时、何人，不知道。

用在三四两句和五六两句即颔联和颈联，也可用在首联，极少数也用在尾联。一首好的律诗，因韵脚、平仄、对仗等等用到极致，成为一件精美绝伦的"艺术品"。这是唐朝人在审美文化上的发明，也是中华民族对人类文化的独特贡献。

　　而讲究对偶、声律、平仄、押韵等形式，并非与讲究诗歌思想内容相冲突，甚至也不与诗歌之"尚用"相矛盾，它只是要诗歌变得更美。甚至连一向被视为"尚用"派代表人物的白居易，也强调"感人心者，莫先乎情，莫始于言，莫切乎声，莫深乎义"，"圣人知其然，因其言，经之以六义，缘其声，纬之以五音。音有韵，义有类。韵协则言顺，言顺则声易入"（《与元九书》）。所以，必须破除以往在这方面的某种认识误区。

　　杜甫（712—770，字子美）就是一个很好的例子。他被公认为"诗圣"、"诗史"，诗风"沉郁顿挫"，而艺术上，杜甫则是典型的"唯美"派，讲究对仗工整、诗律精美，"朱门酒肉臭，路有冻死骨"（《自京赴奉先县咏怀五百字》）、"留连戏蝶时时舞，自在娇莺恰恰啼"（《江畔独步寻花七绝句（其六）》）等等，就是标准的杜氏诗句，千百年来，脍炙人口。大家知道，六朝，特别是齐梁诗风，讲究四声、平仄，追求形式之美；历来对此批评甚多。当唐代许多人对六朝文风特别是齐梁诗歌挑剔、鄙视甚至斥责的时候，杜甫却相反，找出它们的优点，予以赞扬："清新庾开府，俊逸鲍参军"（《春日忆李白》），"庾信文章老更成，凌云健笔意纵横"（《戏为六绝句》），并且着意学之："谢朓每篇堪讽诵"（《寄岑嘉州》），"颇学阴何苦用心"（《解闷》，"阴"指阴铿，"何"指何逊，均南北朝时著名诗人）。对于承袭齐梁诗风的"初唐四杰"，当时人斥为"轻薄为文"，而杜甫则相反："王杨卢骆当时体，轻薄为文哂未休；尔曹身与名俱灭，不废江河万古流。"（《戏为六绝句》）杜甫根本是在诗律上下工夫，连白居易也说他"贯穿古今，觑缕格律，尽工尽善"（《与元九书》）。杜甫自谓："文章千古事，得失寸心知。作者皆殊列，名声岂浪垂。骚人嗟不见，汉道盛于斯。前辈飞腾入，余波绮丽为。"（《偶题》）他认为诗文发展的历史规律就是"余波绮丽为"。求绮丽、求平仄、求声韵、求对偶、求诗美，没有什么不好，而这正是杜甫终生的有意追求，至老不变，所谓"为人性僻耽佳句，语不惊人死不休；老去诗篇浑漫与，春来花鸟莫深愁"（《江上值水如海势聊短述》），"晚节渐于诗律细，谁家数去酒杯宽"（《遣闷戏呈路十九曹长》）。此后，讲究诗词平仄、音律、对仗之美，成为一种历久不衰的传统，亦确为诗词（以至其他韵文）增色不少。

宋代杰出的女词人李清照（1084—1155，号易安居士），更在诗歌声律基础上倡导词的音律，提出词"别是一家"：

> ……又涵养百余年，始有柳屯田永者，变旧声作新声，出《乐章集》，大得声称于世；虽协音律，而词语尘下。又有张子野、宋子京兄弟，沈唐、元绛、晁次膺辈继出，虽时时有妙语，而破碎何足名家！至晏元献、欧阳永叔、苏子瞻，学际天人，作为小歌词，直如酌蠡水于大海，然皆句读不葺之诗尔。又往往不协音律者，何耶？盖诗文分平侧，而歌词分五音，又分五声，又分六律，又分清浊轻重。且如近世所谓《声声慢》、《雨中花》、《喜迁莺》，既押平声韵，又押入声韵；《玉楼春》本押平声韵，又押上去声，又押入声。本押仄声韵，如押上声则协；如押入声，则不可歌矣。王介甫、曾子固，文章似西汉，若作一小歌词，则人必绝倒，不可读也。乃知别是一家，知之者少。①

可知词之美，不能离开其特有的声调音律。

甚至到现代，闻一多（1899—1946）也竭力倡导新格律诗，讲究音律之美，谓之"戴着镣铐跳舞"②。

第三节　"诗有三境"说："意境"理论的起始

王昌龄的"诗有三境"

魏晋南北朝之后，"诗文评"（中国古代诗学文论）在继承前人思想的基础上，携已有的成果继续前行。刘勰《文心雕龙·隐秀》已有"境"

---

① 见于魏庆之《诗人玉屑》卷二一《诗余》。

② 闻一多《诗的格律》（原载《晨报·诗镌》第 7 号，1926 年 5 月 13 日）一文说：

假定"游戏本能说"能够充分的解释艺术的起源，我们尽可以拿下棋来比做诗；棋不能废除规矩，诗也就不能废除格律。……假如你拿起棋子来乱摆布一气，完全不依据下棋的规矩进行，看你能不能得到什么趣味？游戏的趣味是要在一种规定的条律之内出奇致胜。做诗的趣味也是一样的。假如诗可以不要格律，做诗岂不比下棋、打球、打麻将还容易些吗？难怪这年头儿的新诗"比雨后的春笋还多些"。我知道这些话准有人不愿意听。但是 Bliss Perry 教授的话来得更古板。他说"差不多没有诗人承认他们真正给格律缚束住了。他们乐意戴着脚镣跳舞，并且要戴别个诗人的脚镣"。

所以"戴着镣铐跳舞"是闻一多引述佩里教授的话，他表示赞同。

的概念出现，他用"境"评论嵇康、阮籍诗，说他们的诗"境玄意淡"，谓其有"文外之重旨"，能够"余味曲包"。"境"的观念来自佛教。唐代诗论家借用"境"的观念更提出论诗的一些新思想，十分可喜。王昌龄（约690—约756）《诗格》①与皎然（生卒年不详，活动于大历、贞元年间，俗姓谢，字清昼，谢灵运十世孙）的《诗议》、《诗式》中频繁谈到"境"、"境界"、"缘境"、"取境"、"造境"一类概念，吹起一股新鲜的诗论之风。这里特别令人关注的是王昌龄提出"诗有三境"说：

> 诗有三境。一曰物境，二曰情境，三曰意境。物境一。欲为山水诗，则张泉石云峰之境，极丽绝秀者，神之于心。处身于境，视境于心，莹然掌中，然后用思，了解境象，故得形似。情境二。娱乐愁怨，皆张于意而处于身，然后驰思，深得其情。意境三。亦张之于意，而思之于心，则得其真矣。②

王昌龄"三境"之三，即"意境"，今天的人们熟得不能再熟的一个概念；可在当时，应该是非常新鲜的，亦可谓首创——在中国"诗文评"史上首次出现了"意境"概念（王昌龄的"物境"、"情境"、"意境"三者具有内在贯通性，亦可归于今人所谓"意境"之中，详后）。必须特别强调它的巨大意义：这是中国"诗文评"之核心理论之一"意境"说的起始。

王振复发表于2006年第2期《复旦学报》（社会科学版）的《唐王昌龄"意境"说的佛学解》一文认为，王昌龄所言"物境"、"情境"与"意境"的"诗有三境"说，指的是中国诗歌的三种审美心理、品格与境界，而作为第三种品格与境界的"意境"，主要是对于禅诗而言的。他特别论述了佛学"境"、"意"与"三识性"与王昌龄"三境"说之渊源关

---

① 有的论家认为王昌龄《诗格》是"伪书"，但罗根泽经考证认为"秘府论地卷论体势类的十七势，南卷论文意类最前所引或曰四十余则，皆疑为真本王昌龄诗格的残存"（罗根泽：《中国文学批评史》二，第30页），又说"秘府论南卷论文意类引或曰右旁，注有'王氏论文云'五字……又见诗中密旨，知密旨悟中有真，而此之出于王昌龄诗格，也益有佐证了"（罗根泽：《中国文学批评史》二，第34页）。所以并不能一概将王昌龄诗格斥之为"伪"。2002年江苏古籍出版社《全唐五代诗格汇考》录校王昌龄《诗格》，卷上为《文镜秘府论》引述部分，较为真实可靠；卷下为《吟窗杂录》（该书是宋人陈应行编辑的一部汇集从初唐到北宋有关诗格、吟谱、句图以及诗论的总集）收录部分，这一部分中可能有后人改篡的地方。

② 《全唐五代诗格汇考》王昌龄《诗格》卷上，江苏古籍出版社2002年版。

系。王振复的论证和述说很具启示性。不过王振复主要说的是王昌龄"三境"与佛学渊源；而且他将"三境"分别言之，似乎将它们视为三种东西，没有强调三者内在关联，令人略感不足。而我想着重谈的则是"三境"内在精神的统一。王昌龄"诗有三境"，总起来可概括为一种指谓："诗境"；而所谓"三"者（"物境"、"情境"、"意境"）不是三个东西，而是"诗境"这一个东西，或可称之为"意境"或"情境"（"情境""意境"可通用，只是人们已经习惯于"意境"一词，那就从众从俗，统称"意境"）。何以言之？因为，细细琢磨和体味王昌龄所谓诗中之"三境"，根本都是讲的诗人之心意、情感的境象表现。其过程大体是：诗人在生活中有所体察感悟，"化景物为情思"（宗白华语），然后又将"情思"化为"境象"。王昌龄"诗有三境"这段话的核心是诗人主体情思之境象化（外化）：其"物境"，说的是"山水诗"，强调"极丽绝秀者，神之于心"，认为"处身于境，视境于心，莹然掌中，然后用思"，重点在"神之于心"、"视境于心"；其"情境"，说的是"娱乐愁怨"之情，强调"张于意而处于身，然后驰思，深得其情"；其"意境"，说的是"亦张之于意，而思之于心"。总之，"物境"、"情境"、"意境"虽名为三，实则都是诗人如何"处身于境，视境于心，莹然掌中"从而外化为境象。而且王昌龄还特别强调"意境"与灵感的关系，他说："思若不来，即须放情却宽之，令境生。然后以境照之，思则便来，来即作文。如其境思不来，不可作也。"[1] 这几句话首先说到创造"意境"需要"思"（或"境思"）也即灵感的出现，"思若不来"，不可硬作；只有当灵感到来之际，才可作文。灵感是什么？它是诗人高度兴奋的主观精神状态，是诗人情感喷发的临界点。当灵感未发、临界点未到，则不能创作出好诗。由此又显出诗人主体的主导作用，间接表现出"意境"中的"心"、"意"、"情"的重要意义。总之，上述各个方面都表明从"意境"理论的起始阶段就显示出它的特质在于其表现性，从而与西方美学"典型"理论的再现性特质相区别。

意境说的发展

稍后于王昌龄，皎然也在《诗议》中说到诗的"境象"："夫境象非一，虚实难明。有可睹而不可取，景也；可闻而不可见，风也；虽系乎我

---

[1]　《全唐五代诗格汇考》王昌龄《诗格》卷上，江苏古籍出版社 2002 年版。

形，而妙用无体，心也；义贯众象，而无定质，色也。凡此等，可以对虚，亦可以对实。”① 另，皎然《诗式》“取境”条说：“不入虎穴，焉得虎子。取境之时，须至难至险，始见奇句。成篇之后，观其气貌，有似等闲，不思而得，此高手也。有时意静神王，佳句纵横，若不可遏，宛如神助。不然，盖由先积精思，因神王而得乎。”《诗式》“辩体有一十九字”条又说：“夫诗人之思初发，取境偏高，则一首举体便高；取境偏逸，由一首举体便逸。”② 这些既涉及“意境”的特点（“虚实难明”、“有可睹而不可取”、“可闻而不可见”、“无定质”），也涉及“意境”创造的艰难（“至难至险，始见奇句”）及其与灵感的关系（“意静神王，佳句纵横，若不可遏，宛如神助”）。这较王昌龄“意境”思想有所深入。

我们还应注意到，唐宋的一些诗论家还触及“意境”的另外的特点：象外之旨，境生于象外，言有尽意无穷。皎然《诗式》“重意诗例”条就谈到“两重意以上，皆文外之旨”，这“文外之旨”尤为可贵，似第一次出现此类说法；刘禹锡《董氏武陵集纪》更明确说到“境生于象外”：“片言可以明百意，坐驰可以役万里，工于诗者能之……诗者，其文章之蕴耶！义得而言丧，故微而难能。境生于象外，故精而寡和。千里之谬，不容秋毫。”③ 晚唐司空图《与李生论诗书》进一步谈到：“近而不浮，远而不尽，然后可以言韵外之致耳”，“倘复以全美为工，即知味外之旨矣”。④ 其《与极浦书》又云：“戴容州云：诗家之景，如蓝田日暖，良玉生烟，可望而不可置于眉睫之前也。象外之象，景外之景，岂容易可谭哉。然题纪之作，目击可图，体势自别，不可废也。”⑤ 宋代文论家所说的“气象”概念和“韵味”概念，也包含意境的某些意思。到南宋严羽《沧浪诗话》则更说了一段有名的话：“夫诗有别材，非关书也；诗有别趣，非关理也。然非多读书、多穷理，则不能极其至，所谓不涉理路、不落言筌者，上也。诗者，吟咏情性也。盛唐诸人惟在兴趣，羚羊挂角无迹可求。故其妙处透彻玲珑不可凑泊，如空中之音、相中之色、水中之月、镜

---

① 皎然《诗议》保留在遍照金刚《文镜秘府论》中，上述引文见《文镜秘府论·南卷·论文意》，人民文学出版社1980年版，第144页。
② 皎然：《诗式》，见《历代诗话》（上），中华书局1981年版。另，皎然诗中也多次说到“境”：“苍林有灵境，杳映遥可羡”，“释印及秋夜，身闲境亦清”（《皎然集》卷一），“偶来中峰宿，闲坐见真境”（《皎然集》卷二），“持此心为境，应堪月夜看”（《皎然集》卷四）。
③ 《刘禹锡集》卷十九，中华书局1990年版。
④ 司空图：《与李生论诗书》，四部丛刊影旧钞本《司空表圣文集》卷二。
⑤ 司空图：《与极浦诗书》，四部丛刊影旧钞本《司空表圣文集》卷三。

中之象，言有尽而意无穷。"①　他们有的直接说到"境"，有的没有出现"境"或"意境"字样，但说的就是意境的特征。

"意境"之我见

关于"意境"或"境界"，自唐代王昌龄始至近代王国维以至于现代和当代的美学家、文艺理论家，写了数不清的论著；我不想重复前人的话，只是略陈鄙见。我觉得不应像解剖实物那样去析离一个本不可析离的审美观念。如果像有的人那样把"意境"的所谓组成因素分解开来，说它是"情"、"景"组成的，或"主"、"客"组成的，或"景物"与"情思"组成的，等等，就都肢解了一个活生生的生命体。即使你在分解出这些因素之后又觉不妥，再补救说：意境乃情景交融，情不离景、景不离情、景中情、情中景……都于事无补。我认为"意境"只可整体把握，不可拆解认识；一旦拆解，它就已经是死物，从部分到整体都失去生命。以我的观点，从整体看，"意境"有三性：一曰"意境"乃"意"之"场"；二曰"意境"乃"诗"之"精"；三曰"意境"乃"艺"之"魂"。试简述之。

所谓"意境"乃"意"之"场"，是借自然科学中的"场"概念来解说"意境"。科学家把"场"定义为"粒子相互作用中起媒介作用的实体，它分布在整个空间或部分空间，其性质是空间坐标和时间坐标的函数"②。有的人还说物质的本质是"场"，最基本的运动是"场旋"，最基本的"物质粒子"是"场旋粒子"。③　我们无法、无力也无意解决自然科学问题，只是借用（或误用、误读）"场"来比喻性的说明"意境"特质：它是诗人感触生活产生审美情思外化为境象，成为一种审美情思之场，或说艺术的"意"之"场"。④　它辐射和弥漫于艺术空间，几乎无处

---

① 《沧浪诗话校释》，人民文学出版社1961年版，第13—114页。

② 《现代科学技术词典》（上册），上海科学技术出版社1980年版，第629页。

③ 赵瑞轩：《物质的层次结构与自然科学》，见百度网。

④ 这审美情思或艺术之"意"，其核心是"情"，它以"情"为本。这是审美世界、艺术世界的本质规定性。在世界范围内，学者对情感越来越重视。2012年3月5日《中国社会科学报》A－03版发表了《史学家青睐情感历史研究》，介绍当今世界上许多史学家的研究动向和最新观念。剑桥大学历史学博士丹尼尔·范泽尔·赫尔曼（Danelle van Zyl-Hermann）说："支持从史学角度研究人类情感的学者认为，情感应与'阶级'和'性别'的社会地位相等同，都是推动人类社会进步不可或缺的因素。因此，从史学角度分析人类情感的变化可以使人们更好地了解过去、审视现在和预测未来。"中国哲学家李泽厚也提出"情本体"概念。

不在、无孔不入，你可以感受、领悟、体验，却似乎摸不着，即如严羽所谓"羚羊挂角，无迹可求。故其妙处透彻玲珑，不可凑泊，如空中之音、相中之色、水中之月、镜中之象，言有尽而意无穷"。

所谓"意境"乃"诗"之"精"，是说"意境"是诗的精华所在。最近一届茅盾文学奖的获得者，小说家兼诗人张炜在香港三联书店的讲演中对诗推崇备至，说自己"不分青红皂白地爱着诗"："我觉得诗是文学的最高形式，当一种事物、一种情感、一种境界不能够用理论，也不能够用小说和散文，甚至不能够用戏剧和绘画，不能用任何东西来表达的时候，也就找到了诗。"又说："我内心里对诗的定义是：当任何文体都不能表达的某种思想和意境、情绪，而最终不得不借助的那种文学形式——它就是诗。"① 这是一个艺术家的一种情绪化的说法，却接近诗的本义。一首诗，它的最好的部分，最精彩的部分，它的精华和要害，就是"意境"。既然它是诗之精，那么它自然也就是整个文学之精。

所谓"意境"乃"艺"之"魂"，是说不止诗，整个文学，全部艺术，都追求"意境"，"意境"是全部艺术的灵魂。譬如，优秀的小说亦如此。你读列夫·托尔斯泰的《战争与和平》、《安娜·卡列尼娜》、《复活》，假若你沉浸其中，你会体味到作者绝非仅仅给你讲一个故事，而是创造出一种"意境"，你从纯洁得像一块水晶那样透明的少女娜达莎（《战争与和平》）身上，会感受俄罗斯特有的美的境界。一切艺术，莫不如是。王羲之的《兰亭序》、吴道子之人物、公孙大娘之舞剑、明清故宫之建筑……哪一个没有"意境"？对于艺术来说，"意境"如同贾宝玉脖子上的通灵宝玉，一旦失去，就掉了魂。戏剧、绘画、雕塑、音乐、舞蹈、艺术电影、艺术电视、建筑……所有艺术门类，都创造"意境"或"境界"。无"意境"，不仅不是好艺术，而且可能根本不是艺术。

第四节　诗话时代来了

魏晋南北朝至隋唐的诗文评，多以序跋、传论、书信、选本、疏注以及一些专门的文章、论著、论诗诗等面貌出现；唐五代，大批的诗格类著作加入其中。到了宋代以后，又出现了新的形式，即诗话、词话、文话（四六话）……此外还有文章评点和戏曲评论。

---

① 张炜：《写作是一场远行》，《文艺争鸣》2012 年 2 月号。

诗话时代略窥

宋代是诗话的时代，可谓"遍地丛生，遮天盖地，多如牛毛"，令人有不可胜数之慨。据《四库全书总目提要》，宋代已成书的诗话有七十八种。中华书局 1979 年版郭绍虞《宋诗话考》统计，宋代诗话著作总数约有一百七十余种。① 据我所知道的，就有如下篇目：欧阳修《六一诗话》、司马光《续诗话》、王珪《王禹玉诗话》（佚）、刘攽《中山诗话》、潘兴嗣《诗话补遗》、王立之《王直方诗话》、蔡绦《西清诗话》、陈师道《后山诗话》、陈辅之《陈辅之诗话》、吴开《优古堂诗话》、洪刍《洪驹父诗话》、潘惇《潘子真诗话》、范温《潜溪诗眼》、蔡启《蔡宽夫诗话》、魏泰《临汉隐居诗话》、释惠洪《冷斋夜话》、吴可《藏海诗话》、李颀《古今诗话》、许𫖮《许彦周诗话》、唐庚《唐子西文录》、阮阅所编诗话总集《诗话总龟》、叶梦得《石林诗话》、张戒《岁寒堂诗话》、严有翼《艺苑雌黄》、计有功《唐诗纪事》、吴聿《观林诗话》、佚名《诗说隽永》、张某《汉皋诗话》、周知和《垂虹诗话》、刘斧《青琐诗话》、黄彻《巩溪诗话》、佚名《环溪诗话》、吕本中《紫薇诗话》、周紫芝《竹坡老人诗话》、《诗谳》、张表臣《珊瑚钩诗话》、蔡正孙《诗林广记》、魏庆之《诗人玉屑》、朱弁《风月堂诗话》、佚名《桐江诗话》、曾季狸《艇斋诗话》、葛立方《韵语阳秋》、曾慥《高斋诗话》、陈岩肖《庚溪诗话》、陈日华《诗话》、姚宽《西溪丛语》、周必大《二老堂诗话》、洪迈《容斋诗话》、朱熹《晦庵诗话》、尤袤《全唐诗话》、陆游《老学庵诗话》、杨万里《诚斋诗话》、高似孙《剡溪诗话》、张镃《诗学规范》、敖陶孙《敖器之诗话》、何汶《竹庄诗话》、蔡梦弼《草堂诗话》、严羽《沧浪诗话》及胡仔编的诗话总集《苕溪渔隐丛话》……②

词话也开始出现，唐圭璋编《词话丛编》，就收有杨绘《时贤本事曲子集》、杨湜《古今词话》、鲖阳居士《复雅歌词》、王灼《碧鸡漫志》、吴曾《能改斋词话》、胡仔《苕溪渔隐词话》、张侃《拙轩词话》、魏庆之

---

① 现存全本有 42 种，部分流传，或本无其书而由他人纂辑成之者有 46 种，有其名而无其书，或知其目而佚其文，又或有佚文而未及辑者有 51 种，再加上其中附及的数种。

② 对宋诗话的辑佚自宋人开始便已有之，近人罗根泽、郭绍虞等对宋诗话的整理作出了巨大贡献。郭绍虞《宋诗话考》已见上面的注。罗根泽著《两宋诗话年代存佚残辑表》及《两宋诗话辑佚叙录》收录在自著《中国文学批评史》第三册中。参见孙立《中国文学批评文献学》第五章，广东人民出版社 2000 年版。孙立此著，注重相关文献资料的搜集梳理，对研习古代文论颇有帮助。

《魏庆之词话》、周密《浩然斋词话》、张炎《词源》、沈义父《乐府指迷》等十一种。

此外还有王铚《四六话》、谢伋《四六谈麈》、陈骙《文则》等多种"文话"。①

在宋代，凡是有头有脸的诗人、词人、文人，几乎都在写诗话、词话，这成为他们的文化活动内容和重要生活方式之一。可以说，诗话、词话、文话的时代到来了，它们，尤其是诗话，成为宋代"诗文评"的一种主要形式和典型样态，而且也是中华民族审美文化的特有形态——世界上其他民族是没有的。它们的出现和繁荣，是中国古代诗学文论在此时"隆起"而非"衰落"的标志之一。

关于诗话，钱钟书先生在其主持编写的《中国文学史·宋代文学》之《宋代的诗话》一节说过这样一段话："第一部诗话是欧阳修的《六一诗话》，卷头语只有一句：'居士退居汝阴而集以资闲谈也。'另一个宋人许顗在《彦周诗话》第一条里说：'诗话者，辨句法，备古今，记盛德，录异事，正讹误也。'这两节话可以合起来看。诗话的内容很拉杂，评论古今的作家作品，考订或诠释名篇佳句，记述有关诗文的掌故和言论；但是它的宗旨很简单，也很平凡：'资闲谈'。它不是严肃正经的崇论闳议，而是随便亲切的漫谈闲话，语气轻松，文笔平易，顺手拈来，信口说去，随意收住，给读者以一种不拘形迹、优游自在的印象。宋代诗话往往写得娓娓动人，读着津津有味，仿佛在读魏晋以来的'轶事类小说'。的确，像《西京杂记》里司马相如论作赋、扬雄评司马相如赋等条，《世说新语》里谢安摘《诗经》佳句、阮孚赞郭璞诗、袁羊调刘恢诗、殷融答孙绰诗等条（《文学》篇、《排调》篇），早已具有诗话的雏形。其他'子部杂家'的著作像《颜氏家训》里纠正《七夕诗》、《雁门太守行》等用事的错误以及评赏王籍等人诗句那几条（《勉学》篇、《文章》篇），完全算得诗话。唐人笔记里这种评考诗文的条目更多，只是还和旁的东西混在一起。到了宋代，关于诗歌的'闲谈'才从一般的笔记里分出来，独立自成一体，不掺杂其他，这就是诗话。宋人不但写诗话，并且编诗话，把散见各种书籍里的诗文评论和掌故搜罗在一起，像阮阅的《诗话总龟》、胡仔的

---

① 王水照编《历代文话》（复旦大学出版社2007年版）收入《四六话》二卷（宋王铚撰百川学海本）、《四六谈尘》一卷（宋谢伋撰百川学海本）、《容斋四六丛谈》一卷（宋洪迈撰学海类编本）、《云庄四六余话》一卷（宋杨困道撰宋刊本）、《文则》一卷（宋陈骙撰台州丛书本）。《历代文话》是一部价值很高的书，读者可以参见。

《苕溪渔隐丛话》、魏庆之的《诗人玉屑》，都是比较流行的诗话汇编。"①

我之所以引了这么长一段话，是因为钱钟书先生把诗话的内容、特点、渊源等，说得非常清楚、完备、准确。我说不了这么好。我只是画蛇添足地强调一句：诗话极其自由，可以天马行空，随心所至，把自己感受最深的、最想说的话脱口说出，保持生活本身活生生的状态，带着语言和思绪产生时的原生态，留有泥土的芳香；而且，你读诗话，像是一位朋友在同你聊天，两杯热茶，一对软椅，谈笑风生，你感到非常平易、亲切。这正是中国"诗文评"不同于西方文论的特点之一。

欧阳修和《六一诗话》

欧阳修是北宋文坛领袖，对宋代文风、诗风和"诗文评"影响甚大。

于文，欧阳公强调"道胜者文不难自至"，为"文"与"道"的关系定下了基调。他在《答吴充秀才书》中说："……夫学者，未始不为道，而至者鲜焉。非道之于人远也，学者有所溺焉尔。盖文之为言，难工而可喜，易悦而自足。世之学者，往往溺之，一有工焉，则曰：吾学足矣。甚者至弃百事不关于心，曰：吾文士也，职于文而已。此其所以至之鲜也。昔孔子老而归鲁，六经之作，数年之顷尔。然读《易》者如无《春秋》，读《书》者如无《诗》，何其用功少而至于至也。圣人之文，虽不可及，然大抵道胜者文不难而自至也。故孟子皇皇不著书，荀卿盖亦晚而有作。若子云（扬雄）、仲淹（王通）方勉焉以模言语，此道未足而强言者也。后之惑者，徒见前世之文传，以为学者文而已，故愈力愈勤而愈不至。此足下所谓终日不出于轩序，不能纵横高下皆如意者，道未足也。若道之充焉，虽行乎天地，入于渊泉，无不之也。"②

关于诗文的创作，他提出著名的"穷而后工"的观点。《梅圣俞诗集序》中说："……而写人情之难言，盖愈穷则愈工。然则，非诗之能穷人，殆穷者而后工。"③ 这是在唐代韩愈提出"不平则鸣"的命题之后又一个重要的理论观点，影响中国诗学文论上千年。

而欧阳修《六一诗话》，则为"诗话"形式的写作树立了一种典型样态和"闲谈"式的范例。《六一诗话》有一段话成为"诗文评"史上的千

---

① 中国科学院文学研究所中国文学史编写组编写《中国文学史》（二），人民文学出版社1963年版，第681—682页。

② "四部丛刊"本《欧阳文忠公文集》卷四十七。

③ "四部丛刊"本《欧阳文忠公文集》卷四十二。

古名言：

> 圣俞尝语余曰："诗家虽率意，而造语亦难。若意新语工，得前人所未道者，斯为善也。必能状难写之景，如在目前，含不尽之意，见于言外，然后为至矣。贾岛云：'竹笼拾山果，瓦瓶担石泉。'姚合云：'马随山鹿放，鸡逐野禽栖。'等是山邑荒僻，官况萧条，不如'县古槐根出，官清马骨高'为工也。"余曰："语之工者固如是。状难写之景，含不尽之意，何诗为然？"圣俞曰："作者得于心，览者会以意，殆难指陈以言也。虽然，亦可略道其仿佛：若严维'柳塘春水漫，花坞夕阳迟'，则天容时态，融和骀荡，岂不如在目前乎？又若温庭筠'鸡声茅店月，人迹板桥霜'，贾岛'怪禽啼旷野，落日恐行人'，则道路辛苦，羁愁旅思，岂不见于言外乎？"①

在北宋诗话中，《六一诗话》与司马光《续诗话》、刘攽《中山诗话》，最古。它们着重于"记事"，叙述掌故，以资"闲谈"；也发议论，但较少。之后，诗话适应文坛之发展，亦逐渐变化，"不着重甚至完全不作掌故的记述、用事造句的考释和寻章摘句的批评，而发挥了比较全面和根本的意见。那就是张戒的《岁寒堂诗话》、姜夔的《白石道人诗说》和严羽的《沧浪诗话》"（钱钟书《宋代的诗话》中语）。钱先生这里主要从诗话的写作形式着眼。而从美学思想的高度和深度讲，成就最高者，当属张戒的《岁寒堂诗话》和严羽的《沧浪诗话》，它们是宋代诗话所能达到的两个高峰。而两者之中，沧浪成就更高，对后世影响更大；不但有宋一代几乎无人能与之比肩，即使后来元明清各代，尽管诗话无数，超越者也不是很多。

张戒和严羽

张戒字定复，生卒年不详，河东绛州正平（今山西新绛县）人。宣和六年（1125）进士。绍兴五年（1135）赵鼎推荐入朝，曾为殿中侍御史，官至司农少卿。他生活的时代是南宋前期，当时苏（轼）、黄（庭坚）诗派已成气候，乃诗坛主流，为众人追捧的对象。苏、黄当然是大家，尤其苏轼，乃艺术天才和全才，诗文书画，样样都有杰出成就；然而，这一诗

---

①　何文焕编：《历代诗话》（上）之《六一诗话》，中华书局1981年版。

派的创作和主张也有明显毛病，特别是所谓"江西格"，成为一种作诗定式，有害无益。对苏黄诗派（特别是始于黄庭坚的江西诗派）弊病，一段时间少有人真正加以揭示并予以批判，张戒则敢持异论，直捣江西诗派本源。《岁寒堂诗话》批评江西诗派，评论杜甫，评论建安、六朝诗人诗作，都有独到见解；尤其对苏黄诗派的针砭，在当时可谓惊世骇俗之语。他说："《国风》、《离骚》固不论，自汉魏以来，诗妙于子建，成于李杜，而坏于苏黄。余之此论，固未易为俗人言也。子瞻以议论作诗，鲁直又专以补缀奇字，学者未得其所长而先得其所短，诗人之意扫地矣。"又说："苏黄用事押韵之工，至矣尽矣，然究其实，乃诗人中一害，使后生只知用事押韵之为诗，而不知咏物之为工，言志之为本也。风雅自此扫地矣。"这些见解，确实高明。

不但高明，张戒论诗，还很精细。例如谈韩愈诗："韩退之诗，爱憎相半。爱者以为虽杜子美亦不及；不爱者以为退之于诗本无所得。自陈无已辈，皆有此论。然二家之论俱过矣。以为子美亦不及者固非，以为退之于诗本无所得者，谈何容易耶！退之诗大抵才气有余，故能擒能纵，颠倒崩奇，无施不可，放之则如长江大河，澜翻汹涌，滚滚不穷；收之则藏形匿影，乍出乍没，恣态横生，变怪百出，可喜可愕，可畏可服也。苏黄门子由有云：'唐人诗当推韩杜，韩诗豪，杜诗雄，然杜之雄亦可以兼韩之豪也。'此论得之。诗文字画大抵从胸臆中出，子美笃于忠义，深于经术，故其诗雄而正；李太白喜任侠，喜神仙，故其诗豪而逸；退之文章侍从，故其诗文有廊庙气。退之诗正可与太白为敌，然二豪不并立，当屈退之第三。"论韩愈诗，十分细致，精微；也很到位。

张戒论唐宋诗人诗作，往往能一针见血，几个字就能点出要害处。如下面带有结论性的话："王介甫只知巧语之为诗，而不知拙语亦诗也。山谷只知奇语之为诗，而不知常语亦诗也。欧阳公诗专以快意为主；苏端明诗专以刻意为工。李义山诗只知有金玉龙凤，杜牧之诗只知有绮罗脂粉，李长吉诗只知有花草蜂蝶，而不知世间一切皆诗也。惟杜子美则不然，在山林则山林，在廊庙则廊庙，遇巧则巧，遇拙则拙，遇奇则奇，遇俗则俗，或放或收，或新或旧，一切物，一切事，一切意，无非诗者。或曰：'吟多意有余。'又曰：'诗尽人间兴'诚哉是言。"①

张戒前后，较著名的诗论家，还有陈师道（字无己，有《后山诗

---

① 张戒：《岁寒堂诗话》，见无锡丁氏校印本《历代诗话续编》。

话》）、范温（字元实，有《潜溪诗眼》）①、吕本中（字居仁，有《紫薇诗话》、《童蒙训》、《江西宗派图》）、杨万里（字廷秀，号诚斋，有《诚斋诗话》）、姜夔（字尧章，号白石道人，有《白石道人诗说》）、朱熹（字元晦，有《晦庵诗话》）、陆游（字务观，号放翁，有《老学庵诗话》）等，其中大多是有成绩的诗人，结合自己的创作心得发表意见，多为中肯之言。

宋代诗话的压卷之作，当数严羽的《沧浪诗话》。

《四库全书总目提要》卷一百九十五集部四十八诗文评类（一）关于《沧浪诗话》如是说："宋严羽撰。羽有诗集，已著录。此书或称《沧浪吟卷》。盖闽中刊本，以诗话置诗集之前为第一卷，故袭其诗集之名，实非其本名也。首诗辨，次诗体，次诗法，次诗评，次诗证，凡五门。末附《与吴景仙论诗书》。大旨取盛唐为宗，主于妙悟。故以如空中音，如象中色，如镜中花，如水中月，如羚羊挂角，无迹可寻，为诗家之极则。明胡应麟比之达摩西来，独辟禅宗。而冯班作《严氏纠缪》一卷，至诋为呓语。要其时宋代之诗竞涉论宗，又四灵之派方盛，世皆以晚唐相高，故为此一家之言，以救一时之弊。后人辗转承流，渐至于浮光掠影，初非羽之所及知。誉者太过，毁者亦太过也。钱曾《读书敏求记》又摘其《九章》不如《九歌》，《九歌·哀郢》尤妙之语，以为九歌之内无《哀郢》，诋羽未读《离骚》。然此或一时笔误，或传写有讹，均未可定。曾遽加轻诋，未免佻薄。如赵宦光于六书之学固为夆陋，然《说文长笺》引'虎兕出于柙'句误称孟子，其过当在钞胥。顾炎武作《日知录》遽谓其未读《论语》，岂足以服其心乎？"话说得还算公允，但今日看来，未及《沧浪诗话》之真正价值所在。

严羽，字仪卿，一字丹丘，福建邵武人，自号沧浪逋客。他生活的时代已是南宋后期。他的《沧浪诗话》，矛头直指江西诗派，这是在张戒之后，批判江西诗派最得力者——此前杨万里、陆游等著名诗人，从江西诗派走出来，反戈一击，也打到江西诗派某些痛处；叶适（字正则，号水心，有《水心文集》及《别集》）和他所推重的四灵派之徐照、徐玑、翁卷、赵师秀等人，崇尚晚唐，以此力矫江西末流粗涩之病；但是真正深入

---

① 范温乃宋代史学家范祖禹之子，吕本中之表叔，秦观之女婿。《潜溪诗眼》宋以后亡佚，郭绍虞《宋诗话辑佚》从它书中辑得二十八则。《潜溪诗眼》论韵最富理论价值，《永乐大典》卷八〇七"诗"字下引之。钱钟书《管锥编》将之发掘出来，才见重于世。（《管锥编》，第1361页）

矫正江西诗派弊病而又能提高到理论层面和美学高度者，乃严羽《沧浪诗话》。

　　江西诗派的主要弊病在哪里？在于为诗歌创作规定了许多刻板的条条框框，如黄庭坚所谓"作文字须摩古人"，"无一字无来处"，"点铁成金"，"换骨法"、"夺胎法"①；在于他们专在用事押韵上下工夫，引离诗之言志之本；在于他们往往以议论为诗，以文字为诗，以才学为诗，模糊了诗歌与学问的界限，混淆了艺术与学术的界限。特别是江西诗派形成了一种死板的模式，被称为"江西格"，制作了一套束缚诗人的枷锁。这些诗学主张，根本上背离了艺术本义。凡是将艺术（包括诗词）模式化的主张，都是对艺术的亵渎，绝对有害无益。尽管他们的初衷并非如此，他们自己的创作，凡是取得成功者，也并不遵循这种死的条条框框。但是他们自作聪明，偏要为不可制定规则者制定规则，偏要为"天马行空"的"天马"套上笼头。

　　严羽《沧浪诗话》的功绩在哪里？就是努力为诗歌艺术创作祛除那些禁锢诗人手脚的"魔咒"，解除那些死板的条条框框；要为"天马行空"的"天马"卸下笼头，给它自由。而且在这过程中，提出了许多关于诗歌艺术本性的精彩见解，达到美学高度和深度。这是严羽《沧浪诗话》的写作主旨和理论主体。至于他为了达到这个目的所采用的方法和途径是否得当，他的具体说法是否合适（尤其是以今人的眼光来衡量），那都是可以讨论的事情。我之所以不以《沧浪诗话》的非议者（如冯班《严氏纠缪》，包括钱谦益、赵宧光、顾炎武等人的一些批评）为然，就是因为他们不从这个根本点（他们或许根本看不到这个根本点）着眼，而是吹毛求疵。《沧浪诗话》的具体观点当然有许多不恰当的地方，甚至有一些常识上的毛病；但这无关宏旨。

　　严羽批评江西诗派，能够点到要害和关节处："近代诸公乃作奇特解会，遂以文字为诗，以才学为诗，以议论为诗，夫岂不工？终非古人之诗也。盖于一唱三叹之音有所歉焉。且其作多务使事不问兴致，用字必有来历，押韵必有出处，读之反复终篇，不知着到何在，其末流甚者，叫噪怒张，殊乖忠厚之风，殆以骂詈为诗，诗而至此可谓一厄也。"（《诗辨》）

　　为了匡正此弊，严羽提出：

---

① 皆黄庭坚语，见黄庭坚《寄洪驹父书》和释惠洪《冷斋夜话》引黄庭坚的话。

夫学诗者以识为主，入门须正，立志须高，以汉魏晋盛唐为师，不作开元天宝以下人物。若自退屈，即有下劣诗魔入其肺腑之间，由立志之不高也。行有未至，可加工力；路头一差，愈骛愈远，由入门之不正也。故曰：学其上，仅得其中；学其中，斯为下矣。又曰：见过于师，仅堪传授；见与师齐，减师半德也。工夫须从上做下，不可从下做上，先须熟读楚辞，朝夕风咏，以为之本；及读古诗十九首、乐府四篇；李陵、苏武、汉魏五言皆须熟读；即以李杜二集枕藉观之，如今人之治经，然后博取盛唐名家，酝酿胸中，久之自然悟入。虽学之不至，亦不失正路。此乃是从顶𩕳上做来，谓之向上一路，谓之直截根源，谓之顿门，谓之单刀直入也。

诗之法有五：曰体制、曰格力、曰气象、曰兴趣、曰音节。

诗之品有九：曰高、曰古、曰深、曰远、曰长、曰雄浑、曰飘逸、曰悲壮、曰凄婉。其用工有三：曰起结、曰句法、曰字眼。其大概有二：曰优游不迫、曰沉着痛快。诗之极致有一：曰入神。诗而入神，至矣！尽矣！蔑以加矣！惟李杜得之，他人得之盖寡也。

禅家者流，乘有大小，宗有南北，道有邪正，学者须从最上乘，具正法眼，悟第一义。若小乘禅，声闻辟支果，皆非正业。论诗如论禅，汉魏晋与盛唐之诗则第一义也；大历以还之诗则小乘禅也，已落第二义矣。晚唐之诗，则声闻辟支果也。学汉魏晋与盛唐诗者，临济下也。学大历以还之诗者，曹洞下也。大抵禅道惟在妙悟，诗道亦在妙悟。且孟襄阳学力下韩退之远甚，而其诗独出退之之上者，一味妙悟而已。惟悟乃为当行，乃为本色。然悟有浅深，有分限，有透彻之悟，有但得一知半解之悟。汉魏尚矣，不假悟也。谢灵运至盛唐诸公，透彻之悟也；他虽有悟者，皆非第一义也。吾评之非僭也，辩之非妄也。天下有可废之人，无可废之言，诗道如是也。若以为不然，则是见诗之不广，参诗之不熟耳。试取汉魏之诗而熟参之，次取晋宋之诗而熟参之，次取南北朝之诗而熟参之，次取沈宋王杨卢骆陈拾遗之诗而熟参之，次取开元天宝诸家之诗而熟参之，次独取李杜二公之诗而熟参之，又取大历十才子之诗而熟参之，又取元和之诗而熟参之，又尽取晚唐诸家之诗而熟参之，又取本朝苏黄以下诸家之诗而熟参之，其真是非自有不能隐者。倘犹于此而无见焉，则是野狐外道，蒙蔽其真识，不可救药，终不悟也。

夫诗有别材，非关书也；诗有别趣，非关理也。然非多读书、多穷理，则不能极其至，所谓不涉理路、不落言筌者，上也。诗者，吟咏情性也。盛唐诸人惟在兴趣，羚羊挂角无迹可求。故其妙处透彻玲珑不可凑泊，如空中之音、相中之色、水中之月、镜中之象，言有尽而意无穷。(《诗辨》)

　　上面这段话乃《沧浪诗话》的精华所在。前已说过，其具体观点是否得当，可以讨论；但其精神内核无疑具有重要的美学价值。至少有以下几点值得特别予以关注：

　　其一，"以禅喻诗"，拈出"妙悟"说，一语道破诗歌与学问的根本不同，纠正江西诗派"以文字为诗，以才学为诗，以议论为诗"的弊病。做诗不是做学问，光靠发"议论"、玩"文字"、玩"才学"，写不出好诗；而是如同"参禅"，依靠"妙悟"，即所谓"大抵禅道惟在妙悟，诗道亦在妙悟，且孟襄阳学力下韩退之远甚、而其诗独出退之之上者，一味妙悟而已。惟悟乃为当行，乃为本色"。

　　虽然严羽自己颇为自负地说"仆之诗辩乃断千百年公案，诚惊世绝俗之谈，至当归一之论……是自家实证实悟者，是自家闭门凿破此片田地，即非傍人篱壁，拾人涕唾得来者"，但是这里所说，有点儿吹牛。实则以禅喻诗并非始自严羽，郭绍虞已经详细列出严羽之前以禅喻诗的一系列史实，加以辨证。[①] 不过也不能不承认严羽的确更深入地把握了以禅喻诗的精粹之处，将蕴含在里面的"能量"全都发掘出来。当然，"参禅"、"禅道"、"禅悟"只是个比喻，作诗与"参禅"、"禅道"、"禅悟"究竟不同；而严羽抓住"不涉理路、不落言筌"这一点加以发挥，让人们通过这个比喻理解诗的特性，说明作诗"惟悟乃为当行，乃为本色"。为什么孟襄阳在学力上比不过韩退之，而其诗却在韩退之之上？就因为他能"妙悟"。可见"妙悟"对于诗的重要。而且严羽说得既尖锐又圆滑：先说"夫诗有别材，非关书也；诗有别趣，非关理也"，光看这两句话，似乎有点儿极端；接着他又说"然非多读书、多穷理，则不能极其致"，把问题的另一面也讲到了；最后才落到关键的一句话："所谓不涉理路、不落言筌者，上也。"话拐了几个弯，个中意思，读者可细细琢磨。

　　其二，严羽循着"妙悟"说的思路，进一步点出诗的独特品格："诗者，吟咏情性也。盛唐诸人惟在兴趣，羚羊挂角，无迹可求。故其妙处透

[①]　参见郭绍虞《中国文学批评史》，中华书局 1961 年版，第 235—237 页。

彻玲珑不可凑泊，如空中之音、相中之色、水中之月、镜中之象，言有尽而意无穷。""兴趣"两个字十分重要。用今天的美学观点来解释，"兴趣"就是审美趣味和兴致，就是饱含浓烈情感的审美创造和审美欣赏。它可以是"不涉理路、不落言筌"的——这就与经学、理学（或者现代自然科学和社会科学）的理性活动明显区别开来。当你突然遇见一个心仪的姑娘时，你常常是不假思索而感受到她的美，即所谓一见钟情。作诗、读诗，作画、读画，也常常出现这种情况，一首好诗、好画，甚至一个好的诗句、画面，你常常会立即为之陶醉而来不及思索；而作者也常常为灵感所驱使，于不知不觉之中，鬼使神差般创作出了那美的作品，即陆机《文赋》所谓"应感之会，通塞之纪，来不可遏，去不可止……故时抚空怀而自惋，吾未识夫开塞之所由也"，亦如李德裕（字文饶）《文箴》所谓"文之为物，自然灵气，惚恍而来，不思而至"。前些年有的学者批评上述严羽这段话是神秘主义和唯心论，这大概是"无限上纲"。严羽这些话也是比喻性的，而且这些比喻的话，的确能够让人体味到艺术（包括诗文）创作和欣赏中的某些难以言传的特性。艺术，包括诗文，具有某种不确定性、模糊性，其中的许多许多蕴意是语言说不出来或者难以说出来的。严羽上面这些比喻，正是把这些语言说不出来或难以说出的东西，仿佛之间，让人体会到了个中意味。你说它"神秘"也行，但它并不玄虚，它里面实实在在、确确实实有许多理性一时把握不到的东西。严羽还说，作诗必须"入神"，所谓"诗之极致有一：曰入神。诗而入神，至矣！尽矣！蔑以加矣！惟李杜得之，他人得之盖寡也"。请问，什么叫做"入神"？谁能确切说出"入神"的准确状态？那所谓"神"是什么？它看得见、摸得着吗？这里的"神"，也许同样有点儿"神秘"的味道。然而，艺术、诗，就是这样叫你不好把握。如此而已，岂有他哉！

严羽的《沧浪诗话》是中国"诗文评"史上不可多得的佳作。它是唐宋金元这条喜马拉雅山脉中的"珠穆朗玛峰"。它对后世产生了深远影响，正如钱钟书先生《宋代的诗话》所说，明代七子的复古理论，竟陵派的"不可思议"或"说不出"论，清代王士祯的神韵说等等，都受了严羽的启示，就像明以来流行的初、盛、中、晚唐诗的分期也只是推演了严羽的主张。

第五节 评点源始

自南宋吕祖谦《古文关键》开启的古文（以及此后诗、小说、戏曲）评点，又增添了"诗文评"的新品种、新形式。① 它是中国古典诗学文论区别于西方文论及其他各民族文论的特殊形态，并且它与诗话、词话、文话等等一起，成为中国古典"诗文评"的典型形态和主要样式之一。

说"评点"

"评点"（作为动词），这常常是人们在细读某部论著时的主观冲动和客观需求。所谓主观冲动，是说人们在阅读时有所感，往往自觉或不自觉地产生某种欲望，情不自禁要做些记号或标志，以至动笔写点感想、印象之类，以加深记忆和理解。所谓客观需求，是说论著的潜在读者，尤其是那些初学者，也希望前辈专家和师长先行阅读作品时，写下阅读体验，作些高低优劣之评论，或将该著思想内容艺术技巧之要紧处，警策、务头、诗眼、文魂等闪光点，特别标出，加以提示，以便后来者更易理解吸收并抓住要害。这可能成为某种客观的社会需求。适应上述主观冲动和客观需求，对经典的诠释、传注、疏解、离析等等产生并发展起来了，甚至形成了某种专门的学问。中外皆然。在西方的古代，有古典诠释学。如中世纪和文艺复兴时代对《圣经》的诠释就是西方古典诠释之一例。在西方的现代，则有现代诠释学，德国哲学家伽达默尔是其代表人物之一。现象学美学家英伽登分四个层次对作品的解读，就是一种诠释；"新批评"对作品的细读、解析亦是一种诠释。中国古代，也有中华民族特有的解读和诠释文献的方式和形式，即对经典的数不清的"传"、"注"、"疏"、"解"……之外，最常见最典型的表现形态之一就是"评点"，表现在文论中尤其如此。

"评点"最切合中国人把握对象、感受对象的心理特点和思维方式，或许可以说它是最能体现中华民族数千年来所积淀下来的审美心理结构的一种形态。在别的文章中我曾说过，中国"诗文评"的感受方式、思维方式和思维方法，大多是经验的、直观的、体察的、感悟的；与此相联系，

① 今读《社会科学报》2012 年 2 月 2 日第 5 版刊登复旦大学第三届中国文论国际学术研讨会通讯，海峡两岸学者畅谈"评点"，对自宋至清的评点学特别是金圣叹评价很高。

其理论命题、范畴、概念、术语等等，常常含义模糊、多义、不确定和审美化，耐体味而难言传；在批评形态上也大都是印象式的、评点式的。与此相对照，西方文论的思维方式和思维方法则大多是理性的、思辨的、推理的、归纳的，理论命题、范畴、概念、术语都有严格的界定而不容含糊，在理论批评形态上也大都走向理性化、科学化、逻辑化，讲究比较严密的理论系统。我们不需也不应对二者作优劣、高下的价值判断，只能说它们表现了各自不同的民族个性。但是我能够说，中国古典诗学文论的上述特点十分符合从审美上对对象的把握，而"评点"这种形式在这里则大有"用武之地"。

从中国"诗文评"的发展历史来看，"评点"似乎是其自然形成的恰当方式和形态，而且运用起来得心应手。

关于中国"诗文评"的萌芽、正式成立和发展，前面已经作了一些论述。宋之前，"文评"、"诗评"、"诗文评"等名称还未正式出现，至宋，人们才在"文史"之外另列"诗评"类，后又细分为"文章缘起"、"评文"、"评诗"。从上述历史脉络可以看出，中国古典诗学文论明确以"诗评"、"文评"、"诗文评"名之，特别标出"评"字，也正突出了"评点"在文论中的地位。而且，自南宋之后，"评点"广泛运用于古文、诗词、戏曲、小说、历史、哲学、杂著及其他各类文化著作，几乎渗透进中国古典文献的各个角落，占据了理论批评的半壁江山。一些学者还指出，"评点"与科举有密切关系（相当多的对科举范文的评点，犹如现在的高考或研究生考试的辅导材料），"评点"也与禅宗的特有的著述形式"评唱"有密切关系①。可见"评点"在中国古代有着更为广泛、深刻的影响和作用。

如前所述，所谓"评点"，其实就是在仔细解析、把捉、体悟所读文章、著作时，受到触动或启示，随手作些标记，勾勾画画、圈圈点点、涂涂抹抹，并写下感受、印象、评价意见，以至进行某些诠释、疏解或传注——无论就"评点"之名词意义上说，还是就其动词意义上说，都可作如是解。

"评点"包括"评"和"点"两个主要因素。上面所谓"勾勾画画、圈圈点点、涂涂抹抹"，就是"点"；所谓"写下感受、印象、评价意见，

———————

① 参见张伯伟《评点溯源》，章培恒、王靖宇主编《中国文学评点研究论集》，上海古籍出版社2002年版。

以至进行某些诠释、疏解或传注",就是 "评";"评" 与 "点" 有机结合并且又与所评点之论著融为一体,就是 "评点"。

虽然清代有的学者认为从南北朝时就有 "评点" 了,例如章学诚《校雠通义·宗刘》说 "评点之书,其源亦始钟氏《诗品》、刘氏《文心》"①,曾国藩《经史百家简编序》亦说 "梁世刘勰、钟嵘之徒,品藻诗文,褒贬前哲,其后或以丹黄识别高下,于是有评点之学"②;但是,现代学者一般认为真正意义上的 "评点" 始于南宋而盛于明清。因为 "评点" 者,应该有 "评" 有 "点",而且所 "评" 所 "点" 与原著文字融为一体,几成原著之有机成分,读者阅读时,原著文字与评点文字互相照映,获得更为良好的接受效果;而南宋之前的文论著作,几乎没有后来有 "评" 有 "点" 且 "评点" 文字与原著密切结合融为一体的实例。连主张 "评点之书" 始于刘勰、钟嵘的章学诚在说了上面我们所引的那句话之后也紧接着指出:"然彼(指刘勰、钟嵘的著作——引者)则有评无点,且自出心裁,发挥道妙;又且离诗与文而别自为书。" 就是说,刘、钟的著作 "有评无点" 且 "离诗与文而别自为书"。③ 这在我们看来,并不能算是典型形态的 "评点"。

但是章学诚、曾国藩的意见也不全错。虽然典型意义上的 "评点" 到南宋才真正成型,而就 "评点" 的组成因素而言,则很早就有了。

让我们做一些具体说明。先从 "点" 说起。

"点" 的内容大体包括:(一)以 "钩"、"点"、"三角"、"方框" 等标点进行分章、分段、断句。这可能起于古人所谓 "章句之学",据说 "发明章句,始于子夏"(《后汉书·徐防传》),现存最早的 "章句" 作

---

① 章学诚:《校雠通义·宗刘第二》,见王重民《校雠通义通解》,上海古籍出版社 1987 年版,第 12—13 页。

② 曾国藩:《经史百家简编》,南宁,广西人民出版社 2007 年版,第 1 页。

③ 我的年轻的同事刘方喜博士看了这段文字提出很好的意见,兹把其意见转录于下:

我觉得有几个地方可以强调一下,一是 "评点" 除了相对于西方而具有感性化的特点外,另外一个特点就是 "不离文本",我曾经生造一个词叫 "即文本性",从源流上来说,"离诗与文而别自为书" 应是后起的,在这个意义上,把古代文论起点定在魏晋南北朝的《诗品》、《文心》有点靠后了,尽管《四库全书》已这么说,五四以来古代文论研究也这么定位,我的一个基本看法是把古代文论的研究范围定在 "诗文评" 存在的问题太大、太多。再上溯,毛诗当中的 "兴也"、"比也" 等等当也是典型的点评,把源头追溯到经学注疏,应该不是故意抬高后世 "评点" 的价值(您文中也提了,还专门讨论经的注疏,似可再突出一下)。此外,现有古代文论研究一个问题也是只注意 "离诗与文而别自为书" 的材料,比如序、跋尽管与所序文本有关,但在文人别集中,序、跋已与所序文本剥离了,诗话、词话颇重寻章摘句,但也离开原来文本了。这方面我以前一个师弟提出 "注释批评" 的概念,我觉得还是挺到位的,可惜他没有继续研究下去。其实,在诗文集的 "注释" 当中除了小学方面的疏通字句外,也有 "评"。源头追溯得远一些、范围放得大一些,似可更可突出 "评点" 的价值或用时髦表述突出其 "合法性"。

品是汉代赵岐的《孟子章句》。（二）除用上述标点进行分章、分段、断句之外，古人还用圈点、勾画以及或直或曲的线条等各种符号，表示“警示”、“重点”、“省代”、“废读”、“层次”、“绝止”、“图解”、“界隔”等等各种意思。这在敦煌遗书中就已经有了。① （三）古人读书时还涂抹各种颜色表示某种价值取向，例如古人批点四书，用“红旁抹”表示“警语、要语”，用“红点”表示“字义、字眼”，用“黑抹”表示“考订、制度”，用“黑点”表示“补不足”②，等等。张伯伟《评点溯源》一文中说“甲骨文中已有用朱、墨两种笔写字，继而再刻者”，惜未注出资料来源，不知确否；再者，甲骨文之“朱墨”恐与读书没有太大关系，究竟是何意味，待考。但是最晚到三国，人们读书时“朱墨别异”则是有证可查的。③ 就是说，到三国之后就已经用颜色涂抹进行读书标记了。

　　再说“评”。

　　“评”有各种各样：总评、眉评、夹评、文前评、文末评等等，不一而足。而且，“评”之字数不限长短，从一字到几个、几十、几百、几千字皆可；“评”之形式不拘一格，议论、叙事、考据、词章，赞美、贬抑、愤思、柔意、冷嘲或是热讽，拍案叫绝或是厉声斥责……率性书写，任意而为，自由自在，天马行空，随起随落，即行即止。作为“评点”中之“评”的因素，其源头可以追溯到先秦。例如著名的《春秋》三传（《公羊传》、《谷梁传》、《左传》）对《春秋》的解读和诠释，即可视为“评点”中之“评”的雏形，其中《左传·襄公二十九年》描述吴公子季札观乐，听《周南》、《召南》时说“美哉！始基之矣，犹未也，然勤而不怨矣”，听《郑》时说“美哉！其细已甚，民弗堪也，是其先亡乎”等等，如果把这些话配在“诗三百”之《周南》、《召南》、《郑》之后，岂不就是后世“评点”作品中很好的“乐评”或“诗评”吗？《易传》④ 对《易经》的诠释和解读，如《乾卦·象传》之“天行健，君子以自强不

---

　　① 据有的学者考证，敦煌遗书中使用了句号、顿号、重文号、省代号、倒乙号、废读号、删除号、敬空号、篇名号、章节号、层次号、标题号、界隔号、绝止号、勘验号、勾销号、图解号等十七种符号。（参见李正宇《敦煌遗书中的标点符号》，《文史知识》，1988 年第 8 期）

　　② 参见张伯伟《评点溯源》。张伯伟该文谈了许多很有价值的意见，富有启示。我参考和吸收了他的不少观点，特此致谢。

　　③ 据《三国志·王肃传》裴注引《魏略》：三国时董遇“善《左氏传》，更为作朱墨别异”。

　　④ 《易传》共 7 种 10 篇，即《彖传》上下篇、《象传》上下篇、《文言传》、《系辞传》上下篇、《说卦传》、《序卦传》和《杂卦传》，自汉代起被称为“十翼”。

息",也可看作很好的"评"。汉代齐、鲁、韩、毛四家诗①对"诗三百"的解读和诠释,更可以直接当作"评"的源头,《毛诗序》(大序)和许多"小序"就完全可以作为"诗"的"总评"以及每首诗的"文前评"。此外,古代还有很多对经典著作的所谓"正义"、"注疏"、"章句"以及其他各种形式的"解经"、"注经",都可以看作"评"之先声。②

吕祖谦《古文关键》

中国古代第一部典型形态的评点之作是南宋吕祖谦《古文关键》③。它是评点文体形成的标志性著作,是现存最早的古文评点选本。吕祖谦(1137—1181),字伯恭,为南宋理学三派首脑之一,与朱熹、陆九渊鼎足而立。朱学、吕学、陆学,三家同时,朱学以格物致知,陆学以明心,

---

① 四家诗:齐人辕固传《齐诗》,鲁人申培公传《鲁诗》,燕人韩婴传《韩诗》,又毛亨、毛苌传《毛诗》。

② 我的另一位年轻同事彭亚非研究员提出了不同意见,很有价值,我觉得他的意见不应被埋没,故录于此:

……大作我拜读了,很有收获,也很受启发。"评点"与中国人的思维文化形态是相关、相通、互为表里的,深究起来,其实大有文章可做。您对"评点"的渊源和在中国批评史上的意义,已经说得很透,我谈不出什么新鲜的想法,只是在个别论说与判断之处,我觉得也许可以考虑把话说得更稳妥周全一些,冒昧说出来,供您批评。

比如您开章明义就说:"评点"是中国古典文论的典型形态和主要样式之一,是中国古典文论区别于西方文论及其他各民族文论的特殊形态。这样断然的判断是不是很准确,恐须斟酌。相对于西方文论之重"论",中国古典文论的主要表达方式固然是"评",但一般意义上的诗文评和作为具体批评样式的"评点",还是不可相提并论的。"评"的文化特性,并不足以断定"评点"在中国文论中的地位。评点确实有重要的文论研究价值,尤其是就俗文学观念的研究而言,但是要说"评点"因此就是中国古典文论的典型形态和主要样式之一,我总觉得还是有点拔高之嫌。

因此,在具体论及"评点"时,对其范域及其意义还是应该有所辨析和限定。比如,不宜将古已有之的传、疏、注、释也说成是"评点"或类同于"评点",它们并非"评点"的先声,其学术价值也并不能提高"评点"的文论价值;也应该明确"评点"作为一种表达阅读感受和想法的方式,并不限于"文论"范畴,其他经、史、子的评点是不可与诗文评点混为一谈、一概而论的。在古典文论的范围内谈"评点",就只能是就文学类的评点而言。

再次,"评点"作为一种文学批评样式,其真正的价值与意义确实值得认真而深入的研究,但一些优秀的批评家在"评点"中说出了一些有价值的文论观点,这是不是就是"评点"本身的"长处"——也就是说,是不是不通过评点就说不出这样的观点,还是有必要辨析清楚的。因为毕竟,我们不能说刘勰通过骈文说出了重要的文论思想,就说这是骈文之长。

以上一点想法,也是拜读大作后随感而发的,只是乱说一气,让您见笑了。

③ 《古文关键》版本有《金华丛书》本和《四库全书》本,今有商务印书馆1936年《丛书集成初编》(据《金华丛书》排印)本、台湾商务印书馆1986年影印四库全书本和上海古籍出版社1995年影印四库全书本(书名为《增注东莱吕成公古文关键》)。

吕学则兼取其长。吕祖谦曾主持著名的朱陆"鹅湖之会"，历来为人们称道。而我们此刻看重的，则是其古典文论的评点开山之作《古文关键》，这是他对中国诗学文论作出的重大贡献。《古文关键》，顾名思义是选评"古文"的，吕祖谦选了唐宋两代韩愈、柳宗元、欧阳修、曾巩、苏洵、苏轼、张耒之古文（主要是"论"体文）共六十余篇，成为后来"唐宋八大家"之雏形。作为"评点"，该书标举古人"用意下字"、"文字体式"之精到，张扬古人命意、布局之功夫，倡导他认为正确的研读方法……尤其是，吕祖谦以《古文关键》的实际操作，为后世之"评点"树立了榜样。在这部著作中，作为中国古典诗学文论重要形态之"评点"的基本要素和运作方式，如：点、长抹、短抹、长线、短线和界划标志①，以及"总评"、"夹批"、"旁批"等等，已经具有模样，甚至可以说相当完备，后来的评点作品基本循此路数而更加发展。该书卷首有《总论看文字法》，提出初步的评点理论，倡导"第一看大概主张"，"第二看文势规模"，"第三看纲目关键：如何是主意首尾相应，如何是一篇铺叙次第，如何是抑扬开合处"，"第四看警策句法：如何是一篇警策，如何是下句下字有力处，如何是起头换头佳处，如何是缴结有力处，如何是融化屈折剪截有力处，如何是实体贴题目处"。这些提法影响深远，常常为后人移用。而且后来的评点之作也大都有"读某某法"，如金圣叹评点《水浒》有"读第五才子书法"、评点《西厢》有"读第六才子书西厢记法"，毛宗岗评点《三国》有"读三国志法"，等等。他们通过"读法"，不但提出自己的评点理论，而且阐述总体文艺思想观点，不可不加注意。

吕祖谦之后"评点"的发展

自南宋吕祖谦之后以至明清，"评点"之作，风起云涌，愈演愈盛，蔚然壮观，广泛出现于各类文献著作。当然，最早的还是"古文"评点，稍后于《古文关键》，南宋还有楼昉《崇古文诀》、真德秀《文章正宗》、谢枋得《文章轨范》等等；明人也有不少选编评点古文之作，如唐顺之《文编》（选周秦至唐宋文成六十四编），《四库全书总目提要》谓其"标举脉络，批导窾会，使后人得以窥见开阖顺逆"；清人吴楚材、吴调侯《古文观止》也是极为普及的古文评点之作。随后，有"诗"之评点，像

---

① 参见吴承学《现存评点第一书》，章培恒、王靖宇主编《中国文学评点研究论集》，上海古籍出版社 2002 年版。

南宋刘辰翁①评点王维、杜甫、李贺、孟郊、苏轼等人诗，明代蒋一葵、钟惺、孙镶等人之评点李攀龙辑《唐诗选》，清代金圣叹之评点杜诗。有"词"之评点，南宋即发其端——南宋初年杨湜《古今词话》现存条目有从唐庄宗到秦观三十余家词作之遗事，其中部分条目已有对作品的简要评点或论述，宋末的一些词话如黄升《中兴词话》、张炎《词源》等也都有词的评点②；至清，词的评点尤盛，我国台湾学者林玫仪用丰富的实证资料介绍了清代词作评点的情况③，列出王士禛等著名评点者上百人。有"史"之评点，常为人们所提起的，在明代，有杨慎、李元阳辑订、诸家评点的《史记题评》，有凌稚隆汇辑刊刻、诸家评点的《史记评林》和《汉书评林》，还有唐顺之《荆州先生精选批点史记》、归有光《归震川评点史记》；清代，则有方苞《方望溪评点史记》，等等。更为大量的是小说评点，南宋刘辰翁评点《世说新语》可谓其滥觞，不过影响不大；至明清，小说评点才真正兴盛起来，如明代万历年间余象斗刊刻评点之《音释补遗按鉴演义全像批评三国志传》和《京本增补校正全像忠义水浒志传评林》，李贽（叶昼）之评点《水浒》、《三国》，陈继儒之《新镌陈眉公先生评点春秋列国志传》，杨慎《杨升庵批评隋唐两朝志传》；更为著名的是清代金圣叹等人之评点《水浒》，毛纶、毛宗岗父子之评点《三国演义》，张竹坡之评点《金瓶梅》，脂砚斋之评点《石头记》（《红楼梦》）；此外，还有晚清齐省堂、天目山樵之评点《儒林外史》，等等。几乎同小说评点一样繁盛的还有戏曲评点，像明代署名李贽之评点《红拂记》、《玉合记》、《拜月亭》、《玉簪记》、《锦笺记》，汤显祖之评点《红梅记》、

---

①　我把《评点》初稿送请好友刘扬忠兄审读、指正，他回信提了很好的意见，特别是有关刘辰翁，他认为应"突出此人在评点史上开创者的地位"。今转录于下。

……窃以为文章第三部分提到刘辰翁之处似还可多说几句话，借以突出此人在评点史上开创者的地位。刘辰翁批点评选古人诗歌散文小说有十种之多，这在宋代是独一无二的。他评点《世说新语》，是小说评点的滥觞；他评点王维、杜甫、陆游等人的诗，可被认定为诗歌评点的开启者。尽管他的评点喜欢标新立异，常失之尖刻和琐屑，有时还见细不见大，但无论如何他作为小说、诗歌评点开启者的地位是应该受到肯定并值得大书一笔的。又，窃以为，大文学术性极强，说的都是文艺学和美学理论的内行话，因此我建议，此文可以在稍加修改和补充后，作为单篇论文发表。我的意见仅供您参考。专此奉复。

即颂撰祺　后学、扬忠、敬上

08 年 10 月 21 日夜 10 时

②　扬忠兄又来信提供了有关南宋词的评点的重要资料，今据以补充。对扬忠特别表示感谢。

③　林玫仪：《清代词籍评点叙例》，章培恒、王靖宇主编《中国文学评点研究论集》，上海古籍出版社 2002 年版。

《异梦记》、《节侠记》、《西楼记》，魏仲雪之评点《西厢记》、《琵琶记》、《投笔记》，钟惺、谭元春之评点《想当然》，陈继儒之评点《玉簪记》，王思任之评点《牡丹亭》，徐复祚之评点《西厢记》，等等；清代金圣叹之评点《西厢记》，吴人（字舒凫、号吴山）之评点《长生殿》、《牡丹亭》[1]，孔尚任（云亭山人）自评《桃花扇》[2]等等。

中国的评点之学还传到邻国，譬如朝鲜、日本等等。据有关学者介绍，日本刊刻有嘉靖朝鲜本之《须溪先生评点简斋诗集》十四卷（须溪是刘辰翁的号，简斋是陈与义的号）；还有朝鲜明宗年间（相当于中国明代后期）尹春年、林芑注解评点的《剪灯新话句解》[3]，朝鲜小厂主人评点《广寒楼记》（朝鲜著名古典叙事作品《春香传》版本之一种）[4]，等等。由此可见中国的评点之学的影响已经越出国界。

宋元明清"评点"已大面积开花结果，盛况空前。但是，也并非所有评点之作都是精品。譬如，有的学者指出，明清两代某些小说评点常常成为书商推销小说的一种商业手段，评点作为小说流通的广告内容之一向读者刊布而招来人们购买。[5] 书商为了赚钱，往往不择手段，明代谢肇淛在其博物学著作《五杂俎》（有中华书局1959年版和上海书店出版社2001年版）中说："闽建安有书坊出书最多，而版纸俱最滥恶，盖徒为射利计，非为传世也。"[6] 为货利计，书商假冒"名家评点"刊印小说，或者巧令之徒滥施评点、广为刊印，应是情理之中的事情。这样一来，粗劣的"评点"之作不免滥行无忌。另外，"评点"也会有同宗同派、朋友、师生……之间的"人情"之作，犹如今天文学批评圈子里"哥们"之间互相吹捧，这就难保评点的客观、公正。当然，历史的河流将淘金批沙，劣质产品不会长久流传，而真正的评点精品则保留下来。上节所列之众多评

---

① 最近媒体报道上海古籍出版社2008年据康熙本出版了吴吴山三妇（陈同、谈则、钱宜）合评《牡丹亭》。

② 中华书局1936年版梁启超《桃花扇注》卷首载《著者略历及其他著作》云，"本书中的老赞礼为云亭自己写照"，"眉批是云亭经月写定的"；其他许多学者亦认定《桃花扇》评语乃孔尚任"自为之"。

③ ［韩］崔溶澈：《朝鲜注解本〈剪灯新话句解〉研究》，章培恒、王靖宇主编《中国文学评点研究论集》，上海古籍出版社2002年版。

④ ［韩］李腾渊：《试论（朝鲜）〈广寒楼记〉评点的主要特征》，章培恒、王靖宇主编《中国文学评点研究论集》，上海古籍出版社2002年版。

⑤ 参见谭帆《论小说评点研究的三种视角》，章培恒、王靖宇主编《中国文学评点研究论集》，上海古籍出版社2002年版。

⑥ （明）谢肇淛：《五杂俎·卷之十三·事部一》，上海书店出版社2001年版，第266页。

点作品，绝大多数是历史留给我们的有价值的上乘之作，它们充分展示了"评点"的优长之处。

"评点"作为中国古代一种特有的文论样式，其特点是小、快、灵，犹如一支轻骑兵，东突西闯，机动灵活，便当迅捷，短兵相接，最易于抓住细微之点，搔到痒处，感觉极为灵敏；又常常能够略去繁杂的推演论证程序，一针见血，直击要害。金圣叹评点《西厢记》，在《酬简》"小序"中说："夫婆娑世界，大至无量由延，而其故乃起于极微。以至婆娑世界中间之一切所有，其故无不一一起于极微。"而金圣叹和其他"评点"高手正是善于抓住"极微"、极敏感而又极要紧之处。

当然，"评点"有其所长，也必有所短。若想通过"评点"对重大的理论命题做深入阐发，特别是去进行系统的理论体系建构，恐怕就比较吃力了。

"评点"这种形式充分表现了中华民族特色，有西方理论形态不可替代的优点；"评点"之天马行空，深得许多中国学者之心；他们与"评点"，一拍即合。

本章小结

日本学者铃木虎雄在他的《中国诗论史》中曾断言："在中国文学的悠久历史中，真正的评论产生于魏晋以降，兴盛于齐梁时代，而衰落于唐宋金元，复兴于明清时期。"铃木虎雄关于中国诗学"衰落于唐宋金元"的判断，却很难令人赞同。诗学文论的繁荣虽然并不一定与经济的繁荣、政治的强盛同步，如唐代经济、政治高度发展，文学艺术（诗、文、书、画、乐、舞等等）也高度繁荣，但相对而言，诗学文论似乎显得"不匹配"，表现得"不同步"；但这所谓"不匹配"、"不同步"或显得"滞后"与"衰落"是两回事，这只是向前发展中的"不同步"、"不匹配"和"滞后"，而不是向后倒退中的"衰落"。事实上，唐代诗学文论也有自己的重大贡献，除"唯美"一系提出"对偶说"促成了律诗、绝句的建立，提出"诗境"论，晚唐司空图提出"韵外之致"、"味外之旨"的观点之外；在"尚用"一系，则有元白诗论、韩柳文论等等很有特点的思想。至宋，"诗文评"则出现了前所未有的大繁荣和再提升：诗话、词话、文话（"四六话"）如雨后春笋，如春河开闸，如繁花绽放，成为中国古代"诗文评"靓丽的风景。宋代是诗话的时代，凡是有头有脸的诗人、词人、文人，几乎都在写诗话、词话，这成为他们的文化活动内容和重要生活方式之一。可以说，诗话、词话、文话的时代到来了。据有关学者统计，宋代诗话著作总数约有一百七十余种，《六一诗话》其首也，而《沧浪诗话》尤为出色。词话也开始出现，唐圭璋编《词话丛编》，就收有十一种。还有王铚《四六话》、谢伋《四六谈麈》、陈骙《文则》等"文话"多种；欧苏等人的古文理论也有新的拓展。此外，开创了"评点"的新形式。所有这些，尤其是诗话，成为宋代"诗文评"的一种主要形式和典型样态，而且也是中华民族审美文化的特有形态——世界上其他民族是没有的。它们的出现和繁荣，对诗文自身性质特点的把握达到前所未有的高度和深度。这证明，唐宋金元，尤其宋代，中国古代"诗文评"是实实在在的"隆起"而非"衰落"。

思　考　题

一、名词解释

　　1. "韵外之致"

　　2. 六一诗话

　　3. 评点

　　4. 以禅喻诗

　　5. "对偶说"

二、简答题

　　1. 你对"唐宋变革"论怎么看？

　　2. 试简述铃木虎雄中国文论"衰落于唐宋金元"的思想，你的意见如何？

　　3. 你如何评价《与元九书》？

　　4. 你如何评价吕祖谦的《古文关键》？

三、论述题

　　1. "诗文评"在宋代究竟是繁荣还是衰落？

　　2. 试评《沧浪诗话》。

阅读参考文献

　　王昌龄：《诗格》，《全唐五代诗格汇考》，江苏古籍出版社 2002年版。

　　皎然：《诗式》，见《历代诗话》（上），中华书局 1981 年版。

［日］遍照金刚：《文镜秘府论》，人民文学出版社 1980 年版。

白居易：《与元九书》，见《白居易集笺校》卷四十五，上海古籍出版社 1988 年版。

欧阳修《六一诗话》，何文焕编《历代诗话》（上），中华书局 1981 年版。

程颐：《伊川先生语四》，见《二程遗书》卷十八，上海古籍出版社 1992 年版。

吕祖谦：《古文关键》，上海古籍出版社 1995 年影印四库全书本。

张戒：《岁寒堂诗话》，见无锡丁氏校印本《历代诗话续编》。

《沧浪诗话校释》，人民文学出版社 1961 年版。

［日］内藤湖南：《概括的唐宋时代观》，中文译文见《日本学者研究中国史论着选译》（刘俊文主编）中华书局 1992 年版。

陈寅恪：《论韩愈》，见《金明馆丛稿初编》，上海古籍出版社 1982 年版。

钱穆：《理学与艺术》，《宋史研究集》第七辑，台湾书局 1974 年版。

［日］铃木虎雄：《中国诗论史》，许总译，广西人民出版社 1989 年版。

罗根泽：《中国文学批评史》（二）"隋唐文学批评史"，古典文学出版社 1957 年版。

章培恒、王靖宇主编：《中国文学评点研究论集》，上海古籍出版社 2002 年版。

李华瑞：《"唐宋变革"论的由来和发展》，天津古籍出版社 2010 年版。

葛兆光：《中国思想史》（第二卷），复旦大学出版社 2001 年版。

第六章　明清:"集大成"·走向"终结"·酝酿"新生"

内容提要

　　明清时代"诗文评"有重要发展,对"诗文评"作出巨大贡献。"诗文评"正是在明代得以命名。明代"前后七子"的诗学有自己的特色;而明后期在王门后学影响下李贽、三袁等以其"叛逆性"思想引人注目。清代,是中国古代"诗文评"后期进一步发展并进行总结的时代,"诗文评"的各种著作大面积出现,是中国古代诗学文论"集大成"的时代。在诗论方面,许多学者的思想、著作都带有所谓"总结性"、"集大成"、"系统化"的成分,而叶燮是其中最具代表性的一位,他可谓清代诗论家第一人;小说评点的代表人物首推金圣叹,而曲论则非李渔莫属。当然,明清时代"诗文评"进一步发展了,"集大成"了,"熟透"了,同时它也真的开始走向"衰落"或者说"终结"了,特别是到晚清,已经到了"瓜熟蒂落"的时节,若不变革,也同那个奄奄一息的"衰落"帝国时代一样,再也结不出新果子了。一方面,"诗文评"的终结乃是必然趋势;另一方面,这个时期内在的和外来的新的力量、新的因素,在或明或暗不断生成、增长。巨大的变革在酝酿之中。

关键词

　　前后七子　李贽　三袁　集大成　叶燮　金圣叹　李渔

　　明清,"诗文评"走到它的"集大成"时代,也是它的第三个繁荣期。

　　"集大成"的断语是从郭绍虞先生那里借用来的。他认为中国文论的发展分三期,从周秦到南北朝是文学观念的演进期,从隋唐到北宋是文学观念的复古期,从南宋一直到清代是"文学批评"的完成期;而在完成期中,他称南宋金元"明而未融",明代"空疏不学",而清代则是"极发达"的、"集大成"的时代,说"以前论诗论文的种种主张,无论是极端的尚质或极端的尚文,极端的主应用或极端的主纯美,种种相反的或调和的主张，在古人曾经说过的，清人没有不加以演绎而重行申述之。五花八门，无不具备，从传统的文学批评来讲，也可说是极文坛之奇观。从这一点讲，清代的文学批评可以说是极发达的时代"，"可以称为集大成的时代"①。郭先生的"集大成"，着眼于"学风"，与我所说的意思，当然有所不同；他的分期，他的一些具体提法（如所谓"复古期"之类），我也有自己的不同想法。但是，郭先生是我十分尊重的前辈学者之一，他作为有成就的资深研究家，其论述自有其道理在；而且他的论述很扎实、很深入、很精细，值得我们细细琢磨和借鉴。

我借用郭先生的话所说"集大成"，并非局限于"学风"，而是从整个"诗文评"的发展大局和发展趋势这样一个总体视角，强调明代、特别是清代，是中国古代"诗文评"后期进一步发展并进行总结的时代——正是从这个角度，所以我并非如郭先生那样把明代视为"空疏不学"，而是把它（主要是明代中后期的"诗文评"著作）放进"集大成"中去，认为从那时就开始"综合"、"总结"了，走向"成熟"了。

而且明清时代"诗文评"有重要发展，对"诗文评"作出巨大贡献，应该深入予以考察、研究，珍视这份宝贵的遗产。

当然，从总体看，"诗文评"到明清时代，它进一步发展了，"集大成"了，"成熟"了，可以说"熟透"了；而同时应该看到，它也真的开始走向"衰落"或者说"终结"了，特别是到晚清，已经到了"瓜熟蒂落"的时节，若不变革，也同那个奄奄一息的"衰落"帝国时代一样，再也结不出新果子了。

一方面要看到"诗文评"的终结乃是必然趋势；另一方面也要看到这个时期，内在的和外来的新的力量、新的因素，在或明或暗不断生成、增长。对这新的因素、新的力量和新的趋势，当时一般人，或许对此并不注意；或者脑袋瓜被层层禁锢，眼睛被层层蒙住，对这些新的力量、新的元素的发生和增长，看不到。而那些一门心思维护旧制度、旧文化、旧秩序的人，也可能根本不愿意看到。

不论是否看到或觉察到，千真万确的事实是：地火在运行，变革在悄悄酝酿中。

需要再次说明的是，在这一章，我依然遵循本书一贯的"史论"写作宗旨，不是去按部就班地全面论述明清"诗文评"史（这不是本书的任

---

① 郭绍虞：《中国文学批评史》，中华书局1961年版，第5—7页。

务），而是挑出"诗文评"史中几个重要的关节性问题，阐发我的观点；特别是以往论著中没有论到的、或虽论到而我感觉还有话要说的，我来重点加以讨论。

第一节　明代的贡献

"诗文评"在明代正式得名

明代对中国古代诗学文论的贡献之一，首先表现在"诗文评"在此时得到它正式的称呼。

前面曾说过，"诗文评"作为一个学科成立于魏晋南北朝，但当时并没有"诗文评"的名称。它的名称正式出现在明代焦竑《国史经籍志》，是从目录学、图书分类学的角度被提出的。

《国史经籍志》是明代万历年间官修"国史"的一部分，全书未成，只留下焦竑所撰的这一部分"志"，仍以"国史"名之。

《四库全书总目提要》对此书的评语是：

> 《国史经籍志》六卷（两江总督采进本），明焦竑撰。竑有《易筌》，已著录。是书首列《制书类》，凡御制及中宫著作，记注、时政、敕修诸书皆附焉。馀分《经》、《史》、《子》、《集》四部，末附《纠缪》一卷，则驳正《汉书》、《隋书》、《唐书》、《宋史》诸《艺文志》，及《四库书目》、《崇文总目》、郑樵《艺文略》、马端临《经籍考》、晁公武《读书志》诸家分门之误。盖万历间陈于陛议修国史，引竑专领其事。书未成而罢，仅成此志，故仍以"国史"为名。顾其书丛抄旧目，无所考核。不论存亡，率尔滥载。古来目录，惟是书最不足凭。世以竑负博物之名，莫之敢诘，往往贻误后生。其谰词炫世，又甚于杨慎之《丹铅录》矣。①

《四库全书总目提要》简略评介了该书内容，而颇有微词；但今天看来，仅焦竑提出"诗文评"名称，即是一大功绩。

---

① 《四库全书总目提要》卷八十七，史部四十三。

　　焦竑借鉴以往类书、特别是主要以南宋郑樵的《通志·艺文略》① 为模式而撰写《国史经籍志》,纠正以往的许多谬误,又加以变化,并有自己的一套完整体系。他将书籍重新编排,分为"经"、"史"、"子"、"集"四大类（如果加上制书类则为五类）、四十八小类（如果加上制书类四小类则为五十二小类）、三百二十四个属目。对于我这部《从"诗文评"到"文艺学"》所论述的问题而言,焦竑的贡献在于把以往的"文评"、"诗评"合在一起,第一次提出"诗文评"的名称。这虽是目录学上的名称,却反映了中国古代文论学科的发展程度——即它作为一个学科从魏晋南北朝成立以来,经隋唐、宋金元,到明代,已经完全成熟,它需要这样一个名字作为自己的称谓,而且这个称谓很恰切。

　　关于"诗文评"的学科建立、发展,它与西方文论相对照所表现出来的中华民族诗学文论的特殊性以及这种特殊性的深层内涵和民族根性⋯⋯我在本书第一章已经作了论述,兹不赘述。这里只想补充一下有关焦竑其人以及当时思想界的一些情况——这与"诗文评"表面看似乎关系不大,实则从内里看,从深层看,暗通脉络,密切关联。

　　焦竑（1540—1620）,字弱侯,号漪园,又号澹园,又号龙洞山农。南京人,祖籍日照。万历十七年（1589）状元,授翰林院修撰、皇长子侍读等职。他博览群书、严谨治学,尤精于文史、哲学,为晚明杰出的思想家、藏书家、古音学家、文献考据学家。著述颇丰,撰著有《澹园集》四十九卷、《澹园续集》二十七卷、《国史经籍志》五卷、附录一卷、《焦氏笔乘正集》六卷、《焦氏笔乘续集》八卷、《笔乘别集》六卷、《支谈》三卷等等;评点类作品有《春秋左传钞》十四卷、《九子全书评林正书》十四卷、《苏长公二妙集》二十二卷、《东坡志林》五卷、《荀子品汇解评》二卷、《墨子品汇解评》一卷、《绝句衍义》四卷、《庄子品汇解评》一卷、《苏老泉文集》十三卷等等;还编纂有《国朝献征录》一百二十卷、《四书直解指南》二十七卷、《词林历官表》三卷、《杨升庵集》一百卷等等。

　　在明代后期,焦竑是一个思想相当开放、相当先进的思想家和学问

----

　　① 郑樵在《通志·艺文略》中运用的分类理论,较之西汉刘歆《七略》与四部的模式而有所突破。他将《艺文志》分为十二大类,仍将经类排在第一位,而把礼、乐、小学分出,各立一类,与经类并列;仍保存诸子类,而将天文、五行、艺术、医方及类书分出,各成一类,与诸子并列;他于诸子类设杂家、小说两家;于文类,设文史、诗评二种;于杂史、传记二家之下复分若干种。

家，王（阳明）门后学的重要成员之一。现代有的学者称其为"王学会通派"的一员健将，说他"是一位治学范围极广、具有多方面成就的学者和当时颇具影响的文学家；在他身上可以看到会通思潮对于晚明思想学术各个方面的影响。同时，他生前交往广泛，影响巨大，号称东南儒宗"①。虽然《四库全书总目提要》对他几番贬抑，但也不得不承认他对清代学术的重要影响，特别是对清代考据学的先导作用。《四库全书总目提要》卷一一九《子部·杂家类三·通雅》说："明之中叶，以博洽著者称杨慎，而陈耀文起而与争。然慎好伪说以售欺，耀文好蔓引以求胜。次则焦竑，亦喜考证，而习与李贽游，动辄牵缀佛书，伤于芜杂。惟以智崛起崇祯中，考据精核，迥出其上。"

关于焦竑的思想倾向和特点，我只要说出他的师承，他的朋友，他的学生，读者即会一目了然：

他的老师是泰州学派（左派王学）的重要人物耿定向和罗汝芳，他们都是左派王学的大将，在思想界发生过重要影响；对于晚明"泰州学派"的思想革新运动，焦竑予以承接与发展。大家知道，中国思想史上有一个很有意思的现象：宋代新儒学是一种适应帝国专制社会的创新思想，当时看起来红红火火，但在宋代它却并未取得官方地位，倒是到了元代程朱理学才成为官方意识形态；明前期承袭元代思想体制，继续尊崇程朱理学，其所定下的立国的基本国策之一，是科举考试以程朱理学为内容、以八股制义为形式。明成祖朱棣颁行的官定教科书《五经大全》、《四书大全》、《性理大全》即以程朱注疏为标准，而科举也几乎成为选拔文官的唯一途径。对于许多读书人来说，做学问就要记诵程传朱注，而其目的只是为了通过科举而做官。而作为官方意识形态的程朱理学日渐僵化，成为羁绊人们思想的绳索。顾炎武说："自八股行而古学弃，《大全》出而经说亡。"②明代中期王学兴起，对程朱理学是一个重大冲击；明代晚期的王门后学承续之。泰州学派是中国帝国专制社会后期的一个启蒙学派，他们努力打破程朱"理学"的死板教条。在经学领域，他们反对把程朱传注定为一尊，提倡古注疏，掀起博学考证风气，成为后来清代考据学风的一种范导——

---

① 所谓"王学会通派"是指王门后学中追求超脱生死的精神境界、会通入世出世、宣扬无善无恶的一个思想派别，他们治学讲究"求真"（打破一切人为限制、平等对待各种思想资源，唯真理是求），"自主"（要求打破权威对真理的垄断，否认即成规范的天然合法性，自作主张）。参见刘海滨《焦竑与晚明会通思潮》卷前"内容提要"。

② 顾炎武：《日知录》卷十八《书传会选》。

这就是前引《四库全书总目提要》所说"明之中叶,以博洽著者称杨慎,而陈耀文起而与争。然慎好伪说以售欺,耀文好蔓引以求胜。次则焦竑,亦喜考证"。同时他们反对把圣人看成不可企及,以解除对人们思想的束缚。焦竑说:"学道者当扫尽古人刍狗,从自己胸中辟取一片乾坤,方成真受用,何至甘心死人脚下!"①

焦竑有一位忘年交李贽(号卓吾,1527—1602)。一提李贽,人们即会想到这位异端思想家的种种思想和作为,想到他的许多惊世骇俗的言论,想到他对当时思想界的冲击和震撼,此处不必多说。而焦竑恰恰同李贽成为亲密朋友。与焦竑同年同馆的朱国祯(1558—1632)在其所著《涌幢小品》中曾说:"焦弱侯推重卓吾,无所不至。谈及,余每不应。弱侯一日问曰:兄有所不足耶?即未必是圣人,可肩一狂字,坐圣门第二席!"②当时有多少人反对李贽、批判李贽,包括朱国祯在内,对李贽甚为厌恶。但是,焦竑则称其为"圣门第二席"。从前面所引焦竑"从自己胸中辟取一片乾坤,方成真受用,何至甘心死人脚下"的话,亦可见出焦竑与李贽气味相投、思想相近。真是物以类聚、人以群分。

焦竑有一位大名鼎鼎的学生,即明末的进士,也是著名科学家徐光启(1562—1633,字子先,别号玄扈先生)。徐光启的引人注目之处在于,他是与外国传教士利玛窦合作翻译《几何原本》的中国进士,他也是到天主教堂接受洗礼从而改信西教的中国进士。关于焦竑与徐光启的关系,还有一段奇特的故事。万历二十五年丁酉(1597)顺天乡试,焦竑任副主考,他从落卷中选出了徐光启的考卷,拔置第一,从而使他起死回生!徐光启的儿子徐骥在《文定公行实》中记述此事曰:"万历丁酉试顺天,卷落孙山外。是年大司成澹园焦公典试,放榜前二日,犹有不得第一人为恨,从落卷中获先文定公卷,击节称赏,阅至三场,复拍案叹曰:'此名世大儒无疑也。'拔置第一。"③若不是焦竑独具慧眼,一位天才可能就此埋没。徐光启对恩师终生念念不忘,在其《尊师澹园焦先生续集序》中说:"吾师澹园先生,以道德经术表标海内,巨儒宿学,北面人宗。"④

焦竑的另一位大名鼎鼎的学生是公安派领袖袁宏道(字中郎,又字无

① 焦竑:《支谈》(上)。
② 朱国祯:《涌幢小品》卷十六"黄叔度二诬辨"条。
③ 《徐光启集》"附录",上海古籍出版社1984年版。
④ 见焦竑《澹园集》附编二。

学，号石公，又号六休，1568—1610）。万历二十年壬辰（1592），焦竑任会试同考官，当年经他选拔而进士及第者十五人，其中就有袁宏道。①此后袁宏道常常求教于焦竑。同时，焦竑还把袁氏三兄弟介绍给李贽，受到李贽思想（特别是"童心说"）影响颇多，"性灵"说的提出，与此密切相关。而焦竑自己也谈"性灵"。他在《雅娱阁诗集序》中说："诗非他，人之性灵之所寄也。"②郭绍虞《中国文学批评史》就特别引出焦竑《澹园集》中的一段话："夫词非文之急也，而古之词又不以相袭为美。《书》不借采于《易》，《诗》非假途于《春秋》也。至于马、班、韩、柳乃不能无本祖；顾如花在蜜，蘖在酒，始也不能不藉二物以胎之，而脱弃陈骸，自标灵采。……斯不谓善法古者哉！近世不求其先于文者，而独词之知，乃曰以古之词属今之事，此为古文云尔。韩子不云乎？'惟古于词必己出，降而不能乃剽贼。'夫古以为贼，今以为程。……谬种流传，浸以成习，至有作者当其前，反而视而不顾，斯可怪矣！"在引了这段话之后，郭先生说："此文攻击七子之摹拟剽窃，颇与公安之论相同。"③此足可见焦竑对公安派的影响。

焦竑还与意大利人、天主教传教士、学者利玛窦有一段友谊。万历二十七年（1599），利玛窦来到南京，结识了焦竑与他的好友李贽。《利玛窦中国传教史》一书记述了这段经历：

> 这时在南京有一位状元，即是在考进士时，三百位进士中考第一名的。这是一种很大的荣誉。他因失官返乡，极受地方人士尊重。他对中国的三个宗教极有研究，这时极力宣传三教归一之学说。当时有中国另一位名人李卓吾，在焦竑家中做客。他做过大官，曾任姚州或姚安知州，却弃了官职和家庭，削发为僧。因了他博学能文，又年已古稀，声望极高，有许多弟子信了他创立的宗派。这两位大文人对利神父非常敬重。特别是李贽，本来非常高傲，大官拜访他时，他不接见，也不拜访高官大员；而他竟先自动造访利神父，使神父的朋友们都感到意外。利神父按照中国习惯回拜时，有许多学术界的朋友在

---

① 焦竑：《澹园集》卷二十七《心嬰乐公墓表》说："壬辰，与礼闱校士之役，所荐拔十有五人。"而袁宏道亦称焦竑为"座主"（《袁宏道集》卷二有《白门逢焦师座主》二首）。

② 焦竑：《澹园集》卷十五。

③ 郭绍虞：《中国文学批评史》，中华书局1961年版，第352页。焦竑的话见于《澹园集》十二《与友人论文书》。

场，大家谈论的是宗教问题。李贽不愿与利神父争论，也不反驳他的主张，反而说天主教是真的。李卓吾在湖广有许多弟子。他得到了利玛窦的《交友论》之后，便抄了几份，分送给湖广的弟子们。因了这位大文人对《交友论》的推重，神父们的名声便也在湖广一带传开了。①

从这段记述，我们看到焦竑和李贽是多么开明。此时他开始接触西方思想。焦竑在《管东溟墓志》中曾说："冀以西来之意，密证六经，东鲁之矩，收摄二氏。"② 即不断吸收外来思想，又尝试用中国传统文化来收摄各种学说。

综上所述，由焦竑这样一位学者提出"诗文评"的名称，表面看来似乎是偶然的"歪打正着"（不是专谈诗学文论，而是从目录学角度提及），但是实际上又是历史发展的必然要求——乃"正中历史下怀"也！这其间，颇有值得往远处和深处思索的空间。

鸟瞰全貌

明代是中国古代文论家和各种诗学文论思想取得重大成就的时期，各种"诗文评"著作也层出不穷，使此时"诗文评"成为又一个辉煌时期。例如前后七子的辩驳论争，左派王学影响下的新鲜文论思想的活跃，徐渭、李贽、三袁、汤显祖等的大胆"叛逆"而充满独创思想的言论……使明代文论以至整个学界热闹非凡；戏曲理论（曲话）、小说评点、叙事文论的发展等也是明代文论的新亮点。宏观地说，一方面，这辉煌与当时物质文明和精神文明高度发展不无关系——明朝时代的中国是当时世界上最强大的国家之一，在当时的世界各国之中，它的国民生产总值占世界第一；而明代精神文明各个领域（包括思想、学术和审美文化等等）也取得巨大成就。另一方面，明代"诗文评"的辉煌也是历代积累的结果，仅诗话之作（包括有"诗话"之名和无"诗话"之名而实为诗话）就有约一百七十多部，而词话、曲话、小说评点都超过前代；它们在继承自先秦以来优秀学术思想的基础上做了进一步阐发或提出新见。郭绍虞先生说它"空疏不学"，大概指个别作品而非全部，因为，明代的许多"诗文评"

---

① 《利玛窦中国传教史》，刘俊馀、王玉川译，光启出版社、辅仁大学出版社1986年版，第306—307页。

② 焦竑：《澹园集》续集卷十四。

著作，如高棅《唐诗品彙》、李东阳的《怀麓堂诗话》，前后七子的一些作品如《四溟诗话》、《艺苑卮言》，还有李贽、叶昼等人的小说评点，徐渭、臧懋循、吕天成、王骥德等人的曲论，还有以汤显祖为代表的临川派与以沈璟为代表的吴江派的争论……其实并不"空疏"，也非"不学"。

如果用简略的话概括明代"诗文评"全貌，或许可以这样描述：

明初宋濂（景濂，1310—1381）、方孝孺（逊志，1357—1402）等人所提出的是带有复古色彩的正统的适应皇权政教的文论①，紧接着他们的就是御用的台阁文学思潮，表现出来的是靡弱文风。

之后，高棅（廷礼，1350—1423）承袭严羽，提倡"悟入"，阐发的是宗法盛唐的诗论；而他划分唐诗为"初"、"盛"、"中"、"晚"的思想，颇有影响，其主要观点表现在其《唐诗品彙》中，该书"自序"云："今试以数十百篇之诗，隐其姓名，以示学者，须要识得何者为初唐，何者为盛唐，何者为中唐，为晚唐。"②

明中期，天顺、成化年间以宰臣李东阳（西涯，1447—1516）为领袖的茶陵派祖述沧浪之说的文学思想，是七子思想的先导；其《怀麓堂诗话》有一段名言："诗必有具眼，亦必有具耳。眼主格，耳主声。闻琴断而知为第几弦，此具耳也。月下隔窗辨五色线，此具眼也。"

弘治、正德年间以李梦阳（献吉，1472—1530）、何景明（仲默，1483—1521）为首的前七子和嘉靖、隆庆年间以李攀龙（于鳞，1514—1570）、王世贞（元美，1526—1590）、谢臻（茂秦，1495—1575）为代表的后七子，掀起两次复古思潮——他们以复古为途径以改革文风，同时他们的复古实质上也是对已经僵化了的官方意识形态程朱理学的对抗（官方规定只能读程朱理学，他们却倡导"文必秦汉、诗必盛唐"）；两次复古思潮之间又有西涯门徒杨慎（升庵，1488—1559）兼容并包的文论思想，以唐顺之（应德、荆川，1507—1560）、王慎中（遵岩，1509—1559）、茅坤（鹿门，1512—1601）、归有光（震川，1506—1571）为代表的唐宋派文论。

---

①　宋濂说："三代无文人，六经无文法：无文人者，动作威仪，人皆成文；无文法者，物理即文，而非法之可拘也。"中国有一种观点，"大文"等同于"政教"，即文的政教化；这与当代西方美学对比起来很有意思：德国美学家韦尔施则将政教审美化。

②　见高棅《唐诗品彙》卷首。高棅（1350—1423），又名廷礼，字彦恢，号漫士，长乐（今属福建）人。《唐诗品彙》正集九十卷，选唐代诗人六百二十人，诗作五千七百余首；拾遗十卷，增补六十一人，诗作九百余首。完成于洪武癸西年（1393）。常见的本子是1982年上海古籍出版社影印明代汪宗尼、汪季舒、陆允中、张恂等人的校订本。

　　明后期，万历年间在王门后学（尤其是李贽等人）影响之下兴起了肆意张扬情欲的文学思潮，如徐渭（文长，1521—1593）、汤显祖（义仍，1550—1616）等的主情和尚意趣，以袁宏道（中郎，1568—1610）为代表的公安三袁的性灵派之张扬性灵、反对模拟，钟惺（伯敬，1574—1624）、谭元春（友夏，1586—1637）的竟陵派也倡性灵但着眼点多从欣赏角度出发。此外，还有李贽（卓吾，1527—1602）、叶昼（文通，生卒年未详）等人的小说评点，开清代小说评点风气之先；王世贞（弇州，1526—1590）《艺苑卮言》、徐渭（文长）《南词叙录》、臧懋循（晋叔，1550—1620）《元曲选序》、吕天成（勤之、郁蓝生，1580—1618）《曲品》、王骥德（伯良，1540—1623）的《曲律》……上承元、下启清，是元与清之间戏曲理论发展中的重要环节，对以往的戏曲艺术经验进行了理论总结，作出了令人瞩目的贡献。

　　以上所述文论家、诗论家、曲论家，他们的思想趋向和文论观点各有不同，在历史上的功过不一；然而从历史发展的角度来说，皆有可论。譬如，我们可以重点说一说"前后七子"。他们的功过是非众说纷纭，但不管是功是过，他们无疑是明代"诗文评"史上的两座大山。他们的文论思想不但与派别之外的文论思想不同，而且派别内部也有争论（前七子李梦阳与何景明之间，后七子谢臻与李攀龙、王世贞之间，就有不少笔墨官司），每个人的前后期思想也有发展（李梦阳晚年对其"文必秦汉、诗必盛唐"和一味模拟的主张就有所反省，而王世贞对早年之《艺苑卮言》也有悔意）。从他们的著述中可以明显感到严羽的影响（明清许多论家身上都有严羽的影子），足见传统力量之强。他们的诗学文论思想相当复杂和丰富，不可简单予以肯定或否定。一方面他们以"复古"为径而行革新靡弱文风和对抗程朱理学之实，却又的确堕入模拟古人的泥潭——这是他们无法辩解的弊病；另一方面他们又的确提出了许多精彩思想，如李梦阳说："夫诗者天地自然之音也。今途咢而巷讴，劳呻而康吟，一唱而群和者，其真也，斯之谓风也。孔子曰：'礼失而求之野'，今真诗乃在民间，而文人学士顾往往为韵言谓之诗。……诗有六义，比兴要焉。夫文人学士，比兴寡而直率多，何也？出于情寡而工于词多也。夫途巷蠢蠢之夫，固无文也，乃其讴也，咢，呻也，吟也，行咕而坐歌，食咄而寤嗟，此唱而彼和，无不有比焉兴焉，无非其情也，斯足以观义矣。故曰，诗者天地自然之音也。"① 谢榛《四溟诗话》"作诗本乎情景，孤不自成，两不相背"，"景乃诗之媒，情乃诗之胚，合而为诗。以数言而统万形，元气浑成，其浩无涯矣"，王世贞《艺苑卮言》带有总结性的多方面的诗论文论曲论思想，都有精彩之处，值得研究。

而我特别感兴趣的是明代中期"阳明心学"的兴起以及此后王门后学（特别是李贽）的狂飙思潮，对诗学文论的发展所起的巨大作用；在其推动之下，徐渭、汤显祖、公安三袁、竟陵派等提出了带有巨大冲击力的诗学文论思想，更值得特别关注。

阳明心学和王门后学的巨大作用

中国"诗文评"史上，各个时代的哲学思想对诗学文论有巨大的显著的影响，甚至可以说诗学文论思想有时就是某种哲学思想的具体表现和有机组成部分。因此，一种新的思想的兴起，必然对诗学文论的发展变化起重要作用。

春秋战国时代，诸子蜂起，百家争鸣，萌芽时期的"诗文评"思想，即十分活跃。

两汉时期，董学兴盛，与此相应产生了一批文论作品；但是随着董仲舒以其"天人感应"等理论将儒家思想模态化，随后一二百年使之成为官方意识形态，从而禁锢了人们的思想，故汉代后期诗学文论并无大的创造性进展。

魏晋南北朝，由于社会大变动，官方意识形态受到严重冲击，加之佛教思想传入，思想领域产生新潮，于是影响到诗学文论，造成大繁荣的局面，"诗文评"学科正式成立。

宋代理学（新儒学）的兴起，也对宋代"诗文评"繁荣起了重要作用（虽然表面看起来不那么直接）。

理学在宋代绝大部分时间并未成为主流，且常常受到压制。当它作为非主流思想潮流的时候，反而富有活力。正如葛兆光在《中国思想史》中所说：一方面，它对于民众生活理念的形成和社会生活秩序、伦理秩序的建立起了相当大的作用；另一方面，当时理学这样超越于国家合法性之上、拥有某种真理话语权力，常常被一些普通士人作为对抗国家皇权控制的思想手段，因此理学在一定时期还具有某种批判能力，而且理学通过士

---

① 李梦阳：《诗集自序》，见《李空同全集》卷五十。

绅进行了"文明"的大普及。南宋末期程朱理学得到官方认可；元代至明初，程朱理学成为官方意识形态。但是，元代至明代前期，是一个思想平庸的时代，原因即在于因袭成思，没有什么开拓。在没有成为官方意识形态之前，学者们由于有切肤的历史记忆和实际的策略需求，所以学问中常常有自己的思想和感情；而此时的许多学者只是把思想当作背诵的文本，又把文本当做真正的思想。"本来，像理学那样具有批评和诊断意义的思想，是具有超越性和独立性的，它是从对宇宙、社会和人生的体验中自内发出的，但是，当后来的模仿者被这些思想所吸引，把这些充满睿智而且有所针对的话当做真理进行复制的时候，它就已经蜕变成仪式或文本。"本来具有批评力和诊断力的思想，一旦成为流行的时尚，成为背诵和记忆的文本，就僵化了。读的书就这么几本，说的话翻来覆去就这么几句，这几本书、这几句话虽然是可放之四海而皆准的经典和真理，但它们仿佛是悬置在半空的高调，难以指导社会生活，于是便成为抽象的教条。① 明代初期正是如此。皇家把程朱理学定为全民必须遵循的思想和科举考试的准则。人们的思想被限制在越来越狭窄的范围里，不准越雷池一步。永乐年间，皇家编成《五经大全》、《四书大全》、《性理大全》，理学被定为普遍的绝对的真理，于是，程朱理学也就成为束缚人们思想的羁绊和枷锁。

到了明代中期的正德、嘉靖年间，社会生活发生了变化，城市商贾以及一些贵族，因为富庶了，开始产生新的生活趋向，城市和乡村之间产生了越来越不同的文化趋向，被传统观念不齿的游冶、侈靡、聚敛等风气，在以商业与消费为中心的城市中滋生蔓延开来……而已经变成教条的程朱理学，越来越不适应这种变化了的社会生活新情况。在真实的社会生活中，知识无法解释各种异于往常的现象，思想无以回应秩序的种种变动，士人所拥有的资源无以"诊断"和"疗救"这种变化万端的国家与社会。这就造成了思想危机。这时出现的结果是，一面更高调地倡导着拯救的理想主义，一面在实行极端的实用主义，思想与策略发生背离，却没有根本的药方，主流的知识、思想与信仰世界仍然在平庸和圆熟的套话与教条中延续。恰恰正是因为这种平庸和圆熟，迫使这些学者反身寻找另类可以刺激新思想的资源。而在那个时代，在一个思想资源相对封闭的空间里，在没有外来文明根本影响的情况下，最容易找到的就是历史与传统中曾经存在过，但又被摒弃在边缘的那些知识、思想与信仰。其中，最有刺激性和

① 葛兆光：《中国思想史》第二卷，复旦大学出版社 2001 年版，第 281 页。

挑战力的思想资源，除了逐渐从主流文明和上层人士中淡出的佛学之外，就是南宋时代曾经与朱学对垒的陆学。于是，当时的一些学者开始从陆学吸取滋养，渐渐突显"心"的意义，从曹端（月川，1376—1434）、薛瑄（敬轩，1389—1464）、吴与弼（康斋，1391—1469）、胡居仁（敬斋，1434—1484）到陈献章（白沙，1428—1500），这种心、理结构关系发生了变化，并且这种变化被慢慢加深扩大，终于引来了知识与思想世界的大变化，而到明中期的王阳明（守仁，1472—1528），正式形成了心学。阳明心学兴起，特别是王门后学，起到了思想解放的作用。

其实阳明心学与程朱理学并没有如某些学者所说的那么大的对立，王阳明只是从理学出发而对理学进行修正。这修正，主要表现在突出"心"的作用。他认为追求真理（"道"、"理"、"良知"）的方法和途径，根本不在"外"，而在"内"，即内心的修养历程；人要获得"良知"，不假外求。因为在王阳明看来，"心"即"理"，"心""理"一也，"心"外无"理"。不能像朱熹那样把"心"与"理"分开。因此，王阳明认为"致良知"不是从外部世界去找道德提升和心灵澄明的途径，而是发掘内在心灵自有的灵明。于是王阳明对儒家经典作了重新诠释，特别是对《大学》中的"格物致知"的意思进行新的说明，将之变成一系列内在心灵的省思和调整活动，这样，"知"与"行"也即统而一之了。①

这就是阳明心学对程朱理学的主要修正。

在程朱理学已经僵化为教条而不准有异说的当时，在它已经失去批判能力、建设能力和解说新事物能力的时候，阳明心学的出现，发出不同的声音，在沉闷的天空里升起一颗新的思想"气球"，为众多士子学人打开另一片思维天地。这对长时间禁锢在程朱理学之下的诗学文论领域，当然是一种解放。而对诗学文论的这种解放作用，在王门后学——泰州学派或称左派王学那里就更突出、更直接的表现出来。泰州学派的代表人物如何心隐（1517—1579）、罗汝芳（1515—1588）特别是李贽（1527—1602）等，对儒家传统观念，对历史传统和社会秩序进行攻击，打破俗人和圣人、日常生活和理想境界、世俗情欲与心灵本体的界限，肯定日常生活与世俗情欲的合理性、正当性，鼓吹率性所行、纯任自然，提倡童心（赤子之心）。李贽说："夫童心者，绝假纯真，最初一念

---

①　我吸收了葛兆光《中国思想史》第二卷有关阳明心学（以及后面有关左派王学即泰州学派）的一些观点，因为所引内容，有许多并非原话，同时也加进了我自己的一些观点，故未加引号，特此说明。

之本心也。若夫失却童心，便失却真心；失却真心，便失却真人。童子者，人之初也；童心者，心之初也。夫心之初，曷可失也？然童心胡然而遽失也。盖方其始也，有闻见从耳目而入，而以为主于其内而童心失。其长也，有道理从闻见而入，而以为主于其内而童心失。其久也，道理闻见日以益多，则所知所觉日以益广，于是焉又知美名之可好也，而务欲以扬之而童心失。……童心既障，于是发而为言语，则言语不由衷；见而为政事，则政事无根柢；著而为文辞，则文辞不能达。非内含于章美也，非笃实生辉光也，欲求一句有德之言，卒不可得，所以者何？以童心既障，而以从外入者闻见道理为之心也。夫既以闻见道理为心矣，则所言者皆闻见道理之言，非童心自出之言也，言虽工，于我何与？岂非以假人言假言，而事假事、文假文乎！盖其人既假，则无所不假矣。由是而以假言与假人言，则假人喜；以假事与假人道，则假人喜；以假文与假人谈，则假人喜。无所不假，则无所不喜。满场是假，矮人何辩也。然则虽有天下之至文，其湮灭于假人而不尽见于后世者，又岂少哉！何也？天下之至文，未有不出于童心焉者也。苟童心常存，则道理不行，闻见不立，无时不文，无人不文，无一样创制体格文字而非文者。诗何必古《选》，文何必先秦，降而为六朝，变而为近体，又变而为传奇，变而为院本，为杂剧，为《西厢曲》，为《水浒传》，为今之举子业，皆古今至文，不可得而时势先后论也。故吾因是而有感于童心者之自文也，更说什么六经，更说什么《语》、《孟》乎！夫六经、《语》、《孟》，非其史官过为褒崇之词，则其臣子极为赞美之语，又不然，则其迂阔门徒、懵懂弟子，记忆师说，有头无尾，得后遗前，随其所见，笔之于书。后学不察，便谓出自圣人之口也，决定目之为经矣，孰知其大半非圣人之言乎？纵出自圣人，要亦有为而发，不过因病发药，随时处方，以救此一等懵懂弟子，迂阔门徒云耳。医药假病，方难定执，是岂可遽以为万世之至论乎？然则六经、《语》、《孟》，乃道学之口实，假人之渊薮也，断断乎其不可以语于童心之言明矣。呜呼！吾又安得真正大圣人童心未曾失者而与之一言文哉！"① 李贽在《杂说》中还说："且夫世之真能文者，此其初皆能非有意于为文也。其胸中有如许无状可怪之事，其喉间有如许欲吐而不敢吐之物，其口头又时时有许多欲语而莫可所以告语之处，蓄极积久，势不能遏。一旦见景生情，触

---

① 李贽：《童心说》，见《李氏焚书》卷三。

目兴叹，夺他人之酒杯，浇自己之垒块，诉心中之不平，感数奇于千载。既已喷玉唾珠，昭回云汉，为章于天矣。遂亦自负，发狂大叫，流涕恸哭，不能自止。宁使见者闻者切齿咬牙，欲杀欲割，而终不忍藏于名山，投之水火。"①

李贽的这番言论，无异于向程朱理学投了一枚炸弹，他甚至说六经、《语》、《孟》"其大半非圣人之言"，"岂可遽以为万世之至论乎"？说它们"乃道学之口实，假人之渊薮也，断断乎其不可以语于童心之言"。那些程朱理学的卫道者听了李贽这些话，还不气个半死？怪不得他们不遗余力对李贽口诛笔伐，必欲置之死地而后快。但是，对于当时的广大学人，这些言论则是一种启蒙，是一盏解放思想的"明灯"。

正是在阳明心学、特别是左派王学的启蒙、导引之下，明代中后期出现了一股从文艺创作到文艺思想的张扬情感（乃至情欲）、张扬个性、张扬独创的潮流，历来为论家所瞩目，成为中国"诗文评"史上一道亮丽的风景。

这股潮流的代表人物，较早的是徐渭（文长，1521—1593）。他生性狂放、纵情，不愿受传统礼法之束缚，性情怪僻，据说有人去访问他，若不愿见，便手推柴门大呼："徐渭不在！"在创作上他个性鲜明，风格豪迈而放逸。他特别提倡独创，反对模拟，认为写诗如果一味模拟，模拟得再好、再像，至多是鸟学人言，有何价值可言？此番言论、此种主张，被后来的袁宏道引为同道，他们虽生不同时，却气味相投。袁宏道非常敬仰徐渭，曾写《徐文长传》，对徐渭有一段精彩描述："文长既已不得志于有司，遂乃放浪曲蘖，恣情山水，走齐、鲁、燕、赵之地，穷览朔漠。其所见山奔海立，沙起雷行，雨鸣树偃，幽谷大都，人物鱼鸟，一切可惊可愕之状，一一皆达之于诗。其胸中又有勃然不可磨灭之气，英雄失路、托足无门之悲，故其为诗如嗔如笑，如水鸣峡，如种出土，如寡妇之夜哭，羁人之寒起。当其放意，平畴千里；偶尔幽峭，鬼语秋愤。"② 由袁宏道的评述，我们亦可见徐渭思想、创作于一斑。

大约在徐渭之后数十年，有临川汤显祖（1550—1616）出，是位更激进的主情派，并把这股潮流更推进一步。汤显祖在《耳伯麻姑游诗序》中说："世总为情，情生诗歌，而行于神。天下之声音笑貌、大小生死，不出乎是。

----

① 李贽：《杂说》，见《李氏焚书》卷三。
② 《徐渭集》（四）附录《徐文长传》，中华书局2003年版。

因以惝荡人意，欢乐舞蹈，悲壮哀感鬼神风雨鸟兽，摇动草木，动裂金石。其诗之传者，神情合至，或一至焉，一无所至，而必日传者。亦世所不许也。予常以此定文求之变，无解者。"① 在《宜黄县戏神清源师庙记》又说："人生而有情。思欢怒愁，感于幽微，流乎啸歌，形诸动摇。或一往而尽，或积日而不能自休。"②汤显祖针对程朱理学"存天理，灭人欲"，突出地强调"情"，反对"理"，认为"情有者，理必无，理有者，情必无"③。在汤显祖眼里，情是至上的，他在《牡丹亭记题记》中说："情不知所起，一往而深，生者可以死，死可以生。生而不可与死，死而不可复生者，皆非情之至也。"汤显祖的诗文和戏曲作品，贯彻了他的这些主张。

与汤显祖差不多同时，出现了公安三袁（老大袁宗道、老二袁宏道、老三袁中道），其最主要的代表是兄弟三人中的老二袁宏道（中郎，1568—1610）。公安派张扬个性、张扬情欲、张扬独创、反对模拟，言辞激烈，火药味十足，摆出一副与世俗观点誓不两立的姿态，对抗传统观念。在《与张幼于》一文中，袁宏道说："至于诗，则不肖聊戏笔耳，信心而出，信口而谈。世人喜唐，仆则曰唐无诗，世人喜秦汉，仆则日秦、汉无文，世人卑宋黜元，仆则曰诗文在宋、元诸大家。昔老子欲死圣人，庄生讥毁孔子，然至今其书不废；荀孵言性恶，亦得与孟子同传。何者，见从己出，不曾依傍半个古人，所以他顶天立地，今人虽讥讪得，却是废他不得。不然粪里嚼查，顺口接屁，倚势欺良，如今苏州投靠家人一般。记得几个烂熟故事，便曰博识，用得几个见成字眼，亦曰骚人，计骗杜工部，囤扎李空同，一个八寸三分帽子，人人戴得。以是言诗，安在而不诗哉！"④ 他提出的"性灵说"，可以说把主情派的思潮推到极致。在《叙小修诗》中，袁宏道说："（诗文）大都独抒性灵，不拘格套，非从自己胸臆流出，不肯下笔。有时情与境会，倾刻千言，如水东注，令人夺魄。"⑤ 所谓"性灵"，就是情性、情感，"性灵说"要诗文突出地表现情感，把情感放在首要位置。其实，提倡"性灵"并不自三袁始，前已说过，袁宏道的老师焦竑就曾明确指出"诗非他，人

① 汤显祖：《耳伯麻姑游诗序》，《汤显祖集》三十一卷。"人生而有情"（《汤显祖集》三十四卷《宜黄县戏神清源师庙记》）。

② 汤显祖：《宜黄县戏神清源师庙记》，《汤显祖集》三十四卷。

③ 汤显祖：《寄达观》，《汤显祖集》卷四十五。

④ 袁宏道：《与张幼于》，《袁中郎全集》卷二十二。

⑤ 袁宏道：《叙小修诗》，《袁中郎全集》卷一。

之性灵之所寄也”，写诗如果“感不至”、“情不深”，“则无以惊心而动魄”（《雅娱阁集序》），主张诗应当“沛然自胸中流出”（《笔乘》）。汤显祖所说的“情”，实际上也就是“性灵”，他在《张元长嘘云轩文字序》中就称赞文章“独有灵性者，自为龙耳”。① 但是，他们都没有袁宏道说得这般激烈和透彻。

　　此外竟陵派也谈性灵。公安、竟陵的基本精神是一致的，但是二者也有差别。有学者已经指出，公安、竟陵两派，虽然都是标举性灵，但他们所指陈的对象及用法是不同的。请看公安袁宏道《叙小修诗》所说的“独抒性灵，不拘格套，非从自己胸臆流出，不肯下笔”，和竟陵钟惺《诗归·序》所说的“引古人之精神，以接后人之心目”，以及谭元春《诗归·序》“夫真有性灵之言，常浮出纸上，决不与众言伍。而自出眼光之人，专其力，壹其思，以达于古人，觉古人亦有炯炯双眸从纸上还瞩人，想亦非苟然而已”等等的说法，比较之下即可明白：公安派袁宏道等人，用性灵来说明文学创作，要有真性情流露其间，才不会迟滞呆板；竟陵派钟、谭等人，则用之于鉴赏古人的诗作，认为看前人作品，贵在能从纸上字里行间，看出古人的真性情，而产生共鸣。同样谈“性灵”，公安派谈的是创作论的范围，竟陵派谈的是鉴赏论的范围。②

　　不管怎么说，晚明的这股革命思潮应该得到重视。

　　有人可能会说，重视情感是中国“诗文评”史上许多论家的共同主张，何止明后期的这些人？不错，认为诗必须表现情感的思想，的确古已有之，《毛诗序》不是说吗：“在心为志，发言为诗，情动于中而形于言……”即在明朝，高唱“复古”、主张模拟的前后七子也认为诗歌必须有情。徐祯卿（1479—1511）《谈艺录》中说：“情者，心之精也，情无定位，触感而发。既动于中，必形于声。”又说：“情能动物，故诗足以感人。”“诗文评”史上类似论述多得不可胜数。但是，明后期的这些主情派却有自己明显的特点，即他们秉承王门后学的思想倾向，向内心情感无尽开发，极力张扬情欲而达于极致。如果说历史上其他论家谈情，常常把情放在理的约束之下；那么晚明的这些主情派，则是把“情”放在“理”之上，以“情”格“理”。在他们这里，情是至高无上的。他们的矛头直指程朱理学的“存天理、灭人欲”，在当时具有积极的“革命”意义。虽

---

① 汤显祖：《张元长嘘云轩文字序》，《汤显祖集》卷三十二。
② 吴宏一：《中国文学研究的困境和出路》，《北京大学学报》1999 年版第 6 期。

然他们的观点可能有某些偏激的地方，但他们在明代帝国思想专制历史上的革命功绩是不可磨灭的。

第二节　清代"诗文评"之"集大成"：略述几个代表

小序

纵观明清两代的思想史和"诗文评"史，可以看到两种质素在发生作用：一是本民族传统的思想、学术在制导，一是外来思想、学术的传入并发生影响。在开始的时候，本民族传统和外来思想、学术，这两者似乎互相影响不大，所以"诗文评"主要在本民族传统制导之下运行，其论家和"诗文评"著作也都是传统型的；然而到后来，本民族传统和外来思想学术不断互相碰撞，不断相克，同时又在不断相克之中擦出新火花，出现相融之迹象，并产生新变——到清代后期，在这种相克相融中发生的变化越来越明显。

清代，诗话、词话、曲话、小说和戏曲评点及其他有关文艺问题的论说遍地丛生，"诗文评"的各种著作大面积出现。单以"量"言，它们几乎是以前各代同类著作的总和，这不必多加阐释。而就"质"说，这些著作可以分为两种情况：

一种情况是，其中大部分"诗文评"著作和论家主要还是在本民族传统制导之下，沿着传统轨道运行，其代表人物，在诗学方面，有王夫之、叶燮、王士禛、沈德潜、冯班、吴乔、赵执信、袁枚、翁方纲、刘熙载、黄遵宪，等等；词学方面，有汪森、毛奇龄、朱彝尊、张惠言、周济、谭献、况周颐、陈廷焯，等等；文论方面有顾炎武、黄宗羲、魏禧、方苞、刘大櫆、姚鼐、曾国藩、章学诚、章炳麟，等等；小说和戏曲评点有金圣叹、张竹坡、毛宗岗、脂砚斋、毛奇龄、吴吴山，等等；而就曲论（曲话）而言，则有李渔、尤侗、毛先舒、李调元、焦循、梁廷楠、杨恩寿，等等。虽然它们仍然在本民族传统制导之下沿着传统轨道运行，但在某些方面较前代有新的提升和突破。我的朋友孙绍振教授在最近的一篇文章中，对此作了论述。这种提升和突破，首先表现在清代诗论家提出了"无理而妙"的命题。以往的诗论家如南宋严羽说"诗有别材，非关理也"，这也是一个十分出色的思想，但它强调的重点只是"诗"的创作（如它的情感和"妙悟"等特点)与"理"性活动(如经学、理学中的理性、理智)①的区别,至于怎样的区别以及怎样达成这种区别,并未申说;而"清初文学家贺贻孙《诗筏》提出'妙在荒唐无理',贺裳和吴乔(1611—1695)提出'无理而妙'、'痴而入妙'……沈雄(1688年前后在世)在《古今词话·词评下卷》又指出:'词家所谓无理而入妙,非深于情者不辨。'从无理转化为妙诗的条件就是情感,比之陆机《文赋》中所谓'诗缘情而绮靡'、严羽'诗有别趣,非关理也'的陈说是一个大大的飞跃。吴乔《围炉诗话》在引贺裳语时还发挥说:'其无理而妙者……但是于理多一曲折耳。''于理多一曲折',就是从理性转换为情感层次,把理性逻辑与情感逻辑的矛盾及其转换的条件提了出来"。就是说,"无理而妙"、"痴而入妙"、"妙在荒唐无理"、"词家所谓无理而入妙,非深于情者不辨"等等,比之"诗有别材,非关理也",深究了一步,也就是把问题往前推进了一步——诗为什么"非关理也"? 这是由于"情"的介入,才造成了它的"非关理";或者说正是由于"情",才使得诗于"常理"(理性逻辑之"理")不通——诗是情感逻辑而非理性逻辑。这种提升和突破,其次表现在清初诗论家提出了"诗酒文饭"说——即第一次明确申说了诗与文的区别。吴乔《围炉诗话》说:"问曰:'诗文之界如何?'答曰:'意岂有二? 意同而所以用之者不同,是以诗文体制有异耳。文之词达,诗之词婉。书以道政事,故宜词达;诗以道性情,故宜词婉。意喻之米,饭与酒同出。文喻之炊而为饭,诗喻之酿而为酒。文之措词必副乎意,犹饭之不变米形,哝之则饱也。诗之措词不必副乎意,犹酒之变尽米形,饮之则醉也。文为人事之实用,诏敕、书疏、案牍、记载、辨解,皆实用也。实用则安可措词不达,如饭之实用以养生尽年,不可矫揉而为糟也。诗为人事之虚用,永言、播乐,皆虚用也。……诗若直陈,《凯风》、《小弁》大诟父母矣。'"就是说,诗文的区别在于:第一,在内涵上文是"道政事"而诗则"道性情";第二,一个说理,一个抒情;第三,内涵不同而导致形式上的差异,即"诗酒"而"文饭";第四,在价

---

① 杨星映教授读到此处,又提出很好的意见,她说:

严羽所说之"理",我以为是指论述、议论,即他所说的"不涉理路"之"理路"。所以"诗有别趣,非关理也;而古人未尝不读书、不穷理。"前一个理指"理路",后一个理指道理。古代文论中的概念、范畴具有包容性、多义性。其语义依语境而定。"妙在荒唐无理"、"无理而妙"等应均指"不涉理路"。

这个见解富有启示。

值上，文是"实用"的而诗是"虚用"的。①

　　另一种情况是，有少数先进者和他们的著作，在外来思想和学术的影响下融入了新的素质和品性，这尤其表现在清代后期一些睁开眼看世界的学者吸收外来学术思想，使自己的文论思想发生新变——从龚自珍、魏源到梁启超、王国维，有迹可循。最明显的例子是王国维吸收康德、叔本华思想对《红楼梦》的评论，梁启超等人吸收西方观点所阐述的"小说界革命"、"诗界革命"和"文界革命"等等思想。它们成为现代诗学文论的胚胎、萌芽或起始。

　　从明代以来直到清末外来西方思想、学术的传入以及在它的影响下引起我们这个古老民族思想、学术（包括"诗文评"）的变化，下一节专门论述。现在还是集中谈谈我们民族自己在传统制导下依固有轨道的运行。上一节谈了明，这一节谈谈清。如果说明代因为有阳明心学和王门后学（左派王学）的巨大作用，使得"诗文评"思想理论有许多明显进展；那么，清代，在思想领域，就本民族自身的多数思想家和他们的著作而言，却没有重大的新变（清代后期在外来思想影响之下的巨大变化这里暂且不表），所以影响到"诗文评"，总体上说，它也与其他学问一样处于某种"守成"的状态——既然不能有重大发展和创新，那就只能是"守成"。

　　然而这"守成"，也绝非一无是处。

　　清代的学人（包括"诗文评"学人在内），由于各种原因综合作用的结果，其"守成"的业绩主要表现在两个方面：

　　一是做学问的踏实和精细。对"经"、"史"、"子"、"集"各个领域的研究，大都是一头扎进去，踏踏实实、仔仔细细，穷尽所能得到的各种线索和资料，不放过任何细节，似乎不做到极致誓不罢休；这得力于清代学人的汉学功夫，使得他们在考据上不遗余力。在"诗文评"领域亦如是。他们的诗经研究，楚辞研究，汉魏六朝的诗文和文论研究，唐宋元明的诗文和文论研究，词与词学研究，元曲研究和曲论研究，以至于小说评点和考证……也都力求做到极致。学者们对每一部著作、每一个人物、每一个事件、每一个问题、每一个"本事"、每一个概念、每一个术语、每一个典故甚至一句一字，都要打破砂锅问到底，搜寻各种资料，认真辨正，非要弄个水落石出不可。

---

① 孙绍振：《诗话词话的创作论性质及其在17世纪的诗学突破》，《文学遗产》2012年第一期。

一是学术（包括“诗文评”）的体系化或者说系统化。这方面更表现出清代学人的“守成”功夫——他们在“诗文评”的各个方面，都有意无意地进行了总结性的、体系化、系统化的工作。有时候看起来并非有意总结并使之成系统，但是实质上却达到了总结和系统化的效果。然而我必须说明，严格讲，所谓“总结性”、“集大成”、“系统化”，是指清代“诗文评”论家和论著总体而言；而且所谓“总结性”、“集大成”、“系统化”也者，皆相对而言。事实上，没有一部“诗文评”著作、没有一位论家可以完全担当得起“总结性”、“集大成”、“系统化”的美誉。每位有成就的论家和他的“诗文评”著作都是一个独立的纪念碑，他们之间是谁也不能代替谁的。假如把所有有成就的论家和他们的论著总括起来，或许可以说整体上具有“总结性”和“集大成”的性质。

清代诗学一般情况掠影

清代诗论家和诗学论著很多，前面列出一串名字，并不完备，也许还会有重要人物漏掉。他们各有自己的理论特点，其中许多人的思想、著作都带用所谓“总结性”、“集大成”、“系统化”的成分，而叶燮是其中最具代表性的一位，而且我认为他也是清代诗论家第一人，所以我从清代众多诗论家中挑出叶燮，在随后加以重点论述。当然，在叶燮前后，其他许多论家也有自己的成就和贡献，故在谈叶燮之前，先一瞥清代诗学一般情况。

稍早于叶燮的著名思想家王夫之（1619—1692）的诗论，也很有特点。他是衡阳人，字而农，号薑斋，因晚年隐居衡阳金兰乡石船山，人称船山先生。明崇祯五年（1632），王夫之十四岁中秀才，十年后即崇祯十五年（1642）中举人。明清易代之际，他曾奋力抗清。后回到家乡，在石船山下筑草堂而居，潜心治学，撰写了许多重要的学术著作，后人编为《船山遗书》。康熙三十一年（1692）七十四岁的时候病逝。临终前曾自撰墓志铭曰：“抱刘越石之孤愤，而命无从致；希张横渠之正学，而力不能企。幸全归于兹丘，固衔恤以永世。”王夫之真乃不屈志士也。然而在他生前，其思想学说（包括其诗论）并未引起特别关注，直到清末，才被发掘出来。王夫之所著《诗绎》、《夕堂永日绪论》、《南窗漫记》，多有独到的论诗见解，后人辑为《薑斋诗话》。① 王夫之阐发的诗学思想是多方

---

① 戴鸿森：《薑斋诗话笺注》，人民文学出版社1981年版。

面的,如关于"兴观群怨",关于"以意为主",关于"比兴",关于诗文
之"主宾",关于"身之所历,目之所见,是铁门限",关于作诗须反对
"死法",关于"作诗须识字",关于诗之"体",关于诗界"建立门庭"
之利害,等等,他都吸收并发展前人思想而加以论说。我认为王夫之诗论
的最大特点在于他是一位深刻的思想家(关于"道"与"器"的关系他
有精到论述,坚持"道"在"器"中的思想;关于"现量"概念的阐发
也很深刻),因此他的诗学理论在总结前人思想的基础上,能达到很深的
哲学层次,他所提出的诗文创作"身之所历,目之所见,是铁门限"的著
名论断就有坚实的哲学根基。他关于"情""景"关系的阐发也达到哲学
深度。"诗文评"史上对"情""景"二者,有许许多多论述,有的也很
精彩;而王夫之吸收、总结了前人的学术成果(也许在这一点上可以说有
"集大成"的味道),能够对诗中"情"与"景"的关系,从哲学上挖掘
其内在关联,找出二者深层的辩证法内涵,比前人深了一步。他在《诗
绎》中说:"情景虽有在心在物之分,而景生情,情生景,哀乐之触,荣
悴之迎,互藏其宅。"① 他在《夕堂永日绪论》中又说:"夫景以情合,情
以景生,初不相离,唯意所适。截分两橛,则情不足兴,而景非其景。"
用我们今天的概念来说,"情"是主观的"在心","景"是客观的"在
物",似乎是两个东西;然而王夫之强调,在诗的创作和欣赏中,它们是
不能"截分两橛"、分割开来的,这也就是他在《夕堂永日绪论》中所谓
"情景名为二,而实不可离,神于诗者,妙合无垠","含景而能达,会景
而生心,体物而得神,则自有灵通之句,参化工之妙"②。这样,在诗人的
审美构思中,在读者的审美欣赏中,情景二者相依为命、互为存在的条
件,并且互生、互渗、互成、互化,"哀乐之触,荣悴之迎,互藏其宅",
此包含着彼,彼也包含着此,彼此完全融为一体,成为一个不可分割的审
美形象或意境。文学创作中的基本矛盾之一就是主体与客体、主观与客观
的矛盾。王夫之能够从哲学的角度解读这一矛盾。具体到诗的情与景的关
系上,他将情与景的矛盾状况,它们的互相依存、互相转化、互渗、互
融、互成、互化,最后"妙合无垠"成为一体的运动历程,在哲理层面上
揭示出来,达到了那个时代所能达到的高度。

　　在叶燮之后数十年,乾隆时期袁枚(1716—1797)倡"性灵说",也

---

　　① 王夫之:《薑斋诗话》卷一《诗绎》。
　　② 王夫之:《薑斋诗话》卷二《夕堂永日绪论》。

为史家关注。他字子才，号简斋，晚年自号仓山居士、随园主人、随园老人，钱塘（今杭州）人。乾隆四年进士，致仕后，吟咏于江宁（南京）小仓山下之随园。他是乾隆时期最具代表性的诗人和诗论家之一，所撰《小仓山房诗文集》、《随园诗话》及《补遗》、《续诗品》（三十二首）等，颇为精彩，亦颇有影响。袁枚诗论，继承、吸收、总结前人（如晚唐司空图、南宋杨万里、严羽、明代后期三袁、清代康熙时王士禛等）的有关思想理论而倡导"性灵说"，并有所创造。其"性灵说"的要旨在于：第一，强调诗人要直抒胸臆，写出个人的"性情遭际"。他说："至于性情遭际，人人有我在焉，不可貌古人而袭之，畏古人而拘之。"① 袁枚认为，每个人的性情都有自己的特殊性，即"人人有我在焉"。这就要求诗歌创作必须写出独特的"我"；既然是独特的"我"，这就同时要求诗歌创作绝不能模拟因袭（因袭模拟必然会千人一面），既不能模拟今人，也不能模拟古人；今人不同于古人，所以不必模拟古人，所谓"不学古人，法无一可；竟似古人，何处着我"②。由此引申出来的一个思想就是"变"，因时而变，与时俱进，时代不同，个性亦不同，诗人要把握住历史赋予每个时代人们的独有的个性；这也就意味着诗歌创作必须不断创新，写出每个时代人们自己独有的新面貌——而这一切，必须于"变"中才能得到。他说："唐人学汉魏而变汉魏，宋学唐变唐，其变也，非有心于变也，乃不得不变也。使不变，则不足以为唐，不足以为宋也。子孙之貌，莫不本于祖父，然变而美者有之，变而丑者有之，若必禁其不变，则虽造物有所不能。"③ 第二，诗人所抒发的"性情"，必须真挚，诗必须道出作者的真性情。只要能够道出人的真性情，那就具备了好诗的条件和要素。而且这真性情是情感的自然流露。袁枚说："诗者，人之性情也，近取诸身而足矣，其言动心，其色夺目，其味适口，其音悦耳，便是佳诗。"④即使是"艳诗"，因为有真性情，也可以是好诗。有人（如与袁枚同时的"格调说"倡导者沈德潜）认为"艳体不足垂教"。袁枚反驳说："夫《关雎》即艳诗也，以求淑女之故，至于辗转反侧，使文王生于今遇先生，危矣哉！《易》曰：'一阴一阳之谓道。'又曰：'有夫妇然后有父子。'阴阳

---

① 袁枚：《答沈大宗伯论诗书》，见《小仓山房文集》卷十七。
② 袁枚：《续诗品·着我》，见《小仓山房诗集》卷二十。
③ 袁枚：《答沈大宗伯论诗书》，见《小仓山房文集》卷十七。
④ 袁枚：《随园诗话·补遗》卷一。

夫妇，艳诗之祖也。"①《关雎》等写男女之情的诗，因为性情真挚，当然
是好诗。此外，《随园诗话》还说到"味欲其鲜，趣欲其真，人必知此，
而后可与论诗"②。我认为，此处所说"味"与"趣"，其主要内涵即是
"情味"、"情趣"。"性灵说"要求诗歌创作一定要讲究"情味"、"情趣"
的"鲜"和"真"。第三，"性灵说"重视诗歌创作中的灵感作用。《续诗
品》说："鸟啼花落，皆与神通，人不能悟，付之飘风。惟我诗人，众妙
扶智，但见性情，不著文字。宣尼偶遇，童歌沧浪，闻之欣然，示我周
行。"③ 袁枚在《与程蕺园书》中谈到古文与考据的区别时，强调"古文
之道形而上，纯以神行，虽多读书，不得妄有撏拾，韩柳所言甘苦尽之
矣"④。所谓"神通"、"神行"者，都涉及灵感。这就是"性灵说"的几
个主要方面。他认为凡是真正的能够传之久远的好诗，都是"性灵"的表
现："自三百篇至今日，凡诗之传者，都是性灵，不关堆垛。"⑤ 又说：
"且夫诗者由情生者也，有必不可解之情，而后有必不可朽之诗。"⑥ 袁枚
的诗学文论思想十分丰富，对"格调派"和"神韵派"提出了批评意见，
关于"温柔敦厚"与"兴观群怨"等等问题，也阐发了独特的看法，是
中国古代"诗文评"的一份值得重视的"遗产"。

此外，清初文坛领袖、被尊为清代第一诗人的王士祯（1634—1711）
的神韵说，与王士祯差不多同时而诗论观点与神韵说正相反对的冯班、吴
乔、赵执信，叶燮的学生沈德潜（1673—1769）的格调说，翁方纲
（1733—1818）的肌理说，以及清中后期的何绍基倡导"与天地之气相
通"、清末黄遵宪提倡"我手写我口"……也都有可论之处。

但是我认为有清一代成就最高的、最富有代表性的诗论家是叶燮。其
实不但在清代，即整个中国古代"诗文评"史上，叶燮也应该是数得着的
理论大家之一。

叶燮

叶燮（1627—1703），字星期，号己畦，嘉兴人。叶燮的父亲叶绍袁

---

① 袁枚：《再与沈大宗伯书》，见《小仓山房文集》卷十七。
② 袁枚：《随园诗话》卷一。
③ 袁枚：《续诗品·神悟》，见《小仓山房诗集》卷二十。
④ 《与程蕺园书》，见《小仓山房文集》卷三十。
⑤ 袁枚：《随园诗话》卷五。
⑥ 袁枚：《答蕺园论诗书》，见《小仓山房文集》卷三十。

是明末著名文人，母亲沈宜修是晚明杰出的女诗人。叶燮出生在这样一个学术和文艺氛围甚浓的家庭，从小受到家庭熏陶和良好教育，加之天性聪慧，青少年时已表现出过人的才华。康熙九年（1670）进士及第，曾任江苏宝应知县，不久因耿直不附上官意而离职。晚年定居江苏吴江之横山，人称横山先生。主要著作有《己畦文集》二十卷、《己畦诗集》十卷、诗论专著《原诗》内外篇四卷。

《原诗》内外篇四卷数万言，是中国"诗文评"史上少数几部最富体系性和系统性、理性思维缜密、哲理味道甚浓的理论著作之一。若说清代作为"诗文评"之"集大成"和系统化，《原诗》最堪其任，无愧其名。

《原诗》内篇（上下）两卷，首先从诗的源流、正变讲起，展开了一篇非常精彩的诗的发展论；接着论说诗的创作，并以此为契机，展开了一篇精彩的诗的本质论。《原诗》外篇（上下）两卷，以丰富而典型的具体例证，评说古今诗歌工拙美恶，并能从形而下的事例上升到形而上的理论层面，提出一系列独到的具有中华民族特色的美学思想。郭绍虞《中国历代文论选》下册，节选了《原诗》重要部分，所选篇幅之大异乎寻常，并作了较详细解说；而其《中国文学批评史》（中华书局1961年版）第六十七节，洋洋万言评述《原诗》，是该书最精彩的部分之一，也是五十年前《原诗》研究的重要成果，值得后学如我辈者借鉴，建议读者参见。

此刻我想从《原诗》作为"集大成"代表作的角度，略陈鄙见。

首先，谈谈叶燮的诗之发展论。《原诗》内篇从"诗始于三百篇"讲起，开宗明义论说诗的源流、正变。他主要不是讲中国的诗歌发展"史"，而是写了一篇理论文章：即诗歌"发展论"。今人写"文学理论"或"文学原理"，常常有所谓"创作论"、"鉴赏论"、"发展论"等等，叶燮《原诗》，就从诗的"发展论"讲起。中国古代论家，许多人都讲到文的发展，诗的发展，如刘勰《文心雕龙·时序》"时运交移，质文代变"，"文变染乎世情，兴废系乎时序"就较早论述了诗文的发展；后来历代几乎都有论说。到叶燮《原诗》，则吸收前人观点并加以总结，将这一理论思想系统化。

叶燮讲诗之发展论，是"论"，但"论"从"史"出，有坚实的历史事实做基础、做支撑，所以他不空疏，不脱离史实；然而他又不止于史实，而是上升到理论高度，从"原理"上阐发其所以发展的道理。请看这段话："诗始于三百篇，而规模体具于汉，自是而魏而六朝、三唐，历宋、元、明以至昭代，上下三千余年间，诗之质文体裁格律声调辞句，递升降不同……"这里讲的是史实；紧接着说："而要之诗有源必有流，有本必达末；又有因流而溯源，循末而返本，其学无穷，其理日出，乃知诗之为道，未有一日不相续相禅而或息者也。"① 这里上升到形而上层面，讲的是诗之源流本末的发展道理——发展变化是必然的。为什么发展变化是必然的呢？叶燮进一步说："自有天地以来，古今世运气数，递变迁以相禅。古云，天道十年一变，此理也，亦势也，无事无物不然，宁独诗之一道胶固而不变乎？"② 虽然叶燮的所谓"世运气数"在今天看来并不科学；但是当时人的思想眼界只能如此，我们不应苛求。可贵的是叶燮从他当时的思想高度，从天地万物皆发展变化的原理上，阐述诗之发展变化且不能不发展变化的道理。而且，他认为从发展变化的角度看，时代总是在进步，后出者为精，并非如有人所谓"文必秦汉、诗必盛唐"、后不如前、古盛今衰；一代有一代之诗，每个时代都有自己的豪杰，也有自己的精彩之处，"从来豪杰之士，未尝不随风会而出，而其力之常能转风会"。而且叶燮还扭转以往论诗之发展变化时以"正"为盛、以"变"为衰的观念，说："历考汉魏以来之诗，循其源流升降，不得谓正为源而长盛，变为流而始衰。惟正有渐衰，故变能启盛。"③ 这里表现出叶燮的朴素辩证法思想。所谓"正"、"变"观念，是相对的、变动的，而不是绝对的、凝固的；"正"与"变"，完全可以互换位置。

　　其次，叶燮对诗的创作主体和创作客体及其辩证关系作了深刻剖析，达到当时所能达到的哲理高度和深度。这也是他吸收、总结前人的有关思想而加以升华、加以系统化的成果，是所谓"集大成"之表现。截至叶燮，之前任何人也没有他说得这么透辟、圆满。当然，叶燮是以他当时自己的概念来叙说的，也许我们今天看来不那么科学，但以历史主义的态度来看，他已经达到时代所赋予他的高度。我们现在所说的创作客体，叶燮称为"诗之本"，也即所谓"在物之三"。他说："自开辟以来，天地之大，古今之变，万汇之赜，日星河岳，赋物象形，兵刑礼乐，饮食男女，于以发为文章，形为诗赋，其道万千，余得以三语蔽之，曰理，曰事，曰情，不出乎此而已。然则诗文一道岂有定法哉？先揆乎其理，揆之于理而不谬则理得；次征诸事，征之于事而不悖则事得；终絜诸情，絜之于情而

---

① 《原诗》卷一。《原诗》有清康熙叶氏二弃草堂本，亦载于《清诗话》（上海古籍出版社1999年版）。

② 同上。

③ 同上。

可通则情得；三者得而不可易，则自然之法立。故法者当乎理，确乎事，酌乎情，为三者之平准而无所自为法也。"在叶燮看来，客体，自然事物，社会事物——人的精神、意志、思想、情感、喜怒哀乐……不出他所谓"在物"之"理"、"事"、"情"三者的范围："曰理曰事曰情三语，大而乾坤以之定位，日月以之运行，以至一草一木一飞一走，三者缺一则不成物。"① 作诗，离不开"在物"之"理事情"，用我们的话说，即离不开创作客体；这是"诗之本"，没有它们，也即没有了"诗之本"。

但是，作诗不能光有创作客体而没有创作主体。创作主体，叶燮称之为"诗人之本"。这"诗人之本"是什么呢？叶燮说，这就是"在我之四"之"才"、"胆"、"识"、"力"。叶燮说："大凡人无才则心思不出，无胆则笔墨畏缩，无识则不能取舍，无力则不能自成一家，而且谓古人可罔，世人可欺，称格称律，推求字句，动以法度紧严，扳驳铢两，内既无具，援一古人为门户，借以压倒众口，究之何尝见古人之真面目，而辨其诗之源流本末正变盛衰之相因哉。"② "才"、"胆"、"识"、"力"四者，也有先后主次。在四者之中，"识"居最重要的地位。第一，"识"居"才"之先："人惟中藏无识，则理事情错陈于前，而浑然茫然，是非可否，妍媸黑白，悉眩惑而不能辨"③；第二，"识明则胆张"；第三，"惟胆能生才"；第四，"惟力大而才能坚"。总之："四者无缓急而要在先之以识；使无识则三者俱无所托，无识而有胆，则为妄，为卤莽，为无知，其言背理叛道蔑如也。无识而有才，虽议论纵横，思致挥霍，而是非淆乱，黑白颠倒，才反为累也。无识而有力，则坚僻妄诞之辞，足以误人而惑世，为害甚烈。若在骚坛，均为风雅之罪人。惟有识则能知所从，知所奋，知所决，而后才与胆力，皆确然有以自信，举世非之，举世誉之，而不为其所摇，安有随人之是非以为是非哉。"④

那么，"在我"与"在物"处于怎样的关系呢？叶燮说："曰理曰事曰情，此三言者足以穷尽万有之变态，凡形形色色，音声状貌，举不能越乎此，此举在物者而为言，而无一物之或能去此者也。曰才曰胆曰识曰力，此四言者所以穷尽此心之神明，凡形形色色，音声状貌，无不待于此而为之发宣昭著；此举在我者而为言，而无一不如此心以出之者也。以在

---

①　《原诗》卷一。
②　同上。
③　《原诗》卷二。
④　同上。

我之四，衡在物之三，合而为作者之文章，大之经纬天地，细而一动一植，咏叹讴吟，俱不能离是而为言者矣。"① 诗的创作，就是要"以在我之四，衡在物之三，合而为作者之文章"。这样，真正的诗人就须自己去从主客体的碰撞之中，相克相融、互渗互化，妙合无垠，产生好诗。到生活中去，是创作的唯一生路；那种因袭模拟，是最没有出息的。

再次，在把握诗的审美特性方面，叶燮也是吸收、总结前人的学术成果而加以发展并使之系统化，达到当时所能达到的高度。叶燮自我设问："理"、"事"、"情"三者，"情"是诗所固有的，自不待言；但这诗中的"理"与"事"如何与先儒所说的"理"以及通常的"事"区别开来呢？因为"诗之至处，妙在含蓄无垠，思致微妙，其寄托在可言不可言之间，其指归在可解不可解之会，言在此意在彼，泯端倪而离形象，绝议论而穷思维，因人于冥漠恍惚之境，所以为至也"。通常的"理"与"事"，在诗中当如何？叶燮是这样回答这个问题的：

　　　　子所以称诗者，深有得乎诗之旨者也。然子但知可言可知之理之为理，而抑知名言所绝之理之为至理乎？子但知有是事之为事，而抑知无是事之为凡事之所出乎？可言之理，人人能言之，又安在诗人之言之？可征之事，人人能述之，又安在诗人之述之？必有不可言之理，不可述之事，遇之于默会意象之表，而理与事无不灿烂于前者也。今试举杜甫集中一二名句，为子晰而剖之，以见其概，可乎？如《玄元皇帝庙作》"碧瓦初寒外"句，逐字论之，言乎外，与内为界也。初寒何物，可以内外界乎？将碧瓦之外，无初寒乎？寒者，天地之气也。是气也，尽宇宙之内，无处不充塞，而碧瓦独居其外，寒气独盘踞于碧瓦之内乎？寒而曰初，将严寒或不如是乎？初寒无象无形，碧瓦有物有质，合虚实而分内外，吾不知其写碧瓦乎？写初寒乎？写近乎？写远乎？使必以理而实诸事以解之，虽稷下谈天之辨，恐至此亦穷矣。然设身而处当时之境会，觉此五字之情景，恍如天造地设，呈于象，感于目，会于心。意中之言，而口不能言；口能言之，而意又不可解。划然示我以默会相象之表，竟若有内有外，有寒有初寒，特借碧瓦一实相发之。有中间，有边际，虚实相成，有无互

① 《原诗》卷二。

立，取之当前而自得，其理昭然，其事的然也。①

　　这段话，可见叶燮对诗的特性、对艺术的特性、对现在我们时时挂在嘴边的审美特性问题，认识得很深，在当时，可以说站在一个很高的水平上了；他把诗之审美特性，在当时，已经说得再好不过了，现在我们讲文学、讲诗、讲其他艺术的特性，也不一定比三百多年前的叶燮说得好多少。

　　叶燮当然有局限，但历史主义地看，你不能不承认他是个天才，是那个时代的骄子。过去没有真正认识他的价值，很遗憾。

小说评点：金圣叹

　　自南宋吕祖谦《古文关键》开创评点这种批评形式，由南宋而入元的刘辰翁评点《世说新语》等，开小说评点之先河，到清代已经四五百年。明代李贽、叶昼等人的小说评点已经卓有成绩，到清初，真正走向它的鼎盛时期。其最著名者，是金圣叹评点《水浒传》、《西厢记》，张竹坡评点《金瓶梅》，毛宗岗父子评点《三国演义》。其中又以金圣叹成就最高，最具代表性，自有评点以来，金圣叹堪称"集大成"者。

　　金圣叹（1608—1661），名采，字若采，苏州吴县人；明亡之后改名人瑞，字圣叹——据廖燕《金圣叹先生传》（商务印书馆 1928 年版）说，他曾解释其字"圣叹"的含义曰："《论语》有两喟然叹曰，在颜渊为叹圣，在'与点'则为圣叹；予其为点之流亚欤！"顺治十七年（1660）因参加反对吴县县令贪污和暴敛的"哭庙"活动，与其他十数人一起被处"斩立决"，于顺治十八年七月十三日（1661 年 8 月 7 日），在江宁（南京）之三山街法场被杀。

　　金圣叹早年就立下志向，要评点"六才子书"：其一为《庄子》，其二为《离骚》，其三为《史记》，其四为《杜诗》，其五为《水浒传》，其六为《西厢记》。可惜当他五十四岁时因"哭庙案"被杀，只完成了《水浒》和《西厢记》的评点。临死前一年，他的儿子金雍催他评唐诗，到被杀前，他评了近六百首而未完成，他在临刑前不无遗憾地说："且喜唐诗略分解，庄、骚、马、杜竟何如？"（《杜诗解》序）族人金昌叙其著作有"唱经堂外书"（包括《第五才子书》、《第六才子书》、《唐才子书》、《必读才子书》、《杜诗解》、《左传释》、《古传解》、《孟子解》、《欧阳永叔

---

　　①　《原诗》卷二。

词》），"唱经堂内书"（包括《法华百问》、《西城风俗记》、《法华三昧》、《宝镜三昧》、《圣自觉三昧》、《周易义例全钞》、《三十四卦全钞》、《南华经钞》、《通宗易论》、《语录类纂》、《圣人千案》），"唱经堂杂篇"（包括《随手通》、《唱经堂诗文全集》）。多数未完成。现存作品收入《唱经堂才子书汇稿》中。今有江苏古籍出版社1985年版《金圣叹全集》（四册），又有凤凰出版社2008年出版新版《金圣叹全集》（六册）。

关于金圣叹和他的文学思想，已经有多种较好的论著，如张国光《〈水浒〉与金圣叹研究》、《金圣叹批西厢记》，美籍华人学者王靖宇《金圣叹的生平及其文学批评》，叶朗《中国小说美学》等①，读者可以参见。金圣叹的理论思想也是多方面的，但我认为他最大的贡献主要在叙事文学理论方面。在这方面，我想至少有以下几点是值得后人记住的。

第一，叙事文学之"纪实"与"虚构"的区分及其意义。中国是诗的国度，相对而言，抒情文学艺术发达，而叙事文学艺术（特别是虚构的叙事文学艺术）不太发达。我们的《左传》、《史记》等等史书，今天也被划为文学艺术范围，当然未尝不可；但应该清醒地意识到，它们原本是史书；现在划为文学艺术，也只能是"纪实"类的。"虚构"性的叙事文学艺术，虽然从先秦的"寓言"算起，很早，但一直没有得到充分发展；到唐代的话本小说（《柳毅传书》、《李娃传》之类），算是走上发展之路；到元杂剧、明清小说，才真正发展起来。与此相应，叙事文学理论也不太发展。明代李贽、叶昼等人的小说评点开了一个好头，到金圣叹大大推进了一步，可谓"集"前人之"大成"。金圣叹明确地讲到纪实性文学与虚构性文学的不同——这是他有意识加以区分的，在《读第五才子书法》中说："某尝道《水浒》胜似《史记》，人都不肯信，殊不知某却不是乱说。其实《史记》是以文运事，《水浒》是因文生事。以文运事，是先有事生成如此如此，却要算计出一篇文字来，虽是史公高才，也毕竟是吃苦事。因文生事即不然，只是顺着笔性去，削高补低都由我。"又说："《宣和遗事》，具载三十六人姓名，可见三十六人是实有，只是七十回中许多事迹，须知都是作书人凭空造谎出来。如今却因读此七十回，反把三十六个人物都认得了，任凭提起一个，都似旧时熟识，文字有气力如此。"②他还在

①　我吸收了他们的一些研究成果，特此说明，并致谢忱。
②　金圣叹：《读第五才子书法》，见中华书局影印本《第五才子书施耐庵水浒传》1975年版。

《第五才子书》第十三回批语中说："一百八人、七十卷书都无实事。"①
我们应该注意到这些话里他特别强调了虚构给作者带来的方便，所谓"只
是顺着笔性去，削高补低都由我"。纪实文学当然也有其很高的价值；但
是，只局限于纪实，真正的小说等文学艺术就会受到很大限制，发展不充
分。金圣叹作此区分，给非纪实的叙事文学艺术解套，给它的发展以更宽
广、更自由的空间，作者可以"见其事之钜者而隐括焉，又见其事之细者
而张皇焉，或见其有事之缺者而附会焉，又见其有事之全者而轶去焉，无
非为文计不为事计也"②，其意义不可小视。

　　第二，金圣叹对叙事文学写人状物、性格刻画方面的精彩论述，总结
了前人，又超越了前人。例子不胜枚举，略述几端。

　　（甲）他盛赞《水浒传》文字在叙述和描写上的惊人表现力，写人状物活
灵活现、栩栩如生，堪称精湛。在《第五才子书》第二十二回批语中说：

　　　我尝思：画虎有处看，真虎无处看；真虎死有处看，真虎活无处
　　看；活虎正走，或犹偶得一看，活虎正搏人，是断断必无处得看者
　　也。乃今耐庵忽然以笔墨游戏，画出全副活虎搏人图来，今而后要看
　　虎者，其尽到《水浒传》中景阳冈上，定睛饱看，又不吃惊，真乃此
　　恩不小也。……我真不知耐庵何处有此一副虎食人方法在胸中也！圣
　　叹于三千年中，独以才子许此一人，岂虚誉哉！（《第五才子书》第二
　　十二回夹批）

《第五才子书》第十八回写柴进"非他不留林冲"，金圣叹批阅：

　　　此六字令我读之骇然。盖写林冲便活写出林冲来，写林冲精细便
　　活写出林冲精细来。何以言之？夫上文吴用文中乃说柴进肯荐林冲上
　　山也，林冲却忽然想道："他说柴进荐我上山，或者疑到柴进不肯留
　　我在家耶？"说时迟那时快，便急道一句"非他不留林冲"，六个字千
　　伶百俐，一似草枯鹰疾相似。妙哉！妙哉！盖自非此句，则写来已几
　　乎不是林冲也。（《第五才子书》第十八回夹批）

---

①　金圣叹：《第五才子书施耐庵水浒传》第十三回批语。
②　金圣叹：《第五才子书施耐庵水浒传》第二十八回回首总评。

金圣叹还十分赞赏《水浒传》人物的肖像描写之生动。《第五才子书》第三十七回写戴宗引李逵出场："不多时，引着一个黑凛凛大汉上楼来，宋江看见，吃了一惊。"金圣叹批曰：

> 画李逵只五字已画得出相。
> "黑凛凛"三字，不惟画出李逵形状，兼画出李逵顾盼，李逵性格，李逵心地来。（《第五才子书》第三十七回夹批）

（乙）他盛赞《水浒传》人物的个性描写：

> 《水浒》所叙，叙一百八人，人有其性情，人有其气质，人有其形状，人有其声口。夫以一手而画数面，则将有兄弟之形；一口而吹数声，斯不免再映也。施耐庵以一心所运，而一百八人各自入妙者，无他，十年格物，而一朝物格，斯以一笔而写百千万人，固不以为难也。（第五才子书序三）

> 别一部书，看过一遍即休，独有《水浒传》只是看不厌，无非为他把一百八个人性格都写出来。
> 《水浒传》写一百八个人性格，真是一百八样，若别一部书，任他写一千个人，也只是一样，便只写得两个人，也只是一样。
> 《水浒传》并无之乎者也等字，一样人，便还他一样说话，真是绝奇本事。或问施耐庵寻题目，写出自家锦心绣口，题目尽有，何苦定要写此一事？答曰：只是贪他三十六个人，便有三十六样出身，三十六样面孔，三十六样性格，中间便结撰得来。
> 　　（均见《读第五才子书法》）

（丙）他特别指出性格描写中的"犯"与"避"（同中异、异中同、互相对照、互相衬托）处理之高超：

> 《水浒传》只是写人粗鲁处，便有许多写法，如鲁达粗鲁是性急，史进粗鲁是少年任气，李逵粗鲁是蛮，武松粗鲁是豪杰不受羁勒，阮小七粗鲁是悲愤无说处，焦挺粗鲁是气质不好。（《读第五才子书法》）

二十二回写武松打虎一篇，真所谓极盛难继之事也。忽然于李逵取娘文中，又写出一夜连杀四虎一篇，句句出奇，字字换色，若要李逵学武松一毫，李逵不能；若要武松学李逵一毫，武松亦不敢。各自兴奇作怪，出妙入神，笔墨之能，于斯竭矣。

前有武松打虎，此又有李逵杀虎，看他一样题目，写出两样文字，曾无一笔相近，岂非异才。

写武松打虎纯是精细，写李逵杀虎纯是大胆，如虎未归洞，钻入洞内，虎在洞外，赶出洞来，都是武松不肯做之事。（以上见二十二回回首批语和回中夹批）

如要衬宋江奸诈，不觉写作李逵真率，要衬石秀尖利，不觉写作杨雄糊涂是也。

只如写李逵，岂不段段都是妙绝文字，却不知正为段段都在宋江事后，故便妙不可言。盖作者只是痛恨宋江奸诈，故处处紧接出一段李逵朴诚来，做个形击。其意思自在显宋江之恶，却不料反成李逵之妙也。此譬如刺枪，本要杀人，反使出一身家数。（《读第五才子书法》）

写爽直便真正爽直，写精细又真正精细，一副笔墨叙出两副豪杰，又能各极其致，妙极。

写鲁达不顾事之不济，写武松必求事之必济，或提出两个人。（五十七回夹批）

（丁）金圣叹盛赞《西厢记》之文字功夫，有"狮子滚球"、"烘云托月"之妙。

文章最妙是先觑定阿堵一处，已却于阿堵一处之四面，将笔来左盘右旋，右盘左旋，再不放脱，却不擒住。分明如狮子滚球相似，本只是一个球，却教狮子放出通身解数。一时满棚人看狮子，眼都看花了，狮子却是并没交涉。人眼自射狮子，狮子眼自射球。盖滚者是狮子，而狮子之所以如此滚，如彼滚，实都为球也。《左传》《史记》，便纯是此一方法。《西厢记》也都是此一方法。（《读第六才子书西厢

记法》之十七）①

　　亦尝观于烘云托月之法乎？欲画月也，月不可画，因而画云。画云者，意不在于云也，意不在于云者，意因在于月也。然而意必在于云焉。于云略失则重，或略失则轻，是云病也，云病即月病也。于云轻重均停矣，或微不慎渍少痕如微尘焉，是云病也，云病即月病也。于云轻重均停，又无纤痕渍如微尘，望之如有，揽之如无，即之如去，吹之如荡，斯云妙矣。云妙，而明日观者杳至。咸曰：良哉月与！初无一人叹及于云。此虽极负作者昨日惨淡旁皇画云之一心，然试实究作者之本情，岂非独为月，全不为云。云之与月，正是一副情理，合之固不可得而合，而分之乃决不可得而分乎！《西厢》第一折之写张生也是已。《西厢》之作也，专为双文也。然双文国绝也，国绝则非多买胭脂之所得而涂泽也！抑双文，天人也！天人则非下士蝼蚁工匠之所得而增减雕塑也。将写双文，而写之不得，因置双文勿写，而先写张生者，所谓画家烘云托月之秘法。然则写张生必如第一折之文云云者，所谓轻重均停，不得纤痕渍如微尘也？设使不然，而于写张生时，厘毫夹带狂旦身分，则后文唐突双文乃极不小，读者于此，胡可以不加意哉。（《惊艳》首评）②

　　第三，金圣叹拈出叙事文学的诸种手法，这也是对前人叙事理论的总结和发展。在评点《水浒传》中，他就总结出了下列手法：

有倒插法；

有夹叙法；

有草蛇灰线法；

有大落墨法；

有绵针泥刺法；

有背面铺粉法；

有弄引法；

有獭尾法；

有正犯法；

① 《读第六才子书西厢记法》之十七，见中华书局藏版《第六才子书》。
② 见中华书局藏版《第六才子书》之《惊艳》首评。

有略犯法；

有极不省法；

有极省法；

有欲合故纵法；

有横云断山法；

有鸾胶续弦法；

等等。

这都是叙事文学理论的专有概念。这也是金圣叹对叙事文学理论的贡献。

此外金圣叹在评点《水浒传》和《西厢记》时，极富主观色彩，这一方面表现出他的评点个性，另一方面，他也往往根据自己的审美趣味和标准，对原作进行修改。譬如将《水浒传》腰斩为七十回，对《西厢记》，也认为到第四本第四折即完成，第五本是后续，应该弃之一旁。他还对《水浒传》许多细小段落和文字进行了修改，对《西厢记》的一些唱词也作了改动。后人对其功过是非，评价不一。依鄙见，金圣叹的确独具慧眼，按他的改动，《水浒传》和《西厢记》可能更好看了，结构更合理了。但，他改动之后的《水浒传》和《西厢记》，其作者归属就成问题：是金圣叹之《水浒传》呢，还是施耐庵之《水浒传》呢？是金圣叹之《西厢记》呢，还是王实甫之《西厢记》呢？我认为批评者应该在尊重原作的基础上申说自己的意见，不宜随便改动。

尽管如此，金圣叹的功绩是不容抹杀的。

曲论：李渔

清代的曲论家，也有几位较为出色的人物，如前面说到的李渔、尤侗、毛先舒、李调元、焦循、梁廷楠、杨恩寿等。但其中最具代表性、堪当"集大成"角色，而总结出一套完整的中华民族戏曲理论体系者，非李渔莫属。

如果说金圣叹是清代叙事文学理论成就最高的代表人物；那么李渔则是叙事艺术理论成就最高的代表人物。

李渔（1611—1680），原名仙侣，字谪凡，号天徒，后改名渔，字笠鸿，号笠翁，还常署名随庵主人、觉世俾官、湖上笠翁、伊园主人、觉道人、笠道人等。他一生跨明清两代，饱受时代动荡和战乱之苦。中年家道败落，穷愁坎坷半世，靠卖诗文和带领家庭剧团到处演戏维持生计。他一生著述甚丰，而作为戏曲理论家，他的《闲情偶寄》中《词曲部》、《演习部》和《声容部》之一部分，堪称中国古代最出色、最具系统性、吸收并总结了前人的有关理论思想的一部"集大成"曲论著作，影响深远。

《闲情偶寄》的论戏曲部分，即通常人们所谓《笠翁曲话》，对戏曲理论进行全面论述。

首先，李渔第一个提出"结构第一"的观点，把结构问题摆在戏曲创作一定阶段上最突出的地位，要求予以充分地重视。李渔说："至于结构①二字，则在引商刻羽之先，拈韵抽毫之始，如造物之赋形，当其精血初凝，胞胎未就，先为制定全形，使点血而具五官百骸之势。倘先无成局，而由顶及踵，逐段滋生，则人之一身当有无数断续之痕，而血气为之中阻矣。"他还以工师建宅为比喻，说明写作传奇必须首先考虑结构的道理，说，要建一住宅，就必须先筹划好在哪里建厅堂，何处开门户，栋需何木，梁用何材。只有成竹在胸，格局了然，一一计划、安排妥当，然后才可以挥斥运斧，破土动工；如若不然，倘造成一架再筹一架，必然是便于前者不便于后，落得个未成先毁的结局。在李渔看来，结构，不论是就其在组成戏曲的各种基本成分（除结构之外，其他如词采、音律、科诨、宾白等等）之中所占位置的重要性来说，还是就其在创作过程中一定阶段上的先后次序而言，都应该是"第一"。在这一部分，李渔还出色地论述了"立主脑"、"减头绪"、"密针线"、"脱窠臼"以及"格局"（包括开场、冲场、出角色、小收煞、大收煞）等一系列具体问题。

其次，李渔还总结了中国古典戏曲语言的一些特殊规律：一是提出"贵显浅"、"忌填塞"，明白晓畅，使观众一听就懂。二是要求戏曲语言须"重机趣"："机趣二字，填词家必不可少。机者，传奇之精神；趣者，传奇之风致。少此二物，则如泥人土马，有生形而无生气。"三是要注意戏曲语言的音乐美，应该"观听咸宜"，既"中听"，又"好说"，要朗朗上口，优美动听。不只是唱词要讲究音乐美，宾白同样有音乐美的问题。重视宾白并且注意宾白的音乐美，是李渔的又一突出贡献。李渔说："世人但以音韵二字用之曲中，不知宾白之文更宜调声协律；世人但知四六之句，平间仄，仄间平，非可混施叠用，不知散体之文，亦复如是。"因此，必须注意使宾白符合语言的发音规律，平上去入，清浊阴阳，选配使用得当，使宾白显出高低抑扬、缓急顿挫的音乐美，真正做到有经验的老艺人

---

① 李渔所谓"结构"与我们今天所说的"结构"，意思虽大体相近，但又不尽相同。李渔所指，当更宽泛一些，包含着"构思"、"布局"的一部分意思在内。

们常说的"像歌唱一样道白"，字字铿锵，句句动听。四是必须讲究戏曲语言的个性化，必须"说何人，肖何人"，"务使心曲隐微，随口唾出，说一人，肖一人，勿使雷同，弗使浮泛"。

再次，李渔还对戏曲表演、导演、服装、道具、演员的培养等等一系列问题进行了论述。他自己既是一位好编剧，又是一位好导演。李渔《闲情偶寄·演习部》中所谓《选剧》、《变调》、《授曲》、《教白》、《脱套》五个部分所谈，大体相当于今天我们所说的导演所要面对和所要处理的问题。导演艺术是对原剧文本进行再创造的二度创作艺术。所谓二度创作，一是指要把剧作家用文字创造的形象变成可视、可听、活动着的舞台形象，即在导演领导下，以演员的表演（如戏曲舞台上的唱、念、做、打等等）为中心，调动音乐、舞美、服装、道具、灯光、效果等等各方面的艺术力量，协同作战，熔为一炉，创造出看得见、听得到、摸得着的综合性的舞台艺术形象。二是指通过导演独特的艺术构思和辛勤劳动，使这种综合性的舞台艺术形象体现出导演、演员等新的艺术创造——或者是遵循剧作家的原有思路而使原剧文本得到丰富、深化、升华；或者是对原剧文本进行部分改变，弥补纰漏、突出精粹；或者是加进原剧文本所没有的新的内容。但是无论进行怎样的导演处理，都必须尊重原作，使其更加完美；而不是损害原作，使其面目全非。李渔正是如此。《闲情偶寄·演习部·选剧第一》中所谓"别古今"和"剂冷热"，就是李渔当时提出的选剧标准。"别古今"主要从教率歌童的角度着眼，提出要选取那些经过长期磨炼、"精而益求其精"、腔板纯正的古本作为歌童学习的教材。"剂冷热"则是要求在选剧时就要考虑到演出，即要从演出角度着眼，选择那些雅俗共赏的剧目上演。在这里，李渔有一个观点是十分高明的："予谓传奇无冷热，只怕不合人情。如其离合悲欢，皆为人情所必至，能使人哭，能使人笑，能使人怒发冲冠，能使人惊魂欲绝，即使鼓板不动，场上寂然，而观者叫绝之声，反能震天动地。"所以，选择剧目不能只图"热闹"，而要注重其是否"为人情所必至"；戏曲作家则更应以这个标准要求自己的创作。现在有些戏剧、电影、电视剧作品，只顾"热闹"，不管"人情"，难道不值得深思吗？《变调第二》，说的是导演对原剧文本进行"缩长为短"和"变旧为新"的导演处理。李渔关于对原剧文本进行导演处理的意见，与现代导演学的有关思想大体相近。他在《闲情偶寄·演习部》提出八字方针："仍其体质，变其风姿。"即对原剧文本的主体如"曲文与大段关目"，不要改变，以示对原作的尊重；而对原剧文本的枝节部分如"科诨与细微说白"，则可作适当变动，以适应新的审美需要。其实，李渔所谓导演可作变动者，不只"科诨与细微说白"，还包括原作的"缺略不全之事，刺谬难解之情"，即原作的某些纰漏，不合理的情节布局和人物形象。

我还要特别指出，《闲情偶寄》是第一部从戏曲创作到戏曲导演和表演全面系统地总结我国古典戏剧特殊规律（即"登场之道"）的著作，是第一部特别重视戏曲之"以叙事为中心"（区别于诗文等"以抒情为中心"）的艺术特点并给以理论总结的著作。我国古典戏曲萌芽于周秦乐舞，而十二世纪正式形成①，之后，经过了元杂剧和明清传奇两次大繁荣，获得了辉煌的发展；与此同时，戏曲导演和表演艺术也有了长足的进步，逐渐形成了富有民族特点的表演体系。随之而来的，是对戏曲创作和导演、表演规律的不断深化的理论总结。从元代到李渔《闲情偶寄》问世（1671）后的数百年间，戏曲论著不下数十部。特别是明中叶以后，戏曲理论更获得迅速发展，提出了很多十分精彩的观点，特别是王骥德的《曲律》，较全面地论述了戏曲艺术的一系列问题，是李渔之前的曲论的高峰；但是，总的说来，这些论著存在着明显的不足之处。例如，第一，它们大多过于注意词采和音律，把戏曲作品当作诗、词即古典诗歌的一种特殊样式来把玩、品味，沉溺于中国艺术传统的"抒情情结"而往往忽略了戏曲艺术的叙事性特点，因此，这样的曲论与以往的诗话、词话无大差别。第二，有些论著也涉及戏曲创作本身的许多问题，并且很有见地，然而多属评点式的片言只语，零零碎碎，不成系统，更构不成完整的体系。第三，很少有人把戏曲创作和舞台表演结合起来加以考察，往往忽略舞台上的艺术实践，忽视戏曲的舞台性特点，正如李渔

---

① 戏剧界人士一般以成文剧本的产生作为我国戏剧正式形成的标志。据明徐渭《南词叙录》中说："南戏始于宋光宗朝，永嘉人所作《赵贞女》、《王魁》二种实首之，故刘后村有'死后是非谁管得，满村听唱蔡中郎'之句。或云：宣和间已滥觞，其盛行则自南渡，号曰'永嘉杂剧'，又曰'鹘伶声嗽'。"（《中国古典戏曲论著集成》三，中国戏剧出版社 1959 年版，第 239 页）按宋光宗于 1190—1194 年在位。据现在的记载，恐怕《赵贞女》和《王魁》是由书会先生所作的最早的成文剧本，那么中国戏剧正式形成当在此时。徐渭引文所说"或云：宣和间已滥觞"，所谓宣和间，即 1119—1125 年间，假定这时已有成文剧本，那么戏剧正式形成的时间当上推八十余年。总之，把中国古典戏剧正式形成的时间确定在 12 世纪，大约是比较接近客观事实的。作者 2009 年 12 月 28 日按：上面的注文是据旧时所掌握的材料作出的判断。近来不断有新的考古材料被发现，如 2009 年 3 月 3 日，陕西省考古研究院在韩城市新城区盘乐村发现一北宋壁画墓，其墓室西壁有宋杂剧壁画，绘制着十七人组成的北宋杂剧演出场景，其中演员五个脚色末泥、引戏、副净、副末、装孤居于中央表演杂剧节目，乐队十二人分列左右两边。这说明在北宋时中国戏剧已基本形成。《文艺研究》2009 年第 11 期发表了康保成、孙秉君《陕西韩城宋墓壁画考释》，延保全《宋杂剧演出的文物新证——陕西韩城盘乐村宋墓杂剧壁画考论》，姚小鸥《韩城宋墓壁画杂剧图与宋金杂剧"外色"考》，可以参考。

在《闲情偶寄·词曲部·填词余论》中感慨金圣叹之评《西厢》"乃文人把玩之《西厢》，非优人搬弄之《西厢》也"，批评金圣叹不懂"优人搬弄之三昧"。真正对戏曲艺术的本质和主要特征，特别是戏曲艺术的叙事性特征和戏曲艺术的舞台性特征（戏曲表演和导演，如选择和分析剧本、角色扮演、音响效果、音乐伴奏、服装道具、舞台设计等等），作深入研究和全面阐述，并相当深刻地把握到了戏曲艺术的特殊规律的，应首推李渔。再重复地强调几句：笠翁曲论的突破性贡献，概括说来有两点：一是表现出从抒情中心向叙事中心转变，二是自觉追求和推进从"案头性"向"舞台性"的转变。《闲情偶寄》作为我国第一部富有民族特点并构成自己完整体系的古典戏曲美学著作，是一座里程碑。可以说，在中国古典曲论史上，取得如此重大成就者，在宋元明数百年间，很少有人能够和他比肩；从李渔之后直到大清帝国覆亡，也鲜有过其右者。

第三节　"地火在运行"

"地"火从"天"来

明清两代在中国文明史上曾经有过"辉煌"；但是，总体说，它也是中国古代社会"瓜熟蒂落"的时代。"瓜熟蒂落"意味着盛极而衰。从这个角度说，明清（特别是清代），是中国古代社会走向"天崩地解"的时代。

"天崩地解"的另一面，是从彻底瓦解中获得新生。当中国古代历史的航船一意孤行，走到极端，碰到绝壁，无路可走的时候，它就不得不寻求另一方向、另一出路——被迫选择新的方向、新的路子。改变航向、选择新路，这就意味着"改良"、"改革"、"变革"，或者用某些学者已经厌倦了的、不太愿意使用的另一个术语，就叫做"革命"。从工艺器物层面，到社会制度层面，到思想意识层面，到审美文化层面，再到学术层面以至"诗文评"层面……都如此。

学术"革命"，是时代和社会总体"革命"的一部分。既如此，那么谈学术领域的"革命"，仅从学术自身谈，是谈不深入、甚至谈不清楚的。所以我们谈学术"革命"，不能不紧密联系到明清整个时代、整个社会的"革命"。

"革命"是破坏也是创造，是极其艰难而痛苦的过程。"革命"，首先在看不见的"地下"暗暗酝酿、积蓄力量。那时，"革命"之火可能就是人们觉察不到的地火。地火在悄悄地燃烧、运行，从小到大，由微而著——中国明清时代最初的地火是"星星之火"，经过二三百年，它才积聚为火山而喷发，从而造成古老中华帝国大厦的"天崩地解"，连带的，就是附着在这座大厦上面的各种观念形态（包括美学、文论、"诗文评"）的"变革"或"革命"。

那最初的"星星之火"从哪里烧起？火种从何而来？

说来好奇怪，也似乎不好理解："地"火从"天"来。

说"地"火从"天"来，这"天"，有好几个所指。

其一，是说从"天"外传来——即是说，在一定意义上那火种并非本土的，而是天外传来的。中国的变化，在历史上曾经有过通过外来因素的作用而促成的经验，譬如，东汉至魏晋，佛教从"天"外传入与中国本土的许多因素结合在一起，而促发了思想领域里的变化。这是距今之前差不多两千年左右发生的事情。

这一次，则是西方资本主义文明的传入在中国所引起的变革——当然"一个巴掌拍不响"，中国与西方两种不同的文明相碰撞，擦出火花，成为变革的火种。

距今约五百多年以前，西方渐渐萌芽、兴起了资本主义文明。相对于中国腐朽的帝国专制和封闭的自给自足的农业文明，这新兴于西方的资本主义文明，虽然并非完美但却是先进的；而且经过了"工业革命"，这个当时先进而并不完美的（毋宁说它也充满了许多弊端）资本主义文明极大地发展了，到清代，它远远地把曾经先进过的中华帝国甩在后面。

正是在明末清初，西方资本主义文明从"天"外传入，与中国古老帝国的农业文明相碰撞，擦出火花，成为新生的火种，开始在地下运行。

其二，这"天"可以指天主教，是说由"天主教"传教士以传教的方式顺便将资本主义文明传来。或许可以说这是传教的"副产品"；但最终，这传教"副产品"的意义却远远大于传教"正业"的成果。

从明末起一二百年间，西方传教士从开始的数名、数十名，到后来上百名以至数百名，带着天主教传教的使命，带着他们对上帝的虔诚，也带着他们从小耳濡目染、受教育、受熏陶的资本主义文明，鱼贯而入中土，进行他们的"神圣"事业。

仅举几位代表。

意大利人利玛窦（Matteo Ricci，1552—1610），与他的同胞、另一位传教士罗明坚（Michele Ruggleri，1543—1607）一起，于1583年9月进入中国，在肇庆建立了第一个传教驻地；后来又到南京和南昌。经过种种曲折，利玛窦差不多花了二十年才得以进入北京，见到中国皇帝。此后，利玛窦作为欧洲使节被召命带进紫禁城。在那儿，他一直拥有朝廷的俸禄，生活到 1610 年去世，葬在北京。他和他的同胞除了传教（为此他们用汉文印制了《天主圣教实录》、《天主实义》等），还翻译并出版了几部重要书籍《几何原本》①、《浑盖通宪图说》② 等，用西方观念和知识绘制了世界地图《山海舆地全图》，带来了西方的学术思想，特别是"日心说"和地球"圆而不方之理"。

随后，法国传教士金尼阁（Nicolas Trigault，1577—1629），万历三十八年（1610）在利玛窦逝世后不久抵达北京，发现并整理利玛窦的札记，承继利玛窦的事业进行传教活动。万历四十年（1612），金尼阁奉命回罗马向教皇保罗五世（Paulus V，1605—1621）汇报教务。他穿着中式服装在公共场合活动，热情宣传利玛窦等人的传教功绩。由此，西方当时掀起了"中国热"，大批欧洲传教士要求来中国。万历四十八年（1620）金尼阁与二十二位传教士，带着七千余部西方典籍再次来到中国，广泛传播西方学术知识。

德国传教士汤若望（原名约翰·亚当·沙尔·冯·白尔，Johann Adam Schall von Bell，1592—1666），于 1619 年到达了澳门，1623 年 1 月 25 日到达北京，带来了数理天算书籍和许多科学仪器；成功地预测了 1623 年 10 月 8 日出现的月食；用了一种罗马关于月食计算的方法，计算了北京子午圈与罗马子午圈的距离；用中文写了一本介绍伽利略望远镜的《远镜说》（刊印于 1629 年）。入清，他曾任古观象台的台长，即钦天监监正，被授予太仆寺卿、太常寺卿、通政使并赐号"通玄教师"。他在中国生活了四十七年，历经明、清两个朝代，被封为"光禄大夫"，官至一品。死后安葬于北京利马窦墓旁。

比利时传教士南怀仁（Ferdinand Verbiest，1623—1688），1658 年来中国，一边传教，一边也传播了西方科学。他是康熙皇帝的科学启蒙老师，官至工部侍郎，正二品，精通天文历法、擅长铸炮，亦曾任天文台（观象台）——钦天监最高负责人。南怀仁供职钦天监后，改造观象台，重造适用于西洋新法的天文仪器：测定天体黄道坐标的黄道经纬仪，测定天体赤道坐标的赤道经纬仪，测定天体地平坐标的地平经仪和地平纬仪（又名象限

---

① 《几何原本》：欧几里得以演绎逻辑建立数学公理化系统，成为现代公理法源流，其方法论意义深远。

② 《浑盖通宪图说》：1607 年，由利玛窦口授、李之藻笔述的实用天文学译著，主要讲解日晷、星盘等天文仪器的实用操作技术。借调和中国传统宇宙论中的浑天说与盖天说，实则其传达的天文学思想否定了中国传统宇宙论。

仪），测定两个天体间角距离的纪限仪和表演天象的天体仪。这些仪器在当时是很先进的。南怀仁还著有《赤道南北两总星图》、《简平规总星图》、《康熙永年历法》、《坤舆图说》、《西方要记》。1688 年 1 月 28 日南怀仁在北京逝世，葬于北京，卒谥勤敏。

从以上几位传教士在中国的活动，你可以知道西方先进的科学思想是怎样传入中土并发生影响的大概情况。

其三，这"天"也可以指西方关于天体构成的天文学思想观念。

在当时，中国的"天"的观念（宇宙观）与西方的"天"的观念（宇宙观）是完全不同、乃至根本对立的。

中国古代的宇宙观，正如葛兆光在《中国思想史》中所说，是以自然的天体中心"北极"为轴心的一个圆形宇宙或壶形宇宙，它的宇宙秩序是："空间是一层一层的同心圆，天体围绕北极旋转而成一个圆，地则类似井或亚字形的一个方。天地都有一个中心，这个中心是超越时空而存在的一个点，那就是这个永恒的不动点、同心圆的圆心。"① 总之，概括为一句话：中国古人眼里的宇宙是"天圆地方"，这方形的大地是永恒不动的，而圆形的天穹则在运转，其轴心是永恒的不动点北极。

西方天文学在经过"哥白尼革命"之后，观念与中国相反。大家现在已经很熟悉哥白尼的日心说。在十六世纪上半叶，哥白尼经过长年的观察和计算终于完成了他的伟大著作《天体运行论》（*De revolutionibus orbium coelestium*），在 1543 年他逝世前出版。《天球运行论》第一卷鸟瞰式地介绍了宇宙的结构，论述了宇宙是球形、大地也是球形、地球和几大行星都绕着太阳旋转……建立了新的宇宙观，掀起了一场伟大的革命。哥白尼说，天体的这种旋转运动对于球来说是固有的性质，它反映了球形的特点。球这种形状的特点是简单、没有起点、也没有终点，旋转时不能将各部分相区别。而且球体形状也正是旋转作用本身造成的。② 他在《天球运行论》中观测计算所得数值的精确度是惊人的。例如，他得到恒星年的时间为 365 天 6 小时 9 分 40 秒，比现在的精确值约多 30 秒，误差只有百万分之一；他得到的月亮到地球的平均距离是地球半径的 60.30 倍，和现在的 60.27 倍相比，误差只有万分之五。

---

① 葛兆光：《中国思想史》第二卷，复旦大学出版社 2001 年版，第 339 页。参见葛兆光在此书第二卷第三编第一节"天崩地解（上）：当中国古代宇宙秩序遭遇西洋天学"、第二节"天崩地裂（下）：古代中国所绘世界地图中的'天下'、'中国'、'四夷'"的有关论述。

② 见哥白尼《天体运行论》第一卷，科学出版社 1985 年版。

虽然哥白尼的思想与教会的观念是冲突的，但到十六世纪至十七世纪西方传教士来中国传教的时候，"日心说"已经被人们普遍接受，连传教士也如此。所以，利玛窦、金尼阁、汤若望、南怀仁等，都传布了哥白尼的思想。利玛窦介绍西方天文学观念时说："地与海本是圆形，而合为一球，居天球之中，诚如鸡子，黄在青内……浑沧一球，原无上下，盖在天之内，何瞻非天？总六合内，凡足所伫即为下，凡首所向即为上，其专以身之所居分上下者，未然也。"①

这"天"火引入中国，就成为"地"火，酝酿、积聚，终成"革命"火种之一。

对于中华帝国，这是些"要命"的观念

在一般人意识里，说西方的天文学思想和宇宙观（"日心说"、地球是圆形、它绕着太阳旋转等等观念）传入中国之后就变成了引发"革命"的最初的火种，好像有点儿夸大其词、耸人听闻："日心说"、地球绕太阳转，与中华帝国的安危，这两件东西离得远着呢，看来风马牛不相及，根本挨不上；它怎么可能颠覆帝国大厦？

其实不然。

葛兆光在他的《中国思想史》第二卷第三编第一节"天崩地解（上）：当中国古代宇宙秩序遭遇西洋天学"、第二节"天崩地裂（下）：古代中国所绘世界地图中的'天下'、'中国'、'四夷'"中，对这个问题作了比较深入的论述，或许能够解答某些疑惑。② 对于中华帝国，西方的宇宙观和后面将要说到的地理观，的确是些"要命"的观念——就是说最终它们要了帝国的命。

在中国古代，很早很早就形成了一种观念：大自然与人类是息息相通、休戚相关的。许多学者把这种观念概括为"天人合一"。一方面，我们应该看到这个观念的确有它非常合理的积极的意义。人类从自己的实践中体验到、认识到，人类的生命之根是大自然。从这个观念出发，人类就应该尊重自然，与自然和谐一体。这对近代以来特别泛滥的人类中心主义

---

① 利玛窦：《坤舆万国全图题识》，收入利玛窦《乾坤体义》时改名《天地浑仪说》，见文渊阁四库全书本。

② 参见葛兆光《中国思想史》第二卷，复旦大学出版社 2001 年版，第三编第一节"天崩地解（上）：当中国古代宇宙秩序遭遇西洋天学"、第二节"天崩地裂（下）：古代中国所绘世界地图中的'天下'、'中国'、'四夷'"的有关论述。（该书第 336—379 页）

的偏颇是一种纠正。近代以来从人类中心主义出发，人类只顾自己一时的利益，对大自然进行无节制的所谓"开发"、实则是无情的压榨和掠夺，严重打破了人与自然的平衡，破坏了人与自然的和谐，最终导致人类自己受到大自然的惩罚。从"天人合一"出发，就会对大自然保持一种敬畏和亲密，至少是平等相待，而不会压榨和掠夺。就此而言，"天人合一"观念是一个应该保持和发扬的优秀的思想传统。

但是另一方面，我们也应该看到中国古人在大自然与人类关系方面可能出现的一种并不科学的偏颇的观念，即将大自然的一切现象与人类社会所发生的事情，绝对地一一对应起来。人事的各种表现，不论好的还是坏的，都在自然上面找症候——事后找原因，事先找征兆，甚至不论作恶还是行善，都要从自然身上找行动的理由和根据。从一定意义上，西汉董仲舒的"天人感应"说就表现出了中国古人在人与自然关系的这个方面的思想。董仲舒的学说实际上对统治者更有利——为帝国、皇权、皇帝绝对的统治地位寻找合理性与合法性的根据和支撑。按照董仲舒的天人感应思想，完全可以推断出：君主是代表上天来治理国家、统治人民的，君权神圣不可侵犯。当然君主也并非没有约束，若行为不当，天就会降下灾难来昭示君主的错误，君主如果不改过，天意就会改变。当然，只有"天"才有这个权力和能力，平民百姓是万万不可的。

中国的皇帝据此而自认为是上天的代表，是真龙天子，皇帝诏书第一句话就是"奉天承运"。而这个"奉天承运"的基础就是由中国古代的宇宙观而来，以之为基础。

"中国古代思想世界中，自然的天体中心'北极'、神话的众神之主'太一'、哲学的终极概念'道'、万物的原始起点'太极'等等在古代文献中是互通的"。因为它们在古人心目中有一个共同的渊源，"这是由于它们都出自古人对以北极为中心轴而运行的视觉天象的观察、体验、推测和衍绎"①。至少在汉代，中国古人就普遍接受了"天圆地方"——即宇宙天体是一个以北极为轴心的同心圆、而大地乃井形或亚形这样一种观念。天上既有这绝对的永恒的轴心、核心，而根据"天人相应"和"天人感应"的理念，人间也就同样有一个绝对的轴心、核心，这就是帝国、皇权、皇帝。所以，帝国、皇权、皇帝，是天然合理的，是绝对合法的，是神圣不可侵犯的。而且这种地位是永恒不变的——中国不是有一句斩钉截

---

① 葛兆光：《中国思想史》第二卷，复旦大学出版社 2001 年版，第 337 页。

铁的话吗？"天不变，道亦不变"——既然天上的北极是永恒的不动的轴心、核心；那么，相应的，人间的帝国皇权、皇帝，也是永恒的不变的轴心、核心。谁要是动这个轴心、核心，那就是绝对的大逆不道，"天理"难容，那就要天下共讨之、共诛之。

这观念，就是帝国、皇权、皇帝的生命线、命根子，是它们赖以存在的精神支柱和基础。

可是，西方的天文学观念传过来了：宇宙不是"天圆地方"，也没有那个所谓永恒的不动的北极轴心。就如上面我们引述的利玛窦的话："地与海本是圆形，而合为一球，居天球之中，诚如鸡子，黄在青内……浑沦一球，原无上下，盖在天之内，何瞻非天？总六合内，凡足所伫即为下，凡首所向即为上，其专以身之所居分上下者，未然也。"大地是个球形，它不停地在动，在绕着太阳旋转。

对于中华帝国来说，这样一来，"天"变了！

如果说，过去"天不变，道亦不变"的观念牢牢统治着人们的头脑；那么，现在，当"天"变了的时候，"道"难道不变吗？帝国、皇权、皇帝永恒存在的合理性、合法性难道还能那么永恒，那么合理、合法吗？

这不是挖了中华帝国的祖坟吗？这不是抽掉了帝国存在的基础吗？这不是毁了帝国、皇权和皇帝的命根子吗？西方的天文学告诉中华帝国的君臣子民：你们过去"所相信的宇宙中心其实并不是中心，天体也不是一个圆圆的'穹盖'，不是'天道左旋'而是'地球右转'，而'地'也不是过去心目中居于四海之中的地，海只在'正东'和'东南'，于是，对称的并不对称，和谐的也并不和谐，这一下子思维就乱了套，在观念史上，这也是最重要的'天崩地裂'的大变化之一"。①

除了西方的天文学观念动摇了中华帝国的观念基础之外，还有西方传入的地理学观念，对中华帝国存在也是一个沉重打击。

就地理学而言，中国古人有一种非常顽固的"天下"、"中国"、"四夷"观念。"天下"是《尚书·禹贡》所谓冀、兖、青、徐、扬、荆、豫、梁、雍九州，以及"东渐于海，西被于流沙"的甸服五百里、侯服五百里、绥服五百里、要服五百里、荒服五百里。②"中国"是天下的中心；而"四夷"则是周边的蛮荒的未开化的小国。

---

① 葛兆光：《中国思想史》第二卷，复旦大学出版社 2001 年版，第 345 页。

② 《尚书·禹贡》，《十三经注疏》，中华书局 1979 年影印本，第 153 页。

中国古人在地理学上的眼界就那么大；这之外的世界，就知之甚少了。直到宋代以后的地图，那所谓"天下"，比《禹贡》中的九州也大不了多少。

可是，利玛窦来中国后所绘制的世界地图，大大打破了中国人的固有概念。他告诉人们，世界有五大洲。他依据当时欧洲人已经获得的对世界的认识，依据西方人的观念，运用西方人所掌握的科学方法，绘制了这样一幅与当时中国人心目中完全不同的世界地图，它"至五方四海，方之各国，海之各岛，一州一郡，咸布之简中，如指掌焉"。① 在这幅地图面前，中国固有的"天下"、"中国"、"四夷"观念被瓦解了。原来，世界如此之大，中国并不是"天下"的中心。过去中国人是"无知无畏"，宇宙间唯我独大，中国的皇帝也是"普天之下，莫非王土"；现在，当知道事实并非如此的时候，这"夜郎"还能"自大"得起来吗？在真正的"天下"面前，对以往的"无知无畏"真是当头棒喝。

当时许多先进的中国人，接受了利玛窦所传布的世界地图——那些直接帮助利玛窦刻印地图的学者，如王泮、赵可怀、李之藻、吴中明、郭子章等等，接受或至少部分接受了利玛窦传播的思想；此外，有一些在中国历史上很有影响的学者如李贽、方以智等人，也都接受或部分接受了利玛窦传播的思想。李之藻为艾儒略《职方外纪》作序时，如此描述了新的世界图像对于他的震撼："地如此其大也，而其在天中一粟耳，吾州吾乡，又一粟中之毫末，吾更藐焉中处，而争名竞利于蛮触之角也与哉……"瞿式谷在《职方外纪小言》也说："尝试按图而论，中国居亚细亚十之一，亚细亚又居天下五之一，则自赤县神州而外，如赤县神州者且十其九，而戈戈持此一方，胥天下而尽斥为蛮貉，得无纷井蛙之诮乎！"②

但是，虽然如上所述，有徐光启、李之藻、李贽等等许多先进的中国人接受了西方的天文学观念和地理学观念；而更多的人却是抵制、反抗，斥利玛窦天文学观念为胡说，"其说荒渺莫考"，认为那世界地图是故意"小中国而大四夷"……不一而足。连王夫之、阮元等等都在反对之列。

不管怎样抵制、顽抗，历史的潮流是不可逆的。地火在继续燃烧，火山的熔岩在积聚、运行。

---

① 《译几何原本引》，《几何原本》卷首。见台北学生书局 1986 年影印本。
② 李之藻《职方外纪·序》和瞿式谷《职方外纪小言》均见艾儒略《职方外纪校释》（中华书局 1996 年版）。艾儒略（1582—1649）是继利玛窦之后，在中国系统介绍世界地理知识的重要人物，他的著作《职方外纪》也是我国最早的中文版世界地理专著。

在亡国灭种的生死关头

新生的西方文明与古老的中国文明展开了生死搏斗,其间充满血泪。

这里有两个层次的问题。其一,西方资本主义先发国家,为了自身利益对古老中国进行侵略、掠夺,中国人进行了正义的合理合法的反抗(包括老百姓的抵抗运动和官方如林则徐的禁烟)。我们对列强的侵略必须谴责,对中华民族的上上下下的民族英雄表示敬佩。其二,从社会制度、科学技术和思想学术层面来说,西方的资本主义国家的确比中华帝国要优越。他们走在我们前面了,他们是我们的老师。在这个方面,我们要向他们学习。我们应该变革,必须变革。不变革,不革命,就是亡国灭种。中华民族的确到了最危险的时候。

少数人觉醒了;但是很长时间以来,大多数人没有觉醒,帝国的最高统治者更是腐朽昏庸得不可救药。

中英鸦片战争和中日甲午海战,是对我们整个民族最大的教训和刺激。于是在鸦片战争和甲午海战前前后后,有了更多中国人的觉醒。

在十九世纪上半叶,中国就出现了一些睁开眼看世界的人,譬如林则徐、魏源、龚自珍、徐继畬等等。林则徐禁烟,大家很熟悉,那主要表现在政治层面,此处不多讲。现在着重看看龚、魏以及徐继畬。梁启超在《清代学术概论》中曾说:"举国方沉酣太平,而彼(指龚自珍、魏源)辈若不胜其忧危,恒相与指天画地,规天下大计。"梁启超没有提到徐继畬,其实相比较而言,他的思想更先进。

龚自珍(1792—1841),字尔玉,又字璱人,号定庵(又定盦),浙江仁和(今杭州)人。他是著名小学家段玉裁的外孙,十二岁从段玉裁学《说文》。嘉庆二十三年(1818)中举,道光九年(1829),第六次会试,始中进士。道光二十一年(1841),五十岁,病逝于丹阳云阳书院。龚自珍著作丰富,传世版本甚多,今有1959年王佩诤校中华书局上海编辑所本《龚自珍全集》。

龚自珍以忧国忧民之心时刻关注社会政治现实,写了多篇评论文章和历史、哲学论文,如《西域置行省议》、《东南罢番舶议》、《阮尚书年谱第一序》、《送钦差大臣侯官林公序》、《古史钩沉论》等。他从青年时起,就敏感意识到国家危机的严重,指出"自京师始,概乎四方,大抵富户变贫户,贫户变饿户","各省大局,岌岌乎皆不可以支月日"(《西域置行省议》)。尤其是他的政论文,常常用《春秋》公羊学派的观点与现实的政治联系，引古喻今，以古为用，以"以经术作政论"，"往往引公羊义讥切时政，诋排专制"（梁启超《清代学术概论》语）。许多文章如《乙丙之际箸议七》、《乙丙之际箸议九》和《尊隐》等，都是公羊"三世说"的运用；有些则是直接对清王朝腐朽统治的揭露和批判，如《明良论》；那些讽刺性的寓言小品，如《捕蛙》、《病梅馆记》等。还有许多记叙文，记人、记事、记名胜、记地方，如《杭大宗逸事状》、《书金伶》、《王仲瞿墓志铭》、《书居庸关》、《己亥六月重过扬州记》等，内容不同，都富有现实意义。他主张抵抗外国资本主义侵略。道光十八年（1838），林则徐奉命到广东查禁鸦片，他向林则徐"献三种决定义，三种旁义，三种答难义，一种归墟义"（《送钦差大臣侯官林公序》），支持严禁鸦片。他赞同与外国进行正当的通商，但是严格禁止奢侈品的输入，特别反对鸦片交易。他是在中华民族危急关头主张改革腐朽现状和抵抗列强侵略的启蒙思想家。

魏源（1794—1857）名远达，字默深，湖南邵阳人，道光二年（1822）中举，道光二十四年（1844）中进士，官至知州。学识渊博，著述有《书古微》、《诗古微》、《默觚》、《老子本义》、《圣武记》、《元史新编》和《海国图志》等。其中我们最感兴趣的是《海国图志》，该书有五十卷本、六十卷本和百卷本三种。他以林则徐主持编译的《四洲志》为基础，于道光二十二年（1842）编成五十卷本，道光二十七年（1847）扩充为六十卷本，次年徐继畬的《瀛环志略》问世，魏源吸取该书和其他资料，于咸丰二年（1852）增补为一百卷本。该书记述了世界各国的地理、历史、经济、政治、军事、科学技术、宗教、文化等情况，并附有世界地图、各大洲地图和分国地图等，旨在唤起国人，学习外国的长技，兴利除弊，增强国力，抵抗外来侵略。它与成书时间相近的《瀛环志略》是在二百多年前利玛窦所绘世界地图之后中国学者自己编写的世界地理著作。他们真的"睁开眼看世界"了！魏源在《海国图志》序中提出"以夷攻夷"、"以夷款夷"和"师夷之长技以制夷"的观点，影响十分深远。他主张学习西方制造战舰、火械等先进技术和选兵、练兵、养兵之法，改革中国军队，捍卫中国的独立自主。他号召"以甲兵止甲兵"，认为中国人一定能够战胜外国侵略者。他告诫人们在"英吉利蚕食东南"之时，勿忘"鄂（俄）罗斯并吞西北之野心"。他提倡创办民用工业，允许私人设立厂局，自行制造与销售轮船、火器等，使国家富强。他提倡"去伪、去饰、去畏难、去养痈、去营窟"；

"以实事程实功，以实功程实事"。他在《默觚》中发挥了"变古愈尽，便民愈甚"和"及之而后知，履之而后艰"的主张，成为近代中国改良思想的前驱。他还对清王朝长期昧于世界大事，夜郎自大，故步自封，封关锁国的闭关政策给予犀利的批判。正如梁启超在《论中国学术思想变迁之大势》中指出："《海国图志》对日本'明治维新'起了巨大影响，认为它是'不龟手之药'。"梁启超在《中国近三百年学术史》中指出："《海国图志》之论，实支配百年来之人心，直至今日犹未脱离净尽，则其在中国历史上关系不得谓细也。"

徐继畬（1795—1873），字松龛，又字健男，别号牧田，书斋名退密斋，山西代州（今属忻州市）五台县人，道光六年进士，历任广西、福建巡抚、闽浙总督、总理衙门大臣、首任总管同文馆事务大臣。徐继畬是中国近代睁开眼看世界的伟大先驱之一，又是近代著名的地理学家，在文学、历史、书法等方面也有一定的成就。《纽约时报》称其为"东方伽利略"。著有《瀛环志略》、《古诗源评注》、《退密斋时文》、《退密斋时文补编》等。其中《瀛环志略》应该受到特别关注。一些学者指出，与《海国图志》相比，徐继畬的《瀛环志略》更具有新知识的意义，它不像《海国图志》那样属于应对时事的实用性著作，而是一部更严格意义上的地理学著作。如果说《海国图志》仍然把万国当成"四夷"，而把中国自身置于"世界"之外，反映了魏源的"天下"观念；那么，徐继畬的《瀛环志略》则以"瀛环"一词，表明了中国与世界的共存关系；而他不用"夷"字来称呼外国，则表明了他对"万国"的平等意识；至于其中对西方各国代议制度的介绍，对华盛顿倡议民主制度的颂扬，以及其中关于"公"、"私"的重新诠释，则表明他比魏源的思路更加具有现代性。①

1840 年鸦片战争的炮声惊醒许多中国人，有平民百姓，有学子士人，也有官员。虽然他们的地位、处境不同，价值趋向也并不一致，觉醒的程度也有很大差别，但他们各自从自己的立场意识到了中华民族的危机，也各自以自己的方式作挽救的努力。这其中有许多闪光的名字，如郭嵩焘（1818—1891）、薛福成（1838—1894）、王韬（1828—1897）、郑观应（1842—1922）等等；还有李鸿章、张之洞等洋务派的努力，从他们起，中国产生了最早的民族工业，而且在他们主持下还翻译了许多西方优秀的

---

① 参见周振鹤《睁眼看世界的第一人——纪念徐继畬诞辰二百年》，《学腊一十九》，山东教育出版社 1999 年版。

学术著作。

　　1984—1895 年的中日甲午海战，中国惨败，屈辱至极——中国人从来没有受到过这么大、这么强、这么深的刺激。鸦片战争，我们是输给了远在天边的西方列强；没有想到，这次居然败在从来被我们瞧不上眼、近在身边的"小日本"手下。日本对于我们中国人来说是"老熟人"了。盲目自大的中国人不明白：日本怎么能比我们还强？"小日本"为什么能赢有着四万万人口、有着五千年文明史的"大中国"？许多中国人终于惊醒：原来日本通过明治维新进行了变革（那是一场伟大的"变革"或"革命"啊），他们真的强大了。在甲午海战前前后后一些年，有的学者通过翻译西书，产生了很大影响，如严复（1854—1921）作出巨大贡献。他翻译赫胥黎的《天演论》，以"物竞天择"、"适者生存"的生物进化理论阐发其救亡图存的观点，提倡鼓民力、开民智、新民德、自强自立。他还翻译了亚当·斯密的《原富》、斯宾塞的《群学肄言》、孟德斯鸠的《法意》等，第一次把西方的古典经济学、政治学理论以及自然科学和哲学理论较为系统地引入中国，启蒙与教育了一代国人。

　　除了下层人民、士人学子、官员，还有最高统治者也受到甲午战败的惊吓，感觉危机就在眼前，不变革就是死路一条，于是有光绪皇帝在康有为、梁启超以及其他有所开化的官员支持下进行的"戊戌变法"。虽然变法最终失败，但它在历史上的积极意义还是应该肯定的。

　　还有一位中国人千秋万代永远不能忘记、不应该忘记的一个伟大人物——孙中山。他不怕千难万险，扛起了资产阶级革命的大旗。

　　中国人，各个阶层，在这一二百年间，逐渐从器物层面、学术层面、思想层面、制度层面……认识并实践着变革。他们都是"地火"的燃料，都是火山岩浆的基本成分。正是在所有这些人的努力下，最终火山喷发——在辛亥革命中推翻了大清帝国。

学术必然随之变革

　　这是根本性的大变革，是整个时代、整个社会的大变革。学术也必然参与其中，成为这大变革的一部分，逐渐从古典形态转化为现代形态。

　　在十九世纪前后这一二百年的长时段里，已经逐渐积蓄起越来越强烈的"求变"势态和呼声，加紧做着变革的舆论准备，正如梁启超在《清代学术概论》中追述近代学术思想历程时所谓"数新思想之萌蘖，其因缘固不得不远溯龚、魏……我思想界亦自兹一变也"。那些时时刻刻关心着民族命运的志士仁人认识到，"自古及今，法无不改，势无不积，事例无不变迁，风气无不移易"①，"九州生气恃风雷，万马齐暗究可哀。我劝天公重抖擞，不拘一格降人才"②；他们认为，"天下无数百年不敝之法，无穷极不变之法"③，"小更革则小效，大更革则大效"④。他们才开始的时候提出要"师夷"而"制夷"⑤，进而逐渐认识到西方"富强之本，不尽在船坚炮利"，还在思想观念及议会制度，倘观念和制度优越，则使"昏暴之君无所施其虐，跋扈之臣无所擅其权，大小官司无所卸其责"⑥。他们走出国门，去学习西方的文明。例如，中国第一个真正的留学生容闳，从1847年起在美国留学八年，中西对照，使他更加感到清王朝之黑暗腐败："予当修业期内，中国之腐败情形，时触予怀，迨未年尤甚。每一念及，辄为之怏怏不乐，能愿不受此良教育之为愈。盖既受教育，则予以心中之理想既高，而道德之范围亦广，遂觉此身负荷极重。若在毫无知识时代，能不之觉也。更念中国国民，身受无限痛苦，无限压制。"⑦这样，经过长时期的积蓄，到十九世纪末二十世纪初，社会变革势在必行。特别是前面我们已经提到的"甲午"战败的强刺激，更是令人感到变革的刻不容缓。于是有"公车上书"，有"戊戌变法"，有孙中山倡导的资产阶级革命运动。变革的先驱者们提出必须"破除旧习，更新大政"⑧；强调"法者，天下之公器也。变者，天下之公理也。大地既通，万国蒸蒸，日趋于上，大势相迫，非可阏制。变亦变，不变亦变。变而变者，变之权操诸己，可以保国，可以保种，可以保教。不变而变者，变之权让诸人，束缚之，驰骤之，呜呼，则非吾之所敢言矣"⑨；疾呼"中国积弱，非一日矣！上则因循苟且，粉饰虚张，下则蒙昧无知，鲜能远虑。近之辱国丧师，翦藩压

---

①　龚自珍：《上大学士书》，《龚自珍全集》第五辑，上海人民出版社1975年版，第319页。

②　龚自珍：《己亥杂诗》，《龚自珍全集》第十辑，上海人民出版社1975年版，第521页。

③　魏源：《筹鹾篇》，《魏源集》，中华书局1976年版，第432页。

④　魏源：《御书印心石屋诗文叙录》，《魏源集》，中华书局1976年版，第243页。

⑤　魏源：《海国图志叙》，《魏源集》，中华书局1976年版，第207页。

⑥　郑观应：《盛世危言》，中州古籍出版社1998年版，第96页。

⑦　容闳：《西学东渐记》，中州古籍出版社1998年版，第88—89页。该书原为英文本，1909年在美国出版，后译成中文，商务印书馆1915年版。

⑧　康有为：《公车上书》，《中国近代史资料选编》，中华书局1977年版，第52页。

⑨　梁启超：《论不变法之害》，《梁启超哲学思想论文选》，北京大学出版社1984年版，第9页。

境，堂堂华夏，不齿于怜邦；文物冠裳，被轻于异族。有志之士，岂能服膺"①！

正是在中华民族不得不变的政治、经济、思想、文化氛围之下，才不能不随之有学术"革命"，例如有新美学、新文论的萌生，或者说积蓄了从"诗文评"向"文艺学"转化的巨大势能。

当然，诗学文论的变革还有它自身的内在理路。

总之，用比较形象的话来说，到十九世纪末二十世纪初，学术的变革——例如从"诗文评"向"文艺学"的转化，已经是"箭在弦上"了。而且，一旦"开弓"，就没有"回头箭"。

本章小结

明代是中国古代文论家和各种诗学文论思想取得重大成就的时期，明初宋濂、方孝孺等人所提出的是带有复古色彩的正统的适应皇权政教的文论，高棅承袭严羽提倡"悟入"的诗论，李东阳祖述沧浪之说的文学思想，前后七子以复古之名而旨在变革文风的诗论，阳明心学、特别是左派王学影响下的新鲜文论思想的活跃，徐渭、李贽、三袁、汤显祖等的大胆"叛逆"而充满独创思想的言论……使明代文论以至整个学界热闹非凡；曲论、小说评点等也是其新亮点，它们在继承自先秦以来优秀学术思想的基础上做了进一步阐发或提出新见。以上所述文论家、诗论家、曲论家，他们的思想趋向和文论观点各有不同，在历史上的功过不一；然而从历史发展的角度来说，皆有可论。尤其是明代中期阳明心学的兴起以及此后王门后学（特别是李贽）的狂飙思潮，对诗学文论的发展所起的巨大作用。

清代，诗话、词话、曲话、小说和戏曲评点、曲论……"诗文评"的各种著作大面积出现。一方面，本民族传统的思想、学术在制导，许多论家如王夫之、叶燮、王士祯、吴乔、赵执信、沈德潜、翁方纲、袁枚等沿着本民族路子继续前进；另一方面，外来思想、学术的传入并发生影响，在清代晚期有少数先进者，在外来思想和学术的影响下融入了新的素质和品性，本民族传统和外来思想学术不断互相碰撞，不断相克，同时又在不断相克之中擦出新火花，出现相融之迹象，并使自己的文论思想发生新变，如王国维吸收康德、叔本华思想对《红楼梦》的评论，梁启超等人吸收西方观点所阐述的"小说界革命"、"诗界革命"和"文界革命"等等

---

① 孙中山：《兴中会宣言》，《中国近代思想史资料简编》，三联书店1957年版，第791页。

思想。它们成为现代文论的胚胎、萌芽或起始。

总之，“诗文评”到明清时代，它进一步发展了，“集大成”了，“成熟”了，可以说“熟透”了；而同时应该看到，它也真的开始走向“衰落”或者说“终结”了，特别是到晚清，已经到了“瓜熟蒂落”的时节，若不变革，也同那个奄奄一息的“衰落”帝国时代一样，再也结不出新果子了。一方面要看到“诗文评”的终结乃是必然趋势；另一方面也要看到这个时期，内在的和外来的新的力量、新的因素，在或明或暗不断生成、增长。

地火在运行，变革在悄悄酝酿中。

思　考　题

一、名词解释

　　1. 心学

　　2. 性灵

　　3. 格调

　　4. 神韵

　　5. “童心说”

二、简答题

　　1. 试对前后七子作出自己的评价。

　　2. 三袁的主要主张是什么？

　　3. 你对王夫之的诗论怎样看？

　　4. 试评价金圣叹的小说评点和李渔的曲论。

三、论述题

　　1. “诗文评”在清代晚期是否走向“终结”？无论“是”还是“否”，请说出自己的理由。

　　2. 你如何看待明末以后西学东渐的影响？

阅读参考文献

《利玛窦中国传教史》，刘俊馀、王玉川译，光启出版社、辅仁大学出版社1986年版。

李之藻：《职方外纪·序》，见艾儒略《职方外纪校释》，中华书局1996年版。

瞿式谷：《职方外纪小言》，见艾儒略《职方外纪校释》，中华书局1996年版。

李梦阳：《诗集自序》，见《李空同全集》卷五十。

李贽：《童心说》、《杂说》，见《李氏焚书》卷三。

袁宏道：《徐文长传》，《徐渭集》（四）附录，中华书局2003年版。

袁宏道：《叙小修诗》、《与张幼于》，《袁中郎全集》卷一、卷二十二。

《薑斋诗话笺注》，人民文学出版社1981年版。

顾炎武：《日知录》卷十八《书传会选》。

金圣叹：《读第五才子书法》，见中华书局影印本《第五才子书施耐庵水浒传》1975年版。

叶燮：《原诗》，清康熙叶氏二弃草堂本，亦载于《清诗话》，上海古籍出版社1999年版。

袁枚：《随园诗话》，人民文学出版社1982年版。

葛兆光：《中国思想史》第二卷，复旦大学出版社2001年版。

第三编　从"诗文评"到"文艺学"之蜕变论

十九世纪二十世纪之交，中国社会发生了"三千年未有之大变革"，古老的审美文化和诗学文论也必然随之变革。于是在各种力量交互作用之下，就发生了从古典形态的"诗文评"向现代形态的"文艺学"的转化。这是一个艰难的百年"蜕变"过程，至今仍然处在这样一个过程之中。我们需要吸取三千年诗学文论特别是百多年来的经验，建设二十一世纪的具有中国特色的文学理论。我们企望中国现代形态的文艺学携带中华民族数千年的丰富资源又吸收其他民族优秀学术思想走进现代、走向未来。我们有理由确信，继承中华民族优秀传统又正确吸收外来优秀学术思想而建设和发展起来的中国现代形态的文艺学，必将以中华民族的独特面貌昂立于世界学术之林，迈进二十一世纪。

第七章　从"诗文评"向"文艺学"的转化

内容提要

随着"地火"运行，"火山"喷发，中国古典形态的"诗文评"亦走上向现代形态的文艺学转化的征程。十九世纪与二十世纪之交，"诗文评"发生明显的蜕变，它像一只蝉蛹开始"蜕皮"；到二十世纪头十年，是现代形态的文艺学之"蛹"向外爬的时期，虽艰难，却充满生机和希望；"五四"前后的十几年，它已经初具模样；二十世纪二十年代后期至三四十年代，是迅速发展期，各类著作如雨后春笋；二十世纪五十年代至七十年代是"定格"期；二十世纪八十年代至今是"反叛"期。现代形态的文艺学，是以西方血统为主体的"混血儿"，或者从总体说基本是依西方范式在中国土地上生长起来的。这个混血而整体呈西方模样的新生儿的出现，虽然有它的合理性，但有缺陷。今天我们的现代文艺学建设，应该循历史潮流，吸收和继承本民族优秀传统，携带中华民族数千年的丰富资源又吸收其他民族优秀学术思想走进现代、走向未来。当我们前行的时候，有诸多问题值得我们思考。

关键词

诗文评　文艺学　蜕变　雏形　定格　反叛

从十九世纪末、二十世纪初起到二十一世纪的现在，这一百年多一点的时间里，中国的诗学文论的确发生了与此前明显不同的重要变化，即从古典形态的"诗文评"向现代形态的"文艺学"蜕变、转化。这一百多年是中国古典"诗文评"现代化的过程，是现代形态的文艺学诞生和"长大成人"的过程。直到今天，这个过程仍然没有最后完成；恐怕从现在起以至之后相当长一个时期，我们会仍然处在进一步建设有中国特色的现代文艺学、使之健康成长的过程之中。

我们建设有中国特色的现代文艺学，就需要吸取历史经验。回顾历史，我们会看到它经过了从明末清初起相当长一段时间的"地火运行"、蓄势待发的酝酿期，以及世纪之交的萌芽期、二十世纪一百年间的雏形、成型、定格、"反叛"等过程。当前我们沿着过去走出来的路子前行，绝不能无视或跳过"地火运行"期那些最先"睁开眼睛看世界"的志士仁人，绝不能忽略他们"师夷长技以制夷"图新救国的急切吁求为变革所创造的社会文化氛围和蕴含于底层的内在冲击力；绝不能无视或跳过严复等人介绍西方学术思想为"诗文评"现代转换所埋下的变革基因；绝不能无视或跳过梁启超、王国维等人所作的筚路蓝缕的工作；绝不能无视或跳过五四的学术传统；绝不能无视或跳过二十世纪三四十年代大批学人的创造性工作；绝不能无视或跳过瞿秋白、毛泽东；也不能无视或跳过朱光潜、蔡仪、周扬、胡风；还不能不重视百年来对西方的、苏联的文艺思想、美学思想、哲学思想、文化思想的介绍，特别是不能不重视马克思主义文艺思想、美学思想、哲学思想在中国的传播、建立和发展。我们现在的文艺学的学术范型，从它的哲学基础、思维方式、治学方法、命题、范畴、概念、术语等等，都是在这一百多年的时间里熔铸而成的。

第一节　起点：梁启超、王国维和他们的同道

从十九、二十世纪之交到二十世纪最初十余年，是现代文艺学的萌芽期和草创阶段，它刚从"诗文评"之"蛹"中往外爬，或者说它正处在从"诗文评"母体降生的过程中，脐带尚未咬断，还带着血迹；然而它的第一声啼哭是响亮有力的，露出无限生机。

这个阶段的业绩，最突出、最充分地表现在梁启超和王国维等人一系列诗学文论的革命性活动之中。

梁启超

梁启超（1873—1929），字卓如，一字任甫，号任公，又号饮冰室主人、饮冰子、哀时客、中国之新民、自由斋主人，广东新会人。清光绪十五年己丑（1889）中举，翌年庚寅（1890）赴京会试落第，回粤途经上海，看到徐继畬用先进的现代眼光介绍世界地理的《瀛环志略》和上海机器局所译西书，大开眼界。这时，他结识康有为，拜为老师。光绪二十一年乙未（1895），他追随康有为率同数千名举人联名上书光绪皇帝，反对

在甲午战争中败于日本的清政府签订丧权辱国的《马关条约》，是为"公车上书"。有人认为，"公车上书"是中国群众政治运动的开端。光绪二十四年戊戌（1898），梁启超与康有为一起领导了著名的"戊戌变法"。变法失败逃亡日本，在那里创办《清议报》和《新民丛报》。辛亥革命后他曾先后出任司法总长、财政总长。1925 年，梁启超应聘任清华国学研究院导师。梁启超著述甚丰——超过一千万字，友人将其著作编为《饮冰室合集》，包括著名的《中国近三百年学术史》、《中国历史研究法》、《少年中国说》等等。

梁启超是中国近代一位值得国人永远记住的影响深远的伟大人物。数年前我曾在中山大学作过一次题为《伟大的学界"革命"家梁启超——漫议十九、二十世纪之交梁启超的巨大贡献》（见本书附录）的演讲，其中有一段话至今我仍然坚持，是这样说的：

> 梁启超是提出"诗界革命"、"文界革命"、"小说界革命"、"史界革命"、"思想界之革命"等等"革命"口号之第一人，并且身体力行，不但有"革命"口号，同时也建立"革命"理论，进行"革命"实践，成为十九、二十世纪之交中国旧学术和旧思想的掘墓人之一，同时也成为中国新学术和新思想的催生婆之一……众所周知，经历维新变法的失败，流亡中的梁启超在 1899 年底赴美国檀香山船上写的《夏威夷游记》中，首次提出"诗界革命"的口号："故今日不作诗则已，若作诗，必为诗界之哥伦布、玛赛郎（今译麦哲伦——引者）然后可。……支那非有**诗界革命**，则诗运殆将绝。虽然，诗运无绝之时也。今日者革命之机渐熟，而哥伦布、玛赛郎之出世必不远矣。"写这段文字后之第四日，梁启超阅读日本著名报人德富苏峰所著《将来之日本》倍加称赞并由此喊出另一响亮的口号"文界革命"："德富氏为日本三大新闻主笔之一，其文雄放隽快，善以欧西文思入日本文，实为文界别开一生面者，余甚爱之。中国若有**文界革命**，当亦不可不起点于是也。"① "小说界革命"则是 1902 年 11 月梁启超在《新小说》第一号上发表的《论小说与群治之关系》中提出的，他说："欲新一国之民，不可不先新一国之小说。故欲新道德必新小说，欲新宗教必新小说，欲新政治必新小说，欲新风格必新小

---

① 梁启超：《夏威夷游记》，《饮冰室合集》第 7 册，中华书局 1989 年版。

说，欲新学艺必新小说，乃至欲新人心、欲新人格，必新小说。故今日欲改良群治，必自小说界革命始。欲新民，必自新小说始。"①几乎与此同时，梁启超在发表于《新民丛报》第一至二十号上的《新史学》（1902 年 2 月至 11 月）中倡导"史界革命"："今日欲提倡民族主义，使我四万万同胞强立于此优胜劣败之世界乎，则本国史学一科，实为无老无幼无男无女无智无愚无贤无不肖所皆当从事，视之如渴饮饥食一刻不容缓者也。然遍览乙库中数十万卷之著录，其资格可以养吾所欲给吾所求者，殆无一焉。呜呼！史界革命不起，则吾国遂不可救。悠悠万事，惟此为大！"②还是在 1902 年，梁启超在《论宗教家与哲学家之长短得失》中怀抱对未来之殷殷期望号召"思想界之革命"："吾窃信数十年以后之中国，必有合泰西各国学术思想于一炉而冶之，以造成我国特别之新文明，以照耀天壤之一日。自今以往，思想界之革命，沛乎莫之能御矣。今始萌芽，虽庞杂不可方物，莫能成一家言。顾吾侪今日，只能对于后辈而尽播种之义务。耘之获之，自有人焉。"③上述梁启超所提出的五大"革命"，在他那里并非各自孤立，而是互相紧密联系在一起的一个整体；或许可以说，前面四项（诗界、文界、小说界、史界）"革命"乃是最后一项（思想界）"革命"的有机组成部分，它们可总汇为"思想界之革命"。要之，梁启超当时所要做的，是整个思想、整个学术的"革命"——梁启超在当时历史条件下把握和顺应思想及学术潮流之发展趋向，力图发动这样一场与时代命运息息相关的整个思想、整个学术的"革命"；而且还可以进一步说，这思想、学术"革命"，又是梁启超所追求的总体社会"革命"之一部分，是梁启超改革整个社会的总体"革命"蓝图的有机组成部分。在当时能够提出这些"革命"口号就是了不起的贡献。陈平原教授在一篇文章中说："能够敏感到思想及学术潮流发展之趋向，将众多零散的思考凝聚成一个口号，这是一种本事，需要某种'先知先觉'，更需要胆略与气魄。要说对西学的理解，严复远在梁启超之上；要说国学的修养，梁启超也无法与章太炎比肩。可作为思想潮流而被史家再三提及的，首先还是梁启超的'革命'论述。以

---

① 梁启超：《论小说与群治之关系》，《饮冰室合集》第 2 册，中华书局 1989 年版。
② 梁启超：《新史学》，《饮冰室合集》第 1 册，中华书局 1989 年版。
③ 梁启超：《论宗教家与哲学家之长短得失》，《饮冰室合集》第 1 册，中华书局 1989 年版。

一人而包揽晚清四大'革命'（指'诗界'、'文界'、'小说界'、'史界'——引者）的命名权，而且在每场'革命'中都能以身作则，多有创获，这实在是个奇迹。只有在晚清这'三千年未有之大变局'中，才可能出现如此局面。……所谓的四大'革命'，其核心都是'竭力输入欧洲之精神思想'，并将其应用到各个专门领域，以改变传统中国的文学及学术。这一思路，确实在 20 世纪中国占据主流地位，难怪梁启超如此简要的表述，能激起当年以及后世无数读者的强烈共鸣。"①

梁启超所提出的这些"革命"口号，尤以"小说界革命"影响最大。古典形态的"诗文评"向现代形态的"文艺学"转化，最突出的成绩表现在小说理论的领域里。

其实，小说理论变革的先声，是 1897 年严复、夏曾佑发表于《国闻报》上的《本馆附印说部缘起》②。在这篇文章中，作者界说小说的性质是"书之纪人事而不必果有其事"，是"人心所构之史"。作者还提出，小说虽为"人心所构之史"，但"今日人心之构营，即为他日人身之所作，则小说者又为正史之根矣"，不可"因其虚而薄之"。作者还从人性论的立场出发，提出小说因描写"英雄"与"男女"这人类的两大"公性情"，才"易传行远"，可以"使民开化"。该文作为第一篇试图运用新观点论说小说的长文，实属可贵。

但小说理论变革的主将、它的最重要的代表人物当然非梁启超莫属。他在 1898 年《清议报》第一册上发表的《译印政治小说序》，即推崇社会变革中"政治小说为功最高"，鼓吹"小说为国民之魂"。翌年，即 1899 年底，梁启超在《夏威夷游记》中提出"诗界革命"和"文界革命"的同时，明确提出"小说界革命"。又三年，即 1902 年，梁启超在日本创办了《新小说》杂志，并在创刊号上发表了"小说界革命"的纲领性文章《论小说与群治之关系》，在中国文论史上破天荒第一次把小说视为改革社会头等重要的手段——所谓"欲新一国之民，不可不先新一国之

---

① 陈平原：《"元气淋漓"与"绝大文字"——梁启超及"史界革命"的另一面》，《文学评论》2003 年第 3 期。

② 《本馆附印说部缘起》发表于光绪二十三年（1897）十月十六日至十一月十八日天津《国闻报》，当时未署名，梁启超《小说丛话》中说，"《本报附印小说缘起》，殆万余言，实成于几道（严复）与别士（夏曾佑）二人之手"。

小说。故欲新道德，必新小说；欲新宗教，必新小说；欲新政治，必新小说；欲新风俗，必新小说；欲新学艺，必新小说；乃至欲新人心，欲新人格，必新小说。何以故？小说有不可思议之力支配人道故"。梁启超还相当深入地探讨了小说的性质和特点，指出：小说能够"常导人游于他境界，而变换其常触常受之空气"，而且能够把人们日常生活中"行之不知、习矣不察者"、"和盘托出，彻底而发露之"，故其"感人之深，莫此为甚"。同时，梁启超出色地论述了小说的四种审美力量："一曰熏。熏也者，如入云烟中而为其所烘，如近墨朱处而为其所染。……人之读一小说也，不知不觉之间，而眼识为之迷漾，而脑筋为之摇飏，而神经为之营注；今日变一二焉，明日变一二焉；刹那刹那，相断相续；久之而此小说之境界，遂入其灵台而据之，成为一特别之原质之种子。""二曰浸。熏以空间言，故其力之大小，存其界之广狭；浸以时间言，故其力之大小，存其界之长短。浸也者，入而与之俱化者也。""三曰刺。刺也者，刺激之义也。熏浸之力利用渐，刺之力利用顿。熏浸之力，在使感受者不觉；刺之力，在使感受者骤觉。刺也者，能入于一刹那顷，忽起异感而不能自制者也。""四曰提。前三者之力，自外而灌之使入；提之力，自内而脱之使出，实佛法之最上乘也。凡读小说者，必常若自化其身焉，入于书中，而为其书之主人翁。……夫既化其身以入书中矣，则当其读此书时，此身已非我有，截然去此界以入于彼界，所谓华严楼阁，帝网重重，一毛孔中，万亿莲花，一弹指顷，百千浩劫，文字移入，至此而极。然则吾书中主人翁而华盛顿，则读者将化身为华盛顿，主人翁而拿破仑，则读者将化身为拿破仑，主人翁而释迦、孔子，则读者将化身为释迦、孔子，有断然也。度世之不二法门，岂有过此？"此后，梁启超又同当时十余位著名学者联手写作了《小说丛话》发表于1903—1904 年《新小说》第一、二卷①，广泛论及小说的性质、作用、审美特点、古典小说（如《金瓶梅》、《水浒传》、《红楼梦》等）的评价、中西小说的对比，等等。

王国维

　　差不多也是在这个时候，现代文艺学草创阶段另一篇具有奠基意义的学术论文——王国维的《红楼梦评论》②问世了。这篇文章借鉴了十九世纪

---

① 1906 年，《新小说》社又将《小说丛话》印成单行本，梁启超作序，说明该书写作缘由和经过。

② 王国维：《红楼梦评论》，发表于1904 年《教育世界》76—78 号、80—81 号。

德国哲学家叔本华的哲学思想和美学理论，评说中国古代最伟大的小说《红楼梦》，特别是拈出其悲剧意义予以重点阐发，这在中国诗学文论史上旷古未有。写作《红楼梦评论》的王国维，可以说从观念、方法到范畴、术语基本上都是"现代"的。

王国维（1877—1927），字伯隅、静安，号观堂、永观，汉族，浙江海宁盐官镇人，清末秀才。我国近现代在文学、美学、史学、哲学、古文字、考古学等各方面成就卓著的学术巨子，国学大师。早年屡应乡试不中，遂于戊戌风气变化之际弃绝科举。1898 年，王国维二十二岁进上海《时务报》馆充书记校对，利用公余，他到罗振玉办的"东文学社"研习外交与西方近代科学，结识主持人罗振玉，并在罗振玉资助下于 1901 年赴日本留学。1902 年王国维因病从日本归国。后又在罗振玉推荐下执教于南通江苏师范学校，讲授哲学、心理学、伦理学等，并埋头文学研究。1906 年随罗振玉入京，任清政府学部总务司行走、图书馆编译、名词馆协韵等。其间，著有《人间词话》等名著。1922 年受聘北京大学国学门通讯导师。翌年，应召任清逊帝溥仪"南书房行走"，1925 年，王国维受聘任清华研究院导师，教授古史新证、尚书、说文等，与梁启超、陈寅恪、赵元任、李济（一说吴宓）被称为"五星聚奎"的清华五大导师。1927 年，北伐军挥师北上，听闻北伐军枪毙湖南叶德辉和湖北王葆心（王被杀是谣传），6 月 2 日同朋友借了五块钱，雇人力车至北京颐和园，于园中昆明湖鱼藻轩自沉。

与改革家梁启超形成鲜明对比的是，王国维在政治上是保守的、落后的；但他在学术上却同梁启超一样，是"革命"的、先进的——非常矛盾，却是事实。作为现代文艺学和美学最早的开拓者之一，王国维的功绩不可磨灭。

除了上述《红楼梦评论》，在二十世纪初的一二十年间，王国维还写了《文学小言》、《人间词话》、《论叔本华之哲学及其教育学说》、《叔本华与尼采》、《论哲学与美术家之天职》、《屈子文学之精神》、《古雅之在美学上之位置》以及其他一系列文艺学、美学文章，表现出新的文论观念和美学气息，吸收和运用西方学术思想并与本民族传统相结合，观察和论述中国的文艺问题，为中国的诗学文论研究开了新生面。前述《红楼梦评论》，在中国诗学文论史和美学史上第一次阐发了《红楼梦》悲剧美学意义，强调《红楼梦》的价值在于它创造了典型的悲剧美。王国维借鉴叔本华的理论，把悲剧分为三种："第一种之悲剧，由极恶之人，极其所有之能力，以交构之者。第二种，由于盲目的运命者。第三种之悲剧，由于剧中之人物之位置及关系而不得不然者；非必有蛇蝎之性质，与意外之变故也，但由普通之人物，普通之境遇，逼之不得不如是；彼等明知其害，交施之而交受之，各以加力而各不任其咎，此种悲剧，其感人贤于前二者远甚。何则？彼示人生最大之不幸，非例外之事，而人生之所固有故也。"①王国维认为《红楼梦》是悲剧中之悲剧，彻头彻尾之悲剧，是悲剧美的典范。同时，王国维还第一个主张在中国的大学里开美学课。他在1906年《奏定经学科大学、文学科大学章程书后》中提出："定美之标准与文学上之原理者，亦唯可于哲学之一分科之美学中求之"，并建议："中国文学科应设：哲学概论；中国哲学史；西洋哲学史；中国文学史；西洋文学史；心理学；名学；美学；中国史；教育学；外国文。"②有人把王国维看作是中国现代美学之起点，是有道理的。我们还要特别注意王国维按照西方观念为文学所作的定位。王国维在《国学丛刊序》中对学术进行总体分类的时候，认为学术包括三大类：科学、史学、文学："凡记述事物而求其原因、定其理法者，谓之科学；求事物变迁之迹而明其因果者，谓之史学；至出入二者间而兼有玩物适情之效者，谓之文学。"又说："凡事物必尽其真，而道理必求其是，此科学之所有事也；而欲求知识之真与道理之是者，不可不知事物道理之所以存在之由与其变迁之故，此史学之所有事也；若夫知识道理之不能表以议论而但可表以情感者，与夫不能求诸实地而但可求诸想象者，此则文学之所有事也。"③按照王国维对文学的定义，文学是以"表以情感"、"求诸想象"为特征的审美活动，这与始终在冷静的、清醒的状态下对事物和问题进行理性思维、探求、研究、琢磨的学术活动，有巨大区别。

梁、王的同道

除了梁启超和王国维，他们还有许多同道，一起倡导新说，这说明从"诗文评"向"文艺学"的转化，绝非个人行为，而是历史趋向。

---

　　① 王国维：《静安文集》，《王国维遗书》第5册（商务印书馆1940年影印），上海古籍出版社1983年版，第50—51页。

　　② 王国维：《静安文集续集》，《王国维遗书》第5册（商务印书馆1940年影印），上海古籍出版社1983年版，第40页。

　　③ 王国维：《观堂别集》卷四，《王国维遗书》第4册（商务印书馆1940年影印），上海古籍出版社1983年版，第7页。

当时这批具有先进思想的学者有数十篇论述小说、戏曲改革问题的学术文章发表，比较重要的，如夏曾佑的《小说原理》①，狄楚卿的《论文学上小说之位置》②，金松岑《论写情小说于新社会之关系》③，吴沃尧《〈月月小说〉序》④，无名氏《〈新世界小说社报〉发刊辞》和《读新小说法》⑤，徐念慈《〈小说林〉缘起》和《余之小说观》⑥，黄人《〈小说林〉发刊词》和《小说小话》⑦，王仲麟《论小说与改良社会之关系》和《中国历代小说史论》⑧，陶曾佑《论小说之势力及其影响》⑨，黄世仲《小说之功用比报纸之影响更普及》⑩，黄伯耀《小说与风俗之关系》⑪，管达如《说小说》⑫，吕思勉《小说丛话》⑬，等等，它们大部分给梁启超以支持，但有的观点也与梁启超不同，而且不少文章对小说的特性分析得更加细密、深入、合理。除了小说理论，这阶段以新观点写的戏曲理论文章也颇令人注目。欧榘甲的《观戏记》、蒋智由的《中国之演剧界》、陈去病的《论戏剧之有益》、齐宗康的《说戏》和《观剧建言》、姚华的《述旨》和《说戏剧》、刘师培的《原戏》、王国维《宋元戏曲考》、陈独秀的《论戏曲》、柳亚子《〈二十世纪大舞台〉发刊辞》、黄远生《新剧杂论》、冯叔鸾《啸虹轩剧谈》等等⑭，从不同方面、在不同程度上论述了戏剧改良之必要、戏剧性质和特点，透露出戏剧理论的一些新观念。特别值得注意的是，有的文章（如《中国之演剧

---

① 夏曾佑：《小说原理》，发表于1903年《绣像小说》第3期。

② 狄楚卿：《论文学上小说之位置》，发表于1903年《新小说》第7号。

③ 金松岑：《论写情小说与新社会之关系》，发表于1905年《新小说》第17号。

④ 吴沃尧：《〈月月小说〉序》，1906年《月月小说》第一年第1号。

⑤ 这两篇文章分别发表于《新世界小说社报》1906年第1期和1907年第6—7期，发表时未署名。

⑥ 徐念慈这两篇文章分别发表于《小说林》1907年第1期和1908年第9、10期。

⑦ 黄人这两篇文章分别发表于《小说林》1907年第1期和1907—1908年第1、2、3、8、9期。

⑧ 王仲麟：《论小说与改良社会之关系》和《中国历代小说史论》，发表于1907年《月月小说》第一年第9号和第11号。

⑨ 陶曾佑：《论小说之势力及其影响》，发表于1907年《游戏世界》第10期。

⑩ 黄世仲：《小说之功用比报纸之影响更普及》，发表于1907年《中外小说林》第一年第11期。

⑪ 黄伯耀：《小说与风俗之关系》，发表于1908年《中外小说林》第二年第5期。

⑫ 管达如：《说小说》，发表于1912年《小说月报》第三卷第5、第7—11号。

⑬ 吕思勉：《小说丛话》，发表于1914年《中华小说界》第一年第3—8期。

⑭ 以上有关文章，可参见王运熙主编《中国文论选》近代卷（下），江苏文艺出版社1996年版。

界》）引入西方悲剧、喜剧观念论述戏剧的美学品格和社会作用，认为"悲剧者，能鼓励人之精神，高尚人之性质，而能使人学为伟大之人物者也"①。这阶段的文论和诗论，像章炳麟的《序革命军》和《国故论衡·文学总略》、梁启超的《饮冰室诗话》、夏曾佑的《论文学之势力及其关系》、金松岑的《余之文学观》、黄人的《中国文学史·总论》、刘师培的《论文杂记》、陶曾佑的《中国文学之概观》、周树人的《摩罗诗力说》、周作人的《论文章之意义暨其使命因及中国近时论文之失》、柳亚子《寄胡尘诗序》，等等，也透露出新思想。

开始发生质的变化

我们应该特别注意：上述文章和论著显示，在这一阶段，与传统的"诗文评"相比，中国文论已经从诸多方面开始发生明显变化。

而且这是"质"的变化的，显露出新的学术范型的某些信息：

这时，文论的关注对象已经开始发生位移，小说（包括戏剧等叙事文学）的地位大大提高，小说的作用甚至被夸大到它自身难以承受的程度，在许多学者眼里，小说和戏剧等叙事文学已经取代诗文而成为文学的主角和关注的重点；文论的哲学基础和学者们的美学观念开始发生变化，西方的认识论哲学、进化论思想和某些美学理论已经引入，文学被许多学者视为对社会现实的认识或反映，有的学者还从真善美统一的角度对文学的性质和特点作出界定；思维方式、治学方法以及范畴、概念、术语也逐渐表现出新的特点，"理想"、"写实"、"悲剧"、"喜剧"、"主观"、"客观"……新的文论语码，古典文论中见所未见闻所未闻的新术语、新名词，越来越多。

总之，学术范型已经不同于以前。

总之，梁启超及其同志们和追随者，王国维，以及所有那些倾向变革而又观点不尽相同的学者们，前后左右喧嚣鼓噪，探讨文学的本质、特征、作用，以及与社会的关系，探讨诗、文、小说的"革命"以及它们的美学特征，掀起诗、文、小说革新和对之进行学术研究的不大不小的热潮。梁启超、王国维们所作的"革命"性学术研究，虽然可以找出某些偏颇之处，而且往往是新、旧交错；但他们的功绩是巨大的，可以说功德无量。他们的工作是开创性的。正是从梁启超、王国维们起，"诗文评"开

---

① 蒋智由：《中国之演剧界》，《新民丛报》第三年第17期。

始发生质变。应该说他们是中国现代文艺学的开拓者和创立者。中国现代
形态的文艺学学术史"正篇"之起点，理应从他们讲起。

第二节　五四时期:雏形

在激烈批判中塑形

如果说，十九、二十世纪之交，梁启超、王国维们红红火火的诗学文
论改革活动和带着浓烈"革命"气息的诸多文章，是古典"诗文评"向
现代"文艺学"转化的一通热闹的"开场锣鼓"；那么，"五四"前后的
十余年，即人们常说的"五四时期"，则是中国现代文艺学从梁启超、王
国维等人起步之后进入"正戏"后的一个高潮。

再打个比方：前一阶段现代文艺学这只"蝴蝶"刚刚从"蛹"中往外
爬，旧的"壳"（即旧的"诗文评"学术范型）即将"蜕"下却还未完全
"蜕"下，或者说这个新生儿的脐带还连着母体；那么，在五四时期，
"蝴蝶"则钻出蛹壳开始振动翅膀，或者说新生儿的脐带已被咬断，它要
离开母体开始自己独立的生命历程了。在这阶段，具有新思想、新观念的
一批五四学者，操着从西方借鉴来的新式武器，乘着当时整个社会的思
想、文化的变革热潮，在诗学文论领域向旧的学术范型（从哲学基础、美
学观念、价值取向，到思维方式、治学方法、命题、范畴、概念、术语等
等）发起猛烈攻击，必欲彻底铲除之而后快；而且铲除旧范型的过程也就
是逐渐建立新范型的过程。譬如，以陈独秀、胡适、李大钊、鲁迅、吴虞
为代表的五四勇士，高举"民主"与"科学"两面大旗，以必胜的信心
向着旧的封建伦理哲学宣战，向他们眼中的封建伦理哲学的堡垒"孔家
店"宣战。他们认为，"儒者三纲之说为吾伦理政治之大原"，它与"以
自由、平等、独立之说为大原"的"近世西洋之道德政治"根本对立，因
此，"伦理之觉悟为最后觉悟之觉悟"①。"现代生活，以经济为之命脉，
而个人独立主义，乃为经济学生产之大则，其影响遂及于伦理学。故现代
伦理学上之个人人格独立，与经济学上之个人财产独立，互相证明，其说
遂不可动摇；而社会风纪，物质文明，因此大进。中土儒者，以纲常立
教。为人子为人妻者，既失个人独立之人格，复无个人独立之财产。父兄
畜其子弟，子弟养其父兄。《坊记》曰：'父母在，不敢有其身，不敢私

---

① 陈独秀：《吾人最后之觉悟》，《青年杂志》第1卷第6号。

其财'。此甚非个人独立之道也。"①因此，"儒教不革命，儒学不转轮，吾国遂无新思想、新学说"②。在这种新的哲学基础上，从新的思想立场出发，在学术上，他们提出，"吾人倘论学术，必守三戒：一曰勿尊圣，二曰勿尊古，三曰勿尊国"③。他们用新的观念来观察文艺、界说文艺，急切要求变革文艺，他们响亮地提出：两千年的思想文艺是"恶政治的祖宗父母"④，"新文明之诞生，必有新文艺为之先声"⑤，"吾国文艺，犹在古典主义、理想主义时代，今后当趋向写实主义"⑥。在1917年1月和2月的《新青年》上，胡适在他的《文学改良刍议》中，提出著名的"八不主义"（或称"八事"），陈独秀在他的《文学革命论》中提出著名的"三大主义"⑦，他们要求打倒陈腐、阿谀、雕琢、铺张、迂晦、艰涩的旧文学，建立平易、抒情、写实、立诚、新鲜、通俗的新文学，不作无病呻吟，不讲对仗，不用典，言之有物，讲究文法；他们要铲除"桐城谬种"和"选学妖孽"，主张建立"活的文学"（即白话文学）和"人的文学"⑧，倡导以"人道主义为本"⑨，推崇个人本位主义，宣扬"为人生而艺术"、"写实主义"（文学研究会）、以文艺"改造国民性"（鲁迅），或提倡"为艺术而艺术"、"浪漫主义"（创造社）、"艺术是自我的表现"（郭沫若）。总之，他们在新的哲学基础上，用新的思维方式，以新的命题，新的范畴、概念、术语，去代替"文以载道"、"温柔敦厚"、"思无邪"的诗教等等一套老的哲学基础、美学观念、思维方式、命题、范畴、概念、术语。

　　当然，现在我们回过头来冷静思考，在充分肯定五四的革命功绩的基础上，也应该看到当时这批"猛士"们的偏颇之处。他们几乎把"孔老

---

① 陈独秀：《孔子之道与现代生活》，《独秀文存》，安徽人民出版社1987年版，第82—83页。

② 吴虞：《儒家主张阶级制度之害》，《新青年》第3卷第4号。

③ 陈独秀：《随感录》（一），《新青年》第4卷第4号。

④ 胡适：《我的歧路》，《胡适文存》第二集第3卷，黄山书社1996年版，第336—337页。

⑤ 李大钊：《〈晨钟〉之使命》，《晨钟报》创刊号，1916年8月15日。

⑥ 陈独秀：《答张永言信》，《青年杂志》第1卷第4号。

⑦ 陈独秀和胡适的文章见1917年1月和2月的《新青年》。

⑧ 胡适在30年代写的《中国新文学大系·建设理论集·导言》（题为《新文学的建设理论》）中回顾五四文学革命的理论时说："简单说来，我们的中心理论只有两个：一个是我们要建立一种'活的文学'，一个是我们要建立一种'人的文学'。前一个理论是文字工具的革新，后一种理论是文学内容的革新。中国新文学运动的一切理论都可以包括在这两个中心思想的里面。"

⑨ 周作人：《人的文学》，《新青年》第5卷第6号。

二"不分青红皂白全盘否定，对一些优秀文化传统也同文化垃圾一起肆意踩在脚下，如上述发表在《新青年》第5卷第6号上周作人《人的文学》中，列了十类需要铲除的"书类"："（一）色情狂的淫书类，（二）迷信的鬼神书类（《封神演义》、《西游记》等），（三）神仙书类（《绿野仙踪》等），（四）妖怪书类（《聊斋志异》、《子不语》等），（五）奴隶书类（甲种主题是皇帝状元宰相，乙种主题是神圣的父与夫），（六）强盗书类（《水浒》、《七侠五义》、《施公案》等），（七）才子佳人书类（《三笑姻缘》等），（八）下等谐谑书类（《笑林广记》等），（九）黑幕类，（十）以上各种思想和合结晶的旧戏。"你看，周作人把许多今天看来的好作品《水浒传》、《西游记》、《聊斋志异》等等都列入扫除之列，真是"洪洞县里无好人"了！他的文学观念很"革命"，但是太偏激了。于此可见一斑。

"文学概论"

这一阶段文学基本理论和美学基本理论的翻译和建设均取得了重要成果。特别应当注意的是这阶段以"文学概论"之名印行的著作。

其实，"文学概论"这个名字在这之前几年已经出现了。在辛亥革命之后，1912年，京师大学堂更名为北京大学，而在该校"中国文学门"的课程目录里，同时出现了"文学概论"的名称。1913年《教育部公布大学归程》中，"文学门"共八类，其中"国文学类"的课程，有"文学研究法"（这是按照旧的"诗文评"模式设置的课程），也有"美学概论"（这是按照新式的西方观念设置的课程）；其他七类（梵文学类、英文学类、法文学类、德文学类、俄文学类、意大利文学类、言语学类）中没有"文学研究法"而设置了"文学概论"；同是这一年，《教育部公布高等师范学校课程标准》中，要求"国文部及英语部之豫科，每周宜减他科目二时，教授文学概论"[①]。1912和1913年先后在北京大学"中国文学门"课程目录和教育部文件里出现的"文学概论"，大概是这个名称的最早身影。但是，对我们来说这身影只是一晃而过，因为很遗憾，当时的"文学概论"这个课程的教材没有保存下来（或许有，但我没有看到），具体内容不得而知。保存下来的只有桐城派文论家姚永朴（字仲实，1861—1939）1914年在北京大学

---

① 参见舒新城编《中国近代教育史资料》中册，人民教育出版社1981年版，第645—646页、第729页。同时参见张法《中国现代文论：在与世界互动中的复杂演进》，《文艺争鸣》2012年版9月号。

讲授的《文学研究法》，并由商务印书馆于 1916 年出版。《文学研究法》体例仿《文心雕龙》，试图以桐城派古文的"义法"说，对"文"重新阐释，且植根于经史传统之学，从语义、语用及篇章结构、风格等方面，阐述中国文章学体系，是当时旧式文论的代表（虽然其中也有某些新的因素）。而新式的"文学概论"究竟何等模样，并不了然。根据我现在掌握的资料，大约到五四前后，新式的"文学概论"面貌，才隐约而现。1919 年 1 月《北京大学月刊》第一卷第一号发表朱希祖《文学论》，指明文学的"要义"是"以娱乐方法使之自由感动"，"以美为归"；主张"文学须有独立之资格"；1919 年 2 月《新潮》第一卷第二号发表罗家伦《什么是文学——文学界说》，列举欧美学者关于文学的十五种定义，界说文学性质和特点为："文学是人生的表现和批评，从最好的思想里写下来，有想象，有感情，有体裁（style），有合于艺术的组织，集此众长，能使人类普遍心理，都觉得他是极明了、极有趣的东西。"1920 年，周作人在北京大学第一个讲授了"文学概论"，它与文字学，古籍校读法，诗文名著选，诗、词曲、文、小说，文学史概要，欧洲文学史等课程并列，成为一门单独的课程。与此差不多时间，鲁迅受聘北京大学讲授《中国小说史略》，同时还以日本学者厨川白村《苦闷的象征》为教材讲授过文学概论。还是 1920 年，梅光迪也在南京高等师范专科学校暑期班讲授"文学概论"课，以英国学者温彻斯特 1899 年出版的《文学批评原理》为教材——这本书在 1922 年东南大学《文哲学报》连载，并于 1924 年由上海商务印书馆出版单行本（钱堃新、景昌极等译，梅光迪校）；它以文学的四要素"情感"、"想象"、"理智"、"形式"，来阐释"文学是什么"。

据我所知，中国公开出版的最早的一部《文学概论》1921 年由广东高等师范学校贸易部印行，藏国家图书馆，它的作者，当时署名伦叙，即伦达如，系根据日本太田善男《文学概论》编著而成。全书共 158 页，两编，七章。上编为"文学总论"，下编为"文学个论"（分叙诗、文等文体）。它的突出特点是推崇"纯文学"观念（另，还有署名伦叙的《文学概论》，编者自刊，上海世界书局 1921 年版）。还是在 1921 年，西谛（郑振铎）在《文学旬刊》第 1 号发表了《文学的定义》，以新观念阐释文学。同在 1921 年，还有胡怀琛的《新文学浅说》（上海泰东图书馆）。之后，1922 年长沙湘鄂印刷公司出版了刘永济的《文学论》（不过，这是循姚永朴《文学研究法》路数的著作）；1924 年上海世界书局出版了夏丏尊的《文学论》（1928 年 9 月又由"ABC 丛书社"出版）；1925 年上海商

务印书馆出版了马宗霍的《文学概论》（此书基本也属旧模式）；1925 年
河南教育厅公报处印行了简贯三编的《文学要略》；1925 年上海北新书局
出版了潘梓年的《文学概论》；1926 年上海梁溪图书馆出版了沈天葆的
《文学概论》；1927 年上海商务印书馆出版了郁达夫的《文学概论》和傅
东华的《文学常识》，1927 上海中华书局出版了田汉的《文学概论》……
与此同时，1922 年创办的上海大学中文系主任陈望道，还在该系讲授
《文学概论》。这期间，影响深远、发行量很大的是潘梓年著《文学概
论》，1936 年第六版时已达 13000 册，直到 1943 年还屡屡再版。该书包
括序言"什么是文学"，第一章"鸟瞰中的文学"，第二章"内质与外
形"，第三章"文学中的理智的要素"，第四章"文学的变迁及其派别"，
第五章"文学的分类和比较"，以及四篇附录"怎样研究文学"、"泰戈尔
来华"、"读诗和作诗"、"艺术论"。潘梓年认为文学属于同"自然科
学"、"社会科学"并列的"人文学科"。作者在将文学与史学、哲学、修
辞学进行比较之中，从文学的内容、形式、使命等方面综合地给文学下了
这样的定义："文学是用文字的形式，表现生命中的纯情感，使人生得着
一种常常平衡的跳跃。"作者反对把文学看成宣传主义的东西，反对以主
义为前提来建立文学论。他认为文学既应"无所为"，要"有自己独特的
领域，创作时基于纯艺术的立场，不要让道德和主义参谋其间"；又要
"有所为"，"在人生上实有重大意义，是自由的，是时代的先驱，是预
言"。尤其可贵的是，作者对文学语言的特点进行了探讨，认为文学语言
有流通和障碍两重性，所以既应"操练控制文字的手术"，又要"改进文
字工具本身"[1]。

　　顺便说一说，中国五四时期所出现的"文学概论"，除刘永济《文学
论》和马宗霍《文学概论》主要承继姚永朴《文学研究法》而吸收某些西
方学术思想之外，其他基本是以西方模式（当时主要是英国温彻斯特著作中
所表述的学术模式）建构的。"概论"者，基本原理或基本理论也。[2] 这里
稍微介绍一下当时译介国外相关著作的情况：刘仁航于 1920 年翻译出版了

---

　　[1]　潘梓年：《文学概论》，北新书局 1936 年第六版，第 12 页，第 35—36 页。
　　[2]　汉字"文学概论"一词，本是日本人用来对译英文的 outline 或 introduction 或 survey，是以西
方的实体哲学为基础的，意思是实体性的基本原理，与中国人本来使用的"概"的意思不一样——
如刘熙载《艺概》的"概"，据他自己解释，是在"通道必简"原则上讲其大意，有所说有所不说，
说出者须"触类引申"，未说者含其"隐备"；即这个字含虚实相生的意思。中国二三十年代的"文
学概论"完全用西方意思。参见张法《中国现代文论：在与世界互动中的复杂演进》，《文艺争鸣》
2012 年 9 月号。

日本学者高山林次郎的《近世美学》。耿济之于1921年翻译出版了俄国托尔斯泰的《艺术论》。"学衡派"景昌极、钱堃新、梅光迪、缪凤林、吴宓等人于1924年翻译出版了英国文论家温切斯特的《文学评论之原理》。在二十世纪二十年代的前五年（1921—1925），日本学者本间久雄的《欧洲近代文艺思潮论》、《新文学概论》、《文学研究法》，厨川白村的《苦闷的象征》、《近代文学十讲》、《文艺思潮论》、《出了象牙之塔》，被译成中文出版，其中鲁迅就翻译了两本。这些，对我们的现代文艺学和美学的建设，起了重要作用。其中，温彻斯特和本间久雄的著作影响最大。

此外，这个阶段在美学基本理论建设方面的成绩也很引人注目——因为美学理论与文艺学是密切相连的，所以在这里也一并介绍。当时提出"以美育代宗教"著名观点的北京大学校长蔡元培，二十世纪二十年代在北京大学开设了美学概论课，并且撰写《美学通论》教材，只可惜没能完成全稿，只写了两章。此外，吕澂、黄忏华、陈望道、范寿康等学者，作出了重要贡献。吕澂写的《美学概论》于1923年由商务印书馆出版，这大约是中国现代美学史上的第一本。之后，他又陆续出版了《美学浅说》、《现代美学思潮》、《西洋美术史》、《色彩学纲要》等，对"美的态度"、"美感"、"艺术"、"艺术史"等提出来许多很有价值的思想。黄忏华于1924年出版了《美学史略》，1927年又出版了《美术概论》。范寿康和陈望道也于1927年各自出版了自己的《美学概论》，他们借鉴了西方美学家（特别是立普斯等人）的思想而建立自己的美学理论，对"美的特殊性"、"美的形式原理"、"艺术"的"制作和欣赏"作出了独到的论述。

总之，在这个阶段，现代形态的"文艺学"，已具雏形——需要说明，当时的著作一般名为"文学概论"而还没有"文艺学"的称呼，本书为了叙述的方便，统称"文艺学"。

第三节　二十世纪三四十年代：成型

大批论著标志着现代文艺学基本成型

二十世纪二十年代后期以至于三、四十年代，是现代形态的"文艺学"（那时仍然名之为"文学概论"）基本成型的时期，并且在初步成型之后，著作如林，其现代的学术范型被进一步巩固和深化。

这一时期我国学者许多重要理论著作，如雨后春笋，遍山冒出，充分地呈现出他们追求新观念、新理论的极大热情。据我2000年左右在主编

《中国二十世纪文艺学学术史》时的初步统计，这个时段的著作，有近百种——我在《中国二十世纪文艺学学术史·全书序论》里列出了其中大部分书目①；后来我看到张法等著《世界语境中的中国文学理论》一书所列《1911—1949 文学理论著作统计表》②，知道我所统计的有遗漏。张法说，他们的统计表，是在《中国现代文学理论知识体系的建构》（程正民、程凯著）和《中国文艺理论百年教程》（毛庆耆、董学文、杨福生著）二书的基础上，查补近年文艺理论著作综合而成，可见是集众多学者之力而获得的成果。读者可以参见。

这些论著，除极少数，如姜亮夫《文学概论讲疏》（北新书局 1931 年版），是循姚永朴《文学研究法》、刘永济《文学论》、马宗霍《文学概论》一路下来的旧模式而掺进某些新因素之外，其余都是"现代模式"的。只是，他们的具体的立场、观点、方法、价值趋向、派别等等，有许多差别，甚至尖锐对立。例如，有受社会主义的苏联学术思想影响而建构的苏俄模式，顾凤城的《新兴文学概论》（上海光华书局 1930 年版）是其代表。该书虽然也像西方文论的一般论述那样从文学的"情感"特点入手，但它强调：文学表现的不是个别人的情感，而是多数人的情感，什么是社会大多数？无产阶级是也，因而，文学表现情感是有阶级性的。该书认为，依照马克思主义原理，社会结构分为经济基础和上层建筑，文学属于上层建筑，并且属于上层建筑中的意识形态。依照经济基础与上层建筑的辩证关系，文学不是一般地表现情感，而是应该去组织情感，让无产阶级的情感达到自觉的阶级意识；由此，文学是有党性的。该书阐发了列宁的文学党性原则，说"普罗列塔利亚（无产阶级）文学是普罗列塔利亚在现实解放斗争中之武器的一部分。所以普罗列塔利亚文学必须把握普罗列塔利亚的意识形态，代表普罗列塔利亚底集团底精神底文学"。③ 这之后出现的蔡仪的《新艺术论》（重庆商务印书馆 1942 年版）、《文学论初步》（香港生活书店 1946 年版）和《新美学》（上海群益出版社 1948 年版），也是努力学习马克思主义基本原理而写成，但是并非照搬苏俄模式，而是通过自己的融汇创造而将马克思主义文艺思想系统化。此外，大部分著作是依西方模式而构建。如梁实秋的《浪漫的和古典的》（新月书店 1927 年

---

① 见上海文艺出版社 2001 年版《中国二十世纪文艺学学术史》之《全书序论》，该书由我和钱竞主编。

② 张法等：《世界语境中的中国文学理论》，安徽教育出版社 2010 年版。

③ 顾凤城：《新兴文学概论》，上海光华书局 1930 年版，第 90 页。

版)、《文学的纪律》（新月书店 1928 年版）、《文学批评论》（上海光华书局 1934 年版），接受白璧德的新人文主义思想而建立起自己以普遍人性论为基础的文艺理论；梁宗岱的《诗与真》（1935 年商务印书馆初版），将西方象征主义与中国古典美学的"兴"进行比较研究；朱光潜的《谈美》（开明书店 1932 年版）、《变态心理学》（开明书店 1933 年版）、《悲剧心理学》（法国斯特拉斯堡，1933）、《文艺心理学》（开明书店 1936 年版）、《诗论》（重庆国民图书出版社 1943 年版），等等，依西方文艺心理学模式构成。而在西方模式中，英国学者温彻斯特的《文学评论之原理》和日本学者本间久雄亦步亦趋学习温彻斯特而写成的《新文学概论》（汪馥泉译，上海书店 1925 年版），对中国学者影响最大。张法等著安徽教育出版社 2010 年版《世界语境中的中国文学理论》梳理了从温彻斯特到本间久雄到中国的田汉所撰《文学概论》（上海中华书局 1927 年版）的承袭脉络。今引其中本间久雄《文学概论》与田汉《文学概论》的目录对照表，读者即可一目了然：

本间久雄《文学概论》目录	田汉《文学概论》目录
第一编 文学的本质	上编 文学的本质
绪言	第一章 绪言
第一章 文学的定义	第二章 文学的定义
第二章 文学的特质	第三章 文学的特性
第三章 美的情绪及想象	第四章 文学的要素
第四章 文学与个性	第五章 文学与个性
第五章 文学与形式	第六章 文学与形式
第二编 为社会底现象的文学	下编 社会的现象之文学
第一章 文学的起源	第一章 文学的起源
第二章 文学与时代	第二章 文学与时代
第三章 文学与国民性	第三章 文学与国民性
第四章 文学与道德	第四章 文学与道德
第三编 文学各论（各章具体内容见上表）	
第四编 文学批评论（各章具体内容见上表）	

从总的框架，到各章节的具体内容，田汉的《文学概论》承袭本间久雄《文学概论》是很明显的。

这阶段虽有各种不同的美学观点、文艺观念、思维方法、价值取向的激烈论争，甚至是意识形态上所谓"你死我活"的对立；但是，它们都是现代文艺学的内部论争和对立。不要说二十年代后期创造社同鲁迅的论争、三十年代"国防文学"同"民族解放战争的大众文学"的论争、后来关于文学大众化和"民族形式"的论争、周扬等人同胡风的论争等等，属于现代文艺学、美学营垒内部的论争；即使是鲁迅同梁实秋的论争、左翼文艺理论家同所谓"第三种人"、同"新月派"、"现代派"、同林语堂等人的论争，蔡仪同朱光潜的美学思想的分歧等等，今天看来也统统属于现代文艺学、美学这个大范围之内的论争。相对于古典形态的"诗文评"和传统美学的学术范型来说，他们同属一个营垒，他们都姓"现代"。而且，我们以往写"史"时认为是"错误"甚至"反动"的某些三四十年代的文艺学、美学思想和学术观点，今天从学理的角度来看，也未必完全一无是处；当年把许多"学术"问题意识形态化从而作出的"你死我活"的结论，今天回到学术本义上看，未必真的那么"不共戴天"。

重复地说，这些著作，不论观点如何不同甚至冲突，而从学术史的角度来说，这大都不是现代形态的文艺学的学术范型同旧的"诗文评"的学术范型的论争和对立，而是现代文艺学、美学范围之内的论争和对立。它们都是现代形态的文艺学的组成部分。因为它们的学术范型都属于现代而不是古典。例如，从哲学基础看，虽然其间有所谓"马克思主义"与所谓形形色色"资产阶级哲学思想"的对立，但是它们都是现代的，与古典形态"诗文评"哲学基础有根本区别。再如，它们的语码是相同的、或者相通的，甚至有些立场、观念相互对立的理论家、批评家，理论术语和一系列语码却大体相同或相近——你看看鲁迅所使用的文学批评语码与梁实秋所使用的文学批评语码，就知道并不像他们的观念那么势不两立。再如，他们的论述对象、思维方式、逻辑方法，都是现代的。这一切，与古典形态的"诗文评"有着根本差别。

此外，"中国文学批评史"（即我在本书中所称"诗文评史"）的研究也取得了重要成果。第一部《中国文学批评史》的作者是陈钟凡，1927年由上海中华书局出版。之后，有郭绍虞《中国文学批评史》（上卷1934年由商务印书馆出版，下卷1947年出版）；罗根泽《中国文学批评史》（北京人文书店，1934—1943）；方孝岳《中国文学批评》（上海世界书局1934年版）；朱东润《中国文学批评史大纲》（开明书店1944年版）。朱自清的《诗言志辨》也很有功力。

正是基于上述史实，我认为到二十世纪三四十年代，中国现代形态的"文艺学"已经基本成型。

苏俄和西方论著的译介

这阶段有许多重要的理论翻译不能不注意。

在翻译方面获得突出成绩的首先是马克思主义美学和文艺理论的介绍。开始是介绍列宁论托尔斯泰的几篇文章、《党的组织和党的文学》，普列哈诺夫等人的文艺理论和美学论著，托洛茨基的《文学与革命》①，以及当时苏联其他马克思主义理论家的著作和苏联共产党的文艺政策；后来是介绍恩格斯和马克思有关文艺问题的信，再后来是译介苏联学者编纂的马列论文艺的著作②。其间作出巨大贡献的是鲁迅、瞿秋白和冯雪峰。二十年代末三十年代初，鲁迅翻译出版了卢那察尔斯基《艺术论》（上海大江书铺 1929 年版）、《文艺与批评》（冯雪峰主编的"科学的艺术论丛书"之第六种，上海水沫书店 1929 年版），普力汉诺夫（普列汉诺夫）的《艺术论》（"科学的艺术论丛书"之第一种，上海光华书局 1930 年版）；鲁迅还翻译了有关苏联文艺政策的文件汇集（包括苏联共产党中央委员会有关文艺政策的决议、第一届无产阶级作家全联邦大会的决议等等），书名为《文艺政策》（"科学的艺术论丛书"之第十三种，上海水沫书店1930 年版）；此外 1930 年上海光华书局还出版了鲁迅编辑的《戈里基文集》（戈里基即高尔基，1932 年再版时改为《高尔基文集》），译者中有冯雪峰、沈端先（夏衍）、柔石等。瞿秋白对译介马克思主义文艺理论也功不可没。1932 年瞿秋白据苏联公谟学院（共产主义学院）《文学遗产》资料，编译了《"现实"——马克思主义文艺论文集》，其中全文翻译了恩格斯致玛·哈克奈斯的信（题为《恩格斯论巴尔扎克》）和致保·恩斯特的信（题为《恩格斯论易卜生的信》），还有普列汉诺夫的四篇文章。1932 至 1933 年，瞿秋白翻译了列宁论托尔斯泰的两篇文章《列甫·托尔斯泰像一面俄国革命的镜子》、《L. N. 托尔斯泰和他的时代》（1934 年《文学新地》创刊号，署名商廷发）；还编译了《高尔基论文选集》。瞿秋白牺牲后，鲁迅将上述译文收入《海上述林》出版（1936）。另一位对译介马克思主义文艺理论花费了巨大心血的是冯雪峰。1928 年 9 月，冯雪峰（署名画室）从日文翻译出版了《新俄的文艺政策》（上海，光华书局），介绍当时苏联的文艺思想和政策。1929 年 5 月，冯雪峰从日文转译了卢那

---

① 托洛茨基：《文学与革命》，韦素园、李霁野译，北京未名社 1928 年版。

② 1933 年楼适夷由日文转译出版了里夫希茨和希列尔编辑的《马克思恩格斯论艺术》（当时的书名为《马克思恩格斯艺术论》）；1940 年重庆读书生活出版社以《科学的艺术论》为题再版。

察尔斯基的《艺术之社会的基础》（上海，水沫书店，署名雪峰）。1929年5月，上海昆仑书店出版了冯雪峰（署名画室）编译的沃罗夫斯基《作家论》（翌年3月该书又由光华书局作为“科学的艺术论丛书”第十二种出版）。1929年8月，冯雪峰又从日文转译了普列汉诺夫的《艺术与社会生活》（上海，水沫书店）。1929年9月，上海大江书铺出版了冯雪峰翻译的德国马克思主义理论家梅林格（即梅林）的《文学评论》（“科学的艺术论丛书”之第八种）。1930年1月出版的《萌芽月刊》第1卷第1期上，发表了冯雪峰从日文转译的马克思《〈政治经济学批判〉导言》中关于物质生产与艺术生产发展不平衡的文字，题目是《艺术形成之社会的前提条件——关于艺术的断片》，署名洛扬。1930年2月10日出版的《拓荒者》第1卷第2期上，发表了冯雪峰从日文转译的列宁《党的组织与党的出版物》的新译文，题为《论新兴文学》，署名成文英。1930年5月《萌芽月刊》第1卷第5期上，又发表了冯雪峰从日文转译的《马克思论出版自由与检阅》，内容是马克思《第六届莱茵省议会的辩论（第一篇论文）》和《评普鲁士最近的书报检查令》的有关文字。1930年6月，上海大江书铺出版了冯雪峰翻译的匈牙利马克思主义者马察（或译玛查）《现代欧洲的艺术》。1930年8月，上海大江书铺还出版了冯雪峰翻译的弗里契《艺术社会学底任务及问题》（作为陈望道主编的“文艺理论小丛书”之一）。此外，其他学者如陈望道、楼适夷、陆侃如、郭沫若、邵荃麟、冯乃超、彭嘉生、周扬、胡秋原、沈端先（夏衍）、胡风等等，也对译介马克思主义文艺理论贡献了自己的力量。

这一时期其他的外国文艺论著也不断翻译出版。张资平翻译了藤森成吉的《文学新论》（上海现代书局1928年版）；宋桂煌翻译了韩德生的《文学研究法》（上海光华书局1930年版）；戴望舒翻译了伊可维支的《唯物史观的文学论》（上海水沫书店1930年版）；傅东华翻译了洛里哀《比较文学史》（上海商务印书馆1931年版）；张我军翻译了夏目漱石的《文学论》（上海光华书局1931年版）；胡秋原编译了《唯物史观的文艺论》（神州国光社1932年版）；王任叔翻译了居友的《从社会学见地来看艺术》（上海大江书铺年版）；傅东华翻译了韩德的《文学概论》（商务印书馆1935年版）；稚吾翻译了约翰·玛西的《世界文学史》；杨心秋、雷鸣蛰翻译了柯根的《世界文学史纲》（读书生活出版社1936年版）；等等。

这些翻译、介绍，说明中外文艺理论已经形成互动机制（虽然当时主要是向外国学习）——这也是一个新的学科基本成型的标志。

需要特别关注的几件事情

在这阶段文艺理论和美学的学术研究中，有几件重要事情是不能不注意的。

一是文艺理论和美学上各种"主义"的译介热潮，积极促成当时中国理论思想多元化局面的出现。马克思主义、象征主义、唯美主义、弗洛伊德主义、印象主义、未来主义、表现主义、达达主义、意象主义、超现实主义、存在主义、意识流、新感觉主义……再加上早些时译介过来的现实主义（写实主义）、浪漫主义，以及西方各种流派、各种"主义"的文论思想和美学思想，在当时的中国，可以说应有尽有，它们的信奉者和研究者，也都可以找到。当然，其中影响最大的是以马克思主义为哲学基础的现实主义（瞿秋白、鲁迅，以及后来的周扬、胡风、蔡仪等），其次是象征主义、唯美主义、弗洛伊德主义。这种多元化的局面，对于文艺理论和美学的建设和发展来说，是好事而不是坏事。

二是文艺理论和美学开始出现独具特色的派别和潜心研究的专家。譬如，刘西渭（李健吾）的印象主义批评、瞿秋白的马克思主义理论批评、胡风的强调"主观战斗精神"的现实主义理论、闻一多的"带着镣铐跳舞"的诗论、周扬等人的"马克思主义与文艺"的介绍和研究等等。在这阶段，出现了像朱光潜这样吸收西方诸多文艺理论和美学思想而又着重从文艺心理学角度进行研究，和稍后一些时间同朱光潜相对立的蔡仪的现实主义文艺学美学研究的专家，朱光潜所撰写的《文艺心理学》、《悲剧心理学》（1933 年在法国斯特拉斯堡大学用英文出版）、《变态心理学》、《诗论》、《谈美》、《给青年的十二封信》和蔡仪的《新艺术论》、《新美学》，是中国二十世纪文艺学美学学术史上最厚实的著作之一。

三是需特别要注意马克思主义的输入对中国现代文艺学和美学的巨大影响。中国最早介绍马克思、恩格斯是十九世纪至二十世纪之交；到五四时期，对马克思主义的介绍、宣传和研究达到一个新阶段。其间李大钊的贡献尤其值得称道，他的《我的马克思主义观》、《俄罗斯文学与革命》、《由经济上解释中国近代思想变动的原因》、《阶级竞争与互助》、《真正的解放》、《物质变动与道德变动》、《马克思的历史哲学》、《再论问题与主义》、《唯物史观在现代史学上的价值》、《研究历史的任务》、《什么是新文学》等等，在当时发生了巨大影响。李大钊较少专门谈文艺问题，而是主要介绍和宣传马克思主义哲学思想和革命理论；更多谈到文艺问题的是瞿秋白和其他一些马克思主义者。瞿秋白二十世纪二十年代初亲赴苏俄，不但写了《饿乡纪程》和《赤都心史》介绍第一个社会主义国家人们的生活，而且努力以马克思主义观点写了许多文艺理论批评文章，如《俄国文学史》、《郑译〈灰色马〉序》、《〈俄罗斯名家短篇小说集〉序》、《劳农俄国的新文学家》、《赤俄新文艺时代的第一燕》、《艺术与人生》等等；此外邓中夏的《贡献于新诗人之前》、恽代英的《文学与革命》、萧楚女的《艺术与生活》、沈泽民的《文学与革命的文学》、蒋光慈的《无产阶级革命与文艺》和《现代中国社会与革命文学》、沈雁冰（茅盾）的《文学者的新使命》、郭沫若的《革命与文学》等等，也都努力阐述无产阶级的文学观点。但对马克思主义文艺理论的大量介绍、宣传和阐发，并初步形成具有中国特点的理论思想，主要还是二十年代后期以至三、四十年代的事情。三十年代的瞿秋白除了翻译马克思主义著作之外，自己还写了不少阐述马克思主义文艺思想的文章，如《马克思、恩格斯和文学上的现实主义》、《社会主义的早期"同路人"——女作家哈克奈斯》、《恩格斯和文学上的机械论》、《马克思文艺论底断篇后记》、《普洛大众文艺的现实问题》、《"我们"是谁？》、《文艺的自由和文学家的不自由》、《哑巴文学》、《文艺大众的问题》、《五四和新的文化革命》、《高尔基作品选·后记》、《高尔基论文选集·写在前面》等等，积极解说马克思、恩格斯的文艺思想，努力按照他所理解的马克思主义立场、观点、方法，阐述文艺与政治、文艺大众化、文艺为谁服务、创作方法、文艺的内容和形式、现实主义文学创作规律等等一系列重要理论问题。冯雪峰、周扬、胡风等一批理论家、作家也写了许多论述马克思主义文艺思想的文章，形成了一个小小的高潮。当时（二十世纪二十年代后期至三十四十年代）马克思主义文艺理论和美学在中国的译介，只是众多派别中的一派，而且它的信奉者、研究者水平也并不很高，一些阐释也未必完全恰当；但是它在中国却显出巨大生命力，由星星之火渐成燎原之势。

四是1942年毛泽东《在延安文艺座谈会上的讲话》提出了"工农兵方向"、普及与提高、知识分子改造思想、文艺与政治、文艺与生活、文艺批评的标准、文艺典型等等一系列理论思想和美学观点，这也是中国文艺理论和美学学术史上的一件大事；而且，我们要特别指出，毛泽东的文艺思想与瞿秋白的文艺思想在许多地方，如文艺与政治的关系、文艺的大众化、文艺的服务对象、文艺的内容与形式、文艺批评的标准、文艺家与工农结合以及改造思想转变立场等等，有着惊人的相似——事实证明毛泽东受到瞿秋白的深刻影响。冯雪峰在《谈有关鲁迅的一些情况》①一文中回忆说，鲁迅曾经托冯雪峰把瞿秋白的《海上述林》送给毛泽东，而且毛泽东认真阅读和研究了瞿秋白的这部著作。据李又然回忆，毛泽东在谈到瞿秋白与文艺工作问题时曾经十分感慨："怎么没有一个人，又懂政治，又懂艺术，要是瞿秋白同志还在就好了！"②另据肖三在《忆秋白》一文回忆，毛泽东曾说："假如他（指瞿秋白）活着，现在领导边区文化运动该有多好啊！"③

当时毛泽东文艺思想虽主要笼罩解放区，但几年之后即主霸整个中国文坛。

第四节　二十世纪五十年代：定格

"文艺学"术语的出现

中华人民共和国成立，马克思主义、毛泽东思想被定为唯一的指导思想，中国的文化、思想、学术等各个方面都要学苏联，向社会主义的苏联看齐……在这总的趋势之下，文艺理论，也大量翻译苏联相关著作，并且请苏联专家讲学，仿照苏联模式撰写文艺理论著作和大学教材。

有研究者指出：对苏联文艺思想的翻译和介绍，是20世纪20年代以来中国文学理论发展的一条线索。30年代以后，以高尔基为代表的一大批苏联的作家作品和文学理论著作进一步传入中国，甚至像维诺格拉多夫《新文学教程》这样标志着苏联社会主义现实主义文学取得正统地位的教材也被翻译到国内来（1937），引发了中国文学队伍中特别是左翼思想家的学习借鉴。如叶以群的《文学底基础知识》（1942），被认为是维诺格拉多大《新文学教程》的中国版。巴人1954年出版的《文学论稿》，内容框架也取之于《新文学教程》。从翻译出版《新文学教程》开始，中国文学理论知识讲述模式的主导方式就发生了从师从西方向师从苏联方向的转化。1949年以后，中苏关系进入"蜜月期"。短短几年时间，国内翻译

---

① 冯雪峰：《谈有关鲁迅的一些情况》，见《鲁迅研究资料》第一辑，文物出版社1976年版。

② 李又然：《毛主席——回忆录之一》，见人民文学出版社出版的《新文学史料》，1982年第2期。

③ 肖三：《忆秋白》，见《人民日报》1980年6月18日。

介绍了上千种苏联的文艺作品。与此同时，苏联的文艺理论、美学著作和教材也在不断地翻译和出版。据有学者统计，1950年至1962年的12年间，我国翻译出版苏联文艺理论美学教材或著述11种，翻译出版普列汉诺夫、列宁、斯大林、高尔基、卢那察尔斯基等论文学的著作7种。1953年由查良铮翻译的季摩菲耶夫的《文学原理》，是一部对1949年以后我国文学理论教材编写产生了重要影响的著作。这部著作虽然比《新文学教程》晚翻译到国内，但产生的影响却不容低估。一是因为这部教材的作者季摩菲耶夫是苏联著名文艺理论家，有若干耀眼的学术光环，在苏联就有着很广泛的影响。二是这部著作所阐释的内容，例如文学反映论、文学形象论等，正是1949年以后国内文学理论著作编写的两大理论基石。20世纪50年代我国文学理论著作，例如巴人的《文学论稿》（1954）、刘衍文的《文学概论》（1957）、李树谦、李景隆的《文学概论》（1957）、冉欲达的《文艺学概论》（1957）、霍松林的《文艺学概论》（1957）、蒋孔阳的《文学的基本常识》（1957）等，几乎都是在苏联模式的影响下写就的。①

　　由于学习苏联，引进苏联模式，因而这个时期也从苏联引进了一个对现代中国文论具有重大影响的学科名称："文艺学"，一直流行至今。我们的教育部和社会科学基金机构的正式文件，都依此作为对现代文论的法定称呼。

　　许多专家像吴元迈、高建平、周启超等都考察过"文艺学"这个名称的历史渊源和它被译为汉语的过程。2012年9月号《文艺争鸣》上张法的《现代中国文论：在与世界互动中的复杂演进》中作了进一步梳理。西方文论，从古希腊到文艺复兴，再到十八、十九世纪，逐渐演化为两大系统，一是英语世界的文学批评（Literary criticism），一是德语世界的文学科学（Literaturwissenschaft）。德国的文学科学主要包括两个部分，文学理论和文学史，二者皆具有理论的思辨性和科学的实证性，文学批评则受到排斥。现代的俄国深受德国思想影响，当德语的文学科学转到俄国时，就变成了俄语的文学科学литературоведение。但是苏俄时期，文学科学又不同于德国，它强调的是政治性，强调文艺和文学科学，不只是解释世界，而且要作用世界、改变世界，具有改造社会的功利性，因此，苏俄的文学

―――――――――
① 参见邢建昌《理论是如何讲述的——以不同时期文学理论教材的编写为例来说明》，《中国社会科学网》。其实季摩菲耶夫并非苏联顶级的文艺理论家。

科学又把被边缘化的文学批评吸收进来。这样，苏俄时期的文学科学包括三个部分：文学理论、文学史、文学批评。当苏俄的文学科学进入中国时，中国学人即采用“文艺学”来对应苏俄的 литературоведение 这个术语（据说日本人最早就是用汉字的“文艺学”来对译德国的文学科学的）。于是从二十世纪五十年代开始，“文艺学”这个名称普遍流行起来。苏联专家毕达可夫的讲稿被译为《文艺学引论》出版，谢皮洛娃和柯尔尊的文学理论著作译为中文时，也名为《文艺学概论》；中国学者自己的书，如霍松林、钟子翱、冉欲达等，也都以《文艺学概论》名之。但中国的“文艺学”并不像苏俄那样包括文学理论、文学批评和文学史三个部分，而主要是文学理论或文学原理（与二十世纪二三十年代的“文学概论”含义相同），只是把文学批评的原理部分包括进来。

理论的“定格”

刚才我们谈到，马克思主义文艺学和美学理论在二十世纪二十、三十年代即开始介绍到中国来，但当时它是“百家”中的一“家”，“诸子”中的一“子”，“多元”中的一“元”；然而，它却是最强大、最具有潜力、最富于魅力、最有发展前途的一“家”、一“子”、一“元”。四十年代以后，马克思主义文艺学逐渐成为主流；特别是马克思主义文艺学经过中国的具体国情、中国现代特殊的历史文化环境的折射，形成了具有强烈政治文化色彩的毛泽东文艺思想，并且乘政治文化的优势，先是在中国的解放区、1949 年之后又在整个中国的文艺界（包括文艺理论界）取得领袖地位，此后几十年间，它一直作为中国现代文艺学的霸主雄踞海内。现代文艺学的学术研究就是在它的笼罩和指导下进行的。

如果说在古代“诗文评”向现代“文艺学”转化的“蜕变”期，中国现代文论处于一种多元纷呈的状态，犹如两千多年以前“春秋”、“战国”时代诸子百家争鸣、争雄；那么到了这个时期，特别是 1949 年之后，中国现代文艺学则基本结束了“春秋”、“战国”的“百家争鸣”的时代，而进入了类似于汉朝的“罢黜百家、独尊儒术”的时代。也就是说，逐渐地从“百家”走向“一家”，从“多元”走向“一元”，这“一家”、“一元”就是马克思主义文艺学和它在中国政治文化化的特殊形态——毛泽东文艺思想。中国现代文艺学在这之后的几十年就“定型”于此、“定格”于此。这是中国现代文艺学学术史的“定格”（“定型”）时代。

1949 年 7 月 2 日至 19 日举行的中华全国文学艺术工作者第一次代表

大会，在一定意义上可以说是这种"定格"的一种标志。会上，周恩来的政治报告、郭沫若的总报告、茅盾和周扬分别作的关于国统区和解放区文艺运动的报告，一致确认毛泽东《在延安文艺座谈会上的讲话》为指导文艺的总方针、"工农兵方向"为文艺运动的总方向。之后，在全中国范围，文艺学研究、文艺学教学、文艺学的批评实践、对各种所谓错误倾向的批判、各种文艺运动等等，都要在马克思主义、毛泽东文艺思想的"一元"指导下进行。当然，接受这种指导有两种情况，一种是积极、主动、自觉的，一种是消极、被动、非自觉的。前者大都是来自解放区的文艺工作者和理论家，如周扬、何其芳等，他们一直是作为毛泽东文艺思想的权威解释者和积极、自觉的宣传者的面目出现的；即使他们自己私下有些不同想法，也要努力进行自我克服、自我批评，以毛泽东文艺思想为准绳加以修正，力求一言一行都与毛泽东文艺思想保持一致。后者，各种各样的情况都有，但通常被称为"资产阶级"学者和文艺家的一些来自非解放区的人居多，然而他们中的大部分人经过历次运动和"思想改造"，逐渐向毛泽东文艺思想靠拢。

在毛泽东文艺思想的"一元"指导下，大陆的文艺理论家和高等学校的文艺理论教师，一方面进行了文艺学的研究、教学、讨论和建设，如五十年代进行的美学问题的研究和讨论，关于典型问题的研究和讨论，关于形象思维问题的研究和讨论，关于新诗形式问题研究和讨论，关于现实主义问题的研究和讨论（其中，蔡仪在 20 世纪 50 年代中期写的论现实主义问题的一组论文，是他最好的著作之一），关于革命现实主义和革命浪漫主义相结合的研究和讨论，以及六十年代初期至"文化大革命"前一系列文科教材（《文学概论》、《美学概论》、《西方美学史》……）的编写等等；另一方面，也花了很大精力进行各种文艺批判（所谓同封建的和资产阶级的文艺思想和学术观点作斗争），如批判电影《武训传》、批判俞平伯《红楼梦研究》、批判胡适、批判胡风、批判"右派"的资产阶级文艺观点、批判"人性论"、批判修正主义文艺思想……一直到 1963、1964 年根据毛泽东"两个批示"对"才子佳人"、"帝王将相"、"裴多菲俱乐部"的批判和 1966 年开始的"文化大革命"对"封资修"及"文艺黑线"的批判。

马克思主义文艺学、毛泽东文艺思想，在长达半个世纪以上的时间里雄踞海内，表现出强大的生命力；然而，从二十世纪五十年代后期开始的极"左"思潮却一步一步将它"漫画化"、僵化。特别是到了六七十年代，极"左"思潮却将它推向极致——这不是把它往绝路上推吗？

造成这种"定格"的状况以至最后的僵化状态，并不是或主要不是由哪个人或那些人的主观意愿所为，而是客观历史的产物。它的出现、它的成就、它的最后被僵化，有充分的历史根据和理由，有充分的历史合理性。这是中国现代各种历史力量、百年来国内外的文化环境同文艺学自身机制相互作用的结果。对于这样一个客观存在的历史事实，不管你是喜欢它还是讨厌它，你都得承认它。作为一个严肃的文艺学学术史的研究者，我们不能凭个人好恶去斥责它或是歌颂它，而是要力图科学地说明它、阐释它，要弄清楚：历史是如何造成这种状态的，它之所以能够存在的理由是什么，它的历史趋向怎样，它在中国现代文艺学学术史上的历史意义和命运如何，等等。绝不能作简单的"意识形态"的肯定或否定。

第五节　新时期：突破

突破，或者叫"反叛"

物极必反。路走到尽头，不能不转折。于是，历史在 1976 年 10 月开始调转船头，1978 年底正式确立新的运转方向。抛弃"阶级斗争为纲"，解放思想、改革开放、着力发展生产力、以经济建设为中心、由计划经济向社会主义市场经济转型……成为历史的必然要求。这是百年来乃至数百年来中国历史最伟大的选择之一、最伟大的转折之一，后人将永远记住它、纪念它。

人们把 1976 年 10 月或 1978 年底中国共产党十一届三中全会以来的这个时期称为"新时期"。

随着整个历史的伟大转折和思想的空前解放，文化、学术，包括文艺学和美学的学术研究和运行方向，开始发生巨大变化。多年封闭的局面被新一轮"西学东渐"所打破，长期被压抑的内部力量也如火山爆发冲出地壳，僵化或者几近僵死的文艺学旧格局不能不被突破了、或者说不能不遭到"反叛"了。于是，中国二十世纪文艺学学术史也迎来了它的历史新时期。因为"突破"是其最突出的特点，所以也可称为"突破"期或"反叛"期。这里的"反叛"，即是哲学上常讲的"否定"或"否定之否定"。这是一种历史的超越。这里的"反叛"的用法借鉴了以往中外的有识之士、特别是恩格斯的卓越见解。王元化于 1990 年由上海文艺出版社出版了一本书《传统与反传统》，该书第 16 页上说："须知，对传统文化不能突破就不能诞生新文化。每一种新文化的诞生，都是对旧文化的否定。"他特别引述了恩格斯的一段话："每一个新的前进步骤都必然是加于某一种神圣事物的凌辱，都是对于一种陈旧衰颓但为习惯所崇奉的秩序进行的反叛。"

突破期是从"拨乱反正"与"反思"起步的。"文化大革命"十年，浩劫空前，它对我们这个民族的刺激实在是太强烈、太深刻了。人们痛定思痛，由惊愕而疑虑而沉思。不但对"文化大革命"的灾难、民族的创伤进行思考，而且对"文化大革命"以前的某些问题也进行思考。个别最敏感最有心计的知识分子早就进行思考、进行"反思"了，如大思想家顾准。

我们这个宇宙有无数个星体。有的发光，有的不发光，只是靠别的发光体照在它上面的反射光而显出些亮色。顾准是一个发光体，是一个能够照耀别人的发光体。从学理上说，每一个人，作为一个有价值的社会生命个体，都应该发光，都可以发光，都有权利发光；但是在现实中，有时候却只允许某些人或某个人发光，而剥夺了其他人发光的权利。好像人类社会也只能像自然界一样，天上只允许有一个太阳，其他只能被其光辉照耀。太阳之外的发光体，都是"罪恶"的存在。顾准就是在不允许发光的时候发了光，甚至在被再三剥夺了发光权利的时候仍然顽强地发光。于是，他多灾多难。但是，他活得最像一个人，他的生命最符合人的本质。他像是高尔基笔下的丹柯——一个在黑暗中，在漫无边际的茫茫森林中，掏出自己的心来燃烧着照亮人们前进道路的形象。顾准是在四人帮统治的最黑暗的时候掏出自己的心来燃烧的。读顾准，总是为他的许多石破天惊的见解所激荡。我佩服他的智慧、他的深刻、他的博大、他的尖锐、他的一针见血。例如，关于中西文明的对照分析；对终极目的的否定和主张哲学上的多元主义；关于反对东方专制主义；关于防止当权者发展成为皇帝及其朝廷；关于马克思主义与希腊文明的关系；关于斯巴达精神之必然导致"形式主义和伪善"；关于中国不能自发产生资本主义，等等。顾准精神的核心是科学、民主精神。这是西方五百年来人文精神的精华，也是中国五四以来人文精神的精华。他爱真理甚于爱生命，为真理而置生命、荣辱于度外，像布鲁诺那样宁肯烧死在火刑柱上也不愿放弃太阳中心说。

值得我们特别纪念的还有平民英雄、大无畏的"反思"者张志新和遇罗克——他们把脑袋都"反思"掉了，然而，正像一首诗里所说的，他们把带血的头颅放在天平上，叫所有苟活者都失去了重量。学术界、文艺学界的人们，在顾准们、张志新们、遇罗克们的鼓舞下，也在进行反思。

许多人是在1978、1979年之后才开始比较自觉地进行思考和反思的。反思历程上的重要事件是"实践是检验真理的唯一标准"的大讨论，"理论务虚会","三中全会",等等;延续到八十年代初的是有关人道主义马克思主义的论辩(周扬、王若水、胡乔木)。面对"文化大革命"十年的巨大破坏和心灵创伤,人们最初的感觉是:本来"正"的文艺思想和理论学说被极"左"思潮、专制主义破坏了、搞乱了,于是要"拨乱反正"。这是反思的开始。这是个很好的"开始"。它的伟大成果——对于我们的时代带有巨大历史意义的成果是"改革开放"国策的确立。而"改革开放"的最大意义,我认为还不是在经济上,而是在思想上。思想的"改革开放"比经济的"改革开放"重要十倍、百倍。继一百多年前的林则徐、龚自珍、魏源之后,中国人又一次睁开眼看世界了。看世界之后再来反观自己,觉得中华民族又一次处于生死存亡的关头,弄不好,要被"开除球籍"。

文艺学和美学上的反思同整个社会的反思大体同时起步。开始觉悟起来的理论家们要"为文艺正名",要为"写真实"恢复名誉,要恢复现实主义的本来面目,要重申"文学是人学"的命题,等等。七十年代末八十年代初关于典型问题、形象思维问题、人性人道主义问题的讨论,都带有"拨乱反正"的性质。

但是人们继而进一步思考:所谓"拨乱反正"、"正本清源","正"在哪里、"本"在何方?"文革"之前的"正"是真正的"正"吗?五十年代批"右派"的"写真实"论,"正"吗?批"现实主义广阔的道路"论,"正"吗?批巴人的人性人道主义和王淑明的人情,"正"吗?批钱谷融的"文学是人学","正"吗?稍后,人们更进一步提出批胡风"正"不"正"的问题。总之,过去一直以为是"正"的那些东西,现在看起来并不那么"正"了。甚至过去写在文件里的、作过决议的、印在书上的、权威的,也未必是真正的"正"了。甚至对过去认为是"放之四海而皆准"的经典作家的话也提出疑问了。退一步讲,即使在当时是真正的"正",那么,它还适用于现在吗?即使权威的话、经典作家的话在当时完全正确,难道真能够穿越古今"放之四海而皆准"吗?

那"正"究竟是什么?那"正"究竟在哪里?这里的确有几个关键问题需要弄清楚。我认为:世上根本就没有什么现成的先验的"正",它也不可能现成地、先验地藏在过去、现在、未来的某个地方、某本书中、某个人的头脑里,等着我们去寻找、去发现。世上如果有我们所说的"正",它只能历史地存在于发展着的现实实践中,因而,它只能是历史地发展着的、在实践中变动着的,根本不可能有固定不变的、万古长存的、适用于一切时代、一切历史阶段、一切历史现象的"正"的模式和形态。因而,检验过去已经发生的事情是不是"正"、真"正"还是假"正",只能是客观的历史实践,而不能是书本,不能是权威,不能是经典作家——哪怕是最伟大的经典作家;检验现在正在进行着的事情是不是"正"、真"正"还是假"正",只能靠现在正在进行着的客观的历史实践和未来的历史实践,而不能是过去实践中已经得出来的结论(因为即使是正确的结论,它适用于过去,却不一定适用于已经发展变化了的现在),更不能是书本,不能是权威,不能是经典作家——哪怕是最伟大的经典作家。当然,过去的书本、权威、经典还有用处,而且用处很大。它们可以给我们启示,给我们提供历史经验的参照;它们可以溶化在我们的血液里,汇流于我们的思想中,成为我们生命的一部分。但是它们只能给我们灵气而不能代替我们思想,它们可以帮助我们出主意但不能代替我们作决策,它们只能做"参谋长"不能当"司令员"。我们不能向后看,而应向前看;我们不能面向过去、面向书本、面向权威、面向经典,而应该面向现在、面向未来;我们应该在现在正在进行着的实践中,寻找应对现实的对策,提出适用于今天现实的理论、思想;我们的文艺理论家、文学家、艺术家,应该在充分学习、吸收中外优秀的文艺传统、文艺思想的基础上,把关注的重点和中心放在今天的现实(社会现实和文艺现实)上,总结新鲜的文学艺术经验,提出新鲜的文艺思想,建立和发展现代的文艺学。由于新的社会现实和新的文艺现实的迫切要求,由于外来文艺学、美学思想理论和方法的大量涌入给予强烈刺激,刚刚获得解放的学术生产力具有一种不可遏止的变革欲求和创造活力,人们普遍认识到新的现实需要新的理论。于是八十年代中期之后,有急切要求变革方法的"方法论年"(1985),有急切要求改变观念的"观念年"(1986)。于是有"文学主体性"问题的提出及其大讨论,有从认识论文艺学向价值论文艺学和本体论文艺学的偏移,有文艺心理学、文艺美学、文学人类学、文学语言学、文艺社会学、形式论文艺学、解构文论等等,各种新兴的或以往被扼杀的学科异彩纷呈的研究和繁荣。九十年代,市场经济的初步确立,市场经济意识形态的萌芽、生成、发展及其向各个方面(包括文艺学美学领域)的渗透,有所谓人文知识分子"边缘化"以至于文学、文艺学"边缘化"问题的出现,有所谓文艺学学术本位的回归和学术独立品格的寻求,有所谓中国文论的"失语症"以及中国文论话语的重建,有所谓"日常生活审美化"和"文学会不会消亡"问题的提出以及文学边界问题的讨论,有所谓文艺学多元对话时代的到来,还有"文学研究"向"文化研究"的转化、"文化产业"的出现……以至最近有所谓"美学资本"观念的提出。

现代文艺学正是这样迎来了二十一世纪，进入了二十一世纪。

"文学理论"或"文学原理"

新时期几十年间，中国现代文论的名称在人们不知不觉之中悄悄发生了变化：五六十年代，文论作品或文章，都喜欢名为"文艺学"，或不自觉地冠以"文艺学"的称呼——我母校山东大学的老师们在二十世纪五六十年代写的书就叫做《文艺学新论》；当时学校里有"文艺学概论"教材，科研单位有"文艺学"研究课题……"文艺学"名字满天飞。但是新时期以来，特别是九十年代以后，"文艺学"名称虽然在学者口中照常使用，但许多著作的书名开始不叫"文艺学"了，而是称为"文学理论"或"文学原理"，很少再叫"文艺学概论"或"文艺学原理"的了。

这个微妙的变化，究竟反映了什么？我认为它反映的是一种新趋向，是改革开放之后文论界多数人的价值定位发生了转变。

如前所述，二十世纪初至二三十年代，中国学人主要是接受西方学术观念的影响，那时候文论著作的名字一般叫做"文学概论"；五十年代起，学习苏联，苏俄模式风靡一时，于是流行起一种新称呼："文艺学"。但是到了新时期，情况发生了重大变化。改革开放了，思想解放了，以往曾经视为"洪水猛兽"、认为里面充满毒素的西方学术思想（五十年代把西方学者的书称之为腐朽的资产阶级学术著作）大量涌入中国，各种各样的西方学术"译丛"，特别是哲学方面、美学方面、文学方面和文艺学方面的"译丛"，铺天盖地而来；虽然对此也有反对的声音，但面对这势不可当的滚滚潮流，他们的反对无济于事。开始的时候，许多学者还战战兢兢，心有余悸，小心翼翼地接触它们；逐渐地，胆子放大了，对它们兴趣盎然起来，甚至充满亲和力，热情接纳它们。在这种形势之下，西方模式的影响渐渐超过苏俄模式的影响，中国学者许多文论著作和文章中的西方学术观念逐渐多起来，甚至成为主导。不知不觉间，许多文论著作的名称变了，不再叫"文艺学"，而是依西方通常的观念称为"文学理论"或"文学原理"——此间影响比较大的西方文论著作相继翻译出版，它们的名字都是《文学理论》：韦勒克、沃伦《文学理论》（1984），伊格尔顿《文学理论》（1987、1988），卡勒《文学理论简论》（1998）。我们文学研究所文艺理论研究室几位同人接受国家"六五"和"七五"重点社科课题撰写的著作，就名为《文学原理——作品论》、《文学原理——创作论》、《文学原理——发展论》；许多高等学校的教材也以"文学理论"或"文学原理"名之，如童庆炳主编《文学理论教程》（1992）、陈传才《文学理论新编》（1999）、南帆主编《文学理论（新读本）》（2002）、王一川《文学理论》（2003）、陶东风主编《文学理论基本问题》（2004）……

上述所举的只是部分具有代表性的著作。然而仅从它们里面，也可以看出它们内容和观念以及所使用的语码，与五六十年代的著作、甚至与1978 年教育部在武汉召开全国综合大学文科教学工作座谈会上决定的高校教材——以群主编的《文学的基本原理》和蔡仪主编的《文学概论》，有诸多不同。

以群主编的《文学的基本原理》，依传统观念，主要论述文学是一种社会意识形态，文学发展与社会发展的关系，文学作品的内容和形式，文学的语言、体裁和风格，文学的创作方法和文学形象、典型，文学鉴赏和文学评论。蔡仪主编的《文学概论》，从哲学反映论的角度阐明文学的本质，认为文学是意识形态，文学是上层建筑，文学的发生和发展，文学的起源，文学作品的内容和形式、文学的种类及体裁，作家的修养，文学批评的标准，等等。

新时期的著作，观念上有了重要变化。譬如，与过去的著作着重阐述文学的意识形态性、阶级性、党性……不同，它们强调"人的文学"，强调审美特性（童庆炳主编的《文学理论教程》论述了文学的审美意识形态性质），强调文学创作是一种特殊的精神生产，强调文学的消费与接受，等等。这些著作所使用的语码也发生了很大变化，过去著作的语码常常是：意识形态、上层建筑、经济基础、反映论、社会性、阶级性、党性、人民性、世界观、倾向性、形象、典型、现实主义、浪漫主义，等等。新时期《文学理论》中的语码常常是：文学活动、审美意识形态、话语、精神生产、创作主体、创作客体、直觉、陌生化、情感评价、人文关怀、表层结构、深层结构、文本时间、故事时间、视角、叙述者、接受者、隐喻、象征、文学消费、文学传播、文化市场、期待视野、接受心境、隐含的读者，等等。

有些著作还吸收了后现代语境下的许多观念，如反对"本质主义"，认为文学的本质不是实体的、唯一的、超越历史的，而是生成的、敞开的或者建构的，主张对"本质"认识的语境化、历史化和多元化，怀疑"元叙事"。陶东风主编的《文学理论基本问题》，就认为以前许多著作是"以各种关于'文学本质'的元叙事和宏大叙事为特征的、非历史的本质主义思维方式，严重束缚了文艺学研究的自我反思能力和知识创新能力，使之无法随着文艺活动的具体时空语境的变化来更新自己"，必须"反思文艺学学科中的普遍主义和本质主义倾向，强调文艺学知识的历史性和地方性"。该书主张以当代西方的"知识社会学"为基本武器来进行另一种类的文艺学知识生产，要"贯穿历史化与地方化的方法"[①]；他们避免运用"本质"一词，反对以自明的理论前提出发讲述文学的故事，等等。

第六节　转化中的种种问题思考

"混血儿"再思考

中国现代形态的文艺学从萌芽起至今大约走了一百一十年的路程，它的许多论著，在不同阶段也有其惯用的或主要的名称，发生过"文学概论"—"文艺学"—"文学理论"的变化。不管名称如何，它们都是十九、二十世纪之交至今一百多年间，在外国（西方和苏俄）学术思想冲击下中国古代"诗文评"发生质变之后的新形态。

在一定意义上可以说，文艺学是中外杂交之后产下的"混血儿"，是古今相融之后生出的新生命，是流淌着中外古今多种血液的一种新的学术生命体。

作为"混血儿"，它是中国的但又不是纯粹中国的——它不是也绝不应该是中国古代"诗文评"的翻版，而是它的现代化；它有外来优秀学术文化元素但又不是纯粹外国的——它不能是也绝不应该是外国诗学文论的照搬、挪用，而是它的中国化。它是地地道道的"杂交品种"。

我还想重复地强调几句："混血儿"是文化发展的常态。只有在经过各种文化相交、相克、相融、相生之后，才能出现优秀学术果实——这同生物学上的"杂交"优势一样。单一物种内部的繁殖或近亲繁殖，只能造成物种的退化；而远缘杂交才能产生优秀品种。从古到今皆如是。例如"意境"这个"诗文评"的招牌概念，其实是"混血"的，它身上至少有中华民族和佛学思想两种基因。在现代文艺学中，"意境"生命力仍然十分旺盛。所以，中国现代形态的文艺学作为"混血儿"是一种美称，我高度肯定它，赞扬它。

当然，历史地考察，我们也应该看到：现代文艺学这个"混血儿"，

---

① 陶东风主编：《文学理论基本问题》，北京大学出版社 2004 年版，第 1 页、第 21 页。

它"混血"之中占优势的一方是外国因素（西方因素或苏俄因素）。当十九、二十世纪之交以至最初的二三十年中西交融时，西方是强势文化，这时在中国创立新的文论模式总是向西方靠拢；尤其在五四时期，"革命"猛士们恨不得"砸烂孔家店"，不分青红皂白推倒一切传统，有人主张干脆"全盘西化"——在这种形势下出现的现代文论，从外在的面孔到内在的蕴含，当然是西方占主导。二十世纪五十年代一边倒学习苏联，当时建立起来的"文艺学"模式也类似。

按西方模式或苏俄模式发展起来的"文学理论"或"文艺学"，虽然是顺应历史的产物，也符合逻辑；但是，总觉得有缺陷。

五十年后清醒过来的许多学者反思当年情况、观察今天的现实，认为中国文论得了"失语症"——我想这"失语"主要是指失去了本民族的话语权和话语能力。在一定的有限的意义上（即不要太夸张），这不是没有道理的，但要作历史的和逻辑的分析。

如何弥补以往的缺陷，如何克服"失语症"，是个十分复杂的问题，在今后的文艺学（文学理论）的建设中也是十分艰巨任务，需要大家共同探讨，一起努力。

我在本书《前言》中谈到文艺学建设和文艺学瞻望时说："我的真正着眼点是如何汲取数千年传统而进行今天的文艺学建设，看看中国古代文化传统、文论传统在建设今天的文艺学时发挥怎样的作用和怎样发挥作用，也看看外来元素如何同中国元素相融汇、相结合；我特别关注未来的文艺学走向，看看中国现代形态的文艺学如何携带中华民族数千年的丰富资源又吸收其他民族优秀学术思想走进现代、走向未来。我确信，继承中华民族优秀传统又正确吸收外来优秀学术思想而建设和发展起来的中国现代形态的文艺学，必将以中华民族的独特面貌昂立于世界学术之林，迈进二十一世纪。我所企望的是，在二十一世纪的全球化世界格局中，中华民族文艺学既与世界学术息息相通、又能够走出中华民族自己的路来，而不是像上个世纪七八十年代刚刚改革开放那几年那样，总是跟着别人的屁股，踩着别人的足迹，说着别人的话语。"

在今天的中国文艺学建设问题上，要防止两种倾向：只强调外来元素而忽视中国元素，或者只强调中国元素而忽视外来元素。如果说前者是"全盘西化"，那么后者就是"狭隘民族化"。

在本书接近尾声的时候，我再补充几句：在中国现代文艺学发展中之所以会出现"失语症"，原因之一是过去我们的中华民族各个方面太落后，身体太孱弱，独创性和原创性能力太小、太弱，因而在文化上也失去对世界的影响力，说话没人听，甚至连你真正优秀的东西人家也不一定认为是优秀——"不买账"。这就需要我们的民族各个方面都强大起来，具有足以震撼世界的综合能力。这特别需要发展和提高我们民族文化（包括美学和文论）上的原创能力和独创能力——把我们文化上、美学上、文论上真正具有"独立知识产权"的"品牌"拿出来，给自己，也给世界。

到那个时候，就不会有"失语症"了。

学术范型的变换

作为"混血儿"的现代"文艺学"，较之古典"诗文评"，发生了重大变化。必须认清：这不是量的变化，而是质的变换，是注入了新质之后的根本性质的转换；而且还要特别从学术史的角度认识到，这个"混血儿"身上体现了两种不同学术范型的变换，即由旧的古典形态的"诗文评"之学术范型向新的现代形态的"文艺学"之学术范型的转换。

什么是学术范型？学术范型是指某个时代、某个时期学者们进行学术研究的带有规范性的形态。它大体包括：以什么为哲学基础，有怎样的世界观和价值取向？有着怎样的思维结构、思维方式和治学方法？惯于使用怎样的一套学术语码？提出什么样的命题、观念、范畴、术语？等等。从空间的共时性的角度来说，同一个时代或时期而不同民族、不同文化的学术研究活动，学术范型会有很大不同，例如，中国和西方。从时间的历时性的角度来说，同一个民族、同一种文化而不同时代或时期的学术研究活动，学术范型也会有重大差别，例如，古典和现代。

具体说，从"诗文评"到"文艺学"，这两者之间，不但学术的思维对象发生了变化，而且更根本的是思维方式、治学方法，范畴、命题、观念、术语，价值取向，哲学基础等等发生了变化。譬如说，古典诗学文论（"诗文评"）多以诗文等抒情文学为中心和重心；而现代文艺学则转而多以小说、戏剧等叙事文学为中心和重心。古典诗学文论的思维方式和思维方法大多是经验的、直观的、体察的、感悟的，与此相联系的是其理论命题、范畴、概念、术语等含义模糊、多义、不确定和审美化，耐体味而难言传，在批评形态上也大都是印象式的、点评式的（眉批、夹批、文前批、文末批等等），因而也显得零散，逻辑性、系统性不强；而现代文艺学的思维方式和思维方法则转而大多是理性的、思辨的、推理的、归纳的，理论命题、范畴、概念、术语都有严格的界定而不容含糊，在理论批评形态上也大都走向理性化、科学化、逻辑化，讲究比较严密的理论系统。古典诗学文论的哲学基础多是中国传统的以"善"为中心的伦理哲学或"人生哲学"①；而现代文艺学则多是从西方借鉴过来的，以"真"为中心的现代形态的认识论哲学和进化论、阶级论、科学、民主、平等、自由等现代的世界观、社会观、人生观。古典文论多强调"征圣"、"宗经"、"道统"、"文统"、"以道统文"、"文以载道"（视文为道的附庸，为载道、明道的工具），强调文学"劝善惩恶"的道德内涵和"温柔敦厚"、"思无邪"的诗教；而现代文艺学则更多地从现代哲学和世界观、人生观基础上关注文学与社会生活、人生价值的关系，关注文学与政治、经济的关系，关注文学的认识作用、教育作用、审美作用，并且在一定程度上注意到文学艺术的独立品格，文学自身的价值、规律，等等。

转化中的"批判继承"和"抽象继承"

　　说"文艺学"是"混血儿"，是中西交合、古今融汇的产物，其中的一个重要意思是说它身上流着本民族文化的血液——这就涉及继承本民族传统的问题。

　　如何继承，始终众说纷纭。

　　曾经有过两个口号，一个是"批判继承"，一个是"抽象继承"。这两个口号是二十世纪五十年代由哲学家或从哲学意义上提出来的；它们的提出都有它们当时的具体语境，有它们的具体针对性——在当时还曾有过激烈的争论（主要发生在关锋等人与冯友兰之间②）。离开当时的语境而评判它们适当与否，永远也说不清楚。今天借用这两个口号说明"文艺学"继承传统问题，也只能"抽象"地"继承"它们的某些精神，以为我用。

　　抽象地说，"批判继承"的主要意思是，对待传统要"剔除其糟粕、

---

　　①　钱穆在《中国文化史导论》中说："在中国根本无哲学，在西方人眼光下，中国仅有一种'伦理学'而已。中国亦无严格的宗教，中国宗教亦已伦理化了。故中国即以伦理学，或称'人生哲学'，便可包括了西方的宗教与哲学。而西方哲学中之宇宙论、形上学、知识论等，中国亦只在伦理学中。"（见《中国文化史导论》修订本，商务印书馆1994年版，第226页。）

　　②　半个世纪以前，大约是六十年代初，我的母校山东大学前后请冯友兰和关锋、林聿时去讲演。前面是冯友兰讲"抽象继承法"，过了不久（大概没有一个月），就是关锋、林聿时讲演，批判冯友兰的"抽象继承法"。两个讲演都在大食堂里进行，人潮如涌，我被挤在边缘。前面的讲演，我只远远地看到冯友兰的大胡子；后来的讲演，连关锋什么模样都没看清，只听见他一句一句斩钉截铁的批判声。

吸取其精华";"抽象继承"的主要意思是,将传统"抽象"出其"普遍性的形式"从而加以继承。对于美学、文论来说,两者并不矛盾,两者都需要。

必须看到,文化,诗学文论,"诗文评",有其特殊性和复杂性。

前面我曾说过,中国古代的"诗文评"里边有各种不同的成分,因此必须对它作具体分析。

(甲)从一个角度来说,大体可把"诗文评"内含的因素分为两部分:一部分属于意识形态,或与意识形态紧密相关;一部分属于非意识形态,与意识形态没有关系或关系不大。

一方面,"诗文评"是适应旧的体制(即中国长达几千年的帝国专制制度和自给自足的农业社会)而生长发展起来的。所谓适应旧体制,主要指的是它所包含的为帝国专制制度和自给自足的农业社会服务的意识形态部分或者与意识形态关系密切的部分,如《毛诗序》中所谓"《关雎》,后妃之德也,风之始也,所以风天下而正夫妇也。故用之乡人焉,用之邦国焉……先王以是经夫妇,成孝敬,厚人伦,美教化,移风俗"等等。在那个时代,意识形态内容当然是"诗文评"中非常重要的部分,它以此而为旧的帝王专制体制所宠幸,为自给自足的农业社会所需要,并得以在这个体制下存活、发展。而当帝王专制体制灭亡、自给自足的农业社会转变为商品经济社会时,诗学文论中的这一部分也必然跟着消亡。

但是,另一方面,"诗文评"还有很大一部分因素是非意识形态的,与意识形态无关或关系淡薄的,如论述诗的声律、形神、风骨、意境,论述文体(体裁与文风等等),论述诗文的结构与法度、写作方法和手法……这些非意识形态的部分,并不随旧体制旧大厦的倾倒而消亡,它们是可以继承发展的,有些也是可以随新的审美实践、新的审美现实的需要而加以改革利用的。

这就需要运用"批判继承"的方法,去掉糟粕、留下精华。

(乙)从另一角度说,传统文化,"诗文评",其中许多内容具有人类共同的"普适性",例如:"诗言志","诗缘情","情景交融","文以意为主","言之不文,行之不远"……数不胜数,它们的基本精神是可以也应该继承的;即使与旧体制的意识形态相关的某些部分,如"文以明道"、"文以贯道"、"文以载道"、"劝善惩恶"……在今天也可以改造利用,为现代文艺学中阐述文艺的审美教育作用服务。就此而言,可以参照当年冯友兰所谓"抽象继承法",加以"抽象继承",即"抽象"出它们的"普遍性"的"形式",加以继承:"文以明道"可以是用今天之"文"明今天之"道","劝善惩恶"可以是劝今天之"善",惩今天之"恶"。

一般而言,"批判继承"更多的涉及内容部分,而"抽象继承"虽也涉及内容、但更多涉及形式部分。

中国现代形态的文艺学的确是可以对中国古代的"诗文评"进行"批判继承"和"抽象继承"的,但它是注入外国基因、在强大的外力刺激和推动下进行的,外来优秀学术思想成为它的有机组成部分;而且从总体说它是依外国模式生长起来的。中国古代诗学文论即"诗文评"是现代文艺学的"母本",提供给它中华民族的基因——这基因,或隐或现,有形无形,有时你似乎觉察不到,而它却无处不在。外来的优秀学术文化,则提供给文艺学以"现代"基因。中外古今的互相碰撞、互相融合而发生"生物化学"变化,就是中国现代文艺学的诞生。

站在社会历史文化的维度上看待"文艺学"

不能仅就文艺学本身来论文艺学,而是要站在社会历史文化的维度上,要联系整个社会的大环境、整个文化的大氛围,甚至要联系那个时代世界历史的特点,来把握中国现代文艺学的性质和特点,以及它的运行轨迹。因为,学术,包括文艺学,说到底是整个社会的一个细胞,是整个时代精神文化的一个因子。由"诗文评"向"文艺学"转化的学术运动,也是整个时代运动、社会运动的一部分。

人类历史迄今已发生过三次大的转换:第一次,由猿变人;第二次,由原始状态到文明社会;第三次,由农业文明到工业文明。[①]目前就整个世界范围来说正在进行或将要进行的是第四次大转换,即由工业经济文明向智能经济文明和生态文明的转换。有的学者指出,第一、第二次转换是相互隔绝、彼此孤立、分别进行的,第三次则是在相互影响下相继实现的,具有世界性的弥散和扩张性质,甚至伴着血与火:即"早发内生型"现代化地区和民族(大约五百年前开始现代化的西欧诸民族)向"后发外生型"现代化地区和民族(美、澳、亚、非)相继扩散、推行。[②]

中国无疑属"后发外生型",中国的现代化是在欧美列强坚船利炮的强暴和思想观念的浸染下进行的。这个过程起始虽早在明末利玛窦等来华

---

① 参见布莱克《现代化的动力:一个比较史的研究》,浙江人民出版社1989年版,第1—4页。
② 参见许纪霖、陈达凯主编《中国现代化史》,上海三联书店1995年版。

传播西方的思想观念、宗教、科技①，但中西交合促使中国社会发生剧烈
运动则在十九世纪。至十九世纪、二十世纪之交，经过积蓄和酝酿，终于
在诗学文论领域也发生了由古典形态的"诗文评"向现代形态的文艺学的
转换。因此，从更宏阔的社会史、文化史的角度来看，由"诗文评"向现
代文艺学的转换是中国近一二百年来整个社会由"传统"的帝国专制体制
和农业经济社会向"现代"的工业经济社会转换过程的一部分，是整个中
国政治、经济、文化、思想现代化过程的一个有机组成因素。当古典诗学
文论中大力宣扬"文以载道"，大谈"义理"、"考据"、"词章"、"经济"
的关系等等时，它从哲学基础、价值取向、思维方式、治学方法……到命
题、范畴、概念、术语等，以及它所使用的一整套语码，都属于中国"传
统"的农业经济社会精神文化范畴，是"古典"思想的一个组成因子。但
是，到了梁启超谈"欲新民必先新小说"，王国维谈《红楼梦》的悲剧意
义时，文论就开始跨进新时代的门槛了，它们逐渐变成现代精神文化的因
子了。到了后来的胡适、陈独秀、鲁迅、周作人，再后来的朱光潜、周
扬、蔡仪、胡风等等，虽然理论倾向可能不同，但都是"现代"的了，他
们的理论思想和做学问的学术范型，是现代精神文化的因子了。

　　就全世界范围来说，最近的这五百年（从文艺复兴算起）是社会历史
大转换的时代。而后二三百年，中国也卷了进来，近百年来尤甚。整个二
十世纪的中国社会（包括它的精神文化、思想、学术……）都处在这种急
速转换之中，而且直到中华人民共和国成立甚至现在这个转换也未最终完
成——毛泽东在1956年召开的中国共产党第八次全国代表大会上，仍然
强调要完成从落后的农业国转变成社会主义工业化国家的历史任务；今天
我们仍然把实现"现代化"、达到"小康"，以至下世纪中基本赶上世界
发达国家作为一个伟大的历史目标。

　　这种转换始终伴随着"古今"之争、"中西"之争。"古今"之争、
"中西"之争是世纪之争，从上个世纪一直争到现在，仍然争得不亦乐乎，
看来一时半会儿还争不完。当然，今天的"中西"之争同一百年前、几十
年前，在内容和强弱对比上已大不相同，如果说当时西方文化是强势、东
方文化是弱势，那么，现在二者至少在力量上处于平等地位。东方决不屈
从于西方，当然我们也不要求西方屈从于东方。中西体用，古今厚薄，随

---

　　① 实际上，当时文化传播是双向的，利玛窦们既把西方的《几何原本》、《万国舆图》、《乾
坤体义》（西方天文学著作）介绍给中国；也把《论语》、《道德经》、《中庸》、《大学》等介绍
给西方。只是到了后来，情况才发生了变化。

时势而不断变换。

这种转换无疑还伴随着剧烈的社会动荡：政治上的改朝换代，经济上的体制更替，意识形态上的势不两立的搏杀……总之，各种流血的和不流血的战争。

中国现代文艺学就是在这种环境和氛围中生长的。不联系这样的环境和氛围，你就不能理解其中许多理论命题之所以能够提出来的历史合理性和历史局限性，你就不能理解为什么中国长时期政治和学术分不清楚，为什么学术的独立自由需要费那么大力气去争取。

因此，中国现代文艺学的学术历程是艰难的，甚至充满血和泪。既充满着学术范围之外在大的社会环境和文化氛围之下学术同非学术的冲突（常常是学术向非学术投降屈从），也充满着学术范围之内的中西、新旧的不同哲学立场、价值取向、世界观、人生观、审美观、学术思想、思维方式、治学方法等等的相克、相生、争斗、融合。这中间，有强奸，也有恋爱，有死亡，也有新生。

启示录

百年来中国现代文艺学的风雨历程，可以给我们很多启示，譬如说：文艺学的建设和发展必须适应正在发生和发展着的最新历史现实的迫切要求；必须从本民族的优秀传统中吸取资源；必须积极借鉴外来优秀文化；学者应该具有"独立之精神，自由之思想"[①]；等等。然而，在这里我只想挑出几点来加以强调：

第一，走出"学术政治化"的误区。

中国现代文艺学的一个带全局性的特征是，在一百多年的大部分时间里，"学术政治化"的倾向十分突出，这是制约文艺学深入发展的最重要的因素之一。将学术政治化，从现代文艺学的起点梁启超那里就开始了。梁启超和他的同志们在当时提出的"诗界革命"、"小说界革命"等主张，他们所写的一系列有关文章，一个最显著的特点就是突出改良政治。他们把文艺（小说、诗歌、戏曲、文等等）和文艺学（小说论、诗论、戏曲论、文论等等）看成是而且仅仅看成是改良政治的手段，而且也仅仅是一种手段。他们的基本思想就是：欲新政治，必先新小说、新诗歌、新戏曲；他们虽未直接提出文艺和文论为政治服务的口号，但明眼人一看便知，他们就是要文艺和文论为他们的改良政治服务。他们仅仅把文艺和文

---

① 　见陈寅恪 1928 年为清华立《王国维先生纪念碑》撰写的碑文。

论当作为改良政治服务的工具和手段。现代文艺学史上由梁启超等人开其端的"学术政治化"倾向，后来被继承了、发展了。譬如二十世纪二十年代的"革命文学"论的提倡，三十年代的"普罗"文艺理论等等，都是突出强调文艺和文论的"革命化"和政治化的。到了四十年代，毛泽东在延安文艺座谈会上的讲话，更明确地提出文艺要"属于一定的政治路线"，"文艺界的主要的斗争方法之一，是文艺批评"，"以政治标准放在第一位，以艺术标准放在第二位"。建国后，更发展为文艺为政治服务，文艺学学术研究为政治服务等主张，"学术政治化"甚至以政治代学术的倾向更趋严重，多次学术研讨变为政治批判。如《清宫秘史》批判、电影《武训传》批判、《红楼梦研究》批判、胡适批判、胡风批判、资产阶级右派文艺思想批判、"文学是人学"及人性人道主义批判、1963—1964 年批封资修、帝王将相、才子佳人等等，以至于"文化大革命"中极"左"思潮将这种主张推向极端，文艺学完全成了政治的附庸和俯首帖耳的工具。

这种学术政治化的倾向，也表现在史的研究中。前面我们曾指出，以往几十年间我们写史，往往以政治或经济时期的划分来代替某些学科本身的历史时期的划分，以政治或经济代替学术。例如我们写的许多"中国古代文学史"或"中国古代文学批评史"，大都用王朝的更替、政治的变革作为分期的标志；写的许多"中国近、现代文学史"或"中国近、现代文学理论批评史"（文艺思潮史），也大都以政治分期为标准，如"鸦片战争以来"、"资产阶级改良时期"、"资产阶级革命时期"、"旧民主主义时期"、"新民主主义时期"、"中华人民共和国建国以后"等等。这样，各个学科的历史，就成为政治史或经济史的演义或例证。

这样的教训我们应该汲取。

第二，必须打破"封闭"。

从历史的经验来看，封闭是窒息文艺学发展的重要原因，而开放是促进文艺学发展的必要条件。现代文艺学史一百多年间，最初那二三十年和最近这二三十年，文艺学是发展、繁荣的，其原因之一正是开放；而"文革"期间文艺学的凋零，其原因之一正是封闭。"莫封闭、要开放"，这是百多年来文艺学建设和发展的重要经验。

因此，今后我们建设和发展文艺学，必须开放，特别是必须重视中外交流及其强大作用。

古典诗文评向现代文艺学的转换当然是在外力冲击下打破封闭而进行的，正是由于外力注入新质，这个转换才得以发生，现代形态的文艺学才得以诞生。二十世纪八十年代以来的文艺学繁荣，与改革开放之后第二轮"西学东渐"有密切关系。从数千年中华民族的整个历史来看，我们这个伟大的民族是一个胸怀宽广、乐于和善于同其他民族交往、既奉行"拿来主义"、也奉行"送去主义"的民族。汉、唐就是例证。那时周边民族或更远的民族（大食、大秦等），有多少"遣汉史"、"遣唐史"和商人来华，又有多少汉、唐使臣出使西域或其他地区和民族！直到明代，我们仍然与其他国家和民族有着较多的交往。中华民族的文化包括文论，正是在这种交往中发展、获益，像刘勰、严羽等大文论家都受到佛禅影响。但是，在封建社会末期，我们却变得保守了、封闭了，闭关锁国、夜郎自大。十九世纪中叶之后，国门被西方列强坚船利炮所打破。最早一批被震醒的知识精英开始"睁开眼睛看世界"，林则徐、魏源、冯桂芬、王韬、容闳诸人就是代表。从此，西方的思想、学术也随之更快、更广地传入中国，催化了中国的思想、学术的变革。虽然当时的变化表面上看似乎还未怎么波及文论的研究，但是却为十九世纪末、二十世纪初中国现代文艺学的建立种下了潜在的基因。稍后的严复翻译《天演论》对中国的社会、思想、学术、文化、文论发生过巨大影响，建立了不可磨灭的功勋；而梁启超、王国维诸人接受西方哲学、美学和文艺思想（如叔本华、尼采等等），提出许多新的文论问题和命题、范畴、概念、术语，直接进入转化古典文论建立现代文艺学的实际操作，成为中国现代文艺学之父。而最近这二十来年，由于广大学人又一次"睁开眼睛看世界"，并且用同过去不同的方式、从不同的角度看世界，大量译介、引进外国文化学术思想，因而能够重新审视传统——包括五十年代的、五四以来的、鸦片战争以来的、以至五千年以来的传统；能够以新的气度和眼光看待急剧变化的社会现实、文艺现实的迫切要求，从而使文艺学发生巨大变化。人们被禁锢、封闭多年的思想，就像滚滚长河被人为筑起的堤坝阻遏，积蓄了无限势能；一旦开放，大坝轰毁，洪流奔腾，势不可当，摧枯拉朽，除旧布新，因而使得新时期文艺学在这二十来年空前活跃、繁荣，初显百家争鸣、多元交辉的势头和气象。

关于如何看待"莫封闭、要开放"和中西交往的作用，梁启超曾说，要用"彼西方美人为我育宁馨儿以亢我宗"。现代文艺学就是中西交合而产生的"宁馨儿"。现代文艺学中所常常出现的一些命题，如文艺是生活的反映、文艺是特殊的意识形态（或"审美意识形态"）、文艺是自我表现、文艺是"苦闷的象征"、文艺是生命力的外射、文艺是"有意味的形式"等等；现代文艺学中所经常使用的一些范畴、概念、术语，如现实主义、浪漫主义、反映现实、表现理想、形象、典型、悲剧、喜剧、形象思维等等；许多现代文艺学家的哲学思想、世界观、审美观，如进化论、实用主义、辩证唯物主义和历史唯物主义等等，都是来自西方。看看这些事实，我们不能不信服"现代文艺学作为中西交合的产物"这个客观存在。

历史就是这么走过来的。

有人问，假如没有"外力"，没有开放，中国自身能否发生转换？我说，对于历史来讲，"假如"、"假设"、"假想"，没有意义。历史不容假设。历史没有草稿。历史是各种主体力量在诸种客观条件下进行选择的结果。历史既不是主观任意的，也不是宿命的、决定论的。已经走过来的历史事实是："外力"注入"新质"，"转换"才发生了，现代文艺学才"诞生"了。不重视开放，无视中外交流，看不见外来学术思想的输入对中国文艺学学术发展变化的重大影响，是不能真正把握住二十世纪中国文艺学的内容、性质、特点和运行规律的，也是不能促进今后的文艺学发展的。

当然，每一阶段和时期的文艺学研究实行开放、引入外来学说时，也可能同时带有这样、那样的弊病，这也是我们需要总结的；但是，一般的说，我们应该更多地从积极方面对开放和中外交流给予重视和理解。如同前面说过的，同亲或近亲繁殖，生命力可能愈来愈弱；远缘杂交，常常会注入新的生命活力。当然，精神领域的生命运动不会如此简单。有一位学者指出，如果一个社会只有一种学术思想，这种学术思想的存在理由也就失去了。一定历史时期之内，假如没有另外的学说与之相抗衡，则占据主流地位的学说内部，便会分裂、内耗乃至自蔽。[①]他这里所说的是一个民族之内。我赞同他的意见。但我认为这个主张同样适用于或更适用于外族学术思想对本族学术思想的碰撞与结合。从中国现代文艺学的发展历程看，正是外来学说、思想、方法的引入，使中国文论发生了质的变化。

第三，多元化。

中国现代文艺学的历史，其一头一尾的两个时段最繁荣，原因之一是多元化。这两个时段的文艺学，学说迭起，思潮并生，呈现空前的多样化、多元化景象，文艺学因此而得到比较充分的发展。但是，中间的几十年时间，特别是二十世纪六七十年代极"左"思潮肆虐的那个阶段，学术研究上也搞舆论一律、一言堂、一元化，学术上的不同意见，往往扣上政治帽子加以批判。譬

---

① 刘梦溪：《〈中国现代学术经典〉总序》，河北教育出版社1996年版。

如，俞平伯的《红楼梦研究》，本来纯属学术问题，后来当作"资产阶级"立场、思想加以讨伐；胡风的文艺思想观点，包括他关于现实主义理论的学术文章，最后更是上升为"反革命"予以治罪；"文化大革命"期间"批儒评法"、"评水浒"等，更是只允许一种观点说话。这就造成了一段时间学术研究包括文艺学学术研究凋零、衰败，万马齐喑。对学术发展来说，多样化、多元化，绝对是一个好现象。多元化、多样化的氛围，也是学术发展的最好氛围。因此，"百花齐放，百家争鸣"的政策，从学理上说，绝对是发展学术的好政策。问题在于是否能够切实贯彻执行。历史的经验一再证明，学术研究，特别是文艺学学术研究，当能够百花齐放、百家争鸣的时候，当历史地造成多样化多元化氛围的时候，就是最发展、最繁荣的时候；当不允许多元化、多样化，只能"舆论一律"、一家独鸣的时候，学术之花就凋零、就衰败，文艺学园地就一片肃杀景象。

文艺学，它的发展和繁荣必须有多元共生、多元并存、多元竞争、多元对话的时代氛围。在学术上，我们需要的是"和"而不"同"，而不是"同"而不"和"。因为，正如古人所言，"和实生物，同则不继"（《国语·郑语》）。不要认同于和习惯于以往相当长时间里形成的"你灭了我、我灭了你"，"你吃掉我、我吃掉你"，"只此一家、别无分店"的定式。事实上，中国现代文艺学的发展历史，从总体上来看，也并不是"你灭了我、我灭了你"的历史，即使从表面上看，似乎一时被"灭"了，消失了，但它的根并没有死，一旦时势变迁，便会"春风吹又生"，说得不好听点儿，就是"死灰复燃"。我们不能把现代文艺学的历史写成"你吃了我、我吃了你"的历史，不能写成一种学术主张或学术流派、一种学术思想或学术观念，绝对正确，是绝对真理；而另一种，则是绝对错误，是绝对的"妖孽"、"谬种"。这不符合历史事实。而今后的文艺学建设和发展，更不能采取"你吃了我、我吃了你"，"只此一家、别无分店"的方式，只能走多元化、多样化的道路。

本章小结

随着明末清初西学东渐，中国有识之士睁开眼看世界，激发新思想，最终引发社会政治、思想、文化和制度的大变革；随之，中国古典形态的"诗文评"亦走上向现代形态的"文艺学"转化的历程。十九世纪与二十世纪之交，古典形态的"诗文评"发生明显的蜕变；二十世纪头十年，现代形态的"文艺学"之"蛹"加速了它"蜕皮"的过程；五四时期，它已经初具模样，一批"文学概论"著作问世；二十世纪二十年代后期至三四十年代，是它的迅速发展期，外国的一些不同流派、不同倾向的文学理论和文学批评论著（包括马克思主义理论著作）被译介进来，中国学者自己撰写的上百部现代形态的文学理论著作如雨后春笋竞相冒出地平线，1942 年毛泽东发表《在延安文艺座谈会上的讲话》，成为解放区的主导文艺思想……现代形态的"文艺学"基本成型；二十世纪五十年代学习苏联一边倒，大量译介了苏联文艺论著，"文艺学"名称流行开来，毛泽东文艺思想在整个中国一统天下，成为理论"定格"期；从二十世纪七十年代末、八十年代初开始，历史船头调转方向，解放思想、改革开放，过去视为洪水猛兽的大批西方学术论著如潮水般涌来，促成了中国文学理论的急剧变化，进入突破或曰"反叛"期，学者们纷纷尝试建立新的文学理论模式，至今这股势头依然强劲。

现代形态的文艺学，是以西方血统为主体的"混血儿"，或者从总体说基本是依西方范式在中国土地上生长起来的。这个混血而整体呈西方摸样的新生儿的出现，虽然有它的合理性，但有缺陷，以至有的学者说中国文学理论患了"失语症"——失去本民族的话语能力。这确是需要学界注意的问题。我们建设现代文艺学，一方面要借鉴和吸收其他民族优秀学术思想，另一方面还要把根深深扎进中华民族的土壤之中。我特别关注中国现代形态的文艺学如何携带中华民族数千年的丰富资源和优秀传统，又吸收其他民族优秀学术思想走进现代、走向未来。我确信，继承中华民族优秀传统又正确吸收外来优秀学术思想而建设和发展起来的中国现代形态的文艺学，必将以中华民族的独特面貌昂立于世界学术之林，迈进二十一世纪。

思　考　题

一、名词解释

　　1. 小说界革命

　　2. 批判继承

　　3. 抽象继承法

　　4. 工农兵方向

　　5. 多元化

二、简答题

　　1. 试对梁启超作出自己的评价。

2. 试对王国维作出自己的评价。

3. 试描述百多年来中国现代文艺学的历程。

4. 你如何看待 20 世纪 80 年代以来中国文学理论的变化？

三、论述题

1. 说中国现代文艺学是"混血儿"，你同意吗？为什么？

2. 你认为文艺学今后如何发展？

阅读参考文献

几道（严复）、别士（夏曾佑）：《本馆附印说部缘起》，光绪二十三年（1897 年）十月十六日至十一月十八日天津《国闻报》。

梁启超：《夏威夷游记》，《饮冰室合集》第 7 册，中华书局 1989 年版。

梁启超：《论小说与群治之关系》，《饮冰室合集》第 2 册，中华书局 1989 年版。

梁启超：《新史学》，《饮冰室合集》第 1 册，中华书局 1989 年版。

王国维：《红楼梦评论》，《王国维遗书》，商务印书馆 1940 年版。

夏曾佑：《小说原理》，1903 年《绣像小说》第 3 期；又见王运熙主编《中国文论选》近代卷，江苏文艺出版社 1996 年版。

胡适：《文学改良刍议》，《我的歧路》，《胡适文存》，《中国新文学大系·建设理论集·导言》（题为《新文学的建设理论》），均见《胡适文存》，黄山书社 1996 年版。

陈独秀：《文学革命论》，高等教育出版社 2011 年版。

周作人：《人的文学》，《新青年》第 5 卷第 6 号。

《毛泽东论文艺》，人民文学出版社 1959 年版。

陈平原：《"元气淋漓"与"绝大文字"——梁启超及"史界革命"的另一面》，《文学评论》2003 年第 3 期。

刘梦溪：《〈中国现代学术经典〉总序》，河北教育出版社 1996 年版。

杜书瀛、钱竞主编：《中国 20 世纪文艺学学术史》，上海文艺出版社 2001 年版。

张法：《中国现代文论：在与世界互动中的复杂演进》，《文艺争鸣》2012 年 9 月号。

附录一　从石器上看审美的胚芽

内容提要

　　早在远古时代，从人刚刚能够制造最原始的石器工具的时候起，审美活动就已经开始发生了，审美价值就已经开始萌芽了。从石器的制造和演变过程，可以看到几个最主要和最基本的变化趋向：越来越体现出人的意图、目的和价值取向；越来越体现出合规律性和合目的性的结合；越来越表现出人对形式的感觉、认识、把握和运用。石器的这种发展演化的基本倾向，正包含着审美活动发生的基因、审美价值萌芽的契机。这其中，就会发生石头的形式（石器工具的形式）与原始人的感觉、感受相交相合的情形，并构成了石器（特别是石器的形式）与原始人之间那种不同于物质实用关系的精神关系——审美关系；于是，这种石器工具对原始人来说就不仅具有物质意义、实用意义，而是同时具有了精神意义；这种精神意义就是使原始人产生愉悦感和舒适感的精神价值，也即最初的审美价值，或审美价值的胚芽。

关键词

　　石器　形式感　审美胚芽

　　早在远古时代，从人猿揖别之初即人刚刚能够制造最原始的石器工具的时候起，审美活动就已经开始发生了，审美价值就已经开始萌芽了。这可以从原始人对石器工具的制作和加工、对居住处所的修建、对遮体御寒的衣服的制作等等，看出蛛丝马迹；更可以从稍后一些时间出现的洞穴壁画①、岩画②、刻

---

　　①　许多洞穴壁画近一二百年来陆续被发现，据考古学家和艺术史家认定，西班牙北部、法国南部、澳大利亚、美洲和非洲的许多最著名的洞穴壁画产生在一万年至三万年以前（贡布里希认为西班牙的阿尔泰米拉山洞和法国的拉斯科山洞约在一万五千年以前，见贡布里希《艺术发展史》，范景中译，林夕校，天津人民美术出版社1981年版，第17—19页）。仅仅在欧洲，就有二百七十七个有记录的洞穴壁画遗址。

　　②　仅就中国而言，近年来在新疆、宁夏、广西、贵州等地不断有岩画发现，许多学者正在进行考察、研究。

在兽骨和象牙上的动物和人物形象、陶器上的人形和花纹图案、原始歌谣的创作等等找到有力的证据。

本文即以石器为例加以说明。

先说旧石器。据考古资料，中国迄今所发现的最早的人类化石以及石器工具，经测定是在早更新世，距今大约一百至二百万年前；之后，还有许许多多原始人遗址及各种原始的石器工具遗存出现在中华大地山南海北，它们的年代距今约数十万年至数万年前。①从距今约一百万至二百万年前的早更新世出现最早的石器工具，到距今约一万至两万年前的全新世之初周口店山顶洞人遗址、晋南下川和薛关遗址等等相对比较精致的石器，长达一二百万年的时段，史家称之为旧石器时代。旧石器以"打制石器"为特征，其典型器型为石核、砍砸器、刮削器、三棱尖状器、石锥、砸击石片、手斧、雕刻器、石叶、石镞等等。②

在一二百万年的悠悠岁月里，旧石器有个漫长的演变和发展过程。早期的旧石器工具，据我对有关考古资料的观察，有的可能近乎石头的原生状态（当然有原始人的加工痕迹，但很少、也不十分明显），原始人使用它实现自己的某种意图，打上了原始人的印记，因而它不再是纯自然物而成为原始人的石器工具；有的可能是经过了少许加工或者是粗粗加工，留下的人化痕迹稍明显一些。但是，不管是哪种情况，切不可小看原始人运用近乎原生状态的石块实现自己意图的行为，尤其是不要小看原始人为了更好地实现自己的意图而对石块"少许加工"或"粗粗加工"的行为：它表现出了原始人的哪怕是最初级、最原始的自觉意识、意志、意图，它表现出了原始人哪怕是最朦胧、最原始的价值诉求；正是因此，它具有划时代的意义，它标志着人迈出了与动物揖别的最关键的一步。以此为起点，从"人猿"变成了

---

　　① 重庆巫山境内一处垂直型洞穴中，发现人类化石材料，古地磁与氨基酸法年代测定为距今200万年左右，属早更新世。华北泥河湾地区的东谷坨遗址和岑家湾遗址，发现众多石制品，特别是岑家湾遗址在方圆5米范围发现的石制品经过拼合最后拼成21件石块，它们也是早更新世的产物；陕西蓝田公主岭人类遗址发现一些石制品，包括砍砸器、大尖状器、手斧等大型砾石工具和小型石片刮削器，经测定，它们距今都在100万年左右，亦属早更新世。之后，周口店北京猿人遗址大约距今40余万年；辽宁营口金牛山遗址距今约28万年，陕西大荔人遗址、山西与河北交界的许家窑遗址、山西丁村人遗址、安徽和县遗址、巢县遗址、贵州黔西观音洞遗址等等，距今约20万年至12万年；周口店山顶洞人遗址距今约2.7万年，晋南下川和薛关遗址距今约2.4万年——山顶洞人遗址和下川、薛关遗址出现了细石器。参见张光直、徐苹芳主编《中国文明的形成》，（中国）新世界出版社、（美国）耶鲁大学出版社2004年版，第7—9页。

　　② 这是就中华大地的情况而言，世界其他地区的旧石器时代，或早一些，或晚一些，但是基本情况相近。

"猿人"，从"它"变成了"他"，从动物界的地狱进入了由人自己所创造的天堂般的人间；以此为起点，人经过百万年的历史实践，逐渐成为宇宙的精华，到今天能够发射人造地球卫星和宇宙飞船、发射火星和木星探测器、实现登月飞行、制造深水潜艇、制造高倍显微镜和望远镜、开创电子时代、创建国际互联网、进行全球电视直播，同时也创造出艺术、哲学、道德、宗教等等灿烂的人文文化景观——此是后话。我们还是先看看那最初的情况。关于那些最早的石器工具的意义，我说得稍为具体些。那些被原始人破天荒第一次制造出来的最初的石器，其作为人的工具，我认为起初大多是因势而用之——即取石头的原始形状之适合我用者而用之：譬如，某块石头，适宜于原始人方便地把它抓起来抵御和猎取野兽；另一块，则适宜于砸开坚果；第三块，适宜于砍削树棒，等等。这样，它们就成了几种不同的工具。假如这些近乎原生状态的石块用起来不顺手、不得力，其形状不利于原始人使用它达到期望的目的，那么原始人就可能稍作修理或者粗粗加工，使之用起来更方便、更顺手、更得力、更宜于实现自己的意图。较早的加工方法是直接打击法（锤击法、碰砧法、摔击法、砸击法），根据需要把石器加工得更加便于人的使用。后来，到旧石器时代中期，除了用直接打击法之外，还用间接打击法，即不是直接打击在要加工的石器上，而是通过带尖的木棒或骨棒等中介物打击在石器上；而到了旧石器时代晚期，这种间接打击法用得更加普遍，还出现了加工石器的场地，也许可以说那是人类最早的"工具加工场"。①运用直接打击法、特别是运用间接打击法有意识地对石器进行一次加工或者二次加工，这行为本身就表明原始人对外界事物的某种规律性有了一定的把握，例如对某种石头是软是硬、是否易脆等等性质有了一定的认识，对石头可能会顺着怎样的方向开裂也有了一定的判断，等等；还有，这种对石器加工的实践，对石头的触摸、观察，训练了原始人关于对象（石头）形式的体悟，培养原始人的形式感（哪怕是朦胧的）和对某种形式规律的初步把握（哪怕是十分感性的和粗略的），如对平衡、对称等等的把握。总之，原始人的这种劳动实践，锻炼了原始人的主观认识和感受能力（包括形式感），并且突显出原始人的主观意图和价值取向——这也许可以称为人的最早的朦胧的"主体性"吧。

---

① 湖北江陵鸡公山旧石器文化遗址，由上下两个文化层组成，下文化层是"典型的砾石石器工业"，在早期人类居住地，其中心区是四五处由砾石和碎石片构成的石圈，"石圈的外围至少有两处加工石器的区域"。（张光直、徐苹芳主编：《中国文明的形成》，（中国）新世界出版社、（美国）耶鲁大学出版社 2004 年版，第 17—18 页）

　　大约距今一万二千年之前，即早更新世结束、全新世开始，发生了旧石器时代向新石器时代的过渡和转变，"打制石器"逐渐被"磨制石器"所取代，并且出现了陶器。学界一般认为，"磨制"是新石器的典型特征之一。新石器时代早期，石器仅局部磨光，出现了砍伐器、石斧、石锛、磨盘、磨棒等等。新石器时代中期，石器由局部磨光发展为通体磨光，穿孔石器已普遍出现，还出现了较多石铲、石耜、石锄。新石器时代晚期，石器磨制更为精致，器形变小，穿孔石刀、石镰等工具广泛应用——这已经是距今四千至五千年前的事情了。①这时候的石器，相对而言，不但变得更"好用"了，而且变得更"好看"了。人在实践中所触及和所创造的对象是人自身的一面镜子，在对象上面，能够反映出人的进化水平，反映出人的本性。石器的变化，理所当然地体现出人自身的变化。从这些新石器上面，体现出原始人的认识能力和认识水平的巨大发展，也或隐或显体现出原始人的意识、意志、情感的微妙变化。

　　从旧石器时代到新石器时代，从新石器时代的早期到新石器时代晚期，这一百万至二百万年间石器制造和发展演变的历史过程，我们可以看到以下几个最主要和最基本的变化趋向：

　　首先，越来越体现出人的意图、目的和价值取向。考古资料显示，旧石器时代早期，石核、砍砸器、刮削器、三棱尖状器、石锥等等石器工具，相对比较粗糙，用途也不那么专一和明确；而旧石器时代晚期，例如距今约两万年左右的山西泥河湾虎头梁遗址，出现了细石叶，楔状和锥状的石核，还有各种类型的端刮器、边刮器、尖状器、雕刻器等等。②这些不同的工具，各自的用途趋于专一，体现出人的更为明确的意图和目的。进入新石器时代之后，相对于旧石器，新石器作为人的工具越来越专门化和具体化。从各地出土的大量新石器可以看到，它们种类繁多：有石斧、石锛之类的砍削工具，有磨盘、磨棒之类的研磨工具，有石刀、石镰之类的切割工具，有石锄、石耜之类的原始耕作工具，等等。这些工具的出现，显然是根据需要有意为之。每种工具有每种工具的具体用途和目的，表现出人的越来越明显和具体的价值取向。

　　其次，越来越体现出合规律性和合目的性的结合。新石器时代的河

---

　　① 参见张之恒主编《中国考古学通论》，南京大学出版社1991年版，第三章"旧石器时代"和第四章"新石器时代"。

　　② 张光直、徐苹芳主编：《中国文明的形成》，（中国）新世界出版社、（美国）耶鲁大学出版社2004年版，第21页。

南郑县水泉裴李岗文化遗址出土了一把石镰，长 20.51 厘米，形状很像后世的青铜镰和铁镰，磨制精细，而且多数开齿。①这种形状的石镰的制作，说明当时的人们已经约略掌握了石镰以何种样子（石镰的外形和长短、特别是其开齿的形状）更适宜于切割的规律，并且利用这种规律达到人的目的。新石器时代的磨谷器，也是很好的例子。河南新郑裴李岗文化遗址出土的磨谷器，盘长 68 厘米；河北武安磁山裴李岗文化遗址出土的磨谷器，由磨盘和磨棒组成，盘长 31 厘米。它们制作得相当精细，磨盘呈长方形，表面平滑，中间略凹，磨棒长度略短于磨盘，形状便于操作。它们都体现了合规律性与合目的性的结合、统一，也即真与善的结合、统一。

再次，越来越表现出人对形式的感觉、认识、把握和运用。旧石器时代的石核、砍砸器、刮削器、三棱尖状器、石锥、砸击石片、手斧、雕刻器、石叶、石镞等等，从外形看，基本"暗合"（大都并非原始人的有意追求）对象的形式规律——如石器的长宽高比例、上下左右的对称等等。旧石器时代许家窑遗址出土的原始人使用的石球，球径 5—10 厘米，球体圆滑、适中，看起来舒适、宜人。新石器时代的许多磨制石器，更表现出当时人们对对象形式规律的把握，例如石铲——河南新郑裴李岗遗址出土了一件舌形石铲，铲似舌形，表面光润，两头圆滑；而郑县水泉裴李岗遗址则出土了一件有肩石铲，铲的中部向两旁突出两个肩头，左右对称。这两件石铲，形体都很漂亮。

石器的这种发展演化及其基本倾向，正包含着审美活动发生的基因、审美价值萌芽的契机，包含着审美活动逐步发展、审美价值逐步演化的历史轨迹。那么，审美活动发生的具体情景到底是怎样的呢？审美价值的萌芽契机究竟在哪里呢？试假说之。

有一位颇有创造性思维的学者在《原始工具与审美起源》一文中指出：石器的进化经历了"由自然韵律向人工韵律转化——人工韵律初步形成——石器高度发展"等几个阶段，这其间，审美逐渐萌芽。②这个观点对我很有启发。我认为，虽然这所谓"自然韵律"、"人工韵律"、"自然韵

---

① 张光直、徐苹芳主编：《中国文明的形成》，（中国）新世界出版社、（美国）耶鲁大学出版社 2004 年版，第 30 页。

② 参见刘骁纯《原始工具与审美起源》，该文载于 1994 年人民美术出版社出版的李伟铭等编《中国美术研究：陈少丰教授从教 50 周年纪念文集》。在下面的文字中，我吸收了刘骁纯同志的一些观点。

律向人工韵律转化"以及"人工韵律初步形成"等等概念的界定和命题的确立，是否完全准确和科学，似乎还可以商榷①；但是从总体意思看，其中正是显示出审美价值的孕育、萌生和形成的某种机缘。

先看最早的石器制造和使用中第一次审美火花是如何点燃的。我们可以对旧石器时代早期原始人制造和使用石器工具的行为，作三个方面的剖析：第一，从物质活动层面看，是将石器作为自己身体的延长或延伸，是用物质手段获取物质利益。第二，从实用的方面看，如前所述是"取石头的原始形状之适合我用者而用之"，表现出"为我所用"的实用意图。但是，不要忘记，在这物质活动和实用活动的实践过程中，精神活动（当然是原始人在当时历史条件下初级的精神活动，如原始水平上的感觉、感受、情绪、情感、意志等等）必然寓于其中，而且随着物质实践活动的不断重复和进展，精神活动的一些成分也渐渐突出出来、独立出来，成为单独的价值存在。因此，第三，从精神活动的层面看，石器工具的制造和使用过程中，必然存在着原始人对石头、对石器工具（包括其形式）的感受、感觉和认识。这其中，就会发生石头的所谓"自然韵律"（姑且使用这个概念——杜）与原始人的感觉、感受相交、相合的情形，就会发生石头的形式（石器工具的形式）与原始人的感觉、感受相交相合的情形。在石器的"自然韵律"和形式，同原始人的感觉、感受相交、相合之际，其时石器不但是物质存在、不但有实用意义，而且还是一种精神存在，还蕴含着某种精神意义；而且这种相交相合所产生的精神意义，在某种情况下，还可能是那种会使原始人感受到舒适和愉悦的精神意义。例如，在原始人使用石块（作为最初的工具）抵御敌人、获取食物的过程中，众多石块中"砾石的卵形所特有的圆润"，可能更加符合原始人适应流畅形式的触觉和视觉，使之觉得舒适。这时，这种卵形砾石的圆润，作为触觉形象和视觉形象给原始人那种舒适的感觉（包括对圆润砾石的形式感觉），可能就是最原始的审美的萌芽——尽管可能只是审美的"小嫩芽"。就是说，这圆润的砾石使原始人精神感受上所产生的舒适和愉悦，就构成了石器（特别是石器的形式）与原始人之间那种不同于物质实用关系的精神关系——审美关系；于是，圆润的砾石对原始人来说就不仅具有物质意义、

①　所谓"韵律"者，就已经表示出人的发现、参与和把握。因为，纯自然物本身，无所谓"韵律"、特别是无所谓"韵"；"韵"是一个文化范畴，而不是自然范畴。这样，"自然韵律"这个概念中"自然"与"韵律"连在一起，就已经具有人文意味了。如此，"自然韵律"与"人工韵律"有何本质区别？

实用意义，而是同时具有了精神意义；这种精神意义就是使原始人产生愉悦感和舒适感的精神价值，这种精神价值就是圆润的砾石给人提供的愉悦价值，也即最初的审美价值，或审美价值的胚芽。

　　然而还必须看到，砾石的卵形所特有的圆润，按照刘骁纯的观点，基本是自然形态，是一种"自然韵律"（实际上没有纯粹的所谓"自然韵律"，凡"韵律"必然带有"人化"意味——杜）。

　　原始人在长期制造和使用石器工具的过程中，为了需要，常常把自然形态的石头打成片状或尖状，例如旧石器时代晚期山西沁水下川的细石器中有一些石叶，其中，有的顶部尖锐很像后来的箭头，有的则缘刃似刀①；这种片石和尖石工具，在长期的制作使用中，其片石之缘刃和尖石之犀利，就可能给人以爽快的感觉，而片石的缘刃和尖石的犀利作为感性形象给原始人那种爽快的感觉，是原始审美的进一步发展。所谓进一步者，按照刘骁纯的看法，是说片石的缘刃和尖石的犀利，是当时的人们创造出的所谓"人工韵律"，这里的审美是超越"自然韵律"而形成的"人工韵律"所表现出来的审美形态。这所谓"人工韵律"对于人所具有的审美愉悦意义，就是原先"自然韵律"对于人所具有的萌芽状态的审美价值的发展，是更明显地蕴含着人的创造性、更具有人文意味的审美价值。

　　其实，审美价值的产生不仅是所谓"自然韵律"、"人工韵律"的成果，更重要的是"形式感"的产物。形式始终是审美价值之所以形成的基本因素。美国著名文化人类学家弗朗兹·博厄斯说："形式和实践创造的活动是艺术的基本特征。心灵的喜悦和意识的升华，是由于感官受到具体形式的感染而产生的，而这感官的感染则必须来自人类的某种实践或人类实践的某种产物。"又说："我们必须记住艺术效果的双重源泉。其一仅以形式为基础；其二，是以与形式有关联的思维为基础。离开了这双重源泉谈论艺术，那就是片面的。"②博厄斯在谈到"表现艺术"时还强调："美是存在于完善的形式中的，……只有解决困难的方法具有形式美或具有形式美的意图时，其结果才可能是艺术品。"③前已说过，原始人制作和使用石器的历史实践，培养了他们的形式感和对形式规律的把握。旧石器时代晚期的石器，原始人的形式感已经朦胧地生成了，如许家窑人所使用的石

---

　　① 参见张光直、徐苹芳主编《中国文明的形成》，（中国）新世界出版社、（美国）耶鲁大学出版社2004年版，第20页。

　　② ［美］弗朗兹·博厄斯：《原始艺术》，金辉译，贵州人民出版社2004年版，第3页。

　　③ 同上书，第41页。

球，大小适中，球体圆滑，形式上让人感到舒适、宜人。新石器时代，石器更是有了发展，出现了石斧、石铲、石锛、石凿、石耜、石锄、穿孔石刀、石镰等等，至晚期，石器磨制得十分精致，还很讲究对称以及器形、色泽、质地，某些石器以及其他质料的物品上还要讲究装饰花纹，总之，形式感达到更高的程度，从视觉、触觉等各方面，综合地给人以愉悦。这些相当精细、相当讲究且形式美观（虽然不一定那么自觉）的石器，放在今天，也可以毫无愧色地当作艺术品欣赏。

附录二　面对传统:继承与超越

内容提要

　　建设有中国特色的现代文艺学,必须面对中华民族的传统——传统文化、传统哲学、传统美学、特别是传统文论。外国的东西再好,不是中国特色。外国的古人和今人,再出色、再卓越,可以是我们的朋友、密友,可以给我们以很大帮助,我们可以从他们那里吸收宝贵营养,我们甚至可以同他们"恋爱"、"结婚";但代替不了中国特色。中国特色只能是中华民族自己身上的血肉,它的生命只能来源于中国的历史和现实。历史的行进、社会的发展(特别是由一种社会形态发展到另一种社会形态,由一种经济体制转换为另一种经济体制),是连续性和跳跃性的辩证统一。因其连续性,故有传统的继承。因其跳跃性,故有传统的超越。继承中有超越,超越中也有继承。我们不能把古代文论的研究仅仅作为一种单纯的学问来研究,把古代文论作为一种死去的遗迹来研究。倘如此,古代文论就不可能作为一种组成因素进入我们现代文论的知识结构,就不是活传统而是死传统。必须走进现代。这是社会大趋势,也是文论大趋势。我们讲古代文论的现代转换,事实上就是讲如何把中国文论的传统现代化。把有价值的文化传统和文论传统与现代化结合起来,建设新时代的文化精神,形成新时代的文论思想,这也许可以称作是一次真正的文化革命和文论革命。说到"古代文论的现代转换",也就是有的学者所说的"传统的创造性转化"。超越和发展,就表现在"创造性"上。

关键词

　　古代文论　继承　超越　传统　创造性转化

传统无可回避

眼下,文艺理论界最常谈到的话题大概就是建设有中国特色的现代文艺学了，这是历史赋予一代甚至几代文艺理论工作者的严肃使命。

既然是中国特色，那么有一个问题就无可回避，即必须面对中华民族的传统——传统文化、传统哲学、传统美学、特别是传统文论。我们是喝黄河水长江水长大的、黄皮肤黑眼睛的炎黄子孙，我们有五千年的文明史，我们的传统实在是太久远、太丰厚、太强大，也太沉重了。当我们建设有中国特色的现代文艺学时，我们的从古代到现代的前人，孔孟和老庄，刘勰和钟嵘，严羽和李贽，金圣叹和王夫之，梁启超和王国维，鲁迅和毛泽东，胡风和周扬，朱光潜和蔡仪，等等，他们瞪着无数双眼睛在看着我们。如果无视他们，则谈不上中国特色。

外国的东西再好，不是中国特色。外国的古人和今人，再出色、再卓越，可以是我们的朋友、密友，可以给我们以很大帮助，我们可以从他们那里吸收宝贵营养，我们甚至可以同他们"恋爱"、"结婚"；但代替不了中国特色。

中国特色只能是中华民族自己身上的血肉，它的生命只能来源于中国的历史和现实。

因此，建设有中国特色的现代文艺学犹如生育和抚养一个婴儿，主要和最好是依靠母乳喂养，母乳营养最丰富，最便于吸收消化。母乳，就是中国的历史和现实。

当然也要吃"洋"奶，而且也绝不可拒绝吃"洋"奶。什么样的"洋"奶都吃一点。古希腊罗马的，古埃及的，印度的，伊斯兰的，欧陆的，英美的，日本和东方其他国家的……牛奶，羊奶，马奶，骆驼奶，甚至是狼奶、老虎奶……只要有营养，都可以吃。鲁迅就吃过进化论的奶，尼采的奶，后来吃得最多的是马克思主义的奶，当然最主要和最根本的还是吃中华民族自己的奶。不要过分听信鲁迅所谓少读甚至不读中国书的过激言辞；倘真的不读，也就不会有鲁迅，不会有鲁迅每个毛孔都透露出中国味儿的文艺思想了。大家应该还记得鲁迅在《我怎么做起小说来》中说的一段话："中国旧戏上，没有背景，新年卖给孩子看的花纸上，只有主要的几个人（但现在的花纸却多有背景了），我深信对于我的目的，这方法是适宜的，所以我不去描写风月，对话也决不说到一大篇。"还有，他在《南腔北调集》中《"连环图画"辩护》中说的："自然应该研究欧洲名家的作品，但也更注意于中国旧书上的绣像和画本，以及新的单张的花纸。"

作为诗人和文艺理论家的毛泽东也和鲁迅一样，读得最多的是中国书。不说他早年极力推崇范仲淹和曾国藩，即使他成为马克思主义者之后，直到他逝世，中国书也始终不离身边。据徐旭初《红都风云》（天地出版社 1996 年版）中记述，长征路上病中的毛泽东一再轻装以减轻负担，许多心爱的东西和书籍都可以不要，但唯独几本中国书舍不得割爱。他把饭锅、牙刷、牙粉都丢掉了，但铁皮箱里却有《三国演义》、《水浒》、唐宋诗词和路上拣来的地方志。身旁的王稼祥问："老毛，怎么没见到马列的书呢？"毛泽东说："马列的书向你们借就行了，我知道你们必带。我这些宝贝在路上到哪里去借？丢了我就要断炊。"另外，从新出版的毛泽东批注二十四史可以知道，整个二十四史，他至少读了两遍以上，而且作了许多批注；对于《资治通鉴》，他也读得滚瓜烂熟。请问在中国现当代的革命家和领导人当中，有谁像毛泽东这样对自己的民族传统如此熟悉呢？无疑，毛泽东是马克思主义者，但他的马克思主义不是德国的，也不是俄国的，而是地地道道中国的，是中国的山沟沟长出来的理论思想。不但他的诗、他的文章是为中国老百姓所喜闻乐见的中国作风和中国气派，而且他的理论、他的文艺思想也是。这就叫做中国特色。

中国特色之根

中国特色的根是中国传统。

那种无视传统、不承认传统、全盘否定传统的民族虚无主义，是不会被大多数中国人所接受的。

对于传统，我们既有无可选择的一面，又有可以选择的一面。

我们不能不生活在自己的民族传统里，不能不受着传统的熏陶甚至煎熬，就这一点而言，你无可选择，不管愿意还是不愿意。中华民族之所以是中华民族，就因为有中华民族传统精神的规定性，不管传统如何变化，如何吸收外来的文化因素，但终究保持中华民族的本色，谁也无法消除中华民族传统的天然基因。因此，我们不赞成那种全盘否定传统的态度。

但是，以怎样的态度对待传统，以怎样的方法接受传统、吸收传统、继承传统，接受和继承怎样的传统，却是可以选择的。就此而言，我们不赞成那种无选择的全盘接受的观点。

事实上，现在存在着某种无选择的全盘接受的倾向。

譬如，有同志提出"告别现代，回归古典"；还有的同志更明确地提出回归儒家传统。这就是在如何对待传统的问题上采取一种无选择的全盘接受"古典"和儒家的"复古"或"厚古薄今"的态度。我不赞成这种态度。我认为应该采取另外一种态度，即毛泽东当年所说的"古为今用"的态度。因为"古"不是目的。"古"是手段，"今"才是目的。"古"是为了"今"。继承传统是为了建设有中国特色的现代文艺学。如果明确了目的在"今"，那么，就会站在今天的高度，用科学的立场观点方法去分析"古"，采取吸收其精华、剔除其糟粕的即有选择的态度去对待"古"。

我之所以不赞成回归古典、回归儒家的提法，原因有三。

首先是因为传统并不都是好的，而是有好有坏，有精华有糟粕。

就以儒家传统为例来说吧，一方面，它有其对今天有价值的一面，它的仁者爱人、民贵君轻的古典人道主义、人文精神，它的"富贵不能淫，贫贱不能移，威武不能屈"的高贵人格，它的"天行健，君子以自强不息"的进取精神，它的"言必信，行必果"的立人之道，它的"先天下之忧而忧，后天下之乐而乐"的为人类服务、为社会服务的精神，它的"兴于诗，立于礼，成于乐"、"言之不文，行而不远"以及"诗者，志之所之也，在心为志，发言为诗，情动于中而形于言"的文艺思想，等等，都是精华，都是需要继承的；但是，儒家传统与现代社会又有矛盾。从整体上说，第一，在政治上，它维护封建专制的等级制度，有反民主的倾向；第二，在经济上，它维护自然经济，排斥市场经济；第三，在思想道德上，它提倡忠孝节义，与现代社会所提倡的独立平等、相互尊重、友爱互助的人际关系相去甚远。这些都是糟粕，不能继承。

其次，传统不等于"古典"，也不等于"儒家"。

（甲）从历时性的角度来说，凡是在今天之前的，已经具有相当规模的历史作用，并且已经形成为相对稳定精神固块的文化力量，都可以称为传统。这样，不只是有"古典"的传统，还有现代的以及当代正在形成中的传统；不只有封建时代的传统，还有近代资产阶级革命时代的传统和现代无产阶级革命时代的传统；不但有五四新文化运动的传统，还有三十年代的传统、解放区的传统、建国以后的传统、新时期以来的传统，以及正在形成中的市场经济条件下的准传统等等。具体说，譬如先秦时代"诗言志"的传统，汉末以至三国时代"建安风骨"的传统，唐代"古文运动"的传统，唐代以至宋代"文以载道"的传统，宋代以禅论诗的传统，明代公安派倡导独抒灵性和李贽倡导童心说的传统，清代桐城派古文的传统。黄遵宪"诗界革命"的传统，五四反封建的传统、文学写人生的传统，毛泽东文艺思想的传统，等等。

（乙）从共时性角度来说，不只有儒家传统，还有墨家传统，道家传统，楚骚传统，佛禅传统；不只有封建传统，还有资产阶级传统，无产阶级传统；不只有计划经济条件下的传统，还有市场经济条件下的传统，等等。我们需要继承古代（古典）优秀传统，也需要继承现代优秀传统，尤其需要继承五四以来新文化、新文学优秀传统，无产阶级革命运动中的优秀传统。

再次，传统属于社会历史的范畴。这就意味着：

（甲）从共时性角度看，没有超社会的完全适用于一切社会形态的万能传统，也没有超民族的完全适用于各种不同民族的通用传统；不同社会形态必然有不同的传统，不同民族也必然有相异的传统。例如，中华民族的"诗言志"的传统，就不同于古希腊的诗要模仿自然的传统。当然，处于同一历史时段的不同社会形态和不同民族之间，可以相互交流、相互影响，因此两种或多种不同的传统之间，可能会有某些共同的或相通的地方；但是，要想以这种传统取代那种传统，或者要想"回归"到某种传统，几乎是不可能的。

（乙）从历时性角度看，没有永恒的、凝固不变的超时代超历史的传统，没有完全适用于不同历史时代的通用和万能的传统，只有随社会历史的不断发展变化而相应地发展变化着的传统。就以"文以载道"为例来说吧，不同历史时代，文的形态与道的内涵必然会有不同，唐代韩愈所说的"道"同魏晋南北朝时刘勰所说的"道"有差异，宋代二程、朱熹的"道"与刘勰、韩愈的"道"也不会完全一样，而且他们各自时代的"文"也不会完全相同，因而，不同时代的"文以载道"，其形式和内容也都不会相同。而且，从大的历史范围来说，"文以载道"这个命题产生于旧的等级观念大行于世的时代，从政治到经济到文化，都有主有次。显然，那时候，"道"是主，"文"是次，"道"是公婆，"文"是受气的小媳妇，"文"要为"道"服务，"文"要以"载道"为己任。但是，当历史发展到等级观念不那么强烈以至消失的时候，"文"与"道"不再是从属的关系，而是并列的关系，"文以载道"的命题还会不变吗？说到这里，我想起哲学所美学室滕守尧同志的一个观点，他认为西方审美文化的发展，先是从"核桃模式"走到"苹果模式"，然后从"苹果模式"走到"洋葱模式"。"核桃模式"即模仿艺术的模式：核桃由壳和肉两大部分组成，它的肉，即被模仿的现实，是主要的，而它的壳，即艺术形式，则是次要的。"苹果模式"即再现艺术的模式（发展到极端就是形式主义的模式）。苹果由果肉和核组成，二者相比，果肉（即再现形式）是主要的，而被再现的内容，即果核，则变成可有可无的。"洋葱模式"，即后现代艺术的模式。洋葱无所谓壳、肉、核之分，也不存在壳、肉两分或肉、核两分，它的壳就是肉，肉就是壳，没有先后、主次、轻重之别。因此，在这种洋葱式的艺术中，再现形式就是其内容，内容又是其形式，二者高度融合、相互生成，不分彼此。这样，其形式或形象就完全脱离了工具性。这仅是他个人的一种设想，对不对，符合不符合历史实际，还需要研究。但是，我们是否可以从中得到某些启发呢？

　　当然，历史的发展是有规律的，社会的变化也是有根据的；而且，每个民族也有其相对稳定的特点。因此，某一民族的前后两个历史阶段或历史时代的发展变化，必然有其内在的连续性，这种连续性也就决定了后一历史阶段或历史时代可以继承前一历史阶段或历史时代的传统。但是时光不能倒流，历史不会重演，由后一历史阶段或历史时代"回归"到前一历史阶段或历史时代的传统，是不可能的，譬如，要求从现代回归古典、回归儒家，是办不到的。

　　在某一民族的历史发展中，我们不仅要看到其前后两个不同历史阶段或历史时代之间的连续性，更需要看到其跳跃性，即质的变异和发展。这种跳跃性就决定了后一历史阶段或历史时代必须超越前一历史阶段或历史时代的传统，从而形成和建立新的与当时的历史阶段或历史时代特点相适应的传统。这是历史前进、社会发展的标志。就"超越"性这一历史发展的规律而言，要求现代回归古典、回归儒家，更是根本不可能的。

　　历史的行进、社会的发展（特别是由一种社会形态发展到另一种社会形态，由一种经济体制转换为另一种经济体制），正是连续性和跳跃性的辩证统一。

　　因其连续性，故有传统的继承。

　　因其跳跃性，故有传统的超越。

　　历史的行进是连续性与跳跃性的辩证统一，故传统的演变也随之有继承与超越的辩证统一。

　　继承中有超越，超越中也有继承。

　　但是继承与超越又不是一码事。继承绝不可等同或代替超越；超越也绝不可等同或代替继承。

　　只继承不超越，那是传统的停滞和凝固。

　　只超越不继承，那是传统的断裂和破坏。

我们既要讲继承，又要讲超越；讲继承和超越的辩证统一。

针对民族虚无主义的倾向，我们必须强调继承；不继承，不可能有现代文艺学的中国特色。

针对"告别现代，回归古典"的复古倾向，我们必须强调超越；不超越，不可能有中国文艺学的现代形态和历史发展。

传统的创造性转化

上面所讲的对中国文论传统的继承和超越，也就是人们常说的古典文论的现代转换问题，即在认同传统的同时，使传统在新的历史条件下获得发展、获得更新。不错，我们有五千年文明的辉煌和骄傲，单讲文论传统，也有两三千年的历史。但是，我们不能躺在传统上睡觉，我们不能把活传统变成死传统。我们不能把古代文论的研究仅仅作为一种单纯的学问来研究，把古代文论作为一种死去的遗迹来研究。倘如此，古代文论就不可能作为一种组成因素进入我们现代文论的知识结构，就不是活传统而是死传统。必须走进现代。这是社会大趋势，也是文论大趋势。中国的现代化，也包括文论的现代化。我们讲古代文论的现代转换，事实上就是讲如何把中国文论的传统现代化。八十年代我们曾大量引进西方文论，这是在刚刚打破禁锢之后看到自身落后时，努力学习先进西方的一种反应。到九十年代，经过历史的文化反思，本民族的传统以最显著的位置摆在我们面前。把有价值的文化传统和文论传统与现代化结合起来，建设新时代的文化精神，形成新时代的文论思想，这也许可以称作是一次真正的文化革命和文论革命。

说到"古代文论的现代转换"这个命题的"转换"二字，就必须强调超越和发展。也就是有的学者所说的"传统的创造性转化"。超越和发展，就表现在"创造性"上。问题是需要找到这种创造性转换或转化的内在机制和途径，这是一个大难题，需要集思广益、共同探索。我们现在几乎是束手无策，正期待着方家高见。不过，我也作了一点粗浅的思考，说出来，就教于大家。

首先，要对古代文论的文本作科学的创造性诠释。

美国天普大学宗教学研究所教授傅伟勋[①]发表在 1993 年 4 月号《二十

---

① 傅伟勋，台湾省新竹市人，美国伊利诺依大学哲学博士。现为美国天普大学宗教学研究所教授。著有《西洋哲学史》、《从西方哲学到禅佛教》、《从创造的诠释学到大乘佛学》、《死亡的尊严与生命的尊严——从临终精神医生到现代生死学》等中英文书，另主编多套中英文丛书。

一世纪》上《从德法之争谈到儒学现代诠释学课题》一文的第二部分《创造的诠释学模型》提出这种创造性诠释分五个层次，他说：

作为一般方法论模型的创造的诠释学，分成五个辩证的层次："实谓"、"意谓"、"蕴谓"、"当谓"与"创谓"。在"实谓"层次，我们探问："原作者（或原典）实际上说了什么？"这基本上关涉到原典校勘、版本考证与比较等等校雠学课题。在"意谓"层次，我们改问："原作者（或原典）想要表达什么，他的真正意思是什么？"我们于此层次，通过语意澄清、脉络考察、逻辑分析、传记研究等等，设法尽量"如实客观地"理解诠释原典的内在意义或原作者所意向着的原原本本的意思。我们于此层次，相信原典有其客观意义，通过一番忠实的诠释工夫，当可获致原原本本的"意谓"。在"蕴谓"层次，我们便进一步探问："原作者可能想说什么？"或"原典可能蕴含哪些意思意义？"这就涉及种种思想史的理路线索、语言表达的历史积淀累积、已出现过的种种（较为重要的）原典诠释、原思想家与后代继承者之间的前后思维连贯性的多面探讨等等。通过此一较有诠释开放性的探讨方式，一方面能够破除"如实客观"的诠释学独断论调，另一方面又能超克"意谓"层次上可能产生过的诠释片面性或诠释者个人的主观臆断。在"当谓"层次，我们还得更深一层地发问："原作者（本来）应该指谓什么，意谓什么？"（或不如说"我们诠释者应该为原作者说出什么？"）于此第四层次，我们必须设法在原作者教义的表面结构底下，探查掘发（原作者自己也看不出来的）深层结构，据此批判地考察在"蕴谓"层次所找到的种种可能义蕴（meanings）或蕴含（implications），从中发现最有诠释理据或强度的深层义蕴或根本义理出来。这就需要我们自己的诠释学洞见（hermeneutic insight），已非"蕴谓"层次只见种种可能诠释方式的平排凑合，而无任何诠释学评断准则分出各别诠释高低优劣的情况可比，也同时更批判地超克了"意谓"层次的表面分析或平板而无深度的"客观"诠释（所谓"依文解义"，而非"依义解文"）。到了最高的"创谓"层次，创造的诠释者必须发问："为了救活原有思想，或为了突破性的理路创新，我必须践行什么，创造地表达什么？"第四层次与第五层次的基本分辨是在，前者只要"讲话"原典或原有思想，停留在"批判的继承"（继往）阶段；后者则要"救活"原典或原有思想，批判地超克原思想家的教义局限性或内在难题，而为原思想家解决他所留下来未能完成的思想课题，亦即"创造的发展"（开来）。当然，如果原有思想（或原有传统）的内在难题太多太深，已经无法继承，遑论发展，这就需要一番德里达所说的解构工夫了。无论如何，从创造的诠释学观点去看，"当谓"与"创谓"，或"批判的继承"与"创造的发展"，乃是一体两面："当谓"仍属诠释学范域，"创谓"已有突破诠释学范域，而转移到思维方法论范域的趋向。也就是说，创造的诠释学既是创造性的，自然不可能停留在"当谓"层次，势必进升"创谓"层次。如此，创造性诠释与创造性思维应不可避免地"一时并了"。

傅伟勋在这里所说的创造性诠释的五个辩证层次，与我们从"古为今用"的立场出发，对古籍的分析处理是一致的。他说得更细，更便于操作，对我们很有用处。我们可以运用他的方法，对古代文论典籍进行五个层次的创造性诠释，不但弄清它们原来的面貌、含义和可能有以及应当有的意思，而且站在今天的高度，找出突破性的创新理路，找出对今天有价值的新含义。按傅伟勋的说法，即不但要"讲活"文论的原有思想，而且要"救活"文论的原有思想。

这种对文论典籍的创造性诠释，是古代文论现代转换的重要步骤和基础工作，必须花费实实在在的工夫去一丝不苟地践行。

其次，在对古代文论的文本进行创造性诠释的基础上，对全部文论传统进行科学的实事求是的辨析。我们的文论传统中，有一部分在形成它们的当时就不科学，例如齐梁形式主义文风和理论主张；另外一些在历史上曾经有过进步意义和历史价值，但是随着时代的发展和历史的进步，今天已经失去价值（例如，革命文论传统中单纯强调从属于政治、为政治服务的主张，在当时是有意义的，但在以经济建设为中心的今天，就不适宜了。邓小平同志四次文代会的讲话和胡乔木同志的署名文章已明确指出不再使用这种提法），对于它们，我们应该弃置一旁，不要让它挡着我们的进路。我们需要找出的是那些至今仍有意义、能够成为我们现代文艺学中有机组成因素的东西；或者经过改造和重新解释变得有用的那部分东西。这些东西无论在中国古代文论中还是在现代革命文论中，都是非常多的。例如"诗言志"，"诗缘情"，"知人论世"，"以意逆志"，"兴观群怨"说，"意境"说，"滋味"说，"兴趣"说，形神说（形与神的关系），虚实说（虚与实的关系），"外师造化，中得心源"说，"气韵生动"说，"立象尽意"说，以及以禅喻诗，"我手写我口"，王国维的"隔"与"不隔"、"有我之境"、"无我之境"，直到毛泽东的典型创造理论，等等。当然其中有些东西需要我们站在今天的思想高度重新加以解释，使之成为现代文艺学的组成因素。

当今，由计划经济体制向市场经济体制转换的历史时期，对于传统的超越和发展显得尤为可贵。从历史的经验来看，在中国要想超越是一件十分困难的事情；能获得一点超越，就是一个非常可喜的进步。因为中国的传统，如前所说，实在太强大、太沉重了。传统中的精华强大和沉重，当然是好事；但传统中的糟粕强大和沉重，则成为历史进步的阻力，成为建设现代文艺学的巨大障碍。我们必须去其糟粕，取其精华，轻装前进。

我们不但需要发掘传统文论中有价值的因素；同时还要不断总结文艺实践的新鲜经验，形成新的理论。这是对传统的真正超越。譬如说，对最近几年十分红火的纪实文学，就需要给以新的理论说明；对于新产生的电视小说、电视散文以至电视杂志（如中央电视台的"东方时空"、北京电视台的"伊甸园"等），以及连同稍早些时候产生的电视剧、电视音乐，都需要有新的理论透析。

这些，光靠继承传统是不够的、不行的，需要文艺理论家在市场经济条件下面对新的现实、新的文艺实践的挑战，迎上去，进行理论上的超越和创造。

1996 年稿，2012 年 11 月修改

附录三 伟大的学界"革命"家梁启超

——漫议十九、二十世纪之交梁启超的巨大贡献
（在中山大学的演讲）

内容提要

梁启超是中国十九、二十世纪之交热血沸腾的学界"革命"家，是提出"诗界革命"、"文界革命"、"小说界革命"、"史界革命"、"思想界之革命"等等"革命"口号之第一人。这些"革命"口号是晚清"三千年未有之大变局"那个时代的必然产物，也是梁启超所追求的总体社会"革命"之一部分。在当时能够提出这些"革命"口号就是了不起的贡献。学界革命主要表现在学术范畴的变换，即在学术对象、学术语码、思维结构、学术观念、价值取向、哲学基础、思维方式、治学方法等等方面由古典向现代的变革。梁启超是现代文艺学、美学及其他现代学术的起点。

关 键 词

学界革命　学术范型　古典　现代　转换

这次来广东做讲演，我想讲一位广东籍的伟大人物。他大概是在座的诸位特别感兴趣的人物。此人是全才、通才；而我之所以同在座的诸位讲他，主要是着眼于他与学界关系密切——倘若说到中国近代学术史，特别是在座诸位最关心的美学学术史、文艺学学术史，这是位跳不过去的人物。我不说大家也会猜到——此人就是大名鼎鼎的梁启超。梁启超在《袁崇焕传》的开头有一段文字："有人焉，一言一动，一进一退，一生一死，而其影响直及于全国者，斯可谓一国之人物也已矣。吾粤崎岖岭表，数千年来，与中原之关系甚浅薄，于历史上求足以当一国之人物者，渺不可睹。其在有唐，六祖慧能，大弘禅宗，作佛教之结束；其在有明，白沙陈子，昌明心学，导阳明之先河。若此者，于一国之思想界，盖占一位置焉矣。若夫以一身之言动进退生死关系国家

之安危民族之隆替者，于古未始有之，有之则袁督师其人也。"我认为用这些话评价梁启超自己，也是很恰当的。

翻阅梁启超《饮冰室合集》，捧着这些写在八十年前、九十年前、一百年前的八百余万言的文字，你会感觉到有一团跳跃着的永不止息的生命之火在熊熊燃烧，他的许多富有挑战性的思想和情感扑面而来，常常让你震撼得、激动得几乎窒息；你又仿佛航行在无边无际的大海大洋，会看到它汹涌澎湃以至惊涛拍岸，辽阔深邃而又多彩多姿……

我的第一印象：梁启超是一位民族英雄，一代伟人！如果要找出十名对中国百余年历史影响最大的人物，我将毫不犹豫地将梁启超列入其中。

而且我认为梁启超有一个特点显得十分突出：一位"全能型"的伟人。

梁启超是伟大的爱国者、杰出的社会改革家和社会活动家，一生舍命为振兴中华奔走呼号，满腔热血致力于改革开放直至生命最后一息——倘说他是百年来"改革开放"的先驱，我想并非溢美；而且作为男性社会活动家，在整个社会对妇女进行压榨的封建末期，他积极倡导妇女解放，毕生反对女人缠足和男人纳妾，成立"不缠足总会"、"一夫一妻世界会"。

梁启超是伟大的启蒙思想家，一生鼓吹新思想（尤其可贵者是他与时俱进不断更新自己的思想），倡导"新民"，反对"奴性"，振臂高呼"思想解放"的口号——《欧游心影录》中有一节的小标题就是"思想解放"①。

梁启超是优秀的散文家、传记作家，今天读他的《少年中国说》你仍然会热血沸腾，而他的《意大利建国三杰传》、《近世第一女杰罗兰夫人传》、《匈加利爱国者噶苏士传》、《南海康先生传》、《张博望班定远合传》、《李鸿章传》、《袁崇焕传》、《郑和传》等等，令人想起《史记》的《项羽本纪》、《陈涉世家》等名篇，形象生动、情文并茂、史论俱美而又富有新时代意识，仿佛司马迁再世。

梁启超是学术上勤奋而有成效的多面手，文、史、哲、经，司法、财政（不要忘了他当过司法总长和财政总长），书法、美术，科学、教

---

① 梁启超说："倘若拿一个人的思想做金科玉律，范围一世人心，无论其人为今人为古人，为凡人为圣人，无论他的思想好不好，总之是将别人的创造力抹杀，将社会的进步勒令停止了。"又说："既解放便须彻底，不彻底依然不算解放。……中国旧思想的束缚固然不受，西洋新思想的束缚也是不受。……我们须知，拿孔、孟、程、朱的话当金科玉律说他神圣不可侵犯，固是不该；拿马克思、易卜生的话当做金科玉律说他神圣不可侵犯，难道又是该的吗？"（见《欧游心影录·六 思想解放》、《欧游心影录·七 彻底》，《饮冰室合集》第7册，中华书局1989年版）

育……无不涉猎，且多有建树。

梁启超是循循善诱、诲人不倦、深受爱戴的教育家，清末他曾任长沙时务学堂总教习，还曾负责办理京师大学堂译书局事务，民国时期曾被聘为清华研究院导师——我不禁想起二十世纪五六十年代我在山东大学的老师高亨教授讲课时，常常以崇敬的口吻讲到他当年在清华研究院读书时的"先师任公先生"，要求学生们以梁先生做榜样，为人、治学。

梁启超是中国近代卓有成就的新闻家，他所办的《时务报》、《清议报》、《新民丛报》、《新小说报》、《万国公报》（后改名《中外纪闻》）、《知新报》等等，放射世纪曙光，发生巨大社会影响，成为当时的一道亮丽风景。

梁启超是雄辩而不失幽默的演说家，二十世纪二十年代他在各个学校和社团发表的极富鼓动性和趣味性的演说，至今读来仍可想见当时活灵活现的风貌。

梁启超是热血沸腾的学界"革命"家，是中国近代提出"诗界革命"、"文界革命"、"小说界革命"、"史界革命"、"思想界之革命"等等"革命"口号之第一人，并且身体力行，不但有"革命"口号，同时也建立"革命"理论，进行"革命"实践，成为十九、二十世纪之交中国旧学术和旧思想的掘墓人之一，同时也成为中国新学术和新思想的催生婆之一……

今天我要说的，主要集中在这最后一个方面：作为学界"革命"家的梁启超的业绩，尤其是他对中国现代文艺学和美学的建立所作出的巨大贡献。可以说，梁启超（以及王国维等）是中国现代文艺学和美学的起点。

众所周知，经历维新变法的失败，流亡中的梁启超在 1899 年底赴美国檀香山船上写的《夏威夷游记》中，首次提出"诗界革命"的口号："故今日不作诗则已，若作诗，必为诗界之哥伦布玛赛郎（今译麦哲伦——引者）然后可。……支那非有诗界革命，则诗运殆将绝。虽然，诗运无绝之时也。今日者革命之机渐熟，而哥伦布、玛赛郎之出世必不远矣。"写这段文字后之第四日，梁启超阅读日本著名报人德富苏峰所著《将来之日本》倍加称赞并由此喊出另一响亮的口号"文界革命"："德富氏为日本三大新闻主笔之一，其文雄放隽快，善以欧西文思入日本文，实为文界别开一生面者，余甚爱之。中国若有文界革命，当亦不可不起点于是也。"① "小说界革命"则是 1902 年 11 月梁启超在《新小说》第一号上

---

① 梁启超：《夏威夷游记》，《饮冰室合集》第 7 册，中华书局 1989 年版。

发表的《论小说与群治之关系》中提出的，他说："欲新一国之民，不可不先新一国之小说。故欲新道德必新小说，欲新宗教必新小说，欲新政治必新小说，欲新风格必新小说，欲新学艺必新小说，乃至欲新人心、欲新人格，必新小说。故今日欲改良群治，必自小说界革命始。欲新民，必自新小说始。"①几乎与此同时，梁启超在发表于《新民丛报》第一至二十号上的《新史学》（1902 年 2 月至 11 月）中倡导"史界革命"："今日欲提倡民族主义，使我四万万同胞强立于此优胜劣败之世界乎，则本国史学一科，实为无老无幼无男无女无智无愚无贤无不肖所皆当从事，祝之如渴饮饥食一刻不容缓者也。然遍览乙库中数十万卷之著录，其资格可以养吾所欲给吾所求者，殆无一焉。呜呼！史界革命不起，则吾国遂不可救。悠悠万事，惟此为大！"②还是在 1902 年，梁启超在《论宗教家与哲学家之长短得失》中怀抱对未来之殷殷期望号召"思想界之革命"："吾窃信数十年以后之中国，必有合泰西各国学术思想于一炉而冶之，以造成我国特别之新文明，以照耀天壤之一日。自今以往，思想界之革命，沛乎莫之能御矣。今始萌芽，虽庞杂不可方物，莫能成一家言。顾吾侪今日，只能对于后辈而尽播种之义务。耘之获之，自有人焉。"③

　　上述梁启超所提出的五大"革命"，在他那里并非各自孤立，而是互相紧密联系在一起的一个整体；或许可以说，前面四项（诗界、文界、小说界、史界）"革命"乃是最后一项（思想界）"革命"的有机组成部分，它们可总汇为"思想界之革命"。要之，梁启超当时所要做的，是整个思想、整个学术的"革命"——梁启超在当时历史条件下把握和顺应思想及学术潮流之发展趋向，力图发动这样一场与时代命运息息相关的整个思想、整个学术的"革命"；而且还可以进一步说，这思想、学术"革命"，又是梁启超所追求的总体社会"革命"之一部分，是梁启超改革整个社会的总体"革命"蓝图的有机组成部分。在当时能够提出这些"革命"口号就是了不起的贡献。陈平原教授在一篇文章中说："能够敏感到思想及学术潮流发展之趋向，将众多零散的思考凝聚成一个口号，这是一种本事，需要某种'先知先觉'，更需要胆略与气魄。要说对西学的理解，严复远在梁启超之上；要说国学的修养，梁启超也无法与章太炎比肩。可作

---

　　① 梁启超：《论小说与群治之关系》，《饮冰室合集》第 2 册，中华书局 1989 年版。

　　② 梁启超：《新史学》，《饮冰室合集》第 1 册，中华书局 1989 年版。

　　③ 梁启超：《论宗教家与哲学家之长短得失》，《饮冰室合集》第 1 册，中华书局 1989 年版。

为思想潮流而被史家再三提及的，首先还是梁启超的'革命'论述。以一人而包揽晚清四大'革命'（指'诗界'、'文界'、'小说界'、'史界'——引者）的命名权，而且在每场'革命'中都能以身作则，多有创获，这实在是个奇迹。只有在晚清这'三千年未有之大变局'中，才可能出现如此局面。……所谓的四大'革命'，其核心都是'竭力输入欧洲之精神思想'，并将其应用到各个专门领域，以改变传统中国的文学及学术。这一思路，确实在20世纪中国占据主流地位，难怪梁启超如此简要的表述，能激起当年以及后世无数读者的强烈共鸣。"[①]

　　显然，这些"革命"口号绝不是某一个人的心血来潮随意炮制，而是应时而生、应运而生——应清末"三千年未有之大变局"之时、之运而生，是那个"革命"时代的产物；但是梁启超的首倡之功却应牢牢记在历史的光荣榜上。"春江水暖鸭先知"，梁启超就是最先感知那个时代"春江水暖"的鸭子，是敏锐地把握到那个时代社会变革风潮和思想学术动向的有识之士；并且他身体力行，建立"革命"理论，进行"革命"实践，成为中国现代文艺学的筚路蓝缕的开拓者之一。所以我在《中国二十世纪文艺学学术史·全书绪论》[②]中曾说，梁启超（以及王国维等）是中国现代文艺学的起点，中国百余年来的文艺学学术史正篇理应从他们讲起。

　　所谓"革命"者，就是要革旧创新。就整个社会而言，是革除旧社会创造新社会；就思想、学术而言，是革除旧思想、旧学术创造新思想、新学术；具体到文艺和美学，就是革除旧文艺、旧美学（审美思想和理念）创建新文艺、新美学（审美思想和理念）。学术"革命"是社会"革命"的一部分，它当然与整个社会革命息息相关、紧密相连；然而学术"革命"也有自身的相对独立性和特殊性，即学术"革命"往往集中表现于学术范型[③]的转换——任何一场学术"革命"都是集中于转换旧学术范型，

---

　　① 陈平原：《"元气淋漓"与"绝大文字"——梁启超及"史界革命"的另一面》，《文学评论》2003年第3期。

　　② 杜书瀛、钱竞主编：《中国二十世纪文艺学学术史·全书绪论》，上海文艺出版社2001年第一版，中国社会科学出版社2007年第二版。

　　③ "范型"（Paradigm，或译"范式"）一词源于美国学者托马斯·库恩的《科学革命的结构》，它在一段时间内为以后几代实践者们暗暗规定了一个研究领域的合理问题的方法，其成就吸引着一批坚定的拥护者；同时这些成就又足以无限制地为重新组成的一批实践者留下有待解决的种种问题。（托马斯·库恩：《科学革命的结构》，金吾伦、胡新和译，北京大学出版社2003年版，第9页）

创建新学术范型。我们编著的四卷五册《中国二十世纪文艺学学术史》的基本宗旨和主要内容之一，就是揭示百余年文艺学的学术范型之变革和转换轨迹；而变革和转换的起点即在梁启超等人那里。中国古典文论（其主要形态被称为"诗文评"）从先秦孕育到清代集大成，两千余年，虽完备了，却也僵化了；它在"三千年未有之大变局"这个新形势面前，衰老了。然而至十九世纪末之前，它虽受到过怀疑和冲击，却没有根本的质变。到了十九、二十世纪之交，由于外部条件和内在机制的交合作用，发生了重大变化。这主要不是量的变化，而根本是质的变换，是注入了新质之后的基本性质的变换，即两种不同性质的学术范型的转换。梁启超和他的同志们所作的文艺理论和审美理论的"革命"工作，今天看来虽然可以找出某些偏颇之处，但功绩是巨大的，是开创性的；因为从梁启超（加上王国维）们起，中国古典文艺理论和古典审美理论开始发生了从"古典"范型到"现代"范型的转换——"诗文评"的旧学术范型逐渐"终结"而现代文艺学的新学术范型在对传统既继承又革新之中萌芽、生长、成形。正是通过梁启超们的催生之手，现代文艺学这只新"蝴蝶"从古典"诗文评"的"蛹"中爬出来、振动翅膀，开始了至今已有一百多年风风雨雨、曲曲折折的飞行历程。

　　具体说，学术范型包含怎样的内涵？梁启超们又做了怎样的革旧鼎新的开创性工作呢？

　　学术范型，大体包含以下基本因素：学者关注怎样的学术对象？学者使用怎样的学术语码（概念、术语、范畴、命题等等）？学者的思维结构、学术观念、价值取向、哲学基础如何？学者运用怎样的思维方式、治学方法？等等。中国古典文论与现代文艺学这两种学术范型之间在学术对象、学术语码、思维结构、思维方式、价值取向、哲学基础等等方面都存在巨大差异。而梁启超们所做的"革命"工作，正是在学术范型的上述各个方面进行了新旧转换工作。这突出表现在以下几个方面：

　　（一）学术对象转换了。中国的古典文论向以诗文等等为代表样式的抒情文学为主体、为中心和重心（其"诗文评"之名正是由此而来），小说、戏曲等等则被视为小道末技，登不了大雅之堂；而到了梁启超们这里则反其道而行之，转而多以小说、戏剧等叙事文学为主体、为中心和重心——这正是现代文艺学的特点。学术对象的这种转换表面看来主要关涉人们对于文艺体裁、题材之兴趣的变化以及文艺本身向世界叙说方式的变化，实则有着更为深层的社会文化根源。中国古代相对单纯的农业社会、相对平缓的运行节奏和数千年相对稳定的社会结构，以及在这种社会结构和运行节奏中长期形成的平和中庸的文化传统，非常适宜于温雅、舒缓、幽忧、田园的抒情诗文表达方式的生长、发展，因此中国数千年的文学艺术历史总是以抒情题材和诗文样式为主流；相应的，中国古代的文艺理论也就突出发展了以诗文等抒情文学为主要对象的"诗文评"。而到了封建后期，"市民社会"因素逐渐增强，文学艺术也相应变化；那些更适应"市民社会"需求的戏剧、小说等叙事文学逐渐发展起来，其在整个文学中所占的比例也逐渐增大。尤其近代以来西方列强侵入，西学东渐愈行愈烈，中西、古今、新旧的矛盾日渐凸显，现代与前现代的冲突日益激化，封建主义与资本主义及稍后的社会主义的斗争愈来愈尖锐——总之，社会愈来愈复杂多变和动荡不安，整个时代处于大变动、大革命状态之中。这时，社会变革之形势，对小说、戏剧等善于表现比较复杂的矛盾冲突和思想情感的叙事题材及其文学样式，表现出更为强烈的需求欲望；因此小说、戏剧等等为代表的叙事文学受到现代人们青睐，也就顺理成章了。相应的，表现在文艺理论上，就是其学术对象的重心转移——由以诗文为中心和重心的古典形态的"诗文评"，转向相对更为重视和强调小说、戏剧等叙事文学的现代文艺学。这一点在梁启超身上表现得最为明显。他在一八九六年写的《变法通议·论幼学》中已经初步指出小说（他所谓"说部书"）"激发国耻"、"振历末俗"、"其为补益，岂有量耶"① 的重要作用；在1898年写的《译印政治小说序》中，又借他的老师康南海的话鼓吹小说比"六经"、"正史"、"语录"等等更有感染力，并且还特别强调西方政治小说的巨大作用，说："往往每一书（指小说——引者）出，而全国之议论为之一变，彼美英德法奥意日本各国政界之日进，则政治小说为功最高焉。英名士某君曰小说为国民之魂，岂不然哉，岂不然哉！"② 四年后，他在"小说界革命"的宣言书《论小说与群治之关系》中，更把小说抬到中国旷古未有的崇高地位，几乎视"小说界革命"为社会革命的主要支柱、根本手段和首要活动。这在今天看来当然"矫枉过正"，但在当时却有积极意义，也许把毛泽东"不'过正'不能'矫枉'"的话用于评价此时的梁启超，相当恰当。后来梁启超自己大概也觉察到当年关于小

---

① 梁启超：《变法通议·论幼学》，《饮冰室合集》第1册。
② 梁启超：《译印政治小说序》，《饮冰室合集》第1册。

说的那些话有点过头或片面，所以十几年后（1915 年）写的《告小说家》中，他提请小说家注意：小说也可能产生负面作用。但是即使在这篇文章中，梁启超的基本观点仍然是从肯定小说的巨大作用出发的，说"盖全国大多数人之思想业识，强半出自小说"，"今后社会之命脉操于小说家之手者泰半，抑章章明甚也"[①]；因此，他呼吁小说家须时时意识到自己的重大社会责任。梁启超也重视另一种叙事文艺形式——戏曲的重要地位。1902年梁启超在《新民丛报》上发表了《劫灰梦》、《新罗马》、《侠情记》三种传奇作品，以自己的创作实践促使戏曲改良，强调戏剧的社会功能和地位。之后，在《渊实君译中国诗乐之迁变与戏曲发展之关系》中更强调戏曲对于"社会改良"的意义："今后言社会改良者，则雅乐俗剧两方面，其不可偏废也。"[②] 梁启超还在《小说丛话》中高度评价戏曲家的地位："数诗才而至词曲，则古代之屈、宋，岂让荷马、但丁？而近世大名鼎鼎之数家，若汤临川（显祖）、孔东塘（尚任）、蒋藏园（士铨）其人者，何尝不一诗累数万言耶？其才力又岂在摆伦（拜伦）、弥尔顿下邪？"[③] 把戏曲作家的地位与世界伟大作家拜伦、弥尔顿等如此等量齐观、相提并论，这在中国文论史和审美理论史上是从未有过的事情。此外，梁启超还在《为什么要注意叙事文字》中强调学校最重要的是要教"叙事文"。虽然此论是相对于"论事文"而言，但他所提出的重视"叙事文"的理由，完全是"现代"的——认为叙事文适应于现代人们对"客观事物的观察"，利于培养人们的"感觉叙述之美"[④] 等等，重点在关注和强调叙事文学（而不是抒情文学）。

（二）思维结构、思维方式、思维方法转换了，理论命题和范畴、概念、术语等等一系列学术语码也转换了。中国古典文论的思维方式和思维方法大多是经验的、直观的、体察的、感悟的，与此相联系的是其理论命题、范畴、概念、术语等含义模糊、多义、不确定和审美化，耐体味而难言传。如古典文论中的"风骨"、"风神"、"神韵"、"意象"、"劲健"、"疏野"、"飘逸"、"清奇"、"委曲"等等一系列术语，其内涵究竟是什么，见仁见智，众说纷纭；最典型的是《二十四诗品》（旧说为司空图著，有人提出质疑），作者提出了"雄浑"、"冲淡"、"纤

---

① 梁启超：《告小说家》，《饮冰室合集》第 4 册。
② 梁启超：《渊实君译中国诗乐之迁变与戏曲发展之关系》，《饮冰室合集》第 5 册。
③ 梁启超：《小说丛话》，《新小说》第 7 号，1903 年。
④ 梁启超：《为什么要注意叙事文字》，《饮冰室合集》第 5 册。

秭"、"沉着"……直到最后"流动"等二十四"品"（或者说是二十四种风格、二十四个"概念"），每一"品"用一首四言诗加以描述，如"雄浑：大用外腓，真体内充。反虚入浑，积健为雄。具备万物，横绝太空。荒荒油云，寥寥长风。超以象外，得其环中。持之非强，来之无穷"，读者很难把握其精确含义，什么叫"超以象外，得其环中"？谁能说得清！从批评形态上看，古典文论大都是印象式的、点评式的（眉批、夹批、文前批、文末批等等），因而也显得零散，逻辑性、系统性不强。我们不能说上述都是古典文论的缺点（因为它们也有优势，更符合审美本身的特性），而只能说是古典文论的特点——但我们可以肯定地说，它们只是中国古典文论的特点而不再是现代文艺学的特点。到了十九、二十世纪之交发生了明显的变化。从梁启超们有关文论的学术"革命"工作我们看到，文艺理论和审美理论的思维结构、思维方式和思维方法开始转换：转向理性、思辨、推理、归纳，在进行理论阐述时大都注意科学化、逻辑化，讲究比较严密的理论系统。梁启超在十九世纪末和二十世纪最初二十来年所写的一批文艺理论文章以及一系列有关文艺和美学的讲演，如《论小说与群治之关系》、《翻译文学与佛典》、《中国韵文里头所表现的情感》、《欧洲文艺复兴史序》、《情圣杜甫》、《屈原研究》、《陶渊明》、《美术与生活》、《美术与科学》、《人生观与科学》、《中国之美文及其历史》、《为什么要注意叙事文学》等等，就表现了上述特点，从写法、论述内容、论述形式看，它们已经是现代的或准现代的学术论文了。仔细考察，我们会看到它们同以往的诗话、词话、曲话以及小说戏曲评点相对照，其理论命题、范畴、概念、术语开始有了严格的界定而不容含糊，出现了中国古典文论从未有过的学术语码，如"浪漫"、"写实"、"趣味"、"情感"、"理想"、"现实"、"生活"、"创造"、"想象"、"文化"、"自然"等等。尤其值得称道的是，梁启超绝非完全抛弃本民族传统而唯西方马首是瞻，而是注意了中西融汇、结合，力图在二者"结婚"的基础上形成新的理论形态来解说小说等文艺现象。即以较早的《论小说与群治之关系》一文为例。在这篇1902年写的论文中，梁启超在中国最早引入了西方美学中的"理想派"、"写实派"等等范畴，又吸取本民族传统文论术语加以改造而提出"现境界"、"他境界"等等概念，论述小说艺术的表现特点及其两种不同表现类型，得出自己的结论："凡人之性，常非能以现境界而自满足者也。而此蠢蠢躯壳，其所能触能受之境界，又玩狭短局而至有限也。

故常欲于其直接以触以受之外，而间接有所触有所受，所谓身外之身，世界外之世界也。此等识想，不独利根众生有之，即钝根众生亦有焉。而导其根器使日趋于钝、日趋于利者，其力量无大于小说。小说者，常导人游于他境界，而变换其常触常受之空气者也。此其一。人之恒情，于其所怀抱之想象，所经历之境界，往往有行之不知、习焉不察者。无论为哀为乐为怨为怒为恋为骇为忧为惭，常若知其然而不知其所以然。欲摹写其情状，而心不能自喻，口不能自宣，笔不能自传。有人焉和盘托出，彻底而发露之，则拍案叫绝曰：‘善哉善哉！如是如是。’所谓‘夫子言之，于我心有戚戚焉。’感人之深，莫此为甚。此其二。此二者实文章之真谛，笔舌之能事。苟能批此窾导此窍，则无论何等之文，皆足以移人。而诸文之中能极其妙而神其技者，莫小说若。故曰：小说为文学之最上乘也。由前之说，则理想派小说尚焉；由后之说，则写实派小说尚焉。小说种目虽多，未有能出此两派范围外者也。”① 该文还提出小说之“熏”、“浸”、“刺”、“提”四种“力”（四个概念）来描述小说的审美感染力量。假如细细揣摩上引梁启超那一大段文字和他对小说之四种“力”的论述，你会感到它们既不完全是西方的、也不完全是中国的，而是既有西方因素、又有中国因素，是中西融汇的。譬如“理想”、“写实”、“想象”等是西方的，而“境界”、“移人”、“极其妙而神其技”等则是中国的——“妙”、“神”、“移人”完全是中国古典文论的概念，历代之诗话、词话、曲话、画论中几乎没有不谈到“妙”、“神”等概念的，而清代初期李渔在《闲情偶寄》中特别强调传奇之“移人”力量。总之，这一大段论述，从整体看是中西融汇的。梁启超在论述小说四“力”之第二种、即“浸”的概念时这样说：“二曰浸。熏以空间言，故其力之大小，存其界之广狭；浸以时间言，故其力之大小，存其界之长短。浸也者，入而与之俱化者也。”这里的“空间”、“时间”等等，是西方的；但论述中所表现出来的“入而与之俱化”的理念又是中国的——《乐记》就用“入人”、“化人”说明音乐的感人特点。我认为，中国现代文艺学必须走中西融汇、中西“结婚”的路子，通过“结婚”，生出既不完全是中国也不完全是西方、然而既有中国也有西方的“现代中国”的孩子，即适应于中国新文艺现实的“现代文艺学”的孩子。在这方面，梁启超走出了可贵的第一步。

---

① 梁启超：《论小说与群治之关系》，《饮冰室合集》第 2 册。

　　（三）哲学基础、价值取向转换了。中国古典文艺理论和审美理论的哲学基础多是中国传统的以“善”为中心的伦理哲学或“人生哲学”①，多强调“征圣”、“宗经”、“道统”、“文统”、“以道统文”、“文以载道”（视文为道的附庸，为载道、明道的工具），强调文学（诗、文、词、曲等等）“劝善惩恶”的道德作用和“温柔敦厚”、“思无邪”的诗教。而在梁启超和他的同志们有关文艺理论和美学的文章中，我们却看到了新的哲学思想和美学观念②。梁启超本人在清末（光绪二十八、二十九年，即1902、1903年）就撰文向中国学界介绍了所谓“近世文明初祖二大家”之“笛卡尔、倍根”，“天演论初祖达尔文”，“法理学大家孟德斯鸠”，“近世第一大哲学家康德”③，后来在《欧游心影录》中又特别推崇生命哲学家博格森④。在梁启超的许多文章中常常可以见到上述西方哲学思想的痕迹，如关于美与生命、关于趣味、关于艺术活动特性的阐述，都有康德、博格森等人的影子⑤。譬如梁启超的“趣味”这个概念，就是一个现代哲学和美学范畴。一方面，虽然中国古典文论中早有“味”、“滋味”、“趣”等等术语，但与梁启超作为一个美学范畴所使用的“趣味”并不相同；另一方面，他的“趣味”也与休谟、康德等人的概念不完全相同。梁启超显然是吸收了古典文论中“味”、“滋味”、“趣”的成分，又结合西方美学的“趣味”范畴（尤其是康德）而提出了他的“趣味”概念。梁启超的“趣味”是中西合璧的产物，是中西“结婚”而生出的混血儿。梁启超在《中国韵文里头所表现的情感》一文中关于“情感”一段话，完全是现代哲学观念：“天下最神圣的莫过于情感。用理解来引导人，顶多能叫人知道那件事应该做，那件事怎样做法，却是被引导的人到底去做不去做，没有什么关系。有时所知的越发多，所做的倒越发少。用情感来

---

　　① 钱穆在《中国文化史导论》中说：“在中国根本无哲学，在西方人眼光下，中国仅有一种‘伦理学’而已。中国亦无严格的宗教，中国宗教亦已伦理化了。故中国即以伦理学，或称‘人生哲学’，便可包括了西方的宗教与哲学。而西方哲学中之宇宙论、形上学、知识论等，中国亦只在伦理学中。”（见《中国文化史导论》修订本，商务印书馆1994年版，第226页。）
　　② 在中国，哲学、美学本身即是现代产物，因为中国古代本没有所谓“哲学”和“美学”，这两个学科和术语是从西方（经日本）输入的。拙著《价值美学·绪论》（中国社会科学出版社2007年版）对此已作了论述，兹不赘。
　　③ 梁启超：《近世文明初祖二大家》、《天演论初祖达尔文》、《法理学大家孟德斯鸠》、《近世第一大哲学家康德》，均见《饮冰室合集》第2册。
　　④ 梁启超：《欧游心影录》，《饮冰室合集》第7册。
　　⑤ 关于这一点，金雅《梁启超美学思想研究》作了较好的论述。（见该书第70页，商务印书馆2005年版）

激发人，好像磁力吸铁一般。有多大分量的磁，便引多大分量的铁，丝毫容不得躲闪。所以情感这样东西，可以说是一种催眠术，是人类一切动作的原动力。"① 根据这种思想来评价唐代大诗人杜甫，梁启超就得出与古典文论不同的看法，称杜甫为"情圣"。在梁启超同道者们有关现代文艺学和美学的文章中，也有许多从西方借鉴过来的以"真"为中心的认识论哲学思想，以及进化论、科学、民主、平等、自由等现代的世界观、社会观、人生观。在价值取向上，他们更多地从现代哲学和世界观、人生观基础上关注文学与社会生活、人生价值的关系，关注文学与政治、经济的关系，关注文学的认识作用、教育作用、审美作用，并且在一定程度上注意到文学艺术的独立品格，文学自身的价值、规律，等等。

（四）梁启超以自己的文艺实践促进由"古典"向"现代"的转换。他自己创作戏曲，创作小说，点批《桃花扇》，写作传记、散文和评论文字，写作诗话，与他的同志一起写作小说丛话，创办《新小说》等等刊物……这些都可以看作是梁启超的新文艺、新文论的实验。尤其是他所创立的"新文体"，对新文艺、新文论的创立，立下了巨大功勋。梁启超在《清代学术概论》第二十五节描述这种"新文体"说："启超夙不喜桐城派古文；幼年为文，学晚汉魏晋，颇尚矜炼；至是（指创建《新民丛报》和《新小说》的1904年左右——引者）自解放，务为平易畅达，时杂以俚语韵语及外国语法，纵笔所至不检束；学者竞效之，号新文体；老辈则痛恨，诋为野狐，然其文条理明晰，笔锋常带情感，对于读者，别有一种魔力焉。"②梁启超的许多脍炙人口的传记，如《罗兰夫人传》、《意大利建国三杰传》、《南海康先生传》、《李鸿章》等等，就是用"新文体"写的③。"新文体"影响了一代人和一代文章，毛泽东就是用所谓"新文体"写出了洋洋洒洒、热情奔放、通晓流畅的适合于现代人看的文字。

中国文论从"古典"到"现代"的转换，从梁启超们算起，到现在一百余年，仍在进行之中。梁启超和他的同志们为建立中国现代文艺学和美学走了万里长征的第一步。剩下的路，要后人（包括我们在内）继续走下去。

2008 年 1 月 14 日改定

① 梁启超：《中国韵文里头所表现的情感》，《饮冰室合集》第 4 册。
② 梁启超：《清代学术概论》，《饮冰室合集》第 8 册。
③ 1902 年 2 月出版的《新民丛报》第一号介绍《李鸿章》说："此书以泰西传记新体，叙述李鸿章一生经历而论断之，其体例实创中国前此所未有。"